KB009144

Du plagiat

by Hélène Maurel-Indart

ⓒ Éditions Gallimard, 2011

Korean translation copyright ⓒ Spring Day's Book, 2017

Published by arrangement with Éditions Gallimard
through Sibylle Books Literary Agency, Seoul

이 책의 한국어판 저작권은 시빌에이전시를 통해 프랑스 Gallimard사와
독점계약한 봄날의책에 있습니다. 저작권법에 의해 보호를 받는 저작물
이므로 무단전재 및 무단복제를 금합니다.

에
절
하
여

표
관

엘렌 모렐-앵다르

이효숙 옮김

봄날의책

베르톨트, 브뤼노, 두 명의 마리: 터무니없는 표절

Tibi or not tibi.*

—Alexandre Dumas

* 알렉상드르 뒤마의 문장으로, 햄릿의 To be or not to be"를 모방한 것이다.
Tibi는 라틴어인데 영어 To you에 해당한다. —옮긴이

머리말

　이제 표절은, 이 책《표절에 관하여》가 첫 출간되던 1999년만큼 그렇게 금기시되는 주제는 아니다. 10여 년 사이에 이 주제가 엉뚱하다거나 점잖지 못하다는 인식은 사라졌다. 설사 미학적으로나 법적 경제적 쟁점 영역에서는 아직도 계속 곤란하고 무거운 문제로 응당 받아들여지고 있다 할지라도 말이다. 연구자 또는 문학에 열정을 가진 사람이나 그저 단순한 독자들 중에도, 위대한 작가라고 해서 표절 유혹을 늘 벗어날 수 있던 건 아니라고 인정하는 이들이 많다. 그렇다 해도, 문학을 의심의 여지없는 순수한 창작으로 여기는 개념을 포기하기는 쉽지 않다. 창조적 상호텍스트성과 저작권 침해 죄 사이에서, 표절은 '잘못된 주제'로서, 다루는 것을 포기해야만 하기도 했다. 표절은 비열한 차용과 창조적 차용 사이에서 위치를 정하기 어려운 '회색' 지대다. 그런데 그 양극단 사이에서 제대로 된 경계를 누가 결정할 수 있겠는가? 우리는 어쩔 수 없이 유동적인 개념을 불가피하게 명확화하는 데 목표를 두고 모든 노력을 다했다.

그럼에도 그 유동적인 개념의 윤곽은 아주 명확히 존재해서, 각 경우마다 차용에서 독창성으로 이끄는 문학적 창조의 길을 확대경으로 다시 점검해야 한다. 우리의 전개방식은 앙투안 콩파뇽이《두 번째 손, 또는 인용 작업 La Seconde Main, ou le Travail de la citation》[1]에서 이용한 방법에 큰 빚을 지고 있다. 그 저술에서 콩파뇽은 인용의 기능을 논증 행위로서 분석한다.

표절은 말하지 않은 뭔가를 목적으로 하는 동시에 현혹이 목적이기도 하다. 그만큼 저자의 위상이 관건이고, 낭만주의 시대부터 신성한 차원을 갖게 된 작가의 위상마저 걸려 있는 사안이다. 오늘날 표절은 모든 논의의 대상이 되었다. 매해 문단 시즌 개시 때마다 특히 그러하다. '심적' 표절, 예상 표절, 공쿠르 상을 탈 것 같은 작가에 대한 표절 의혹…. 문단에서 일어나는 그런 열띤 흥분을 어떻게 설명할 것인가? 16세기에 몽테뉴는 인용부호 없이 세네카의 글을 인용할 수 있었다. 그러한 때 그는 텍스트 준거를 공유하고 인문주의 문화를 함께 공유하는 독자 공동체에게 글을 쓰고 있다는 의식 속에서 그런 거였다. 그 시대에는 표절이라고 아우성치는 것이 아주 부적절한 일이었을 것이다. 명시적으로건 아니건 간에 몽테뉴로서는 고대인들에 대한 그런 준거가 독자들의 이해 능력에서 벗어난 것일 수가 없었다. 독자들은 같은 지식을 공유하였고, 식자들 간의 똑똑한 공모라는 즐거움을 나누고 있었으니까. 그런데 오늘날에는 지식 영역이 무수히 많은 전문 분야로 분산되어, 안정적인 공통의 지식을 공유할 수 없게 되었다. 어떤 이들에게는 출판물들의 방대한 장場에서 뻔뻔하게 퍼내고 싶은 유혹이 커져버렸다. 인쇄되거나 디지털화한 형태의 출판이 그만큼 증가되었기 때문이다. 집단 내에서 각자의 공헌을 존중하는 자유로운 공유라는 꿈은, 개인의 이익을 위해 부스러져버리는 경우가 너무 흔하다.

표절은 문학의 문제에만 국한되는 것은 아니다. 이는 경제나 기술도 원동력으로 삼는 사회 문제와 훨씬 더 관련된 사안이기도 하다. 그런 만큼 독서와 글쓰기의 도구들은 텍스트의 더 큰 유동성을 향해 발전했다. 복사-붙이기, 다운로드, 막대한 지식 올리기 따위를 통해서다. 그러므로 이용된 매체와 확산 양식에 따라 (직업)윤리 문제가 새로운 용어로 제기된다. 맹렬한 상업주의, 책의 불가피한 상품화, 그뿐만 아니라 개인주의의 고양高揚도 각자를 잠재적 작가로 만든다. 쓰기, 특히 출간하기는 평범한 사람이나 야심찬 정치가도 출판사로 가게 만드는 막강한 자가自家 가치부여 행위를 형성한다. 이런 동기들은 대필이나 표절 같은 일탈을 야기할 수 있다. 의기양양한 표절자의 심리를 보면, 자기 죄를 고백하기보다는 뻔뻔하게도 더 신속히 명예훼손을 외쳐대며, 그렇게 하여 출판사의 전술과 판매제고에 따라 매체화하는 문학을 공략한다. 문단에서 물의를 일으킨 반복적 표절 중 어떤 경우들은 너무 당황스러운 것들이어서, 해당 저자들의 태도가 의아스럽다. 왜 표절이라는 위태로움을 감수하는 걸까? 표절자는 자기가 저지르는 도둑질에 대한 의식이 있기는 한 걸까? 심리적 동기는 전반적으로 두 가지 카테고리에 속한다. 우리가 《표절들, 글쓰기의 내막 Plagiats, les coulisses de l'écriture》[2]에서 명확히 전개시킨 바처럼, 표절자는 문학적 흡혈귀주의로 활기에 차서 의기양양한 표절자와 우울한 표절자로 구분되어야 한다. 후자의 우울한 표절자는 문학으로 크게 고심하는 자로서, 그들 중 어떤 이들은 설사 '허무'라는 강박관념을 보이긴 해도 아주 창의적이다.

의기양양한 표절자를 부추기는 것은, 자신의 글쓰기 영역을 넘어 자기 영토를 끊임없이 확장한다는 문학창작의 제국주의적 개념이다. 이 카테고리에는 옹호론자, 재범자, 도박꾼이 포함된다. 알렉상드르 뒤마는 의기양양한 표절자, 자기가 표절자라는 점을 자랑스러워하는 표절자의 완벽한 사례다. 그는 자신의 죄에 대해 처벌받지 않으리라는 심정이 확고하고, 또렷한 의식하에 자신이 그 죄를 저질렀다고 주장한다. 창작가로서 그의 신조표명은 어떤 때는 전지전능한 신과 같고, 어떤 때는 새로운 알렉산드로스 대왕 같기도 하다. "천재적인 인간은 훔치지 않고, 정복한다."[3] 다니엘 상쉬는 〈문학의 흡혈귀들 Les Vampires littéraires〉[4]이라는 적절한 제목의 논문에서 "모방자와 문학의 흡혈귀들 사이에" 구분을 한다. "모방자는 자기가 모방하는 저자의 영향하에 놓이고(그에게 '헌신하고'), 문학 흡혈귀는 영향력을 '행사한다'. 모방자는 자기가 모방하는 작품의 진수(정수)만 끌어내는 반면, 흡혈귀는 모든 실체(피)를 제 것으로 삼는다. 모방은 '표현된' 것의 변형인 반면, 흡혈귀 짓은 순전한 도둑질이다."

표절 옹호론자로부터 멀지 않은 곳에 표절 재범자가 창궐한다. 물론 표절 재범자는 옹호론자처럼 표절의 향유나 그 행위의 적법성을 강력히 주장하기까지는 않으나, 거리낌 없이 자기 작품의 독창성을 단언한다. 옹호론자와는 반대로, 재범자는 자신의 행위를 부인하고 비난을 치욕으로 여기며 거부한다. 재범에 대한 그의 강박은 그런 만큼 더욱 당황스러운 일이다. 그런 강박은 실재와 외양, 하는 것과 하게 만드는 것 사이에 깊이 박힌 무의식적 혼란으로 설명된다. 그렇게 해서 샤를 노디에는 벌 받지 않은 표절자와 자칭 교훈을 주는 표절당한 자라는 이중의 역할을 한다.《합법적 문학에 관한 문제 Questions de littérature légale》에서 그는 문학의 입법자로서 파스칼의 표절에 대해 준엄하게 비난한다. "모든 점을 고려해보면, 파스칼의 표절은 문학의 허영이 제공하는 사례 중 어쩌면 가장 명백하고, 가장 '뚜

럿하게 의도적'인 것이라는 점을 인정해야 할 것이다. [···] 둘째, 신중함 때문에 그 점이 더 가중된다고 생각한다. 그것은 작가가 표현의 고루함이나 대담성 또는 문장의 구성요소 사이의 관계에서건 뭔가를 변경하려는 신중함이다. 그런 것은 내가 보기에 관념을 더 분명히 하고 자기 주제에 더 적합하게 만들기 위해서라기보다는 자기 문체에 적응시키고 자기 글의 맥락에 어울리게 그 관념을 에워싸기 위해서인 것 같다." 작가들에게서 (다른 작가의) 상표를 뗀 흔적을 탐지해내는 통찰력이 그토록 대단한 것을 보면, 노디에가 이런 글쓰기 양식을 매우 좋아한다는 점을 알 수 있다. 이런 점에서 노디에의 작품은 간접적 자서전처럼 읽혀야 한다!《합법적 문학에 관한 문제》를 출간하던 때, 노디에는 1811년에 죽은 외젠 밀롱이라는 사람의 '프랑스어에 관한 기록'을 물려받는다. "그는 그 기록을 자기 것으로 삼아 그걸 가지고《사전들에 관한 비판적 점검 Examen critique des dictionnaires》(1828)을 써서 참고문헌을 밝히지 않고 밀롱 출판사에서 출간한다. 1822년에는《사라고스에서 발견된 수기 원고 Manuscrit trouvé à Saragosse》에서 '티보 드 라 자키에르의 모험들'이라는 이야기를 도용하여 자신의《앵페르날리아나 Infernaliana》에 삽입한다."⁵ 노디에의 그 이중적 재간은 우리를 어리둥절하게 할 지경이다.

도박꾼 표절자는 의기양양한 표절자의 마지막 변종이다. 그런 자는 문학적 윤리 원칙을 반대하지는 않는다. 반대로, 선배들에게 빚지고 있다는 의식이 있어서 이미 코드화된 문헌들, 감춰진 인용문이나 가짜 서명을 한 복제 등으로 도박을 하면서 자신의 작품을 통해 문학공동체 전체를 소환한다. 상호텍스트성의 그 미묘한 놀이 가운데 놓일지 말지는 독자에게 달린 일이다. 조르주 페렉은 이에 관해《인생 사용법 La vie mode d'emploi》에서 탁월한 예시를 내놓는다.⁶

옹호론자, 재범자, 도박꾼 들은 자신의 개인적 우주에 합병된 다른 작가들의 정체성을 바탕으로 저자라는 정체성을 구축한다는 공통점이 있다. 반대로, 자신에게 창작능력이 없다는 생각에 사로잡힌 우울한 표절자는 죄의식이나 자신의 죄 무게만큼의 불안감을 안고서 표절의 도움을 빌린다. 미셸 슈네데르는 보들레르에 관한 글에서 그런 영향에 대한 강박관념을 명확히 묘사한다. "보들레르는 (포, 드 퀸시, 마담 오픽 등의) 위대함에 짓눌려 있다고 느끼고, 창작과정에서 심각한 어려움에 빠진다. 표절 또는 표절에 대한 불안이 말 없는 순종에 대한 방어로 이용된다. 우상숭배라는 가면 속에 연약하고 상처 입은 '자아'가 감춰진다."[7] 포Poe가 보들레르에게 행사한 마력은 너무 대단해서, 시인 보들레르는 그 작가 자신에 배어들어 결국 다소 의식적으로 그의 텍스트들 중 일부를 자기 것으로 삼고야 만다.

표절이 뻔뻔한 쟁취 무기이건, 그 반대로 불안에 싸인 무능력한 행위이건 간에, 표절당한 희생자에게는 자신의 존재에 대한 침해로서, 자신의 일부가 탈취되는 것이다. 따라서 이 저술은 표절이라는 민감하고 까다로운 문제를 명확히 하고, 심지어 정화시키는 것까지를 목표로 삼고 있다. 일반대중도 저작권 전문가나 문학에서의 독창성 관련 전문가와 마찬가지로 토론용어를 해독할 수 있어야 한다. 언론매체에 실리는 즉시 금세 무마되어버리는 스캔들 사건의 시급성 때문에 그 용어들이 혼란스러워졌기 때문이다.

이 개정판은 사안을 시의에 맞게 다루려 했고, 앞서 나온 〈표절의 언저리들〉에 대해 독자들이 자주 독려했던 분석들을 보충하였다. 파스티슈, 패러디, 후속 또는 위조 같은 다른 양식의 다시쓰기와의 경계가 미묘하기 때문이다. "현실을 어디까지 복제할 수 있을까?"라는 질문은 "타인의 책을 복제할 수 있는 걸까?"라는 질문과 더불어 자주 제기되었던 만큼, 실재와 허구 사이의 관계에 대해서도 새로 조명할 필요가 있다. 그래서 "빼앗긴 주인들"이라는 새로운 장章에서는 루이즈 라베, 셰익스피어, 몰리에르, 바흐친 같은 위대한 작가들에 관해 짚어본다. 이들의 작품은 책 표지에 나타난 저자가 실제로 진짜 저자인지 그 진위가 문제시되어 그 작품들의 문학적 정당성까지 의심하게 한다. 마지막으로 전대미문의 한 장이 '문학의 게놈'에 관한 전도유망한 연구의 트랙들을 열어 보인다. 이 다양한 접근은 문학에서의 진본眞本 문제에 관한 논의를 풍요롭게 해준다.

글쓰기 행위에 관한 우리의 고찰은, 표절 개념에 대해 역사적 개관에서부터 최근의 시사문제에 이르기까지 살펴보는 가운데, 문학적 미학적 사법적 접근에 필요한 지표들을 어느 정도 제공해줄 것이다.

1 장

표절자들에 관한 약사:
고대부터 현재까지

18세기까지는 표절이란 용어 자체가 곡해의 대상이었다. 말[릅]을 훔치는 것은 로마 시대부터 법적 처벌을 받았다고 오래도록 믿겨왔다. 볼테르는 자신의 《철학사전 *Dictionnaire philosophique*》에서까지 그 점을 확언한다. "'Plagiat'라는 이 단어는 원래 라틴어 'plaga'에서 유래되었고, 자유민을 노예로 판 사람에게 내리는 태형을 의미했다고 한다." 볼테르는 이로부터 표절자, 즉 타인이 한 말을 자기 것으로 삼는 자 또한 태형을 받아야 한다고 결론지었다.

이 곡해는 어원을 착각한 데서 비롯되었다. '표절plagiat'이라는 어휘는 '비스듬한' '교활한'을 뜻하는 그리스어 'plagios'에서 온 것이지, '때리기'를 뜻하는 라틴어 'plaga'에서 온 것이 아니기 때문이다. 로마에서는 그 유명한 'Fabia de plagiariis(납치범에 관한 파비우스 법)'가 어린이, 자유민 또는 노예에게 술책을 써서 납치하는 자들에게 적용되었다. 말[릅] 도둑에게 적용되던 것이 아니다. 아마도 로마 시인 마르티알리스가 처음으로 은유적인 의미에서 'plagiarius'라는 용어를 사용했을 것이다. 피덴티누스라는 자가 그의 시를 표절하자, 마르티알리스는 그 표절을 자신의 자식들이 납치당한 것에 비유했다. "그 가짜가 자신이 그들의 주인인 양 말할 때, 너는 그들이 내 소유이며, 내가 그들을 자유롭게 해주었다고 선포하라! 이 선언을 큰 목소리로 서너 차례 공포하면 너는 그 '표절자'를 수치스럽게 만들 것이다."

그렇게 해서 마르티알리스의 은유는 근대적 의미의 표절자들이 고대 로마에서는 실제로 태형에 처해졌다고 믿게 할 수 있었다. 그런데 프랑스어에서는 '말 도둑'이라는 의미의 용어 'plagiaire'가 꽤 늦게 나타난다. 형용사로서는 1555년에 확인되었고, 명사로서는 1584년에 등장한다고 확인되었다.[1] 명사 'plagiat(표절)'는 1697년에 피에르 벨의 《역사적 비판적 사전 Dictionnaire historique et critique》에서 처음 발견된다. 그리고 동사 'plagier'는 등장이 늦어져서 1801년에서야 나타난다.

사실상 고대인들은 법적 의미의 지적 소유권이라는 것을 몰랐다. 카이유메르에 따르면,[2] 이 영역에서는 그 어떤 법제도 탄압하지 않았고, 오로지 여론과 도덕적 지탄만이 위세를 떨쳤다. 에티엔 브리콩은 이 분석을 다시 취하면서 1889년에 〈고대인들에서 문인이라는 직업 La profession d'homme de lettres chez les Anciens〉이라는 논문에서 이 현상을 확증한다.

"표절은 고대에 아주 많이 확산된 습관들 중 하나였다. 뻔뻔하고 약탈적으로 행해지던 표절은 한 책에서 다른 책으로 여러 페이지, 여러 장, 여러 연설문을 너무도 맘 편히 실어 날라서, 숨으려는 노력조차 하지 않는 경우가 흔했다. 표절은 고대인의 문학생활의 한 부분이었다. 법은 표절에 신경도 쓰지 않았지만, 아리스토파네스와 마르티알리스는 표절에 대해 법보다 더 막강했다.

모든 사람들에 대해 표절이라고 비난하는 습관이 특히 그리스에서는 표절 그 자체보다 훨씬 더 확산되었다. 온갖 의미로 교차하는 그런 비난들 가운데서 우리가 진실을 알아내기란 확실히 힘들다."[3]

연설문에 관해서는 관용이 통했고, 모두가 수치심 없이 유명한 웅변가의 것을 빌려 썼다. 데모스테네스는 《리시아스의 생애》(제7권) 여기저기에다 자기 스승인 이사이오스의 글을 베껴놓았다. 반면, 시는 민감한 반응을 일으키기 쉽다. 앙드레 몽테위스는 자신의 저서 《문학 표절 Le Plagiat littéraire》[4]에서 여러 페이지에 걸쳐 그리스 시인들의 숱한 차용과 그들 서로 간의 비난을 박식하게 열거해놓았다. 거기서 아주 흥미로운 것들 중 하나를 여기 소개하겠다. 아리스토파네스는 자신의 《개구리들》에서 다음 글이 자기 것인데 에우리피데스가 표절했다며 비난한다. "내가 너의 손으로부터 비극을 받았을 때,[5] 그 비극은 수다와 허풍으로 잔뜩 부풀려 있었고, [⋯] 그 비극에게 나는 숱한 책에서 발췌한 어리석은 것들의 즙을 주었다." 그리고 마지막으로, "나는 거기에 세피소폰의 말을 끼워 넣으면서 독백으로 양분을 제공했다."[6]

하지만 아리스토파네스 자신도 그런 비난의 표적이 되어, 크라티노스와 에우폴리스를 표절했다는 비난을 받는데⋯《구름》에서는 에우폴리스 또한 비난을 돌려받게 된다!

한편, 라틴 문학은 때때로 그리스 대가들을 그대로 모방하지 않았던가? 라틴 문학의 가장 혁혁한 대표자들이 그런 모방에 매진하였다. 세네카는 차용을 권장하곤 했지만, 변형시키고 가공했다. "바로 그렇게 우리의 정신을 활동케 해야 한다. 정신이 무엇으로부터 구제되었는지에 대해서는 온통 감추고, 정신으로 형성된 것만 생산해내야 한다."[7] 라틴 문법학자인 마크로비우스는 자신의 저서 《사투르누스 제際》의 제5권에서 베르길리우스의 호메로스 표절에 대해 그 얼마나 참을성 있게 하나하나 점검하는가! 그러나 육필 원고가 드물고 비쌌으니, 베르길리우스가 시인 엔니우스, 루크레티우스, 바리우스에게서 빌려온 수많은 다른 표절을 세간에서는 그 누가 알아볼 수 있었겠는가? 마크로비우스가 꼼꼼히 작성한 목록은 한없이 이어진다!

호전적이고 "오로지 물질적 증대만 신경 쓰던"[8] 이 민족에게는 저작권이 존재하지 않았다는 것만 알아두자. 희생자에게는 그저 풍자와 신랄한 촌철에 기대는 일만 남았을 뿐. 호라티우스는 라퐁텐보다 훨씬 이전에 켈수스 알비노바누스라는 자의 차용을 비난하기 위해 이솝 우화의 힘을 빌렸다.

"그의 시대의 작가들은 자신이 가진 것으로 만족해야 했고, 공작의 깃털들로 치장한 어치의 굴욕적인 운명에 처하지 않으려면 타인이 내놓은 생각을 제 것으로 삼지 않도록 조심해야 했다."[9]

라퐁텐이 몇 세기 후 "공작의 깃털들로 치장한 어치"를 다시 언급하여 이솝의 이 우화에 어떤 운명을 안겨주었는지는 잘 알려진 바다.[10]

"자신을 타인의 껍데기들로 장식하는 일이 흔하고,
표절자라 명명되는 그 사람처럼
두 발 달린 어치들이 꽤 많다."

호라티우스도 경멸당해 마땅한 표절자들에 관해 이 글을 쓰면서 자신 또한 이솝을 차용한 점에 대해 라퐁텐과 마찬가지로 미소를 띠었을 것이다.

중세에는 특히 수도원에서 종교인의 손을 통해 서적 산업과 교역이 꾸준히 지속된다. "수도사들은 실제로 필경사이자 학자이자 저자다."[11] 수도원에서 그들은 종교서적뿐만 아니라 세속 작품도 필사하는 일을 맡았다. 그러므로 실제로 대단한 문예 활동이 존재했다. 하지만 저자 이름을 드러내는 작품은 매우 드물다. 작품은 흔히 집단작업의 결과이고, 수도원의 공동체 전체가 각자 저마다 공헌하여 이루어진 산물이다.

미셸 슈네데르는 그 시대의 필사본을 잘못 해석해서는 안 된다고 경고한다. 몽세라 수도원의 수도사로서 1510년에 죽은 시스네로스의 《영적 훈련 Exercitia spiritualia》을 글자 그대로 베낀 것으로 통하는 예수회 창시자 이냐시오 데 로욜라의 경우에는, "필사를 표절과 동일시하는 것은 순전히 시대착오적 발상일 것"[12]이다. 당시에는 모방이 영적 역할을 한껏 하였고, 기독교 신앙이란 저자들의 존재는 알지 못하고, 오로지 예언자들만 알 뿐….

그럼에도 15세기에는 고대 작품에 대한 열광이 어떤 이들에게는 표절을 부추겼던 것이 사실이다. 개인적 영달을 확보하는 데 신경 쓰는 저자에게는 그 일이 쉬울 수도 있었다. 실제로 고대 작품은 원고가 단 하나만 남아 있는 경우가 흔했고, 표절이라는 좀도둑질은 쉽게 감춰졌다. 피에르 라루스[13]는 그런 술수의 특징적 사례를 세 가지 제공한다. 실은 이탈리아 르네상스의 저술가 세 명이다.《고트족의 전쟁 La Guerra dei Goti》의 저자인 레오나르도 브루니가 1444년 사망한 뒤 6세기 비잔틴 역사가인 프로코피우스의 원고가 발견되었는데, 브루니가 자신의 작품이라 주장했던 이 저서는 프로코피우스의 저서를 통째로 번역한 것임이 드러났다! 1527년에 죽은 피에트로 알치오니오는 더 신중해서, 키케로의 실종된 저서인《영광에 관하여 De Gloria》를 없애버렸을 것이다. 그 저서의 가장 아름다운 부분을 횡령하여 마치 자기가 쓴 것처럼 했을 것이다. 당연히 증명될 수 없는 표절…. 마지막으로, 마키아벨리는 플루타르코스의《고대의 명사들》의 원고를 갖고 있었으며, 그 저서에서 많은 영감을 얻었다. 그런데 능란하게도 자신의 주인공인 카스투르치오 카스트라카니의 입을 통해 수완 좋게 표절하는 방법을 택한다.

1436년 인쇄술의 발명, 1440년 종이의 발명과 더불어 큰 변화가 일어난다. 인쇄술 덕분에 작품들이 모든 이의 손에 쥐이게 되고, 표절을 하는 즉시 비난을 받게 된다. 야콥 토마지우스(1622~1684)는《논술 Dissertationes ad stoicae philosophiae》에서 표절 비난을 세심히 열거하는데, 그러면서도 자신의 개인적인 판단은 개입시키지 않으려 주의한다.

약탈자들의 변호를 위해 말하자면, 17세기에 새로이 재발견된 고대는 작가들에게 시달렸음을 상기하자. 저술이란 흔히 번역하는 일이었다. 클레망 마로(1496~1544)는 마르티알리스의 번역가였고, 롱사르(1524~1585)는 호라티우스를 번역하거나 그리스의 위대한 서정시인 아나크레온을 번역하는데…. 롱사르의 서정 단시 〈젖은 큐피드 *L'amour mouillé* 〉와 앙리 에티엔의 모음집에 있는 아나크레온의 산문의 번역문을 대조해보기로 하자.

롱사르	아나크레온
자정이었다네, 큰곰자리 수레의 암곰이 목동좌 목동의 손들 사이에서 운행하고 있었다네. 잠이 찾아와 내 눈꺼풀 아래 감긴 눈을 수면 사슬로 묶어놓으려 했을 때.	좀 전, 한밤중에, 큰 곰이 벌써 목동의 손 밑에서 돌고 있고, 모든 인간들이 피로에 눌려 쉬고 있는 시간에, 에로스가 불쑥 찾아와 내 문의 빗장을 두드린다.
나는 이미 내 침대에서 자고 있었네. 누군가 내 문을 두드리는 소리가 어렴풋이 들려왔을 때. [⋯]	

글쓰기라는 것은, 원문을 글자 그대로 번역하는 것과는 거리가 멀다는 점을 인정하자. 번역이 저술이라면, 이는 개인의 독창적 공헌 덕분이다. 그런데 우리는 아직 비교 분석에 돌입하지 않았고, 그저 한 가지만 확인했을 뿐이다. 표절과 독창 사이에서, 베끼기와 창작 사이에서, 경계선은 예기치 않은 방식으로 이동한다. 잘 알려져 있는, 라블레와 몽테뉴의 차용도 창조적 표절이라고 규정지을 수 있을 만한 것에 대해 증명한다. 그 점을 잘 알고 있던 다눈치오는 표절 비난을 피하고 싶어서 자신을 라블레와 비교할 생각을 했다. "라블레 작품의 빽빽한 숲에서 이탈리아 르네상스의 멋진 과수원으로부

터 옮겨다 심은 작은 관목들 몇 그루를 발견했다고 해서 우리의 거대한 라블레의 심오한 독창성을 인정하지 않으시렵니까?"[14] 타당성을 확보하기 위해, 이제는 좀 명백한 베끼기의 사례를 그래도 들어보기로 하자. 너무 외설스러워서 라블레가 썼을 거라고 여겨질 만한 문장이다. 리모주의 풋내기 조프루아 토리가 반半라틴어, 반半프랑스어로 횡설수설 쓴 글이다.[15]

라블레 《팡타그뤼엘》제6장 (1532)	조프루아 토리[16] 《꽃이 만발한 들판》제6장 (1529)
Nous **transfretons la Sequane au dilucule et crepuscule**: nous **deambulons** par les compites et **quadrivies** de l'urbe, nous **despumons** la **verbocination latiale**, et, comme **verisimiles amorabonds, captons la benevolence de** l'omnijuge, **omniforme, et omnigene sexe feminin.**[17]	**Despumons** la **verbocination latiale** et **transfretons la Sequane au dilucule et crepuscule** puis **deambulons par les quadrivies** et platées de Lutece, et, **comme verisimiles amorabondes, captivons la benivolence de l'omnigene et uniforme sexe feminin.**

몽테뉴 또한 아주 다양한 원전들을 자기 작품에 부어넣으면서 완벽한 인문주의자로 행세하였다. 다소 감추었건 고백했건 간에, 인용은 고대인들에게 바치는 오마주이거나, 권위적 준거의 참조이거나, 장식裝飾을 위한 것이다. 그런데 몽테뉴 자신의 말을 대신하는 듯 싶은 인용은 전혀 없다.

"물론, 그 빌려온 장식들이 내 글에 곁들여 있다는 점을 내가 여론에 전해주었다. 하지만 그 차용된 장식들이 내 작품을 뒤덮는다거나 그것들이 나를 감춘다는 의미는 아니다. 그런 일은 오로지 내 것만, 본래 내 것인 것만 보여주고 싶은 내 의도와 반대되는 일이다. 만약 그리 될 거라고 여겼다면, 나는 만일을 생각해 완전히 혼자 말했을 것이다."[18]

해협 건너편 영국에서는 셰익스피어의 표절자로서의 명성도 엘리자베스 시기 연극의 시대에는 오해에 속하는 일일 것이다. 저자와 배우들은, 지칠 줄 모르고 다시 취해지고 다시 연기되고 쇄신되는 전형적 인물과 바탕 줄거리에서 자유롭게 영감을 얻는다. 뤼도빅 랄랑[19]은 셰익스피어가 "시를 표절했다고 친다면, 연극을 표절한 것은 아니다"라고 적절히 지적한다. 셰익스피어의 작품은 온전히 그에게 속한다.

표절에 관해 17세기는 … 독창적인 일을 한다! "'문학 표절'이라는 공립학교를 운영하면서 제자들에게 도둑질하는 기술과 절도를 교묘히 얼버무리는 기술을 가르치는 자칭 교사"를 상상해보라. 우리는《역사, 비평, 문학에 관한 신보고서 *Nouveaux mémoires d'histoire, de critique et de littérature*》[20]에서 아주 재미있는 몇 쪽을 보게 된다. 여기서 가세 다르티니 신부는 "형편없는 낭독자이자 현학적인 체하는 자"이며, '리슈수르스(Richesource, 풍부한 자원)'라고 기막히게 명명된 자가 어떻게 해서 1667년에《웅변가들의 가면, 즉 온갖 종류의 담론을 쉽게 위장하는 법 *Le Masque des orateurs, c'est-à-dire la manière de déguiser facilement toutes sortes de discours*》을 출간한 후 '표절주의Plagianisme' 유파를 창설했는지 이야기한다. 웅변술을 가르치며 그 선생은 몇몇에게 "그들의 정원에서 전혀 나지 않는 꽃과 과일을 외국 정원들에서 따되, 대중이 그 무고한 도둑질을 알아챌 수 없도록 아주 교묘하게 따라"고 한다. 리슈수르스는 게즈 드 발자크의 편지를 바탕으로 자신의 기술에 관한 사례를 든다. "부분들의 순서를 바꾸고, 문장이나 단어 등을 바꾸며" 베껴서 위장하는 수법이다. 가셰 다르티니 신부는 두 텍스트를 수록해놓았다. 여기에 그 첫 부분만 소개한다. 표절주의자의 사기꾼다운 능력을 알려줄 것이다.

게즈 드 발자크	표절주의자
이 편지를 당신에게 줄 사람은 나만큼이나 내 소식을 잘 알고, 여기서 벌어지는 일에 대해 당신에게 아주 상세히 얘기해줄 수 있습니다.	당신의 손에 이 편지를 건네라는 지시를 받은 사람은 나만큼이나 나를 잘 알고 있어서 당신에게 내 소식을 많이 알려줄 수 있을 것이며, 우리가 여기서 특별히 겪는 모든 일에 대해 아주 상세히 알려줄 것입니다.

기교들이 좀 투박하다. 그럼에도 그 유파는 쉬운 강론을 갈망하는 젊은 종교인들을 상대로 큰 성공을 거두었다.

이 일화 외에도 17세기는 이전 세기의 연장선상에 있었다. 위대한 세기의 가장 위대한 자들도 표절을 아주 많이 했다. 그들의 정체를 폭로해야 할까? 한편, 표절자일 거라고 사람들이 믿는 자가 늘 표절자인 것은 아니다. 다른 한편, 그 시대의 관행은 표절에 대해 완전히 자유로웠다. 그래서 시라노 드 베르주락의 《속아 넘어간 현학자 *Le Pédant joué*》는 몰리에르의 《스카팽의 간계 *Fourberies de Scapin*》의 아주 훌륭한 장면 하나를 탄생케 했다. "Que diable aller faire dans la galère d'un Turc!(도대체 어떻게 터키인의 고약한 일에 끼어들려 할까!)" 세 번 끊어서 강하게 발음하도록 만든 이 문장은 다음과 같이 몰리에르의 문장이 된다. "Que diable allait-il faire dans cette galère?(도대체 그는 어떻게 그 고약한 일에 끼어들려 했을까?)" 그런데 이 차용은 몰리에르의 차용들 중 가장 잘 알려진 것일 뿐이다. 게다가 가짜일 것이다! 이 반박은 롤랑 드 쇼드네가 폭로한 것이다. 연극배우 바롱[21]의 회고록에서 도움을 얻어 《몰리에르 씨의 생애 *La Vie de M. de Molière*》를 쓴 그리마레가 자신이 그 출처라고 확실히 자백한 내용이다. 한마디로 그 사건의 맥락은 "몰리에르와 시라노는 가상디의 집에서 함께 연구했다"는 점이다.[22] 이렇든 저렇든 간에 두 극작가의 관계는 다양한 증언을 통해 확인된다. "몰리에르는 '도대체 그가 어떻게 그런 고약한 일에 끼어들려 했을까?'와 이 의문을 짜릿하게 하는 온갖 극적 요소들을 머릿속에 이미 갖고 있었다. 그는 이에 관해 말한다. 선견지명이 있는 시라노가 기록을 해둔다. 몰리에르는 순회공연을 떠난다. 《속아 넘어간 현학자》는 1654년에 발표된다. 예의 터키인과 그의 고약한 일은 제2막 4장에 잘 자리한다. 그리고 몰리에르는 1671년에 《스카팽의 간계》 제2막 11장에서 이 재산을 '다시' 취한다." 몰리에르의 그 유명한 선언은 그렇게 해서 그리마레를 통해 우리에게 전해지는데, 약간 변형되었다. "내 재산을 '다시 취하는' 것이 허용되었기에 나는 그것을 갖는다." 시라노가 몰리에르를 표절한 것이다!

그러나 어쨌든 몰리에르는 영민한 표절자라는 명성을 견고히 유지한다. 아리오스트의 《바뀐 아이들 *Suppositi*》을 여러 차례 베낀 《수전노》나 《동 쥐앙》이 그런 경우다. 《동 쥐앙》의 긴 창작 과정은 여기서 다루지 않겠다.[23] 결국, 비난받는 문장들과 그것들의 원전을 다시 읽어보고 나면, 차용에 대한 빚을 매우 잘 갚은 천재적인 몰리에르에게 감사하지 않을 수 없다. 리슈수르스 같은 자의 숨 가쁜 상표 떼기와는 거리가 멀기 때문이다! 몰리에르는 자기 작품에다 이전의 것이자 이탈리아의 것인 고대 희극 전통을 그러모으고, 그 전통에서 근대 희극을 끌어내게 된다는 점을 다시 주목하자.

몰리에르 못지않게 파스칼의 독창성도 증명되어야 한다. 설사 그가 몽테뉴의 《수상록》의 글을 상표 떼기를 하고 《팡세》에서 차용한다 해도 말이다. 아주 명백한 표절 사례들은 다시 언급하지 않겠다. 그럼에도 한 가지 예를 들어보자. 저작권 시대 이전에 사람들이 어떤 방식으로 글을 썼는지 꽤 잘 반영한 사례이고, '가시적 세계'에 관해 강렬한 표현을 쓴 부분이다. "중심이 그 어디에나 있고, 테두리는 아무 데도 없는 무한한 구면체球面體다."[24] 19세기 사람으로서 이치를 따지던 노디에는 마드무아젤 드 구르네가 펴낸 몽테뉴의 《작품들》의 서문에서 구면체의 이미지를 빌려다 쓴 파스칼에 대해 아주 엄혹하게 비판했다. "이 도둑질의 대담성 면에서 파스칼에 버금갈 작가는 아무도 없다. 파스칼의 표절은 문학의 허영이 제공하는 사례들 중 어쩌면 가장 명백하고 가장 '뚜렷한 의도적' 사례다."[25] 하지만 우리 너무 섣부르게 표절이라고 외쳐대지는 말자! 구면체 사물에 대한 이미지는 수세기 전부터 점점 더 활기차게 등장할 뿐이니까. 아마도 드 구르네 자신도 라블레의 《팡타그뤼엘》의 제3권 제13장에서, 아니면 중세 철학자 장 드 제르송 또는 1258년에 완성된 《자연의 거울 *Speculum Naturale*》이라는 뱅상 드 보베의 방대한 백과전서에서 그 이미지를 발견했는지도 모른다.《팡세》의 레옹 브룬 슈비크 판본 주석[26]에서, 브룬슈비크는 이 유명한 이미지가 중세 때부터 역사 연구의 대상이었다고 환기시킨다. 이에 따르면, 중세에는 이 이미지를 그리스 철학자인 엠페도클레스의 것이라고 했으며, 때로는 헤르메스 트리메지스토스의 것이라고 하기도 했다. 그토록 유익한 차용을 그 누구한테든 간에 비난할 수 있겠는가?

코르네유도 창의적 모방을 자유롭게 행한 것으로 유명하다. 롤랑 드 쇼드네는《르 시드》의 창작과정을 상표 떼기, 무의식적 차용, 전통, 번역으로 명확히 구분하며 되새겨본다.[27] 나는 독자 여러분께 해당 페이지들을 읽어보시라고 권하고 싶다. 그럼에도《르 시드》가 첫 공연 때부터 격렬한 논란을 불러일으키고 특히 스퀴데리로부터 표절 비난을 받았다는 점을 환기시키련다. "(이 작품에서) 아름다운 것들은 거의 모두 훔쳐온 것들이다."

라신의 차용들도 '행복한 모방'이라는 같은 전통에 포함된다. 그 증거로 다음 문장들을 보자.

가브리엘 질베르 《이폴리트, 냉담한 사내 Hyppolyte ou le Garçon insensible》(1647)	라신 《페드르 Phèdre》(1677)
이폴리트 그토록 흉악한 범죄로 내가 추방당한다면, 아아! 인간들 중 누가 나를 받아주려 하겠는가?	이폴리트 당신이 의심하는 그 끔찍한 범죄를 맡고 있는 나를, 당신이 버리는데, 그 어떤 친구들이 불쌍히 여기겠습니까?

나는 모든 가족에게 끔찍한 존재가
될 것이다.
누이를 가진 남자 형제들에게,
딸을 가진 아버지들에게.

테제
하늘의 적들이여,
악당들에게로 가라.
자기 어머니를 살해한
잔악한 괴물들에게로 가라.
근친상간, 불륜으로 더렵혀진 자들,
그런 자들이 너를 받아주리라.

테제
비통한 평가로 불륜을 영예롭게 하며,
근친상간에 박수를 보내는
그런 친구들을 찾아가라.
너처럼 못된 자나 보호할 만한,
냉담하고 신념도 없는
반역자들, 배은망덕한 자들에게로.

두 인용문은 서술 면에서 같은 짜임새를 보이며, 명령형으로 된 의문문 형식의 문장을 보인다. 아마 오늘날에는 죄책감 없이는, 그리고 위험부담 없이는, 저토록 직접적으로 영향을 드러내는 글을 쓰지 않을 것이다. 하지만 17세기에는 잘 알려진 신화에서 출발한 두 가지 변주가 아니었을까?

물론 수치스럽긴 하지만 허용된 일이던 표절의 시대는 프랑스 대혁명과 더불어 마감을 하고, 온갖 형태의 개인적 소유권이 출현한다. 18세기에 표절이 아직 많이 행해졌다고는 하지만, 그것은 처벌받지 않은 표절자들의 마지막 숨결이었다. 그때까지 예술이란 무엇보다 우선 피조물에 관해 창조주에게 바치는 경의였고, 창조를 반복적으로 모방하는 것이었다. 18세기는 개인의 출현을 보게 된다. 이 개인이 자신을 위해 자기 작품의 소유권을 주장한다.

34

완벽하게 자기 시대 사람이던 루소는 독창적이고 유일한 방식으로 자신의 존재를 명확히 하는 개인성을 꿈꾼다. "나는 전례 없는 기획을 품고 있으며, 그 기획의 실행을 모방할 자는 아무도 없을 것이다."《고백록》의 첫 부분은 "이전에도 이후에도 그 어떤 상호텍스트성에서도 벗어난 텍스트"[28]에 대한 열망을 표현한다.

그렇지만 루소는 당시의 재판관 조제프-마리 케라르의 악착같은 추적을 피하지는 못한다. 케라르는 자신이 쓴《폭로된 문학적 기만들 Supercheries littéraires dévoilées》[29]에서 뒤 로랑스의 혹독한 비난을 전한다.《사회계약》은 울리키 후베르티의《국법에 관하여 De Jure civitate》에서 그대로 끌어냈을 거라는 비난이다. 후자의 저서는 네덜란드 프리슬란트의 프라네커에서 인쇄되고, 1718년에 프랑크푸르트에서 다시 인쇄된 저술이다. 표현이 과감하여, 우리가 언젠가 확인해볼 시간을 가질 작정이다.

프레롱은 다작가인 볼테르를 끔찍하게 그리고 끈질기게 비난하고, 그런 비난을 증명하기 위해 비교를 한다. 볼테르의 철학콩트인《자디그 Zadig》는 1719년《사렌디프의 세 왕자의 여행과 모험들 Le Voyage et les aventures des trois princes de Sarendip》이라는 제목으로 프랑스어로 번역되고 "풍요로워진" 페르시아 소설에서 끌어낸 내용이고, 1730년의《브루투스》는 피에르 코르네유와 토마 코르네유의 조카인 카트린 베르나르의 비극《브루투스》로부터 영감을 얻었을 거라고 프레롱은 주장한다. 볼테르가 거기서 등장인물, 이름, 연극적 효과 등을 취했다는 것이다. 프레롱은 자신의 먹잇감을 계속 감시하지만, 볼테르는 풍자시를 통해 복수한다.

일전에 어느 골짜기 깊숙한 곳에서

뱀 한 마리가 장 프레롱을 물었다.
무슨 일이 벌어졌는지 상상해보시겠는가?
죽은 것은 바로 뱀이었다.

하지만 불굴의 볼테르는 그렇게 자기변호를 하면서 새로운 표절을 저질렀을 뿐이다. 누가 번역했는지 모르지만 1659년에 발표된 라틴어로 된 《풍자시 선집 *Epigrammatum delectus*》의 이행시를 베긴 것이기 때문이다.

커다란 뱀 한 마리가 아우렐리우스를 물었다.
무슨 일이 벌어질 거라고 생각하시는가?
아우렐리우스가 그 때문에 죽었을 거라고? ― 쓸데없는 소리!
죽은 것은 뱀이었다.

볼테르의 냉소주의가 여실히 드러난다. 계몽기 철학자들의 배신자 프레롱에 의해 추적당하는 사람이 볼테르 혼자만은 아니었다. 철두철미 심판관 노릇을 하는 프레롱은 디드로의 1757년 연극작품 《사생아 *Fils naturel*》도 공격했다. 프레롱은 이 작품의 요약문을 발표했는데, 요약해놓고 보니 유명한 베네치아 극작가인 골도니가 1750년에 집필한 《진정한 친구 *Vero Amico*》와 그대로 똑같았다. 디드로는 실제로 양심의 가책을 느꼈다. 도덕적 지탄은 점점 더 무거워져서 지적소유권의 설정을 예고하는데, 이 때문에 국민의회는 지적소유권을 제정해야만 했다.
특권을 타도하자! 이 특권이란, 구체제하에서 저서 출간을 위해 이러저러한 출판업자에게 왕이 내리는 허가였다. 이 허가는 저자를 전혀 보호하지 못했다는 점을 분명히 하자. 저자는 자기 작품에 대한 출판 윤허를 왕에게서 살 형편이 되지 못하면, 출판업자에게 일시불로 팔아넘겨야 했다. 왕권은 이 특권제도 덕분에 출판을 더 잘 통제할 수 있었다. 검열이 그 특혜의 존재를 정당화시켰다. 그러므로 대혁명 초기에 이 특권을 폐지하자 표절을 오히려 용이하게 하는 결과가 빚어졌다. 왜냐하면 저자의 권리를 인정하고 이를 시행하는 일이 정착되는 데 시간이 오래 걸렸기 때문이다. 이 시기의 법적 모호함은 특권 시스템이 갑작스레 없어진 데다가 지적 차원의 소유권에 대한 이해가 어려웠기 때문이다. 그럼에도 개인적 소유권 개념은 저작권 보호로 길을 터주어서 1791년과 1793년의 혁명적인 법들에 의해 구체화된다.

낭만주의 문학에서는 '나'라는 존재가 법률적 보호로 인해 강하게 드러난다. 그럼에도 문학적 기만을 치밀하게 쫓는 케라르는 19세기에 표절이 다시 만연한다고 증언한다. 이 역설에 관한 설명은 다음과 같다. "특히 1830년 이래 문학 전반은 당대 작가들에게 더 이상 사명이 아니다. 글을 쓰는 일은 거래, 출세 수단, 돈의 수단이 되었다."[30] 다른 시대, 다른 풍속… 발자크가 벨기에의 저작권 침해와 관련해서 의원들에게 한 하소연과 저작권에 관한 주장을 들어보기만 해도 짐작된다. 발자크는 인쇄소, 언론, 광고 등이 책을 "모든 자산가의 손에 닿을 수 있게 했으며, 이후로 서적상은 큰 상업이 되었다"[31]고 강조한다.

뮈세처럼 잘 알려진 작가들 중 일부 작가들의 그 유명한 표절들을 순전히 금전적 투기의 탓으로 돌려야 할까? 《라 르뷔 드 포슈 *La Revue de poche*》제6호(1867년 2월 25일)에서 텍스트 두 가지를 비교한다. 하나는 카르몽텔의《주의가 산만한 사람 *Distrait*》의 제2장이고, 다른 하나는 몇 단어만 빼고 이 장면을 복제한 뮈세의《희극들과 격언들 *Comédies et proverbes*》의 한 문단이다.

이에 대해《라 르뷔 드 포슈》는 "그 시인은 정녕 모방만 하는 걸까?"라고 논평한다. 알프레드 모르티에는 이에 관해 "파렴치한 표절의 희귀한 사례"[32]라고 하면서, 다음 장면에서도 복제는 계속된다고 명시한다. 그래도 어쨌든 위대한 프랑스 시인들 중의 하나인 뮈세에게 어떤 구실을 찾아주려는 배려 차원에서, 모르티에는 그토록 비열한 중죄를 상기시킨 자신에 대해 변명하려는 듯 덧붙인다. "이런 차용은 좀 과하다. 뮈세는 그날 아마도 게으름에 빠졌거나 매우 바빴는지도 모른다. 이 격언만 쓴 작가가 아니라는 점이 그로서는 다행한 일이다."

카르몽텔 《주의가 산만한 사람》	뮈세 《모든 것을 생각할 수는 없을 거다》
후작 -오! 저런! 누가 오네!	후작 -오! 저런! 누가 오네!
금발 남자 -후작 나리께서는 뭘 원하시는 건가요?	빅투아르 -후작님께서는 뭘 원하시는 건가요?
후작 -자, 내게 실내복과 실내화를 주게. 일어나야겠네.	후작 -실내복을 주게.

금발 남자	빅투아르
-농담을 하시는군요, 후작님.	-농담을 하시는군요, 후작님.

라마르틴에 대해서도 마찬가지로 말해야 할 것이다. 그는 18세기의 잊힌 시인들을 베꼈다. 매우 칭송되는 성공들 중 어떤 것은 정성스레 감춘 도둑질일 뿐이었다. 〈호수 *Lac*〉의 12음절구도 그런 경우다.

오 시간이여, 너의 비상飛上을 중단하라, 그리고 너희, 순조로운 시간들이여,

이 시구는 앙투안-레오나르 토마의 〈시간에 관한 서정단시 *Ode sur le temps*〉에서 유래한다.

오 시간이여, 너의 비상을 중단하라! 나의 청춘을 존중하라!

독창적인 〈세대들의 큰 바다 *Océan des âges*〉도 마찬가지다. 표절로부터 구제되지도 못할 것이다.

단 한 존재만 빠졌는데, 당신에게 아무도 없는 듯 텅 비어버리는군요!

이는 한 음절[33]만 빼고 니콜라-제르맹 레오나르의 〈고립 *L'isolement*〉에서 훔친 문장이다.

단 한 존재만 빠졌는데, 나에게 아무도 없는 듯 텅 비어버리는 군요!

그렇게 해서 잊힌 시인들이 다시 태어나는데….

다른 위대한 낭만주의자 샤토브리앙을 보자. 그의 경우, 사기 행위를 한다 해도 재능에서 박탈되는 것은 아무것도 없다. 그의 사기 행위란 자신의 《아메리카 여행 *Voyage en Amérique*》을 위해 자료와 정보를 약탈하는 것이니까. 이에 관한 논쟁은 아주 오래전 일이고, 아무것도 증명된 것이 없다. 리처드 스위처의 고증본(Paris, Nizet et Marcel Didier, 1964)은 연구와 사실 확인을 거친 후, 샤토브리앙이 워싱턴, 미시시피, 루이지애나, 플로리다를 결코 본 적이 없다고 주장했다. 상상의 여행을 위장하기 위해, 그는 지리학자, 박물학자, 선교사, 군인 들에게서 내용을 빌려왔을 것이다. 독자를 환상에서 깨우는 수고는 하지도 않고 말이다. 더 놀라운 일은 《사후 회고록 *Mémoires d'outre-tombe*》[34]에 실린 자기변호다. 여기서 그는 다소 고백적인 방식으로 바이런과 자신의 역할을 뒤바꾸면서 바이런을 표절한 것에 대해 자기변호를 한다. 그 두 작가의 작품에서 어떤 문장은 서로 흡사한데, 그들의 사회적 지리적 여정이 비슷하기 때문이다. "프랑스와 영국의 새 유파(낭만주의)의 두 우두머리는 같은 토대의 관념, 운명, 또는 거의 유사한 풍습을 갖고 있다. 한 사람은 영국 귀족, 다른 한 사람은 프랑스 귀족이다. 둘 다 동방 여행자로서 매우 자주 가까이 있었지만 서로 본 적은 없다." 그러나 샤토브리앙은 서둘러 덧붙인다. "바이런 경은 나보다 나중에 그리스 유적들을 방문하러 갔다. 《차일드 해럴드의 순례 *Child Harold's Pilgramage*》에서 그는 [나의] 《파리에서 예루살렘까지, 예루살렘에서 파리까지, 그리스를 거쳐서

갔다가 이집트, 바르바리아, 스페인을 거쳐 돌아오는 여정 *Itinéraire de Paris à Jérusalem et de Jérusalem à Paris, en allant par la Grèce et revenant par l'Égypte, la Barbarie et l'Espagne*》에 나오는 묘사들을 자기 고유의 색깔로 미화한 것 같다." 유사성이 있기는 한데, 선행성은 프랑스 시인에게 돌아간 다! 샤토브리앙은 자기가 영국 시인에게 끼친 영향력을 자랑스럽게 주장하고 있음이 분명하다. "밀턴 이래 영국의 가장 위대한 시인"에 게서 "사소한 트집" 같은 것이 보인다고 여기면서 이 트집을 끝장내 기 위해 다음과 같은 구실을 덧붙인다.

"게다가 비슷한 성격의 두 에스프리가 비슷한 개념들을 가질 수 있음은 지극히 당연하다. 하지만 맹목적으로 같은 길을 걸어왔다 는 그들에게 비난을 할 수는 없다. 외국어로 표현된 관념과 이미 지를 이용하여 자신의 언어를 풍요롭게 하는 일은 허용되어 있다. 이는 모든 세기, 모든 시대에서 봐온 것이다. 나는 아주 어렸을 적,《오시안》《베르테르》《고독한 산책자의 몽상》《자연 연구》(베 르나르댕 드 생-피에르) 등이 내 생각과 비슷했던 기억이 우선 떠 오른다. 그런데 나는 몹시 좋아하던 작품들이 주는 즐거움을 전혀 가리지도 숨기지도 않았다."[35]

그래도 어쨌든 샤토브리앙은 경쟁자 바이런으로부터 어떤 감사 의 말을 바랐을 것이다. "그렇다면 나는 사람들이 권력의 자리에 도 달했을 때 부인하는 그 아버지들 중 하나였단 말인가?"

스탕달의 표절은 더욱 수상쩍다.《유명한 작곡가 요제프 하이든 에 관해 오스트리아 비엔나에서 쓴 편지 *Lettres écrites de Vienne en Autriche sur le célèbre compositeur Joseph Haydn*》는 4분의 3 정도가 주제페 카르파니의 《하이든 *Haydine*》을 번역한 내용이다. 카르파니의 책은 그때부터 겨우 2년 전인 1812년에 밀라노에서 출간되었다.《모차르트의 생애 *Vie de Mozart*》《이완에 관한 고찰 *Considérations sur Métastase*》도 그대로 번역한 것, 잘라낸 것, 복제한 것의 짜깁기다. 사기 행위의 절정은, 스탕달의 《로마, 나폴리, 피렌체 *Rome, Naples et Florence*》라는 저서가 《에든버러 리뷰 *Edinburgh Review*》의 찬사를 받았다는 사실이다. 그런데 이 잡지의 편집인은 스탕달이 바로 자기네 잡지에서도 발췌문을 숱하게 훔쳐냈다는 사실을 알게 된다! 그 준엄한 사실 확인만으로 만족하자. 이 경우는 위대한 작품의 '언저리들'에 관한 것일 뿐이다. 그리고 제라르 주네트는 차용과 개작이 매우 스탕달식으로 행해졌다는 점을 강조한다. "그의 편지에서처럼 소설에서도, 그리고 그의 회고록에서처럼 에세이에서도 벨[36]은 언제나 현존한다. 그러나 거의 늘 복면을 썼거나 변장해 있다."[37] 작품은 어디서 시작되며, 어디서 끝나는 걸까? "스탕달의 경우 표절 부분, 차용 부분, 파스티슈 부분, 외전外傳 부분을 규명하기가 거의 불가능하다."[38]

뒤마의 경우는 유명하고 어처구니가 없다. 《삼총사 *Les Trois Mousquetaires*》[39]의 일부는 다른 데서 빌려온 것이며,《골족과 프랑스 *Gaule et France*》도 샤토브리앙과 역사가 친구 오귀스트 티에리에게서 빌려왔다. 소설《알빈 *Albine*》과《붉은 방 *La Chambre rouge*》은 어느 독일 소설을 그대로 베낀 작품이고, 약 2백 쪽가량 되는 단편소설《복갑腹甲 티티새 사냥 *La Chasse au chastre*》은 루이 메리가 《라 프레스》에 실었던 것이다. 돈 후안식 쟁취(또는 약탈) 목록은 한없이 계속될 수도 있을 것이다. 하지만 광적인 표절 노략질에 대해 너무 강조하는 건 아닐까? 피에르 라루스[40]는 자기가 애착을 느끼는 소설가의 도둑질을 얼른 과소평가한다. "어마어마하게 많은 뒤마의 작품 전체를 감안하면, 이런 차용들은 급류에 휩쓸려가는 지푸라기들로밖에 보이지 않는다." 뒤마는 자신의 그 '어마어마한' 작품들을 위해 '흑인 노예' 약 70명을 부리지 않았던가? 뒤마는 그 모든 근심거리를 파렴치하게도 다음과 같은 결정적인 표현으로 일소해버린다. "신 자신도 인간을 창조할 때 인간을 발명해낼 수 없었거나, 아니면 감히 그러지 않았다. 신은 인간을 자신의 형상대로 만들어냈다!"

이런 표절 사냥에서 빅토르 위고는 면제된 듯 보인다. 반면, 자신의 "극작품《뤼크레스 보르지아 *Lucrèce Borgia*》가 오페라 형태로 모방되고 연극으로 복제되었다"고 재판정에서까지 항의해야 했다. 피에르 라루스의《19세기에 관한 일반대사전 *Dictionnaire universel du XIX*ᵉ *siècle*》의 '저작권 침해' 항목에서 전하는 바에 따르면, 빅토르 위고는 "이탈리아인들이 프랑스 희곡을 탈취하여 프랑스에서 공연할 오페라 대본으로 꾸며버린 권리에 대해 법정에서 이의 제기를 했다. 그는 재판에서 승소했다. 이어서 장면의 장소를 바꾸고, 교황 알렉산드로스 6세 궁정의 이탈리아인들이 터키인들로 변신되어 의상을 바꿈으로써 그 작품을 충분히 변질시켜서《루크레치아 보르자 *Lucrezia Borgia*》는《리네가타 *Rinegata*》가 되었다."

발자크는 창의적 표절자의 모델이기까지 하지만, 그의 명예는 무사하다. 그러므로 너무 잘 용서받은 도둑질의 세부사항은 제공되지 않을 것이다. 마찬가지로 졸라도 신용의 혜택을 입고 있다.《로마 *Rome*》라는 작품에서 그 도시의 지형학과 교황제의 역사에 할애한 부분에서는 묘사 기법이라는 측면을 감안하여 막대한 차용마저 쉽게 받아들일 수는 있다. 사람들이 흔히 들먹이기 좋아하는 그의 좀도둑질은《수호된 베니스 *Venice preserved*》의 한 장면에 관한 것이다. 이 작품은 엘리자베스 시대풍의 극작가 토머스 오트웨이의 1682년 희곡이다. 이 작품에서 유녀遊女 아퀼리나가 의원인 안토니오에게 채찍질을 하고, 안토니오는 네 발로 기면서 개처럼 짖어대는 장면을 보게 된다. 졸라는 1893년에 자기 작품《나나》의 자료 조사원이던 앙리 세아르와 사이가 틀어졌다. 그로부터 2년 뒤인 1895년에 그 소설을 각색한 뷔즈낙의 희곡작품(1881)이 뢰브르 극장에서 공연되자, 세아르는 이 기회를 이용하여《르 마탱》지(1895년 11월 9일자)에서 졸라가 오트웨이의 작품을 표절했다고 폭로해버렸다. 똑같이 에로틱하고 기괴한 장면이《나나》의 제13장에 있는데, 졸라는 테느가《영국문학사》[41]에서 인용한 그 에피소드를 다시 취했다는 것이다. 졸라는 며칠 후 서둘러서《르 골루아 Le Gaulois》지에서 그 사실을 인정했다.[42] "나는 그 장면을 거의 원문 그대로 다시 취했습니다. 여러분께 그 원전까지도 알려드리겠습니다. 테느! 바로 테느입니다! 내 어린 시절에 그의 글에서 읽은 그 장면이었죠."[43] 사실상 이 작가의 격앙된 표현은 자신의 죄의식을 과장하고 있다. 두 텍스트를 보면, 그가 말하는 바처럼 각색이 그리 모방적이지는 않다. 문제의 그 장면은 매춘에 관한 가장 고전적 문체文彩들 중 하나라고 덧붙여야 할까? 사창가에 관한 코드가 문학적 코드보다 앞서고…. 훗날 졸라는《목로주점》에서 드니 풀로의《숭고함 Sublime》[44]의 어떤 문단을 통째로 복제했다고 그를 비난하는 자들에게 거리낌 없이 대답하고, 그들에게 "추적을 더 밀어붙이라"고 충고한다. "내 모든 소설이 그런 식으로 쓰였습니다. 나의 이전 작품들에서 표절을 찾아보시오. 잔뜩 발견하게 될 겁니다!"

　루머나 보복성 언론 캠페인은 흔히 그런 중상모략에서 비롯된다. 냉혹한 비방 글을 즐겨 쓰는 레옹 블루아의 표적이었던 알퐁스 도데도 그런 잔인한 사례들 중 하나다.《검투사들과 돼지 치는 사람들 *Belluaires et porchers*》에서 발췌한 추잡한 비난 글을 보기로 하자. 온전히 알퐁스 도데에 할애한 "영광을 훔치는 자"라는 제목의 한 장章에 있는 글이다.[45] "그가 도용한 작가들의 이름을 이제 알고 싶은가. 발자크, 디킨스, 바르베 도르빌리, 공쿠르, 플로베르, 졸라, 폴 아르센—맙소사 폴 아르센까지!—그리고 얼마나 더 많은지 알 수도 없는 그 숱한 작가들이 나를 질겁하게 만든다. 그에게 젖을 주고 배불리 먹이고, 과다할 정도로 가득 채워준 이들이 바로 그런 작가들이다." 그러고 나서는 치욕을 배가시키면서 부당하고 수상쩍은 증오를 드러낸다.

반면, 아나톨 프랑스는 연재소설 형식으로《레코 드 파리(파리의 메아리) *L'Echo de Paris*》에 1892년 발표한《페도크 왕비의 구운 고기 전문점 *La Rôtisserie de la Reine Pédauque*》에서 진짜로 표절을 한다. 물론, "르사주의《산티아나의 질 블라스 *Gil Blas de Santillane*》처럼 유명한 피카레스크 소설이나 카조트의《사랑에 빠진 악마 *Diable amoureux*》처럼 신비주의 계시론적 이야기들의 패러디로 인정되기도 한다. 많은 무의지적 차용 속에서 아베 프레보와 그의《마농 레스코 *Manon Lescaut*》의 독한 문체가 비쳐 보인다."[46] 하지만 여기서는 칭찬할 만한 영감의 원천에 관한 것일 뿐이다. 앙투안 갈랑의《천일야화》번역서에서 거의 그대로 옮겨온 문단에서 보게 되는 놀랍도록 비열한 복제와는 전혀 다르다.

표절 문장에서 원문과 좀 다른 단어는 이탤릭체로 표시했다. 각색을 위해 약간의 노력을 기울였다는 점을 보여줄 만해서다. 이 소설가를 존중하는 마음에서, 이 놀라운 복제 부분을 짧게 보여줬음을 다시 고백한다. 이 소설가로서는 자신의 모델에 대해 잘 억제하지

《천일야화》의 번역문	《페도크 왕비의 구운 고기 전문점》
그녀는 원하던 바를 그들로부터 얻은 후, 그들이 각자 손가락에 반지를 하나씩 끼고 있다는 것을 알아채고는 그들에게 그 반지를 요구했다. 그녀는 반지들을 손에 쥐자마자 자신의 화장도구가 있는 보따리에서 상자 하나를 꺼내더니 온갖 종류로 세공된 반지들이 끼어 있는 실 하나를 꺼내어 그들에게 보여주며 말한다. "이 보석들이 무엇을 의미하는지 아십니까? 내가 은덕을 베푼 모든 남자의 반지입니다. 잘 세어보면 98개이지요. 그들을 회상하기 위해 간직하고 있어요. 같은 이유로, 그리고 백 개를 넘기기 위해, 제가 여러분에게 반지를 요구한 겁니다. […]	그녀는 원하던 바를 그들로부터 얻은 후, 그들이 손가락에 반지 하나씩을 끼고 있는 것을 알아채고는 그들에게 그 반지를 요구했다. 그러고 나서 자기가 있던 금고로 돌아가 거기서 가락지들이 끼어 있는 묵주를 꺼내더니 왕자들에게 보여주며 말한다. "이 꿰어 있는 반지들이 무엇을 의미하는지 아십니까? 내가 당신들에게 베풀 선행을 마찬가지로 베풀어주었던 모든 남자의 반지입니다. 잘 세어보면 98개가 있지요. 나는 그들을 기억하며 간직하고 있습니다. 같은 이유로, 그리고 백 개를 넘기기 위해, 제가 여러분에게 반지를 요구한 겁니다. […]

못한 감탄의 순간이 발각된 것일지도 모른다!

　20세기 벽두까지 표절은 정녕 모든 시대의 문학 현상이었다. 18세기의 저작권 관련법들은 표절을 아직 완전히 사라지게 하지는 못했다. 모두가 법을 안다고 여겨지는 법치국가에서 오늘날 그 사정은 어떠할까?

2 장

오늘날의 표절 행위:
새로운 서적 생산 환경에
관련된 현상

르네상스 때 인쇄술의 발견이 책의 역사에 큰 변혁을 가져온 것과 마찬가지로, 20세기에는 전파와 소통 수단의 현대화가 읽기와 쓰기 습관을 대대적으로 변화시킨다. 출판 실무의 변화도 문학상 시스템과 마찬가지로 표절에 새로운 길을 열어주고, 그 위험은 이득에 비례하여…. 법의 힘이 어떠하든 간에, 표절 문제는 막대한 규모에 이른다. 그러면서도 실질적으로는 여전히 복합적인 문제라는 점을 인정하지 않을 수 없다. 사실상 문학적 차용에 관한 논의는 원전 문제와 불가피하게 연결된다. 그런데 그 어떤 작품이건 간에 작가의 독서로부터 그의 고유의 글쓰기로 이끌어간 숱한 궤적을 조사하려면 책 한 권, 아니 심지어 그 이상의 작업이 필요할 것이다.

원전에 관한 문제

이 만만찮은 난제에 대해 블레즈 상드라르는 나름 유머가 섞인 일화를 제공한다. "소녀 같은 감상을 지닌 쥘 베른"이라 불리는 귀스타브 르 루즈의 시적 재능을 확신한 상드라르는 르 루즈가《벼락 맞은 남자 L'Homme foudroyé》에서 이야기하는 기만 행위를 이용하여 그의 시적 재능을 아주 우정 어린 태도로 증명해 보이려 시도한다.[1] "잔인하게도 나는 르 루즈에게 시집 한 권을 가져가서 읽게 했다. 다 보고 난 뒤 그의 어느 산문 작품에서 내가 가위로 잘라내어 내 이름으로 출간한 20여 편의 시 원문을 그 시집에서 확인해보라고 했다! 뻔뻔한 일이었다. 하지만 나는 야비함에 가까운 그 술책을 써야만 했다. 우정을 잃게 될 위험을 감수하면서라도 말이다. 그가 반박하며 내세우는 말에도 불구하고, 그리고 나 또한 그에게 반박하면서, 그도 시인이었음을 인정케 만들려고 그랬다. 그러지 않았다면 그 고집쟁이는 수긍하지 않았을 것이다."《코닥 Kodak》이라는 제목으로, 이어서《다큐멘터리 Documentaire》(저작권 침해 때문에!)라는 제목으로 발표된 사기 행위는 1966년에서야 프랑시스 라카생에 의해 폭로되었다. 그는 다음과 같이 결론짓는다. "그것은 문학 창작의 이상적인 사례다. 협의하여 그렇게 된 것이 아니라, 연이은 두 차례의 도움에서 비롯된 공동작업이다.《다큐멘터리》는 르 루즈 못지않게 상드라르에도 속하고, 소재를 가공한 자 못지않게 그 소재를 제공한 자에게도 속한다."[2] 판단은 독자의 몫이다.

귀스타브 르 루즈 《비밀스러운 코르넬리우스 박사, 체꽃 부인》,[3] p. 638	블레즈 상드라르 《다큐멘터리》(1924) "도리파"
도리파가 결혼 전에는 모범적이지 못한 생활을 이끌었다고 사람들은 말하곤 했다. **때때로 인디언들과 경작 일 하는 목동들이 위스키와 용설란 술에 취해 있는 축제날이면,** 연주법을 배운 피에르 질캥의 **멕시코 기타 소리에 맞춰** 너무 관능적이고 마음을 사로잡는 하바네라 춤을 추는 바람에 **몇 리나 떨어진 데서도** 사람들이 와서 그녀를 찬미했다고 한다. 어깨에 **비단 만틸라를 두르거나, 금발머리에 리본이나** 간단한 꽃 하나 장식하는 일을 그녀만큼 멋지게 할 줄 아는 여자는 아무도 없었다는 말도 했다.	**축제날 인디언들과 목동들이 위스키와 용설란 술로 취해 있다.** 도리파가 춤을 춘다. **멕시코 기타 소리에 맞춰서** **너무 마음을 끄는 하바네라 춤 그래서 사람들이 몇 리나 떨어진 데로부터 와서 그녀를 찬미한다.** 그 어떤 여자도 그녀만큼 잘 하지 못한다. **금발머리 장식하는 법을 리본으로** 빗으로 꽃으로

　　표절은 혼란스럽고 애매한 사안이라는 점이 드러난다. 르 루즈
가 자기를 기꺼이 돕는 친구에 대해 소송을 제기하려는 유감스러
운 생각을 했다면, 판사는 이 사안에 대해 뭐라고 말했을까? 상드라
르의 선의와 온정 어린 의도 덕분에 르 루즈는 아마 구제되었을지
도….

　　문학 관련 문제에서는 영향력에 대해 감히 판단하려면 신중을

기해야 한다. 모욕적인 비난을 가하기 전에 경쟁관계, 어쩔 수 없는 자존심 건드리기, 특히 유행이나 시대 관련 현상, 어떤 의미로 보면 시대의 분위기 같은 것 등을 소홀히 여겨서는 안 된다. 판사들은 그 점을 알고 있고, 사상의 전파와 사상의 형식화가 요행에 좌우되는 성격이 있다는 점을 고려한다. 시대마다 문화가 있고, 공통적인 독서의 토대가 있고, 어떤 문학적 준거들이 필히 수렴되게 마련이다. 20세기에는 콜라주, 놀이로서의 글쓰기, 상호텍스트성 개념이 그 혼란에 더해진다. 그리하여 모든 원전 추적을 복잡하게 만든다. 문학저작권과 예술저작권 개념은 남용되고, 이는 '샘플링'과 더불어 음악 분야에서도 보게 된다. 짧은 발췌들을 '리믹스'하여 거의 알아볼 수 없게 하여 자기 것으로 만들어버리는 방법으로서, 아주 많이 반박을 받는다.

그런데 대중에게 널리 알려졌으나 사소하게 여겨지는 한 가지 사실이 있다. 숱한 표절 사건에 대해 대중이 느끼는 불신과 조롱에서 벗어나 있는 그것은, 금전적 쟁점이 존엄한 윤리문제를 추월한다는 사실이다. 생산성과 '마케팅'의 시대에, 사람들은 작가의 '창조적' 작업에 미치는 결과를 편리하게 상상한다. 케라르와 발자크는 이미 19세기에 책을 대상으로 하는 협상을 비난했다. 하지만 당시에는 광고 수단과 유통 수단 그리고 이들과 연관된 이익이 현재의 성능에는 아직 미치지 못했던 시대다.

금전적 쟁점과 문학적 정당성

상업적 성공에 연연하는 새로운 출판 전략이 1920년대부터 생겨나면서, 동시에 문학적 정당성 문제를 제기하였다. 출판인의 권력을 몹시 의식한 사람은 아마도 베르나르 그라세가 처음일 것이다. "문학적 가치 창출에서 출판사의 몫은 결정적이다." 한 작가를 시장에서 받아들이게 하려면 그 무엇도 소홀히 해서는 안 된다. "인간관계, 해외 통신원, 서점 납품, 다양한 문화기관과의 접촉, 제작 차별화, 특히 총서 기획을 통한 차별화, 사전점검을 위한 예비출간, 인쇄 부수와 판매부수 부풀리기, 그리고 무엇보다 두 가지 막강한 카테고리에서 온갖 종류의 압력 등. 한 카테고리는 중요한 자리를 맡고 있으면서 공인公認을 결정하는 정평 있는 평론가들로서, 학술원 회원, 이런저런 상賞의 심사위원, 큰 신문사나 잡지사에서 문학비평을 담당한 평론가가 그들이다. 또 하나의 카테고리는 문학 관련 사실들을 시사적인 사건으로 변형시켜서 광범위한 대중의 관심을 끌 수 있는 기자들이다."[4] 당시 그라세는 놀랍고도 스캔들 같은 근본적 변혁을 초래했다. 결국 그는 문학계 변화의 주요 원인 제공자로 여겨지게 된다. 그 변화는 사실상 귀결이었을 뿐인데…. 어떤 이들에게는 이 변화가 문화 발전에 버금가는 것이었고, 또 어떤 이들에게는 쇠퇴로 보였다. 어찌 됐든 그 이후로 책이란 "문화적 생산의 진정한 '트러스트'"[5]가 가장 가시적으로 나타난 국면일 뿐이다. 이 새로운 경제적 상업적 맥락에서 볼 때 표절의 새로운 형태들과 동기들을 더 잘 이해하게 될 것이다.

오늘날 책의 수명은 짧다. 폐기처분당하지 않으려면 일정 기간

동안 장애물투성이의 여정을 밟아야 한다. 얼른 해치우는 독서나 대중교통을 이용할 때 자주 끊기는 책읽기에 맞추면서도 시대 분위기에 맞는 문체를 갖춰야 하고, 시사문제, 계절, 유행에 어울리는 주제를 다뤄야 한다. 이로 인해 저자는 텔레비전 프로그램에 나가거나 언론 매체와 인터뷰도 해야 할 것이며, 서점 책꽂이에서 가장 좋은 자리도 얻어야 한다. 운명적인 첫 두 주 동안 팔리지 않으면, 그다음에는 서점 깊숙한 곳에 처박혀 있다가 폐기처분될 테니까. 반대로 성공할 경우, 저자는 출간된 책의 파급 효과를 이어받을 만한 다음 저술을 요청받게 된다.

어떤 저자들은 시장의 현실을 의식하여 '수익성 있는' 책을 빨리 쓰기 위해 표절 유혹에 굴복한다.

그래서 라 브뤼에르 출판사는 리브레리 데 샹젤리제(샹젤리제 서적)가 펴낸《가면 Le Masque》이라는 그 유명한 추리소설전집의 성공을 이용하여《복면 La Cagoule》라는 전집을 출시하여 혼동을 야기해보려 시도했다. 자신의 글재주를 위태롭게 할 준비가 된 작가 하나만 있으면 되는 일이었다. 그렇게 하여 에드몽 미셸은 1947년에《복면》전집에다 엘레오노르 퓔크라는 가명으로《일곱 그루의 떡갈나무 Les Sept chênes》를 발표했다. 이는 '가면' 총서로 1930년에 출간된 스타니슬라스-앙드레 스테망의《도난당한 손가락 Doigt volé》을 베낀 것이었다. 1년 후, H. E. 클레그와 P. W. 아셰르라는 이름으로 출간한《열하나 중에 아홉 Neuf sur onze》을 펴낼 때도 같은 작업을 수행했다. 이 작품은 '가면' 총서에서《늑대들의 카니발 Le Carnaval des loups》이라는 제목으로 출간된 오펜하임의 작품을 가까스로 위장한 복제물이었다. 1954년 11월 2일 파리고등법원은 에드몽 미셸과 출판사를 저작권 침해로 함께 처벌했다.[6] 유행 효과, 금전적 이해관계, 출판인들 간의 경쟁, 가명 사용 등은 저작권 침해의 배경을 특징짓는 요인들이다. 이 사건은 문학적 측면에서는 그다지 흥미롭지 않다. 반면, 좀 더 존경받을 만한 저자들도 연관된 현재의 관행에 대해서는 완벽히 설명해준다고 할 수 있다.

특별히 언론을 타는 주제가 독자를 끌어들일 확률이 더 높다는 것을 일부 저자들은 알고 있다. 1980년대에는 역사적 전기가 광범위하게 발굴되었다. 유명한 작가들은 이런 수요에 부응하기 위해 출판사들의 집필 요청을 받았다. 독서 잡지《리르 *Lire*》[7]는 1991년에 알뱅 미셸 출판사에서《나, 니농 드 랑클로, 유녀遊女 *Moi, Ninon de Lenclos, courtisane*》를 출간한 폴 귀트의 기괴한 표절을 폭로했다. 대단히 유명했던 이 작가의 작품은 프로방스 대학의 교수이자 17세기 문학 권위자인 로제 뒤셴의《니농 드 랑클로 *Ninon de Lenclos*》(파야르, 1984)의 전기보다 확실히 더 많은 독자를 끌어 모았다. "고문서와 수기 원고에 대한 면밀한 검토에 이골이 난 대학교수 로제 뒤셴은《니농 드 랑클로》의 집필을 위해 숱한 연구를 수행하였다. 그러나 폴 귀트는 뒤셴 교수의 책을 사러 서점에 가기만 하고"그 책의 전개를 온통 다시 취했다. 전기에서 빠뜨릴 수 없는 연대기 정도라면 아마 용서될 수도 있었겠지만, 폴 귀트는 뒤셴 교수의 인용문, 참고사항, 텍스트 발췌문들까지 베껴댔다. 처음 몇 장은 좀 덜 비열하게 각색하려 애쓰다가, 그다음부터는 매번 원전을 밝히지 않는 상표 폐기(표절)에 빠진다. 장 제목들을 비교해보면 표절로 일관하리라는 것을 미리 알려줄 뿐이다. 뒤셴의 '새로운 레온티움'과 귀트의 '현대적 레온티움', '사블리에르 부인 주위로'와 '모래통(프랑스어로는 '사블리에르') 멧비둘기', '방종과 자유사상가들'과 '방종한 여인' 등등. 탈망 데 레오, 뷔시-라뷔탱, 생시몽의 인용문들은 쉼표 하나만 빼고 그대로 다

갖다 베꼈다.

사람들이 좋아하는 장르에서 매력적인 주제는 의심할 바 없이 표절 유혹을 제공한다. 앙리 트루아야도 마찬가지로 그런 유혹을 이겨내지 못했다. 빅토르 위고의 내연녀에 관한 전기로서, 1997년에 플라마리옹 출판사에서 출간된《쥘리에트 드루에 *Juliette Drouet*》의 저자인 트루아야는 제라르 푸생과 로베르 사부랭에 의해 파리 지방법원의 법정에 소환되었다. 푸생과 사부랭은 자신들의 재산인《쥘리에트 드루에 또는 실향민 *Juliette Drouet ou la Dépaysé*》(파야르, 1992)을 트루아야의 책 속에서 보게 된 것이다. 앙리 트루아야는 결국 2003년 2월 19일에 저작권 침해로 기소되었다. 쥘리에트와 니농은 대단한 남자들을 탈선시키는 소명을 여전히 갖고 있다고나 할까. 내연녀들과 매춘부들이여, 부끄러운 줄 아시오!

전기 장르가 특히 표절 위험이 높다는 점을 인정하자. 엘리안 르카름-타본은 〈유녀전 *Biographie de courtisane*〉[8]이라는 연구논문에서 이 점에 관해 설득력 있는 예시를 제공한다. 1920년부터 오늘날까지 니농 드 랑클로의 전기만 해도 최소한 7명의 전기 작가가 다루었다. 다소 조절된다 하더라도 겹치는 것들을 어찌 피할 수 있겠는가? "니농 드 랑클로는 여기서도 개별적 장르를 형성한다. 그녀의 삶에 관한 이야기는 모두 불가피하게 그녀를 처음 다룬 전기 작가들이 자리 잡아놓은, 꼭 다뤄야 할 상당수의 일화를 거치지 않을 수 없다. 그리고 나면 나머지는 방법적 문제이거나 문체와 해석에 달린 일인데, 너무 많은 전기 시리즈 가운데 자리 잡는 것이 가장 큰 관건이다." 사실상, '공통적인 도식'이 모든 '유녀전'에 부과된다. "주인공의 사회적 신분과 가족관계에 관한 전개, 그녀의 진짜 이름 밝히기와 선택된 가명에 대한 설명, 첫 타락과 사교계 생활로 접어든 계기에 관한 이야기, 영향력 있는 첫 보호자에 관한 언급, 그다음 몇 차례의 급변 후 이른 또는 늦은, 비참한 또는 호사스러운 결말에 관한 언급". 니농 드 랑클로의 열렬한 전기 작가들 중 하나인 에밀 마뉘가 1948년에 자기 땅으로 밀렵하러 들어온 "생각 약탈자들"에 대해 분격한 것은 전혀 놀랍지 않다.

어떤 책의 성공을 이용하여 차용을 다소 고백하면서 어느 정도 독창적인 후속작품을 내고 싶은 유혹 또한 크다. 1981년에 출간된 레진 드포르주의《파란 자전거 *La Bicyclette bleue*》는 1936년에 미국에서 출간되고 3년 뒤 갈리마르 출판사에서 프랑스어로 번역된 마거릿 미첼의 베스트셀러《바람과 함께 사라지다》가 얻은 성공의 혜택을 입지 않았던가? 1939년, 그 소설은 빅터 플레밍에 의해 클라크 게이블과 비비안 리가 주연하는 영화로 만들어졌다. 아름다운 스칼렛에 대한 대중의 열광은 프랑스 소설에서 다시 즐길 새로운 기회를 발견했다. 출판사 쪽에서는 아주 사심 없는 일이었고, 프랑스 소설가 쪽에서는 그저 단순한 일이었을까? 이 일은 일련의 소송으로 인해 언론 전반에서 다뤄졌고,《스칼렛》이라는 제목으로 알렉산드라 리플리의 새로운 표절 작품이 나오고 나서야 종지부를 찍었다. 이에 관해서는 뒤에 다시 다룰 것이다.

더 최근에는 유명한 소설 하나가 쉽고도 뻔뻔하게 이용당했다. 영국 소설가 알렉산더 몰린이 쓴《라라의 아이 *Lara's Child*》가 1994년 봄에 런던의 트랜스월드 출판사에서 출간되었고, 몇 달 뒤 독일 번역본이 베텔스만 출판사에서 출간되었다. 평단에서 시시하다는 평을 받은 이 소설은 "닥터 지바고의 후속"이라는 언급 덕분에 약 15만 부가 팔렸다. 보리스 파스테르나크의《지바고》에 대해 세계 전체에서 유효한 저작권을 보유한 이탈리아 출판인 카를로 펠트리넬리는 이 소설의 주인공을 허가 없이 사용하는 것을 금지하고 싶었지만, 독일에서 제기한 소송에서 패했다. 만하임 법정은 "공통점이 많긴 하지만, 후자의 책이 전자의 책에서 유래한 것이라고 주장하기에는 불충분하다"고 판결했다. 카를로 펠트리넬리는 항소했다.[9] 속편이라는 유형은 주인공을 다시 취하므로 저작권 문제가 분명히 제기된다.

저자는 책을 낸 출판사에 의해 떠밀려서건 아니건 간에, 대중의 호출이나 언론의 호출에 늘 저항하는 건 아니다. "기삿거리가 없어 고심하는 언론과 출간할 것이 없어 고심하는 '작가들' 사이에 불가피한 종속관계가 있다. […] 이 '출판 병(질병)'은 언론뿐만 아니라 예술가 집단, 잡지계, 출판계 전체에 반드시 전염되고야 만다. 언론, 서점, 자료센터 등을 혼잡스럽게 채우는 가짜 책, 거짓 기사, 무수히 재탕되는 되풀이의 숫자를 확인해보면 경악스럽다."[10] 이 서글픈 확인은 책이 소비재로서 생산, 유통, 수익성이라는 경제적 제약을 벗어나지 못하고 있음을 확증시켜준다. 이런 상황에서 표절은 일부 저자들이 보기에 하나의 경제적 솔루션이다. 베끼고, 금세 쓰고, 남에게 쓰게 하고….

민감한 영역: 자료조사 작업

표절 위험은 에세이나 자료와 더 흔히 연관된다. 에세이와 자료에서는 법적으로 보호되지 않는 아이디어가 주요 소재가 되므로, 주로 형식과 문체의 질을 통해 구분되는 순수하게 문학적인 결과물과는 상반된다. 에세이는 소위 'on file'이라 불리는, 빠른 글쓰기 기술에 적합하다. 이는 저자가 자료정리 담당자나 어떤 전문가에게 하청을 주는 방식을 말한다.

자크 아탈리는 반복해서 스캔들을 일으켰다. 1982년, 파야르 출판사는 《이 시대의 역사 *Histoire du temps*》를 출간하여 언론을 격분케 한다. 《텔 켈 *Tel quel*》《리베라시옹 *Libération*》《르 카나르 앙셰네 *Le Canard enchainé*》 등의 매체들이 아탈리가 차용한 부분을 모아봤더니 장-피에르 베르낭, 에른스트 융거 등에게서 차용한 것들이었다. 출판사는 사과해야 했다. 그저 인용부호를 깜빡 잊은 것일 뿐이고, 다음번 판본에서는 인용부호를 넣겠다고…. "천재적인 건 확실하지만 좀 조급하고 늘 시간을 벌려고 애쓰는 우리 저자가 구두점, 즉 인용부호를 혼동한 것 같습니다. 초현실주의자들은 콜라주를 실행하곤 했습니다. 하도 달리다 보니 우리 저자가 픽-포켓북을 발명했나 봅니다."[11] 베르나르 토마는 올바른 판단을 위해, 자크 아탈리가 표절한 저자들 대부분이 책 맨 뒤에 잘 언급되어 있으나, 그들의 공헌이 어떤 것인지 그 성격도 규모도 명시되지 않았다고 분명히 지적한다. 더 심각한 점은, 그 저자들에게 인용해도 되는지 그저 물어보기라도 했는지? 어쨌든 차용에 대해 텍스트 안에서는 그 어떤 주석도 언급하지 않았다. 페이지 아래쪽에 참조사항을 과하게 싣고 싶지 않았다는 구실을 대며…. 이런 글쓰기 기술은 일부 작가들의 놀라운 출간 속도를 설명해준다! 1993년에 출간된 아탈리의 다른 저서 《한마디 한마디 *Verbatim*》도 소송 대상이 되었다. 왜냐하면 프랑수아 미테랑과 노벨평화상 수상자인 엘리에제르 비잘(엘리 비젤)의 대담을 실은 책에서 43군데나 발췌했기 때문이다. 이 저서는 오딜 자콥 출판사에서 출간되기로 예정됐기에 오딜 자콥은 "기회 손실"을 이유로 파야르를 공격하기로 결정했다. 파야르 출판사 대표인 클로드 뒤랑은 그 기획은 그 어떤 계약의 대상도 아니었으므로 자기에게 꼭 알려질 필요는 없었다고 반박했다. 판사는 그의 편을 들어 판결을 내렸다. 그런데 그 사건이 다시 대두된다. 이번에는 역할이 서로 바뀌어서《미테랑, 프랑스인의 역사 *Mitterarnd, une histoire de Français*》[12]라는 전기의 저자인 장 라쿠튀르를 저작권 침해로 고소한 쪽이 자크 아탈리였다. 법정이 결국 그 어떤 저작권도 인정하지 않은[13]《한마디 한마디》의 문장들을 라쿠튀르가 차용한 사실에 대해 고소한 것이다. 실제로는《한마디 한마디》의 자료 문서들의 경우 당연히 법적 보호의 대상이 될 수 없다. 아탈리는 표절자인가, 아니면 표절당한 자인가? 이 사건에서 눈길을 끄는 점은, 작가가 그 자신과 다른 작가, 쓴 것과 읽은 것 사이에서 완전히 혼동하고 있다는 사실이다. 대리자를 빼고 생각하는 대리 글쓰기라는, 탄압할 수 없어 보이는 절차가 그렇게 해서 자리 잡는다. 정당하다는 감정이 변치 않은 채, 견고한 자기 배려로 인해 배가된다.

아탈리만 그런 게 아니다. 1992년 5월 26일 파리고등법원은 이고르 보그다노프와 그리슈카 보그다노프의 항소를 기각했다. 그들은 파야르 출판사에게 5만 프랑(7,622유로)의 손해배상을 하라는 가처분명령에 대해 항소를 제기했고, 그 항소가 기각된 것이다. "1991년에 그라세 출판사에서 장 기통이라는 가톨릭 철학자와 보그다노프 형제의 대담을 실은《신과 과학 *Dieu et la science*》이라는 과학대중서가 출간된 후, 파야르 출판사와《비밀스러운 선율 *La Mélodie secrète*》의 저자인 천체물리학자 트린 수안 투안郑春順이 표절이라고 고소했다. 1991년 8월 21일에 내려진 첫 번째 판결은 '이고르 보그다노프와 그리슈카 보그다노프가《비밀스러운 선율》의 문장들을 표절했다'

고 인정하면서 파야르 출판사가 옳다고 판결했다."14 물론, 저자들은 자신들을 정당화하려고 시도했다. "과학 지식이 형성하는 문집은 대중화하는 보급자들이 그 속에서 공통적 요소들을 채취해간다. 독창적인 것은 책들이지, 그 책들을 구성하는 요소들이 독창적인 경우는 드물다."15 이번에는 기술이나 과학 관련 저서의 보호 문제가 제기된다. 다행히도 이 소재 또한 법에서 규정된 조건들하에서 보호된다. 이 보호를 받으려면, 원본자료는 개인적이면서도 독창적인 소개 질서에 따라 자기 나름의 표현형태하에서 지적으로 구성되어야한다. 정보 채취가 어떤 문장들을 통째로 베끼는 것이 아님은 분명하다. 인용부호나 원전 표시가 없어서는 더구나 안 된다.

이런 현상이 에세이들만 위협하고 있는 게 아니다. 기술 관련 정보나 연대기, 역사 또는 어떤 특정 분야에 관련된 정보를 포함하고있는 소설은 전문서적에서 학식을 퍼다 쓰면서도 다소 신중하거나교묘하게 그런 점을 알리지 않는다. 그래서《리르》지가 1989년에 악트 쉬드 출판사에서 출간된 장-클로드 바로의 소설《예루살렘을 잊기 Oublier Jérusalem》를 저작권 침해로 지목한다.16 이스라엘 남자와 팔레스타인 여자의 불가능한 사랑을 다룬 이야기인 이 소설은 이스라엘 작가 다비드 그로스만이 점령지들에서 이끌었던 취재에서 큰 덕을 보고 있다. 이 취재 내용은 1988년에 쇠이으 출판사에서《노란바람 Le Vent jaune》이라는 제목으로 프랑스어로 출간되었다. 장-클로드 바로는 어떤 때는 표현, 묘사, 인물들을 글자 그대로 옮겼는가 하면, 어떤 때는 좀 더 조심스러워져서, 나블루스 시를 헤브론 시로 바꾸기도 한다. 148쪽밖에 안 되는 책에서 다 합쳐 11쪽이 고발당했다.

1984년에 올리비에 오르방 출판사에서 출간된《갓조 Le Gadjo》17라는 소설의 저자 파트리시아 비슈노는 1983년에 발라다 출판사에서 출간된 《집시들과 … 다른 이들을 위한 야영장 *Un camp pour les Tziganes … et les autres*》이라는 자크 시고의 작품에서 많이 차용한 죄로 법정에서 자신의 정당성을 주장해야 했다. 그녀는 차용에 대한 마음의 짐을 덜기 위해 문제의 자료를 자기에게 제공해준 집시연구회에 감사 표시를 했다는 점을 분명히 하자. 하지만 그토록 애매한 원전 표시는 적어도 부주의에 해당하는 것이므로, 파리지방법원은 결국 다음과 같이 처벌했다.

"두 저서를 읽어보면 파트리시아 비슈노가 자신의 소설 여러 쪽에(특히 제7장에) 자크 시고의 작품에서 끌어낸 문장들을 표절하여 저자에 대한 주석도 없이 끼워 넣은 바,
그런 생략은 용인될 수 없는 성격을 나타내므로,
파트리시아 비슈노의 책 앞부분에 독자에게 원전에 관해 알리는 글을 싣도록 함으로써 명백히 불법적인 이 침해를 그치게 하는 것이 적절하다."[18]

다음은 〈감사의 말〉 속에 삽입해야 할 내용이다.

"몽트뢰이으-벨레 야영장에 관해 내 책에서 제공된 정보들은 《집시들과 … 다른 이들을 위한 야영장》이라는 자크 시고 씨의 책에서 영감을 받았다.
그는 역사가이고, 나는 소설가다."

저자의 자료조사 작업의 독창성을, 결과적으로 작가의 위상을 법적으로 인정받기가 어렵다는 점을 또 다른 사건이 증명해준다.

1993년 2월 12일, 파리고등법원은《쥘리의 화환 *La Guirlande de Julie*》(1991)이라는 책의 출판사 로베르 라퐁과 저자 이렌 프랭을 '연대하여' 처벌했다. 1987년에 독일에서 '비블리오 17'[19]이라는 한정판 총서 속에 출간된 드니 로페스의 저서《펜과 검. 몽토지에 1610~1690: 1653년까지의 문학적 사회적 위치 *La Plume et l'épée. Montausier 1610~1690: position littéraire et sociale jusqu'en 1653*》에 대한 저작권 침해가 죄목이다. 드니 로페스의 이 박사논문은 17세기에 몽토지에 공작이 갖던 영향력에 관한 것이다. 프로테스탄트였다가 가톨릭으로 개종한 이 귀족은 1630년대의 파리 사교계에서 빛을 발했다. 그는 검객이자 작가로서 드 랑부이예 저택을 자주 드나들다가 이 저택에 살던 쥘리 다르젠느와 1645년에 결혼했다. 쥘리는 몽토지에 공작에게 영감을 주던 여인이다. 그런데 결혼 전 공작은 13년 동안이나 구애를 했다! 그래서 1632년부터 공작은 다른 시인들과 더불어 드 랑부이예 후작부인의 딸인 쥘리에게 경의를 표하는 프랑스식 마드리갈(짧은 서정시) 모음인《쥘리의 화환》을 쓰는 일에 참여했다. 이 선집의 원본은 수기로 정성스레 쓰이고 꽃들이 그려졌다. 드니 로페스의 박사논문의 한 챕터는 아버지 몽토지에 공작의 인생 궤적을 그리는 위제스 공작부인이 집필한 수기 원고에 관한 것이다. 연구자가 다시 옮긴 자료들 중에서 특히 그 '화환'에 할애된 챕터 말이다. 이렌 프랭의 저서는 쥘리와 몽토지에의 이야기, 화환에 관한 이야기, 마지막으로 그 수기 원고의 소개에 할애하고 있다. 표절당한 보르도 대학의 17세기 문학전공 교수 드니 로페스는 첫 번째 소송에서 이겼고, 1996년 5월 10일 파리고등법원의 항소심에서도 마찬가지로 승소했다. 그럼에도 원고原告를 놀라게 한 점은, 베끼기 행위를 구체적으로 드러내는 아주 명확한 요소들에 대해서만 원고의 요구가 관철되었다는 것이다. 복제 속의 날짜 착오, 수기 원고를 옮겨 적을 때의 착오, 통상적이지 않은 표현, 격언의 해석 등에서…. 반면, 그로서는 자기 저서의 골자 자체가 이렌 프랭의 책 속에서 발견되는 듯 보였다. 결국 사법적 논의는 면밀히 관찰된 세세한 부분에 집중되었다. 법정에서 더 가치를 갖는 것은 작품의 요체(골자)보다 복제의 증거다. 하찮아 보인다 해도….

그런데 그 어떤 영역에서건, 한 저자가 다른 저자의 공헌을 인정해야 하는 저작권을 각자 강력히 요구할 태세가 돼 있는 시대에, 왜 기분 상하는 일이 생기는 걸까? 창의적 자유가 어떤 점에서 침해됐다고 느끼는 걸까? 반대로, 문학공동체의 이익은 동료들에 대한 상호존중과 경의에 있다고 주장한다면 순진한 것일까? 독자여, 이 말에 피식 웃어도 좋다.

팔리게 하는 이름들: '위험한' 저자들

한 작가가 조금이나마 성공을 얻으려면 출판사가 잘 돌아가는 데 필요한 한 부분을 맡아야 하는 것이 사실이다. 그의 이름 덕분에 팔린다면 다음 소설을 "쓰라고" 재촉받는다. 영감이나 시간이 부족하다면? 그의 개성적 터치로 살을 붙일 개요, 자료조사원, 또는 최악의 경우, 마감시간 내에 주문사항을 해낼 '노예'를 제안받는다. 모든 작가가 이에 굴복하는 것은 아니다. 저자와 출판사의 수익성을 고려한 주문 작품은 어찌 됐든 여러 판매 준거에 대응할 수 있게 해준다. 유행하는 주제 선택, 생산 기한 존중, 대중에게 알려져 인정받는 이름의 라벨 등이 그런 준거들이다. 이런 맥락에서 쓰인 소설은 그러므로 표절 위험이 더 많다. 순수한 재능을 지닌 작품을 탄생시킬 수 있는 개인적 영감, 숙성과 가필의 긴 작업, 마지막으로 독창성 등은 '마케팅' 관점에서는 장애물처럼 보인다.

프레데릭 에브라르의 《올리브 나무들의 성 Château des Oiviers》은 이런 관점에서 알려주는 바가 많다. 이 소설가는 'J'ai lu'(난 읽었어) 총서를 통해 10여 권의 소설을 출간했고, 《하렘 Le Harem》으로 프랑스학술원에서 소설 대상을 받은 경력이 있다. 그녀는 다음 소설을 기다리는 독자군을 확보하고 있었다. 바로 이런 경우이므로, 텔레비전 방송국이 1993년 여름에 그녀에게 연속극을 만들자는 요청을 한다. 그런데 연속극과 병행하여 '출간된' 소설에서 시청자가 좋아하는 등장인물을 발견할 수 있어야만 더 좋은 시청률이 나올 것이다. 그래서 프랑스 2 방송국 프로그램 편성국은 '자이스'라는 가명으로 활동하는 미셸 자이예 씨가 5년 전 《푀달 Feudal》이라는 제목의 시놉시스를 보낸 바 있는 햄스터 프로덕션의 '공동제작과 픽션작품' 부서에 연락한다. 5년 전에는 그 시놉시스의 제작 제안을 거절했었다. 50여 쪽 되는 그 시놉시스에서 프레데릭 에브라르가 독창적이라 평가하는 장면, 몇몇 대화, 등장인물, 주요 캐릭터, 상황, 행동, 줄거리 등이 활용되어, 1993년 여름에 에브라르의 소설 《올리브 나무들의 성》이 플라마리옹 출판사에서 출간된다. 자이예의 측근은 프랑스 2 방송국의 연속극을 계속 보다가 자기네 친척인 자이예의 이야기임을 알아보고서 에브라르의 소설을 읽는 데 푹 빠져버린다. 그러고는 확신이 섰다. 《올리브 나무들의 성》이 《푀달》의 '표절'일 수도 있을 거라고! 자이예는 햄스터 사가 고의든 아니든 간에 자신의 시놉시스와 자기 이야기의 골조를 누설하여 훨씬 더 공들인 작품의 출발점으로 이용했을 수도 있을 거라는 생각이 즉각 들었다. 실제로 "어떤 인물들의 호칭이 충격적으로 똑같고"[20] 두 이야기가 아주 비슷하다는 것이 확인된다. 그럼에도 법정은 자이예 씨의 논거를 채택하지 않고, 그녀의 모든 요구를 기각했다. 법정은 사실상 자이예 부인의 시놉시스는 보호받을 만한 것이 아닌 평범한 요소만 담고 있다고 여겼다. 이번에도, 유사점들이 저작권 침해의 가치를 가지려면 충분히 상세하고 공들인 문체적 특성에 근거해야 한다는 점을 이해할 수 있다.

이번에도 플라마리옹이 추천하고 'J'ai lu' 총서에도 참여한 다른 소설가 플로라 그루 또한 사법적 문제가 있었다. 사건은 그녀에게 유리하게 돌아갔다. 니콜 드 바셰가 《전진 *Cheminements*》이라는 제목의 소설을 써서 1984년에 '문인협회'에 제출하고 등록하였다. 그의 원고는 출간을 희망하며 1985년과 1988년 사이에 스트라소바 에이전시 중개로 플라마리옹을 포함한 파리의 여러 출판사에 소개되었다. 1989년, 플라마리옹 출판사는 플로라 그루의 《아름다운 그늘 *Belle Ombre*》이라는 책을 편집했다. 그런데 두 소설을 비교하며 읽다 보니 형식이나 내용 면에서나 유사점들이 드러나고야 말았다. 니콜 드 바셰의 원고가 플로라 그루에게 전해졌다고 추정할 수 있었다. 다음은 전반적인 줄거리, 장면들과 상황들의 연결을 요약한 것이다(65쪽 참조).

주인공, 심지어 조연들의 신체적 심리적 특징의 일부가 공통적으로 보인다.

《아름다운 그늘》의 여주인공은 《전진》의 여주인공처럼 따지기 좋아하고, 변덕스러우며, 바람둥이 남자에게 끌린다. 둘 다 자기 인

《아름다운 그늘》	《전진》
1943년, 오를레앙 근처 시골에서 아버지와 함께 사는 아가씨인 쥐디트는 어느 날 저녁 모르는 청년을 만나는데, 그 청년에 대한 추억이 떠나지를 않는다. 그녀는 파리에 사는 어느 사촌의 집에 가서 묵으며 외출하여 예술가들, 러시아인들을 자주 만나는데, 육체적으로 조제에게 끌려 감각에 몸을 맡기다가 임신을 하게 된다. 오를레앙 교외로 돌아와서는 유산을 한 후 결국 그 모르는 청년, 즉 '아름다운 그늘'을 다시 만난다. 이 아름다운 그늘에 대한 생각은 소설 내내 그녀를 떠나지 않는다.	1923년, 앙토니아의 부모는 그녀가 클레르몽-페랑 기숙사 생활을 마친 후 파리로 올라가서 장식미술 공부를 계속하겠다는 것을 허락한다. 어느 저녁에 그녀는 한 청년을 만나는데, 그가 누구인지 모르는 채로 있게 된다. 모든 정황으로 보아 그가 다른 여자에게 몸과 마음을 다 바치는 기사임이 확실한데도…. 그녀는 화가인 모리스에게 자신을 허락한다. 그에게서 육체적 매력을 느꼈기 때문이다. 그녀는 임신을 하여 시골로 돌아오고, 그녀의 아버지는 그녀를 자기 친구 아들과 결혼시킨다. 무일푼이 된 그 아들은 다름 아닌, 이야기 처음부터 그녀의 생각을 떠나지 않던 그 알지 못할 청년이었다.[21]

생에서 일어나는 사건들의 방관자로 설정되고, 사건을 파악하는 '시각'도 똑같다. 알 수 없는 두 남자는 "다정하고 빈정거리는" 유형이다. 《아름다운 그늘》에서 일시적인 애인으로 나오는 조제의 심리적 프로필은 《전진》의 남자 등장인물 두 명의 혼합이다. 《아름다운 그늘》에서 시골 이웃으로 나오는 "고상한 라틴문학 전공자"로서 사랑에 빠진 그 남자는 《전진》에서도 볼 수 있다. 《아름다운 그늘》에서 쥐디트가 묵었던 집의 그 사촌은 《전진》에서 앙토니아가 살던 메이

숙모처럼 그녀를 엄마처럼 돌봐준다.《아름다운 그늘》에 나오는 뤼스,《전진》에 나오는 지누, 이 동성 친구들은 둘 다 똑같이 주인공이 비밀을 터놓는 상대로서, 세상물정을 잘 아는 친구들이다.《아름다운 그늘》에서 미술학교의 모델로 나오는 '모네트'는《전진》에서 하녀로 나오는 '모네트'처럼 품행이 단정치 못하다.

유사한 점들이 어떻건 간에, 첫 번째 경우와 같은 이유로 인해 법정은 저작권 침해라고 인정하지 않았고, 바셰의 청구를 각하했다.

반대로, 다른 식으로 파란 많고 경악스러워서 자꾸 제기되는 사건에서, 파리고등법원은 1996년 5월 7일에 미국인 하워드 버튼의 베스트셀러《나는 다섯 살 때 나를 죽였다 When I Was Five I Killed Myself》의 "부분적 저작권 침해"를 선고했다. 1981년에 프랑스의 쇠이으 출판사에서 프랑스어로도 출간되고 영화로도 각색된 작품이다. 이 작품에 대해 저작권 침해를 한 사람은 프랑스학술원의 소설 대상을 받은 칼릭스트 브얄라[22]다. 알뱅 미셸 출판사가 추천하는 인물이며, 1992년에 출간된《벨빌의 어린 왕자 Le Petit Prince de Belleville》라는 소설을 쓴 저자이기도 하다. "그야말로 엄청난" 유사성을 보이는 두 발췌문을《르 카나르 앙셰네》가 비교하며 소개한 것을 보기로 하자.[23]

쇠이으 출판사는 출간한 지 2년 후 한 독자에게서 이 사실을 경고 받고는 그런 종류의 문장들 40여 군데를 걸어냈다. 게다가《벨빌의 어린 왕자》의 주요 논점도 그 성공한 미국 소설에서 베낀 것이었다. 둘 다 여덟 살짜리 소년의 행복과 불행이 핵심인데, 버튼의 소설

하워드 버튼 《나는 다섯 살 때 나를 죽였다》(1981)	칼릭스트 브얄라 《벨빌의 어린 왕자》(1992)
슈럽스가 머저리인 적이 여러 차례 있었다고 난 개인적으로 그렇게 생각한다. 한 번은 내가 그 애에게 '멍청이'라는 단어를 가르쳐줬더니 계단 층계에서 가만히 있다가 자기 앞을 지나가는 사람 모두에게 멍청이라고 말했다.	알렉시가 머저리 같다고 생각한 적이 여러 번 있다. 우리가 네 살 때이던 어느 날, 그는 '멍청이'라는 말을 배웠다. 그러다가 그놈은 기욤 씨의 카페에 앉아서 거기 들어오는 사람 모두에게 '멍청이'라고 말하는 일보다 더 나은 것을 찾아내지 못했다.

에서는 미국 대도시에 사는 유대인 소년이 주인공이고, 브얄라의 소설에서는 벨빌 구역에 사는 아프리카 소년이 주인공이다. 둘 다 자기 반의 어느 여자애를 좋아하는데, 모델 소설에서는 그 상대가 제시카이고, 표절자의 소설에서는 롤리타다. 두 남자 주인공은 같은 꿈을 꾸기까지 한다! 버튼의 소설에서는 '블래키'라는 말을 타고 질주하는 꿈이고, 브얄라의 소설에서는 그 말 이름이 '블랑코'라니, 독창성의 극치라고나 할까. 《표절들, 글쓰기의 내막》[24]에서 우리는 렉시코Lexico라는 소프트웨어 프로그램의 도움으로 비교 분석하기 위해 이 표절 사례를 이용한다. 두 소설에 나오는 장면인, 아이와 큰 상점의 산타클로스 사이의 대립은 비교 분석에 이상적인 케이스를 제공한다. 일람표 형태로 표출된 일치 목록을 보면 그 두 소설의 유사성이 부각된다.

앞서 언급된 처벌을 받은 지 6개월 후, 칼릭스트 브얄라는 새로운 비난의 물결을 직면해야 했다. 피에르 아술린이 1997년 2월자 《리르》에서 《잃어버린 명예 *Les Honneurs perdus*》와 부커 상 수상자인 나이지리아 소설가 벤 오크리의 소설 《배고픔의 길 *La Route de la faim*》[25] 사이의 당혹스러운 유사성을 부각시킨다. 문학상 수상자끼리는 표절이 허용된 건가? 이 새로운 특권은 《벨빌의 어린 왕자》와 에밀 아자르의 《자기 앞의 생 *La Vie devant soi*》[26] 사이의 유사성도 설명해주는 것일까? 하지만 다른 소설 《아프리카 여인 아세즈 *Assèze l'Africaine*》(알뱅 미셸, 1994)에서는 폴 콩스탕의 소설 《화이트 스피릿 *White Spirit*》(갈리마르, 1989; 폴리오 총서, 1992)에서 차용한 것들을 보게 되는데, 이에 대해서는 뭐라고 해야 할까?

폴 콩스탕 《화이트 스피릿》 (p. 171)	칼릭스트 브얄라 《아프리카 여인 아세즈》 (p. 232)
그만의 파라다이스는 어린 시절의 격렬한 맛을 갖고 있어서, 거기가 어딘지 지도 위에 표시할 수도 있었을 것이다. 정확히 마을의 집회 나무 아래다. 그 나무는 겨울철에는 거대하고 불꽃처럼 붉으며, 건기에는 푸르고 화려하다. 함께 있는 암탉들은 먼지를 긁어대고 있었고, 노란 가슴이 팔딱팔딱 뛰는 도마뱀들은 작은 잿빛 암컷들을 쫓고 있었다.	⋯ 나는 파라다이스에 있었고, 그 파라다이스는 내 어린 시절 아프리카의 맛을 갖고 있었다. 내 마을의 위치를 지도 위에 표시할 수도 있었을 것이다. 건기에는 거대하고 붉으며, 우기에는 푸르고 위풍당당한 집회 나무를 나는 보곤 했다. 먼지를 긁어대는 암탉들의 꼬꼬댁 소리, 작은 암컷들을 쫓아가는 커다란 도마뱀들 소리가 들리곤 했다.

이렇게 끈질기니 폴 콩스탕이 다음 소설《비밀 대 비밀 *Confidence pour confidence*》[27]에서 어느 표절자에 대한 암시를 하는 것은 지당한 처사다. 이 소설에서 글로리아라는 표절자를 보게 되는데…. 1997년 4월자《리르》와의 인터뷰에서, 폴 콩스탕은 반쯤 짜증나고 반쯤 우쭐해져서 다음과 같이 공언한다. "표절자들의 펜에서 나온 책이 어느 정도로 형편없는지 보면 참 기가 막힙니다. 제대로 꿰매지지도 않았고, 마무리도 엉망이어서, 눈에 확 드러나죠."

다른 사람에게 쓰게 하거나 동의한 표절

그런 일탈을 정당화시키는 다양한 설명(책에 대한 사랑이 너무 크다든가, 아프리카의 전통적 구송 시인이라든가 등등)을 넘어서 1998년 3월 10일자《르 몽드》의 조사는 상당히 많은 수의 표절 사건의 공통 원인을 내놓는다. 스케줄이 너무 빡빡한 유명작가들이 '자료조사원'을 이용하기 때문이라는 것이다. 인용부호를 잊는 것에 대해서는 우리가 이미 고찰하기 시작했는데, 판매 염려 때문에 문학과는 더는 별로 상관없는 표절이 야기된다는 점을 알아차려야 한다. 우리의 펜이 힘이 빠진다. 표절자의 핑계 때문에 그 이면, 즉 진짜 저자를 더 명확히 할 희망도 사그라지는 것과 마찬가지로…. 그 음산한 그림 속에 작가의 그림자는 전혀 없을까? 결국, 알렉상드르 뒤마는 그에게 "동의한 흑인노예(대필자)"가 있었다는 구실하에 명성이 더러워지지 않았다. 오귀스트 마케가 소송에서 패한 후, 저자로서의 품위를 뒤마에게 양위했기 때문이다. "알렉상드르 뒤마의 정규 피고용인이자 특히 걸작 속의 걸작,《몽테 크리스토》의 제2부 '복수'의 집필자인 오귀스트 마케가 왜, 게다가 그의 성姓 때문에 '흑인 노예들'[28]의 긍지인 그 천재는 왜 재판소로 가서 그저 '준비하는 사람'으로 취급당할 생각을 했던 것일까?" 노예가 암묵적 계약을 깨면, 그때는 '견습생', 자료조사원, 아니면 기껏해야 고용인의 지위로 추락할 위험이 있지 않은가? 폴-루 쉴리체라면, 아마 자기 노예들의 자존심을 살려주기 위해 자기가 일군의 조언자들과 함께 일하고 있다고 고백하는 쪽을 택했을 것이다. 37명으로 구성된 그들을 그는 '쉴리체 은하계'라고 거창하게 명명한다.[29]

미셸 드 그레스는 자신의 반항적인 '노예' 안느 브라강스와 그런 기회를 갖지 못했나 보다. 소설가인 브라강스는 미셸 드 그레스와 '공저자'였던《하렘의 밤 La Nuit du sérail》에 대한 권리를 그레스에게 양도했다. 그 대신 5만 프랑(약 7,622유로)이라는 하청대금을 받았다. 1982년에 오르방 출판사에서 출간된 이 책이 성공하자 그녀는 아마 후회가 되었는지 자기 몫의 저작권을 요구하였다. 하지만 소용없었다. 법에 따르면, 설사 계약에 의한 것이라도 저자가 한 작품에 대해 "영구적이고, 변질될 수 없고, 시효 대상이 되지 않는" 저작인격권을 박탈당할 수 없다. 그런가 하면 양도 가능한 재산권에 대해서는 그렇지가 않다. 그런데 파리고등법원의 판결은, 저작인격권에 속하는 재산권이라는 명목으로, 이후부터 오르방 출판사가 "미셸 드 그레스 이름을 위해 이용된 조건들과 같은 조건으로" 안느 브라강스 이름도 싣도록 의무화한다.[30]

별로 칭찬할 만한 일이 아닌 이런 종류의 사건에서 티에리 아르디송의 불운을 떠올려보자. 동업자를 너무 믿은 탓에《르 카나르 앙셰네》에 의해 포착된 사건인데…. 1993년에 알뱅 미셸 출판사에서 출간된 아르디송의 소설 《퐁디셰리 *Pondichéry*》와 1938년에 에디시옹 드 프랑스에서 출간된 조르주 들라마르의 《퐁디셰리에서의 폭동 *Désordres à Pondichéry*》이라는 소설 사이에 명백한 유사성이 들춰졌다. 제삼자에게 시킨 글쓰기가 곧장 표절로 이끌어진 것이다. 자신이 집필했다고 여겨지고 있는 터에, 다른 사람이 사용한 작업방식과 소재에 대해 어찌 안심한단 말인가? 아르디송의 협력자이던 베르트랑이라는 사람은 들라마르에게서도 영감을 많이 받았고, 1956년에 출간된 이본 로베르 개블레의 저서 《크레올 귀부인. 요한나 베굼, 뒤플렉스 후작부인 *Créole et grande dame. Johanna Bégum, marquise Dupleix (1706~1756)*》에서도 마찬가지로 많이 퍼다 썼다. "들라마르의 책에서처럼 거기서도 아르디송 패거리는(그 또한 자료조사원이 많을수록 '노예'도 많아졌으니까) 여기저기 단어만 하나씩 바꿔가면서 그 텍스트에서 모이를 주워 먹었다. 참, 대단들 하다!"

이본 로베르 개블레	티에르 아르디송
밤이 오고, 덧창들이 닫히자, 그녀의 집에 다시 모여들었다. 뒤플렉스, 숑숑, 오퇴이으의 여조카들, 그리고 아마도 잔느의 유일한 손자일 텐데 몇 년 전 파리로 자기 아버지와 함께 온 어린 장-자크 데프레메닐.	밤이 오고, 덧창들이 닫히자, 뒤플렉스, 숑숑, 오퇴이으의 여조카들, 잔느의 유일한 손자이자 10년 전 아버지와 프랑스로 돌아온 장-자크 데프레메닐 […]

아르디송이 자신의 '정당화'를 위해 한 반박을 보자. "모두가 그렇게 한다. 나는 다른 사람들보다 더 서툴렀을 뿐이다." 더 서툴렀던

것은 확실하다. 더 이상 상표 떼기도 아니고, 순전한 베끼기여서, 각색이나 개성화를 위한 노력 따위는 전혀 기울이지 않은 채 모델 작품의 고유명사까지 그대로 취하니 말이다. 요컨대, 아르디송 씨는 식민지에 대한 향수라는 '콘셉트'를 제공하는 것으로 그쳤을 것이다.《르 몽드》지에 이 놀라운 유사성을 고발한 라 레위니옹 대학교수 미셸 베니아미노의 주의 감시가 없었다면 아르디송은 모두의 비난은 면했을 수도 있다. 그러므로 알려지지 않고 잊힌 작품들을 영원히 파묻힌 것으로 여기는 표절자가 잘못된 거다.《퐁디셰리》는 결국 매장에서 퇴출되었다. 일이 잘못 돌아간 표절은 수익성이 없으니까!《르 카나르 앙셰네》는 특유의 유머를 담아 다음과 같이 결론짓는다. "이《퐁디셰리》가 어떻게 쓰였는지 알고 나면 식민지 정신에 빠진 거라고들 말할 것이다. 자료조사원, '흑인 노예', 그 무엇보다 시시한 약탈 등, 마치 인도 상관商館의 호시절 같다."[31]

《악마의 마지막 시험 La Dernière Tentation du diable》이라는 제목으로 '뉘메로 1'이라는 출판사에서 1998년에 에세이를 펴낸 가이요 주교의 낭패도 이와 거의 비슷하다. 이번에도 긴 호흡의 조사 작업이 필요했다. 이 경우에는 폴 아리에스의《악마의 귀환 Le Retour du diable》이 판매 성공이 유망한 쉬운 책의 먹이로 이용된다! 이번에도 인용 부호를 '까먹은' 사건이다. 박차를 가한 글쓰기라는 별로 칭찬할 만하지 못한 시스템에서 비롯된다는 점을 그저 인정하자. 이런 글쓰기에서는 책에 이름이 실리는 저자의 정체성에는 다소 양심적인 하청업자가 섞여 있다. 그런 '노예'의 변호를 위해 상기시키고 싶은 점이 있다. 본래 출판사의 일인 '리라이팅rewriting' 작업이 때로는 대필의 첫 단계에 더해지기도 한다는 점이다. '저자'가 직접 마지막 손질(케이크 위의 버찌라고나 할까)을 하기 전에, 두 층위의 글쓰기가 이미 포개질 것이다. '노예'의 글쓰기, 이어서 '리라이터rewriter'의 글쓰기. 리라이터는 법적이면서 직업윤리적인 인용부호의 역할에 대해 때때로 거의 의식하지 않는다! 세 명의 손 사이에서 글쓰기가 그렇게 분열되어 저자의 개성이 희석되는 결과로 이어진다. 이와 아울러 결국 읽을거리로 제공될 것에 대한 책임감과 참여의식에도 영향을 미칠 것이다.

에릭 오르세나의《위대한 사랑 Grand Amour》이라는 소설은 현 상황에서 하청에 의한 글쓰기 작업을 대체한다는 장점을 지닌다. 그러니 '흑인 노예'에 관한 그의 정의를 참고해보자. "그것이 내 일이었다. 그게 아니라면 문장의 성숙, 타인을 대리하는 모성母性이랄까?" 여기서 "대리하는pour le compte de"이란 표현은 정체성의 양도와 '노예'의 역할을 특징짓는 금전적 사안을 동시에 환기시킨다. 오르세나가 3년 동안 이상한 직업을 수행하였다는 점을 상기하자. 프랑스 대통령이던 프랑수아 미테랑의 연설문 초안을 쓰는 일이었다. 오르세나(또는 그의 내레이터)는 자신의 첫 번째 경험을 얘기하면서 '문학의 노예제도' 현상이 표절 현상과 어떻게 일치하는지 더 잘 이해할 수 있게 해준다. "우리는 역할을 분배했다. 뤼시엔은 사전들에서 스위스 저명인사들을 찾아냈다. 상드라르, 르 코르뷔지에, 호네거, 자코메티, 그리고《피피 Phi Phi》《귀여운 톤킨 여자 La Petite Tonkinoise》《내 비행기 안에서 Dans mon aéroplane》의 저자인 앙리 크리스티네…. 뤼시엔은 크리스티네에게 꼭 경의를 표하고 싶어 했다."[32] 사람들은 적절한 자료가 있으면 거기서 얼른 퍼낸다. "인용문은 유령작가의 기초 말뚝들이다. 인용문이 없으면 그 말뚝들은 서서히 처박혀 없어져 버렸을 것이다. 인용문은 어떤 작가들이 정말로 존재했다는 증거이고, 잘 파들어가면 단어들 아래서 전기적傳記的 현실을 좀 찾아낼 수도 있으리라는 증거다."³³ 왜냐하면 인용은 위장한(거짓이거나 훔쳤 거나) 텍스트와는 반대로 얼굴을 드러내놓고 나아가기 때문이다.

그런데 제작을 서두르다 보면 자칫, 원전에 대한 정보와 인용부 호를 없애거나 왜곡시키게 된다. 내레이터가 고백하기를, "올해에 는 하나 발견했다. 고상해 보이면서도 어디서나 통하는 마스터 키 같은 […] 그 인용문은 내게 이미 다섯 번이나 유용했다. […] 이 인 용 사랑의 진정한 저자는 빅토르 세갈렌이고, 1970년 파리의 플롱 출판사에서 출간된《갖춰진 비석들과 그림들 Stèles, peintures, équipées》의 21쪽에 나온다. 하지만 나는 내 글에서 그것을 피에르-장 주브의 것 이라고 했다. 부당하게 인정받지 못하는 시인이고, 게다가 세갈렌 의 책에 서문을 쓴 그 시인을 내가 좋아하기 때문이다."'유령작가' 인 노예 또한 서명된 저자 곁에 자기 이름을 넣고 싶어 하는 것과 마 찬가지로, 이 "부당하게 인정받지 못한" 서문 집필가도 이미 조금은 저자였다는 듯이….

빠져나갈 핑계가 전혀 없다. '노예제도'의 기본 원칙은 표절과 마찬가지로 구현具顯이다. 노예는 타인이 되어 자기 안에서 자기를 지우고, 표절자는 타인이 되어 자기 안에서 타인을 망각한다. "당 신의 본성을 억눌러야 할 겁니다, 오르세나 씨. […] 구현하기. 화신 化身. 그래서 말씀이 육신이 되었다. 그리고 말씀이 사람이 되었나 니…. 나는 돈을 목적으로 하는 내 활동의 그 그리스도적 차원을 생 각해본 적이 결코 없었다."³⁴ 조금이라도 "느슨한 화신"이 생긴다면, 서명한 저자에 대한 신용이 위태로워진다. 저자의 그늘에서 헌신이 크고, 희생도 크다. "노예의 괴로움" "노예의 무가치"의 감정을 그 누가 말하겠는가? 진가를 인정받지 못하고, 부끄럽고, 익명 속에 사 라지는 이 직업을 복권시켜야 할까? 노예에게 최악의 유혹은, 자신

74

의 고용주를 고발하고, 마침내 '저자'로서 백주白晝에 모습을 드러내는 것이다! 노예의 직업윤리 규율을 어기는 그 얼마나 끔찍한 유혹인가! 혹은, 수수께끼 같은 형식으로 넌지시…. 프랑스 대통령이 《위대한 사랑》의 내레이터에게 한 말을 재주껏 알아서 이해하라.

"─독일과 철학에 대해 열정적이고, 방드르디의 검은 피부에 자신을 부어넣을 수 있는 프랑스인[…]. 방드르디, 아십니까, 로빈슨의 야만인 동반자 말입니다, 《태평양의 끝 Les Limbes du Pacifique》을 읽으셨나요?
─네, 대통령님.
─…당신에게 가르쳐줄 것들이 확실히 있는."[35]

작품에 비해 과대평가된 저자

'대리로'(남의 손이나 단어들을 거친) 글 쓰는 행위가 늘어난다고 한다면, 그 이유는 저자 개념이 결국 작품 개념을 모호하게 만들고 지워버리기까지 하기 때문이다. 〈작가가 된다는 것 Etre écrivain〉이라는 제목의 연구에서 나탈리 에니크는 "작품에서 사람으로의 큰 변화─그리고 그 사람을 보자면, 저자 상태에서 인간 상태로 고려되는 변화"를 언급한다. 정당하게, 저자의 이름, 더 나아가 사람의 이름을 토대로 작품의 질을 구축하는 글쓰기의 이면에서, "작품을 희생시키고 사람에게 바쳐지는 숭배에 대한 교양적 비난"이 생겨난다. 문학 관련 시사문제를 다룬 사회면 기사가 이 말을 잘 예증해준다.

자크 라카름은 잡지에 기고한 〈루소의 잘못 *La Faute à Rousseau*〉이라는 글[36]에서 이 말의 의미를 한껏 제공한다. 1991년에 아니 에르노가 갈리마르 출판사에서 《단순한 열정 *Passion simple*》이라는 소설을 펴냈다. 얼마 후인 1995년에 알뱅 미셸에서 대대적인 광고와 더불어 "아니 에르노의 《단순한 열정》에 대한 답변"이 출간된다. 아니 에르노의 애인이라고 주장하는 알랭 제라르라는 자가 쓴 글로서, 제목은 '부인, 내가 바로 당신에게 쓰는 겁니다. *Madame, c'est à vous que j'écris*' 이다. 표4(뒤표지)의 글도 못지않게 집요하다. "자기가 사랑했던 여인의 책을 우연히 발견한 어느 남자가 그 책 속에서 자신이 배반당한 것을 발견하게 된다. 책을 읽어가다 보게 되는 둘의 관계는 그가 겪었다고 확신하는 관계와 전혀 공통점이 없다." 독자들이 '다원적 자서전'을 추적하고 있으므로[37] 알랭 제라르의 이 글은 아니 에르노의 수많은 독자들을 끄는 광고 효과를 냈다. 그런데 단골 독자가 책을 사서 펼쳐 보면, 몹시 난처해지는 다섯 쪽짜리 서문과 맞닥뜨리게 된다. 거기서 이 책은 문학적 게임, 편집의 "도전"(?)이며, 저자는 《단순한 열정》의 저자와 일면식도 없다고 고백한다. 그러고 나서 아니 에르노의 소설에서 'A'라고 지칭되는 남자가 응답할 수 있을 만한 것에다가 사실인 척하는 어조를 주려 애쓰며 허구 이야기가 펼쳐진다. 이 문학적 기만 뒤에 얼마나 큰 악의가 도사리고 있는가! 아니 에르노의 애인이라고 주장하면서 그 신분에 '투기'하여 한 작가의 충직한 독자들을 끌어들이려 한 것뿐이라니! 출판사의 전략은 기본적으로 한 저자의 이름을 악용하는 것이다. 그것도 거짓말로. 다행히도 그 이후 진짜 애인인 필립 발랭의 진짜 대답을 즐길 수 있었다. 발랭 또한 또 하나의 빌붙기 소설인 《포옹 *L'étreinte*》(갈리마르, 1997)으로 그 광맥을 채굴할 기회를 놓치지 않았다.

우리가 방금 묘사한 책 제작 시스템에서, '일반 대중' 독자는 작품보다는 자기가 아는 저자를 읽고, 미디어를 통해 저자의 인생과 텔레비전 화면에 비친 신체적 외면에 집착했다는 점을 보게 된다. 이 '개인화' 원칙은 '영웅화' 원칙에 상반된다. 영웅화 원칙은 저자의 인격을 초월하는 행위 또는 작품의 차원으로까지 저자를 올려놓는다. 말하자면 저자는 그런 행위나 작품의 계기, 다른 가능성들 중에서 지명된 도구, 우발적 주역일 뿐이다.[38]

저자는 그다지 중요하지 않다. 핵심은 저자의 작품이다. 어떤 출판인들이 말하는 바에 따르면, 오늘날 더 우세한 것은 흔히 그 반대 논리다. "내게 뭔가를 써주세요." 이는 경우에 따라 제삼자가 쓴 아무거나를 암시할 수도 있다. "당신의 이름과 사진이 표지에 실리면 판매는 확실히 보장될 겁니다." 그런 진실을 상기시켜준 파트릭 케쉬쉬앙에게 감사하자. "그런데 흔히들 하는 얘기를 다시 해보자면, 예술가의 '진정한' 초상은 우선 그의 작품 속에서 찾아야 하는 것 아닌가? 전기적 정황, 일화, 다른 심리적 메아리들은 결국 무대장치일 뿐이고, 진실은 그 아래 숨겨져 있다."[39] 형태가 개성적이 되면, 대다수 인간들과 결합된 작가와 일개 시민 간의 사이를 가깝게 해주는 이점이 있다. 반대로, '영웅화'는 문학에서 작가를 그 자신보다 더 높은 심급審級의 종복으로 만들어서 일반 대중이 파악할 수 없게 한다. 작가의 개인적 장점은 축소되어 나타나고, "그의 개인적 삶을 창작에 복무시키기 위해 희생하기로 승낙할 수밖에 없다. […] 그렇게 해서 결국 저자가 인간으로서의 자기 자신을 지워버리려 하면 할수록 작품은 걸작을 지향한다."[40]

이 기회에 우리는, 저자를 작품의 소유주로 여기는 저작권의 불확실하고 때늦은 성격을 이해하게 된다. 문학저작권 구상은 18세기에 개인이라는 개념이 형성됨으로써 가능해졌다. 예술은 그 활동의 결과물이 다른 그 어느 영역보다 사람에게 더 단단히 결부돼 있는 영역이다. 그래서 서명이나 헌사 같은 의식이 생겨난 거다. 중세에는 화가가 자기 그림에 서명을 하지 않았다. 그의 작품은 신의 창조의 발현들 중 하나일 뿐이었고, 신의 인성人性을 통해 그렇게 물질적으로 표현된 신의 창조물이었다.

'진짜 - 가짜' 뒤라스의 함정에 빠진 출판사들

작품 그 자체보다 저자에게 더 기대를 거는 일부 출판사들의 그 유감스러운 경향을 무시하면서, 주간지《피가로 리테레르 *Figaro littéraire*》의 한 기자가 재미 삼아 문학 관련 사기행각 하나를 고심 끝에 구상하였다. 그는 뒤라스를 희생자로 삼는 것을 사과하면서, 사후에 자신을 정당화한다. "한 페이지도 아니고, 한 단어도 아니고, 한 책의 예고도 아니고, 그녀의 책 한 권이 나온다고 하니까, 서점들이 열에 들뜬 듯 흥분하고, 출판사 대표들은 얼굴에서 광채가 나고, 영업부장들은 극도로 흥분했고, 평론가들은 무릎을 꿇었다. 뒤라스 씨는 참 대단하다. 그의 존엄한 펜으로부터 의성어라도 좀 나오면 동양의 금언 같은 분위기를 띠고, 기차역 서적 코너에서는 소동이 벌어지며, 언어학자들로 하여금 눈물을 흘리게 한다."[41] 기욤 P. 자케라는 필명의 그 기자는 뒤라스의 작품을 출간한 바 있는 세 출판사, 즉 갈리마르, 미뉘, 폴POL에게 뒤라스의 초기 소설들 중 하나인《안데스마스 씨의 오후 *L'Après-midi de Monsieur Andesmas*》를 마치 새 원고인 양 제안할 작정을 했다. 그 책은 갈리마르 출판사의 '상상계' 총서에서 정기적으로 재판再版을 찍는다는 점에 주목하자. 고유명사들을 바꾸고, 출판사들이 갈피 못 잡게 몇몇 야릇한 요소를 도입하는 일만 남았다. 기욤 자케는 대담하게도 마르고를 발레리라는 이름으로 바꾸어《마르고와 중요한 것 Margot et l'important》이라는 제목을 붙였다. 이 익살꾼은 원고에 헌사를 곁들이기까지 하며 장난을 밀어붙였다. "모르고 있는 마르그리트에게." 그렇게 하여 그는 출간제의를 했으나 세 출판사로부터 모두 거절당했다. 이 일화는 지명도가 없는 작가의 작품은 기이하게도 가치를 잃는다는 점을 분명히 암시한다. 이런 현실은 반박의 여지가 없다. 하지만 마르그리트 뒤라스의 경우는 문체가 너무 모방되고 심지어 희화화되기까지 했다. 그런데도 출판사는 이런 유형의 텍스트가 잘 알려졌으나 단조短調로 바뀐 '소품 음악' 같은 것이라고 생각한다. 그러므로 출판을 거절한 이유는, 조화롭지도 못한 데다가 실망스럽기까지 한 친숙한 느낌 때문이다. 문체의 독창적인 정수精髓는 그렇게 해서 변질되는 것 같다. 이 점에 관해서는 나중에 글쓰기의 게놈에 관한 고찰 때 언급하려 한다.

문학상: 영순위 표적

이런 판국에 판매의 또 다른 보증수표인 문학상이 표절 비난을 훨씬 더 끌어들인다는 사실에 어찌 놀라겠는가? 손해배상이라는 그 훌륭한 부식토, 즉 막대한 출판부수가 걸린 그 부식토를 모으고 싶어 하지 않는다고? 저작권에 관한 최근 50년간의 언론 및 법률 잡지 들을 훑어보면 명백히 확증된 사실이다. 문학상을 받은 소설은 선험 적으로 영순위 표적이다.

그래도 어쨌든 표절당한 무명작가가 듣기에는 '의도에 대한 비 난'처럼 울려댈 수 있을 만한 것으로 서둘러 균형을 잡아보자! 덜 알 려진 저자가 흔히 고소인이라면, 이는 작가들 사이에 이미 인정받은 저자는 잠재적 표절자들에 대해 별로 염려하지 않기 때문이다. 그의 명성은 더 이상 뭘 할 것도 없고, 판매가 별로 안 된 작품에서 놓쳐 버린 돈벌이는 하찮은 것이니까. 그러므로 거의 언제나 '잔챙이들' 이 반역을 일으킨다.

다음 일화는 문학상이 초래하는 선망을 강조하려는 목적에서 소개하는 것일 뿐이다. 프루스트가 공쿠르 상을 획득하던 1919년에 알뱅 미셸 출판사는 자기네 후보자이자 《나무 십자가들 Les Croix de bois》의 저자인 롤랑 도르줄레스가 수상을 못하자, 이 책의 띠지에다 아주 큰 활자로 "공쿠르 상"이라고 표시하고, 그 아래에 아주 작은 활자로 "10표 중 4표"라고 인쇄했다. 갈리마르 출판사는 알뱅 미셸 출판사를 법정으로 불러들이고, 알뱅 미셸은 결국 그 띠지를 벗겨내 고 손해배상금 처벌을 받았다. 정확히 해두자면, 《나무 십자가들》은 페미나 상('페미나-행복한 삶'이라고 불리던 시절에)을 받고서 1920년 에는 5만 3천 부, 1985년에는 52만 4백 부를 기록하여, 이 장르에서 가장 수익성이 높았던 소설이다!

특히 1980년대 이후로는 표절 고발이 더 많아져서 언론 캠페인 때뿐만 아니라 법정에서도 어떤 문학상의 이미지가 퇴색되는 일이 더 많아졌다. 우리 목록은 아마 빠뜨린 것들이 꽤 있을 테지만, 우리 의 조사연구는 어쨌든 20세기 초 이후에 문학상을 받고서 표절 비난을 받은 프랑스 소설 10여 권의 목록을 작성할 수 있게 해주었다. 제2차 세계대전 이전에는 단 한 건밖에 없다가, 1959년에서 1969년까지 약 10년 사이에 3건이 있었고, 마지막으로 1984년에서 1996년 사이에 6건이 있었다. 1960년대에는 비난받은 세 편의 소설을 둘러싼 토론이 주로 언론에서 벌어진 반면, 20세기 말에는 네 편의 프랑스 소설이 소송 대상이 되었다. 사법에 도움을 구하는 경우가 뚜렷하게 점점 더 많아졌다.

제2차 세계대전 전의 유일한 소송

1919년에는 알뱅 미셸에서 출간된 피에르 브누아의 《아틀란티스 L'Atlantide》가 프랑스학술원의 소설대상을 받았다. 해당 출판사의 굉장한 언론 홍보로 촉진된 성공은 어마어마했다. 그런데 저자가 헨리 라이더 해가드 경卿의 소설인 《그녀 She》를 표절했다는 비난을 받게 된다. 《그녀》에도 자신의 애인들을 죄다 죽게 만드는 여자가 나온다. 이 소설의 프랑스어 번역본은 1898년에 주간지 《현대생활 La Vie moderne》에 실렸었다. 피에르 브누아는 일간지 《레코 드 파리 L'Écho de Paris》[42]에서 자신을 변호하려 했고, 법정에서도 마찬가지로 그랬다. 그는 평론가 헨리 매그덴이 《프렌치 쿼털리 French Quarterly》 1919년 10월자 기사에서 자신의 작가로서의 명성을 손상시켰다며 비난했다. 실제로 매그덴은 두 소설의 유사한 점들을 병렬해놓았다. 그는 '치환들transpositions'에 대해 비난했는데, "심지어 완화된 형식으로 그리고 롱사르, 라신, 셰익스피어 같은 위대한 작가들의 사례를 원용하면서 […] 표절"[43]했다고 비난했다. 그 평론가가 표현의 자유에서 허용되는 한계를 넘어서지도 않았고, 그 기사는 개인적인 공격도 전혀 담고 있지 않았으며, 감미료 같은 표현들 덕분에 절도를 지킬 수 있었다고 판사는 여겼다. 그래서 작가의 기소는 각하되었다. "위대한 스승들은 모두 표절이 마음에 걸린다." 마지막으로, 대학 평론은 더 혹독했다.《아틀란티스》는 라퐁-봄피아니의《작품 사전 *Dictionnaire des oeuvres*》[44]에서도 평가 절하되는데, 장-피에르 보마르셰와 다니엘 쿠티의 사전에서는 꽤 칭찬하는 글의 혜택을 입는다.[45] "사람들이 말하는 것처럼 공상적인 소설의 그루터기에서 나오는 새싹이 아니라, 최초의 초현실주의 작품들 중 하나다." 참 독창적인 찬사다!

1959~1969: 10년간의 논쟁과 언론 홍보

제1차 세계대전과 제2차 세계대전 사이에는 문학상을 수상한 프랑스 소설들 중 그 어느 것도 그런 비방 캠페인을 겪은 것 같지 않다. 1959년에 와서야 그다음 10년 동안 문학평론이 세 명의 프랑스 수상 작가들에 대해 비난을 폭발시킨다. 여기에다 우리는 네 번째 경우를 덧붙일 것이다. 노벨상을 받은 러시아 작가인데, 그가 받은 비난들의 난폭성과 사안의 시의성 때문이다.

우선 노벨상에 경의를 표한다. 미하일 숄로호프는 1928년에서 1940년 사이에 출간된 4부작《고요한 돈 강》이라는 첫 소설로 1965년에 최고의 특전을 받는다. 카자크에 관한 이 거대한 프레스코화는 약 70년 전부터 표절 논란의 대상이 되었다. 숄로호프의 탄생 90주년과 그의 마지막 소설인《그들은 조국을 위해 싸웠다》의 새로운 완간을 계기로, 주간지《모스크바 뉴스 *Moskovskie Novosti*》가 그 논란을 다시 점화시킨다. 1995년 6월 18일자에서 미하일 졸로토노소프 기자는 "숄로호프의 문학작품 도둑질은 더 이상 의심의 여지가 없다"[46]고 주장한다. 실제로 1928년에 소설의 제1부가 출간되자마자 러시아 문학계는 그 젊은 소설가가 내전과 카자크 문화에 관해 그렇게 상세히 알기에는 교육 받은 게 너무 적다고 판단했다. 특히, 프랑스에서 1974년에 이미 출간된 이리나 메드페데바 토마체프스카야의《고요한 돈 강의 흐름》의 러시아어판이 1993년에 출간되었을 때 더욱 그랬다. "이리나는 기만을 분명하게 고발하면서《고요한 돈 강》을 피요도르 크리우코프(1870~1920)의 것이라고 했다. 크리우코프는 카자크 문학의 위대한 인물로서 내전 때 실종되었고, 그가 죽기 전에 카자크들의 투쟁을 그리는 대하소설에 매진하고 있었다는 것을 사람들은 알고 있다. 아무튼 숄로호프의 것이든 크리우코프의 것이든 그 어떤 원고도 결코 발견되지 않았는데…." 그러므로 그 추정 도둑질을 둘러싼 미스터리는 여전히 남아 있고, 그 미스터리가 확인된다면 가장 대단한 속임수 중 하나가 될 것이다.

우리가 당장 보게 될 두 작가는 문학평론의 의혹이 주는 모욕감으로부터 여전히 회복되지 못했다. 처음이자 마지막 소설인《마지막 의인 Le Dernier des Justes》으로 1959년에 공쿠르 상을 받은 앙드레 슈바르츠-바르,《가혹한 의무 Le Devoir de violence》로 1969년에 테오프라스트-르노도 상을 받은 얌보 우올로겜이 그들이다. 슈바르츠-바르는 근거 없는 끔찍한 비난 때문에 영감이 막혀 더 이상 글을 쓰지 않게 되고,[47] 우올로겜은 사라져서 오늘날까지도 그의 생사를 알 수 없다.

쇠이으 출판사에서 출간된《마지막 의인》이 공쿠르 상 경쟁에 돌입하자, 책에 대한 비방의 바람이 거세게 일었다. 슈바르츠-바르는 주변적 글쓰기를 경멸하는 문단 일부의 적대감에 부딪혔다. "섬세함이 없는 그의 문체는 아주 민중적인 구어에 속하고, 그가 잠시 소르본 대학을 거쳤다가 다시 노동자가 되긴 했지만, 핍박당해 망명한 외국인들의 아들 또는 손자인 그는 근본적으로 여전히 독학자다. 숱한 변화와 경험을 거치면서도 늘 독학자였다."[48] 그런 다음 표절에 관해 희미한 의혹이 뒤따른다. "앙드레 슈바르츠-바르 씨는 종교 교육을 아주 잘 받았고, 성경과 아울러 고대 유대교 연대기에 푹 빠졌는데, 자기가 만들어냈건 또는 그저 전하건 간에 문헌 정보를 제공하지 않는다." 사건은 이러하다. 슈바르츠-바르는 유대교 연대기를 표절했다는 의혹을 받은 것이다. 에밀 앙리오는 이 소설에서 전해지는 이야기들이 소설가의 상상에서 비롯된 것인지 아니면 순전한 신앙에 속하는 것인지 구분할 수 없는 점에 대해 애석해했다. "그런 토론에서 당위적 판단을 하려면 텍스트들을 대조하고, 증거를 손에 쥐고서 심화된 조사를 이끌어야 할 것이다. 그러려면 우선 이디시어語를 알아야 할 것이다. 이 사건이 대중에게 알려졌으므로. 내가 말해보자면, 내 생각에는 슈바르츠-바르 씨의 책의 열의, 생동감, 심오한 사상, 그리고 그 책을 살아 있게 하는 숨결 등이 어떤 차용이나 외부적 영향이 있으리라 생각할 여지를 남기지 않는다는 것이다." 이 말을 한 학술원 회원에게 감사하자!

표절이라고 서둘러 비난하는 것은, 너무 부럽거나 너무 젊거나 "문학적으로 규격에 맞는" 작가와 너무 다른 인재들을 기죽이는 데 가장 좋은 수단 중 하나인 것 같다. 특히 그런 인재가 고관대작들의 궁정에 들어갈 위험이 있을 때는 더더욱. 시몬 드 보부아르는 《사태의 힘 La Force des choses》에서 그런 일화에 관해 직접적인 증언을 제공한다. 좀 잘리기는 했으나 훌륭한 발췌문을 인용하련다. 다음 몇 줄은 슈바르츠-바르의 소설을 떠올리게 하며 그에게 호감을 갖게 만든다.

"페미나 상과 공쿠르 상의 심사위원들이 서로 뺏으려 다투던 그의 책의 성공은 별로 유명하지 않은 유대교 작가들의 반감을 샀었다. […] 그들은 별로 대수롭지 않은 실수에 대해 슈바르츠-바르를 비난했고, 더 심각한 일은, 표절이라고 비난했다는 점이다. 그소설의 제1부에서 10여 줄은 사실상 고대 연대기의 문장을 아주비슷하게 복제했다. 대단한 잘못은 아니었다. 이 첫 부분은 일종의 파스티슈(모작)였고, 그 텍스트의 원래 상표를 떼어내려면 그사상에 깊이 젖어들어야만 한다. 어떤 문장은 결국 그의 것으로여기고야 말게 할 정도로 머릿속에 들러붙는다."[49]

시몬 드 보부아르는 그 소설가를 옹호한 후 어느 정도로 "그 책동이 그를 혼란에 빠뜨렸는지" 알려준다.

"끔찍한 것은 명예를 잃는다는 점이다. 하지만 나는 명예를 되찾으리라. 4년 동안 사라졌다가 새로운 책과 함께 돌아오리라. 그러면 내가 참으로 작가라는 것을 사람들이 보게 되리라."

10년 후, 같은 종류의 비난이 프랑스어권의 말리 작가에게 덮친다. 1940년생인 얌보 우올로겜이다. 28세에 그 또한 처음이자 마지막인 소설을 썼다. 쇠이으 출판사에서 출간된 이 소설《가혹한 의무》는 1969년에 테오프라스트-르노도 상을 받는다. "이 소설로 저자는 두 영역에서 배척을 받는다. 식민지 시대 이전 아프리카에 대한 고발을 좋게 평가하지 않는 몇몇 아프리카 지식인들의 부정적반응 외에, 서방의 어떤 평론가들로부터는 표절이라는 비난도 받은것이다. 특히 두 소설가가 인용되었는데, 그레이엄 그린과 앙드레 슈바르츠-바르다. (슈바르츠-바르는 자기 소설《마지막 의인》이 이번에는 영감의 원천이 되었다는 사실을 기뻐했다.) 차용이 반박의 여지가 없어 보인다고 친다 해도, 말리 소설가가 실현한 '콜라주'가 완벽히 성공한 것은 확실했다. 이 소설은 잊혀서는 안 되며, 의심쩍은 그 유일한 평판보다 훨씬 더 가치가 있다."[50] 그런 부당한 비난을 받은 이유는, 그 소설이 우상 파괴적이고 혁명적인 성격을 띠고 있기 때문이다. 그 정도로 공공연히 정신적 독립이 선포된 까닭에, 적대감과 징벌의 물결이 일렁인 것이다.

1969년에 앵테랄리에 상을 받은 피에르 쉰되르퍼의《왕에 대한 마지막 인사 L'Adieu au roi》도 출간 당시부터 언론을 통해 숱하게 비교 대상이 되었다. 프랑수아 누리시에는 키플링의《왕이 되려던 남자 The Man who would be king》와 매우 유사한 점을 환기시켰다.[51] 주간지《미뉘트 Minute》의 한 익명의 기사는 이 유사성을 파렴치한 표절로 소개했다.[52] "쉰되르퍼는 키플링을 너무 잘 읽었나 보다."《왕에 대한 마지막 인사》가 키플링의 책의 주제, 상황, 제목 일부, 개성, 주인공의 이름과 신체 묘사 등을 포함하고 있는 것이 확실하다. 여기저기에 포진된 다양한 묘사에 대해서까지는 언급하지 않더라도 말이다.《미뉘트》의 기사는 아일랜드 서정시 〈녹색 옷차림 The Wearing of the Green〉에까지 확장되어, 이 아일랜드 서정시를 "이상한 노래"라고 평가하면서 두 작품에서 꽤 유사한 용어들을 들먹인다. 그는 마지막으로 '리어로이드'라는 이름은 키플링의 작품으로 유명한《세 병사 Soldiers Three》에서 한 병사의 이름이라고 환기시켰다. 그리고 나서 1970년 3월에《예술-문화 Art-Culture》의 한 기사에서 장 비뇨가《미뉘트》에 의해 울려대기 시작한 나팔에 입을 갖다 댔다. 그는 자신의 동료 전체(그리고 그 자신도 포함된다고 고백한다)가 속아 넘어가고,

단 한순간이나마 그 소설의 독창성을 믿었다는 점에 놀라워했다. 《왕에 대한 마지막 인사》는 《왕이 되려던 남자》의 현대판 소설이니까. "인용문들이 가까스로 각색되었다." 모리스 라레스의 연구에 기대어 이 표절 비난을 더 자세히 점검해보자.[53]

《왕이 되려던 남자》에서는 평화롭던 시절에 두 남자가 한 원시적인 지역을 정복하여 왕들이 되고 부를 축적하기로 결정했다. 《왕에 대한 마지막 인사》에서는 한 남자가 전쟁 시기에 우연히 원시적인 지역에 가게 되어 죽음을 면하기 위해 야만 민족에게 강한 인상을 주어 왕이 되었다.

주인공으로 말하자면, 두 소설 모두에서 다갈색 피부다. 《왕이 되려던 남자》에서 두 주인공은 뻔뻔한 모험가들이다. 그들은 힘(현대식 무기), 간계(프리메이슨 상징 이용), 신성한 것을 이용한 기만(그들은 신으로 통하는 데 성공한다)을 통해 강한 인상을 주어 압도한다. 그러나 그들 중 한 명의 상처에서 피가 흐르자(다니엘 드라보가 혼인시키려 했던 여자가 광분하여 그를 물었다) 그가 그저 인간이라는 것이 발각된다. 그는 죽임을 당하고, 공범인 피치 카너헌은 십자가에 못 박힌다. 《왕에 대한 마지막 인사》에서는 과업의 중대함이 리어로이드에게 서서히 드러난다. 그는 부족들을 연합하고, 공동의 적과 싸우고, 성공은 못하지만 백성에게 좋은 일을 하려고 시도한다. 그는 결혼하여 행복한 부부생활도 한다. 이 모든 일에서 거의 아무 욕심 없이 개인적 만족을 느끼고, 동시에 의무를 이행하는 기쁨도 끌어낸다. 그러나 영국의 포위를 더 이상 견딜 수 없던 백성이 그를 영국인들에게 넘긴다. 두 텍스트를 각각 요약해보면 전쟁, 권력 장악, 저항, 평화 회복 등의 이야기인데, 둘 사이에 어쩔 수 없는 유사성이 두드러진다.

'왕'이라는 단어가 다른 수백 편의 제목에도 들어 있는데, 쉰뙤르퍼가 선택한 제목에 대해 또 놀라야 하는 걸까? 결국, 키플링과 관련된 실마리는 비난받을 만한 표절을 드러내지는 않는다. T. E. 로런스 쪽에서도《지혜의 일곱 기둥 *Seven Pilars of Wisdom*》에 관해 찾아보았다. 1970년 1월 9일, 이봉 에슈트가 일간지《파리-노르망디 *Paris-Normandie*》에서 다음과 같이 지적했다. "[그 소설은] 전쟁 전에는 앙드레 말로의 소설, 그리고 전쟁 후에는 르네 아르디의《씁쓸한 승리 *Amère Victoire*》에 영향을 끼친 T. E. 로런스의 흐름 속에 위치한다. 끝까지 가보려는 자신의 의지에서 보이는 날카로움, 행동과 그 확신 후에 나타나는 유사한 환멸. 더럽혀져서 최초의 순수성을 잃어버린 데 대한…" 이 지적은, 결국 원전과 문학의 흐름에 관한 전통적 분석에만 속할 뿐이다. 그럼에도 비평 쪽에서는, 자기네 중 한 사람의 독창성을 인정하지 않으려는 저항을 드러내는 비평에 속하게 된다. 간단히 말해서, 모든 종류의 비교가 순조로이 진행되었다. 모리스 라레스의 더 엄정한 비교 분석은 표절을 증명해주지 않는다. "유사한 점들이 많고 때로는 인상적이기도 하지만, 부연되기보다는 일회적이다." 반면 이 분석은 흥미로운 글쓰기 방식을 밝힌다. "P. 쉰뙤르퍼는 많이 읽었고, 아마도 많이 기억해둔 것 같다. 그런데 사진가의 방식으로 기억해두었다. 처음에는 취향 때문이었지만, 그다음에는 훈련을 통해 그리 되었다. 그가 특히 포착하는 것은 이미지와 표현이다. […] P. 쉰뙤르퍼는 사진가처럼 기억한다. 상황의 유사성은 그의 정신에 이미지들을 자동적으로 솟아오르게 하고, 때로는 그가 다른 전쟁 관련 작품들에서 유사한 상황에 관한 묘사를 읽었을 때 인상적이던 표현도 솟아오르게 한다."[54]

1980년대: 비난에서 법정 소환으로

1980년대에는 분위기가 바뀌어, 다소 박식하던 논전에서 법정 소환으로 넘어간다. 그래서 "심문을 위해 피고들을 앉히는 작고 낮은 자리"[55]인 피고석에 앉게 된 베르나르-앙리 레비(1984년, 메디시스 상), 타하르 벤 젤룬(1987년, 공쿠르 상), 장 보트랭(1989년, 공쿠르 상), 칼릭스트 브얄라(1996년, 프랑스학술원 소설대상), 주느비에브 도르만(1989년 프랑스학술원 상) 등은 언론에서 마음 상하게 하는 몇몇 루머의 대상이 되었을 뿐이고, 마르크 랑브롱(1993년, 페미나 상)은 고소인과 가까스로 합의하였다.

1984년에 그라세 출판사에서 출간된 《선두의 악마 *Le Diable en tête*》는 저자인 베르나르-앙리 레비에게 저작권 침해 소송을 안겨주었다. 1982년에 《마구간 60 *Ecurie 60*》이라는 원고를 그라세 출판사에 보냈다가 퇴짜 맞은 마리-프랑스 바리에 씨가 베르나르-앙리 레비를 고소한 거다. 메디시스 상을 받은 그 소설은 사실상 자신의 소설에서 영감을 얻은 것이라는 비난이었다. 실제로 바리에 씨의 원고는 그라세의 총서팀장인 추정 표절자에게 개인적으로 보내졌었고, 총서팀장은 자기 이름으로 바리에 씨에게 답장을 보냈었다.[56] 어찌 됐건 간에 판사는 "베르나르-앙리 레비는 저작권에 관한 1957년 3월 11일의 법을 조금도 위반하지 않았다"고 판결했다.

"모든 점에서 두 작품은 구별된다. 주제, 인물, 상황이 서로 비슷하지 않다. 법정은 '소설에서 인용된 작가나 등장인물의 이름들'에 관해 바리에 씨가 내세우는 유사점을 참작할 수가 없을 것이다. 마틸드는 문학에서 처음 나오는 이름도 아니며, 뱅자맹도 마찬가지다."

피고 측 논거 제시의 핵심은 다음과 같다. 두 소설에 담긴 정보의 유사성은 같은 세대에 속하는 두 소설가의 문화가 유사하다는 점으로 증명된다. 고소인의 지나친 무모함은 모욕당한 피고에게 5천 프랑(762유로)의 손해배상을 물게 만들었다. 이외에도 피고는 그가 선택하는 언론매체에 네 차례에 걸쳐 판결문을 실을 수 있도록 승인되었다.

《신의 축복으로 À la Grâce de Dieu》라는 제목의 시나리오를 쓴 미르티으 뷔트네는, 타하르 벤 젤룬이 1987년에 쇠이으 출판사에서 펴내 공쿠르 상도 받은 소설 《신성한 밤 La Nuit sacrée》에서 자신의 시나리오를 표절했다고 고소했다. 1988년 3월 파리지방법원, 1989년 3월 파리고등법원, 1991년 6월 파기원破棄院, 이렇게 세 차례 모두 뷔트네의 손해배상 청구가 기각되었다. 이 경우에서 심리審理는 더 많은 상세한 사항을 제공하였다. 물론, 고소인은 법정 소환에서 진지한 논거를 제시한 것이 확실하다. 그녀에 따르면,

"두 작품 모두 같은 이야기를 전하고 있다. '거칠고 난폭한 중년의 시각장애인'의 이야기로서, 이 시각장애인은 이야기 결말에서 시력을 회복하고, '강간으로 연애 생활이 시작된' 고아 아가씨는 이어서 '아주 괴로운 성적 조종들'을 겪다가 마침내 자신의 주인의 품 안에서 사랑을 만나고, 그 주인에게 자신을 창녀로 여기게 하면서 처음으로 자신을 내어준다. […] 결국, 미르티으 뷔트네는, 시각장애인으로 나오는 등장인물이 시나리오에서는 음악가로 나오고, 소설에서는 작가로 나오며, 여주인공은 시나리오에서는 그림 또는 글쓰기에 흥미를 갖고 있으므로, 시나리오와 소설에서 똑같이 '예술 영역들'이 존재한다는 점을 강조한다."[57]

그럼에도 불구하고 사실들의 시점時點이 비교 분석의 효과를 소멸시키는 것 같다. 사실 그 시나리오는 1986년 11월 4일에 작가 및 극 작곡가 협회에 제출되었었다. 그런데 쇠이의 출판사에 따르면 "타하르 벤 젤룬이 탈고한 순간(1986년 8월 말)에는 시나리오 작가 자신의 고백에 의하면 그로부터 몇 달 뒤(1986년 11월)에나 제출되었을 시나리오의 실체를 타하르 벤 젤룬이 알았을 수가 없다." 게다가 내용에 관해서는 공쿠르 수상자도 그의 출판사와 마찬가지로 아주 효력 있는 논거를 제시한다.

"1985년에 출간된 타하르 벤 젤룬의 이전 소설《모래 아이 L'Enfant de sable》는 미르티으 뷔트네가 시나리오를 제출하기 전에 《신성한 밤》여주인공의 어린 시절을 묘사하고, 시각장애인 등장인물을 투입한다."[58]

미르티으 뷔트네 쪽에서도 반박한다. "중년의 시각장애인과 성폭력 희생자인데다가, 그녀가 애인으로 삼은 자에 대해 느끼는 사랑을 통해 새롭게 바뀌는 하녀-안내원으로 형성되는" 커플이라는 주제의 보편성에 관해서는 타하르 벤 젤룬과 쇠이으 출판사가 논증하지 않았다는 반박이다. 결국 그녀는, 타하르 벤 젤룬이《신성한 밤》이 먼저 쓰였음을 증명하기 위해 제출한 증명서들의 신빙성을 문제 삼는다. 친구들 아니면 작가의 출판사에서 제공한 증명서들이라 여긴 것이다. 그리고 '성공한 작가'가 쓴 그 소설이 원고를 넘긴 지 거의 1년이나 기다렸다가 출간되었다는 점에도 놀라워한다.

그런 반박에 대해 판사는《신성한 밤》과《신의 은총으로》보다 먼저인 소설《모래 아이》의 존재로 인해 확신이 확고해져서, 두 작

품에 공통적인 상황과 주제가 평범한 것들이라고 결론지었다. 그러
므로 문제의 시나리오에 법적 보호는 적용되지 않는다. 그러자 손해
배상 청구인은 때맞춰 다음 사실을 상기시켰다.

"사랑의 감정이라는 주제가 한 시각장애인을 한 아가씨와 결합시
키고, 시각장애인의 불구로 인해 사람이 대체되는 주제는 1974년
에 상영된 영화《여인의 향기 *Parfum de femme*》에서 이미 다루어졌
다."[59]

그라세에서 출간되고 1989년에 공쿠르 상을 받은《선한 신에게
로 향한 큰 한 걸음 *Un grand pas vers le Bon Dieu*》도 소송을 제기당했다.
장 보트랭은 파리지방법원에서 처음에는 무죄로 석방되었다가, 이
어서 상소되었다. 그런데 이 사건은 시사언론뿐만 아니라 법률잡지
에서도 숱한 기삿거리가 되었다. 이 사건은 문학적 분석 면에서나
사법적 분석 면에서나 상당히 흥미롭다. 여기서는 소설가가 니스 대
학교수인 파트릭 그리올레의 저서들에서 영감을 얻었기 때문이다.
미국 루이지애나 프랑스인들의 구어口語인 '카쟁'어 사전과 연구서
들이 관건이었다. 장 보트랭을 구제해준 주장은 다음의 변호 진술에
대강 요약되어 있다. "그[파트릭 그리올레]는 그 언어를 가로챌 권
리가 없다." 사태를 더 가까이서 들여다보면 좀 더 복잡하고 흥미롭
다. 그리올레와 마찬가지로 니스-소피아 안티폴리스 대학의 교수
인 에티엔 브뤼네가 그리올레의 어휘론 연구의 독창성을 옹호한다.
"수사학적으로 완벽한 이 연구는 현장에서 수행된 세심한 조사를
기반으로 하였고, 전대미문의 것을 많이 제시했다."
1984년에 파트리시아 비슈노가 자크 시고의 역사서《집시들

과… 다른 이들을 위한 야영장 *Un camp pour les Tziganes … et les autres*》에서 무단으로 퍼내서 썼다는 이유로 처벌받았을 때는 법정이 덜 관대한 태도를 보였다. 사실, 비슈노는 뽐낼 만한 문학상을 받은 적이 없다! 마찬가지로, 1989년에 장-클로드 바로는 출판사들 간의 협상에 이어 자기 소설 《예루살렘 잊기 *Oublier Jérusalem*》가 폐기 처분되고 나서 부피를 줄여 다시 인쇄되어 서점에 다시 출시되는 꼴을 보게 된다. 점령 지역들에 관해 다비드 그로스만의 현장조사 《노란 바람 *Le Vent jaune*》에서 약탈했다는 비난을 받았던 터다.

판사에 의해서건 출판사들에 의해서건 처벌을 받은 이 두 건과는 반대로, 알뱅 미셸에서 《잠의 무도회 *Le Bal du dodo*》를 출간하여 1989년에 프랑스학술원 상을 받은 주느비에브 도르만은 문학평단으로부터 어떤 관용 또는 적어도 기권이라는 혜택을 받은 것 같다. 이 사건은 《누벨 옵세르바퇴르 *Nouvel Observateur*》지의 〈표절에 발을 들여놓기〉라는 기사를 통해 조심스럽게 언급된다.[60] 기자는 두 가지 추정 도둑질을 들먹인다. 하나는 베르나르댕 드 생-피에르의 《일 드 프랑스 여행 *Voyage à l'Isle de France*》(1773)에서 한 도둑질이고, 다른 하나는 인도양 출판사(Éditions de l'Océan Indien)에서 1986년에 출간된 알랭 르 브르통의 소설 《나를 모리셔스 섬으로 데려다주오 *Emmenez-moi à l'Isle Maurice*》에서다. 첫 번째 차용은 액상프로방스의 교수인 로베르 쇼당송에 의해 알려졌고, 두 번째는 표절당한 작가 자신이 제기하였다. 이 작가가 지적한 유사점은 75가지가 넘는다. 평범한 의미에서 18세기에 프랑스가 모리셔스 섬으로 보낸 '백인' 가족들이라는, 어쨌든 흔한 주제만 언급할 뿐인 그 책을 주느비에브 도르만은 결코 읽은 적이 없노라고 자기변호를 했다. 전기와 마찬가지로 역사소설도 동일한 역사 원전들을 전제로 한다.

상을 받고 나서 소송 대상이 된 프랑스 소설의 행렬을 마르크 랑브롱의 경우를 통해 계속 이어보자. 플라마리옹 출판사에서 출간되고 1993년에 페미나 상을 받은《침묵의 눈 *L'Œil du silence*》의 저자인 랑브롱은 앤터니 펜로즈의 기소로 법정에 소환된다. 앤터니 펜로즈는 미국 국적의 유명한 기자이자 사진가이자, 랑브롱의 소설의 여주인공인 리 밀러의 아들이다. 리 밀러의 아들은 어머니에 관해 자기가 쓴《리 밀러의 생애 *The Lives of Lee Miller*》와《리 밀러의 전쟁 *Lee Miller's War*》이 약탈당했으며, 자신의 작품들에서 직접 파생된 경쟁자의 책이 "지적소유권에 관한 법률 제1항, 113-2조 두 번째 문단의 의미에서, 합성작품"[61]일 것이라고 주장했다. 마르크 랑브롱은 최악의 경우 자기 소설의 약 60줄은 비난의 대상이 될 수 있을 것이라고 했다. 하지만 별첨으로 여주인공의 아들의 작품들에게 진 "특별한 빛"을 강조했다고 한다. 사실상《르 카나르 앙셰네》는 의심쩍은 문단은 두 군데밖에 들춰낼 수 없었다. 다음은 그 둘 중 하나다.

《리 밀러의 생애》, p. 36	《침묵의 눈》, p. 258
흑인 재즈 댄서인 페럴 벵가는 발목을 빼어서 절름발이 천사가 되어야 했다. 콕토는 그래서 그를 선호했지만, 대중은 그 점에서 별 생각을 다했다. 엔리케 리베로의 등에 있는 별 모양은 거기 있는 상처를 감추기 위해 콕토가 거기다 위치시켰다. 리베로의 애인의 남편이 그에게 총을 쏴서 생긴 상처였다.	위대한 흑인 댄서인 페럴 벵가는 발목이 삔 채 스튜디오에 도착했다. 그는 천사를 연기해야 했으므로 그의 역할은 절름발이 천사가 되었다. 배우인 엔리케 리베로는 등에 칼자국이 있었는데, 애인의 남편과 난투극을 벌이다가 생긴 흉터였다. 콕토는 그 흉터를 별 모양으로 감추었다.

판매부수가 상당하여 푸짐한 손해배상금을 받으리라 기대하게 하는 작품을 희생시켜서 어떤 이익을 보려 했을 거라는 의혹을 사람들이 가질 만도 하다. 모성의 서사시인 이 프랑스 소설은 성공하여 프랑스 독자들로부터 이미 관심을 얻었다. 그리고 이 성공으로 인해 리 밀러의 두 저서도 프랑스어로 번역되었다. 위협적이던 소송은 리 밀러의 아들에게 금전적 배상을 함으로써 피했다.

상을 받고 나서 반박을 받은 소설들에 대해 살펴보고 나니 종합 평가를 하지 않을 수 없다. 잘 들여다보면, 수상자 중 그 누구도 재판관의 처벌 대상이 된 적이 결코 없다. 일심 판결에서건, 항소심이나 원심 파기에서건 간에.[62] 칼릭스트 브왈라가 저작권 침해로 처벌받은 것은 그녀의 첫 소설《벨빌의 어린 왕자 *Le Petit Prince de Belleville*》(1992) 때문이지, 1996년에 프랑스학술원 상을 받은 소설《잃어버린 명예》때문이 아니었다는 점을 상기하자.

수상자의 일종의 면책특권처럼 보일 수도 있을 이 점을 앞에 두고 두 가지 해석 사이에서 망설이게 된다. 각 경우마다 진지하고 신중한 점검이 필요한 것은 확실하지만, 문학상의 의식儀式이 출판계에서는 그 자체로 하나의 제도를 나타내고 있어서, 그 의식을 문제 삼는 것은 그 누구에게도 이득이 될 일이 아니다. 유명세 때문에 침범할 수 없는 존재가 된 일부 저자의 경우도 마찬가지다. 매체의 영향력에 좌우되기 쉬운, 작가라는 직업의 권위를 떨어뜨릴 가능성은 있지만.

마찬가지로 미묘한 다른 가설도 있다. 표절 비난이 저자에게는 늘 심각하다는 점이다. 저자의 성실성뿐만 아니라 특히 능력의 진위, 고유의 재능, 한마디로 그의 인격을 문제 삼기 때문이다. 그런 스캔들에서 어떤 이들은 이익을 끌어내고 싶어 하기도 하고, 판사가 처벌의 여파를 모를 수도 있다. 약탈자를 고발하고 손가락으로 지적하는 일에 그토록 재빠른《르 카나르 앙셰네》조차 보트랭 소송 때는 격분한다. "공쿠르 시상이 있고 나면 늘 똑같은 일이 벌어진다. 대체로, 재능이 있기보다는 편집광적인 저자가 늘 나타나서 표절이라고 아우성친다."[63]

매우 유명한 프랑수아즈 사강이, 상을 받아서가 아니라 그저 부러울 만한 판매실적으로 인해 표절 비난을 당하게 되자, 사람들이 실제로 갖게 된 감정이 그런 거였다. 그래서 롤랑 드 쇼드네는 그 일화를 다음과 같이 요약한다. "중편소설과 장편소설을 읽어보시오. 언론의 기사 내용도 알아보시오. 이는 표절 사건이 아니라 경망스러움, 상한 자존심의 분통, 특히 돈과 관련된 사건이라는 것을 보게 될 겁니다."[64] 장 우그롱은 1965년에 스톡 출판사에서《모욕당한 사람들 Les Humiliés》이라는 단편집을 펴냈다. 프랑수아즈 사강은 1980년에 그 단편들 중 하나인 〈연로한 여인 La Vieille femme〉에서 영감을 얻은 소설《사냥개 Le Chien couchant》를 출간했고, 다음과 같은 헌사를 맨 앞에 넣었다. "이 자리를 빌려서 장 우그롱 씨의 비자발적 협력에 대해 감사드리고 싶다. 이 이야기의 출발점은 사실상 그의 훌륭한 단편집에서 얻었다. 하숙집 여주인, 모욕당한 남자, 도난당한 보석들 등. 설사 그다음에 내가 그 요소들과 이야기를 완전히 변형시켰다 하더라도, 나는 그의 재능을 통해 내 안에서 이 상상력이 촉발된 데 대해 이참에 그에게 감사드리고 싶었다. 그리고 그 상상력이 나를 위해 예사롭지 않은 길을 취한 데 대해." 이 사건은 법정으로 갔다. 1981년 2월 20일, 제3민사부는 사강과 플라마리옹 출판사에게《사냥개》를 폐기처분하라는 판결을 내린다. 장 우그롱의 단편을 불법 복제한 것으로 판단한 것이다. 우그롱에게 진 빚과 아울러 독창성을 위한 자신의 노력을 밝히는 서문을 소설 속에 제대로 넣어봤자 소용없는 일이 되어버린 것이다. 그런데 마지막으로 1981년 7월 7일에 파리고등법원이 파리지방법원의 판결을 파기한다. 두 작품 모두 동일한 일화를 출발점으로 삼고 있는 주요 동기가 관건인데, 그 일화가 동일하긴 하지만:

"총 97쪽에 이르는《사냥개》에서는 첫 25쪽에서 내내 연이어 자극적인 필치를 통해 사건이 전해지는 반면,《연로한 여인》에서는 훨씬 더 단조롭게 이어지는 사건 이야기가 그 단편소설의 4분의 1 이상을 차지한다."[65]

판사는 그 "애초의 일화 자료"가 평범한 것이라고 판단한다. 그런데《사냥개》의 이야기는 "프랑수아즈 사강이 상상해낸 등장인물들 간에 맺어지는 관계들이 점점 복잡해지는" 것으로부터 독창성, 소설적 형식, 분량을 끌어낸다고 판사는 덧붙였다. 그러므로 비난된 공통점은 "등장인물이나 장소나 사건의 특징적 현실은 전혀 건드리지 않으면서 순전히 외부적이고 표면에" 머문다. 그러므로 이 사례를 통해 법은 작품만 보호하고, 작품 구상의 지적 메커니즘에는 매달리지 않는다는 점이 분명히 드러난다. "소송은 소설이 1957년 법 제40조의 의미에서 이전 작품의 각색이나 변형이나 불법적 편집을 구성하는지 아닌지를 아는 문제, 즉 두 작품의 내재적 요소들의 비교를 통해서만 해결될 수 있는 문제로 엄격히 한정된다."[66] 그러므로 소설의 생성 과정에서 끌어내는 논거는 무엇이건 응당 거부된다. 한 작품의 독창성은 다양한 소재로부터 마침내 실행된 변형과 결과에 따라 판단된다. 그것이 창작의 원칙 그 자체가 아니던가? 파기원은 1983년 2월 23일에 저작권 침해가 없다고 추인했다.

그다음에 어떤 일이 이어지는지를 보면 문학계의 유명인사를 고발하면 위험이 따른다는 점을 확인시켜준다. 1981년 4월 24일, 사강 사건을 이용하여 기자 로랑 디스포가《책들의 아침 *Le Matin des livres*》에서 장 우그롱의 그 문제의 단편《연로한 여인》과 이전에 나온 다른 두 편의 작품인 카르코의《쫓기는 남자 *L' Homme traqué*》와 데이 킨의《돈 꾸러미 *Un Colis d'oseille*》사이에서 유사점을 들춰낸다. 잊힌 것 같던 '표절당한 자-표절자'에게 정산을 해줬다고나 할까. 표절당하지 않으려면 표절을 하지도 말아야 하는데…. 로랑 디스포의 기사는 "소송이 문학보다는 영화나 가요에 관한 경우가 더 흔한데, 그 이유는 금전적 이해관계가 더 크게 걸려 있기 때문"이라는 점을 온당히 상기시킨다. 단, 문학에서 베스트셀러와 문학상 수상작들은 빼고.

유명한 멕시코 작가 카를로스 푸엔테스에게 향한 비난의 물결이 그 점을 다시 확인시켜준다. 1995년 10월 2일자《타임》지는 추정표절plagiat supposé에 관한 이 새로운 사건을 전한다. 멕시코시티의 무명작가인 빅토르 마누엘 셀로리오가 푸엔테스의 마지막 소설인《디아나, 외로운 사냥꾼 *Diana, o la cazadora solitaria*》에서 자신의 소설《청색 일각수 *El Unicornio azul*》에서 차용한 백여 가지를 들춰냈다.《청색 일각수》는 1986년에 출간되었으나 성공하지 못한 소설이었다. 두 소설은 한 멕시코 작가와 한 미국 여자의 요란스러운 사랑이야기라는 공통점을 갖고 있다. 표절 비난은 좌절된 작가에게 자신을 알릴 훌륭한 기회를 제공한다. 카브레라 인판테도 '너무도' 유명한 그 소설가(푸엔테스)의 1970년 소설《생일 *Compleaños*》[67]이 자신의 시나리오에 바탕을 두었다고 주장한다. 그러자 푸엔테스는 당당히 대답한다.

"고아처럼 오로지 하나뿐인 책, 다른 그 어떤 책의 후손도 아닌 책이 과연 존재할까?"

법정에 괴롭고도 신중치 못한 도움을 청하기 전에 찾을 만한 마지막 둑 같은 중재 기관이 존재하지 않는다는 사실이 애석할 뿐이다. 사법당국이 인정하는 문학 전문가의 부재 또한 애석해하자. 그리올레-보트랭 소송이 진행 중일 때 통계학자 평론가인 에티엔 브뤼네가 막 검토된《좋은 신에게로 향하는 큰 한 걸음》의 어휘적 감정을 법정에서 내세운다! 그리고 자이예-에브라르 사건에서는 기소인의 변호사가 전문가(이 경우에는 문학전문가)를 지명해달라고 했으나, 법정은 거절했다. 문학작품의 분석(법률적 의미, 즉 광의에서는 용어 분석)은, 예를 들어 의료 분야에서 전문가들이 존재하는 것처럼 어떤 전문가의 능력을 필요로 하는 것이 아니라는 이유로 거절당했다.

2000년대: 그 어디서나 표절!

1980년대부터 새로운 밀레니엄까지 사법화 과정이 가속화되었고, 2001년은 그런 현상의 전조적 징후가 나타나는 해다.《비평 Critique》이라는 잡지가 2002년에 "2001년에 일어난 표절: 그랑 크뤼(올해의 걸작)에 대한 분석"이라는 제목으로 온통 표절에 할애하는 기사를 실었을 정도니까.[68] 가장 당황스러운 사건은 노벨문학상 수상자와 관련된 것으로, 플라네타 출판사에서《안드레 성인의 십자가 La cruz de San Andrés》라는 소설을 펴낸 작가 카밀로 호세 셀라의 경우였다. 의혹은 바르셀로나 법정에 의해 공소로 바뀌었다. 그런데 이 사건은 작가가 2002년에 죽었음에도 불구하고 계속 재판 중이다. 프랑스로 말할 것 같으면, 2000년대 초에 저작권 침해 소송이 최소한 여섯 건이나 다양한 이슈와 더불어 부각되었다. 치모의 소설《릴라가 그걸 말했다 *Lila dit ça*》(플롱, 1996), 알랭 멩크의 전기소설《스피노자, 유대인 소설 *Spinoza, un roman juif*》(갈리마르, 1999), 미셸 르브리스의 이야기《황금, 꿈, 피. 해적질의 서사시 *D'or, de rêves et de sang. L'épopée de la flibuste*》(아셰트 리테레르, 2001), 앙리 트루아야의 전기인《쥘리엣 드루에 *Juliette Drouet*》(플라마리옹, 1997), 그리고 두 번이나 법정에 소환된 마르크 레비의 소설《그게 사실이라면 *Et si c'était vrai*》(로베르 라퐁, 2000)….

2001년 2월 21일, 파리고등법원은 치모의 소설《릴라가 그걸 말했다》가 1995년에 플롱 출판사에서 출간된 연구서《변두리들의 말들 *Paroles de banlieues*》을 위해 미셸 드퀴지와 아지즈 즈무리가 수집한 "문화적 소재와 요소"를 아주 합법적으로 이용했다고 판결했다. 저작권 침해에 대한 고소를 기각한 이 판결은 연구자가 수집한 자료적 요소들의 자유로운 이용을 온당하게 두둔한다. 단, 엄격히 원재료에 관련된 한에서만 그렇다. 논리적으로는, 형식 면에서 개인적인 요소가 가미된 분석과 논평은 합법적 차용 대상에서 결국 제외시키게 된다.

가공하지 않은 자료적 요소의 차용과, 개인적 성찰을 통해 해독하고 분석하여 창의적으로 재적용한 재료들의 차용을 이렇게 법적으로 구분한 증거를 들어보자. 바로 2001년의 11월 28일에 파리지방법원은 알랭 멩크를 저작권 침해로 처벌했다. 1997년에 클리마출판사에서 철학자 파트릭 뢰델에 의해 출간된 전기《스피노자, 지혜의 가면 *Spinoza, la masque de la sagesse*》에 대한 저작권 침해였다. 법정은 "체계적인 약탈"이라고 표현했다. 표절자, "또는 그의 팀"은 뢰델의 상상력에서 직접 나온 것을 유명한 역사적 사실로 간주했던 것이다! 그러므로 저작권 침해를 논증하기가 쉬웠다.

16세기 해적질의 서사시에 관한 에세이의 저자 미셸 르 브리스에 대해서도 같은 판결이었다. 그 또한 1997년에 소르본 대학 출판사에서 열린 학술대회에서 미카엘 오주롱이라는 대학교수가 발표한 글[69]에 대해 부분적으로 저작권 침해를 했다는 죄목으로 처벌되었다. 라 로셸지방법원은 2002년 4월 23일의 용감하면서도 절도 있는 판결을 통해 다양한 유형의 차용 사이에 구분을 지으려 시도했고, 그럼으로써 저작권 침해의 범위를 최대한 명확히 규정했다. "표현을 그저 단순히 취하는 행위", "단순한 복제에 속하지 않지만 그럼에도 특정한 방식으로 그 차용의 원전을 표시하는 차용", "조합되었건 아니건 간에 전형적인 단어", 마지막으로 "오주롱 씨의 발표문에서 같은 이치理致로 실려 있는 19개의 인용문". 판사들의 선별은, 우리가《표절들, 글쓰기의 내막》의 '음지의 연구자들'에 할애한 장에서 분석하고 설명한 준거들에 근거한다.[70]

이 표절 스캔들이 저작권 침해 처벌을 벗어난 후, 2000년 2월 9일 파리지방법원이 내린 판결에서 앙리 트루아야가 결국 전기《쥘리엣 드루에》에 대한 공소제기 처벌을 받았을 때는 다른 방식으로 요란했다. 빅토르 위고 전문 대학교수이며, 파야르 출판사에서 1992년에《쥘리엣 드루에 또는 실향민》이라는 전기를 펴낸 제라르 푸생과 로베르 사부랭은 1938년 공쿠르 상 수상자이자 백여 편의 저서를 쓴 프랑스학술원의 수석회원 앞에서 주눅 들지 않았다. 형편없는 베스트셀러에 관한 진실을 그들이 마침내 터뜨리는 데 성공했기 때문이다. "이는 통상적인 표절에 관한 것이 아니라, 흔적들을 흩뜨리는 재간을 요하는 봉합작업이다. 그것으로 표절 문법을 만들 수도 있을 정도다. 거기에는 모든 것이 다 들어 있다. 전통적 유의관계, 발화 바꾸기, 의태, 교착어법 등. 그는 우리 활자들의 움직임에 자기 펜을 갖다 대기만 했을 뿐이다."[71] 1심 판결은 표절당한 두 전기 작가로서는 끔찍했다. 그들의 전기가, 보호할 수 있는 작품으로가 아니라, 진부한 저서이자 역사적 자료를 단순히 모아놓은 것으로 저평가되었기 때문이다. 그러나 항소심에선 관점이 완전히 뒤집혀서 두 연구자의 독창성과 발견 작업을 인정해주었다. 항소심 판사는 "법적으로, 전기 작품의 저작권 침해는 다음과 같을 때 그 징후로 여긴다. 공유재산에 속하는 자료의 조사, 선별, 분류 작업을 특유의 논리에 의해 수행한 저자에 대한 차용이 그 차용의 성격과 규모 때문에 첫 번째 전기 작가의 개성의 흔적을 지니고 있는 이전 작품을 무의지적으로 차용한 수준을 넘어설 때"라고 했다.[72] 이 명확한 규정은 결정적이었으며, 이후의 모든 저작권 침해 논거를 좌우했다.[73]

앞서의 세 경우와는 반대로, 본래 기록 자료의 원전이 에세이나 전기에서보다는 덜 결정적인 역할을 하는 픽션 텍스트에 대해 저작권 침해 비난이 제기될 때는, 법해석의 경향이 소설가에게 아주 관대한 쪽으로 기운다. 치모의 소설 《릴라가 그걸 말했다》가 이에 관한 예증을 제공한다. 마르크 레비의 소설 《그게 사실이라면》을 겨냥한 두 차례의 저작권 침해 제소는 모두 각하되었다.[74] 아주 최근에는 야닉 애넬의 소설 《원 Cercle》(갈리마르, 2009) 또한 소설가 알리나 레이예스의 소송 제기 대상이 되었다가, 2010년 2월 11일의 파리지방법원 법정 판결에 따라 저작권 침해로 여겨지지 않았다. 비슷한 이미지와 주제에도 불구하고, 그 표절 비난은 두 작품 간에 접점이 충분히 명확하지 않아서, 판사들 쪽에서나 문학평단 쪽에서나 확신을 할 수가 없었다.

최근 몇 년 동안 있었던 표절당한 자와 표절자 사이의 대립들을 결산해보면, 어떤 때는 출판 영역에서 신속한 성공을 위한 표절에 떠밀리고, 어떤 때는 신빙성 없는 비난을 통해 경쟁자를 무력화시키는 데 혈안이 된 에고(자아)의 격앙이라는 인상이 강하다.

베르톨트, 브뤼노, 두 명의 마리Marie : 터무니없는 표절

특별히 존경받는 지성적 인물을 그의 위치에서 추락시키는 일은 … 복수 행위일까, 아니면 많은 독자의 호기심을 끄는 바람직하지 못한 수단일까? 존 퓌지의 베르톨트 브레히트 전기《브레히트와 컴퍼니. 섹스, 정치, 현대극 발명 Brecht & Co. Sex, Politics, and the Making of the Modern Drama》(그로브 프레스, 1994)이라는 제목이 상기시키는 바처럼 두 가지 방향으로 접근한다. 미국 대학교수인 저자에 따르면, 브레히트는 한 연극작품을 혼자서 처음부터 끝까지 쓸 능력이 없다. "그래서 자기 작품을 분만하기 위해 프랑수아 비용에서부터 일본 연극이나 엘리자베스 시대의 대가들을 거쳐 키플링에 이르기까지, 위대한 작가들을 표절했다. 그는 자기에게 협력할 일류급 친구들을 이용했는데, 그중에는 화가 카스파어 네어나 음악가 쿠르트 바일도 포함되어 있다."[75] 그리고 애인들도 잇달아 활용했을 것이다. 그래서《네 푼짜리 오페라 Die Dreigroschenoper》의 80퍼센트는 1924년부터 1933년까지 브레히트의 작품의 핵심부분을 썼을 엘리자베트 하웁트만의 작품일 것이다. 그런 다음 이 시기부터 1941년까지, 즉 이 작가의 작품이 가장 풍성하게 발표되던 시기의 주요 텍스트 37편은 새로 뽑힌 마르가리트 슈테핀에 의해 집필되었을 것이다. 게다가 그녀는 이렇게 고백했을 것이다. "그는 나 없이는 아무것도 해내지 못했다." 슈테핀은 1941년에 죽었다. 퓌지는 이를 두고 극작가 베르톨트의 경력이 거기서 멈춘다고 결론짓는다. 그렇다면 《억척어멈과 자식들 *Mutter Courage und ihre Kinder*》(1943)은 누구의 것이란 말인가? 브레히트는 진정한 글쓰기 '공작소'를 갖춘 후, 자신의 '협력자들'의 저작권을 없애는 데 전념했다. 퓌지는 이 작가를 그의 애인들의 비극적 운명의 주범으로까지 만든다. 마르가리트 슈테핀은 일 때문에 탈진하여 결핵에 걸렸고, 엘리자베트 하웁트만은 여러 차례 자살 시도를 했으며, 루트 베를라우는 감금되어 산 채로 불에 타 죽는다. 미국인 전기 작가 퓌지는 진실에서 매력적인 픽션을 만들어낼 수 있을 만한 온갖 구성요소를 마음껏 활용하고 변형한다. 모든 예술가가 그렇듯, 브레히트 역시 공동작업을 할 수도 있고, 선배들에게서 차용했을 수도 있다. 우리가 별로 힘들이지 않고 상상할 수 있는 일이다. 그러나 그 비정한 논문을 믿느라고 브레히트가 아내와 함께 있었다는 사실을 잊으면 안 될 것이다. 대단한 연극배우이던 아내 헬레네 바이겔은 원래 '베를리너 앙상블' 출신이고, 이 극단의 모험은 제2차 세계대전 후 유럽 연극 전체에 깊은 영향을 끼쳤다. 이 사안은 독일에서 격렬한 논란을 불러일으킨다. 독일의 한 출판사가 퓌지의 저서를 출간하는 위험을 감수한 것이다.[76] 비중 있는 평론가인 빌리 빙클러가 그 책을 조롱하면서 다음과 같이 부르짖는다. "형편없다. 하지만 꼭 읽어봐야 한다!" 저자를 기쁘게 할 말이라고나 할까. 바로 브레히트의 딸인 바르바라와의 소송을 야기할 광고는 차치하고라도…. 바르바라 브레히트는 "언론에, 그리고 현재 유통되거나 팔린 책들 모두에다 향후 받을 수 있을 처벌과 50만 프랑(76,224유로)의 손해배상의 이유를 진술한 공식해명서를 끼워 넣을 것"을 저자와 출판사에 요구했다.[77] 이 '범죄'는 결국 누구에게 득이 될까?

판매부수는 어쨌든 영향력이 크다. 1995년 5월에 스톡 출판사에서 니나 서튼이 쓴 전기《브루노 베텔하임 Bruno Bettelheim》이 출간되었다. 프로이트만 제외한다면, 생전에 그런 명성을 누린 정신분석학자는 거의 없다. 그럼에도 베텔하임은 죽은 지 얼마 안 된 1990년에 스캔들거리가 되었다. 그가 자기 인생의 일부를 위조했다는 비난 때문이었다. 그가 자살하기 전에 자신의 문서 기록을 세심히 없애버릴 정도였다는 것이다. 그중에서도 특히 그가 정신과 교수인 율리우스 호이셔 박사의 박사논문을 표절하여 자신의 베스트셀러 중 하나인《동화의 정신분석 The Uses of enchantment. The Meaning and Importance of Fairy Tales》(크노프, 1976)을 썼다는 의혹을 받았다. 서튼의 전기는 아주 큰 논쟁을 불러일으킨 이 정신분석학자의 인생여정을 다시 다루며 분석할 뿐이다. 기만행위는 표절만 있는 게 아니다.

터부시된 주제, 수치스러운 주제가 다뤄지기도 하고 두려움의 대상이 되기도 한다. 협박 대상이기도 하고 경쟁 관계나 부러움의 표현이기도 한 표절 비난은 너무 무시무시해서 마치 복수의 무기인 양 휘둘러진다. 하지만 마리 은디아예가 마리 다리외세크에게 뭘 부러워할 수 있었겠는가? 자기 세대에서 가장 훌륭한 작가 중 하나로 인정받고, 소설《마녀 La Sorcière》(미뉘, 1998)로 웬만큼 인정되던 은디아예가 다리외세크에게 못된 싸움을 걸었다. "제대로 된 문장도 없고, 명확한 것도 전혀 없다. 표절하는 것도 아니고, 원숭이 짓을 하는 거다."[78] 그 어떤 법정도 이런 새로운 장르의 저작권 침해를 판결하지는 못할 것이다. 모욕은 참담하고, 마리 다리외세크의 소설《유령들의 탄생 *Naissance des fantômes*》(POL, 1998)은 손해를 입는다. 대단한 판매부수를 기록하는 스타 작가이고, 부인할 수 없는 재능을 갖춘 다리외세크는 '행복한 소수'들이 뽑은 작가 은디아예에 대해 찬탄을 감춘 적이 결코 없었다. 특히 은디아예의 그 멋진 3부작《막강한 세 여인 *Trois femmes puissantes*》(갈리마르)이 2009년에 공쿠르 상을 획득한 다음에는 어쨌든 좀 더! 마리 다리외세크로 하여금 우정의 맹세라도 하게 만들어야만 했을까? 그 맹세는 만회라는 악의적 의도를 감추고 있을 거라는 구실을 대면서?

그런데 2007년에 이런 일이 되풀이된다.《톰은 죽었다 *Tom est mort*》(폴 출판사)라는 다리외세크의 소설이 출시되었을 때, 다리외세크는 같은 출판사의 카미유 로랑스로부터 비난을 받는다. 그 두 여류 소설가에게 폴 출판사는 정신적 아버지이던 터였다. 카미유 로랑은 어린 아이의 죽음에 관한 다리외세크의 이야기 속에서 자신의 비극적인 경험이 보인다고 여긴 것이다. 그 경험은 그녀가 1995년에 펴낸《필리프 *Philippe*》에서 전해진 바 있다. 그래서 그녀는 '심적(정신적) 표절'이라는 화살을 쏘아대는데…. 마리 다리외세크로서는 독자들의 평가로 충분하고, 그로부터 얼마 안 되어 펴낸 자기변호《경찰조서 *Rapport de police*》(폴 출판사, 2010)가 그녀에게 평온을 돌려주었을 거다.

책은 이제 비정한 생산 시스템에 의해 덫에 걸렸고, 그 시스템에서는 판매부수에 대한 강박이 훌륭한 인재들마저 건드린다. 중간 정도의 부수는 거의 판매 거부가 되어버린다. 마치 독자들의 인정認定 수준이 판매대에 쌓인 책무더기의 높이로 측정되기라도 하는 양.

3 장

—

빼앗긴 주인들

브레히트나 베텔하임처럼 20세기의 위대한 지성들만 비평계의 습격을 겪은 것은 아니다. 비평계의 미덕은, 절대적 천재성이라는 영광 속에 지나치게 고착돼 있는 최고위 문인들의 보다 인간적인 차원을 밝히는 것임을 알아야 한다. 그 권위자들이 설사 우리 문학유산의 거의 건드릴 수 없는 상징이라 하더라도, 후대의 도움으로 그들은 반드시 덜 우상숭배적인 시선을 맞닥뜨리게 된다. 신성화된 작품은 결국 자세히 검토되고, 텍스트는 역사가, 전기 작가, 텍스트 생성비평 전문가, 문체 연구가의 평가를 받게 되어 있다. 이들은 자료의 다양한 층위, 결, 구축 단계, 구성요소의 이질적 성격을 밝히고야 만다. 작품은 그렇게 해서, 거의 기적적인 출현으로서가 아니라, 확실히 영감을 받긴 했으나 창작의 우여곡절도 겪어낸 한 인간의 살아 있는 산물로서 고찰된다.

'기록살해' 또는 작가 죽이기

원전, 차용, 심지어 표절 등의 폭로는 작품수용 과정에서 결정적인 순간이다. 우리는 '위대한 작가'가 남성이건 여성이건 간에 아주 격렬한 논란과 아주 정묘한 논증을 어느 정도까지 끌어들일 수 있는지 확인하고 굉장히 놀랐다. 이로써 그 작가는 자기 작품을 빼앗기고, 다른 작가가 진짜 저자처럼 나선다. 표절 비난은 흔히 그런 박탈 시도에서 비롯된다. 이런 시도는 때로는 작가와 작품의 친자 관계의 합법성을 문제 삼는 데까지 밀어붙여진다. 가능한 한 유명한 저자와 기념비적인 작품을 표적으로 삼는 경우가 가장 흔하다. 우리는 이런 현상을 '기록살해'라는 개념을 통해 확인해볼 수 있을 것이다. 기록살해란, 표절 비난을 통해, 그리고 더 치밀하게는, 그의 작품을 다른 사람의 것으로 추정함으로써 작가를 죽이는 것이라 할 수 있다. 반면, 표절 행위는 한 저자를 제거하는 무기이기도 하다. 그의 작업, 상상, 인격의 결실을 탈취함으로써 그 자신의 일부를 횡령하기 때문이다. 검열은 그 사람에게서 작가를 죽이는 또 하나의 극단적 수단일 뿐만 아니라, 가위질하거나 백지로 남겨놓거나 폐기처분하거나 침묵하게 만드는 중상모략의 비방이기도 하다. 마지막으로 유배, 감금은 작가의 목소리를 짓누르기 위한 최후의 방책이다. "내가 평화로이 끝낼 수 없으리라는 것을 알기 때문에 그 어떤 일이건 감히 시도하지 못한다. 그 유배가 아직도 사흘, 석 주, 석 달 또는 3년(하마터면 3세기라고 덧붙일 뻔했다) 더 계속될지 알 수 없으므로, 나는 지속적인 것은 아무것도 시작하지 않는다."[1]

'기록살해'라는 용어는, 1960년대에 푸코나 바르트가 "저자는 쓰는 자 외에 더는 아무것도 아니다"²라는 의미에서 말한 저자의 죽음을 가리키는 게 아니다. 상호텍스트성 이론에 따르면, "모든 텍스트는 '상호텍스트'다. 다른 텍스트들이 다소 알아볼 수 있는 형태로 어느 정도 그 텍스트 안에 있다. 그 다른 텍스트들이란 이전 문화의 텍스트들과 주위를 둘러싸는 문화의 텍스트들을 가리킨다. 그 어떤 텍스트이건 모두 과거의 인용문들의 새로운 직조물이다."³ 이런 관점에서 저자라는 개념이 평가 절하된다. 쥘리아 크리스테바의 표현에 따르자면, 텍스트는 "인용문들의 모자이크"⁴처럼 여겨지기 때문이다. 보르헤스는 그래서 자신의 단편《틀뢴, 우크바르, 제3의 세계 *Tlön, Uqbar, Orbis Tertius*》에서 "모든 작품은 단 한 저자의 작품이고, 그 저자는 익명이고 시간을 초월한다"⁵고 상상한다. 반면, '기록살해' 개념은 저자의 형상이라는 격앙된 개념과 연결돼 있다. 그들이 보기에 더 정당한, 저자에 대한 숭배가 있고, 한 작가의 신성한 이미지를 깨부수어 다른 작가로 대체하려 열망하는 '성상파괴주의'를 말하는 것이다. '기록살해'는 저자의 권위, 즉 저자의 정당성에 대한 독자의 인정을 훼손하는 것이다. 저자의 글이 진짜라는 것을 부정하고, 그렇게 해서 저자를 입 다물게 함으로써 결국 그에게 저자라는 정체성을 부인한다.

셰익스피어와 몰리에르가 그런 현상의 가장 상징적이고도 당황스러운 예증이다. 실제로, 그들은 표절자에서 횡령자가 되었다가, 이어서 단순한 명의 대여자가 되고, 또 기껏해야 재능은 있지만 글을 쓸 수는 없는 연극배우가 되었다. 19세기에 안티-스트랫포디언들⁶은 스트랫포드-어펀-에이본 출신 작가인 윌리엄 셰익스피어의 존재 자체를 문제 삼기 시작했다. 몰리에르 건은 더 최근의 일로서, 그의 대부분의 희곡들이 코르네유 것이라고 주장하는 피에르 루이의 주도하에 1919년에 일어난 일이었고.[7] 마찬가지로 20세기 초인 1920년은 바로 연극의 또 다른 전성기로서, 알프레드 자리 (1873~1907)가 '기록살해' 시도를 경험하던 때였다. 1896년에 출간된 그의《위뷔 왕 *Ubu roi*》은 렌느 시 고등학생들의 원고를 복제한 것일 뿐이리라. 더 나중의 다른 두 희생자 루이즈 라베와 미하일 바흐친은 각각 16세기, 20세기에 놓여 있으니 그 둘은 상당히 떨어져 있다. 문학적 합법성에 관한 한 시간은 별로 중요하지 않다는 증거인 양. 루이즈 라베는 미레이으 위숑에게서 표절 의혹을 받은 게 아니다. 위숑은 루이즈 라베를 그저 "종이로 된 피조물"로 축소시킬 뿐이다.[8] 그녀의 시 작품은 리옹에 살던 당대인들 중 하나인 모리스 세브의 작품이라고 해야 할 테니까. 모리스 세브는 익살스러운 시인들 무리에 둘러싸여 있었다. 그렇게 해서 루이즈 라베는 사람들이 믿는 바처럼 문학계의 거장이 아닌, 그저 화류계 여인 신분으로 돌려보내졌다.

스캔들의 뿌연 물이 일단 가라앉고 나면, 그 논란에서 무엇이 남을까? 앞서 언급된 다섯 작가 각각이 다 다르다. 시간을 거슬러 각각의 경우를 살펴보자.

시인이기보다는 화류계 여인인 루이즈

최근에 대중에 폭로된 루이즈 라베 사건은 심각한 논거를 제시한다. 이에 대해 짧게 설명하겠다. 표절이라는 주제가 사건의 중심에 있지 않고, 게다가 미레이으 위숑의 주장이 반박의 여지가 다분하다 하더라도, 그녀의 에세이 《루이즈 라베. 종이 여인 *Louise Labé. Une créature de papier*》에서 분명히 소개되기 때문이다. 세부사항이 풍부히 소개된다 할지라도, 장 드 투르느 출판사에서 1555년에 출간된 《리옹 사람 루이즈 라베의 작품들 *Euvres de Louize Labé Lionnoize*》의 마지막 3분의 1 부분에 24편의 작품 전체가 포함되어 있다는 점을 중요하게 다루자. 이 부분은 "리옹 사람 루이즈 라베를 찬양하며 다양한 시인들이 쓴" 글이라고 설명되어 있다. 서명은 없지만 어느 예술가들의 것인지 밝혀져 있으며, 본래 온전한 판본들일 수도 있다. 모리스 세브, 클로드 드 타이으몽, 올리비에 만 등등.

1544년에 "모리스 세브의 《델리 *Délie*》가 출간된 후 […] 여성인물을 찬양하는 모음집이 늘어났다."[9] 1540년대 내내 그랬다. 뮤즈인 동시에 영감을 받기도 하는 미녀에 대한 유행이 절정에 달했다. 세브는 16세기 프랑스 시인들에게 영감을 준 14세기의 그 유명한 이탈리아 시인 페트라르카에 영감을 주던 라우라의 무덤이 1433년에 아비뇽에서 발견되었다고까지 주장한다. 이 또한 여성인물에게 경의를 표하는 화려한 기만이었을 것이다! 루이즈 라베와 모리스 세브의 공모자인 출판인 장 드 투른은 1545년에 자기가 펴낸 《페트라르카 *Il Petrarca*》의 서문에서 이 발견에 관해 상세히 얘기했다. 그는 라우라의 묘지에서 밀랍으로 봉인된 종이 한 장이 들어 있는 납 상자를 파낸 자기 친구에 대한 경의를 힘주어 표현했다. 그 상자 위에는 위대한 페트라르카의 소네트가 기적적으로 새겨져 있었다고도 했다. 이 소식을 들은 사람들은 언변이 화려한 사기꾼의 거짓말을 의심하는 편이었다.[10]

루이즈 라베라는 이름을 빌려서 시 작품을 창작하는 것도 마찬가지의 시적 열광과 유희적 에스프리의 성격을 띤다는 점을 볼 수

있다. "louer Louise('루에 루이즈'. 루이즈를 찬양하다)는 문학유희이
기도 한 유음중첩법과 연관된 것이고, 페트라르카가 그의 소네트 제
5편에서 활용한 그 유명한 유음중첩법인 'Laudare, Laura'('라우다
레, 라우라'. 라우라를 찬양하다)를 떠올리게 했을 것이다."[11] 루이즈 라
베의 전기가 미스터리라는 후광을 늘 지니고 있어서 이를 구실로
주문 작업이 늘어난 거라고 입증하려는 다른 징후들도 있었다. 그녀
당대의 작품들이 재활용되어 그 시대의 다른 부인들에게 경의를 표
하는 작품들이 다른 데서 출간되는 것을 보면… 설사 "루이즈 라베
의 존재가 관건이 아니라 해도, 설사 그녀는 그저 이름만 빌려준 여
인일 뿐이고"[12] 화류계 여인 신분이며, "그녀와 잠자리를 함께하며
그녀를 찬양하는" 일이 너무 행복한 시인들의 하찮은 여자였다 하
더라도, '여류 시인 죽이기'를 보면서 도대체 어떻게 완전히 체념하
고 있단 말인가?

바흐친 혼자만이 아니었다

문학 창작과는 반대로, 에세이나 자연과학서적처럼 정보 제공
을 목적으로 하는 저서는 모두 투명성을 늘 갖춰야 한다. 원전 관련
정보가 명확하고 철저해야 관념이 발전하고, 사유 또는 학문이 점진
적으로 구축될 수 있다. 이런 이유에서 미하일 바흐친(1895~1975)
의 경우는 문제가 있다. 그는 다음과 같이 공언한다.

"우리는 우리 저서에서 피상적인 인용문과 참고문헌을 빼버리기

도 했다. 그런 것들은 일반적으로 역사연구에서 외에는 방법론적으로 의미가 전혀 없고, 분류적 성격의 간결한 작품 속에서는 절대적으로 불필요하다. 박식한 독자는 그런 것이 필요 없고, 그렇지 못한 독자에게는 그것이 헛되기 때문이다."[13]

그러니까 참고문헌에 대한 바흐친의 침묵은 깊은 생각 끝에 나온 선택이다. 표절에 대한 생각 때문이 아니라, 몽테뉴 시대에서는 확실히 유효하던 방법론적 결의에서부터 비롯된 선택이다. 이 시대에는 인문주의자 서클이 한정돼 있었으므로 내 것 네 것을 충분히 구별할 수 있었다. 하지만 다소 교양이 있는 독자들에게 글이 널리 유통되는 20세기에는, 이러한 구별은 더욱 어렵다. 바흐친을 변호하자면, 고증자료를 줄이려는 그 명백한 의지가 대화주의에 관한 그의 이론과 일치한다는 점만은 인정해야 한다.

"언어공동체 구성원 중 아무도, 중립적인 언어의 단어, 즉 타인에 대한 동경이나 평가에서 벗어난 말을 결코 찾을 수 없다. 그럴 수 없다. 언어공동체 구성원은 타인의 목소리를 통해 단어를 받고, 그 단어는 그 목소리로 채워진 채로 있다. 그 단어는 타인의 의도가 스며든 다른 맥락에서 출발하여 자신의 맥락 속에 끼어든다. 그 자신의 의도는 이미 (다른 의도가) 자리 잡고 있는 단어를 찾아낸다."[14]

그리고 장 페타르가 떠올리는 바처럼 "바흐친 서클, 메드베데프, 볼로치노프"는 논증적 다성(多聲, polyphonie) 이론과 완벽히 일관된 "공동체적으로 공유된 작업"이라는 특징을 지닌다. 바흐친의 독창성 문제는 그렇게 해서 해결될 수 있을 것이다. 만약 이 탁월한 문학이론가 바흐친이 어떤 글에서 발렌틴 볼로치노프(1895~1936)에 대해 언급조차 않고 그의 글을 복제하고 횡령했다는 비난의 흔적이 존속되지 않았다면. 오늘날, 이 사건은 여전히 논란거리다. 그리고 어떤 평론가들은 바흐친의 문학적 정당성과 저자로서의 권위를 문제 삼으며 의혹을 드러낸다. 아무튼 대담한 일이다.

"대화에 관한 문제제기는 레프 자쿠빈스키(1892~1945)를 둘러싸고 긴 역사가 있다. 발렌틴 볼로치노프는 그의 곁에서 연구했었는데 […] 문학 장르의 역사성이 알렉산드르 베셀로프스키(1838~1906)가 하는 작업의 중심에 있었는데, 베셀로프스키는 아리스토텔레스가 장르를 순전히 공시적으로 분류하는 것에 대해 명백히 반대했다. 바흐친은《RŽ》에서 그 둘 다 인용하지 않는다. 하지만 영감을 준 주요 원천은 물론 1929년의 볼로치노프의 책 《마르크스주의와 언어철학 Marxisme et philosophie du langage》인데, 바흐친은 논문에서 이에 대해 완전히 입 다물고 있다."[15]

1960년대 초에는 '바흐친의 작품'을 찬양하는 방대한 기획 틀에서 볼로치노프는 잊혀버렸다. 볼로치노프는 1936년에 결핵으로 죽는 바람에 바흐친을 상대로 자신의 텍스트들에 대한 저자 자격을 수호하지 못했던 것이다. 그래서 바흐친은 1975년에 죽을 때까지 광휘에 싸여 지냈다. 파트릭 세리오는 그가 주도한 조사에서 저 유명한 언어학자 바흐친의 의심쩍은 몇몇 방법을 문제 삼는다. 바흐친이 교묘히 자기 작품이 완전히 독창적이라는 환상을 당대인들로 하여금 품게 했을 거라는 의혹이었다. 실제로 이 원전 은폐로 인해 프랑스에서는 바흐친 수용 때 완전히 혁신적 사상이라는 환상을 낳게 했다. 사실상 그 사상은 20세기의 첫 3분기 이래 볼로치노프와 특히 메드베데프를 중심으로 언어에 관해 굉장히 결실이 많았던 일련의 고찰들에 이미 담겨 있었다. 크리스티앙 보타와 장-폴 브롱카르트가 이 가설을 공고히 한다.

"1936년부터, 그리고 특히 1946년부터 바흐친은 사실상 볼로치노프의 글을 뻔뻔하게 이용했다. 이 진정한 약탈은 발각되어 고발될 위험에 놓여 있었다. 볼로치노프와 메드베드예프가 쓴 글들의 '가면 쓴 저자'는 사실상 바흐친이라는 터무니없는 이야기가 지어내지고 확산된 것은 필시 그 위험에 맞서기 위해서였을 것이다!"[16]

이 당황스러운 조사는 바흐친 옹호자들에 의해 팽팽히 맞서진다. 피할 수 없는 일이었다. 그들은 저자의 권위와 "유럽과 러시아, 게다가 아메리카(북아메리카와 남아메리카 모두)에서 문학과 인문과학(사회학과 심리학을 포함하여 언어학에서부터 역사학까지)"[17]의 모든 영역에서 그토록 광범위한 영향력을 갖고 있다는 명목으로 바흐친을 옹호했다. 더 구체적으로 보자면, 이리나 포포바[18]는 바흐친이 자기가 읽은 책들과 자신의 작업의 원전을 감추거나 심지어 가명 혹은 친구들의 이름으로 출판할 수밖에 없게 했던 정치적 검열의 맥락을 통해 일부 참고문헌 정보의 부재를 설명하려 시도한다! 츠베탕 토도로프는 1981년에 펴낸 에세이《미하일 바흐친, 대화주의 원칙 Mikhaïl Bakhtine, le principe dialogique》에서 이 까다로운 문제에 몇 페이지를 할애하는데, 그 내용이 신중하게 미묘하여, 설사 그늘진 지대를 다 걷어내려 하지는 않더라도 명확히 밝혀주는 바가 있긴 하다. 한편, 다음과 같은 점을 알려주기도 한다.

"바흐친은 첫 번째 책을 출간하기 직전 5년 동안 자기 이름으로는 아무것도 출간하지 않은 반면, 같은 기간 그에게서 영감을 받았거나 심지어 그가 썼으나 친구들인 V. 볼로치노프와 P. 메드베데프가 저자로 돼 있는 저서는 여러 편 출간된다."[19]

그러므로 바흐친이 한 작업의 시초부터 "이 책들의 저자의 진정한 신분" 문제가 제기된다. 어떤 때는 바흐친이 자기 이름을 넣지 않고 그 책들을 썼을 거라고 하고, 어떤 때는 그가 쓰지 않았거나 혼자 쓴 것이 아닌 작품들에 그의 이름이 붙었다고 하니 말이다! 토도로프는 바흐친이 진짜 저자인지에 관한 이 논란에 혼란의 또 다른 원인을 알려준다.

"바흐친은 나중의 경력 내내 출간을 목표로 하지 않고 글을 쓴다 (도스토옙스키에 관한 저서는 예외로 하고).《라블레》는 쓰인 지 25년 후에나 세상에 나온다."[20]

상황이 이러하므로, 저자 생전에 적절한 절차를 거쳐 출간하지 못한 저술들은 누구 것이라고 해야 할지 매우 불확실하다. 우리는 "바흐친이 쓴 작품 전체(말로 했지만 글로 옮겨지지 않는 작품까지)가 어떻게 구성되는지"[21] 모른다는 점을 인정해야 한다! 그러므로 우리의 질문에 결정적 대답을 해주겠다고 주장한다면, 대가로부터 그의 작품을 박탈하기 위해서건, 아니면 완전히 반박의 여지가 없는 작품으로 그를 영광되게 하기 위해서건 간에, 그런 주장을 하는 이는 사기꾼일 수밖에 없을 것이다. 예를 들어 볼로치노프의 이름으로 출간된 《마르크스주의와 언어철학》이라는 텍스트가 진정 누구 것인지에 관한 문제를 해결하기는 아주 힘들 것이다. 1973년에 소비에트의 기호학자인 이바노프는 자기가 몹시 찬탄해마지않는 바흐친이 그 텍스트의 진정한 저자라고 주장했다. 서방이 막 발견한 한 저자(바흐친)의 영광을 부풀리기에 적합한 증언들이 이어졌다. 츠베탕 토도로프에 따르면, 사실들만 고려해야 한다. 바흐친도 자신이 그 책의 진짜 저자라고 주장한 적이 결코 없었다. 적어도 공개적으로는. 그리고 오늘날 "바흐친이 그 책들을 썼다고 명백히 확증할 만한 외적 근거가 전혀" 존재하지 않는다. 바흐친 서클 내에서 어느 것이 이 사람 또는 저 사람에게 귀속되는지, 그 책을 기획한 사람에게 귀속되는지, 대담 동안 큰 그림을 그린 사람에게 귀속되는지, 펜을 쥐었던 사람에게 또는 수정과 가필을 제안한 사람에게 귀속되는지, 그 누가 말할 수 있겠는가? 마지막으로, 토도로프는 서명의 근본적인 애매모호함을 분명히 강조하면서도, 그 서클의 텍스트들이 누구 것이냐에 관한 미스터리를 보호하는 해결책을 제안한다.

"하나의 결론이 부과되는 것 같다. 볼로치노프와 메드베데프의 이름을 그저 단순히 지워버린다거나, 그런 책들의 '출간'을 떠맡지 않겠다던 바흐친의 뚜렷한 바람과는 반대 방향으로 나아가는 것은 받아들일 수 없다는 결론이다. 그러나 출판물 전체가 드러내 보이는 (그리고 이 점에서 다양한 증언에 의해 바흐친의 영향으로 간주할 수 있을) 사상의 통일성을 고려하지 않는 것도 불가능하다. 나는 이 텍스트들 전체를 위해 다음과 같은 인쇄 절차를 채택할 것을 제안하련다. 그것들이 출판되었을 때 지니던 이름을 그대로 두고, 사선斜線을 그은 다음 바흐친의 이름을 덧붙일 것을 말이다. 사선이 선택된 것은, 특히 그 사선이 허용하는 애매함 때문이다. 공저 관계인 걸까? (가명을 사용하거나 가면을 쓴) 위임인 걸까? 또는 소통 관계(첫 번째 이름은 수신자이고, 두 번째 이름은 발신자)인 걸까?"[22]

발렌틴 볼로치노프와 파벨 메드베데프는 너무 젊은 나이에 죽었다! 볼로치노프는 결핵으로 1936년에 죽었고, 메드베드예프는 1938년에 체포된 후 총살당했다. 바흐친도《도스토옙스키의 작품에 관한 문제》의 출간연도인 1929년에 5년의 수용소 생활이라는 처벌을 받았다가 건강상의 이유로 추방으로 감형되었다는 사실을 이 자리에서 환기시켜야 할까? 1920~30년대의 소비에트 러시아에서 표현과 출판의 위험천만한 상황으로 인해 각자의 작품 생성에 관해 이 세 대가가 토론을 벌일 기회는 영 박탈되었다.

자리Jarry와 잃어버린 초록 공책

유사한 딜레마가 알프레드 자리의 재능에 대해 의심을 던진다. 그래도 어쨌든 덜 드라마틱하긴 하지만, 글쓰기의 집단적 모험과 관련된 이 딜레마로 인해 알프레드 자리도 표절과 수기 원고 횡령에 의한 '기록살해'의 희생자가 된다. 1920년 9월에《레코 드 파리》에《위뷔 왕 Ubu roi》의 진짜 원본을 밝히는 제라르 보에르의 기사가 실렸다. 이는 1921년에 샤를르 샤세의 《자리의 가면 아래서, 위뷔 왕의 원전 *Sous le masque de Jarry, les sources d'Ubu roi*》[23]이라는 책으로 출간되기도 한 조사 작업으로 이어지는 긴 추적의 시작이었을 뿐이다. 비평가 앙리 보에르는 실제로 《위뷔 왕》이 첫 공연되던 1896년부터 렌느에서 고등학교를 다녔던 샤를 모랭으로부터 편지를 한 통 받는데, 그 연극의 원전을 밝히는 편지였다. 그러나 25년이나 뒤인 데다가, 자리가 죽은(1907년) 지도 13년이 지난 후에 앙리 보에르의 아들인 제라르가 《레코 드 파리》의 한 기사에서 이 폭로 사실을 퍼뜨리기로 작정한 것이다. 그렇게 해서 샤를 모랭과 앙리 모랭이라는 형제뿐만 아니라 렌느 고등학교의 다른 동창생들에 의해 1885년과 1888년 사이에 집필된 30여 쪽의 초록색 공책의 존재가 알려진다. 그 공책에는 렌느 고등학교의 물리 교사 펠릭스 에베르의 이름을 풍자한 "에베르적인 제스처"가 이야기되어 있었다. 특별한 재능을 타고났으나, 학생들한테서 끔찍하게 야유를 받던 인물로서, '위뷔 영감'은 그로부터 유래한다.

알프레드 자리는 생브리왹 고등학교에 다니던 그 시절, 수백 쪽의 글을 축적하면서 이미 글쓰기를 시도하고 있었다. 이 축적된 글은 나중에 《개체발생 *Ontogénie*》이라는 역설적인 제목을 붙인 모음집이 되는데, 존재의 탄생에 관한 관념과 "천재에게 수치를"[24]이라는 관념 사이에서 우왕좌왕하는 제목이다. 그는 1888년에 렌느로 돌아와서 당연히 그 요란스러운 고등학생들의 그룹에 합류하고, 1889년에는 그 그룹에 문제의 그 초록색 공책을 맡긴다. 그 공책에는 《폴란드 사람들》이라는 연극작품이 들어 있었다. 1896년에 출간되고, 1896년에 뢰브르 극장에서 공연된 《위뷔 왕》을 자리가 1893년에 창작했을 때는 샤를 모랭이 맡겼던 원고를 다시 쓴 것일 뿐이다.

바르바라 파스카렐은 그 연극작품의 생성 기원을 한 발짝 한 발짝 쫓아가다가[25] 자리의 텍스트에서 변경된 부분이 미약하다는 것을 알게 된다. 그러면서 본래의 원고는 분실되었고, 자리는 1907년에 죽어서 그 어떤 반박도 할 수 없는 가운데 오로지 샤를 모랭의 증언만으로 재점검했다는 점을 명확히 한다. 다음은 모랭이 공언한 얘기들 중에서 파스카렐이 추론해낸 바다. "폴란드 왕가의 성씨들을 포함하여 성씨들을 바꾼 것 외에는, 자리는 원래의 텍스트를 그대로 다시 취한다. 모랭 형제는 1908년경 몇몇 변경사항을 들춰내며 재미있어한다. […] 의심할 필요가 없던 그 변경사항들은 별로 중요하지 않은 것들이다. 자리에 의한《폴란드 사람들》개작은, 우선 그러지 않으면 '(연극) 시즌'이라는 무자비한 손에 넘겨졌을 것을 수거하여, 하나의 전설을 배양할 부식토일 뿐이던 텍스트에 존재를 부여하는 일이었다."[26] 자리의 장점은 여전히 옹호되기 힘들지만, 그 대단한 극작가의 아첨꾼들은 그 당황스러운 횡령에도 불구하고 그 작품의 작가로서의 자격을 반드시 설득하고야 마는 내용이다. 철학자 알랭은 자기와 동시대를 산 알프레드 자리를 구하기 위해 아주 아름다운 말을 한다. "자리는 스무 살에 어린 시절의 작품에 아무것도 덧붙이지 않을 줄 알았다는 점에서 특히 예술가였다."[27] 비평가 앙리 베아르는 자리의 혁신 능력에 대해 더 진지하게 강조한다. "이 작품은 공연을 통해서만 신화적 효력을 얻는다. 천재적인 특징은 고등학생 때의 전설을 무대에 옮겨놓았다는 점이다. 인형극 무대 속에서만 그런 게 아니었다. 아직까지 효력이 지속되는 연극혁명으로 이끌어지는 모든 변혁을 알면서도 그랬다는 점이다."[28] 자리는 실제로 극작가와 무대연출가의 소명을 명백히 지니고 있었다.《폴란드 사람들》을 임시극장 무대에 올리는 일을 주도적으로 한 사람도 바로 그였다. 그 임시극장은 말장난하려는 의도 없이 '피낭스Phynances[29] 극장'이라 불렸다. 그가 자기 어머니와 누이와 함께 살던 아파트에 설치한 무대였다. 그는 꼭두각시 인형극을 연출하고, 이어 그림자극을 보여주었다. 1891년부터 고등사범학교 입시준비반에 있을 때 그가 살던 포르루아얄 대로의 전형적인 파리식 아파트에서, 그의 실험은 연장되었고, 늘 더 대담하고 아방가르드적이었다.

《폴란드 사람들》후에 알프레드 자리는 1890년 초에《오네짐 또는 프리우의 고뇌 Onésime ou les Tribulations de Priou》집필을 통해 '에베르적' 자산을 계속 활용한다. 이 작품은 1947년에 발레트 출판사의 서류들 속에서 발견된 짧은 연극으로서, 주인공은 렌느 고등학교 동창생이던 옥타브 프리우다. 바르바라 파스카렐에 의하면, 이 텍스트는 "설사 집단적 영감을 형태화한 것이라 할지라도", 설사 어떤 대사는 실제로 앙리 모랭이 그보다 몇 달 전에 썼던《다면체 사냥 Chasse au polyèdre》속에서도 발견된다 하더라도,[30] "이번에는 오로지 자리가 쓴"[31] 것이다. 몇 년 후《위뷔 왕》을 드러내게 할 그 유명한 욕설 '메르드르(빌어먹을!)'는 자리의《오네짐》에서만 나타나므로, 이는 자리가 만들어낸 말인 것 같다. 많이 언급되던 '위뷔 영감' 또한 자리의 것이다. 그의 초록 공책에서 흔히 'P. H.'라고 되어 있던 '에베르 영감Père Hébert'을 '위뷔 영감'으로 결정적으로 대체하게 된 것도, 바로 그가 고등사범학교 입시준비반 시절에 포르루아얄 대로의 자기 집에서 올린 공연 도중이었다. 1892년에 '위뷔 영감'은《다면체》와《P.U.의 뿔 Cornes du P.U》에서 발췌한 장면들의 몽타주인《인형극장 Guignol》에서 처음으로 인쇄되어 등장한다. 이 작품으로 자리는《레코 드 파리》의 산문 상을 받게 된다.[32]

그 수년 동안 자리는 정말로 위뷔가 되어 삶 자체에서 일상적으로 자신을 위뷔와 동일시하여, 자기가 창조한 인물과 자신을 혼동하기까지 한다. 1896년에 생브리외 고등학교, 그다음에는 렌느 고등학교, 마지막으로 앙리 4세 고등학교 때의 원천들을 취하는 오랜 고난의 결과, 《위뷔 왕》은 메르퀴르 드 프랑스에서 출간된다. 파트릭 베니에가 강조하는 바처럼, 자리는 "렌느 시절의 원고에 공연할 수 있는 형태를 부여하는"데 성공했다. "이 원고들은 분실됐으므로, 자리가 한 작업의 성격 자체는 '위뷔'라는 이름의 발명 너머에서는 규정하기 불가능하다. […] 그러므로 자리의 창작 또는 모랭 형제의 텍스트에 대한 횡령의 그 결정적 순간에 관한 핵심이 우리에게는 없다."[33] 이 고백은,《위뷔 왕》뿐만 아니라《배신당한 위뷔 *Ubu cocu*》와 관련하여 자리의 작가 자격에 대해 드리워진 의혹을 은폐하지 않는 장점이 있다.《르뷔 블랑슈 *Revue Blanche*》의 출판부에서 1900년에 출간된《광분한 위뷔 *Ubu enchaîné*》에 관해서는 렌느 시절의 원전 문제가 제기되지 않는다는 것을 알기 때문이다. 자리에게서 위뷔를 박탈시키는 것은 사실상 그 자신의 정체성을 박탈하는 일이 될 것이다. 그 정도로 픽션이라는 피조물이 그의 인생 자체에서 온전한 권리를 지니며 분신의 자리를 차지했다.

집요하게 괴롭힘당한 두 천재, 셰익스피어와 몰리에르

이제 다루게 될 두 문인 또한 끊임없이 탈신성화와 박탈 시도의 대상이 된 희생자다. 그리고 여전히 더 불가사의한 미스터리들로 둘러싸여 있다. 셰익스피어와 몰리에르는 둘 다 문학적 정당성의 아킬레스건인 원고 부재와 전기적傳記的 결손을 보인다. 이 때문에 철저한 탈신화화의 특별한 표적으로 보인다. 이름, 학업, 문화환경, 지식 수준, 문학 걸작, 일과, 연극배우라는 직업과 작가 활동에 할애된 부분 등 이 모든 점에서 둘 다 똑같은 불확실성이 드리워 있다. 이런 프로필이 이 영국 극작가와 프랑스 극작가를 표절 비난에 노출시키고, 더 나아가 그들 작품의 작가 자격 부정 사용이라는 가설을 낳게 했다. 코르네유가 몰리에르의 위대한 희곡들을 썼을 것이고, 셰익스피어 또한 그저 이름만 빌려줬을 뿐이라는 가설이다.

우선 표절 비난에 관해 보자면, 18세기까지는 작가들이 고대문학유산이라는 공동 자산에서뿐만 아니라 이웃인 이탈리아와 스페인의 문학유산에서 어느 정도까지 기꺼이 퍼다 썼는지 우리는 알고 있다. 셰익스피어의 초기 희곡들을 둘러싸고 식자들을 뒤흔들어놓았던 그 논의로 다시 돌아가지는 말자. 그 초기 희곡들은 당시 그저 이전의 모델들을 영속시키는 것이었을 뿐이니까. 몰리에르의 작품뿐만 아니라 《르 시드》 같은 코르네유 작품을 둘러싼 논란도 마찬가지다. 조르주 포레스티에가 '플레이아드 총서'의 몰리에르 작품 개정판[34]에서 환기시키는 바처럼, "이탈리아 극단의 작품들이 그렇게 해서 상당한 도움이 되었다. […] 게다가 별로 예의바르지 못한 이 절차가 오로지 근대극에만 적용되지 않고, 감히 명망 있는 고대 작가들의 희곡에까지 같은 대접을 했다." 그러나 몰리에르와 더불어 연극이 전례 없는 쇄신과 대담한 시도들을 거친다는 것 또한 우리는 알고 있다. 그 시대 특유의 모방 전통에 따라 인정해야 함과 아울러 상대화해야 하는 몰리에르의 표절 관행보다 더 논란이 되는 것은, 그의 작품이 정말로 그가 쓴 것이냐 하는 문제이며, 셰익스피어도 그 점에서 마찬가지다.

셰익스피어는 자기 작품에 50여 명이 달려들게 한 영예를 안았다. 셰익스피어가 쓴 게 아니라는 안티-스트랫포드파 중에서 옥스퍼드파는 그의 작품들을 1604년에 죽은 옥스퍼드 백작인 에드워드 디 비어의 것이라고 주장한다. 하지만 그러자면 셰익스피어의 수백 작품을 지금 알려져 있는 날짜보다 앞당겨야 할 것이다. 그런데 예를 들어 나폴리 왕의 배가 버뮤다 군도에서 난파된 1609년의 사건을 언급하는 《템페스트》의 경우 문제가 제기될 것이다. 또한 안티-스트랫포드파 내의 다른 그룹인 베이컨파도 고려해야 한다. 이들은 1920년까지도 법률가이자 모사꾼 정치가이며 1626년에 죽은 철학자 프랜시스 베이컨을 후보로 옹호하였다. 또한 프랑스의 안티-스트랫포드파에 의해 지지되는 윌리엄 스탠리(더비 백작)도 후보 중 하나다.

반면, 1596년에 익명으로 출간된 《에드워드 3세》처럼 셰익스피어가 자기 작품이라고 서명한 적 없는 작품이 그의 것이라고 주장되기도 했다. 마스트리흐트 대학이 개발한 Pl@giarism이라는 컴퓨터 프로그램을 이용해 2009년에 진행했던 텍스트 분석을 바탕으로, 런던 대학 영문학연구소의 브라이언 비커스 경은 그 희곡의 40퍼센트는 셰익스피어의 것이고, 60퍼센트는 셰익스피어의 동시대인인 토머스 키드의 것이라고 추정했다. 두 공저자의 언어적 '지문指紋'[35]은 그렇게 대학교수에 의해 확인될 수 있었다. 비커스 경은 《에드워드 3세》를 한편으로는 셰익스피어의 젊은 시절 작품들과 비교하고, 다른 한편으로는 키드의 작품들과 비교했다. 그렇게 해서 셰익스피어의 문집에서건 키드의 문집에서건 세 단어 이상의 동일한 배열로 된 은유나 독창적 표현을 발견할 수 있었다. 그렇지만 그가 이런 일치에서 끌어내는 결론이 셰익스피어 전문가들 사이에서 만장일치로 받아들여진 것은 아니다.

2002년에 셰익시콘Shaxicon 프로그램으로 이끈 다른 분석은 1612년의《장송 비가 *A funeral Elegy*》를 셰익스피어의 작품이라고 한 반면, 같은 해 질 몽사라는 옥스퍼드 대학 출판부의《영문학 연구 리뷰 *Review of English Studies*》에 발표한 연구에서 그 비가悲歌의 저자로 존 포드(1586~1639)를 지목했다. 질 몽사라의 연구는 컴퓨터를 이용하지 않은 분석이었다. 유사한 텍스트 배열을 탐지하여 진행하는 Pl@ giarism 프로그램과는 반대로, 셰익시콘은 셰익스피어의 어휘 목록을 작성하여 이를 익명의 작품들에 나오는 어휘와 비교한다. 컴퓨터 프로그램을 통해 한 텍스트의 문체적 신원을 확인하려는 시도가, 오늘날 충분히 신뢰할 만한 준거들을 고려하는 데 성공하지 못했다는 점을 인정해야 한다. 다양한 성격의 텍스트 표지標識, 예를 들어 통사적 운율적 음성적 특징뿐만 아니라 문법적 범주의 다채로움을 교차시킬 수 있어야 할 것이다. 현재, 가장 설득력 있는 정보화 연구는 텍스트의 문체적 측면을 대상으로 성공적으로 수행되고 있으나, 한 작가에게 귀속시키는 시도는 아직 믿을 만하지 않다.[36] 현재 상용화된 '반反표절' 프로그램들에 관해 말하자면, 그것들은 그저 두 가지 다른 텍스트에서 동일하게 나타나는 분할 단위들을 식별할 수 있게 해줄 뿐이다. 이런 유형의 도구는 분할 단위들의 텍스트적 성격을 분석한다고 내세우지는 않는다. 그들의 유사성 정도도 마찬가지다.

핵심적인 문제로 돌아오자. 셰익스피어는 자기 작품의 저자인가? 아니면 그저 이름만 빌려줬을 뿐인가? 안티-스트랫포드파의 논증들이 우리가《표절들, 글쓰기의 내막》에서 이미 연구한 안티-몰리에르파에 의해 제시된 논증들[37]과 어느 정도로 밀접하게 일치하는지 보자. 우선, 작가 진위 여부를 둘러싼 논의를 보자. 표기법이

다양하므로, 셰익스피어라는 이름으로 교구등록부에 기입된 바처럼 1564년에 스트랫포드-어펀-에이번에서 태어난 아이의 신원에 관해 의혹을 자아낸다. 앙리 쉬아미가 지적한 바처럼, 이 다양한 표기법은 "철자법이 안정되지 않은 세기에 흔한"[38] 일이다. 그럼에도 어떤 사람들은 이 다양한 표기법 때문에 셰익스피어라는 이름의 어느 배우가 셰익스피어라고 불리는 자의 원고, 명성, 수익을 제 것으로 삼았고, 진짜 저자인 셰익스피어는 이에 대해 트집 잡을 것이 하나도 없었을 거라고 추론했다. 쉬아미의 주장에 따르면, 아일랜드 극작가 조지 버나드 쇼가 했다는 재치 있는 말이 그 논란의 '깊이'를 유머러스하게 요약해준다. "셰익스피어가 그 희곡들을 쓰지 않았다면, 같은 때 살았고 같은 이름을 가진 누군가에 의해 쓰인 것이다." 셰익스피어의 도상학적 표상들도 의혹을 받을 만하다. 그가 죽은 후 그를 기념하기 위해 세워진 스트랫포드의 흉상은, 안티-스트랫포드파에 의하면, 처음에는 상인처럼 보였을 텐데 시인처럼 보이게 하기 위해 나중에 변경했을 거라고 한다.[39] 1623년의 폴리오 판을 장식하는 플랑드르 사람 마르틴 드로샤우트의 판화는 셰익스피어가 죽은 후에나 제작된 것이다. 셰익스피어라는 사람 자체의 사생활이 대체적으로 알려지지 않은 채로 있는 것이 사실이다.

그런데 공인公人은 당대인들에 의해 명확히 언급된다. 그러므로 셰익스피어라는 이름의 배우이자 작가인 사람이 존재했다는 사실은 부인하기 힘들다.

"1594년의 세 편의 출판물, 즉 《루크레티아의 강간 *The Rape of Lucrece*》《티투스 안드로니쿠스 *Titus Andronicus*》《헨리 6세 *Henry VI*》의 제2부가 셰익스피어라는 이름을 지닌다. 같은 해, '궁내대신宮

內大臣 극단 The Lord Chamberlain's Men'의 단원으로서 보수를 받는 연극배우 목록에도 [이 이름이] 들어 있다."[40]

그러나 장갑 제조인의 아들이자 모직물과 곡물 상인이던 셰익스피어가 받은 교육으로 추정컨대 그가 역사, 신화, 당대의 상류사회 등에 근거를 둔 희곡작품 구상에 필요한 문화와 지식을 얻을 수 없었으리라는 평가도 있다. 한편, 우리가 아는 바로는, 윌리엄 셰익스피어의 아버지인 존 셰익스피어는 보좌 판사였고, 이어서 1568년에는 대법관으로 사회적으로 신분 상승했으며, 이로 인해 귀족 지위를 얻었다. 셰익스피어는 그러므로 교양 있는 명사들과 가까이 지낼 수 있는 환경에서 살았던 것이다. 게다가 당시 초등학생 정도의 아이들은 신화를 아주 잘 알고 있었고, 라틴어도 알았다. 셰익스피어는 독서광이었고, 스트랫포드에서 아버지가 장갑 제조인일 때 아마 잘 알고 지낸 듯싶은 어느 피혁제조인의 아들과 이웃지간이었다. 그런데 윌리엄 셰익스피어와 같은 사회 환경에서 성장한 이 리처드 필드는 런던에서 손꼽히는 서적상-출판인이 된다. 같은 환경 출신인 그 두 사람이 안티-스트랫포드파가 셰익스피어에게 거부하는 그 지식 수준에 어찌 접근할 수 없었겠는가? 그럼에도 안티-스트랫포드파는 셰익스피어의 작품을 옥스퍼드 백작인 에드워드 디 비어의 것이라고 추정하는 쪽을 택한다.

시인 셰익스피어와 출판인 리처드 필드가 이웃으로 지낸 것은 고향에서만이 아니다. 아마도 그들은 런던에서 1593년부터 셰익스피어 시의 초기 출간작업을 함께했던 것 같다.《비너스와 아도니스》《루크레티아의 강간》《피닉스와 멧비둘기》가 그런 작품이다. 이어서 셰익스피어가 더 이상 작품 출간에 개인적으로 신경 쓰지 않자,

원고가 서적상이나 극단의 손으로 넘어갔다. 당시 그들은 원고를 보관해야 할 필요성을 느끼지 못했다. 원본자료를 숭배하지 않던 시대다. 이런 관행은, 몰리에르의 경우에서처럼, 오늘날 더 이상 그 원고들의 자취가 없다는 점을 정당화한다. 앙리 쉬아미는 그런 관행과 더불어 그 저명한 음유시인[셰익스피어]의 희곡 일부를 잃어버렸을 수도 있다는 추정까지 한다. 셰익스피어와 동시대 시인인 프랜시스 미어스가 언급한 희곡《쟁취한 사랑의 수고 Love's labors won》가 그런 경우다. 이런 상황에서, 원고가 없다고 해서 그 희곡들의 저자로 추정되는 에드워드 디 비어의 명예를 위태롭게 하지 않고자 일부러 없애버렸을 거라고 어떻게 결론짓겠는가? 마찬가지로, 희곡을 써서 공공연히 품위를 떨어뜨릴 수 없던 비극 작가 코르네유의 이미지를 살리기 위해 몰리에르의 원고를 없애버렸을 거라고 왜 꼭 상상해야 한단 말인가? 몰리에르와 셰익스피어를 상대로 하는 비난은 같은 전제를 바탕으로 한다. '기록살해' 논리에 따르면, 두 사람은 시간 부족으로 연극배우와 작가의 경력을 동시에 이끌어갈 수가 없었을 것이다. 그런데 셰익스피어가 실제로 '궁내대신 극단'의 단원이었다고 쳐도, 여전히 그는 1598년에《지혜의 지킴이 Palladis Tamia》라는 제목에다 'Wit's Treasury', 즉 '재치의 보고'라는 부제를 달고 프랜시스 미어스가 출간한 영국문학사 속에서 명성 있는 극작가로 기록되어 있다. 미어스는 셰익스피어를 플라우투스와 세네카에 비교하기까지 한다. 그러므로 셰익스피어는 연극배우의 재능뿐만 아니라 극작가의 재능도 타고 난 비범한 연극인이었을 것이다. 그런 경우가 아니라면, 그가 그저 배우이면서 어느 귀족의 펜대 노릇을 한 것이라면, 런던 전체가 그 사실을 잘 알았을 것이다. 그런 비밀이 왜 그토록 잘 지켜지겠는가?[41]

몰리에르-코르네유 '사건'

음지를 밝히기 위해 셰익스피어와 아주 비견될 만한 몰리에르의 경우에 관해 더 명확히 살펴보자. 조르주 포레스티에와 클로드 부르키의 '플레이아드 총서'에 들어 있는 몰리에르 전집의 새 판본[42]은 1919년에 피에르 루이가 개시한 '코르네유-몰리에르 문제'에 대한 새로운 반론 요소들이 아주 풍부한 비평 자료를 소개한다.[43] 어떤 이들은 몰리에르의 교육과 자라난 사회환경이 그로 하여금 연애사에 관심 많은 재사才士가 되게 하지도 못하고, 그의 것으로 여겨지는 위대한 희극들의 저자도 되게 하지 못했을 거라고 생각한다. 하지만 한 가지 확실한 점을 떠올려야 한다. 젊은 포클랭(몰리에르의 본래 성)은 평범한 카펫 상인이 아니라 왕의 카펫 담당자의 아들이어서, 아버지 가게를 드나들던 부르주아와 귀족들을 가까이 접하며 성장했다. 조르주 포레스티에는 이 때문에 "몰리에르가 열다섯 나이에 물려받게 된 왕의 카펫 담당자 겸 시종 직무로 인해 해마다 3개월은 왕이 아침에 일어날 때마다 매일 알현해야 했다"[44]는 점을 환기시킨다. 더 나중인 1642년에 마들렌 베자르와 만나고 나서 1년 후, 그의 첫 극단인 '일뤼스트르 테아트르(혁혁한 극단)'는 루이 13세의 형제인 가스통 도를레앙의 비호를 받았다. 그런 다음 지방 순회 공연 때는 사회적으로 진창 속에 빠지기는커녕, 그의 새 극단은 에페르농 공작과 콩티 대공의 비호를 받았다. 그러므로 몰리에르가 지방에서 몇 년을 보내고 난 뒤 1658년에 파리로 돌아와 루이 14세의 형제인 필립 당주의 후원을 받은 것은 하나도 놀랄 일이 아니다. 그를 궁정으로 들이기 위해 코르네유의 은밀한 도움이 필요한 것도 전혀 아니었다. 바로 그 때문에 안티-몰리에르파가 몰리에르의 공적, 문학적 성공, 궁정에서의 영화를 코르네유에게 귀속시키기 위해 이용할 수는 없는 논거다.

몰리에르는 어떤 이들의 주장처럼 교양 없는 자가 아니었고, 그리 부족하지 않은 교육을 받았다. 루크레티우스의《사물의 본성에 관하여 De natura rerum》를 번역하기도 했으나, 이 번역서의 자취는 남아 있지 않다. 하지만 그의 동시대인 중 여럿이 그 번역서의 존재를 증언한다. 우선 마롤 신부가 1659년에 나온 자신의 번역서 서문에서 "어느 훌륭한 재사"가 그 책을 이미 번역했다고 말하고, 1677년에 나온 세 번째 판본에서는 애매하지 않게 그 표현이 "몰리에르"로 대체된다. 또한 샤를 로스토는 1662년에 자신의《읽은 몇몇 책과 작품에 관한 느낌 Sentiments sur quelques livres ou sur quelques ouvrages qu'il a lus》에서 몰리에르에게 한 문단을 할애하여 "그[몰리에르]가 루크레티우스의 저서를 반은 산문으로 반은 운문으로 한 번역서"[45]에 대해 언급했다. 그러므로 누가 봐도 그 번역서가 완전히 분실되었다 하더라도 그 존재를 부정하게 할 만한 것은 전혀 없는 듯싶다. 어떤 이들은 1659년에 루브르에서 공연된《날아다니는 의사 Le Médecin volant》라는 소극笑劇을 몰리에르가 쓴 게 아니라며 작가 자격을 박탈시키려 하기도 했는데, 에드므 부르소라는 동시대인의 이름으로 같은 제목의 작품이 존재했다는 구실하에서였다. 하지만 이는 같은 제목의 희곡 두 편이 존재했다는 것을 망각하는 일이다. 하나는 몰리에르의 산문 희곡으로서, 반대에 부딪힌 뤼실의 사랑을 연출한 내용이고, 다른 하나는 4년 뒤에 나온 부르소의 운문 희곡으로서, 루크레티아라는 여자가 사랑 때문에 죽는 내용이다. 혼동은 아마도 이 두 희곡이 공통의 원전을 갖고 있는 데서 비롯되었을 것이다. 둘 다 그 당시의 다른 숱한 소극처럼 이탈리아 모델에서 '영감을 받았기'(표절한 것이라고 말하지 않기 위한 표현) 때문이다!

요컨대, 몰리에르의 어떤 희곡을 정말로 누가 썼는지가 그토록 논란의 여지가 있다면, 그 이유는 몰리에르 자신이 희곡 편집과 출간 작업에 대해 어떤 경멸감을 갖고 있었기 때문이다. 그에 따르면, 희곡은 그것의 영광도 실패도 'actio', 즉 유일하게 가치 있는 심판관인 대중 앞에서의 무대공연의 효과에만 달려 있다. 그래서 그는 1660년의 《우스꽝스러운 귀부인들 *Précieuses ridicules*》의 서문에서 다음과 같이 공언한다. "그러나 사람들이 희곡에서 발견한 매력 중 대부분이 줄거리와 목소리의 어조에 달려 있으므로, 희곡에서 장식을 벗겨내지 않는 것이 나에겐 중요했다. 장식이 공연에서 거둔 성공이 꽤 대단하므로 장식을 그냥 놔둘 만하다고 난 생각했다."[46] 나중에 그는 1665년에 공연된 《사랑 의사 *L'Amour médecin*》의 '독자에게'라는 글에서 이 소신을 되풀이 말한다. "연극이란 공연되기 위해 만들어진다는 점을 우리는 잘 알고 있다." 인쇄물을 희생시키며 무대연출에 부여된 우선권은 1661년에 팔레루아얄 극장에서 공연된 《귀찮은 자들 *Les Fâcheux*》의 머리말에서도 튀어나온다. "내가 만들게 될 희곡에 대한 나의 소견들을 인쇄하게 될 날이 올 것이다. 그러면 언젠가 위대한 저자로서 아리스토텔레스와 호라티우스를 인용할 수 있다는 것을 보여주는 일을 나는 단념하지 않는다. 어쩌면 결코 오지 않을지도 모를 그 점검을 기다리는 동안, 나는 다수의 결정을 웬만큼 신임하련다." 코르네유에 대한 빈정거림이 없지 않은 말이다. 코르네유는 그 전년도에 바로 세 권짜리 《피에르 코르네유의 연극 *Théâtre de Pierre Corneille*》을 출간했다. 각 권은 이론적 서설로 시작되고, 여기에는 아리스토텔레스와 호라티우스가 아주 분명히 인용되었으며,

각 서설에 이어 실린 희곡 각각에 대한 '점검'이 잇따른다. 몰리에르는 그래서 이 경쟁자와 구별되고 싶어 한다. 작가로서 자신의 스케일을 아주 잘 의식하면서도, 마음은 우선 무대로, 관객에게로 향하고, 또한 1665년에 마침내 자신의 극단을 공식적으로 채택한 왕의 열렬한 요청에게로 향한다는 것을 보여주려 한다.

몰리에르는 그래서 《귀찮은 자들》의 머리말에서 명확히 밝힌다. "연극에서 그 어떤 기획도 이것만큼 급하지는 않았다. 내 생각에 이는 완전히 새로운 일인데, 보름 안에 하나의 연극이 구상되고 만들어지고 숙달되고 공연되었다는 사실이다." 궁정에서 매우 높이 평가되던 장르인 무용희극은 다양한 재능을 가진 예술가들의 협력이 필요했다. "그 모든 것이 단 한 명의 머리를 통해 통제로 해결되지는 않았다"고 몰리에르는 덧붙인다. 그렇게 그는 독자에게 《귀찮은 자들》의 공연이 자신과 무용수와 피에르 보샹 사이의 긴밀한 협력의 결과였다는 점을 상기시킨다. 보샹은 춤으로 구현된 막간극을 구상하여 음악을 붙이고 조정한 안무가다. 도노 드 비제가 1663년 작품인 산문희곡 《젤랜드 또는 학교에 대한 진정한 비평 *Zélinde ou la Véritable critique de l'École*》에서 "그의 친구들 중 여럿이 《귀찮은 자들》에 넣을 장면들을 만들어줬다"고 공언할 때는, 한 집단적 작품에 대한 관념이 분명하게 드러나긴 한다. 하지만 그렇다고 해서 그 희곡이 전체건 부분이건 간에 코르네유에 의해 쓰였을 거라고 추정할 수는 없다. 그리고 그 희곡의 구상과 구성의 전개에서 몰리에르의 책임이 문제될 수 있는 것도 아니다. 마찬가지로, 몇 년 후 사람들은 라신의 친구들 중 여럿이 라신의 희극 《소송광 *Plaideurs*》의 "장면들을 만들었다"고 말한다. 그들이 라신에게 정신 나간 소송인에 관한 일화들을 얘기해준 적이 있는데, 그러고 나서 라신이 연극 장면으로 발전시켰다는 구실하에서였다. 이번에도 이 분석에서 드러나는 점은, 몰리에르가 고대극과 이탈리아 연극의 공동자산 속에서 태평하게 퍼내면서도 일을 철저히 하는 협력자들에게 도움을 청했다는 사실이다. 그리고 이는 누구한테도 비밀이 아니다. 반면, 코르네유의 독점적이고 비밀스러운 협력이라는 가설은 그 어디서도 분명히 나타나지 않는다. 몰리에르는 시간이 너무 촉박한 왕의 주문에 대응해야 했다. 그래서 작시作詩가 어떤 때는 1664년의 《엘리드 공주 *La Princesse d'Élide*》에서처럼 미완성으로 남아 있기도 하고, 또 어떤 때는 제삼자에게 맡겨지기도 했다. 두 번째가 바로 1671년 사육제 동안 튈르리 궁에서 상연된 무용비극 《프시케 *Psyché*》의 경우다. 같은 해 10월에 그 희곡의 출간 때, 서적상이 독자에게 아주 분명히 전하는 말이 있었다. 이를 통해 코르네유가 《프시케》의 작시를 부분적으로 담당하기는 했으나, 키노 또한 "거기서 음악으로 노래되는 가사들"을 썼음도 알게 된다. 간단히 말해, "이 작품은 한 사람에 의해 다 만들어진 것이 아니다"라는 말은, 다른 사람에 의해 다 만들어졌다는 것을 의미하는 게 아니다. "몰리에르 씨는 희곡의 초안을 세우고 구성을 해 결했으며, 이 구성에서 그는 정확한 규칙성보다는 무대공연의 아름다움과 장중함에 더 집착하였다."[47]

사람들은 몰리에르에게서 《우스꽝스러운 귀부인들》도 박탈하려 했다. 다음과 같은 구실하에.

"소매즈는 자신의 《진정한 귀부인들 *Véritables précieuses*》의 서문과 제7장에서, 그리고 다시 《운문으로 쓴 우스꽝스러운 귀부인들》에서 몰리에르를 세 차례나 비난했다. 드 퓌르 신부의 희곡을 표절했다는 비난이었다. 드 퓌르 신부의 희극은 이탈리아 배우들에 의해 프티-부르봉에서 3년 전에 상연되었다. 단, 그 희극은 아무런 자취를 남기지 않아서 그 희곡의 주제를 규정하기가 힘들다. […] 사실상 이는 소매즈가 몰리에르의 희곡을 표절한 것을 독자들로 하여금 용인케 하려는 목적의 순전한 중상모략인 것 같다. […]"**48**

이번에도 조르주 포레스티에가 지적한 바처럼, 1656년과 1658년에 4부로 편집되어 《귀부인 또는 규방의 미스터리 La Prétieuse ou le Mystère des ruelles》라는 제목으로 출간된 드 퓌르 신부의 방대한 소설이 정말로 존재하기는 하지만, 같은 주제로 드 퓌르의 희곡이 쓰인 적이 있는지는 의심해볼 수 있다. 왜냐하면 이 추정 희극에 대한 암시들은 앙투안 보도 드 소매즈의 비난 이후의 것이며, "그런 암시들은 늘 몰리에르에게 아무런 독창성도 인정하지 않으려는 불순한 글쟁이들에서 비롯되기" 때문이다. 《여인들의 학교》에 관한 논쟁 때 1663년에 출간된 《새로운 중단편들 Nouvelles nouvelles》에서 장 도노 드 비제가 그런 것처럼.**49**

1662년에 공연되고 '안티-몰리에르'파에 의해 코르네유의 것이라고 주장되는 연극 《나바르의 돔 가르시 Dom Garcie de Navarre》도 논란거리가 되었다. 왜냐하면 바로 코르네유가 같은 착상의 연극 《아라곤의 돈 산체 Don Sanche d'Aragon》의 1649년 초연 때 '영웅극'이라는 용어까지 만들어낸 장본인이기 때문이다. 몰리에르가 진지한 연극을 가지고 장르의 위계질서에서 높아지고 싶은 욕구를 표출했으며, 자연스럽게 선임자의 희곡을 모델로 삼은 거라고 단순하게 이해할 수는 없는 걸까? 바로 이러한 점에서 등장인물의 이름까지 포함하여 두 희곡 사이의 공통점이 비롯된다. 하지만 《아라곤의 돈 산체》가 첫 공연되던 시절에는 코르네유의 경쟁자인 로트루가 거의 같은 때 스페인으로부터 온 다른 진지한 연극인 《카르도나의 돔 로페 Dom Lope de Cardone》를 무대에 올렸다. 이미 이 작품에 아라곤의 돈 페드로, 돈 산체, 돈 로페 등이 등장했다. 그러므로 몰리에르 작품에 돔 로페나 돔 페드로 같은 인물이 있다고 해서 코르네유를 감춰진 진짜 작가로 여길 수는 없다! 연극의 등장인물 이름들은 편리한 저장고를 형성한다. 거기서 각자 퍼다 쓰며, 그렇다고 해서 희곡의 독창성이 결여된다고 보지는 않는다. 코르네유가 《아라곤의 돈 산체》를 쓰기 위해 어느 스페인 모델에서 영감을 받았다면, 몰리에르 쪽에서는 지아친토 안드레아 치코니니의 《로드리그의 행복한 질투》를 모델로 선택한다.[50] 이 희곡은 당시 유행하던 작품이다. 팔레 루아얄 극장의 이탈리아 배우들이 그 극장을 몰리에르와 함께 쓰고 있었는데, 그들 또한 치코니니의 희곡을 모델로 하는 다른 연극 《로드리그 또는 질투하는 왕자 Rodrigue ou le Prince jaloux》를 레퍼토리에 갖고 있었다. 모델에서 모델로, 각자 같은 샘물에서 목을 축이지만, 그렇다고 해서 이 작가이건 저 작가이건 누구에게서든 남의 작품의 장점을 탈취할 이유가 될 수는 없는 거다.

의혹을 걷어내야 할 논란거리가 또 있다. 1665년에 팔레 루아얄에서 5막으로 초연되고, 1682년에 몰리에르가 죽은 후 《동 쥐앙 또는 냉랭한 향연 Dom Juan ou le Festin de pierre》이라는 제목으로 출간된 위대한 연극에 관한 논란인데…. 이 또한 코르네유의 작품일 거라는 의혹이 있었다. 이 희곡은 일부 신심 깊은 집단들로부터 격렬한 공격을 받다가 10여 차례 공연 끝에 연극시즌이 끝나는 부활절 휴관에 맞춰 공연이 중단되었다.[51] 이로 인해 이 희곡은 몰리에르 생전에는 다시 공연되지 않았고, 피에르 코르네유의 동생인 토마 코르네유가 운문으로 바꾸고 순화시킨 각색이 1677년부터 여전히 몰리에르의 이름으로 공연되었다. 이는 1813년까지 계속되다가, 이 시점부터 오데옹 극장이 몰리에르의 원본으로 공연을 재개했다. 과부가 된 몰리에르의 아내 아르망드가 토마 코르네유에게 주문한 이 공연은 아르망드의 남편과 토마의 형 사이에 있었던 공모에 대한 증거가 아닐까? 코르네유와 몰리에르 사이에 철저히 비밀스러운 합의가 있었다고 주장하는 자들이 제기한 이 문제는 결국 그들의 가설을 거스르고야 만다. 이뿐만 아니라, 토마 코르네유가 몰리에르의 극단과 마레 극단이 합쳐져서 생긴 게네고 극단으로부터 호감을 사는 저자가 됐다는 점을 알아야 한다. 그런데 토마 코르네유는 거기서 기계 장치나 도구가 많이 들어가는 희곡을 내놓아 성공했다. 이 희곡들은《동 쥐앙》스타일이었으며, 대부분 도노 드 비제와 협력하여 쓴 것들이다. 그러므로 아르망드가 피에르 코르네유의 동생에게《냉랭한 향연》의 순화된 운문 버전을 주문할 때, 그렇다고 해서 원작에 관해 코르네유가 저자라는 증거라고 여기게 하지는 않으면서 무대의 성공을 확보하려 했던 건 전혀 놀랍지 않다. 또한 우리가《프시케》의 경우에서 보았듯이, 운문으로 바꾸는 작업은 창조적 행위로 거의 여겨지지 않았다. 그 결과 몰리에르의 희곡은 토마 코르네유에 의해 운문으로 각색된 후에도 여전히 몰리에르의 이름으로 공연되었다는 점을 덧붙이자.[52] 토마는 원본을 변질시킬지도 모를 위험을 무릅쓰면서 몇몇 장면을 덧붙인 것에 대해 사과까지 한다.

"내가 여인들로 하여금 말을 하게 한 제3막과 제5막의 장면들을 제외하고 나머지 전체에서는 산문을 따랐다. 훌륭한 원본에 덧붙여진 장면이 그것들인데, 이들의 결함이 그 저명한 저자에게 조금이라도 누를 끼쳐서는 안 된다. 이 연극은 여전히 그 저자의 이름으로 공연되고 있다."

그 '저명한 저자'란 당연히 몰리에르를 지칭한다. 어떤 이들은
아직도 여기서 피에르 코르네유를 위장하여 지칭한 것이라고 보려
든다. 그러나 이 운문 번안의 맥락이 일단 설명된 바에야 장-바티스
트(몰리에르) 뒤에서 피에르(코르네유)를 찾는 것은 쓸데없는 짓이다.
안티-몰리에르파가 몰리에르에게 거부하는 것은 작가자격 그
자체다. 그들은 동시대인들이 몰리에르의 작가 자질을 진심으로 칭
찬했을 수도 있으리라는 점을 부인한다. 예를 들어 《사랑의 원한
Dépit amoureux》의 초입에 있는, 1662년에 발표된 그의 편지에서 서적
상-출판인 가브리엘 키네가 몰리에르를 "이 시대에 가장 인정받는
저자"라고 규정하는데, 이를 두고 어떤 이들은 그 서적상이 그 희곡
의 진정한 저자인 코르네유를 비밀스럽게 지칭한 것이라고 상상한
다. 이는 몰리에르가 그 당시 그런 수식어에 어울릴 만큼 충분히 유
명하지는 않았다는 사실에서 끌어낸 추론이다. 그런데 왜 사실을 왜
곡해야 한단 말인가? 몰리에르가 1659년의 《우스꽝스러운 귀부인
들》, 1660년의 《스가나렐》, 1661년의 《남편들의 학교》와 《귀찮은 자
들》로 그 시기에 이미 성공을 거두었다는 점을 왜 잊어야 한단 말인
가? 도노 드 비제마저 석 달 후, 《새로운 중단편들》에서 몰리에르를
비판하는 문장에서 "그의 재기가 그를 이 세기의 가장 저명한 사람
들 중 하나로 만들었고", 그는 "우리 시대의 테렌티우스로 통할 수
있고, 위대한 작가이며, 자신의 희곡을 연기할 때는 위대한 배우"[53]
라고 인정하지 않을 수 없었다는 점을 덧붙이자. 도노 드 비제나 라
퐁텐 같은 동시대인들이 몰리에르를 로마의 유명한 극작가 테렌티
우스에 비교할 경우, 테렌티우스는 스키피오 아에밀리아누스에게

이름만 빌려줬던 인물일 뿐이라는 구실하에 의혹은 계속된다. 17세기에 테렌티우스는 고대극의 영광을 대표했고, 이 고대인과 비교한다는 것은 아주 부러운 칭찬이라는 점을 그저 떠올리자. "테렌티우스의 세련된 취향과 분위기"[54]가 《귀찮은 자들》 덕분에 결국 연극으로 돌아오게 된 것을 기뻐하던 라퐁텐의 몰리에르에 대한 경의만을 참작하자. 그러니 이 우화작가가 몰리에르에 대해 쓴 어쩌면 가장 아름다운 찬사를 보기로 하자. 연극배우-저자에게 주는 묘비명으로, 그 어떤 심술도 보이지 않는다.

"이 무덤 아래 플라우투스와 테렌티우스가 누워 있다.
그런데 오로지 몰리에르만이 거기 존재한다.
그들의 세 재능은 오로지 하나의 정신을 형성하고
그 정신의 아름다운 예술이 프랑스를 즐겁게 하였다.
그들은 가버렸다! 우리의 그 모든 노력에도 불구하고
필시 오래도록 그들을 볼 희망은 없다.
테렌티우스, 플라우투스, 몰리에르는 죽었다."

몰리에르와 코르네유의 작품들은 무대에서나 글로써나 자주 교차했다. 그 두 사람은 파리에서 만났다. 하지만 그 전에 코르네유가 살던 루앙에서 서로 만난 적이 있다. 루앙은 당시 파리 다음으로 왕국의 두 번째 주요 도시였다. 루앙은 파리에서 아주 가까워서 극단들이 항상 방문하던 곳이다. 그러므로 몰리에르와 그의 극단도 두 차례나 거기 체류했다. 첫 번째는 1643년으로, 파리의 죄드폼 공연장이 공사 중이어서 그랬고, 두 번째는 1658년 6월부터 10월까지였는데, 13여 년 동안 지방을 돌아다니다가 파리에서 동절기를 보내기 전에 들른 거였다. 그 후로는 오래도록 파리에 있었지만….

　우리가 방금 언급한 '기록살해'에 관한 다섯 가지 시도, 루이즈 라베, 바흐친, 자리, 셰익스피어, 몰리에르에 대한 이 기록살해 시도들이 우리로 하여금 그들의 텍스트를 다르게 읽도록 자극하지 않는가? 셰익스피어의 코믹한 외설적 장면들이 어느 장갑 제조인 또는 어느 옥스퍼드 경의 것이라고 여긴다면, 마찬가지 방식으로 받아들이겠는가? 루이즈 라베의 탄식들이 리옹의 어느 대압운파 시인으로부터 비롯된 것이라고 상상한다면, 그 시들을 같은 감동으로 듣겠는가? 피에르 바이야르는 저자 추정의 착오에 긍정적인 측면이 있을 수 있다고 여기고 싶어 한다. "그런 착오는 어쨌든 사태를 달리 보고, 우리에게 익숙한 관점과는 다른 관점에서 텍스트를 밝힐 기회를 제공한다. 오직 이런 이유일 때만 그런 착오가 칭찬할 만하다."[55] 그리고 작품이란 오로지 낳아준 사람의 신분에 따라서만 설명되거나 평가될 수 없다는 것을 안다면, 논란을 넘어 텍스트의 즐거움은 여전히 남아 있다.

4장

동료들의 법정에 선
표절자들

이제 표절은 그저 민감한 개인적 사안이 아니라는 것을 우리는 이해했다. 쟁점이 그러하니 표절자를 혹독히 비판하건 아니면 몰래 부러워하건, 어쨌든 신경 쓰지 않는 작가는 거의 없다. 표절은 저자들에게 비난에서부터 찬양까지 다양한 판단을 부추긴다. 그래서 우리는 의미 있는 가치 등급을 드러내줄 인용들을 하나씩 열거할 수 있다.

우선, 표절은 존재하지 않을 뻔했다! 자신의 절대적 독창성에 대한 의기양양한 선포와, 쓸데없이 반복하는 게 될까 봐 두려워 더는 아무것도 쓰지 않으려는 거부, 이 둘 사이에서 작가는 표절을 소멸시킬 뻔했다. 만약 루소나 미쇼 같은 작가들만 있었다면, 이번 장은 여기서 중단될 것이다! 표절자도 아니고 표절당한 자도 아닌 루소는 자신의 절대적 독창성을 주장한다. 원천과 완성 모두 다.

"나는 전례가 전혀 없고 그 실행 또한 모방자가 전혀 없을 기획을 세운다. 나는 내 동류에게 자연의 진실 속에 있는 사람을 보여주고 싶다. 그 사람은 내가 될 것이다.

오로지 나."[1]

그 전기낭만주의적인 '나'는 오로지 자기에게만 속한 자신의 진실인 개인성을 찬양한다. 전무후무다. 게다가 피에르 루이가 《일기 *Journal*》에서 자신의 스승인 위대한 빅토르 위고를 바로 그렇게 보고 있다, 일종의 신처럼.

"그의 기법은 어떤 것들인가? 그가 발명한 기법들이다. 누구로부터 영감을 받는가? '그'로부터.

그래서 '발명하는' 사람이다. 그 누구도 이전에는 결코 그와 같은 것을 해내지 못했다. 그는 완벽하게 다듬는 것이 아니라, 발명한다! 그리고 모든 것을 발명한다. 기법뿐만 아니라 예술 그 자체까지. 왜냐하면 그는 아무것도 배우지 않았고, 그 모든 걸작들을 사람들과의 그 어떤 소통에서도 벗어나고 그 어떤 박물관으로부터도 멀리 떨어진 데서, 대양과 함께 홀로 만든다. […]

그는 모방하지 않는다. 그는 기존예술에 대해 아무것도 모르는 채, 새로운 예술을 구축한다."[2]

낭만주의의 세기는 아름다운 확실성을 제공했다. 17세기 초 스페인에서 영웅적 가치들의 시대로 거슬러 올라가 세르반테스에게서 그런 독창성에 대해 유보 없는 확언을 되찾아봐야 할 것이다.

"나는 카스티야어로 중단편을 만든 첫 번째 사람이라고 자처하며, 이는 정당하다. 왜냐하면 이 언어로 인쇄된 많은 중단편은 모두 외국 것이 번역된 것들이기 때문이다. 여기 있는 것들은 나 자신의 것이며, 나는 그것들을 모방하지도 훔치지도 않았다. 내 재능이 이것들을 낳게 했으며, 내 펜이 그들을 세상에 내놓았고, 그들은 인쇄기의 품에서 자라난다."[3]

원본들과 정복자들의 이런 선언에 20세기의 체념이 맞선다. 앙리 미쇼의 말을 통해서다. 미쇼에게 글쓰기란 언어를 경유하므로 어쩔 수 없이 되풀이 말해야 하는 형벌에 처해졌다. 그래서 그 시인은 말을 단념하고, 회화 쪽으로 기꺼이 몸을 돌린다.

"세대에서 세대로 넘겨주는 거대한 조립품인 언어, 따르고 충실하라고 전해지는데 […]. 회화에서는 원시적인 것, 원초적인 것이 더 잘 재발견된다.
(회화에서는) 매개체들을 덜 거친다. 게다가 그 매개체들은 조직되고 코드화되고 위계적이 된 언어로부터 출발한 것이 아니므로 정말로 매개적인 것은 아니다."[4]

언어란 "독이 든 선물"! 회화는 덜 배신하고, 화가는 표절 위험에 덜 노출되어 있을까?
자신의 독창성에 대한 극도의 신뢰와 글쓰기 포기, 이 양극단 사이에는 미묘한 차이로 구별되는 다양한 관점이 자리한다. 이에 관해 토론하는 저자들의 말을 들어보도록 하자.

표절은 치욕을 당하리라!

　문학에서 표절은 악이다. 문학적 범죄, 수치, 모욕, 좀도둑질 또는 경멸받아 마땅한 안이함이므로, 중죄다. 그러나 비난의 합창은 거의 18세기나 되어서야 소리가 높아진다. 그 전에는 몰리에르와 부알로의 소심한 목소리나 겨우 들릴락 말락 했다. 그러므로 백과전서파가 "plagiarisme 또는 어떤 이들에 따르면 plagiat"라는 항목에서 '문학적 범죄'에 관해 제일 먼저 말하기 시작한 셈이다. 인용과의 구분은 분명히 명시된다. 이 사전에서 어느 저자가 내비치는 염려를 우리는 이해한다.

　"어떤 작가에게서 어느 정도 발췌하는 것과 가로채는 것 사이에 큰 차이를 둬야 한다. 다른 작가의 생각을 이용하면서 그를 정확히 인용할 때는 표절이라는 비난으로부터 피신해 있게 된다. 오로지 침묵과 다른 이에게서 빌려온 것을 자기 것인 양 내놓으려는 의도가 표절이다."

　이제 표절은 더 종종 수치스러운 행위로 여겨지며, 마리보는 이를 명예에 관한 문제로 만든다.

　"문학의 원숭이들 같은 숱한 가축 떼 속에서 첫째 줄에 거만하게 자리하느니, 작은 무리의 독창적인 작가들 틈에서 긴 의자의 마지막 줄에 겸손히 앉아 있는 것이 나는 더 좋다."

영리한 표절자인 뮈세 또한….

"내가 바이런을 흉내 냈다고 작년에 사람들이 말했다.
나를 아는 당신, 당신은 그게 아니라는 것을 잘 안다.
나는 표절자라는 처지를 죽음처럼 증오하고,
내 유리잔이 크지는 않지만, 나는 내 잔에다 마신다."[5]

긴 의자건 유리잔이건 간에 조촐한 것, 하지만 자기 자신의 것
을 선호하는데…. 시간은 흐르고, 어조는 높아진다. 시간 속에서 한
걸음 더 나아가면, 모욕이 터무니없어진다.

"여전히 고등학교에 있는 그 작달막한 J. P. S![6] 여전히 모작을 해
대고 '~식의 파스티슈'에 빠져 있고…. 셀린의 기법에도…. […]
그 시시한 '~식'의 파스티슈들을 엉덩이에 상당수 달고 다닌다.
내가 뭘 할 수 있겠는가? 짓누르고, 증오에 차고, 비겁하고, 아주
반역적이고, 반쯤 거머리 반쯤 촌충 같은 그들은 나를 예우해주지
않는다. 그 점에 관해 나는 결코 말하지 않는다. 그뿐이다. 어둠의
자식들."

셀린이 쓴 "어항 속에서 불안에 떠는 자에게"[7]라는 팸플릿의 표
적인 장-폴 사르트르는 처음부터 표절자 취급을 당한다. 이웃에 대
해 나쁘게 얘기하려면 이만한 모욕이 없다. 셀린이 자기 시대 사
람들, 즉 공쿠르 상 후보자, 교수, 알려진 작가를 책망할 때면 극도
의 모욕을 담아 악의에 찬 말을 뿜어낸다. 다음은 《Y교수와의 대담
Entretiens avec le Professeur Y》에 나오는 글이다.

"그들 모두 애쓰고 있는 '~식의 모작'은 참 감동적이다. 그 교수
들…. 그들은 모두 자기 복제를 한다, 불가피하게. 그들은 교실을
너무 드나들었다. 교실에 있는 것이 그들의 직업이다. 그런데 우
리가 교실에서 배운 건 뭔가? 수음 그리고 자기복제…. 공쿠르 상
지원자들은 전부 자기복제를 한다. 그건 피할 수 없는 일이다!"[8]

표절한다는 것은 일부를 절단하고 박살내는 것과 같다. 셀린식
의 광분은 살해의 특징들을 표절에 부여한다. 왜냐하면 여기서 작품
이란, 사람 자체이기 때문이다.

치정에 얽힌 증오의 극단적 상황과는 달리, 표절은 그저 좀도둑
질이나 절도다.

"어떤 저자가 다른 저자의 생각을 자기 것인 양 팔 때, 이 좀도둑
질은 '표절'이라 불린다. 이전 사전들에 이미 인쇄되어 있는 진실
을 부당하게 그리고 견해, 착오, 기만을 통해 그저 반복만 할 뿐인
컴파일러, 사전 제작자는 모두 '표절자'로 불릴 수 있을 것이다.
그러나 최소한 그들은 선의의 표절자여서, 창의력이라는 자질을
자화자찬하지는 않는다."

《철학사전》에서 사전 제작자에 대한 볼테르의 수정 설명은 앞
서 인용된 《백과사전》에서의 수정 설명에 대한 반향이다. 18세기에
'표절plagiat'의 동의어로 사용되던 '도둑질vol'이라는 용어는 장 자크
루소의 《고백》 제12장에도 나타난다. 루소가 '회고록'을 기획하던
때를 얘기하던 부분에서다. 그는 우선 자신의 작업을 이끌어줄 만
한 편지와 원고들을 추리다가 없어진 것이 있음을 발견한다. 그러자

"자기에게 적합할 만한 것을 가로채는" 일에 재빠른 달랑베르가 훔쳐갔을 것이라 여겼다.

"'민감한 도덕'이라는 제목 때문에 그가 착각하여 진정한 유물론에 대한 집필 계획을 찾아낸 줄로 믿었을 것이라 추정했다. 그는 거기서 나를 상대로 사람들이 잘 상상해낼 수 있을 만한 책략을 끌어냈을 것이다. 그가 초고를 점검해보고는 곧 잘못을 깨닫고 문학을 완전히 떠날 결심을 할 것이라고 나는 확신하여, 처음도 아닌 그의 도둑질에 대해 별로 염려하지 않았다. 그의 그런 도둑질들을 나는 불평 없이 견뎌냈다."

루소의 손으로 쓴 주석 하나가 이 일화를 보충해준다. 이 일화는 때때로 표절자이거나 표절당한 자였던 백과전서파들 사이의 관계에 관해 여실히 보여준다.

"나는 그(달랑베르)의 《음악의 요소 *Éléments de musique*》에서, 내가 그 기법에 대해 《백과전서》에 기고한 글에서 끌어낸 것을 많이 발견했다. 나의 글은 그가 《음악의 요소》를 출간하기 몇 년 전에 그에게 제출되었던 것이다. 그가 《미술 사전 *Dictionnaire des Beaux-arts*》이라는 책에서 어느 부분을 담당했는지 난 모른다. 그런데 그 사전에서 내 글을 글자 그대로 베낀 항목들을 발견했다. 게다가 그 글들이 《백과전서》에 실려 인쇄되기 훨씬 전 일이었다."

루소는 우리에게 두 가지 표절 사건을 알려준다. 자기 시대에 대해 비관적이던 그는 같은 시대 사람인 견유주의자 니콜라 샹포르의 경구 두 가지를 아마 부정하지 않았을 것이다.

"자기 책들을 자기 서재에 두는 사람들이 있다. 하지만 M은 ⋯ 자기 서재를 자기 책들 속에 넣는다."

"현재의 책들 대부분은 그 전날 읽은 책들로 단 하루 만에 만들어진 것만 같다."[9]

표절은 때때로 아주 편리하고 심지어 즐겁기까지 한 임시방편임이 드러나다

욕설과 돌이킬 수 없는 판결들의 장場을 떠나자. 실제로 어떤 작가는 망설임 없이 자신을 표절자로 규정하기도 한다. 거짓 겸손이거나 임시적 필요 때문이거나, 때로는 도발이거나 자신의 거침없음을 내보이는 것이 즐거워서 그런다. 몽테뉴 같은 작가의 거짓 겸손은 가까스로 감춰지는 애교 같은 것을 나타낸다. 그의 말을 믿어본다면 《수상록》[10]은 인용문을 수집해놓은 것일 뿐이리라. 그러나 실제로는 자신의 목소리에 고대인들의 목소리를 섞는 것에 대해 큰 자부심을 느낀다.

"모든 것이 논평들, 저자들로 가득하다. 아주 값비싼 것들이다."[11]

"여기서 내 것이라곤 외지의 꽃들을 묶을 끈만 제공하여 그 꽃 무더기를 만들었을 뿐이라고 나에 대해 말할 수 있을 누군가처럼."[12]

몽테뉴는 자기탐구를 내용으로 하는 《수상록》에서 원전을 늘 알려주지는 않는다. 그 파란만장한 세기말이라는 불안정한 상황에서, 차용은 그에게 귀한 지표이자 지침이었다. 베끼기는 안녕(웰빙)에 관한 어떤 철학에 속한다. 몽테뉴가 이번에는 자기가 표절당할 것을 꿈꾼다면, 어쩌면 그것은 그만큼 교만해서가 아니라, 권위를 인정받는 이들 틈에 끼어 있다는 만족감 때문이다. 그리고 오히려 사태를 정확히 보고 잘 말했다는 증거가 아닐까?

"내게서 깃털을 뽑을 줄 아는 누군가를 나는 사랑할 것이다. 명확한 판단을 통해, 그리고 탁월한 힘과 아름다움을 지닌 말들을 통해서만 나는 말한다."[13]

몽테뉴에 상응하는 영국인이 있다. 인문주의자 로버트 버튼도 고대인들에게서 광범위하게 퍼내고, 그러는 것이 유익하고 존중할 만한 방식이라고 볼 뿐이다.

"꿀벌이 숱한 꽃으로부터 봉랍과 꿀을 모아서 새로운 혼합물을 만들듯(그들은 잘못을 저지르는 것도 아니고, 벌꿀을 만들면서 아무에게도 피해를 주지 않는다), 나도 그들처럼 나에 대해 말할 수 있다. 내가 누구에게 잘못을 가한다는 말인가?"[14]

차용은 창조능력 결여라는 쓰라린 감정을 진정시키는 효능이 종종 있다. 임시방편보다 더 그렇다. 차용은 글쓰기를 제대로 하게 해준다. 자기를 찾는 일에서, 작가는 다른 이들을 통해 자신의 고유한 진실을 찾으려 시도한다. 몽테뉴와 버튼의 발자취에서, 우리 시대의 마르셀 베나부는《왜 나는 내 책들 중 그 어느 것도 쓰지 않은 것일까 *Pourquoi je n'ai écrit aucun de mes livres*》라는 저서에서 자신의 표절 행위에 관해 설명한다. 선배들에게서처럼, 읽기와 쓰기는 쌍둥이 활동을 의미한다.

"나는 내 심려와 조화를 이루는 듯 보이는 모든 요소를 확인하기 전에는 단 한 페이지도, 단 한 챕터도, 단 한 권도 떠나지 않았다. (만족스러운 결과를 얻기 위해 때로는 '그'를 '나'로 대체해보는 것으로 충분했다.) 그리고 이런 유사성 추적은 결국 내 기획들 중 일부에 배아를 제공해주었다."[15]

표절은 창작행위의 신화적 성격을 벗기며 좌절시키는 데 이용된다. 베나부는 진정한 표절자, 즉 '예정된 표절자'란, 그가 써야 했을 책을 먼저 써버린 선배들이라고 말하기에 이른다!

"내가 쓰지 않은 책들 […], 그것들은 도서관에 단어로, 어군으로, 어떤 경우에는 문장 통째로 존재한다. […] 그래서 나로서는 세계가 표절자들로 가득 차 보인다. 이 때문에 내 작업은 긴 추격이 된다. 미래의 내 책들에서 설명할 길 없이 빼돌려진 그 모든 자잘한 단장短章들에 대한 고집스러운 추적."[16]

표절당한 자와 표절자의 관계를 교활하게 뒤바꾸려는 경향이 있는 계책은 환멸의 순간을 지체시킬 뿐이다. 결국 욕구불만과 무능감이 얼마나 씁쓸하겠는가!

"그러므로 나는 이중으로 박탈당한 느낌이 들었다. 내 것일 수 있
었으나 다른 사람이 써버린 실제 책을 박탈당하고, 약간 다르긴
하지만(그럼에도 그 '다름'의 결핍이 통렬히 느껴지기는 한다) 만약 다
른 사람이 이 계획을 헛된 것으로 만들어놓지 않았다면 내가 썼을
수도 있을 가설적 책을 박탈당한 것이다.
아미엘은 내 팔다리를 자른 사람들에 속한다. 모든 것을 다 말해
버렸으니까."[17]

이렇게 실패를 확인하면서 작가는 "집필된 부분과 차용한 단장
들로 일종의 수고스런 합성"에 도달할 수 있을 뿐인 방법을 포기해
버린다. 표절은 한 권의 책을 만드는 것이 아니라, 기껏해야 "단순한
지식 훈련"일 뿐이다. 글을 쓴다는 것은 퍼내는 것이 아니다.
　언어고갈에 대해 효능 없는 치유책인 표절은 그 자체로밖에는
목적이 없으므로, 결국 무상의 '즐거움'이다. 부바르와 페퀴셰가 우
리에게 "베긴다는 구체적 행위 속의 즐거움"[18]이라고 환기시키지
않던가?
　순수한 즐거움 때문이기도 하지만, 타인에 대한 증오, 즉 사디
스트적인 즐거움 때문이기도 하다. 표절자는 표절대상의 품격을 떨
어뜨리고, 흉내를 내니까. 플로베르는 "복제: 위대한 사람들에 대한
증오"[19]라고도 말했다.
　위대한 사람인 베르길리우스는 아무런 죄책감도 느끼지 않고,
반대로 우월감을 느낀다. 모든 차용에 우월성이 허용된다고 느낀 것
이다. 에니우스의 시 구절을 통째로 차용했다는 비난을 받자, 베르

길리우스는 "두엄에서 진주들을 끄집어냈다"고 대답할 뿐이다. 셰익스피어의 입에서도 똑같이 무시해버리는 말이 튀어나온다.

"내가 나쁜 사람들 틈에서 끌어내 좋은 사람들 속에 들어가게 만든 여자애다."

알렉상드르 뒤마는 의기양양한 정복자처럼 자부심마저 드러낸다.

"재능 있는 사람은 훔치지 않고, 정복한다. 그는 자기가 탈취하는 지방을 자기 제국에 병합시킨다. 그는 그 지방에 자기 백성들로 들끓게 하고, 황금 왕홀의 세력을 거기까지 뻗친다. 나는 이런 얘기를 하지 않을 수 없게 됐다고 생각한다. 왜냐하면 알려지지 않은 장면들의 아름다움을 우리 대중에게 알려주었는데도 고마워하기는커녕 내게 도둑질이라고 손가락질하고, 그 아름다운 것들을 표절이라고 지적하니 말이다. 나 스스로를 위로하자면, 적어도 나는 셰익스피어와 몰리에르와 비슷하다. 사실 그들을 공격했던 자들은 너무 무명이어서 아무도 그들의 이름을 기억 못했다!!!"[20]

뒤마는 자신을 확고히 정당화하기 위해 신을 원용하기까지 한다.

"어떤 것을 완벽히 창조한다는 것은 불가능하다고 생각한다. 신조차도 인간을 창조할 때 발명해낼 수 없었거나, 감히 발명하지 못했다. 신은 인간을 자신의 형상대로 만들었다."

표절자의 자부심 때문에 표절당한 자의 자부심을 잊어서는 안

될 것이다. 표절당한 자는 표절이라는 호의를 통해 자신의 성공에 대한 증거를 받아서 너무 행복할 테니까! 샤토브리앙이 그래서 의기양양하다.

"작가들은 아탈라와 르네를 모방하여 나를 영광스럽게 했다. 강단이 선교사들과 기독교의 선행에 관한 내 이야기들을 차용한 것과 마찬가지로."[21]

그런데 오늘날 파트리스 델부르가《레벤느망 목요일 판 L'Événement du jeudi》과 했던 인터뷰에서 염두에 두었던 사람은 이 시인일까, 아니면 다른 시인일까?

"자기 인생이 완전히 헛된 것이 되지 않도록 최소한 자기 시들 중 하나가 '인용부호 없이' 다시 참조되기를 바라던 그 시인의 생각을 떠올리기(표절하기?)를 나는 좋아한다."[22]

표절자는 자기 희생자에게 성공을 인정해주는 거다. 그런 서비스를 위해서라면 인용부호를 요구하지 않을 것이다!
앞서의 글을 보면, 표절이 두 가지 상반된 담론을 초래한다는 생각이 든다. 한편으로는 범죄, 도둑질, 수치의 대상이라는 담론이고, 다른 한편으로는 뽐내는 경향이 있는 즐거움의 원천이라는 담론이다. 표절당한 자와 표절자가 서로 축하하는 꼴을 보이는 익살스러운 장면까지 상상할 수도 있을 것이다. 게다가 표절은 어떤 이들에게서는 노골적으로 권리를 요구하는 발언을 부추기기도 한다.

표절은 공공재화물로서 하나의 권리다

어떤 이들은 차용을 하나의 권리로서 주장하기도 한다. 심지어 원전을 표시하지 않은 경우까지. 표절은 공공재화물이라는 이유에 서다. 마르몽텔은 《문학의 요소 *Éléments de littérature*》(1787)에서 표절 의 유용성에 관한 이 주장을 전개한다.

"어떤 탁월하고 새로운 생각을 가진 자가 그 생각을 표현할 줄 몰 랐다거나 알려지지 않고 무시된 작품 속에 매몰된 채 놔뒀다면, 그 생각은 파묻혀 잃은 재화다. 그것은 두엄 속에서 보석 세공인 을 기다리고 있는 진주다. 그것을 끄집어내서 뭔가로 만들어낼 줄 아는 자는 아무에게도 잘못하는 것이 아니다. 서투른 발명가는 그 진주를 발견할 만하지 못했던 거다. 사람들이 이미 말했듯이, 그 진주는 가장 잘 사용할 줄 아는 자에게 속한다."[23]

표절자는 선배들이 잊었거나 망쳐놓은 재화를 사회에 돌려줌으 로써 공공에 유익한 일을 하는 것이다.

《백과전서》 시절에도 표절 옹호자들이 아직 있었다. 단, 표절이 어쨌든 가치를 높여준다는 조건하에서다. "구리를 금으로 바꿔놓았 다고 해서 천재에게 질책할 수 있는가?" 마르몽텔은 라신, 코르네 유, 몰리에르를 거론하면서 표절은 위대한 자에게 마련된 권리라고 강력히 주장한다. 표절은 정의로운 일일 뿐이다!

"다른 이들의 아이디어가 형태를 갖추지 않았을 때, 그 아이디어를 다시 주조할 권리에는 유용성만 있는 게 아니다. 나는 거기서 정의로움도 본다. 발명 영역은 한계가 있으며, 우리가 글을 쓰게 된 시대로부터 기본적인 생각들은 거의 모두 파악되긴 했으나, 매우 잘못 표현되었다."[24]

마르몽텔은 그 세기에 자리 잡기 시작한 지적소유권의 쟁점을 단 몇 줄로 끌어낸다. 근본적으로는 저작권 문제에서 사상과 표현 사이의 차이가 "모든 것이 이미 다 말해졌다"에 대한 치유책으로서 이미 뚜렷해지고 있다는 얘기다. 예를 들어 디드로는 계몽기가 스스로에게 허락하는 이 훌륭한 권리에 관한 사례를 제공한다. 디드로가 《사생아》를 쓰려고 골도니의 희극 《진정한 친구》에서 많이 취했다는 비난을 프레롱이 하자, 디드로는 《극시에 관하여 De la poésie dramatique》에서 자신의 무죄를 입증한다.

"나는 그 작품을 내게 속한 재화의 하나인 양 탈취했다. 골도니가 더 양심적인 것도 아니었다. 그는 몰리에르의 《수전노》를 탈취했지만 아무도 그를 나쁘게 생각하지 않았다. 그리고 몰리에르나 코르네유가 이탈리아 작가나 어떤 스페인 연극 작품의 아이디어를 암암리에 차용했다고 해서 그들을 표절이라고 비난할 생각을 하는 사람은 우리 가운데 전혀 없다."[25]

하나의 역설을 강조해야 한다. 지적 예술적 소유권에 관한 법들이 자리 잡던 바로 그 순간, 저자들이 문학의 공동자산에서 퍼낼 권리를 소리 높여 외쳐댄다는 역설 말이다. 모순에 사로잡힌 그들은 영감의 자유를 보존하고자 열망하는(문학유산은 어찌 보면 그들의 작업도구이니까) 동시에, 자신들 고유의 재산을 보호하려 집착한다. 18세기는 하나의 풍요한 토론이 활발해지는 것을 목도한다. 백과전서파가 차용에 대한 권리를 주장하면서 그 토론에 효율적으로 공헌했음은 의심의 여지가 없다.

"우리가 훔치는 거라면, 그것은 오로지 공공의 이익을 위해서만 꿀을 모으는 꿀벌들을 본뜨는 것일 뿐이다. 정확히 말해, 우리가 저자들을 약탈한다고는 할 수 없고, 우리는 문학의 이익을 위해 그들에게서 협력을 끌어내는 것이라고 할 수 있다."[26]

표현이 신중하여 아주 많은 논란거리를 감춘다. 볼테르는 알려지지 않은 자가 이끄는 모음편찬compilation이라는 방대한 기획인 《백과전서》에 참여하는 것을 처음에는 경멸했다. 1750년 10월의 안내광고문에서 디드로는 그런 종류의 비난에 대응해야 했다.

"그러나 우리는 영국의 《백과전서》의 불완전한 내용들을 바탕으로 뻗어나가지 않으므로, 체임버스[27]의 저서가 우리의 기반은 아니다. 그 저서의 많은 항목은 다시 쓰였고, 다른 것을 이용할 때도 거의 모두 내용을 덧붙이거나 수정하거나 삭제하거나 했다. 그런 것은 우리가 특별히 참고한 저자들로 분류될 뿐이다. 전반적 배치만이 우리 저서와 체임버스의 저서 사이에 유일한 공통점이라고 알리는 바다."[28]

돌바크 남작은 다른 이들의 작품을 자유롭게 이용하는 것을(표

절까지도?) 정당화하는 거대한 사회적 기획을 역설한다.《백과전서》
는 이 기획의 일환이다.

"그러니 생각의 자유로운 소통은 사회생활에서 기본적인 것이다.
[…] 생각의 소통을 막는 자는 공공의 적, 사회질서의 불경한 위
반자, 인류의 행복에 반대하는 폭군이다."[29]

역시 백과전서파인 콩도르세는 저작권에 관한 논의에 훨씬 더
직접적으로 개입하긴 하지만, 생각은 같다. 로제 샤르티에가 이에
관해 요약한다.

"한계가 없는 지적소유권은 부당하다. 사상은 모두에게 속하는
것이기 때문이다. 그리고 한계가 없는 지적소유권은 계몽정신의
진보에도 반대된다. 공동의 재화가 되어야 할 지식에 대해 오로지
단 한 명의 독점을 제정하기 때문이다. 그러므로 지적소유권은 절
대적일 수는 없을 테지만, 반대로 공공의 이익에 의해 엄격히 제
한되어야 한다."[30]

계몽기의 이런 글 모음에 볼테르의 목소리가 빠져 있다. 그 또
한 사상과 작품의 자유로운 소통을 옹호한다.

"가장 독창적인 재사才士들도 서로 차용한다. 우리 화덕의 불처럼
책도 마찬가지다. 이웃에게서 불을 얻어 자기 집의 불을 지피고,
다른 이들에게도 나눠준다. 그래서 그 불은 모두에게 속한다."

"모든 것이 모두에 속한다." 이 공식은 영속하며, 어떤 시대건 간에 그 공식을 해석하는 자를 늘 발견하게 된다. 19세기에, 어떤 때는 표절에 대해 증오를 절규하던 뮈세가 여기서는 자신을 위한 변호에 돌진한다. 앙투안 알발라가 《저자들과의 동화작용을 통한 문체 교육 *La Formation du style par l'assimilation des auteurs*》(1901)에 관한 개론서에서 뮈세를 하나의 모델로 인용한다.

> "내가 바이런을 모방했다고 작년에 누군가 내게 말했다.
> 그가 풀치를 모방한 것을 당신은 그럼 모른단 말입니까?
> 그 무엇도 아무것에도 속하지 않습니다, 모든 것이 모두에게 속합니다.
> 이 땅에서 당신 이전에는 아무도 말할 수 없었을
> 유일한 말을 한다고 우쭐대려면
> 초등학교 교사처럼 무지해야 합니다.
> 배추를 심는 일도 누군가를 모방하는 일입니다."[31]

고상한 글쓰기건 하찮은 일이건 무엇을 하건 간에, 늘 모방하는 일이 되니, 마지막 이미지가 제시하는 것이 바로 그것이다. 그러므로 차용은 정당하다. 어쩌면 모든 것이 차용을 어느 정도 하느냐와, 차용으로 가공을 얼마나 했느냐에 달려 있을 것이다. 아나톨 프랑스는 "표절을 위한 변호"[32]에서 위대한 작가의 특권인 표절의 올바른 사용을 변론한다.

> "다른 작가들에게서 자신에게 적당하고 유익한 것만 취하고 선택할 줄 아는 작가라면 그는 교양인이다."

올바른 취향의 허용된 표절이라는 것이 존재한다. 이런 표절은 피에르 벨이 《역사적 비판적 사전》에서 묘사했던 저속한 행위와는 구분되어야 마땅하다.

"표절한다는 것은 집의 가구와 쓰레기를 치우는 동시에 곡식 낟알, 지푸라기, 봇짐과 부스러기를 챙기는 일이다."

그러니 한계가 어디 있단 말인가? 루이 14세의 스승이었던 라 모트 르 바이예는 양적 한계를 권장한다.

"꿀벌 방식으로 아무에게도 피해주지 않으면서 빼돌릴 수가 있다. 하지만 개미의 도둑질은 낟알 전체를 걷어가버려서 결코 모방되어서는 안 된다."[33]

스퀴데리로서는 모든 것이 차용의 원천에 달려 있다.

"내가 만약 그리스 저자들과 라틴 저자들에게서 뭔가를 취했다면 이탈리아인들, 스페인인들에게서는 아무것도 취하지 않은 것이고, 프랑스인들에게서도 아무것도 취하지 않은 것이다. 내 보기에 고대인들이 연구한 것을 취하는 것은 현대인에게는 도둑질이 아닌 것 같으니까."

다음 세기에 샤를 노디에는 무죄와 유죄의 경계를 그리는 일종의 모방 지도를 완성해 제안한다. 《합법적 문학, 표절, 저자들의 추정, 책과 관련된 기만 등의 문제 Questions de littérature légale, du plagiat, de la

supposition d'auteurs, des supercheries qui ont rapport aux livres⟫[34]라는 저서에서 그
는 정당성을 검사하는 네 가지 모방 사례를 고찰한다. 첫 번째는 라
모트 르 바이예에서 취한 것이다. 이는 첫 번째 단계에 해당되는데,
고대인을 모방하는 것은 완벽히 정당하다. 더 위험한 일은 당대인을
모방하는 것이다.

"그런데 어느 나라에서건 현대 저자에 대해 저질러진 표절은 고
대인에 대해 저질러진 표절보다 이미 결백의 정도가 낮다."

어쨌든 당대인들의 범주에서는, 외국으로부터의 차용이 잘못이
덜하다.

"어느 저자가 자기 모국어가 아닌 외국어로 된 저서에서 차용하
는 것은 아직은 그저 모방으로만 여겨진다."

게다가 외국 저자를 모방하는 것은 자국어를 풍요롭게 하는 것
으로 여겨질 수도 있다. 하지만 "경탄할 만한 필치"를 조금이라도
차용하면, 이 모든 똑똑한 구분은 전부 무효가 돼버린다.

"경탄할 만한 필치를 탈취하여 그것을 마치 자기 것인 양 통하게
한다면, 외국어에서 끌어온 것이건 라틴어에서 끌어온 것이건 간
에 문학적 정직성에 어떤 결함이 있다고 나는 생각할 뿐이다."

그런데 "경탄할 만한 필치"가 도대체 뭐란 말인가? 진정한 "양
심의 문제"라고 노디에는 확언한다! 넘어가자.

"모방이나 표절의 세 번째 종류는 자기네 나라 사람이자 심지어 당대인으로서, 산문으로 쓰던 저자의 생각을 운문으로 바꾸기만 한 자다."

그래서 볼테르가 《알지르 *Alzire*》에서 몽테뉴의 《수상록》의 일부 (I, 23, "같은 충고를 주는 다양한 사건")를 운문으로 바꿀 때, 그는 표절을 한 것이 아니다. 그러므로 연대기 차원에 이어 지리적 차원의 구분이 있은 후, 산문이건 시건 간에 작품의 장르, 마지막으로 작품의 질이 관련된다. "좋은 작가가 나쁜 작가를 표절한 것"은 정당하다.

재능 있는 자에게는 모든 권리를! 노디에가 분류 준거를 세워야 할 필요를 느끼는 이유는, 차용이 '불가피한' 것 같으며, 창조라는 위대한 작업에 참여하는 모든 작가의 몫이기 때문이다. 말라르메는 자기 친구 엠마뉘엘 데제사르의 《파리의 시들 *Poésies parisiennes*》에 관해 쓴 글에서 이 점을 확인시킨다. 말라르메는 데제사르의 시에서 선배들의 영향이 두드러지게 눈에 띄는데도 그의 독창성을 옹호한다.

"아마도 그 신사들의 입맛에 따라 우리 스승들의 형식을 벗어나고 스승들의 혁신을 거들떠보지 말아야만 했을 것이다. 이 때문에 포도 이후에 라일락에게는 꽃피우는 것이 더 이상 허용되지 않았다. 포도송이의 리듬이 창안되었기 때문에."[35]

그리고 발레리는 재치 있는 표현으로,

"사자는 양을 가지고서 자기와 유사한 것을 만든다."[36]

모든 게 다 말해졌다. 탐내던 이 주제에 관해서는 라브뤼예르의 그 유명한 표현으로, 그리고 피에르 루이의 더 적절한 표현으로 만족하도록 하자. 아쉽긴 하지만.

"모든 것이 다 말해졌다. 인간들이 존재하고, 생각하기 시작한 지 7천여 년이 흘렀으니, 우리가 너무 늦게 온 것이다."[37]

"새로운 것은 절대 없다. 그저 '단어의 위치'만 있을 뿐."

이제 방식을 쇄신하는 일만 남았고, 바로 거기에 각 작가가 가져올 수 있는 독창성 부분이 있다. 수많은 인용문을 하나하나 제시할 수 있을 텐데, 파스칼이 그 점에 대해 가장 잘 말했다.

"새로운 것은 아무것도 말하지 않았다고 나한테 말하지 않기를 바란다. 소재들의 배치가 새로우니까. 폼paume 경기를 할 때 양쪽이 갖고 노는 공은 같지만, 그 공을 더 잘 위치시키는 것은 양쪽 중 어느 하나다. 마찬가지로 내가 예전 단어들을 이용한 것이라고 사람들이 말하면 좋겠다. 같은 생각이 다른 담론을 형성하지는 않는다고 한다면, 다른 배치를 통해서는, 같은 단어들이 다른 배치를 통해 다른 생각을 형성하는 것과 마찬가지로."[38]

단어들과 생각, 형식과 내용을 대립시키는 것은 방식이나 문체를 규정하는 데 조금도 도움이 되지 않는다. 그리고 독창적 글쓰기가 다른 사람의 의복에 새 의복을 덧입는 것으로 한정될 수 있다고 상상하면 길을 잃게 된다. 파스칼은 문학 창작 과정을 완벽히 묘사한다. 관념과 그 표현의 끊임없는 연쇄라고.

기원 없는 독창성 요소

글쓰기는 영향, 경향, 유파라는 경로를 통해 남의 작품에서 그 기원을 퍼내므로, 자신의 작품 속에서 자기 것인지 남의 것인지 더 이상 식별해낼 수 없을 지경이다. 앙드레 지드는 문학에서 '영향'을 권장한다.

"어떤 책을 읽었는데, [⋯] 그 책에 내가 잊을 수 없는 말이 있었다. 그 말이 내게로 너무 먼저 내려왔기에 나는 더 이상 나 자신과 그것을 구분하지 않는다. [⋯] 그 말의 위력은, 나 자신도 아직 알지 못하는 나의 어떤 부분을 그저 드러내주기만 한다는 것에서 비롯된다."[39]

그러나 그 '개인적 풍요화의 탁월한 수단'과 '식견' 또는 심지어 '기교'를 혼동하지 않도록 경계해야 한다. 기교는 인위적이어서 그저 선배들을 자기와 동일시하기만 한다.

"기교는 그저 진부한 것 외에는 아무것도 생산해내지 못했다. 완벽하게 다듬어야 할 것은 네 솜씨가 아니라 너 자신이다."[40]

영향은 '닮음을 통해' 작용하긴 하지만, 적용되는 모방을 통해 타인으로부터 얻기도 하고 그 모방 속에서 자신을 잃기도 하는 굴종적인 닮기를 말하는 게 절대로 아니다. 영향은 내재화의 결과다. '근본적으로 자연발생적인' 글쓰기를 상상하기가 불가능하다고 친다면, 타인의 책은 진실한 것이라곤 이미 내 안에 갖고 있는 것밖에 주지 못한다. 영향은 자기 자신에게 드러내주는 그 무엇이다. 반대로, 표절 행위는 비굴하며 인위적이 될 수밖에 없고, 저자를 그 자신으로부터 멀어지게 만든다.

역으로, 표절에 대한 두려움이 원본에 대한 강박관념에 얽매이면 기이한 것, 가짜 독창성으로 이어지게 마련이다. 비굴한 표절에서 창조적 영향으로 이어지는 좁은 오솔길은 그 얼마나 위태로운지!

"모두와 비슷해지는 것에 대한 두려움은 그때부터 어떤 괴상하고 유일한(바로 그 때문에 흔히 이해할 수 없는 것이 되는) 특징을 찾게 만든다는 점을 그것이 잘 보여줄 수 있다. [⋯] 영향을 두려워하여 그것을 피하는 자들은 자기 영혼의 빈곤을 암묵적으로 고백하는 것이다."[41]

그리고 "어떤 큰 공통적 신념에 따르게 함으로써 정신들을 집결시키고 연합시키는 전반적인 큰 영향"의 시대를 아쉬워하는데⋯. 이 때문에 유파들에 대한 향수도 생겨난다. 그들을 자기네 고랑으로 데려가는 '위대한 주도적 정신'을 모방함으로써 자잘한 재능들이 형성된다. 문학운동의 기반 그 자체인 반복 현상은 이중의 덕목을 갖고 있다.

"흔히 큰 생각은, 그것을 표현하려면, 그리고 그것을 온통 두드러지게 하려면, 단 한 명의 위인만으로는 충분하지 않다. 한 명만으로는 되지 않는다. 여러 사람이 그 일에 전념하고, 본래의 생각을 다시 취하여 다시 말하고 굴절시키고, 이로써 마지막 아름다움을 돋보이게 해야 한다."[42]

다시 취하기, 다시 말하기, 거울놀이는 위대한 작품에게 집단적 실현을 보장해주고, 이를 통해 위대한 작품은 완성된다. 표절이 거기에 제 몫이 있음은 의심의 여지가 없다. 글쓰기와 다시쓰기 사이의 분담은 스콜라철학의 창조적 동력 속에서는 별로 중요하지 않다. 둘 다 상대로부터 자양분을 취하니까. 저자는 작품보다 덜 중요하다. 나중에 역사가 위대한 이름들을 기억할 것이다. 표절자와 베낀자는 위대한 생각의 마지막 대리인들인 경우가 흔하다. 결국 실체가 없어져 고갈돼버린 생각의 초라한 대리인들. 그들이 없다면, 새로운 문체나 새로운 진실의 필요성이 느껴지지 않을 것이다. 표절자는 문학 창작의 순간에 필요불가결한, 무덤 파는 인부다.

지드는 스콜라철학의 장점들을 찬양하는가 하면, 상당수의 저자들이 개인적인 경험이라는 명목으로 표절을 글쓰기를 배우는 데 있어 가장 좋은 학교라고 생각한다. 인문주의자 에라스무스는《금언집 Adages》에서 학생들에게 자신의 글 속에 다시 수록될 준비가 된 인용문과 단어를 공책에다 베끼고 분류해놓으라고 권한다. 그 시대는 도덕 차원에서나 미학 차원에서나 고대인들이 권위를 갖던 시대였던 게 사실이다. 하지만 아름다운 작품 베끼기는 작가 준비생이 여전히 행하던 훈련이었다. 스탕달, 피에르 루이, 사르트르, 나탈리 사로트, 앙드레 말로 등은 자신의 수련 과정에 관해 감동적인 증언을 해주었다. 그런 모음집이 있다면 독자들을 미소 짓게 할 텐데! 젊은 사르트르의 '원숭이 짓'은 그중 최고일 것이다.

"때때로 나는 손을 멈추고, 이마를 찌푸리며, 환각에 사로잡힌 시선으로 나 자신을 '작가'로 느끼기 위해 망설이는 척하곤 했다. 게다가 나는 속물근성 때문에 표절을 몹시 좋아했고, 일부러 표절을 극단까지 밀어붙이곤 했다. [⋯]
나는 이 잡동사니에다 좋았건 나빴건 내가 읽은 것 모두를 뒤죽박죽 쏟아 부었다. 이야기들이 그 때문에 타격을 받았지만, 그럼에도 그것은 이득이었다. 이음새를 만들어내야 했고, 그 결과 나는 좀 덜 표절자가 되었다."[43]

표절자는 작가가 되기 시작하면서도 작가 역할을 배운다. 나탈리 사로트는《어린 시절 *Enfance*》에서 꽤 근접한 경험을 들려준다. 그녀는 선생님에게 제출할 '내 첫 슬픔'에 관한 글짓기를 할 때 자신의 '우울한' 단어들을 무시해버리고 르네 부알레브, 앙드레 퇴리에, 피에르 로티에게서 단어들을 퍼낸다.

"내가 나 자신에게 제시한 단어들은 내가 일상적으로 쓰는 단어들, 즉 우울한 단어들, 보일락말락하고 꽤 저속한 단어들이 아니다. 이런 단어들이 아름다운 의복, 축제 의상으로 덧입혀진 것 같다. 행실이 점잖아야 하고 광채가 나야 하는 곳, 즉 사람들이 많이 드나드는 곳에서 대부분 왔으며 내가 선택하고 받아 적은 발췌문 모음집에서 비롯되었다. [⋯] 어쨌든 우아함, 멋, 아름다움 등을 보장해주는 출처에서 유래한 단어들이다."[44]

이는 그녀의 독서에서 끌어낸 표현들로서 그녀가 주제를 어떻게 다룰지 시사한다. 봄보다는 가을이 주제인데, "창백한 태양 광선의 부드러움, 나무들의 황금빛과 자주색이 어우러진 이파리들…" 때문이다. 조금 후 새로운 독서들이 새로운 표절의 씨를 뿌린다.

"이제는 단어들이 특히 발자크로부터 네게로 왔다."

물론, 모방을 한다고 해서 꼭 표절로 이어지는 건 아니다. 앙드레 말로는《침묵의 소리 Les Voix du silence》에서 작가건 화가건 예술가 형성에서 파스티슈模作의 역할을 환기시킨다.

"모든 예술가가 파스티슈를 통해 시작한다. 이 파스티슈를 통해 천재성이 슬그머니 끼어든다, 은밀하게 […]. 자신의 첫 전시 작품들을 '피렌체식 파스티슈, 플랑드르식 파스티슈'라고 부른 사람은 바로 사실주의 화가 쿠르베다."[45]

같은 취지에서, 앙투안 알발라는 파스티슈와 표절을 조심스레 구분한다.

"파스티슈는 옹색하고 굴종적인 모방이다. 우리가 보게 되겠지만, 그것은 문체 연습이고, 손에 익히는 기계적 방법이다. 그런데 표절은 비겁하고 비난받아 마땅한 도둑질이다."[46]

여기서 프루스트의 경험, 즉 "몰아내고 정화시키는 파스티슈의 덕목"을 어찌 언급하지 않을 수 있겠는가?《파스티슈와 혼합 Pastiches

et Mélanges》**47**의 저자 프루스트는 1919년에 라몬 페르난데스에게 보
낸 편지에서, 자기가 선조들의 글쓰기를 흉내 낼 때 너무나 엄습하는
그들의 영향력을 치워버리는 데 어떻게 성공했는지 설명한다. 프루
스트는 그 모방 솜씨를 통해 자기 고유의 글쓰기 방법을 준비한다.

"나한테는 특히 위생 문제가 가장 중요했습니다. 우상숭배와 모
방이라는 너무도 자연적인 악덕을 [깨끗이] 치워버려야 하니까
요. 서명을 하면서(여기서는 우리 시대에 가장 마음에 드는 사람들 중
의 이런저런 이름) 음험하게 미슐레나 공쿠르식의 글을 만들어내
거나 공개적으로 그들의 글을 파스티슈 형태로 만들어서, 내가 글
을 쓸 때 오로지 마르셀 프루스트이기만 한 것이 더 이상 아닌 상
태로 추락하느니."**48**

'음험하게'라는 표현은, 오직 서명이 가짜라는 사실을 통해서만
파스티슈와 구별되는 표절을 말하는 게 확실하다. 표절 행위를 지배
하는 악의가 어떤 이들에게는 진정한 작가가 된다는 다소 의식적인
환상마저 초래한다. 자진 신고를 하고서 파스티슈를 이용하면, 횡령
이라는 다소 의식적인 유혹으로부터 보호된다. 다시쓰기 작업은 이
론의 여지없이 자신만의 문체를 향한, 즉 작품을 향한 길이긴 하지
만, 나와 남의 얽히고설킴이 창조적 행위를 완전히 대체할 수는 결
코 없다. 미셀 투르니에도 장-루이 드 랑뷔르에게서 차용한 사실을
고백할 때, 같은 확인을 하게 된다. 장-루이 드 랑뷔르는《작가들은
어떻게 작업하나 *Comment travaillent les écrivains*》라는 대담집에서 투르
니에의 그 고백을 실었다.

"나는 마음에 드는 것은 모두 사방팔방에서 그러모아 내 둥지에 쌓아놓는다. 문제는, 거기서 책 한 권이 나올 때까지 그 잡다한 것들을 죄다 휘젓는다는 것이다."[49]

창안과 복제 사이에서, 책은 창조의 모든 미스터리를 보존하는 일종의 재간 좋은 약탈로부터 탄생한다.

문학은 표절이다

17세기까지는 표절이 모방의 한 형식과 비슷하다고 여겨질 수 있었을 것이다. 지나치게 굴종적인 것은 확실하지만, 고대의 모델 위에 구상된 문학이라는 개념에 들어맞는 모방을 말한다. 20세기에는 생각들과 작품들의 소통이 문학 분야에서의 자유로운 교환을 유리하게 해주는 상황이다. 동시에 저자가 자기 창작물의 독점권을 잃으면 저자 보호에 관한 법들에 더욱 격렬히 매달리는 게 우연은 아니다. 저자가 없는 유일한 책에 대한 보르헤스의 기획은 글쓰기를 일종의 익명성에 바치면서 문학의 보편주의 개념에 들어간다. 저자의 이름이 없고 이런저런 작가의 개별성을 초월하는 문학사를 발레리는 이미 꿈꾸었다. 여기서 언급하지 않을 수 없는 지로두의 경구는, 저자가 자신을 나름대로 유일하고 독창적인 저자임을 명확히 하려는 포부에 대해서도 여실히 보여준다.

"표절은 모든 문학의 기초다. 최초의 문학만 예외인데, 이 최초의 문학은 알려지지 않았다."[50]

소설을 "세상의 사실들, 사람들, 사태들 사이의 연결망"[51]으로 보는 이탈로 칼비노와, 에세이 제목으로《열린 작품 *L' Œuvre ouverte*》[52]을 선택한 움베르토 에코 사이에서, 우리는 표절 개념이 문학에 대한 더 넓은 고찰에 통합되어야 함을 깨닫게 된다. 문학을 살아 있는 방대한 도서관으로 생각하는 그러한 고찰 말이다.

"그때까지 나는 각 책이 저마다 책 바깥에 있는 인간 또는 신에 관한 것을 말하고 있다고 생각했다. 그런데 책이 책에 관해 얘기하는, 달리 말하자면 책이 책들 사이에서 말하고 있는 일이 드물지 않다는 것을 알아차렸다. 이 성찰에 의거하여 도서관은 내게 훨씬 더 염려스러워 보였다. 그러니까 도서관은 매우 오랜 세월의 긴 중얼거림의 장소이며, 양피지와 양피지 사이에서 감지되지 않는 대화의 장소였고, 살아 있는 것이며, 인간의 정신이 지배할 수 없던 힘들의 집합소, 즉 그토록 많은 정신에서 발산된 비밀들의 보고寶庫이고, 그 비밀들을 만들어냈거나 전달자 노릇을 한 자들이 죽은 뒤에도 살아남는 비밀들의 보고였다."[53]

이제《울리포[54]의 서가 *La Bibliothèque oulipienne*》의 '두 번째 선언'에서 '문학보철연구소'를 세우기로 작정하는 유쾌한 울리포의 문장으로 이 글 모음을 마치도록 하자.

"올바르게 고안된 수많은 보철들을 받아야 할 대상은 바로 세계 문학 전체여야 할 것이다."[55]

표절을 위한 아름다운 미래를 상상해볼 수도 있겠다. 하지만 화가 막스 에른스트는 우리에게 상기시킨다. 모든 문학이 표절이라면, 그런 때 표절은 미묘하고 까다로운 예술의 수준으로 높아져야 한다고…. 다음은 우리가 선호하는 표현이다. 재미삼아 인용한다.

"깃털 뽑기plumage를 하는 것이 깃털들plumes이라면, 콜라주collage를 하는 것이 풀colle은 아니다."[56]

지친다! 우리의 글 모음의 풀은 거의 붙지 않으니…. 우리의 작은 종이들은 날아가버렸다.《허구들 *Fictions*》에 들어 있는 보르헤스의 단편 〈틀뢴, 우크바르, 제3의 구체 *Tlön, Uqbar, Orbis Tertius*〉에서 잘라낸 결정적인 생각을 얼른 붙잡아보자.

"표절이란 개념은 존재하지 않는다. 모든 작품은 시간을 초월한 익명의 단 한 저자의 작품이라는 것이 수립되었다."[57]

표절은 모순되고 격정적인 끊임없는 담론의 대상이다. 자신의 예술에 대해 의문을 품는 모든 작가의 입에서 나오는 단어다. 표절자는 '작품' 한가운데서 소설 주인공이 되기까지 한다.

5 장

—

표절자:
소설의 등장인물

문학 테마로서의 표절은 터부시된 주제이자 미신적 대상이기도 한데, 오늘날 다시 흥미를 끌고 있다. 이를테면 잡지《엘르 *Elle*》는 1998년 여름 시즌을 위해 다니엘 피쿨리의 단편소설〈알제에서의 표절 *Plagiat à Alger*〉로 '해변파plagiste'[1] 독자들을 유혹하는 기획을 선택했다. 이 단편소설은 십대 부르주아 소녀가 자기를 유혹하는 남자애에게 사랑의 시를 써달라고 독촉한다는 내용이다.《안나 카레니나》도《랑제 공작부인 *La Duchesse de Langeais*》도 안 읽었는데, 어디서 영감을 얻는단 말인가? 게다가 각운 사전은 "속임수이고, 커닝이다. 그러느니 나는 알제리에 관해 책을 쓰겠다고 제안했다. […] 제목을 뒤섞고, 몇몇 단어를 바꾸면 괜찮을 것이다." 그런데 그렇게 바꾸다가 맞춤법이 틀리면 어떻게 재능을 가장한단 말인가? 그 남자애는 결국 들통이 나고, 비루한 도둑질의 현행범으로 잡힌다. 첫사랑의 슬픈 결말.

표절이라는 테마는 작가의 상상에 많은 자원을 제공한다. 순진한 술수에서 추문까지, 불가사의에서 복수전에 이르기까지, 장난스러운 속임수에서 정체성 위기에 이르기까지, 도난당한 사본寫本의 테마는 소설가로서는 상당수의 소중한 재료를 내포한다. 장편소설이든 중단편소설이든 간에 표절을 주요 테마로 하여 꾸며진 몇몇 이야기가 우리의 관심을 붙잡았다. 문학적 자질이 고르지 않음에도 불구하고, 각 이야기는 이런 텍스트 구성의 지적 심리적 쟁점을 더 잘 이해시키는 데 기여한다. 표절은 소설가에게 문학 소재로서보다, 자신의 불안, 강박관념, 부끄러움 등을 에둘러 표현하는 수단으로서 더욱 이상적인 기회다.

작품을 훔치는 자는 인생을 훔친다:
표절당한 자의 말

내 작품은 내 인생이다. 표절당한 작가는 이런 신념이 강해서 작품을 도난당하면 인생을 도난당했다고 본다. 즉 범죄라고 본다. 영국 단편소설 〈마지막 표절〉[2]에서 빌 프론지니와 배리 N. 맬즈버그는 어느 성공한 작가에 대해 오로지 표절 덕분에 성공했을 것이라고 상상한다. 그런데 어느 날 인정받지 못하는 저자 로런스 스포어가 주커만의 마지막 소설인 《복수전》은 자신의 모음집 《미스터리에 싸인 수사 이야기》를 표절한 거라고 확신하고는 복수를 하기로 작정한다.

"당신은 이야기를 좀 화장化粧하고 등장인물의 이름을 바꾸는 것으로 만족했습니다. 그러나 그 이야기는 여전히 내 소유물입니다. […] 당신은 똑똑합니다. 그래서 글자 그대로 복제하지는 않습니다. 의심을 내던져버리게 할 만큼만 텍스트를 변형시킵니다. 내가 10년 전부터 상담해온 변호사들 모두 내가 당신을 상대로 한 소송에서 이길 확률이 전혀 없다고 말했습니다."

실패와 굴욕으로 기진맥진한 스포어는 자기 작품을 표절한 자를 죽이기로 작정한다. 작품을 훔친 자에게서 생명을 앗아가버리는 것은 많은 표절당한 이들의 환상이다!

그러나 표절당한 자는 표절자의 간계 앞에서 늘 희생자 꼴이다. 능란한 주커만은 동정심을 유발할 줄 안다. "날 죽이지 마세요! 내가 고백록을 쓰도록 놔둬주세요. 그러면 내 성공이 오로지 당신 덕분이라는 것을 모두가 알게 될 겁니다." 표절당한 자가 측은해하는 사이 권총이 순식간에 표절자에게 넘어간다. 이제 표절자는 표절당한 희생자가 계획했던 복수의 시나리오를 그대로 적용하기만 하면 된다. "그저 시나리오를 좀 변형하고, 주인공의 이름을 바꾸는 일만 남았다." 게다가 그가 늘 했던 일이 바로 그거였으니…. 작품 표절, 인생 표절. 바로 그것이 "마지막 표절"이라 불리는 것이었다. 그래서 복수조차 표절자에게 도난당한다. 경범에서 중범까지, 범죄가 표절일 경우의 모든 여정이 다 그려진 것 같다. 그렇게 이런 종류의 상처, 즉 작품 도둑질은 치명적이다. 사실상 작품은 평범한 소유물이 아니다. 저자에 비해 작품은 외연이 없기 때문에, 작품은 수호하기 힘든 재화다. 이 점에서 작품 소유자는 끔찍하게 취약하다.

장-마리 푸파르의 소설 《교열 완료 *Bon à tirer*》(보레알 출판사,

1993)는 앞서의 단편소설처럼 탐정소설 장르에 명백히 속하는 건 아니다. 하지만 비슷하기는 하다. 주인공인 토마 샤르보노는 출판사 직원이자 작가인데, 그의 마지막 소설을 새로 온 차장 뱅상 모제가 표절한다.

"모제는 파렴치하게도 내가 쓴 원고를 통째로 약탈하여 청소년을 위한 책으로 출간했다. 그 원고는 6개월 전 바로 그 차장이 손등으로 내치던 원고다."

그 작품은 서적상들이 주는 상을 받기까지 한다. 어찌 됐든 토마는 아무것도 증명할 길이 없을 것이다. 출판 거부를 당했을 때 격분하여 원고를 없애버렸으니 말이다. 결국 두 사람은 꽤 격렬히 말다툼을 한다. 그리고 저녁에 토마가 자기 차를 타려고 주차장으로 내려가는데, 도착한 순간에 마침 모제가 전처인 주느비에브 사부랭이 쏜 총에 맞아 죽는다. 운 나쁘게도 토마는 친구에게 수리 맡겼던 자기 총을 막 돌려받은 터였다. 현장을 보지 못한 사람들로서는, 표절당한 자가 범인이라는 생각을 어떻게 하지 않을 수 있겠는가? 동기는 복수. 작품 도둑질은 생명 도둑질과 같다.

아주 잠시 동안, 관련자는 어쩔 수 없이 그 살인자와 자신을 동일시하는 감정에 빠진다. 주차장에서 토마가 모제로부터 20미터 떨어진 곳에서 그를 알아보자 곧이어,

"그는 자기가 스타가 되는 시퀀스에 관해 환상을 펼친다. 나일론 케이스의 지퍼를 열어 거기서 총을 꺼내 그 모제라는 놈에게 쏴버리게 될 시퀀스. [⋯] 총 한 발이 주차장의 열기를 뚫고 지나간다.

[⋯] 영원과도 같은 3초 동안 그는 대경실색하여 자신에게 묻는
다. 모제를 거꾸러뜨린 그 총알이 자기 총에 의해 우발적으로 쏘
아진 것은 아니었는지."

그런데 총 쏜 자로부터 위협당하게 되자 그런 의혹은 사라진다.
살해 장면은 그렇게 교묘히 이중화된다. 동일한 복수 욕망, 즉 배신
당한 전처의 욕망과 표절당한 작가의 욕망 속에 두 정체성이 뒤섞
인다. 토마는 결국 모든 의혹으로부터 벗어나게 되고, 진짜 살해범
의 신원이 밝혀질 것이다.

자신이 저지른 중죄의 흔적을 모두 없애버리려 노심초사하는
표절자에 의해 목숨마저 위협당하는 표절당한 자를 연출한 픽션이
또 있다. 비르길 교르기우의 소설《신은 일요일만 받아들인다 *Dieu ne
reçoit que le dimanche*》의 주인공 데체발 호르무즈라는 루마니아 병사
는 유럽에서 진정한 작가로 막 인정받으려던 터에 소비에트 체제에
의해 하마터면 제거당할 뻔했다가 가까스로 모면한다. 그의 모든 작
품은 그야말로 '드라큘라'라는 숙명적인 이름의 루마니아 군 고위
당국자에 의해 이미 피가 빨렸다.

"네 책들은 내가 창조한 것들이다. 나는 그것들이 살아 있기를 원
한다. 너는 그것들을 내 배 속으로부터 끌어낸 나와 같은 감정을
느낄 수 없다. 너는 그저 그 책들에 서명만 했을 뿐이다. 그것들은
내 살이고, 내 피고, 내 숨결이다. 감옥에 갇히더라도 그것들이 살
기를 나는 바란다."[3]

존재의 내밀한 곳에 도달한다는 그 같은 감정이 미하엘 크뤼거

의 소설 《힘멜파르브 *Himmelfarb*》[4]의 등장인물 레오에서도 표현된다. 그는 자신의 작품을 표절한 자에게 다음과 같이 말한다.

> "내 관심은, 네가 어떤 순간에 네 머릿속에서 나를 죽이기로 결정했는지 아는 것이었다. 네가 이렇게 혼잣말을 한 날이 있었을 것이다. '[…] 나는 […] 그의 영혼을 먹고 내 이름으로 그의 원고를 출판할 수 있어'라고."

테오필 고티에의 단편소설 〈오누프리우스 또는 어느 호프만 예찬자의 환상 같은 분노〉[5]에서는 자기 작품을 박탈당한 예술가가 내면의 깊은 곳에서 소멸되고, 광기에 빠진다. 조르주 페렉의 단편 〈겨울 여행〉[6]에서는 뱅상 데그라엘이라는 젊은이가 위고 베르니에의 책을 하나 알게 되는데, 그 책에는 가장 위대한 상징주의 작품들에서 발췌한 글이 들어 있다. 예정된 표절일까? 아니면 19세기 말의 위대한 작가들이 저지른 어마어마한 표절일까? 아무도 대답할 수 없을 것이다. 이 책의 모든 인쇄본이 미스터리하게 사라져버렸으니…. 문학사에 너무 해가 될 만한 작품의 모든 흔적을 없애기 위해 거대한 음모가 조직되었던 것 같다.

격정에 얽힌 주제인 표절은, 소설가에게는 이상적인 주제를 제공한다. 증오, 복수, 반역에는 좋은 골조를 만들기 쉬운 극적 동력이 그만큼 있기 때문이다. 특히 작가에게는 창의력 결핍에 대한 강박관념과, 단어가 비어 있고 존재가 비어 있는 그 비어 있음에 대한 두려움을 말할 수 있게 해준다.

다른 사람에게서 훔치다가 나 자신을 잃는다: 표절자의 말

표절자는 베끼기를 통해 말[言]이 비어 있는 상태를 상쇄시키려 애쓴다. 숙명적인 궁여지책이다. 왜냐하면 단어는 외부원형질(허깨비)[7]이 아니기 때문이다. 그 반대로 단어는 이식조직의 속성을 내보이는 것 같다. 단어는 그 단어를 수용하는 작품 속에 일단 이식되면 자신의 특성을 전달한다. 이 특성은 그 단어의 진짜 소유주로부터 오는 것이다. 거부당하는 것을 피하기 위해, 표절하는 저자는 결국 낯선 몸에 순응할 수밖에 없다. 이 낯선 몸은 그렇게 해서 자기 고유의 정체성 중 일부를 잃어버린다. 앙리 트루아야의 멋진 소설 《죽은 자가 살아 있는 자를 붙잡다 Le Mort saisit le vif》는 표절을 통해 자기상실이라는 숙명을 비극적으로 묘사한다.

표절자 자크 소르비에는, 애인인 쉬잔느라는 이름의 과부가 죽은 남편의 원고를 소르비에의 이름으로 출판하자고 제안한 이래, 가련한 희생자가 되었다.

"네가 조르주의 이름으로 그 원고를 출판하면 갈라르 집안 전체가 너를 쫓아다니게 될 거야. 그 부모와 저작권을 나눠 갖고, 아마 그들에게 교정쇄를 보내야 할 거야."[8]

짓누르던 후회가 가시자, 자크는 표절자 노릇을 하기로 받아들인다. 그 소설은 큰 성공을 거두고 모파상 상을 받는다. 이 부당한 영광 때문에 부끄러웠던 자크는 마침내 자기에게 재능이 있다고 자신을 설득시킨다. "오늘 내게 잘못 던져진 찬사에 어울릴 만한 사람이 훗날 되리라. 나를 예찬하는 사람들의 찬사에 합당해져야겠다!" 애석하게도, 이번에는 그가 직접 쓴 '두 번째' 소설 《깜깜한 밤 *Nuit noire*》이 출판 가능 판정조차 받지 못한다. 자신의 무능에 맞닥뜨린 그는 일종의 정신착란을 일으키며 동요한다. 그런 가운데 그가 표절하는 조르주 갈라르에 의해 서서히 잠식되는 것을 느끼다가 조르주의 옷을 입기까지 한다. 그는 조르주의 재능을 자기 것으로 만들기 위해 그의 옷을 거푸집 삼아 거기서 자기 몸을 꼼짝 못하게 하려 애쓰며, 그 몸을 통해 영혼까지도 꼼짝 못하게 하려 한다. "그렇게 해서 나는 그의 소멸할 수밖에 없는 육체가 자신을 거기 내려놓도록, 그 육체의 조잡한 복제를 그에게 제공했다. 나의 닮음이라는 함정을 그에게 파놓았던 것이다." 하지만 자크에게는 무엇이 남을까? "나는 그의 인생과 나의 죽음 사이에서 차마 선택하지 못한다. 우리 중 하나는 잉여로 있다. 둘 중 누구일까?" 의심이 불안한 확신에게 금세 자리를 내준다.

"그가 나도 모르는 새에 내 안으로 미끄러져 들어와서 내 안에 자리 잡고 내 얼굴 내 행동을 명령하며 복수했다는 것을 너는 알 수가 없다! 진정으로 나인 모든 것을 그가 삼켜버리고, 그로 인해 비옥해진다. 그래서 나보다 더 강해지는 그를 나는 증오한다. 너는 내가 그에게서 훔쳤다고 생각하니? 그러나 지금, 바로 그가 내게서 훔치고 있다! 자크 소르비에의 것은 곧이어 더 이상 아무것도 없게 될 거다!"[9]

자크는 자신의 정체성을 가차 없이 잃는다. 앙리 트루아야의 그 소설은 범죄적 글쓰기 행위에 관해 '표절은 득이 되지 않는다'는 도덕 교훈적 버전을 소개한다. 정반대로, 소멸이 거짓 영광에 바짝 따라붙기도 한다. 안심 되는 또 하나의 교훈이 있다. 잘 속지 않는 출판인들과 대중에 의해 재능은 식별될 수 있다는 점이다. 그 어떤 속임수도 가능하지 않다. 그 증거로, 자크 소르비에가 도둑질해서 쓴 첫 번째 소설이 성공을 거둔다 해도, 그 소설 덕분에 '두 번째' 소설의 질까지 출판인들에게 속일 수 있는 건 아니라는 점이다. 모든 것이 자신의 정당한 자리, 정직한 공적을 되찾게 하고야 만다. 그래서 죽은 자들은 다시 잠들고, 보잘것없는 자들은 지워져버린다. 그 일화의 유일한 흔적인 책, 그 책의 이상한 이야기는 모두가 영원히 모른다. 우리는 어쩌면 그런 책을 이미 읽었는지도 모른다.

파스칼 브뤼크네르도 《아름다움을 훔치는 도둑들 *Les Voleurs de beauté*》이라는 소설에서 어느 표절자의 여정을 되새긴다. "나는 내 안에 시체 하나를 데리고 있다"고 뱅자맹 톨롱은 시립병원 응급실에 도착할 때 고백한다. 이번에도 정체성이 비어 있고, 숨을 조이는 것 같은 유령에 사로잡혀서…. 그런 것이 표절주의의 증상이다!

톨롱은 자기 학위에 대해 속이고, 대필자 노릇을 하며, 그다음에는 어느 출판사를 위해 위조자가 된 후 이번에는 자신을 위해 표절자가 되었다…. 이 사기꾼은 작가로서 성공하기 위해, 신중을 기해서 일곱 가지 요소로 된 확실한 방법을 갖춘다. 도둑질하지 말 것, 여기저기서 따 모을 것, "죽은 자의 것만 표절할 것" 등등. 그 모든 것이 자기정당화 체계를 통해 강화되는데, 이 체계는 범죄를 거의 도덕적으로 만들기까지 한다. "나는 '연옥'의 고전古典들을 구해내는 '모리배'이며, 내 강도질은 사랑의 행위였으니까!" 그럼에도 엘렌이 결국 기만을 발견해내고는 뱅자맹을 진정한 작가로 만들겠다고 주장한다. 그러나 완전히 실패한다. "나는 온전히 빌려온 존재"이며, "나 이전에 출판된 글 더미에 의해 소멸"되었으니까.

엘렌과 뱅자맹은 스위스 일주를 하는 동안 그 유명한 동화 속 인물 '푸른 수염'의 산장에 갇히게 된다. 이 푸른 수염은 미인들을 생포하여 그들에게서 생명력을 흡입한다. 문제의 슈타이너(푸른 수염)는 그때 뱅자맹에게 끔찍한 거래를 제안한다.

"당신이 우리에게 엘렌을 넘기면, 우리는 그녀를 가둬두고, 당신은 그녀를 흡입하고 그녀의 기막힌 생명력을 빨아들일 권리를 갖게 된다오. 당신은 생명력이 너무도 없잖소."[10]

뱅자맹은 청춘으로 흠뻑 적셔진 후 자유를 되찾지만, 서서히 고통스러운 경련에 사로잡히고, 그 경련이 그의 모습을 흉측하게 만든다.

"그것이 그녀의 복수였다. 그녀는 나를 붙잡아 내게 옮아 붙었고, 가장 내밀한 곳에서 튀어나와 나를 박탈시킨다. […] 나는 그녀를 호흡하면서 내게 통합시켰고, 그녀의 얼굴은 내 얼굴에 포개졌다."[11]

표절자에게 정당한 징벌이다! 마치 트루아야를 다시 읽는 것만 같다. 자기 자신의 비극적 박탈은 여기서도 표절자의 언어적 공허를 상징하면서 물리적이고 육체적인 차원에서 표현된다.

나는 내 것이라고는 아무것도 쓴 적이 없나?:
한 작가의 자신과의 문제

표절당한 자와 표절자는 실패에 대한 두려움과 인정받아야 한다는 강박관념에 직면한 작가의 상반된 두 얼굴이다. 관점들의 대립이 예상되던 곳에서, 그 반대로 한 희생자의 이중 초상화가 나타난다. 스티븐 킹의 〈비밀스러운 창문, 비밀 화원 *Secret window, secret garden*〉[12]이라는 단편소설은 어떤 때는 표절당한 자가 되고 어떤 때는 표절자가 되는 작가의 두 가지 성향을 한 등장인물 내에서 간추려본다. 《죽은 자가 살아 있는 자를 붙잡다》와 《아름다움을 훔치는 도둑들》에서 이미 유리하게 이용된 '둘로 나뉘기'라는 테마는 여기서 환상적 차원을 취한다. 죄인인 동시에 희생자, 채무자인 동시에 채권자인 작가는 버텨낼 수 없는 애매함을 광기로까지 밀어붙인다.

우선 더 분명히 하기 위해 이야기의 흐름을 복원해보자. 성공한 소설들의 저자인 머튼 레이니는 어느 날 모르는 사람의 방문을 받는다. 방문객은 그에게 표절을 했다며 비난한다. 그 사람이 레이니에게 내민 원고에서, 레이니는 실제로 〈파종기 *Sowing Season*〉라는 자신의 단편에 있는 텍스트가 단어 하나하나까지 그대로 있는 것을 보게 된다. 단, 제목과 결말만 다르다. 설명할 길 없는 죄책감에 사로잡힌 그는 그 순간, 자기가 언젠가 그런 비난을 받으리라 무의식적으로 예상했다는 것을 깨닫는다. 설사 두 원본의 출간일을 보면 레이니의 원고가 더 먼저라는 것을 확인시켜준다 하더라도 말이다. 그래도 슈터는 점점 더 위협적이 된다. 레이니는 박해받는 느낌이 서서히 엄습함을 느낀다. 어떤 소리에 위협을 느낀 그는 자기를 비난하는 자와 끝장을 보기 위해 부지깽이를 잡는다. 그러나 그가 거울 속에서 파괴하는 것은 바로 자신의 형상이다. 그리고 슈터가 마치 이른바 표절자의 허약한 정신력의 내밀한 증인이라도 되는 양, 그에게 전화로 새로운 요구를 알린다. 표절을 벌충하기 위해 자기를 위해 이야기를 하나 써야 한다는 요구였다.

얼마 안 되어 레이니는 친구 그레그 카스테어스가 바로 레이니의 도구로 살해되어 시체가 된 것을 발견한다. 그 순간 그의 이성이 흔들린다. 그는 혼자가 되어 자신의 유령들과 마주하고 있다. 왜냐하면 언젠가 그는 누군가를 정말로 표절했기 때문이다. 학창 시절에 '창작' 수업을 같이 듣던 존 킨트너를 표절한 적이 있다. 그 잘못이 파묻혀 있다가 지금 다시 떠오른 것이다. 그는 슈터의 원고를 더 자세히 살펴보다가 그 원고가 바로 자신의 타이프라이터로 쳐진 것임을 알게 된다. 더 이상 의심할 바 없이, 그 음산한 진실이 인정된다. 존 슈터는 그의 병든 정신이 만들어낸 것일 뿐이라는 진실. 레이니는 그 상상의 인물, 즉 킨트너의 복수심에 찬 혼령과 자신을 완전히 동일시한 것이다.

하지만 에이미는 그 전남편의 광기를 온전히 믿지는 않는다. 그녀는 오히려 창조적 위대함의 징표를 거기서 본다.

"내가 믿는 것은, 존 슈터가 존재했다는 점이다." 그녀는 말을 이었다. "내가 믿는 것은 그가 머튼의 가장 위대한 창작이었다는 점이다. 그가 정말로 실제가 되었다는 진실을 너무도 명백히 해주는 등장인물."[13]

스티븐 킹의 기발한 단편소설은 작가의 강박관념을 범죄와 유령을 통해 구체화해서 연출한다. 표절은 교차점 같은 테마다. 머튼 레이니는 그의 작가생활에서 의심의 순간에 도달해 글쓰기가 막히는 증상을 겪는다. 창작 무능에 봉착한 그는 끔찍한 죄책감에 시달린다. 그는 자신의 것이라곤 아무것도 쓴 적이 없는 걸까? 그가 생각하는 글쓰기 개념에 따라, 그는 게다가 늘 도둑과 동일시되었다.

"사람들이 때때로 그에게 어디서 아이디어가 나오느냐고 물었다. 그 질문이 그로 하여금 냉소를 짓게 했지만, 그래봤자 소용없었다. 그는 자신이 수치스럽다고 막연히 느꼈고, 어렴풋이 사이비라고 느꼈다. 사람들은 거대한 '아이디어 집하장'이라도 있는 줄 믿는 것 같았고, [⋯] 그가 거기 갔다가 돌아올 수 있는 비밀카드를 사용하기라도 하는 줄 믿는 것 같았다."[14]

표절의 자기 설득은, 의심에 직면하고 자신의 진짜 재능의 증거를 갖다 대기가 불행히도 불가능한 작가의 굴욕을 표현해줄 뿐이다. 변제 능력이 없는 채무자인 저자는 작가로서의 정체성을 포기할 준비가 되어, 자신의 망설임 때문에 침몰해간다. 그는 원전에 대한 두려움을 표출하면서 자신의 글쓰기 역량을 문제 삼기까지 하고, 자신이 표절자가 되었다고 확신하기까지 한다.

그것이 바로 자크 셰섹스의 소설 《모방 L'Imitation》의 주인공 자크-아돌프의 강박관념 아니던가? 뱅자맹 콩스탕을 열렬히 예찬하는 이 창백한 작가는 이제 그 스승의 대체물일 뿐이다.

"내게 때로는 내 처신을 정해주고 때로는 살아가는 것을 막기도 하는 당신과 내가 비슷하다는 점에 대해 곰곰이 생각해보곤 했습니다. 어떤 상황에서건 어느 법칙 때문에 내 시선이 당신에게 만 향해야만 한다면 말입니다. 이런 자력磁力은 어디서 오는 걸까 요?"**15**

필립 클로델의 단편 〈다른 사람〉의 직물상인 외젠 프롤롱도 유 명한 작가 랭보 때문에 그 같은 자력 현상을 겪는데, 프롤롱은 결국 랭보와 자신의 운명을 혼동하기에 이른다.

"—그런데 다른 사람, 다른 사람… 매일 밤 나를 바라보고 내게
몸을 기울이고… 나와 그토록 닮은 그 다른 사람은… 지금 어디
있는가?
—다른 사람? 어떤 다른 사람?
—다른 사람은… 내가 그토록 찾던 자… 랭보….
의사는 아주 놀라워하며 그를 바라보더니 그런 어리석음이 맞
딱뜨리기 마련인 확실한 어조로 마침내 말하고야 만다.
—아니… 랭보는 바로 당신입니다!!"**16**

사회적으로 인정받기를 갈구하여 꿈을 실현하기 위해 표절 유 혹에 굴복할 태세가 돼 있는 숱한 허구 표절자들이 창작 무능이라 는 강박관념에 사로잡혀 있다. 디디에 다닝크스의 단편소설 〈사르 셀에서 발견된 원고 *Le manuscrit trouvé à Sarcelles*〉**17**에서는 파리 교외의 한 노동자가 택시에서 누군가 놓고 내린 원고를 우연히 줍게 되어 다른 인생을 꿈꾸기 시작한다. 마찬가지로, 독일 작가 마르틴 주터 의 소설 《릴라, 릴라 *Lila, Lila*》에 나오는 카페 종업원은 고물장수에게 서 산 낡은 머리맡 탁자의 서랍에서 기적처럼 발견된 원고를 자기

이름으로 출판하면서 큰돈과 연인의 마음을 쟁취할 생각을 한다. 제임스 해들리 체이스의 소설 《에바 *Eva*》[18]에서는 베스트셀러가 없어 고심하던 소설가가 매혹적인 에바를 유혹하기 위해 할리우드에서 성공을 거두기를 기대한다. 위베르 몽테이예의 소설 《프랑크푸르트에서 죽기 *Mourir à Francfort*》[19]의 주인공 도미니크 라바튀-라르고는 대학교수인데, 마음 내키면 때때로 소설가도 된다. 무엇보다도 그는 영감이 전혀 없는 상태에서 벗어나기를 바란다. 영감이 없어서 출판사와 접촉하는 영광을 누리지 못하니까. 출판사와 화해하고 자신의 자유를 되찾기 위해서는, 아베 프레보의 작품들 중 제대로 평가받지 못한 작품을 복제하는 것보다 더 간단한 일은 없다! 그러나 도미니크의 제자이자 국립도서관 직원인 젊은 세실이 그 기만 행위를 발견하고는 모든 것을 폭로하기로 작정한다. 그녀의 침묵을 확보하기 위해 그녀를 사랑하는 척한 사실을 그의 일기장을 통해 알게 되고 나서, 그녀는 그 배은망덕한 교수를 벌하고자 한다. 그래서 표절자는 그 제자를 목 졸라 입 다물게 한 후 자기도 자살하기로 결단한다.

마치 어떤 교훈이라도 있는 듯, 허구 인물이 저지른 표절은 저자가 기대하는 것을 제공하는 경우는 드물고, 결말이 비극으로 돌아가는 경우가 훨씬 흔하다. 헨리 밀러의 《북회귀선 *Tropic of Cancer*》의 등장인물처럼 백지로 남겨놓는 것을 감수하는 거나 마찬가지다. 작가 반 노든은 독창적인 책과 표절 두려움이라는 강박관념에 사로잡혀서 자기가 쓰려던 것이 혹시 다른 작가의 책 속에 있는 건 아닌지 확인하느라 평생을 보냈다.

"책은 절대적으로 독창적이고 절대적으로 완벽해야 한다. 특히 그 이유 때문에 그는 책을 시작하기가 불가능하다. 그는 아이디어가 생기자마자 그 아이디어에 의문을 제기하기 시작한다. 크누트 함순 아니면 또 다른 누가, 아니면 도스토옙스키가 그 아이디어를 사용했다는 것을 그는 떠올린다. '내가 그들보다 더 잘하고 싶다는 얘기가 아니라, 그들과 달라지고 싶다는 것이다.' 그래서 자기 책에 덤벼들지 않고 다른 작가들의 책을 읽는다. 그들의 화단을 밟게 되지는 않으리라는 것을 절대적으로 확신하기 위해서다. 그리고 읽으면 읽을수록 점점 더 경멸에 빠진다. 만족스러운 책이 전혀 없고, 그 자신이 정해놓은 완벽 수준에 도달한 책이 전혀 없어서."[20]

사실, 반 노든은 표절할 대상을 찾아내기 힘들었을 것이다. 그 어떤 작품도 자신의 예술적 야망의 수준에 도달한 것 같지 않았을 테니까.

표절로서의 문학:
보편적이고 영원히 다시 시작되는…

표절에 대한 강박관념을 어떻게 꺾어버릴 것인가? 호르헤 루이스 보르헤스는 《허구들》이라는 모음집 속의 〈돈키호테의 저자, 피에르 메나르〉라는 단편에서 상상의 작가를 등장시킨다. 20세기의 님므 사람인 이 작가는 문학에 이상한 도전을 하는데, 그 누구도 필적하지 못할 대담성으로 세르반테스의 《돈키호테》를 다시쓰기로 작정한다. 그런데 완전히 승화된 다시쓰기다. 왜냐하면 메나르는 세르반테스가 수세기 전에 이용한 수단을 똑같이 이용하면서 똑같은 작품에 도달할 것을 바라기 때문이다. 선배와 같은 언어, 같은 종교, 같은 경험….

"그가 상상한 애초의 방법은 비교적 간단했다. 스페인어를 잘 알고, 가톨릭 신앙을 회복하고, 무어 사람이나 터키 사람들을 상대로 싸우는 것. 1602년과 1918년 사이의 유럽 역사를 잊어버리고, 미구엘 세르반테스가 '되는' 것.″21

저자에 완벽히 동일시되는 것에서 출발한 메나르는 문학적 우연에 전혀 여지를 남기지 않는 결정론에 따라 모델 작품에 합류하는 일을 착수한다. 마치 그 작품이 저자의 특징들 전체에 의해 결정된 필연이기라도 한 양.

이미 쓰인 작품인 마지막 결과는 무시하고, 이용된 수단(행적의 아름다움!)의 관점에서 문학을 고려하는 저자라니 참으로 이상한 저자다. 그러나 이 영웅적 글쓰기 행위를 표절로 여기면 이치에 맞지 않는 것들이 드러날 것이다. 실질적으로, 메나르는 12~13세 나이에 《돈키호테》를 읽었다고 인정한다. 그런가 하면 《돈키호테》의 제9장, 제38장 그리고 제22장의 한 부분을 다시 구성하는 데 성공한 새로운 《돈키호테》의 진정한 저자라고 생각하는 것에는 변함이 없다.

"돈키호테에 관한 나의 전반적인 기억은 망각과 무관심으로 단순화되어, 쓰이지 않은 책의 희미한 예전 이미지와 등가일 수 있다.″22

그러므로 관건은 절대로 복제하는 것이 아니고, 정말로 언어적으로 동일하면서 사실상 더 섬세하고 더 풍요로운 작품을 '쓰는' 일이다. 심지어, 둘 중 한 작가에게 공로상을 수여해야 한다면 메나르가 세르반테스보다 우세할 정도다.

"나의 너그러운 선구자는 […] 우연의 협력을 밀쳐내지 않았다. 그는 언어와 발명이 가진 관성의 힘에 이끌려 그 불멸의 작품을 좀 '아무렇게나' 집필했다. 그런데 나는 그의 충동적인 작품을 글자 그대로 재구성한다는 미스터리한 의무를 졌다."

이 단편소설은 사기 또는 속임수를 밝히기보다는 문학작품에 대한 어떤 개념을 드러낸다. 이는 시공간적 배경과 영원히 떼어낼 수 없는 개념이다. 심지어 복제된 것까지 합쳐서, 모든 작품은 시간적 차이라는 단순한 사실로 인해 새로운 작품이며, 새로운 의미를 지닌다. 표절이라고, 쳇! 그러니 예술작품의 가치를 만드는 것이 과연 무엇인지 의문을 가져볼 수 있다. 그것은 그 작품에 대해 내리는 해석일까? (하지만 모든 공로는 독자에게 돌아간다.) 아니면 의도적인 의미에 도달하는 방법들일까?

그 작품에 관한 이야기는 그 내용이 너무 결정적인 듯 보이므로, 이 특이한 단편소설의 출처가 될 만한 것을 명확히 하자. 에미르 로드리게스 모네갈은 보르헤스에 관한 전기[23]에서, 보르헤스가 레미 드 구르몽의 《문학 산책 *Promenades littéraires*》(1912)을 읽다가 메나르에 관한 아이디어를 발견했을 거라고 추정한다. 《문학 산책》에 "신비주의적인 이교도, 루이 메나르"에 관한 글이 하나 있었는데, 이 메나르는 콜로디온[24]의 발명가이자 바르비종파 화가이며 시인이다. 소위 시인이라 불리는 이 메나르는 탁월한 패러디 애호가로서 "그리스 비극 중 분실된 희곡들의 일부를 다시 쓰려 시도했다. 심지어 아이스킬로스의《풀려난 프로메테우스》(분실된 작품)를 다시 써 보려 했는데, 자기 독자들의 편의성을 위해 프랑스어로 썼다. [구르몽에 따르면], 그는 아이스킬로스가 사용한 그리스어로 쓰는 편을 더 좋아했을 텐데도 불구하고…."²⁵ 우리는 이제 보르헤스의 피에르 메나르와 좀 가까워졌다. 구르몽이 얘기하는 바처럼, 원래의 메나르 또한 고전을 시대착오적으로 읽는 것을 매우 좋아했다. "그는 호메로스를 읽을 때 셰익스피어를 생각하며 헬레나를 햄릿의 넋이 나간 눈길 앞에 두었고, 아킬레우스 발아래서 탄식하는 데스데모나를 상상하였다."²⁶ 진짜 루이 메나르에서 허구적인 피에르 메나르에 이르기까지에는 보르헤스의 발걸음이 있었다. 창의적인 무의식적 기억 덕분이다. "구르몽의 메나르는 아마 작은 씨앗이었을 것이다. 그 씨앗이 수많은 다른 작가들(말라르메, 발레리, 우나무노, 어쩌면 라레타 그리고 당연히 칼라일과 드 퀸시)의 도움으로 마침내 보르헤스의 메나르가 되었다." 보르헤스의 글쓰기에서 아주 특징적인 '섭취와 여과'를 통한 문학창작 과정을 되새겨보았다.²⁷

〈돈키호테의 저자, 피에르 메나르〉라는 단편소설에서는 문학이 무엇인지에 관한 희화적이고 도발적인 논증을 봐야 한다. 문학이란 "익명의 거대한 창작이며, 거기서 각 작가는 초시간적이고 비개인적인 '정신'의 우연한 구현일 뿐"²⁸이라는 이야기다. 저자 개념은 유통기한이 지났다. 그렇다면 서명署名, 훔쳐진 서명의 견지에서만 의미를 갖는 표절 개념은 어떻게 되는 걸까?

피에르 메나르는 혼란을 초래하여 한없이 매혹시킨다. 그는 보르헤스의 작품 전문가인 미셸 라퐁 덕분에 소설의 '진짜' 등장인물이 되기까지 했다.《피에르 메나르의 일생 *Une vie de Pierre Ménard*》[29]에서 모리스 르그랑은 자기가 어떤 '오해'를 종식시킬 '증언에 관한 책'을 쓸 거라고 독자에게 알린다. 피에르 메나르는 실제로 살았고, 자기가 그를 만났다는 증언이다. 보르헤스가 확언하는 바에 따르면, 《허구들》에 들어 있는 그 문제의 단편소설에서 허구적으로 제시한 그 인물은, 사실상 상당수의 위대한 작가들, 즉 때때로 표절자이던 지드나 발레리 같은 작가들에게 영감을 주던 인물이라고 한다. 하지만 그 역설의 절정은, 모리스 르그랑이 몇몇 버려진 페이지밖에 되찾아내지 못한《몽펠리에의 식물원 *Le Jardin des plantes de Montpellier*》이라는 텍스트와, 흔적도 없는《블루아 섬 *L'Île de Bloy*》이라는 소설 말고는 메나르가 글쓰기에 결코 성공하지 못했다는 점이다. 결국 '메나르 미스터리'는 온전히 그대로라고나 할까.

우리 시대 소설가 피터 애크로이드는 마찬가지의 창조적 재능으로《채터튼 *Chatterton*》[30]이라는 소설에서 진짜 채터튼에 관한 상상의 전기傳記를 창안해냈다. 이미 알프레드 드 비니에게 같은 제목의 희곡을 쓰도록 영감을 주었던 이 19세기 영국 시인은 표절 비난을 받자 자살한 것으로 알려졌다. 실제로는, 그가 천재적인 위조자여서 중세의 시 언어를 흉내 낼 수 있었고, 젊은 채터튼이 완전히 만들어 낸 수도승 토머스 롤리의 가짜 시들을 15세기의 진짜 시인 양 출판할 수 있었다는 사실을 우리는 안다. 피터 애크로이드는 이 운명을 낚아채 자기 소설에서 그를 재창조해낸다. 열여덟 살에 죽은 그 시인은 애크로이드의 소설에서는 자살하지 않을 것이다. 시인은, 출판인이 그 가짜 시들을 '사후死後 출간'으로 출판하여 징계 처분을 면할 수 있도록 자신이 자살한 것으로 믿게 만들어야 했다. 채터튼은 그다음에 다른 신분으로 다시 나타날 것이다. 그러나 운명의 아이러니인 듯 천연두에 걸렸고, 그래서 그는 그 병을 비소로 치료하려 했다. 그런데 용량이 과다하여 그는 즉사했다. 그리고 사람들은 그가 정말로 자기 손에 죽었다고 믿었다. 가짜이며 위장된 표절은 그래서 풍요한 영감의 부식토다.

19세기 독일에서 장-폴이라는 예명으로 활동하던 소설가 요한 파울 프리드리히 리히터도 다른 표절자 겸 위조자인 고트헬프 피벨의 상상의 전기를 출간했다. 완전히 허구적인 이 인물은 아이들에게는 아주 새로운 알파벳이던 색슨족 알파벳 교재의 저자였다. 전기낭만주의자 장-폴의 이 작품에서도 앞서의 작품들에서 보이던 소재와 어조가 다시 보인다. 유머도 같고, 상상의 작가 또는 재창조된 작가를 거짓으로 순진한 척 예찬하는 것도 같다. 그리고 독창적이면서 반복적인 글쓰기의 보편성에 대한 포부 또한 같다. 《피벨의 인생 *Leben Fibels: des Verfassers der Bienrodischen Fibel*》의 화자는 알파벳 교재를 쓴 영광스러운 저자의 전기를 쓰기로 작정한다. 그의 목표는 그 유명한 저서가 정녕 피벨의 것임을 '역사적으로' 증명하는 것이다. 서명, 다시 말해 진본의 추적이 이 소설의 핵심 테마다. 그러나 이 소설의 화자인 전기 작가와 주인공은 사실상 표절자들이다. 바로 그 때문에 화자의 애초의 목표가 우스워진다.

소위 학문적 체류를 하고 있는 동안, 화자는 피벨의 원고들과 인쇄본을 추적하기 시작한다. 읽기보다는 사들인 경우가 더 흔하며, 온갖 포장지들과 뜯어낸 종이가 가득한, 고갈되지 않는 도서관과도 같은 상점들을 탐사해야겠다는 생각이 그에게 들었다. 그 거대한 문학 집하장에서 화자는 기적적으로 피벨의 전기가 이미 존재한다는 것을 알게 된다! 이제 온갖 종류의 포장들 가운데서 그 내용물을 찾아내는 일만 남았다. "내게 필요해 오려낸 전기적 자료들을 그러모

아 다 함께 교묘히 붙이고 싶었다." 그렇게 해서 그는 표절자가 된
다! 사람들이 좀 나중에 알게 되는 것은, 피벨의 첫 번째 전기 작가
인 평생 친구 인쇄인 또한 그 콜라주의 힘을 빌렸다는 사실이다.

작가 장-폴은 그렇게 해서 위반, 장르 교배, 뻔뻔하게 행한 표절
의 엉뚱함에 기초한 문학에 대한 관점을 캐리커처로 넘겨준다.

"내 동업자가 나한테 매일 갖다 주는 […] 파이프 담배 라이터, 의
자 커버, 연 그리고 피벨의 인생에 관한 낱장 종이들이 너무도 풍
부하게 보급되어서(게다가 이 종이 더미들 중에는 한 챕터 분량만큼이
나 묵직한 것이 한둘이 아니었다), 나는 당장 시작할 수 있었고, 내게
도착하는 자료의 성격에 따라 챕터 제목을 정했다. […]"[31]

저자 개념은 화자의 팀 전체에까지 후하게 확장된다. 이를테면
저자는 작품 속에 용해된다. 어떤 때는 그의 수집가들 뒤에서 지워
져버리고, 어떤 때는 그가 표절한 자와 둘로 나뉜다. "그러므로 나는
펠츠와 함께 추적하는데, 펠츠는 그 자신을 추적하고 있다." 펠츠의
전기는 화자의 작품 속에서 격자형으로 구조화되어 영광에 싸이고,
그 영광을 연장하기 위해 그 자신 표절자가 될 수밖에 없게 된다! 사
실, 피벨은 알파벳 교재로 찬사를 받은 탓에 곧이어 영감이 떨어지
고, 대중의 요청에 응할 수가 없다. 그의 충실한 인쇄인이자 전기 작
가인 펠츠는 일감이 없어 곧 해고당할까 봐 불안해진다. 하여 이제
그에게 익명의 작품들을 그의 이름으로 출간하라고 재촉한다. 그러
나 장-폴은 화자를 통해서 사기꾼 피벨의 결백을 밝히려는 세심한
배려를 한다. 온갖 종류의 문학가에게 그는 잠재적 작가에 관한 이
지침서를 전한다.

"그런데 공정한 관찰자라면 우리가 피벨처럼 처리하지 않는다는 것을 인정할 것이다. 그러나 거의 모두가 더 나쁘다. 왜냐하면 단 한 저자의 익명적 생각에다 우리 이름을 새기는 것으로 만족하지 않고, '우리의 박식한 문화'를 구실 삼아 수많은 개인, 시대, 도서관 전체의 생각을 우리 것으로 삼을 것이며, 그렇게 해서 우리는 표절자들한테서까지 훔치기 때문이다."[32]

모두가 표절자다! 그리고 피벨은 죄 사함을 받고…. 그가 자신을 '펠츠의 공동 전기 작가'라고 명명하듯이, 그 공동 전기 작가에게는 위대한 피벨의 자질을 전 세계 규모로 유통시키는 것만이 중요하다. 알파벳 교재의 창안자인 표절자 피벨에 대한 오마주를 들으라고 '세계'가 소환된 것이다. 이 소설이 고도로 상징적이라는 점이 보인다. 그래서 다시 한 번 보르헤스가 문학에 대해 품던 생각으로 돌아오게 되는데, 제라르 주네트는 그 생각을 다음과 같이 요약한다.

"발레리에게 그렇듯 보르헤스에게도 한 작품의 저자는 그 어떤 특혜도 보유하지 않고, 그 작품에 대해 그 어떤 특혜도 행사하지 않으며, 작품은 탄생 때부터(그리고 어쩌면 그 이전에도) 공유재산에 속하며, 독서라는 경계 없는 공간에서 다른 작품들과의 무수히 많은 관계로만 살아가기 때문이다. 그 어떤 작품도 독창적이지 않고, […] 그 어떤 작품이라 하더라도 보편적이다."[33]

창조적 반복 방식은 문학의 전유물이 아니다. 소설가 민 트란 후이는 일반화된 상호텍스트성이라는 꿈을 음악세계에 옮겨놓기 좋아한다. 《안나 송의 이중생활 *La Double vie d'Anna Song*》[34]은 피아니스트 조이스 하토의 잘못된 녹음에 관한 실화를 되살리면서, 마치 그 작품의 형태 또한 표절과 기만이라는 테마에 전염된 것인 양 가필적palimpseste 글쓰기를 중시하는 이중의 장점을 갖고 있다. 한편으로는 음악의 표절이라는 실화, 다른 한편으로는 "거대한 상호텍스트 트랙들의 거대한 유희"[35]에 기초한 그 이야기의 문학적 처리 사이에, 거울 유희가 자리 잡는다. 안나 송이라는 소설적 인물은 실제 인물인 영국 피아니스트 조이스 하토에게서 영감을 받았다. 이 피아니스트는 암으로 쇠약해져서 48세의 나이로 1976년 무대에서 은퇴했다. 그녀의 남편 윌리엄 배링턴-쿠프는 그때 '콘서트 아티스트 리코딩'이라는 라벨을 설립하여 음반 119개를 유통시키는데, 이 음반들은 평단의 박수갈채를 받는다. 그런데 한 네티즌이 조이스 하토가 연주한 리스트의 '열두 편의 초절 기교 연습곡'을 자신의 아이팟iPod에 다운로드 받으려다가 다른 피아니스트 라슬로 사이먼의 이름이 나타나는 것을 보았을 때 그 국가적 영광이 땅에 떨어진다. 그 훌륭한 녹음 중 대부분이 전자조작 덕분에 템포를 약간 변경시키면서 실제로는 복제된 녹음이라는 것이 발각되었기 때문이다.

민 트란 후이는 음악 표절에 관한 그 엄청난 이야기에서 영감을 받고는 그 시대의 언론매체 기사들을 콜라주 형태로 도입했을 뿐만 아니라, 뒤라스나 무라카미처럼 자기가 숭배하는 작가들을 인용하고 유용流用하고 슬쩍 끼워 넣으면서, 상호텍스트 장치를 온통 가동시킨다. 그렇게 해서 그 소설은 '준거들의 직조'[36] 굴곡들에서 단단히 죄어지고, 소설가는 그 책의 말미에 차용에 관한 정보를 실은 목록에서 그 자취들을 밝힌다. 그러나 창조적 다시쓰기의 유희는 그 점철된 차용들 너머로까지 가서, 준거와 암시 체계 전체가 문학에 대한 관점을 메아리치게 한다. 문학을 "각 텍스트가 다른 텍스트들을 무한히 참조케 하면서 시공간 너머로 펼쳐져 있는 거대한 직물"[37]로 보는 관점이다. 손의 근육 긴장 이상 때문에 훌륭한 피아니스트가 초라해지기 싫어서 자살을 선택했을 때, 스무 살 나이에 명연주가라는 운명에서 실추한 피아니스트 안나 송을 창조한 소설가는 그렇게 말했던 것이다. 결말에 대해서는 우리가 베일을 벗겨내지 않겠지만, 안나 송의 이 허구적 이야기는 그 눈부신 결말 때문에 횡령에 관한 이야기가 아닌 것이다. 정반대로, 절대적인 것의 사랑에 대한 열렬한 오마주다.

예술에 관한 어떤 개념은 '소유주' 의식을 거의 허용하지 않는다. 책은 그 책을 읽는 사람에게 속하니까. 어쨌든 아름답기는 한 유토피아인데, 덜 이상주의적인 저자들과는 충돌할 위험이 있다.

소설의 새로운 등장인물:
표절하는 대학교수

소설의 새로운 하위 장르가 생겨났다. 탐정소설과 비슷한 '대학소설'로서, 《작은 세계 Small world》의 저자인 데이비드 로지가 이미 선보였다. 표절이란 테마는 영광스럽게도 이 장르에서 흔히 나타난다. 거짓말, 경쟁, 반역, 서스펜스 그리고 최악의 경우에는 범죄와 수상한 실종 등 대학생활에서 그리 평범치 않은 그림이 묘사된다. 장 지로두는 〈경력〉[38]이라는 단편소설에서 한 과부를 유혹하기 위해 유럽 걸작들을 베껴 출간하는 어느 미국 대학 학장을 이미 상상한 적이 있다. 진정한 저자와 표절자 학장이 공동으로 만든 그 작품들이 그의 대학 도서관에까지 비치되어 있다. 그래서 도서관 전체가 거짓이 되어버리는데….

이후로도 이 주제가 주는 영감은 마르지 않아서, 표절 재간을 범죄로까지 밀어붙이는 소설 네 편이 출간된다. 우리가 이미 언급한 소설《힘멜파르브》의 저자 미하엘 크뤼거는 지로두 풍 단편소설 특유의 유머 감각을 버린다.《토리노의 희극: 유언집행인의 기억 *Die Turiner Comödie: Bericht eines Nachlaßverwalters*》[39]에서 문제의 유언집행인은 작가이자 대학교수인 친구 뤼돌프가 인용문들을 조립하여 소설들을 썼다는 것을 알게 된다. 끔찍한 양심문제와 맞닥뜨린 그는, 결국 진정한 대학 최고권자인 친구의 명성을 보존하기 위해 그 범법 행위의 증거를 없애버리는 쪽을 택한다.

그런데 우정이 대학에서의 인간관계를 늘 해결해주는 건 아니다. 에스텔 몽브룅은 프루스트의 원고를 둘러싼 암살에 관한 서사적 작품인《레오니 숙모 집에서의 암살 *Meurtre chez Tante Léonie*》[40]을 상상해낸다. 프루스트학회 회장인 아들린 베르트랑-베르동의 죽음은 《잃어버린 시절을 찾아서》의 전문가들 사이에 벌어지는 경주의 시작일 뿐이다. 셀레스트 알바레가 태워버렸다고 주장하는 공책 십여 권은 도대체 어디로 갔단 말인가? 표절자 기욤 베르다이양은 그 공책들을 되찾는 일에는 아마 관심이 없나 보다. 이 인물을 통해 에스텔 몽브룅은 대학교수의 캐리커처를 그린다. 아주 다행히도 현실에서는 존재하지 않는 모습이긴 하다.

"그렇게 수년 전부터 베르다이양 교수는 고급 수준의 강의를 몇 강좌 하였고, 드물게 대학원 논문을 지도했으며(그러고 나서는 이 논문들 중 몇 페이지를 뜯어 퐁텐블로 숲에 있는 자기네 시골집의 벽난로 불을 지피는 데 사용했다), 프루스트의 원고에 대한 박사논문들의 지도를 찔끔찔끔 받아들이기도 했다. 그러고 나면 그 학생들이 발견해낸 것을 자기가 이용할 수 있었기에 그랬다."

이 소설처럼, 피에르 크리스탱의 《인류에 대한 작은 범죄들 *Petits crimes contre les humanités*》[41]에서도 어느 연구자의 의심스러운 죽음에 관한 이야기가 전개된다. 레옹 크레스만이 표절 비난이 실린 편지를 손에 쥐고 뻗어 있는 채 발견된다. 그 연로한 석학이 사실은 양심 없는 여비서로부터 공갈협박의 대상이 되고 있었음을 알게 되기까지는, 젊은 역사교수 시몽이 온 통찰력을 발휘해야 했다.

표절이 '대학소설'의 핵심을 구성하지는 않더라도, 에릭 롤의 《킬러들의 아카데미 *Killers Academy*》[42]에서처럼 소재로 남아 있는 경우도 있다. 이 소설에서는 박사논문을 준비하는 어느 대학원생이 자기가 작업한 자료들을 지도교수인 옥타브 뷔송이 《역사 *Histoire*》라는 잡지에 논문을 싣기 위해 이용했다는 사실을 발견한다. 클레르 망쟁 형사가 고등사범학교 출신의 한 젊은이 살해사건을 수사하는 내내, 독자는 인문학이 늘 교양과 짝을 이루기만 하는 건 아닌 세계를 발견하게 된다. 하지만 그 모든 것은 픽션일 뿐.

표절 비난: 복수의 무기

우리가 보았듯이, 표절 비난은 협박의 무기일 뿐만 아니라 복수의 무기로도 이용될 수 있다. 복수전을 거치고야 마는 여러 픽션의 공통점이 바로 그것이다. 장-자크 피슈테르의 소설《별쇄본 *Tiré à part*》[43]은 이 점에서 완벽한 예시다. 이 소설은 베르나르 라프에 의해 1996년에 영화로 만들어졌다. 화자인 에드워드 램은 어릴 적 친구 니콜라 파브리가 쓰는 책의 영국판 출판인이다. 그러나 파브리의 소설《사랑해야 한다 *Il faut aimer*》가 공쿠르 상의 영예를 안자, 램은 질투가 나서 어두운 기억들을 떠올리게 된다. 그 둘이 젊었을 때 알렉산드리아에서 살던 시절, 둘은 같은 여인을 사랑했는데, 그 여인이 살해되었다. 에드워드는 니콜라를 의심했었다. 그런데 이제 상 받은 소설에서 그 젊은 이집트 여인의 이야기를 보게 된 것이다. 예전에도 표절 문제가 있었지만, 당시에는 우정 때문에 눈감아줬다. 하지만 지금은, 정말 너무하다! 출판인인 동시에 친구 책의 번역가이기도 한 에드워드는 "내 저서들에다 정작 나 자신은 저자로 이름을 넣지 못하는 그 찌르는 것 같은 고통"을 더 이상 견딜 수가 없다.

"물론, 나는 친구의 책을 영어로 출간하는 출판인이 되었다. 게다가 그의 모든 걸작을 번역한 사람은 바로 나다. 내가 글자 그대로 번역하여 완벽하게 원서에 충실한 판본을 내놓는 것으로 만족할수도 있었을 테지만, 나는 그보다 훨씬 더 많은 것을 해야만 했다. 왜냐하면 아주 이상하게도 나는 약간 그 책들을 마치 내 것인 양여겼기 때문이다. 내 안에서 솟아오르는 창작의 샘물을 그에게 유리하도록 그에게로 방향을 틀어 끌어들였다."

욕구불만에 찬 작가가 그렇게 자기 분신에 대한 강박관념에 사로잡혀서, 오로지 복수만이 그의 증오를 누그러뜨릴 수 있을 지경이 된다.《사랑은 꼭 필요한 것 *Love is the Must*》이라는 책을 가짜로 찍어내서 마치 니콜라의 소설 원본인 양 유통시키는 것으로 복수는 충분하다. 그리고 표절 비난이 공쿠르 상을 무효화하도록 그 사건을 언론에 공표하는 일만 남았다. 교활한 에드워드가 오랜 친구의 서가에 그 가짜 책 한 부를 꽂아놓는 데 성공했으니까. 니콜라는 마침내 자신이 건망증에 걸렸다고 믿게 되고, 세간의 비난처럼 표절자가 된 거라고 믿게 된다. 그는 자살하여 그 수난에 종지부를 찍는다. 한편, 에드워드는 이후로도 복수를 계속하며 범죄를 밀어붙여서 바로 자신이 표절자가 되어, 이번에는 그토록 부러웠던 성공을 즐기기까지 한다.

같은 테마로 미국 작가 더글러스 케네디도 소설《유혹 *Temptation*》을 상상해냈다. 이 소설에 등장하는 할리우드의 시나리오 작가는 결국 성공을 거두긴 하지만 아주 부유한 경쟁자가 언론으로 하여금 그에게 표절 비난을 하도록 만들고, 이로 인해 그의 경력은 망가진다. 하지만 그는 결국 그 음모를 좌절시키고야 만다.

피를 빨린 뮤즈들

이제는 허구 작품에서 아직 별로 탐색되지 않은 영감의 원천에 대해 보기로 하자. 위대한 작가에게 영감을 주는 여인뿐만 아니라, 남편이나 애인의 작품에 이용되어 제 가치를 인정받지 못한 여성 저자가 현실 속에 상당히 많으니 말이다. 프랑스 작가 콜레트는 그런 여성 인물 중 가장 잘 알려진 경우다. 그녀는 남편 윌리의 굴레로부터 벗어나 자신의 문학적 정당성을 쟁취할 줄 알았다. 살아 있는 동안에는 흔히 음지에 머물러 있던 그런 여인들을 생각해보자. 카트린 포지는 한때 폴 발레리의 조언자였다. 위대한 윌리엄 워즈워스의 누이 도로시, 괴테에게 영감을 줬던 마리안네 폰 빌레머뿐만 아니라 젤다 피츠제럴드까지. 소설가 질 르루아는 소설《앨라배마 송 *Alabama Song*》을 통해 신화적인 미국 소설가 프랜시스 스콧 피츠제럴드를 조명하기로 선택했다. 르루아는 젤다의 편지들에 근거하여, 그 커플 사이에서 그 '남부 미녀(아내)'로부터 소설들을 퍼내고 있는 남편의 재능에 그녀가 어떻게 짓눌렸는지 상상한다.

> "내가 보디가드를 동반하고 해변으로 가기 위해 내 방을 나서는 즉시 스콧이 내 공책들을 읽는다는 것을 나는 몰랐다. 나의 것인 그 단어들을 그가 원문 그대로 베끼고, 때로는 대화를 통째로, 때로는 여러 쪽을 통째로 베껴서 새로운 단편소설들을 구성하여 내 등 뒤에서 뉴욕으로 보냈다."**44**

그녀는 텍스트에 대한 친권을 그렇게 해서 박탈당했다. 왜냐하면 "친권(저자 자격)**45**은 […] 남자들의 일이기 때문이다. 신의 법에 의해, 글쓰기는 남자들에게 귀속된다. 그러면 모성(maternité, 母性)은? 그 단어는 그저 상속자들을 잉태하고, 먹이고, 똥을 닦아주고, 그 소산(작품)이 후대까지 살아남기에 충분치 못할 경우 그 이름을 살아남게 하기 위해서만 말해질 뿐이다."**46** 젤다는 자신이 '뮤즈'조차 아니었고, "결혼 계약이 아내에 대한 남편의 표절까지 포함한다고 추정하는 것 같은 작가의 비자발적 노예"**47**라고 원한에 서려 고백한다. 질식당한 재주와 흡혈귀 같은 재능 사이에 일종의 불공정 거래로 축소된 커플 생활을 그렇게 너무 끔찍하게 요약한다. 허구는 현실을 초월하며, 정확히 어땠는지 알기에는 현실이 참으로 미묘하지 않은가?

그래도 마드리드의 작가 호세 앙헬 마냐스가 소설《나는 낙심한 작가 Soy un escritor frustrado》[48]에서 들려주는 것보다 더 나쁜 이야기를 상상하기는 불가능하다. 화자는 아우토노마 대학의 문학 교수인데, '모차르트'라는 별명이 붙은 어느 동료를 부러워한다. 이 동료는 성공한 소설들의 저자다. 어느 날, 화자의 학생들 중 하나인 마리안이 자기 교수의 문학평론 재능에 탄복하여 그에게 자기가 쓴 소설을 읽어봐달라고 부탁한다. 마리안은 몹시 흥분에 싸여 이 전문가의 의견을 기다린다. 전문가는 작품의 질에 당장 어안이 벙벙해지고 열광에 빠지면서, 당장 그 작품을 자기 것으로 만들어서 예술가로 인정받기로 작정한다. 그는 신이 내리는 임무를 부여받았다고 상상하면서, 그런 걸작의 진정한 저자가 되도록 신이 자기를 지명한 거라고 확신했다. "그 여자애의 취약한 물리적 존재감과 소설, 즉 '내' 소설의 탁월함 사이에는 어마어마한 거리가 있었다."[49] 하지만 마리안에 의해 폭로될지 모른다는 불안감이 들어서 그녀의 아파트에 불을 지르고 그녀의 어머니를 죽인 후 그녀를 납치하여 가둬놓는다. 그녀의 흔적은 더 이상 아무것도 남지 않는다. 급작스러운 재능을 통해 조명된 그 화자는 마리안이 이제 그에게 굴복하여 사랑에 빠지게 되고, 심지어 플라네타 상을 받을 만한 두 번째 소설을 써주는 일까지 그녀가 받아들여주길 진심으로 기대한다. 하지만 애석하게도 마리안은 지하실에 갇혀 죽어가는 쪽을 택한다. 그런데 마지막에는 그가 사랑에 빠져서, 그녀 없이는 더 이상 살 수 없음을 깨닫는다. 그녀의 시체 앞에서 그는 작은 타이프라이터를 쳐서 글을 쓰고, 문득 영감이 떠오르는 것을 느낀다. 경찰이 그를 체포한다. 감옥에 들어가게

되자 그는 자전적 소설을 쓰기 시작하며, 이 소설은 플라네타 상을
받고, 어마어마한 판매부수도 기록한다. 마리안의 희생 덕분에 그는
삶의 의미를 찾았고, 이를 말하기 위한 언어들도 찾아냈던 것이다!

6장

———

법이 창의적 작업을
보호하고 규제하다

　문학 표절은 우선 작가와 문학 평론의 사안일 것이다. 하지만 이 행위는 법적 차원에서의 고찰 대상이기도 하다. 입법부의 텍스트인 법 그리고 판사가 제시한 텍스트인 판례는 표절 개념을 이해하는 데 필수불가결한 고찰 영역을 제공한다. 비교적 최근의 두 가지 표절 사건은 지적소유권 분야에서 법의 원칙들이 이 시대의 두 소설에 어떻게 적용되는지 더 잘 파악하게 해줄 실제 사례가 될 것이다.

　저작권은 수많은 논란을 야기했고, 아직도 야기하고 있다. 그러므로 명확한 규정을 전제로 해야만 유용하게 분석될 수 있다. 이 첫 번째 단계는 표절을 저작권 침해와 구분하면서 표절 개념을 심화시켜줄 것이다. 이어서 우리는 저자의 권리에 관한 역사를 간략히 되새겨볼 것이다. 그리고 나면 저자의 권리가 누리는 법적 보호의 범위에 관한 물음을 스스로 해볼 수 있게 될 것이다.

저작권, 표절, 저작권 침해: 애매한 개념들

프랑스 지적소유권법(CPI: Code de la propriété intellectuelle)의
입법적 부분은 1992년 7월 1일에 가결되었는데, 특히 1957년 3월
11일 법과 1985년 7월 3일 법, 2006년의 DADVSI(Droits d'Auteur
et Droits Voisins dans la Société de l'Information, 정보회사에서의 저작권
과 유사 권리), 인터넷상에서의 창작에 관한 HADOPI(Haute autorité
pour la diffusion des œuvres et la protection des droits sur internet, 인터넷
상의 작품 확산과 권리 보호를 위한 고위 권리)라 불리는 2009년의 법을
통합한다. 지적소유권법에 따르면, 저작권은 정신적 작품의 저자에
게 인정되는 정신 차원과 재산 차원의 특권 전체를 포함한다. 저작
권은 긴 여정의 귀결이다. 우리는 이를 되짚어볼 수 있을 것이다.

표절은, 예전에는 순전히 문학과 관련된 문제였기에 오랫동안
판사들의 무관심이라는 혜택을 입었다. 지적 창작물에 경제적 가치
를 부여하는 것을 싫어하는 게 오랜 전통이다. 판사들로서는 비물질
적 작품과 관련된 소유권을 생각하기가 매우 어려웠다. "(책의 물질
적 제작 속에서 객관화된) 작품과 (세상에 대한 관점의 진술에서 주관화
된) 사람 사이의 그 뒤얽힘"[1] 때문에 저작권은 소유권과 달리 불확실
한 성격을 지니고, 뒤늦게서야 논의거리가 되었다. 소유권은 저작권
과 아주 달라서, 저작권을 설명하기에 부적합하다. 저작권의 성격은
그 자체로 독보적이다. 기존 법들의 커다란 두 범주에서 벗어나기
때문이다. "사람들 사이의 관계를 설명하는 인격권과, 우리가 사물
과 맺는 관계를 설명하는 물권, 예를 들어 소유권."[2] 저작권은 사람

의 개념, 개인의 개념에 관한 주장과 더불어서만 부상할 수 있었다.

이 때문에 미셸 푸코는 저작권 탄생이 "사상과 지식과 문학의 역사에서, 또한 철학사와 과학사에서도 '개인화'의 강렬한 순간"[3]이라고 지적한다. 그렇게 해서 작품이 '재화'가 되지만 그렇다고 해서 '사물'이 되지는 않기 위해, 비물질적이고 지성적인 재화라는 새로운 차원이 생겨난다.

실제로, 'L 조항'이 된 1957년 3월 11일 법 제1조는, 저자가 자기 작품과 관련해서 "모두에 대해 독점적이고 대항력 있는 '무형적 소유권'"을 향유한다고 규정한다. 칸트는 비물질적 담화를 담화의 물질적 매체와 구별한 최초의 사람들 중 하나였다. "책이란 한편으로는 예술의 '물질적 산물opus mecanicum'이어서 (그것의 사본을 합법적으로 소유하는 자에 의해) 모방될 수 있다. 그 결과 물권이 있다. 다른 한편으로는, 출판인이 대중에게 전하는 그저 '담화'일 뿐이므로, 저자의 허락이 없이는 아무도 공공연히 복제할 수 없다. 이는 '인격권'에 관한 것이다. 오류는, 그 두 권리가 '혼동'되는 데 있다."[4] 그러므로 문학작품 소유권의 양도가 흔한 [책이라는] 상품의 판매로 귀착될 수 없을 것이다.

표절 개념은 저작권 침해와 구분되어야 한다. 이 점에서도 법적 전문용어가 정착되기까지 오랜 망설임이 있었다. 19세기까지 일부 법률가들은 이 두 개념 사이에서 성격상의 차이를 구분하지 않고, 그저 정도의 차이만 구분했다. 실제로 르누아르[5]에게 "표절은 아주 비난받아 마땅할지라도 법의 철퇴를 맞지는 않고, 이름을 바꾸어 저작권 침해라는 이름을 부과받을 정도로 심각한 것일 경우 외에는 법적으로 아무런 사법적 행위도 초래하지 않는다." 달리 말하면, 표절은 법적 존재가 없고, 엄밀하게 적절한 안목으로 판단할 수 있는 문학평론의 용어로 남아 있다. 표절은 범죄에 해당될 만한 심각한 정도에 이르는 때부터 저작권 침해가 된다. 판사는 바로 그 '정도'를 평가할 의무가 있다. 하지만 여전히 어렵기는 마찬가지다. 저작권 침해와 표절 사이에 구획을 정하는 미묘한 작업 또한 그렇다. 바로 그 때문에 플레장의 그 완벽하면서도 절망적인 정의定意[6]를 위한 대단한 시도를 그토록 좋게 평가하는 것이다. "저작권 침해를 당한 작품의 특징들이 침해를 가한 작품에서 발견되는 한, 그만큼 오래 저작권 침해가 있는 것이다." 문제의 그 '특징'을 열거하는 일이 남았을 것이다.

그러므로 판사가 보기에 저작권 침해는 처벌할 만한 수준의 표절이다. 플레장 씨가 말하는 바처럼, "교묘한 표절은 도의적으로는 잘못을 저지른 것이지만, 법적으로는 흠잡을 것이 없다."[7] 1957년 법까지는 일부 판결[8]이 그 두 용어를 무심하게 뒤섞어 사용하면서 그 둘을 혼동한 티를 보인다.

표절은 다른 영역의 경계로까지 확장된다. 그것은 비열한 경쟁의 영역으로, 다음과 같이 정의되었다. "소유주의 권리에 해가 되는 성격을 띠는 데다가, 보통법(일반법)에 따라 그 주범의 책임을 촉구할 수 있는 잘못을 구성하는 모든 의지적 책동."[9] 차용이 저작권 침해로서 처벌당해야 할 만큼 충분히 심각하지 않다 해도, 표절당한 작품에는 혼동이나 대체의 효과를 통해 '사실상' 피해를 가할 수 있다. 비열한 경쟁 소송은 "저작권 침해법은 위반하지 않으면서 부정직하고 유해한 책동으로 타격을 주는 것"[10]을 목적으로 한다. 그 증거로, 르 포르와 델쿠르는 자신들의 소설 제목을 《넬의 탑 *La Tour de Nesle*》(1898)이라고 함으로써 뒤마와 가이야르데가 쓴 같은 제목의 연극작품(1832)과 혼동하게 만들려 했던 게 분명하다. 여기서 표절은 그저 부정직한 경쟁의 수단일 뿐이다. 표절자는 의혹이나 혼동 덕택으로 자기 작품을 팔아먹기 위해 다른 작품의 성공을 이용하는 것이다. 사법권이 그런 기만행위를 처벌하지 않는다면, 아주 순진한 문외한 독자는 두 작품을 혼동할 수도 있다.

물론, 비열한 경쟁이라는 개념은 민법 제1382조에 속하는 것으로, 산업 소유권 영역에서 더 흔히 이용된다. 그러나 실제로는 문학 작품에도 유리하게 미끄러져 들어가려는 시도가 관찰된다. 저작권 침해가 극단적인 경우에서는 실제로 초래된 피해들은 감안하지 않고 차용 그 자체의 정도만 고려하는 것이 사실이다. 이 결함이 피에르-이브 고티에 의해 격렬하게 고발되었다.[11] "다른 사람의 수고를 아무 탈 없이 자기 것으로 만들려는 자들의 기생적 책동에 기초한 범죄적 [⋯] 책임에 대해, 최소한 우리 판사들이라도 그 책임을 폭넓게 받아들여야 한다." 그것이 부당이득 이론이다.

그렇게 해서 '기생적 책동' 개념이 너무 제한적이던 저작권 침해 개념을 보충할 수 있다. '기생적 책동' 개념은 경우에 따라 저작권 침해의 한계를 피할 수 있게 해주는데, 그렇다고 해서 표절자를 벌 받지 않게 놔두지는 않는다.

저작권 침해, 기생적 책동, 비열한 경쟁 사이의 구분은 면밀한 검토를 거쳐 사례별로만 수립될 수 있다. 이 분야에서는 예심판사가 최고 권한을 가진다. 특수한 경우이므로, 예심판사는 끊임없이 변화하는 법 해석에서 착상을 얻으면서 엄격한 조사에 근거를 두어야 한다.

표절과 관련하여 저작권 침해를 규정하고 난 후에는 저작권 침해가 법의 견지에서 범죄라는 점을 명확히 하는 것이 적절하다. 프랑스 지적소유권에 관한 법 제335조 3항은 "법에 의해 규정되고 규제되는 바처럼, 어떤 수단을 통해서든 저자의 권리를 침해하는 정신적 작품의 모든 복제, 표현, 유통은 다 똑같이 저작권 침해 죄"라고 명시하고 있다. 저작권 침해는 그러므로 복제와 표현에 관한 법의 위반이다.

저작권 침해는 형사처벌과 민사처벌을 야기할 수 있다. 1994년 2월 5일 법에 의해 변경된 제335조 2항에 따르면, 저작권 침해는 시효 유예가 3년인 범죄로서, 2년 금고형과 1백만 프랑(152,449유로)의 벌금 처벌을 받는다. 임의적 보충 형벌이 주요 형벌에 가중될 수도 있다. 제335조 6항에 따르면, 재판정은 범법행위에 의해 획득된 수익의 전부 또는 일부의 몰수를 선고할 수 있다. 임의적으로 그리고 손해배상 청구인의 요청에 따라, 처벌 판결을 일반에게 공표해야 하는 처벌이 더해질 수도 있다.

물론, 손해배상청구가 있었을 때는 형법재판소들이 손해배상금을 지불하도록 처벌할 수 있지만, 희생자가 민법재판소에서도 소송을 제기할 수 있다. 형사소송과 달리, 저작권 민사소송은 일반법에 의거해 원고가 입은 피해의 증거에 따른다.

범죄행위의 구성요소는 도의적 차원과 물질적 차원 이렇게 두 차원에 관한 것이다. 아주 흔히, 저작권 침해 인정에서 첫 번째 준거인 도의적 요소는 반론을 불러일으키지 않는다. "어느 작품의 이용자는, 특히 전문가라면, 자기가 그 작품을 자유로이 이용할 수 있는지", 아니면 저자의 허락을 요청해야 하는지 "알아볼 의무"가 있다.[12] 그것이 바로 모든 출판인이 저서를 출간하기 전에 흔히 이행하는 소위 '선행성 탐색'이다. 그래도 어쨌든 새로운 형법(1994년 3월

1일)의 제121조 3항이 시행된 이래 "저지르려는 의도가 없이는 범죄도 경범죄도 없다"는 점을 명확히 할 필요가 있다.

물질적 요소에 관한 점검은 더 섬세하고 복합적인 접근이 필요하다. 실제로, 이는 법이 허용하는 다른 형태들의 차용과 저작권 침해를 구별하는 것이 필요하다. 'L. 122조 5항'은 저자의 이름과 원전을 분명히 표시한다는 조건으로 다음과 같은 것을 허용한다.

"작품에 통합된 그 작품의 비평적, 논쟁적, 교육적, 학술적 또는 정보적 성격에 의해 정당화된 분석들과 짧은 인용들."

여기에 다음의 것들이 더해진다.

"장르의 법칙이 고려된 패러디, 파스티슈, 캐리커처."

다양한 형태의 허용된 차용에 대해 법에 언급된 것은 이게 전부다. 분명 더 심화된 연구가 필요하다. 이 단계에서 우리는 핵심 용어들을 규정하는 것으로 만족했다. 역사적 관점에서 그 용어들을 다시 위치시키기 전에….

저작권에 관한 약사

18세기의 결정적인 변화들로 인해 크게 둘로 나뉜 시기들을 구별해야 한다. 계몽기 이전에는 저작권이 법적으로 존재하지 않았다.

하지만 사고방식에서는 없지 않았다. "고대에는 저작권이 부인되지 않는다. 하지만 법적 조처의 대상은 아니다."[13] 고대인들은 자신의 지적소유권을 주장하기 위해 펜과 여론의 힘을 빌릴 수밖에 없었고, 그 어떤 법도 저작권 침해자를 추격할 수 없었다. 'Lex Fabia de plagiariis'(납치범에 관한 파비우스 법)조차도. 19세기까지는 심각한 곡해로 인해 잘못 알고 있었지만, 실은 그 로마법에 유일한 근거가 있다. 숱한 신랄한 이의제기에도 불구하고 의문을 가져볼 수 있다. 고대 로마에서 저자들을 보호하는 법이 왜 없었는지에 대해서 말이다. "로마에서는 특별한 법제를 통해 저자들을 보호할 필요가 느껴지지 않았다. 작가들은 세심한 주의, 명예, 금전적 보상 등의 대상이었으므로, 그런 사회적 정황으로 인해 신성한 예술에 전심전력 몰두할 수 있었다."[14] 실제로 그들은 사회적인 필요 때문에 저작권 문제로 법 테두리 안으로 들어가게 되지는 않았다.

또 다른 오해가 16세기에 특권 시스템과 더불어 저작권을 탄생시키려 했다. 인쇄술 발명은 실제로 전례 없는 경제 상황을 야기했다. 19세기 말까지는, 그 새로운 복제 기술의 원인은 본래 지성知性의 작품들을 보호하기 위해서 생겨났다는 생각이 지배적이었다. 그런데 여전히 우리는 그런 상황과 거리가 멀다! 특권 개념은 저작권 개념과 멀리 떨어져서만 서로 관계를 맺고 있다.

사실상 그 시스템은 주로 상인, 즉 인쇄인이자 서적상이기도 한 출판인과 관련됐다. 저자의 처지는 거의 고려되지 않았다. 일반적으로 서적상은 저자에게서 저서를 사서, 자신의 이익을 위해 일종의 출판독점권인 특권을 부여해달라고 왕에게 청원했다. 그래서 저자는 자기가 한 작업의 온갖 이익을 잃게 되었다. 반면, 서적상은 자기가 들인 출판 비용으로 확실한 수익을 낼 수 있었다. 실제로 인쇄술 초기에는 설비투자가 부담이 매우 큰 반면, 그렇게 하여 많은 부수를 찍어내도 유통은 여전히 요행에 좌우되었다. 그러므로 출판인은 아주 당연히 보호와 보장을 군주에게 청원했다. 그러자 군주는 출판인들에게 개별적 특권을 인가했다. 이는 "출판인에게 출판에 든 제반 비용과 회사의 상업적 위험부담에 대해 보상해주도록"[15] 마련된 사적私的이고 일시적인 일종의 보증이다.

그 특권의 이런 경제적 기능에다 정치적 역할이 금세 더해진다. 왕권으로서는, 이 특권이 검열 도구가 되었기 때문이다. 왜냐하면 인쇄기술이 초기에는 왕권 당국의 호의를 누렸지만, 오래지 않아 국가에 해롭다고 밝혀질 수도 있을 이론들이 자유로이 전파되면 위험할 거라고 군주들은 보았기 때문이다. 프랑수아 1세는 그래서 신학대학에 이어 파리고등법원에 출판 또는 판매 허가를 제한하라는 임무를 맡겼다.

그래도 어쨌든 어떤 관점에서는 특권 시스템이 저자들을 보호했다는 점은 인정하자. 한편으로는, 고대의 걸작을 대상으로 했던 초기 출판인들의 작업은 저자가 해야 할 일인 검토와 주석 달기의 노력을 필요로 했다. 다른 한편으로는, 어떤 작가들의 경우 그들 자신이 작품에 대한 특권을 얻어내서, 그 특권과 아울러 출판계약을 확정된 가격에 서적상에게 양도하기도 했다. "《팡타그뤼엘 Pantagruel》의 제3권과 제4권의 출간을 위한 특권들이 프랑수아 1세와 앙리 1세에 의해 라블레에게 허락된 사실은 잘 알려져 있는 바다."[16] 롱사르는 샤를 9세로부터 특권을 얻어내기도 했다. 그는 서적상이자 파리 대학의 심사원인 가브리엘 뷔옹에게 8년 기한으로 그 특권을 양도했다. 특권을 얻은 저자는 사실상 자기 저서를 직접 출판하거나 판매할 권리가 없었다. 그렇게 하면 인쇄인과 서적상 동업

조합의 독점에 타격을 주었을 것이다.

저자 보호를 위한 진정한 법제가 없는 상황을 설명하기 위해서는 한 가지 점을 강조해야 한다. "작가들의 심리가 어땠느냐 하면, 그들은 금전적 이득을 무시하지는 않았으나, 그럼에도 물질적 염려를 공개적으로 논하는 것을 자신의 신성한 예술에 대해 부끄러운 짓인 듯 여겼다."[17] 다음은 그 사례로서, 부알로의 진술이다.

"고귀한 정신은 부끄러움 없이 범죄도 없이 자신의 일에서
정당한 대가를 끌어낼 수 있다는 것을 나는 안다.
그러나 명예에 싫증나고 돈에 굶주려서
자신의 아폴론을 서적상에게 저당 잡히고
신성한 예술을 돈에 팔리는 일로 만드는
그 유명한 저자들을 나는 참을 수가 없다."[18]

작가에게 수여되는 연금과 헌사가 다른 권리주장을 생각 못하게 하는 것 또한 사실이다. 연금시스템이 저작권을 배제하지 않는가? 결국 저작권은 물질적 이해관계와 개인주의에 기초한 사회 속에서만 발달될 수 있었다. 그런 사회가 18세기에 자리 잡기 시작하듯이.

이 새로운 맥락에서 카롱 드 보마르셰의 투쟁은 결정적이었다. 그는 저자, 특히 극작가의 금전적 이익을 보호하는 데 공헌했다. 그는 희곡 저자에게 수익의 9분의 1을 지불하는 법적 의무를 준수하도록 만들기 위해, 코메디-프랑세즈(프랑스 국립극단)를 상대로 연극 사무소를 설립했다. 보마르셰의 격분으로 판단해 보건대, 코메디-프랑세즈의 막강한 배우들은 저자에게 수익 총액을 보고하기 꺼렸

다. "계산상의 어떤 어려움 때문에 우리 몫의 회계내역 송달을 유보시킨다면, 제가 요구한 아주 간단한 명세서만이라도 전해주시면 고맙겠습니다. 계산은 제가 직접 할 터이고, 신속히 처리할 것을 약속드립니다. 왜냐하면 제가 이 돈을 보내줘야 할 그 불행한 이들은 제가 한 달 후 주게 될 것을 미리 써버려서 얼어 죽을 지경이니까요."[19] 저자들의 처지를 보호하려고 야비한 투쟁을 벌이지는 않았고, 보마르셰가 저자들의 처지를 상기시키는 데 있어 유머도 없지 않다. "공연장 휴게실에서는 저자들이 비루한 이익을 위해 주장하는 것이 고상하지 못하다는 얘기들을 한다. 영광을 바란다고 우쭐대는 그들이 말이다. 그들이 옳긴 하다. 영광은 매력적이다. 하지만 한 해 동안 그 영광을 즐기려면, 자연이 우리에게 365번의 점심식사를 하게 만든다는 점을 그들은 잊고 있다."

왕에 의해 허락된 특권 시스템에 대한 재점검을 하게 된 것은 18세기의 큰 진전이다. 저작권은 특권 문제와 더 이상 혼동되지 않고, 마침내 자치적으로 형성될 수 있었다. 1725년에는 변호사 루이 데리쿠르가 처음으로 작품을 저자의 소유물로 인정했다. "저자의 저서에 대해 아무 권리가 없는 왕은 저서의 합법적 소유주인 자의 승낙 없이는 아무에게도 저서를 넘겨줄 수 없다."[20] 그러므로 파리 서적상들의 변호사는, 서적상들이 자신의 권리를 저자로부터 얻는 것이지 왕으로부터 얻어내는 것이 아니며, "이 권리는 물질적 대상물의 소유권과 같은 성격"[21]이라는 생각을 처음으로 표명했다. 저작권 개념이 마침내 특권 개념에 대체될 수 있으려던 참이었다.

법정으로 가져가진 여러 사건이 이제 이런 방향으로 개진되었다. 1761년경에는 장 드 라퐁텐의 손녀들과 파리 서적상공동체 사이에 갈등이 생겼는데, 왕의 국정자문회가 딱 잘라 저자 편을 들었다. 라퐁텐의 작품들은 상속권에 의해 당연히 손녀들에게 속한다고 결론지었던 것이다. 하지만 항소심에서는 상속자들이 패했다. 그래서 아직 몇 년 더 특권을 연장해야 한다는 문제가 제기되었다. 본래는 라퐁텐의 작품들이 특권 자격자인 바르뱅 씨에 의해 출간됐었다. 이어서 그는 다른 서적상에게 그 특권을 양도했다. 반면, 1777년에는 페늘롱 사건이 저작권을 강화하는 데 공헌했다.[22] 왕의 국정자문회에서, 특권 연장은 저자의 상속자의 동의가 있어야만 허락될 수 있다고 결정한 것이다.

저자와 서적상 사이의 논쟁 한가운데서, 디드로는 작품을 저자의 개인적 소유권으로 인정하기 위해 파리 서적상들 편에서 투쟁했다. 특권 시스템에서는 사실상 군주가 출판권의 독점적 원천으로 인정되기 때문이었다. 디드로가 서적상들 편에 서면서 역설적 입장에 놓이게 된 것은 확실하다. 파리 서적상동업조합의 독점을 옹호했으니 말이다. 그러나 이는 한편으로는 왕에 의해 허가되는 특권 시스템을 반대하고, 다른 한편으로는 저작권 개념을 수립하려는 취지의 중간 단계에 관한 일이었다. "저자는 자기 작품의 주인이다. 사회의 그 누구도 저자의 재산의 주인이 아니다"[23]라고 디드로는 선언한다. 당장의 목표는 출판 분야에서 왕권을 제한하는 것이었다. 설사 파리 서적상들은 새로운 활동 여지를 회수하여 원고들을 되사들임으로써 작품 소유권자가 되기를 기대했다 하더라도 말이다. 서적상들로서는, 저자의 작업을 마음대로 처분하는 저작권에 관한 투쟁이란 무엇보다 우선 군주의 속박에서 해방되기 위한 구실이었다. 실제로 디드로는 "서적상은, 저서가 저자에 의해 소유되었던 것처럼, 저서를 소유한다"고 했다. 작품을 저자한테서 결국 박탈한단 말인가! 작품의 물리적 실현매체와 작품 자체 사이의 구별이 아직은 현실화되지 않았던 터다. 그런 구분은 19세기 내내 활발한 토론의 대상이 될 것이다. 계몽기에 저서는 기껏해야 다른 아무 물질재화나 똑같이 여겨졌다. "왜냐하면 밭이나 집의 구매와 원고의 구매 사이의 차이를 알지 못하기 때문이며, 사실상 그 차이는 없으니까. […]"[24]

그래서 그때까지 고립되었던 저자들은 연합하여 입법자에게 영향을 끼치기에 충분히 강한 압력집단들을 형성하기 시작했다. 그렇게 해서 보마르세와 그의 친구들이 1777년에 연극작가 및 작곡가 협회를 설립했던 것이다. 마침내 1777년 8월 30일에 왕의 국정자문회가 인쇄 체제의 전면적 개정을 야기하게 될 여섯 가지 결정을 내렸다. 주로, 언제나 특사特賜로 여겨졌던 특권이 이제부터는 법정에서 정당화되어야 했다. 그러므로 그 특권은 저자를 위한 권리를 구성했다. 하지만 군주의 의지만이 권리의 유일한 원천이라는 명제는 살아 있었다.

심각한 변혁들의 시기이던 대혁명 때는 일시적으로 작가들에게 불리했다. 실제로 1789년의 특권 폐지와 저작권에 관한 1791년과 1793년의 법들 사이에는 표절이 그 어느 때보다 성행했다. 하지만 저자들의 새로운 요구는 그 세기 초부터 이미 되살아났다. 대혁명은 문학과 예술의 소유권을 저자에게 합법적으로 부여하면서, 그 진전을 기록하였다. 표현의 권리에 관한 1791년의 첫 번째 법은 그 유명한 변호사 르 샤플리에에 의해 고취되었다. "모든 소유권 중 가장 신성하고 가장 개인적인 소유권은 작가의 사상의 열매다."[25] "모든 장르의 글의 저자, 작곡가, 화가, 도안가 등의 소유권에 관한" 1793년의 법은 복제의 독점권을 저자의 평생과 사후 10년 동안 저자에게 내어주었다. 이 법의 기원인 라카날 보고서는 그 논란의 쟁점을 격렬한 감동과 아울러 상기시킨다. "천재가 인간의 지식의 범위를 더 넓히는 작품을 침묵 속에서 정돈하자, 문예 해적들이 즉각 그것을 탈취하였다. 저자는 빈곤에 대한 공포를 거쳐서만 불멸을 향해 나아 간다. 그리고 그의 자식들은…. 시민들이여, 위대한 코르네유의 후 손이 궁핍 속에서 절멸했soel! […] 동포들의 교육을 위해 숱한 밤을 새운 천재적인 사람이 무익한 영광 외에는 기대하지 말아야 하며, 그토록 고귀한 작업의 정당한 보수를 주장할 수 없다니, 도대체 무 슨 숙명에 의해서랍니까?"

19세기가 흐르는 동안 심오한 논란들이 그 오랜 기간의 저작권 조성을 흔들어놓았다. 우리가 단숨에 설명한 그 모든 어려움은 소유 권과 비물질적 재화를 타협시키는 데 있었다. 칸트의 철학을 채택하 여 결정적으로 난관을 넘은 사람은 20세기 초의 콜러다. 이로써 저 작권(저작 인격권)의 보유자와 그 대상(금전적 권리 또는 재산권) 사이 의 관계가 명확해진다.

19세기의 다른 큰 논의는 저작권의 영속성 문제에 관한 것이었 다. 그 논쟁은 순전히 형식적인 것이 아니라, 창작의 아주 다양한 개 념이 쟁점이다. 작가가 글을 쓸 때 사회에서 취하는 것과 조화를 이 루는 것이 관건이다. "작가는 바로 사회로부터 자신의 능력 함양과 발달, 즉 한마디로 교육을 받는다. 교육은 본질적으로 사회국가의 혜택이다."²⁶ 따라서 만약 저작권이 지속성 면에서 한계가 없다면, "사회는 자기에게 속한 것을 조건 없이 박탈당하게 될 것이다." 영 속성을 반대하는 사람들은 저자가 한 일에 대해 보상 받을 권리를 저자에게 인정했다. 하지만 사회 또한 작품에 대한 진정한 공동소유 권을 갖고 있다고 여겼다. 바로 그 때문에 저자의 권리를 시간적으 로 제한할 필요가 유래된 것이다.

반대편 주장에 따르면, 설사 저자가 사회환경 속에서 아이디어를 취한다 할지라도, "거기서 그 아이디어를 취할 때 그것을 '빼내는 것이 아니고', 아무에게서도 박탈하지 않는다. 그는 그 아이디어를 참조케 하고 반영하여, 그 아이디어는 오히려 밝혀지고 확대된다. 사회는 이득을 얻고, 그 차용에서 아무것도 잃지 않는다."

작가들은 이 까다로운 문제를 법률가들에게만 맡기지 않고, 자기네 작품의 운명에 관한 이 토론에 적극적으로 참여했다. 알프레드 비니는 1841년에 의원 나리들에게 보낸 편지에서 타협을 제안했다. "저자가 삶을 그치면 저작권은 소멸됩니다. 이날로부터 모든 극장은 그의 극작품을 자기네가 원하는 만큼 무대에 올릴 수 있을 겁니다. 그러나 상속자나 피양도인이 작품을 몰수하거나 작품 공연을 중지시키거나 출판을 막을 수 없고, 살아 있는 저자가 받는 권리와 동등한 권리를 받게 해야 합니다. 출판인들도 저자가 죽은 날로부터 모두 자기네에게 적절한 책을 출판할 권리를 갖게 될 겁니다. 판형별 가격과 출판 비용에 맞춘 부수별 권리를 조건으로."[27] 사실상 작품 출판이 모두에게 허용되는 것을 받아들이면서도 영구적인 보상의 권리를 제정하려는 교묘한 위장이다. 작품은 그렇게 해서 작가가 사망하자마자 공유재산으로 넘어가야 했지만, 그렇다고 해서 그 작품의 활용 이득을 상속자에게서 박탈하는 것은 아니었다. "상속자의 권리와 사회의 권리를 조화시키는 방법을 찾아야만 했습니다."[28]

빅토르 위고는 설사 나중에서야 자신의 입장을 글로 표현하긴 했지만, 같은 전략을 채택했다. 그 입장은 1878년에 창설된 국제문학예술협회의 작업들에서 비롯된 텍스트 속에서 밝혀졌다. 이를 보면 비장한 대중연설에 겸비된 엄정한 논변에 놀라게 된다. 그의 개회 연설은 우선 근본 원칙을 상기시킨다. "소유자인 작가는 자유로운 작가입니다. 그에게서 그 소유권을 박탈한다는 것은 독립을 박탈하는 것입니다."²⁹ 그는 저작권에 관해 더 포괄적인 철학을 비니 보다 더 잘 명시한다. 그는 한 작품에 대한 저자의 권리와 사회의 권리를 양립시키기에 이르렀기 때문이다. "저작권을 인정합시다. 하지만 동시에 공유영역을 구축합시다. 더 나아가 그것을 확대합시다. 법이 모든 출판인에게 저자 사망 후에는 모든 책을 출판할 권리를 주는데, 단, 그 어떤 경우에도 순수익의 5~10퍼센트를 초과하지 않는 아주 적은 사용료를 직계상속인들에게 지불한다는 조건으로 해야 합니다. 부인할 수 없는 작가의 소유권을, 이 못지않게 부인할 수 없는 공유재산의 권리와 양립시키는 아주 단순한 이 시스템은 여러분에게 지금 말하고 있는 자에 의해 1836년의 위원회에서 적시되었습니다." 위고는 저자와 권리보유자들 편에서 영구적 보상이라는 앞서와 같은 원칙을 옹호한다. 반면, 작품 출판에 반대할 권리 같은 상속자의 저작인격권은 전혀 인정하지 않는다. "저자는 책을 제공하고, 사회는 그 책을 받아들이거나 받아들이지 않습니다. 책은 저자를 통해 만들어지고, 책의 운명은 사회를 통해 만들어집니다. 상속인은 책을 만들지 않으므로, 저자의 권리들을 가질 수 없습니다. 상속자는 성공을 만들지 않으므로, 사회의 권리를 가질 수 없습니다."³⁰

라마르틴도 동원되어 1841년 3월 13일에 저작권에 관한 법안을 하원에 제안하기까지 했다. 그의 관점은 저자 사후의 저작권 확대에 관해 급진적이었다. 그는 "인간으로서의 저자의 과부와 자식들"을 위해 목소리 높여 변론했다. 그들은 "자기네 가장의 (보람도 없어진) 일을 통해 창출된 공공의 풍요와 사적 자산에서 벗어나 궁핍 속에서 구걸하게 될 것"³¹이라고 했다. 비니와 위고처럼 라마르틴도 기간 제한 없이 보상한다는 조건으로 '문학작품에 대한 소유권' 지위를 요구했다. 이는 문학작품의 활용권리를 사회에 양도하게 될 후손에게 양도할 수 있는 소유권이다. 사적 이득과 공적 이득 사이에 그렇게 해서 아름다운 균형이 실현되었다.

20세기에는 영속성 원칙이 법제에서 잘 채택되었다. 그러나 투쟁하는 작가들이 원하던 바처럼 이용권에 편입시키는 대신, 저작인격권에 편입시켰다. 사실상 작품은 그 비물질적 성격 속에서 저자인격이 진정으로 연장되는 것이지, 물리적 실현매체에 의거해 복제된 아바타가 아니다. 프랑스가 드디어 저작권법을 갖추게 된 것은 1957년이 되어서였다. 이 법 또한 복제에 관한 법을 위해서는 1793년 법, 표현에 관한 법을 위해서는 1791년 법을 엄격히 따른다. 1957년 3월 11일 법은 1985년 7월 3일 법에 의해 보완된다. 1985년 법은 프랑스 법의 인격주의 개념과 단절되지 않으면서, 작품의 새로운 이용 방식에 이전의 양식들을 맞추기 위해 마련되었다. 1992년 7월 1일 법에 의해 실현된 법전화는 법률의 실질에 영향을 끼치지는 않았다.

저작권의 보호와 그 한계

저작권에 관한 한, 프랑스 법은 특별히 보호적인 것처럼 여겨진다. 하지만 일부 자유로운 원칙들은 그 보호의 범위를 크게 제한한다.

보호의 적용 영역은 법에 의해 규정된 바처럼 매우 넓다. 저작권 관련 법전의 L. 111-1조, 1항은 "정신의 작품" 저자는 "자신의 창작물이라는 이유만으로도" 독점을 향유한다고 적시한다. 이는 1992년 6월 20일 법에 의해 쇄신되어, 납본이 설사 의무적이라 하더라도 저작권 발생에는 아무 효력이 없다는 점을 입증하는 데 충분한 사항이다. "저자의 구상이 설사 미완일지라도 그 구상의 실현 이라는 사실만으로도 작품은 창작된 것으로 여겨지며, 이는 어떻게 든 대중에 누설되는 것과는 무관하게 그러하다."[32] 그러므로 저작권 침해 고발은 한 작품의 창작과정에 아주 일찍 끼어들 수 있다. 소설 의 초고라든가…. 그럼에도 불구하고 "작품은 저작권 침해를 당한 대상과의 동일성 또는 유사성을 입증할 수 있도록 충분히 진전돼 있어야 한다."[33] 이는 에세이스트 자크 아탈리와 오딜 자콥 출판사 가 맞붙던 소송 때 파야르 출판사가 이용했던 방어선이다. 오딜 자 콥 출판사는 프랑스 대통령이던 프랑수아 미테랑과 노벨 평화상 수 상자 엘리 비젤 사이의 대담을 엮은 책을 출간할 계획이었다. 그런 데 이 대담의 증인이던 자크 아탈리가 선수를 쳐서 대담의 일부를 언론에 발표하면서 엘리 비젤의 존재를 거의 지워버렸다. 오딜 자콥 출판사는 "타이프라이터로 잡다하게 쳐놓은 대담들을 수집하여 구 성된 원고"밖에 만들어낼 수 없었고, 그 원고에는 "프랑수아 미테랑 에게 그 내용을 발전시켜달라고 제안하기 위해 마련된 수기手記 견 해들이 실려 있었다."[34] 《한마디 한마디》를 출간한 파야르 출판사가 문서로 된 계약서가 없다는 점을 지적할 수 있는 좋은 패를 들고 있 었음에도 불구하고, 준비 중이던 책[35]은 그렇게 해서 실체가 비어버 렸다. 1993년 5월 20일자 《르 누벨 옵세르봐퇴르》에 따르면, "전체 적으로 최소한 43군데, 각 부분에서 30~40줄씩" 표절되었다.

L. 112-1조는 지적소유권 법률 조항들이 "장르, 표현 형식, 장 점 또는 용도가 무엇이건 간에 정신의 모든 작품에 관한" 저작권을 보호한다고 규정하는 것으로 그친다. 그 결과, 저작권 침해를 당한 작품이 미학적 또는 지성적 차원에서 아무 이득이 보이지 않는다는 구실로 저작권 침해 기소가 기각될 수는 없을 것이다. 작품의 지위

또한 보호되고 번역, 번안, 편집본, 선집 같은 다른 원본들로부터 파생된 작품도 마찬가지로 보호된다.

법은 이중의 관점에서 저자의 권리를 고려하는 만큼 더욱 보호적이다. L. 111-1조, 2항에 따르면, 저자의 권리는 "지성적이고 정신적 차원의 속성들뿐만 아니라 재산적(또는 금전적) 차원의 속성들을 내포한다." 저작권의 법적 체제는 분명히 이원론적이다.

저작인격권은 저자가 자신의 작품에 대한 (타인의) 이용에 관해 행사하는 통제권이다. 저작인격권은 프랑스 법의 인본주의적 개념을 드러낸다. 그것은 저자의 인격에 결부되어 영구적이고 양도할 수 없는 권리다(지적소유권법의 L. 121-1). 저자 자신도 그것을 포기할 수 없다. 앞서 인용한 브라강스와 드 그레스 사이의 사건이 이를 확증했다. 저자의 통제는 우선 작품의 탄생과 관련되고, 이는 이중의 관점에서 그러하다. 한편으로, 작품의 '공표(누설)' 결정은 오로지 저자의 조심성에 달려 있다. 다른 한편으로, 저자자격 권리는 설사 저자가 계약에 의해 자기 이름을 책 표지에 드러내지 않기로 결정했다 하더라도, 취소될 수 없다.

게다가 저자는 자신의 저작인격권을 작품 유통 때 행사한다. '존중권'에 따르면 작품은 변경될 수 없고, '철회와 수정에 대한 권리'에 따르면 저자는 자기 작품을 수정하거나 유통에서 빼낼 수 있는데, 그가 피양도인에게 이에 관한 피해를 배상한다는 조건하에서다(L. 121-4조).

금전적 또는 재산적 권리에는 시간적 제한이 있고, 전부 또는 일부 양도의 대상이 될 수 없다. 분명히 하자면, 저작권 침해란 복제 권리(재산적 권리)와 저작인격권을 동시에 침해한 것이라 할 수 있다.

첫 법적 접근이 저작권에 관한 프랑스 법의 보호적 측면을 강조하는 반면, 상대적으로 '자유로운' 세 가지 원칙은 그 보호의 규모를 제한한다. 그 원칙들은 다음 세 가지 준거와 관련된다. 관념, 독창성, 유사성.

우선, 법은 형식과 내용을 구별하며, 관념을 보호 범위에서 배제한다. 앙리 데부아는 이를 다음과 같이 명시한다. "관념의 기발함이 어떠하든 간에, 그리고 그 관념에 천재성이 드러난다 하더라도, 타인에 의해 표현된 관념의 전파와 활용은 저작권에 내재한 속박에 의해 저지될 수 없다. 관념은, 본질적으로 그리고 그 용도 때문에 자유로운 여정이기 때문이다."[36] 관념의 구성인 집필과 표현, 이 둘만 보호 대상이 된다. 다음은 이 원칙을 구체화하기 위한 사례인데, 문학이 아니라 미술과 관련된 것이다. 그럼에도 그 단순함과 분명함 때문에 들여다보도록 한다. 1985년에 파리의 퐁뇌프 다리를 천으로 감싸 개념예술 작품을 구현했던 조형예술가 크리스토와 관련된 '크리스토 사건'은 보호할 수 없는 관념과, 관념의 보호 가능한 특별한 표현 사이의 경계를 예증한다. 크리스토에 의해 포장된 퐁뇌프 다리는 보호할 수 있는 작품이라는 점을 여러 사법 판결이 인정했다. 반면 파리지방법원은, 그 예술가가 저작권이라는 이름으로 '예술적 포장'에 관한 독점권을 보유할 수 없고, 따라서 '그의 방식으로' 포장된 다양한 사물을 표현한 포스터의 제작을 광고회사에 금지시킬 수 없다고 판결했다.

"잘못은 '공들인' 관념에 가해진 침해에 있을 것이며, 그 결과 이미 '표현양식'이 된 것의 '맹목적 모방'에 있을 것이다."[37] 그러므로 '자유로운 여정'인 관념과 주제를 서로 구별해야 한다. "주제는 사실상 관념의 연속, 관념들의 조합이고, 한 문학작품 전체의 구성

작업이다." 반면, 공공재산에서 원천을 취하는 주제는 보호받지 못한다. 역사적 사실, 신화 또는 아주 잘 알려진 소재는 설사 세부사항일지라도 보호를 받지 못한다.

그러나 공동자산으로부터 주제를 빌려올 권리를 갖게 하는 옹호 논법은 때때로 부당하게 이용된다. 1900년에는 파리재판소가 르 포르와 델쿠르에게 잘못이 있다고 판결했다. 이들은 《넬의 탑》이라는 소설에서 아버지 알렉상드르 뒤마와 프레데릭 가이야르데가 쓴 같은 제목의 희곡을 표절했다.

"주제가 역사적이거나 적어도 전설적이어서, 이전에 출간되었는지에 대한 염려 없이 다룰 수 있다고 저자들(르 포레와 델쿠르)은 주장해도 소용없고, 《넬의 탑》의 어떤 인물들이 존재했었다는 것이 사실이긴 해도, 뒤마와 가이야르데의 극화된 픽션은 온전히 그들에게만 속하며, 공공재산이 아니라 오로지 그들에게만 속한 것이므로, 상소인들은 그 희곡을 부당하게 취한 것이다."[38]

판사는 가이야르데가 공동자산에서 애초의 관념만, 즉 루이 10세의 아내인 마르그리트 왕비와 처제들이 남자들과 하룻밤을 보낸 뒤 그 남자들을 죽게 했을 거라는 '넬의 탑' 전설만 취했다는 논증에 따라 '일반적 표절'이라고 결론지었다. 그럼에도 불구하고 그 사건은 내막을 알고 나면 좀 부당한 듯싶다! 그 희곡은 원래 시골 작가인 가이야르데에게서 비롯된 것이었다. 원고는 아마 좀 서툴러 보였겠지만 "폭력, 섹스, 광란으로 가득 찬"[39] 것이었나 보다. 뒤마는 가이야르데에게서 그 원고 얘기를 듣자마자 낚아채서 사흘 만에 다시 썼다. 그 희곡은 결투와 소송으로 이어졌고, 이런 홍보효과로 인해 즉각 성공을 거두었다. 가이야르데는 뒤마에게 요구사항이 있었는데, 그 요구란 포스터에 그의 이름만 나오게 해달라는 것이었다. 그런데 1861년이 되어서야 두 공저자는 마침내 화해하여 그 작품의 판본들에 두 이름이 실리는 것을 받아들였다. 거의 무명이던 가이야르데는 자기 작품이 좀 도난당했다는 느낌을 갖지 않았을까? 하지만 뒤마가 없었다면 가이야르데는 어찌 되었을까?

실제로는, 보호할 수 없는 '관념'과 보호할 수 있는 '형식화' 사이의 경계를 식별하기가 아주 힘든 경우가 흔하다는 점을 깨닫게 된다. 관념의 형식화는 관념들의 구성 작업으로 이루어지는 동시에 그 구성의 표현으로 이루어진다. '구성'이란 '세분화된' 계획, 즉 "상황과 장면의 연속, 문학작품의 다양한 관념의 전개와 배열"[40]이라고 이해하자. 이 정의는, 앞서 마르셀 아제마가 주제를 관념에 대립시키면서, 즉 생각에 대립시키면서 주제에 부여했던 정의와 일치한다. 명확히 하려는 이런 심려에도 불구하고, 어떤 법률가들은 꽤 오락가락하는 문학용어를 사용한다. 그 반대로 어느 판결에서 파리재판소는 주제를 관념이라는 의미에서 구성(집필)에 대립시키는데, 우리가 보기에 이것이 더 정확해 보인다.

"만약 각 작가가 어느 선배에 의해 이미 소설로 꾸며진 주제를 자유롭게 다룰 수 있다면, 이는 그 주제로 새롭고 독창적인 작품을 만들고, 첫 번째 저자에게서 그의 작품의 기본적인 요소, 즉 구상, 인물, 틀, 줄거리의 급변, 특히 그의 문체와 묘사 등을 차용하지 않는다는 조건에서다."[41]

주제는 구상이나 구성보다 더 애매한 채로 남아 있다. 그것은 관념에 더 가깝다. 하지만 "다뤄진 주제의 성격에 의해 부과되거나 첫 번째 연출된 상황에서 논리적으로 귀결되는 사실이나 장면들의 연속"[42]이 독창적이라고 여겨지지는 않는다. 그래서 전기의 연대기적 구조는 어쩔 수 없이 한 사람의 일생 중 두드러진 요소들이 강조되어 '기능적' 구성의 지배를 받는다. 한 상황이 논리적으로 다른 상황을 초래하는 이야기에는 그런 논증이 언제나 유효하다. 미국 법은 그런 대목들을 "만들어야 할 장면들"이라고 규정한다. 이는 주어진 주제, 사건, 인물이나 필요불가결한 배경을 다루는 데서 표준적인 상황들에 관한 것이다.

보호가 효력을 나타내지 않는 이런 명확한 경우들 외에, 한 작품의 구성에 관한 저작권 침해는 앙드레 R. 베르트랑에 따르면, 다음과 같은 것들이 있을 때 존재한다.

—두 작품의 '짜임새' 속에서 드러나는 많은 유사점.

—작품의 전반적 '본질'의 복제.

—'특징적 장면들' 중에서 하나 또는 여럿의 복제.[43]

여기서 말하는 '짜임새'를 사건들의 연쇄라고 이해하자. 저작권 침해에 관해 판단하기 위해서는, 이론적으로는 "작품의 짜임새나 시나리오를 20~30여 가지 요소로 분해하고, 그 요소들이 저작권 침해를 하는 작품 속에서 실질적으로 나타나는지 확인해보는 것"[44]으로 충분할 것이다. 이런 체계적이고 양적인 분석은 미국 법에서는 흔하다. 이런 분석은 〈최후의 상어 L'Ultimo squalo〉라는 이탈리아 영화가 〈조스〉라는 영화를 표절했음을 증명하기 위해 이용되었다. 그리고 이 절차는 그 유명한 《파란 자전거》 소송 때 채택되었다. 이 소송에서 파리지방법원의 제3법정은 레진 드포르주의 소설 속 이야기와 인물들의 성격을 마거릿 미첼의 것들과 분석 비교하는 일에 전념했다.

그렇지만 양적 분석 방법이 저작권 침해의 모든 경우에 적용되는 건 아니다. '본질'이나 '특징적' 장면의 복제는 처벌을 야기하기에 충분하다. 바로 그 때문에 그 개념들은 명확히 할 가치가 있다. '본질'이란, 저자가 한 주제를 다루고 다듬기 위해 갖고 있는 아주 개인적인 방식이라고 이해하자. 가이야르데와 뒤마가 넬의 탑이라는 전설을 다시 취하여 전개시키고 풍요롭게 만들 때, 그들의 독창적인 작업이 그런 것이다. 법률적 어림셈은 매우 인상적이다. 왜냐하면 작품의 본질이 복제되었는지, 저작권 침해를 하는 작품이 "복제된 작품과 같은 전반적 인상"을 풍기는지 감정하는 일에서, 판사가 자신의 '인상'에 맡긴다고 간주되기 때문이다.

타하르 벤 젤룬의 소설에 대한 분석에서 판사는 최소한 우리가 방금 정의내린 '구성(집필)'에 고유한 두 가지 요소를 고려한다. 한편으로는 짜임새, 다른 한편으로는 작품의 '전반적 구상' 또는 '정신'이다. 짜임새에 관한 점검은 처음과 마지막이라는 중요한 두 시점으로 축소되는데, 두 작품 사이의 불일치를 더 잘 드러내기 위해 그런 것이다.

"두 여주인공이 '결국' 시각장애인 등장인물과 관계를 맺기는 하지만, 시나리오의 등장인물은 거지 음악가로서 자신을 추종하는 여인을 난폭하게 대하고 심지어 겁탈하려하기까지 한 반면, 자하라는 영사의 '초대 손님'인 점에 비추어 […].
시나리오의 시각장애인은 시력을 되찾고 이야기 '마지막에' 죽는 반면, 소설의 시각장애인은 실종되는 점에 비추어."[45]

이어서 판사가 '전반적 구성'이라고 명명하는 것은 작품의 정신에 비추어 보면 배경에 해당한다. 저작권 침해 고발을 떼어놓기 위해 판사는 '우선 보기에' 동일한 사건들, 즉 여주인공이 당한 성적 고문은 서로 다른 배경에서 전개된다는 점을 그저 보여줄 뿐이다.

마지막으로, 구성에 내재한 세 번째 요소인 '특징적 장면'은 저작권 침해가 꼭 '비중', 즉 표절된 장면들의 양으로 평가되지는 않음을 내포한다. 사실상 어느 장면이 각별히 특징적이고 독창적이며 한 작품에만 고유한 것이기만 하다면, 단 한 장면만으로도 충분하다. 그 예로서 《블룀필드사社 *Bloemfield et C*^{ie}》 사건이 흔히 인용되곤 한다. 이는 《블룀필드사》라는 희곡의 저자들과 〈반지 *La Bague*〉라는 영화의 저자인 영화인 슈브레가 싸우게 된 소송이다. 상소에서 파리재판소는 영화인에게 주요 사건의 급변을 복제했다고 비난했다. 식사 도중에 고기 파이 안에 들어 있던 반지를 발견하여 끔찍한 인육 거래를 발견하게 해준다는 대목이다.[46]

구성 다음으로 형식화의 두 번째 요소인 표현에 대한 보호는, 오로지 표현을 글자 그대로 복제하는 경우에만 적용하는 것이 아니다. 타인의 작업을 자기 것으로 만들기 위해서는 몇몇 평범한 변화로 충분할 것이다. 한 작품의 번안, 번역 또는 편곡은 그러므로 원저자의 허락 없이는 할 수 없다. 따라서 모델이 된 작품과 구별되기에 적절한 변화와, 그보다는 속임수를 써서 표절을 감추려는 대수롭지 않은 차이를 서로 구분해야 할 것이다.

그럼에도 모든 표현형식이 저작권을 보호받는 것은 아니다. 보호 영역에서는 '기능적' 형식, 즉 텍스트의 순전히 실용적 기능 때문에 부과되는 형식은 배제된다. 자세히 설명해보자. 만약 작가가 다른 형식들을 통해 같은 목표에 도달할 수 있다면, 그가 개성의 표지로서 채택하는 형식은 보호를 받는다. 반면, 그런 표현이 그 말의 성격 자체에 의해 부과된 거라면, 이런 표현은 저자의 개성에 속하는 것이 아니므로, 평범한 것으로 여겨져서 보호받지 못한다. 그렇다고 그것을 표절했다고 비난할 수도 없을 것이다. 왜냐하면 아무도 그것에 대해 개인적 소유재산이라고 내세울 수 없을 테니까.

이런 규율은 특히 역사적인 글과 전기적 이야기에 적용된다. 사건들과 표현은 저자에게 부과되는 것들이다. 그러므로 실제 정보에 관한 기존 저서들뿐만 아니라 거기서 다뤄진 주제에서 비롯되는 용어를 차용한다고 해서 저자를 비난할 수는 없을 것이다. '기능적' 형식이라는 개념이 이론적으로는 그토록 분명하다 하더라도, 해석의 어려움을 제기하기는 한다. 그 개념은 맹목적 복제의 피난처가 되어줄 수도 있다. 흥미로운 법해석을 야기하는 어느 사건에서 세 차례의 연이은 판결이 저작권 침해에 유리하게 언도될 수 있게 해주었다. 페르디낭 랄르망은 1955년에 파리 출판사에서 《마아르코스 세스티오스의 선상일지 *Journal de bord de Maarkos Sestios*》라는 가상의 역사 이야기를 출간했다. 소설로 재구성된 이 작품은 3부로 엮어졌다. 서문, 일지, 역사 또는 고고학의 대중화 경향의 주석과 여기 곁들여진 참고문헌, 이렇게 세 부분이다. 그런데 고고학자 페르낭 브누아가 이 저서에 대해 부분적 저작권 침해라고 주장했다. 이른바 허구임을 표방한 이 소설이 자신이 쓴 숱한 논문들을 표절했다는 얘기였다. 세 가지 특징적 요소가 고소당했다.

"마아르코스 세스티오스라는 인물 그 자체, 이 인물에 속한 선박이 '큰 콩글뤼'라 불리던 장소에서 예전에는 '마실리아'였던 마르세유 연안이 보이는 곳에서 서기 전 2세기에 겪는 돌발적인 난파,

이 선박의 해상 여정, 즉 델로스(시클라데스 군도)에서 마실리아까지 고대의 '포도주 길'에 해당하는 것으로 추정된 여정."[47]

법은 오로지 형식만 보호하는 것이지, 관념은 보호하지 않는다는 점을 이 소설의 저자 랄르망이 부각시켰다.

"고고학 영역에서 연구와 지식의 규칙과 방법, 발굴이나 발견 또는 다른 과학에서 끌어낸 기술적 요소들에서 비롯된 물질적 자료는 저자들에 의해 대중에 넘겨지는 때부터 인류의 지식의 공동자산에 획득된 것이라 여겨져야 한다."

언어사전, 문학 안내서 그리고 자료적 성격의 모든 저서에 이 논거가 적용될 수 있을 것이다. 다행히도 판사는 저작권에 관한 이런 '제한적 개념', 특히 표현에 관한 이 '제한적 개념'을 거부하였다. 판사는 표절자인 소설가 랄르망에 반대하며 고고학자 브누아가 옳다고 함으로써, 가설, 해석, 정의, 언어학적 또는 전기적 재구성 등에 대한 보호법을 인정하였다. 그러므로 독창성이 문학형식에 있는 게 아니라, "물질적 자료와 지성적 자료의 독창적 접근"에 있는 "정신의 구축構築"들은 보호된다. 우리는 소설가 장 보트랭과 대학교수 파트릭 그리올레 사이의 논란의 여지가 있는 소송을 점검할 때 반드시 그 논거를 떠올리게 될 것이다. 그 어떤 이유로든 '기능적 형식'이 도피처가 되어서는 안 된다.

표현과 구성은, 결국 한 작품의 독창성을 평가하게 해주는 두 가지 본질적 준거다. 그런데 법의 견지에서 독창성이란 무엇일까? 최근에 나타난, 주관적이고 변동하는 개념이다!

독창성이라는 개념은 모든 저작권 침해 연구의 중심에 있으면서도 늦게야 나타난다. 앙드레 뤼카와 앙리-자크 뤼카가 《문학과 예술에 관한 소유권론 Traité de la propriété littéraire et artistique》[48]에서 상기시키는 바처럼, 1791년과 1793년 법들은 독창성에 관해 아무것도 거론하지 않았다. 더 놀라운 일은, 1957년 3월 11일 법이 지적소유권 법과 관련하여 1992년 7월 법에서 다시 취해지는데, 관련 조항들에 관한 부수적 조항(제5조 제1항)에서 우회적으로만 그 요구사항을 언급할 뿐이다. 법의 침묵 때문에, 법해석 그 자체는 법의 힘을 빌릴 경우 신중을 기하고, 그 어떤 일반화도 경계한다. 여기서 핵심적 역할을 한 것은 학설이다. 그러자면 데부아를 기다려야 했다.[49] 왜냐하면 그 이전에는 법률가들이 독창성에 관한 언급을 전혀 허용하지 않았기 때문이다.

독창적이란 새롭다는 것이 아니다. 이전 작품과 동일한 작품을 예로 들어 보자. 그렇다고 해서 저작권 침해는 아니다. 나중 작품의 저자가 이전 작품의 존재를 모른다면 복제한 것이 아니다. 이런 경우, 법은 이전 작품과 그 저자를 보호하지 않는다. 독창성은 법적으로는 아무런 새로움도 내포하지 않는다. 엄격히 연대기적이고 객관적인 개념인 새로움은, 선행성 부재를 통해 규정된다. 그 결과 새로움은 독창성의 준거가 아니다. "독창적인 것, 그것은 저자의 '개성의 흔적'을 지니는 정신이 창조해낸 결과다."[50]

그런데 '개성의 흔적'을 어떻게 알아보나? 작품의 형식, 구성, 표현 등을 점검함으로써. 학설은 그런 감정鑑定의 주관적 성격을 강조하고야 말았다. 저작권 침해 문제는 실제로 미학적 판단과 문학 비평의 중심에 다시 놓인다. 그 균열을 더 명백히 하기 위해 피에르-이브 고티에는, 저작권 분야에서 법해석은 "명부名簿, 카탈로그,

연감, 마개 따개 등의 제조"에서 독창성을 간파한다고 상기시킨다! 법의 견지에서는 기준이 아주 낮게 정해진 것 같다. 그러니 아무 작품에나 걸작이라고 선포되게 할 독창성 개념의 위험한 일반화를 두려워해야 할 수도 있다.

역설적이게도, 판사가 때로는 순전히 문학적인 작품에 대해 요구가 더 많은 태도를 보일 수도 있다. 더 나중에 보게 되겠지만, 미국 루이지애나 주 아카디아 출신 프랑스인들의 언어에 관한 파트릭 그리올레의 끈질기고 심화된 연구서들이 독창성도 전혀 없고, 자유로운 구성도 갖추지 않았다는 이유로, 다른 형식의 변화를 거치지 않고도 복제될 수 있다고 여겨졌다. 비교를 해보면, 인명부는 독창적인 형식이어서 보호되는 반면, 언어사전은 세심한 연구에 바탕을 두고 적절하게 선택되고 다듬어진 사례들과 정의들을 포함하는 데도 아무런 보호도 받지 못한다. 그 대비가 너무 놀랍다. 앙드레 뤼카의 표현에 따르면, 독창성은 이제 '가변적인 개념'이 되어가는 중이다. 법의 취약함이 바로 거기에 있다. 법은 아주 다른 성격의 대상을 같은 법적 척도로 판결하고야 만다. 왜냐하면 지적소유권에 관한 법의 L. 112-1조가 판사에게 작품의 용도와 장점마저 고려하지 못하게 하기 때문이다. 그것은 '예술의 단일성'에 관한 유명한 이론으로, '문화적'인 것과 그 어떤 산업에든 '적용된' 것 사이에 아무런 차별도 해서는 안 된다는 이론이다. 이 원칙은 1902년에 프랑스에 도입되고, 1957년 3월 11일 법에 의해 다시 취해져서, 작품이 문화적이건 실용적이건 간에 그 용도를 고려하지 못하게 한다. 판사는 정신의 작업의 예술적 가치에 관해서는 평가를 내릴 수 없다. 거기에 모순이 있지 않은가? 작품의 장점, 가치를 고려하지 못하게 하면서, 작품의 독창성을 어떻게 판단한단 말인가? 저작권 사안에서 그 어떤 미학적 고려도 배제한다면 '개성의 흔적'이란 무엇을 의미하는 걸까? 독창성 개념은 비극적으로 길을 벗어났고, 효험이 없다.

어쩌면 이제 작품에 대한 새로운 정의를 제안하는 일이 남았을 것이다. 문학 영역에서 그 용어를 통해 이해될 수 있는 것에 더 가까운 정의 말이다. 피에르-이브 고티에는 다음과 같이 권한다. "인간 정신의 혁신을 위한 모든 노력은 지성적 생산으로 이어지고, 이 지성적 생산은 실리적인 목표를 지향할 수 있으나, 그 생산물을 그 어떤 방법으로든 미술의 질서에 결부시켜서 최소한의 미학적 효과를 내포해야만 한다."[51] '미술'과의 이 최소한의 연관은 저작권에 특수성을 되돌려주는 것을 목표로 한다. 왜냐하면 저작권이 상법이라는 방대한 영역 속에서 헤매게 될 위험이 크기 때문이다!

작품의 형식과 독창성이라는 개념들에 연관된 보호의 한계를 명확히 한 뒤, 기본적인 마지막 법 원칙을 덧붙이는 것이 적절하다. 저작권 침해는 '차이'에 따라서가 아니라 '유사성'에 따라 평가돼야 한다는 원칙을 가리킨다. 겉보기에는 구속력이 있는 것 같은 이 원칙이 교묘히 피해지는 경우가 잦다. 작품 보호는 다시 좀 더 제한되어버린다. 실제로,《신성한 밤》이라는 소설 속에서 어느 시나리오에 대한 저작권 침해를 했다는 의혹을 받은 타하르 벤 젤룬의 소송 때, 법정은 벤 젤룬의 소설과 미르티으 뷔트네의 시나리오 사이의 유사점에 대해서는 조사를 방기했다. 초기에는 실제로 법정이 미르티으 뷔트네가 전개한 테마들의 평범함을 강조하는 것으로 그쳤다. 그러나 두 번째 논증은 위에서 언급된 원칙과는 반대로 온통 차이점만 열거했다. 다른 사건들은 저작권 침해 평가의 큰 원칙들 중 하나를 문제 삼는 경향이 있다. 그런데 판사가 실제로 유사성이라는 준거만

가지고 한 작품을 점검하는 것으로 만족할 수 있는 걸까? 뚜렷한 유사성의 의미, 예를 들어 시각장애인과 엮이게 된 아가씨 같은 유사성의 의미는 그 맥락에 따라 평가돼야 마땅하다. 그런데, 그 맥락이 본질적 차이를 보여주는지 아닌지에 따라 유사성을 다르게 판단할 수 있을 것이다.

이 점에 관해 피에르-이브 고티에는 양식良識이 풍부한 총론을 내놓는다. "저작권 침해는 '우선' 유사점들의 분류와 집계를 통해 평가되고, 그런 다음 차이점으로 넘어가게 될 것이다. 만약 차이점들이 표절이라는 전반적 인상을 파괴하지 않는다면, 처벌이 따를 것이다. 하지만 그 반대로 차이점들이 첫 번째 인상을 '뒤엎어버리고', 두 번째 작품의 특징적 요소들이 실질적으로 고유한 것이라는 점이 확증되면, 기각 또는 무죄방면이 언도될 것이다."[52]

다소 문외한인 독자가 저작권의 그토록 복잡한 법적 쟁점들에 관해 꽤 명확한 관념을 벌써 형성할 수 있을 정도로 충분한 설명을 이토록 짧은 시간 내에 소개한다는 게 무모한 일 아니었을까? 그러나 각각이 특별한 경우이므로, 고백컨대 그토록 흥분되고 예기치 못한 호기심을 일깨워준 법해석과 법률 입문서들을 자세히 읽어보시라 권하고 싶다.

저작권과 '카피라이트'

저작권법과 관련된 프랑스의 법규와 영미의 '카피라이트

copyright' 사이의 기본적인 차이를 알고 싶어 하는 독자를 위해 여기에 내놓는 것은 심화된 분석이 아니라 최소한의 적확한 설명이다. 확인된 사실은 다음과 같다. '카피라이트' 시스템이 저작권 개념에 점점 더 영향을 끼치는 경향이 있다는 사실이다. 이 분야에서 향후의 쟁점들에 관해 밝혀줄 수 있는 저서를 든다면, 그것은 알랭 스트로벨의 《저작권법과 카피라이트: 엇갈림과 수렴. 비교법 연구 *Droit d'auteur et copyright: divergences et convergences. Étude de droit comparé*》[53]다. 첫 번째 비교 접근에서부터 네 가지 핵심적 차이가 드러난다. 그들 중 셋은 저작권의 원칙 자체에 관한 것들, 즉 어찌 보면 저작권의 철학에 관한 것이다. 저자 개념에 관한 것, 독창성 개념, 마지막으로 저작인격권이 존재하느냐 않느냐에 관한 것이기 때문이다. 비교적 덜 결정적인 네 번째 차이는 납본의 의무와 관련된 것이다.

프랑스의 인격주의적 개념에서, 저작권법은 사회에 불이익이 가더라도 저자의 이득을 유리하게 하는 경향이 있다. 물론, 프랑스법은 대중 안에서 사상이 자유로이 유통될 수 있도록 사상 자체를 보호범위에서 배제하는 것이다. 다른 조처들은 창작자의 이득과 사회의 이득을 조화롭게 하는 것을 목표로 한다. 하지만 '카피라이트'는 시장의 논리를 확실히 우선시한다. 그런데 시장의 논리는 오로지 저자의 이득에만 구속될 수 없을 것이다. 그 논리에서는 대중, 즉 소비자가 가장 중요시된다. 저자와 작품 사이의 관계는 약화되어, 투자자가 점차적으로 저작권의 진정한 보유자가 되기까지 한다. 동시에 저작권은 투자에 대한 보상처럼 되어버린다. 경제와 문화 사이의 경계가 흐릿해짐에 따라 작품은 신성한 성격을 잃고, 창작자는 독점권을 잃는다. 이런 관점에서 미국의 시스템은 개발자의 권력을 강화시킨다. 그런 변화에 맞닥뜨려보면, "바로 '저작권(저자의 권리, droit d'auteur)'이란 표현 자체가 거짓된 것이 된다."[54]

아마도 우리가 방금 묘사한 이유 때문에 두 법체계에서 독창성 개념 자체가 다를 것이다. 그것이 두 번째 엇갈리는 점이다. 프랑스 법에서 독창성은 저자의 개성적 흔적과 연결되어 있는 주관적 개념이다. 이에 반해 '카피라이트'는 작품이 어떤 작품을 복제한 것이 아닌 한, 설사 그 작품이 평범하고 예사로운 것이라 하더라도 그 작품을 독창적인 것으로 여긴다. 이는 그 작품의 혁신적 또는 개성적 성격에 대한 그 어떤 평가와도 무관하게 이용된 객관적 준거다. 그 작품이 설사 어떤 특별한 이점이 없다 하더라도 저자로부터 유래되었다는 것이 핵심이다. '카피라이트'는 그렇게 해서 소설에서부터 수첩에 이르기까지 모든 종류의 작품에 독창성 개념을 확장시킨다. 그 이유는 순전히 경제와 관련된다. 최소한의 창의성으로 최대한의 수익성을 투자가들에게 보장하는 것이 관건이기 때문이다.

세 번째 차이도 같은 논리에서 생겨난다. 이원론적인 프랑스 법에서는 저작인격권, 즉 공표, 수정 또는 철회의 권리, 작가자격 권리, 작품 존중에 대한 권리 등을 저자에게 부여한다. 반면 '카피라이트' 시스템은 정신적 차원의 규정 자체가 결여되었다. 설사 1988년부터 영국이 저작인격권에 관한 항목을 법에 추가했다 하더라도, 베른 협정은 이 점에서 여전히 앵글로색슨의 '카피라이트'에 의해 폭넓게 영향을 받는다. 이 협정은 작가자격 권리와 작품 존중권에 관해서만 언급하기 때문이다. 게다가 프랑스 법과는 반대로 "이러한 특권들의 행사는 시간적으로 제약이 있음"[55]을 배제하지 않는다. 이 점이 바로 저자에게 확실히 유리한 프랑스 법의 특징을 보여주는 구체적 사례다. 이로 인해 어쩌면 대중 가운데서 작품의 자유로운 유통은 희생되더라도.

네 번째 차이는 덜 심각한 쟁점이다. 형식을 존중하는 전통이 강한 '카피라이트'의 나라들에서 일어나는 일과는 반대로, 프랑스에서는 작품이 "창작이라는 사실만으로도"[56] 보호를 받는다. 실제로 프랑스에서는 작품의 납본이 여전히 의무적이긴 하지만, 그 어떤 절차에도 종속되지 않는 저작권의 권리 행사에는 그 납본 의무가 더 이상 아무런 영향력을 갖고 있지 않다. 게다가 베른 협정도 같은 원칙을 채택했다. 이 협정에 가입한 미국은 그러므로 이 점에서 프랑스의 저작권과 가까워졌다.

엇갈리는 점들 너머에서, 지성적 생산과 문화에 관해 상반된 개념들이 표현된다. 프랑스 법은 예술작품과 작가를 비교적 신성시한 관점에서 착상하는 반면, 앵글로색슨 법의 국가들은 여전히 실용적 현실주의에 젖어 있다. 하지만 아주 막강한 경제 영역에서 벌어지는 문화상품들의 점진적 통합에 직면하여, 문학작품과 예술작품의 상업화로 인해 이들이 결국 평범한 공업제품이나 소비제품과 동일시되고야 말 것이라고 생각될 수도 있다. 그러면 '카피라이트' 시스템에 '전염'이 될 수도 있다.

7 장

성공한 작가에 대한
판사의 태도

    이제 앞서 끌어냈던 비교분석 원칙들의 실질적 기능을 보여줄 수 있는 두 가지 사건을 들여다보려 한다. 첫 번째는 레진 드포르주와 랑제 출판사가 마거릿 미첼과 트러스트 컴퍼니 뱅크와 오래도록 법정 싸움을 벌였던 사건이다. 트러스트 컴퍼니 뱅크는 전 세계에서 유효한 《바람과 함께 사라지다》에 귀속되는 작가의 재산권을 부여받은 미국 법률회사다. 문제의 이 두 소설은, 얻은 인기 때문에 그 '사건'에 특별한 반향을 초래했다. 한쪽은 1981년에 출간된 《파란 자전거》, 다른 쪽은 미국에서 1936년에 출간되고 프랑스에서는 1939년에 번역 출간되며 같은 해 빅터 플레밍에 의해 영화로 각색된 《바람과 함께 사라지다》다. 16개 언어로 번역된 이 작품은 1937년에 저자에게 퓰리처 상을 안겨주었다. 이 저작권 침해 소송은 법적 고찰과 그 소송이 야기한 건설적인 토론들 때문에 본보기가 되었다. 일심, 상소 또는 상고 소송에서 판사들이 전개시킨 논거로부터 기법들, 심지어 상이한 법철학들이 끌어내졌다.

두 번째 '사건'은 소설가와 미국 아카디아 출신 프랑스인들의 언어 전문가인 교수 사이에 벌어진 일로서, 법적으로는 흥미가 덜하다. 이 사건은 종국에는 꽤 단순해 보이기 때문이다. 반면, 문학평론가에게는 법적 관점을 보충해주고, 경우에 따라서는 그 관점을 논의할 수 있게 해주는 이점이 더 있다.《선한 신을 향한 큰 한 걸음 *Un grand pas vers le Bon Dieu*》(1989)이라는 소설의 저자인 장 보트랭의 변호사와《루이지애나의 프랑스인들과 크레올 *Cadjins et Créoles en Louisiane*》(1986)과《루이지애나 단어들. 프랑코포니의 어휘적 연구 *Mots de Louisiane. Étude lexicale d'une francophonie*》(1987)의 저자인 파트릭 그리올레의 변호사는 너무 다른 성격의 변론들을 교차시키므로, 이 토론은 오늘날 좀 해명할 가치가 있다.

이 두 사건에는 공통점이 하나 있다. 둘 다, 고소인이 유명한 작가와 맞붙는 바람에 각하되었다는 점이다.[1]

드포르주-미첼 사건: 법적 논거와 그 한계들

프랑스 작가 레진 드포르주는 1981년에 3부작 중 첫 번째인《파란 자전거》를 출간했다. 그런데 최소한 시작 부분에서는 유명한 미국 소설《바람과 함께 사라지다》에서 영감을 얻은 게 분명했다. 허락받지 않은 채 출간되었으므로, 저자인 마거릿 미첼의 상속 이권을 관리하는 트러스트컴퍼니 뱅크는 배상을 요구하기 위해 레진 드포르주와 출판사를 공격했다. 이 컴퍼니에는 상속자들도 가담해 있었다.

이 유명한 사건에서, 우리는 운 좋게도 법조문의 적용을 관찰할 수 있다. 그 사건은 정신적 금전적 영향력이 꽤 요란해서, 판례들이 잘 조달된 동시에 복합적인 법률 발전의 기회가 되었다. 우리는 저작권 침해에 관한 논의에서 일종의 아주 대표적인 사례를 보게 된다.

1989년 12월 6일, 파리지방법원은 95쪽이나 되는 판결문에서 피고인들에게 저작권 침해에 대한 유죄판결을 내렸다.[2] 판사들은 저작권에 관하여 세 가지 큰 준거 원칙을 이용했다. 양적 비교 분석, 차이점보다 유사점 우선시, 파스티슈의 규정에 관한 법의 엄격한 준수가 그 세 원칙이다.

우선 판사는 체계적으로 2열로 소개된 두 텍스트의 비교에 착수했다. 우리는 그것에서 착상을 얻어 그 두 텍스트가 서로 달라지기 시작하는 지점에서 두 이야기의 요약을 중단한다. 그런데 두 이야기의 골자들은 두 소설의 전반부 내내 이어진다(242~243쪽 참조).

두 이야기의 골조를 상호비교해보면, 두 이야기가 주제 선택뿐만이 아니라 그 이상으로 유사하다는 점이 드러난다.

판사는 두 번째 방법론적 원칙에 맞춰, 차이점이 아니라 유사점을 우선적으로 점검했다. 그래서 95쪽이나 되는 지방법원의 판결문은 주로 두 소설에 공통적인 점을 나란히 열거해놓는 것으로 구성된다. 유사점은 텍스트의 흐름에 따라 단순히 들춰지는 것이 아니라, 그 반대로 저작권에 관한 판결들에서 일정하게 보이는 범주들에 따른 분류 대상이 된다.

— 전반적 플롯과, 요약 형태하의 극적 진전.

— 주인공의 신체적 심리적 특징.

— 등장인물 간의 관계.

— 조연.

— 특징적 상황과 장면.

마거릿 미첼의 《바람과 함께 사라지다》	레진 드포르주의 《파란 자전거》
이야기는 미국 남북전쟁 동안 남부에 있는 어느 부유한 가족의 면화대농장에서 벌어진다. 소설 여주인공인 스칼렛 오하라는 열여섯 살이다. 아주 애지중지 키워지고 이기적이지만 매력 넘치고 아름다운 그녀는 아버지로부터 자기네 땅 타라에 대한 사랑을 배운다.	이야기는 제2차 세계대전 동안 보르도의 포도재배자 가족 내에서 벌어진다. 소설 여주인공인 레아 델마스는 1939년에 열일곱 살이었다. 응석받이에 이기적이지만 결단력 있고 매력 넘치는 그녀는 몽티약의 자기네 땅에 대한 애착이 매우 강하다.
무도회가 이어지는 피크닉의 전날, 그녀는 자기를 열렬히 좋아하는 남자들 모두 중에서 자기가 가장 좋아하는 애슐리 윌크스와 그의 사촌인 멜라니의 약혼이 가까워졌다는 소식을 듣는다. 이 청년을 사랑하는 그녀는 바로 다음날 그에게 사랑을 고백한다. 애슐리는 그녀에 대한 자기감정에도 불구하고 자신과 그녀가 서로 너무 다르다고 단언한다.	(제3장) 시골 파티 도중에 그녀는 구혼자들 중에서 자기가 좋아하는 로랑 다르질라가 그의 사촌인 카미유와 약혼한다는 소식을 알게 된다. 이 청년을 사랑하는 그녀는 그가 자기와 같은 감정을 갖고 있다고 확신하고는 자기감정을 그에게 고백한다. 그런데 그로 하여금 결혼을 단념케 하려고 애써봤자 소용없었다.
서재에 혼자 남은 그녀는 35세 남자인 레트 버틀러가 그 고백과 거절 장면 내내 재미있어하며 그 자리에 있었다는 사실을 깨닫고는 화가 치민다. 그 실패에 격분한 그녀는 멜라니의 남동생 찰스 해밀턴으로 하여금 자기에게 구혼하도록 유도한다.	혼자 남은 그녀는 더 나이 많은 남자인 프랑수아 타베르니에가 그 고백과 거절 장면 내내 재미있어하며 그 자리에 있었다는 사실을 깨닫고는 화가 치민다. 퇴짜 맞은 것이 분해서 바로 그날 저녁 로랑의 남동생과 약혼을 하는데, 이 약혼자는 독일 군대와 싸운 초기 전투에서 전사한다.

그러나 찰스는 남북전쟁이
시작되자마자 죽는다.
아들을 낳은 후 그 아이에게
관심도 없던 그 젊은 부인은 즉시
애틀랜타에 있는 멜라니와 숙모네
집으로 간다. 전쟁에도 불구하고
그녀는 다시 얻은 자유에서 즐거움을
되찾는다. 그녀는 거기서 레트
버틀러를 자주 만나면서도 여전히
애슐리에게 끌리는데, 애슐리가
휴가 나왔을 때는 그에게 멜라니를
돌봐주겠다고 약속한 바 있다.

애틀랜타가 포위되는 동안, 스칼렛은
멜라니의 아이를 직접 받아낸다.
남부군의 도착이 임박했는데,
그들보다 앞서 그녀는 멜라니와
신생아와 함께 타라로 돌아가는
데 성공한다. 바로 레트 버틀러가
남부군과 다시 합류하기 전에
그녀에게 마차 한 대를 빌려준
것이다.
타라에서 그녀는 황량한 풍경과
아버지를 보게 된다. 아버지는 아내의
죽음 이후로 실성했다. 그녀는 오로지
용기만 갖고서 타라를 구해내야
한다는 생각에 사로잡혀 자기네 땅의
흙을 손에 움켜쥔다

(제8장) 과부생활의 따분함을 잊기
위해 그 젊은 부인은 파리에 있는
숙모들 댁으로 간다. 전쟁에도
불구하고 그녀는 다시 얻은 자유에서
즐거움을 되찾는다. 그녀는 거기서
프랑수아 타베르니에를 다시 만나
그의 정부가 된다.
카미유와 결혼했음에도 불구하고
그녀가 포기하지 않은 로랑
다르질라도 다시 보게 된다.
로랑은 전선으로 출발하기 전에
그녀에게 카미유를 돌봐달라고
부탁한다(제9장).
1940년에 레아는 피난길에서
자기가 한 약속을 지키고, 임신하고
병에 걸린 카미유를 몽티약으로
데려간다(제14장). 그녀에게
차를 구해다 준 사람은 프랑수아
타베르니에다. 며칠 후 그는
드골 장군의 부름을 받아 파리로
돌아간다(제15장).
목적지에 겨우 도달하자마자,
카미유가 출산을 하여 레아는 그녀를
돕는다. 하지만 자기 어머니의
장례식에는 너무 늦게 도착하여
참관하지 못한다. 그 후로 옛사람들
모두가 뒤흔들린다. 그녀의 아버지는
실성해서 소작인들이 탐내던 영지를
더 이상 책임질 수가 없고, 그녀는
혼자서 재정적 어려움에 맞닥뜨리게
된다.

비교분석의 새로운 단계마다, 두 소설을 읽을 때 느껴지는 양분되는 인상이 강화된다. 네 주인공의 신체적 심리적 성격을 상호비교해보면 놀라운 유사점들을 발견하게 된다. 판결문 자체에서 그 능란한 표절(상표 떼기)의 몇몇 예시를 퍼내보기로 하자.[3] 스칼렛과 레아는 한 살 차이밖에 안 나고, 둘 다 아주 아름답고 악착같으며 거리낌이 없다.

스칼렛	레아
그러니까 당신은 도덕심을 온통 잃어버렸다는 거요?(애슐리, II, p. 253)	너는 너를 위해서나 다른 사람을 위해서나 도덕심도 전혀 없고 결과에 대한 염려도 없는 짐승 같구나.(로랑, p. 101)
이보시오, 철두철미 이기적인 것 아니오? (레트, II, p. 56)	나는 응석받이 아이처럼 이기적으로 굴었어요.(레아, p. 205)

두 여주인공은 똑같이 고갈되지 않는 에너지와 자기 땅에 대한 악착스러운 열정을 타고났다.

스칼렛	레아
삶에 대한 그 열정을 갖고 있는 당신.(애슐리, I, p. 69)	너는 강하고, 그 무엇도 너를 상하게 하지 못해. 너는 네 안에 생명의 본능을 갖고 있어.(로랑, p. 43)
그녀는 그 땅을 그토록 사랑하면서도 그런 사실을 알지 못했고, 기도 시간에 램프 아래 있던 어머니의 얼굴을 사랑했듯이 그렇게 그 땅을 사랑했다. (I, p. 48)	레아는 자기 아버지처럼 그 영지를 사랑했고, 그 영지의 아주 작은 후미진 곳들까지 알고 있었다.(p. 13)

한 작품에 있던 정신적 신체적 특징들, 같은 해결책으로 여주인공을 완강히 밀어붙이는 도전의 논리, 고향 땅의 재정복 등이 다른 저서에서도 똑같이 다시 나타난다.

레트 버틀러와 프랑수아 타베르니에도 아주 유사한 신체적 특징을 보인다. 서로 교차된 아름다운 두 인물묘사가 레진 드포르주의 작품에서는 응축의 노력이 보인다고 판사는 지적한다. 마거릿 미첼이 마음껏 펼쳐놓는 부분에서, 프랑스 소설가는 단호히 한마디로 요약하는데, 때로는 즉각 이해될 수 있는 클리셰가 되게 한다. 다음은 두 소설가가 남자 주인공을 추방된 인물로 만드는 꽤 설득력 있는 예시다.

레트	프랑수아
그의 부모는 그곳에서 제일 나은 사람들에 속했으나, 그들은 그에게 말 건네는 것조차 거부한다. […] 게다가 그는 어느 아가씨와 요란하게 사귀었는데, 그 아가씨와는 혼인도 하지 않았다.(I, p. 143)	그는 리옹의 어느 부유한 가문에 속했는데, 어느 여인 때문에 그리고 정치적 대립 때문에 자기 집안과 결렬했다고 한다.(p. 40)
그의 이력은 여자들과의 유감스러운 사건들, 상당수의 총싸움, 중앙아메리카 혁명가들과의 총기 밀매 등으로 점철되었다는 사실이 애틀랜타 사람들의 귀에 다시 들어갔다.(I, p. 310)	그가 무기 밀매상이고, 스페인 공화파에게 수 톤의 무기를 팔았다고 그 지역 사람들은 생각한다.(p. 39)

같은 견유주의, 같은 실용주의 그리고 거친 외면 속의 깊은 감수성….

애슐리 윌크스와 로랑 다르질라가 형성하는 세 번째 2항을 통해 판사의 논증을 연장해보자. 레진 드포르주는 마거릿 미첼의 등장인물을 본떠서 자신의 등장인물을 만든 게 확실하다. 그런 유형의 인물이 이전 세기보다는 개연성이 더 적어 보이는 시절에 그렇게 한 것이다. 애슐리와 로랑은 둘 다 좋은 집안 출신이어서 어릴 적부터 사촌과 정혼한 상태다. 둘 다 명예를 중시하는지라 전통적 가치, 가정과 땅에 깊이 애착한다. 그렇지만 둘 다 전쟁을 끔찍이 싫어하고, 전쟁의 처참한 귀결에 대해 아무런 환상이 없다.

모조模造의 남성인물에 이어 애슐리와 로랑 각각의 아내인 멜라니 윌크스와 카미유 다르질라로 형성된 모조의 여성인물을 덧붙여 보자. 두 젊은 여인은 동일하게 구상되었다. 부드럽고, 소극적이고, 자신에게 엄격하고. 지배적인 이 베꼈다는 느낌을 보충하기 위해 판결문은 일부 중요한 세부사항에서까지 공통점을 강조한다.

"비록 허약하고 삶에 의해 불안에 빠졌다 하더라도, 멜라니와 카미유는 어쩔 수 없는 상황에서는 둘 다 큰 용기와 세찬 결의를 보여줄 수 있다. 그래서 멜라니는 양키 군인에게 위협받는 스칼렛을 구하기 위해 거의 자신만큼이나 무거운 검劍을 주저함 없이 휘두르는가 하면(II, 129), 카미유는 망설임 없이 총을 들어 레아를 위협하는 남자에게 쏘게 된다."(p. 172)[4]

인상적인 것은, 플롯이나 등장인물이나 상황과 관련된 요소들이 동일하다는 점뿐만 아니라 특히 이어짐, 즉 소설적 골조의 논리를 다시 취한다는 점이다. 그래서 여섯 등장인물 사이에 가능한 열두 가지 관계가 점검된다. 그러자 이 분석에서도 응축과 상표 떼기로 줄거리를 전환시켰다는 결론에 도달했다.

조연들 또한 반박의 여지 없는 유사성을 보인다. 스칼렛의 아버지인 제럴드 오하라, 레아의 아버지인 피에르 델마스는 다정하고 무뚝뚝하며, 자기 땅과 아내에 대한 애착이 강하다. 이들은 각자 아내가 죽자 실성한다. 아내들인 엘렌 오하라와 이자벨 델마스는 강하면서도 부드럽고, 선량하고 헌신적이며, 딸의 존경을 받는다. 스칼렛과 레아의 자매들인 수엘렌과 프랑수아즈는 예의 바르긴 하지만 자매끼리 격렬히 싸우고, 조국을 배반하기도 한다. 스칼렛과 레아의 어머니들을 기른 마마와 러스는 단호하고 명철하게 그 어머니들의 딸도 키웠다. 판결은 찰스 해밀턴과 클로드 다르질라, 탈턴 쌍둥이 형제와 르페브르 형제, 피티패트와 리자 숙모들, 트리시와 조제트, 마지막으로 타라 땅 또는 몽티약 영지를 장악하려고 눈이 시뻘건 관리인들인 윌커슨과 파야르도 비교했다.

더 놀라운 것은, 특징적인 상황과 장면의 비교분석이다. 전체적으로 네 가지 차용 기술이 소설《파란 자전거》의 구상을 가능케 했고, 판사로 하여금 저작권 침해를 확인케 해준다.

> "―《바람과 함께 사라지다》와 일치하는 장면들의 복제 또는 각색을 형성하는 장면들에서,
>
> ―《바람과 함께 사라지다》의 다양한 장면 중 여러 장면이나 여러 발췌문을 단 하나의 똑같은 장면으로 재편성함으로써,
>
> ―《바람과 함께 사라지다》의 한 장면을 여러 부분으로 분할하고 그 부분들의 각각을《파란 자전거》의 다양한 장면을 구성하는 데 재활용함으로써,
>
> ― 유사하긴 하지만,《바람과 함께 사라지다》에서 그에 상응하는 인물이 아닌 다른 인물이 언급하는 발언을 통해 같은 상황을 예증함으로써."[5]

분명히 첫 번째 표절 형태가 가장 불법적이다. 우리는 두 장면의 유사성, 인물들 간의 비견될 만한 상황과 관계들의 발전, 용어와 표현의 유사성, 서술이나 대화의 선택 등을 부각시키기에 충분해 보이는 한 가지 사례만으로 그치겠다. 거의 시작 부분의 장면으로서, 스칼렛-레아가 애슐리-로랑의 약혼이 임박했다는 소식이 사실인

지 확인하기 위해 아버지를 만나러 가는 장면이다. 이 장면은 《바람과 함께 사라지다》에서는 42쪽에서 시작되고, 《파란 자전거》에서는 20쪽에서 시작된다. 그런데 판사는 쪽수도 언급하지 않은 채 무수히 잘라내면서 주목할 만한 차이를 환기시키는 일을 생략해버린다. 그의 점검은 유사점만을 대상으로 한 것이다. 즉, 두 소설에서 두 장면이 펼쳐지는 쪽수의 양은 아주 다르다. 마거릿 미첼의 소설에서는 19쪽, 레진 드포르주의 소설에서는 오로지 5쪽에 걸쳐 있다. 이 요소는 주목할 가치가 있다. 표절을 위장하려는 응축 효과에 관해 판사가 결론에서 분명히 강조하고 있다 해도 그렇다. 그 전형적인 예로서, 다음은 다른 여인과 약혼한 청년에게 집착하는 딸을 아버지가 야단치는 장면의 마지막 이미지다.

《바람과 함께 사라지다》	《파란 자전거》
이제 우리는 저녁식사를 하러 갈 테니, 이 모든 얘기는 우리 둘만 알고 있게 될 거다. 나는 이 이야기로 너의 어머니와…. 너 또한 성가시게 하지 않을 거다. 자, 코를 풀어라, 애야. 스칼렛은 자신의 찢어진 손수건으로 코를 풀었다.	[…] "만약 네 어머니가 이런 상태로 있는 너를 본다면 병이 날 거다. 분별 있게 군다고 약속하렴." […] 그녀는 아버지가 내미는 손수건을 받아서 요란하게 코를 풀었다.

《바람과 함께 사라지다》의 여러 장면이나 다양한 발췌 장면을 《파란 자전거》에서 단 하나의 장면으로 재편성하는 일은 아마 더 섬세한 작업일 것이다. 너무 쉽고 뻔히 보이는 표절을 위장하려는 시

도였을까. 아니면 개인적인 장점을 더해서 '베스트셀러'를 자기 것으로 만들려는 순수한 의지였을까? 1심의 판사는 딱 잘라 말했다. 마치 고고학자가 혼잡한 언어 공간에서 정확한 판단으로 확인된 조각들을 수집하듯, 근거 있는 논증으로 자신만만한 그는 모자이크를 재구성했다. 그래서 겨울 정원에 관한 그 유명한 장면에서 각 차용의 출처가 확인되는데,《파란 자전거》에서 차용되는 인용문들의 기막힌 조립은 가히 놀랄 만했다. 이 결정적인 장면은, 레아가 로랑과 단둘이 있으면서 로랑으로 하여금 카미유와 결혼하는 것을 단념케하리라는 희망 속에 자신의 사랑을 드러낼 준비가 돼 있음을 보여주는 장면이다. 격분한 레아는 꽃병을 깨버린다. 그때 그 장면을 목격한 파렴치한 프랑수아 타베르니에가 나타난다. 레아는 굴욕감 때문에 그가 있는지 몰랐던 것이다. 프랑수아는 결국 그녀에게서 키스를 앗아가고야 만다.

이런 장면을 만드는 방법을 잘 점검하다 보면, 첫째로《바람과 함께 사라지다》의 문장을 꽤 길게 표절한 것을 발견하게 된다. 여기서 스칼렛은 서재에서 애슐리와 단둘이 있으면서 그에게 사랑을 고백하지만, 같은 감정의 보답은 없다. 애슐리도 그 방을 나서는데, 그러는 동안 스칼렛은 벽난로 대리석 판에다 꽃병을 던진다. 여기서도 예기치 않게 레트 버틀러가 빈정거리며 나타난다. 조신한《바람과 함께 사라지다》에서는 그에게 키스를 하기에는 너무 이르므로, 레진 드포르주는 키스 장면을 그 소설의 더 뒷부분에서 찾아본다. 레트가 스칼렛에게 청혼을 할 때다. 하지만 관능적인 레아에게는 어쩌면 좀 소심한 것으로 여겨져서 드포르주는 레트가 좀 더 대담해지는 베란다 장면에서 세부사항들을 수집해 그 부분을 장식한다. 그럼에도 레아가 자신의 약한 모습이 분해서 반항하는 순간, 레진 드포르주는 《바람과 함께 사라지다》의 새로운 발췌문을 덥석 가로챈다. 피난길에서 레트가 만만찮은 상대인 스칼렛에게 다시 달려드는 부분이다. 한 소설에서는 "그녀가 길 한가운데 서서 그가 키스하도록 내버려두며 이를 기분 좋다고 여길 뻔했다니…. […] 참으로 비열한 인간이다!" 그리고 다른 소설에서는 "그녀가 그 역겨운 키스에서 즐거움을 느끼지 않기라도 했다면! 나쁜 놈!" 이 인용문들을 한 여주인공에서 다른 여주인공에게 바꾸어 설정할 필요가 없다. 각 시대마다 나름의 표현이 있으니. 그래도 어쨌든 서재이건 겨울 정원이건 간에 문은 찰칵 닫혀야 한다. 추락에 대해서는 책들이 말하도록 놔두자.

《바람과 함께 사라지다》	《파란 자전거》
(서재 장면)	(겨울 정원 장면)
그녀는 가능한 한 아주 품위 있게 서재를 나와 문을 찰칵 닫았다.	레아는 남아 있는 품위를 다 동원하여 문을 찰칵 닫으며 나왔다.

고리가 채워졌다. 레진 드포르주는 마지막 차용(바로 이 장면의 차용)을 위해 마거릿 미첼의 서재 장면을 다시 찾아서 그 장면의 마지막 문장을 되풀이한다.

《파란 자전거》에서는 막심 레스토랑에서의 점심식사 장면도 같은 모델을 기반으로 구축된다. 마지막으로 《바람과 함께 사라지다》의 하나 또는 여러 장면을 대상으로 하여 전반적으로 오려내는 세 번째 차용 기법에 관해서는 강조하지 말자. 그런 차용은 《파란 자전거》의 여기저기서 그 흔적이 발견된다. 요행에 더욱 좌우되는 이 기법은 이제 원전이 주는 영감에 따라 자르기-붙이기 논리에만 응할 뿐이다….

파리지방법원이 판결 근거로 삼았고, 우리가 방금 그 방법론을 따라가본 질적 비교분석이 그렇게 설득력이 있다 하더라도, 분석기반은 취약한 것 같다. 이 분석은 유사점 점검에만 한정되어 차이점들이 형성하는 창의적 공헌은 그늘에 남겨두고 있다. 3부작의 첫 번째 작품인 《파란 자전거》에 이어지는 두 소설, 《앙리 마르탱 가 101번지 *101, avenue Henri Martin*》와 《악마는 그로 인해 아직도 웃고 있다 *Le Diable en rit encore*》와 함께 나뉠 수 없는 하나의 전체를 형성한다는 것을 잊어야 한단 말인가? 레진 드포르주의 논거에 따르면, 《파란 자전거》와 《바람과 함께 사라지다》 사이에 지적된 유사점들은 사실상 훨씬 더 방대한 전체 속에 토대를 두고 있으므로 상대화되어야만 한다. 이에 판사는 다음과 같이 대응한다.

"《파란 자전거》는 따로 온전히 하나의 소설작품을 형성하고, 그 자체로서 충분하며, 뒤이어 나온 다른 두 작품으로 꼭 보충될 필요는 없다는 점에서, 《앙리 마르탱 가 101번지》나 《악마는 그로 인해 아직도 웃고 있다》와 독립적으로 읽힐 수도 있다."[6]

왜냐하면 유사점의 비중이 상대적인 양적 기준으로 평가되어야 하는지, 아니면 절대적인 양적 기준으로 평가되어야 하는지, 원칙적으로 이 진정한 문제가 결정적이기 때문이다. 차용들을 그 작품들 전체와 관련해서 고려할 건지 아닌지에 따라 잘못이 경감되는 걸까? 법해석과 학설에 따르면, 한 작품에서 차용의 존재는 그 비율

이 어떻건 간에 표절 형태를 구성하는 것이 확실하다. 특징적인 장면 하나만 복제했음에도 저작권 침해라는 판결을 받았던 그 유명한 《블룸필드 사》 사건을 기억하자.

유사점의 양적 질적 분석은 그럼에도 여전히 불완전하다. 다른 준거가 저작권 침해 여부에 대한 평가에 끼어든다. 차이점의 비중이 유사점의 비중을 상쇄시켜줄 수 있는가 하는 문제다. 차이점이 아니라 유사점에 따라 저작권 침해가 평가되는 법적 해석의 엄격한 원칙으로 그칠 수는 없다. 그런데 우리의 사안에서는, 주요 차이점이 선험적으로 더 결정적인 비중이 있는 듯 보인다 해도, 그 차이점이 유사점들을 상쇄시켜주지는 못한다. 실제로 공간적 시간적 틀의 변화(미국 남북전쟁으로부터 제2차 세계대전으로, 미국 남부의 대농장으로부터 프랑스의 보르도 포도밭으로…)는 플롯의 의미에 결정적 영향력이 없는 전환일 뿐이다.

마지막으로, 1심 판사는 최종 반대 논거에 대처해야 했다. 《파란 자전거》는 판결 때 발효 중이던 1957년 3월 11일 법의 제41조 4항이 규정하는 의미에서 《바람과 함께 사라지다》의 파스티슈일 거라는 반론이다. 이 점에서 판사는 적법성의 세 가지 요건 중 최소한 하나가 준수되지 않았음을 시인한다.

"추구된 목표에 도달하기 위해 청자나 독자 또는 관객이 문제의 저자 또는 작품의 방식을 힘들이지 않고 알아보는 것이 반론의 여지없이 필요하다면, 그리고 이에 덧붙여 장르에 필수적이고 일반적으로 원작의 희극적 변장을 통해 획득되는 희극적 또는 유머러스한 효과를 동반하지 않는다면, 그 인지 자체만으로는 패러디나 파스티슈나 캐리커처를 당연히 구성할 수 없다."[7]

이는 한 텍스트를 문학 장르로 전환시키면서도 그 장르에 고유한 법칙들을 존중하지 않은 사례다. 레진 드포르주는 두 소설 사이의 친자관계를 여러 차례 주장했다. 심지어 자신의 소설 서두에서 38명에게 "대체로 의도적인 건 아니었지만 그들의 협력에" 감사를 전했는데, 거기에 마거릿 미첼도 포함되어 있다. 그러나 마거릿 미첼의 상속자들은 그렇게 소박한 경의로 만족할 수는 없었을 것이다.

아름다운 동화이야기는 그렇게 마감된다. 프랑스의 베스트셀러 《파란 자전거》는 출간된 지 7년 후 이미 6백만 부 이상 팔렸고, 18개 언어로 번역되었다. 그런데 이제 와서 분쇄기에 들어가는 처벌을 받다니! 출판 위기 시대에 그 얼마나 낭패인가! 언론은 판결의 타당성을 문제 삼지는 않고, 처벌당한 쪽에 너그러운 태도를 보인다. "표절 개념에 관한 판단에서, 사법의 관점은 판결에서 표절 개념을 간접적으로만 고려할 뿐이다. 청구된 2백만 프랑[304,898유로]은 사실상 《바람과 함께 사라지다》의 각색권리 중지에 대한 배상으로서 수익의 손실'만 벌충한다. 분명히 말해서, 미국의 베스트셀러를 망각한 것에 대한 배상금, 즉 모든 사용, 특히 영화 이용에 대해 TCBTrust Company Bank에게 지불할 배상금이다."[8] 성공한 프랑스 작가와의 연대의식 때문에 발언이 좀 멀리 간다. 판사의 비교분석은 심리審理가 단순한 망각의 정도를 넘어선다는 점을 증명해준다. 하지만 저작권 침해에 관한 한, 명예는 얼른 북돋워져 지켜져야 하니까.

명예건 돈이건, 소송은 즉각 상소로 튀어 오르고, 레진 드포르주에게 유리하게 전환된다. 어떤 이상한 바람이 불어서 1심의 세심한 결론을 휩쓸어가버리고, 이 프랑스란 나라에서 저작권 침해가 일소돼버린 걸까? "저자에게 인정되는 특권을 인격권으로까지 고양시키는 최초 시스템의 요람"이자, "자기네 출신국가에서는 저작인격권이 우롱당하고 배상받을 수도 없는 미국, 영국, 러시아 저자들을 환영하는 최후의 땅"[9]인 프랑스에서 말이다.

1990년 11월 21일, 파리고등법원은 그 아름다운 사법체계를 풍비박산 나게 하는데, 이는 약 9쪽의 간략한 판결문 속에서다. 심리가 한창인 가운데서 저작권에 대해 '부드러운' 개념과 '딱딱한' 개념이 대립한다. 부드러운 개념에서는 표절이 영감靈感과 장난친다. 딱딱한 개념은 너무 무겁고 부리망을 씌운다고 평가되는 그런 개념이다.

레진 드포르주의 '승리'는 네 가지 이유를 점검해보면 설명된다.

─지방법원은 3부작인 이 소설의 첫 권만 고려했고, 그 세 권의 각 권은 앞서의 책(들)의 권두 요약을 포함하고 있다. 그러므로 '작품 전체'가 관건이다. 그런데 1심에서는 이 이유와 상반된 논증이 펼쳐졌다.

─판사가 보기에, 마거릿 미첼의 작품이 시작 부분에서는 보호할 수 없는 "평범한 상황"만 소개하는 것으로 보였다. 반면, 레진 드포르주는 "그토록 숱하게 되풀이된 주제에서 출발하여" 개인적이고 독창적인 작품을 창출하기 위해 자신의 상상력에 내맡겼다.[10] 항소심 판사는《바람과 함께 사라지다》의 독창적 성격에 전적으로 이의를 제기했고, 그 작품은 흔한 내용이어서 더 이상 그 어떤 보호의 대상도 될 수 없다고 했다. 그런데 "설사 3부작의 첫 번째 작품에 국한된다 하더라도 한 작품을 95쪽으로 응축한 것은 그저 출발점이 될 수 있을 뿐이라고 진지하게 주장하기는 어려울 것 같다."[11] 이는 피에르-이브 고티에의 견해이기도 하다. "애틀랜타 출생의 저자가 상상해낸 골조가 첫눈에는 법정이 주장하는 것처럼 그리 평범해 보이지 않는다. 오로지 테르티우스만 바라보는 젊은 여인 세쿤두스의 사랑을 받는 프리마의 영원한 이야기를 다시 취할 뿐만 아니라, 두

작품의 굵직한 소설적 특징들 속에 최소한의 세부사항을 포함시키는 것이 관건이다. 이번에도 근 1백 페이지나 되는 판결문에다 법정이 했던 것이 바로 그런 일이다. 법정이 할 수 있었을 최소한은, 자신의 느낌을 내놓기보다는 통틀어 같은 수단을 써서 1심 판결을 파기하는 것이었을 것이다. 길다는 것이 바람직한 경우가 드물긴 하지만, 법적으로는 필요에 의해 때때로 부과되기도 한다."[12] 판사의 주관성은 부분적으로 피할 수 없기는 하지만, 끈기 있고 엄정한 논증을 하려는 심려로 대체되어야 한다. "두 텍스트의 대조, 연필이나 '형광펜'의 대대적 사용이 법관들의 가장 확실한 안내자가 될 것이다." 1심 판사의 작업에 대해 거의 만장일치로 경의를 표하는 것이 보이며, 바로 그것이 준거 방법론이다.

　—레진 드포르주의 작품이 등장인물 구상에서 전반적인 구상과 다른 것처럼, 모든 점에서 마거릿 미첼의 작품과 다르다는 주장이 세 번째 이유다. 학설은 이런 단언에 대해 어김없이 반응한다. '차이 두기' 측면에서는, 모든 표절이 큰 어려움 없이 저작권 침해법을 피해갈 것이다. 다른 작가를 완전히 모방하는 식으로 표절하는 작가는 드무니까! 법은 불법적 차용을 처벌한다. 하지만 원전과의 혼동 가능성은 가중정상加重情狀만 될 뿐이지, 저작권 침해의 필수적 구성 요소는 되지 못한다.

　—법정은 레진 드포르주에 유리하게 유머적 의도를 마지막 이유로 받아들였다. 항소심 판사는 파스티슈 논증을 더 이상 내세울 엄두를 내지 못하면서, 레진 드포르주가 문학 모델을 가지고 즐긴다는 '유희적 의도'에 대해서만 강조한다. 그런데 '찡긋 눈감아주기'도 '클리세' 효과도 법에서 예외를 만들지는 못한다. 그리고 파스티슈가 허용된다는 구실로 그런 표절을 정당화할 수도 없다.

법해석의 평결은 돌이키지 못한다. 이 판결은 저자 보호를 권장하고, 파리 법정의 결정을 초조히 바라본다. 피에르-이브 고티에로서는 1990년 11월 21일의 판결이 "새로운 장르의 비불법적 잘못인 일종의 'bona culpa(선의의 죄)'로서, 소설가의 유머와 그녀가 영감을 얻은 모델의 진부함에 의해 이중으로 정당화된다. 그 모델로부터 영감을 받기는 했으나 개인적인 기여를 통해 그 모델로부터 떨어져나가면서 새로운 장르의 'bona culpa', 즉 비불법적 잘못"을 발명해낸다. 그 탁월한 법률가는 그런 결정의 대담성에 감동되어 더 심오한 논의로 격앙된다. "타인의 작업을 이용하는 일이 설사 부분적이라해도 사회적으로 정상적인 행위인지 아닌지 알아보는 문제가 남았다." 만약 실제로 파리 법정의 결정이 함축하는 관점이 그런 거라면, 그 주제에 왜 더 솔직하고 용감하게 접근하지 않았을까? 법이 발전하고 판결이 "판례가 되는" 것을 우리가 보아왔는데. 앙드레 베르트랑은 그 판결이 위험해서 "프랑스 법에 대해 외국에 나쁜 이미지를 줄까 봐" 더 겸허히 염려한다. 특히 문학영역에서 저작권 침해 인정에 대해 법해석의 저항을 강화시킬 위험이 있다. 이번에도 적敵은 잘 간파된다. "문학적 영감의 정상적 적용"이 되어버린 저작권 침해에 대해 아주 관용적인 개념이 그 적이다.

문학창작이라는 테마로 인해 우리가 빠지게 되는 깊은 고찰들에도 불구하고, 앞서 언급된 판결은 법적 근거의 결여 때문에 1992년 2월 4일에 파기되었다.[13] 법정 투쟁의 진정한 스칼렛인 레진 드포르주는 흔들리긴 했으나 완강했다. 그 사건은 베르사유 고등법원에 다시 제소되었다. 1993년 12월 15일, 이 법원은 또다시 1심 판결을 파기한 판결을 내놓았다. 베르사유 판사들은 정신을 다시 차리고 법률 어휘의 엄격한 명확성과 관련 없는 아주 모호한 문체로 파기원에 의해 앞서 파기된 판결의 결론을 다시 취했다.

"게다가 레진 드포르주의 소설에서는 가장 중요한 것이 통제되거나 넘쳐흐르는 관능에 섞이는 반면, 마거릿 미첼의 소설은 그 영역에서 시간과 공간 속 특유의 상황에 맞는 조신함이나 투박함으로 채색된다."

판사들 가운데 신이 있다면 베르사유 판사에게 어쩌면 다음과 같이 말할 텐데. "안테노르, 네가 그렇게 말하다니 너는 더 이상 내 맘에 들지 않는구나. 다음번에는 네가 더 나은 의견을 생각해낼지어다. 만약 정말로 네가 여기서 진지하게 말하는 거라면, 바로 신들이 너한테서 감각을 없애버린 게 확실하구나."[14] 고등법원에 의해 수행된 죄과罪科 결정 작업, 달리 말하자면 가치평가가 원본자료의 객관적 분석 후에나 개입하기를 양식良識은 바란다. 그러면 아마도 빗나감과 어림셈의 위험을 피하게 될 것이다.

보트랭-그리올레 소송: 대단한 공쿠르 수상자와 보잘것없는 선생의 이야기

> 사람들 사이에 서로 가장 다른 것은
> 바로 그들이 갖고 있는 가장 공통적인 것 속에 있다.
> ― 블레즈 상드라르, 《오늘 *Aujourd'hui*》

미리 하는 변론인가. 위의 글은 장 보트랭이 자신의 소설 《선한 신을 향한 큰 한 걸음》의 정신을 나타내기 위해 선택한 세 가지 제사題詞 중 하나다. 순전한 우연이건 아니면 운명의 아이러니건 간에, 이 인용문이 미소를 짓게 한다. 책의 운명을 예고하기 때문이다. 1989년에 그라세 출판사에서 출간되고 나서 3개월쯤 후 저작권 침해로 법정소환 대상이 된다. 공쿠르 상의 영예를 입었음에도.

《빌리-제-킥 *Billy-Ze-Kick*》《혹서 *Canicule*》《리폴린 인생 *La Vie Ripolin*》 등의 작가이기도 한 장 보트랭은 《선한 신을 향한 큰 한 걸음》으로 수준을 좀 더 높인다. 보트랭 자신이 "모험으로 가득 찬" 소설이라고 한 이 순수 예술작품은 문학관련 언론으로부터 만장일치의 찬사를 받는다. 100년 전 루이지애나의 시골에서 라캥 가족이 무남독녀를 지나가는 과객인 무법자 파루슈 페라이으에게 시집보낸다. 그러나 결혼식 날은 최고의 사냥꾼이 지휘한 유혈이 낭자한 학살인 "대대적인 인간 도살"로 마감된다. 이 소설의 제2부에서는 도망치는 데 성공한 파루슈의 불운과, 학살 후에 태어나 어머니한테 버림받은 아들의 불운이 이어진다.

이 소설가는 미국 남부 루이지애나 프랑스인들의 언어를 작품에 녹여내기 위해 그 언어를 자유자재로 다루면서 아주 훌륭히 이용하는 데 성공했다. 이 시절의 프랑스어는 고풍스러운 표현들을 간직하면서 나름대로 변화하기도 했는데, 특히 영어단어와 동화되면서 변화되었다. 장 보트랭 자신의 고백에 따르면, "언어는 늘 나의 주요 관심사였다. 내 모든 책에서 나는 단어들을 갖고 놀려는 시도를 늘 했다." 작가로서의 신조 표명이다.

대다수의 갈채와 공쿠르 상을 받았으니, 이제 이 소설을 악랄한 문단 사건의 영웅이자 희생자로 만들려면 소위 시기 질투하는 자가 끼어들기만 하면 되는 거였다. 1989년 3월 27일, '가면 쓴 복수자復讐者'가 〈선한 신을 향한 잘못된 한 걸음〉이란 제목의 글로 그 첫 돌을 던진다. 그 일은 다음과 같이 벌어진다. "공쿠르 상 시상식이 있고 난 후엔 늘 마찬가지다. 표절이라고 아우성치는 작가가 늘 있는데, 일반적으로 재능이 있기보다는 편집광적인 작가다. 이번에는 더 심각하다. 한편으로는 장 보트랭이 공쿠르 상을 받을 만했던 반면, 다른 한편으로는 표절당했다고 생각하는 대학교수 파트릭 그리올레가 화낼 만한 이유가 몇 가지 있기 때문이다." 사실, 그 논란의 초기 때부터 보트랭은 신중하게도 공개적인 '메아 쿨파(내 탓이오)'를 하는 것에 순순히 따랐고, 이로 인해 관찰자들은 관대해졌다. 공쿠르 상 시상식 때 보트랭은 파트릭 그리올레의 어휘론적 연구를 이용했다고 인정했다. 《루이지애나의 프랑스인들과 크레올 Cadjins et Créoles en Louisiane》[15]과 1986년에 자비 출판으로 펴낸 《루이지애나의 단어들. 프랑코포니의 어휘적 연구 Mots de Louisiane. Étude lexicale d'une francophonie》가 그것들이다. 게다가 공쿠르 상에 이어 출간된 판본에서도 그리올레의 저서들에 대해 "프랑스어의 그 분파에 관한 핵심적이고 생생한 묘사를 구성하며, 그 책들 없이는 이 소설이 탄생되지 못했을 것"이라고 명확히 밝히는 일러두기를 덧붙였다.

　이 진실한 소설가가 대학교수의 15년 연구에 빚진 것을 첫 번째 판본부터 인정하지 않은 점을 유감스러워 해야 한다. 세간에서는 섣부르게 파트릭 그리올레를 어리석은 질투쟁이로 통하게 하면서 즐거워했다. 결국 파트릭 그리올레는 그라세 출판사의 문학팀장 이브 베르제가 제안하는 타협을 거절한다. 그래서 그 사건은 법정으로 가게 된다.

　1990년 3월 6일, 파리지방법원에 파트릭 그리올레의 소환장이 제출된다. 이어진 두 판결은 비슷한 표현을 쓰면서 저작권 침해 기소를 기각한다. 1991년 1월 16일의 1심에서, 그리고 1992년 1월 14일의 항소심에서였다. 그 '사건'에 대해 우리의 판단을 간단히 내려보자. 최소한 몇 가지 점에서는 제소의 정당성이 반박의 여지가 없어 보인다. 그러나 고소인의 전략적 오류는 있다. 동료 작가들로부터 인정받고 미디어를 통해서도 잘 알려졌으며, 게다가 공쿠르 상 수상 영예까지 안은 소설가를 가차 없이 깎아내렸다는 점이다. 법적 힘에 기대를 거는 것치고는 도가 지나쳤다. 도난당하는 자가 도둑을 너무 빨리 봤다고나 할까. 공저자로 인정해달라는 요구는 고소인의 이미지를 손상시키고, 교수-연구자인 그를 신뢰하려던 마음을 거두게 할 뿐이었다. 최소한의 것을 얻으려고 최대한의 것을 요구하는 전략은 결국 어리석은 계산이었다. 이 점이 명백해진 것은, 1심에서 그의 고소가 기각되자 그가 그 소설의 유통 금지를 요청하고, 그 소설의 활용에서 발생한 저작권료 전부를 넘겨달라는 요청까지 했을 때였다. 이는 아주 단순히, 바로 자기가《선한 신을 향한 큰 한 걸음》의 진짜 저자이며… 공쿠르 상의 새 수상자라고 선포하는 거나 마찬가지다!

변호인 측은 그리올레의 서투름을 잘 이용하여 각자를 자기 영역으로 돌려보낼 줄 알았다. 연구자에게는 언어학 지식을 넓힌 장기간의 고단한 작업에 대해 공로를 치하하고, 소설가에게는 상상력과 언어작업 특유의 도구를 분별 있게 잘 이용한 창의적 작업에 대해 경의를 표했다. 여기에 적절한 문체와 엄정한 논증으로 이루어진 멋진 변론[16]을 덧붙이자. 어느 정도로 멋진가 하면, 두 판결이 그 변론의 표현과 논거를 다시 취하는 것으로 거의 만족할 정도였다. 그러면서 파트릭 그리올레의 소송자료에 첨부된 증거서류를 무시하고, 특히 충분한 주목 대상이 되지 못한 에티엔 브뤼네 교수가 컴퓨터로 정보처리한 귀중한 어휘 분석도 무시했다. 〈차용은 아무 가치가 없다 *Que l'emprunt vaut rin*〉[17]라는 제목의 자료는 법정에서 어쩌면 더 활용할 만한 논거를 가능케 했을지도 모르는데.

이제 판사들이 왜 고소를 기각했는지 이해하기 위해 양측의 논거들을 접근시켜보자. 고소인의 변호사가 이용한 다양한 논거는 사전들의 보호와 관련된 법조문과 판례에 근거를 둔 것이 아주 확실하다. 변호인 측의 논거는 우리가 이어서 점검해볼 텐데, 변호인 측은 언어, 어휘, 언어의 문화적 특징이 형성하는 공동자산의 자유로운 이용에 관해 변론을 집중한다.

파트릭 그리올레로서는 루이지애나 프랑스인들의 언어(카쟁어)에 관한 자신의 연구의 언어학적 요소들(철자법, 어휘, 표현)을 자신의 소유물로서 지키는 일이 가장 어려웠다. 그러므로 문학예술저작권에 관해《법률분류파일 *Juris-classeur*》이 제안하는 '사전'의 정의를 떠올려보자. "사전은 구성에 의한 독창적 편집물로서뿐만 아니라 표현을 통해 독창적인 일차적 작품으로서도 저작권법에 의해 보호

될 수 있다." 그런데 고소인은 알파벳 순서를 이용했으므로, 구성은 고소인에게 변호할 수단을 거의 제공하지 못한다. 반면, 앙드레 베르트랑 변호사는 변론에서, 파트릭 그리올레의 저서들은 "거기 들어가는 내용이 사전학과 민족학 발전의 대상이 되는 어휘적 연구"를 의미한다고 올바르게 명시한다. 그렇게 정의定義들 속에서 나름의 순서에 입각하여 많은 동의어가 제안되고 표현이 선택되므로 그 정의들은 보호된다. 그런데 여러 정의가 소설가에 의해 그대로 다시 취해져서 소설에 통합되었다. 한 가지 예로 만족하자.

《선한 신을 향한 큰 한 걸음》(p. 56)	《루이지애나의 단어들》(p. 70)
뻔뻔한 네그nèg를 벌하기 위해 그들은 그를 타르 속에 굴리기 시작했다…. 그들은 그를 깃털 이불 속에 넣어 산 채로 깃털을 달려 했다.	EMPLUMAGE (깃털 달기) "뻔뻔한 니그로"를 벌주기 위해 […] 그들은 그 희생자를 타르 속에 굴리고 나서 깃털 이불 속에서 그에게 "깃털을 달았다".

반복해서 다수의 정의를 복제하여 결국 얻어진 인용문들의 몽타주를 우리는 상상해볼 수 있다.

그러나 어휘연구가 그리올레는 자신의 요구를 더 멀리 끌고 간다. 그는 카쟁어를 수집하여 자신의 저서에 베껴놓은 표현과 심지어 단어조차 자기 소유라고 주장한 것이다. 그에 따르면, "어느 단어가 그 저자의 개성의 표지를 지니는 순간부터, 그 단어의 보호는 그 무엇으로도 막지 못합니다." 실제로 "파트릭 그리올레는 단어, 표현, 이야기, 노래 등을 그저 '조사 집계'만 하는 것으로 만족하지 않고,

이에 덧붙여 옮겨 적기, 문체, 철자법 등을 통해 개성의 표지를 새겨 놓았습니다. 그래서 '방언'으로서의 카쟁어는, 공유재산에 속할 '공식' 철자법의 성격을 갖는 프랑스어와 같지 않습니다. 그 방언의 용어들을 옮겨 적는 데는 수많은 방법이 존재합니다."[18] 이 논증의 논리는 그리올레로 하여금 사람들이 흔히 베껴가는 사전의 저자라기보다는 반박의 여지없이 저작권 혜택을 누리는 번역가로 만드는 데 있었다.

고소인의 마지막 요구는, 장 보트랭이 인용부호 없이 함부로 인용한 이야기들과 노래들에 관한 소유권이다. 그리고 "인용문을 연속적으로 취하면서 작품을 구성하는 것은 법으로 금지한다"는 점을 환기시킨 것이다. 잘못이 배가되었다. 그리올레의 저술이 원전으로 인용된 적이 결코 없을 뿐만 아니라, 소설 속에서 살짝 변형된 이야기들은 각색 허락을 받을 대상이 전혀 아니라는 점이다.

고소인으로서는 아주 불리하게도, 변호인 측은 상대편의 논거를 더 잘 무찌르기 위해 바로 그 논거를 취해 심화시킴으로써 훌륭한 설득장치로 적용할 줄 알았다.

심리審理의 핵심은, 그리올레가 카쟁어에 관해 모아놓은 정보의 소유주로 여겨질 수 있는지 아닌지에 대해 의문을 가져보는 데 있었다. 변호인 측은 이 점에 관해 이중으로 느슨한 논거를 제시했다. 우선 "《루이지애나의 단어들》에서 그리올레 씨에 의해 조사된 용어 대부분이 로베르 프랑스어사전이나 리트레 프랑스어사전에 그대로 실려 있으며, 어떤 용어들은 속어사전이나 고어 프랑스어 사전, 또는 프랑스 중부지방 방언사전 등에 실려 있다"는 점을 내세웠다. 그러니 정확히 말해서 연구자의 공덕은 그때까지 흩어져 있던 어휘들을 한 저서에 모아놓음으로써 아직 잘 식별되지 않던 그 언어에 전체적 일관성을 부여한 것에 있다고 명시해야 하는 걸까? 학술 저서들을 아주 무시하여 그런 것들은 약탈해도 된다고 믿어야 한단 말인가? 소설가의 작품만 보호 받을 자격이 있는 걸까?

그러자 베나제라프 변호사는 파트릭 그리올레 자신도 "다수의 원전에서" 도움을 받았고, 게다가 참고문헌에서 그 원전들을 밝혔다고 덧붙였다. 그렇다면 여기서도, 진지한 심화작업이 한편으로는 이용된 정보수단에 대해 알리고, 다른 한편으로는 그 정보수단이 2차 작품의 핵심을 구성하지는 않으면서 정보수단들을 이용한다고 해서 놀랄 수 있는 걸까?

거의 진짜 카쟁어처럼 보이도록 재창조해낸 그 훌륭한 기술은, 소설가로서는 칭찬할 만한 언어솜씨를 필요로 함이 확실하다.

"덫을 놓는 사냥꾼의 아들 라캉은 흔히 사촌이나 육촌과 결혼했던 집안의 출신이었다. 아주 오래전에는 '우정amichtié'을 사랑으로 묶기에는 너무 멀리 흩어져 사는 것이 풍조였고, 젊은이들은 자기를 대신해 선택한 부모를 불만스럽게 할 만한 일은 결코 '아무것도arien' 하지 않았다."[19]

보트랭은 그저 그리올레의 저서에서 다른 이들에 의해 사용될 채비가 거의 돼 있는 표현들을 아마 악의 없이 사용했을 것이다. 그래도 이 방법을 지나치게 반복해서 이용했으므로, 최소한 저자의 허락은 받을 필요는 있었을 것이다.

이 논의에서 빠진 요소는 차용의 양적 평가라는 것을 깨닫게 된다. 소설가가 어휘연구서의 문장이나 심지어 일화에서도 도움 받았다는 것도 깨닫게 된다. 이 소설은 루이지애나의 향토색을 잘 복원해야 했다. 그런데 그런 차용에 관한 척도가 없다. 판사들은 이 결정적 문제에 관해 에티엔 브뤼네 교수가 장 보트랭의 소설을 가지고 컴퓨터로 정보처리한 귀중한 어휘감정서를 갖고 있었다. 불행하게도 1991년 1월 16일의 첫 판결에서 정해진 운명은 다음과 같다.

"이 검증에서, 파트릭 그리올레가 저작권 수혜자인 저서들의 요소들 중 그 어느 것도《선한 신을 향한 큰 한 걸음》에서 복제되지 않았다는 결론이 도출되었다. 이는 고소인 측을 옹호하느라 심리審理에 첨부된 에티엔 브뤼네 교수의 〈차용은 아무 가치가 없다〉라는 연구의 영역을 점검할 필요도 없이 도출되었다. 이 교수의 글은 기본적으로 순전히 문학적인 비평이나 논의에 관련된 것이어서, 심판을 하는 법정에는 속하지 않는다."[20]

망연자실. 이 심리가 법정 내에서 벌어진다는 구실하에 소설과 사전을 대립시키는 토론에서 문학비평이 제자리를 갖지 못하다니! 그 반대로 문학비평이 판사를 위해 필요불가결한 도움을 대리해야 하는 것 아닐까? 마찬가지로, 어떤 잘못된 행동의 해석이 병리학적 성격에 달려 있는 소송에서는 의사에게 의학적 감정을 요구한다. 그게 없으면, 판결은 어떤 준거에 의거한단 말인가?

장 보트랭의 소설에 대한 통계적 분석은 제대로 읽고 검토되어 최종판결을 뒤집거나, 아니면 최소한 미묘한 차이를 고려할 수 있지 않았을까? 법률가도 문학가처럼 과학자의 분석도구의 반박의 여지없는 객관성을 흔히 부러워한다. 그러므로 텍스트비교 프로그램을 바탕으로 에티엔 브뤼네가 고안한 방법론이 줄 수 있는 공헌에 기반을 두어 결정하는 것이 시급하다.

장 보트랭의 소설과 파트릭 그리올레의 《루이지애나의 단어들》, 이 두 텍스트를 일단 컴퓨터에 넣어보자. 기계는 "차용된 단어와 의심스러운 표현 전체를 그들의 맥락에서 탐지하여 복원할 수" 있다.[21] 이 시스템은 그중 특히 어떤 형태나 표현의 빈도를 찾을 수 있게 해주고, 어느 단어의 맥락이나 그 단어와 다른 단어의 경합을 찾게 해준다. 단어와 테마의 차용에 관한 양적 측정 연구의 제1부는 우리를 별로 설득하지 못했다. 에티엔 브뤼네는 "그리올레가 어휘, 철자법, 통사 또는 사회학 차원의 논평을 할애한 용어 대부분이 보트랭의 저서에서도 발견되는" 점을 인정한다. 이 때문에 그 연구자는 치밀한 표절이라고 결론지었다. 그런데 소설가가 카쟁어처럼 보이게 하면서 이야기를 풀어가는 쪽을 택한 이상, 그 소설 속에서 카쟁어 사전의 어휘들이 발견되는 것은 당연지사 아닌가? "루이지애나에서 물의 흐름을 지칭하는 'bayou'라는 단어를 사용하지 않고 어떻게 루이지애나를 논한단 말인가?" 이 반박은 에티엔 브뤼네 본인이 한 되물음이다.

훨씬 설득력 있는 것은, "인용문의 위상을 띠어야 할 더 긴 표현"에 할애된 연구다. "그런데 그 어디에도 인용부호나 이탤릭체가 나타나지 않는다."[22] 그 점에서도 통계학자의 비교작업이 지지를 받는다. 그래서 《선한 신을 향한 큰 한 걸음》의 처음 50쪽에서 《루이지애나의 단어들》에 있는 표현 12가지가 지적된다. 다음은 비교분석의 짧은 발췌문을 정리한 것이다(268쪽 참조).

컴퓨터 작업은 이어서 '맨눈' 작업으로 보완된다. 에티엔 브뤼네는 《루이지애나의 단어들》의 181쪽을 펼쳐서 《선한 신을 향한 큰

《루이지애나의 단어들》	《선한 신을 향한 큰 한 걸음》
피부가 하얗고 부드러울수록 더욱 사랑스러웠다.(p. 22)	피부가 하얗고 부드러울수록 더욱 사랑스럽다.(p. 82)
너는 네 손을 붙잡는 나를 멈추게 할 수 있다.(p. 24)	그녀는 그의 손을 붙잡는 자신을 멈출 수가 없었다.(p. 40)
인디언들과 외설적인 말을 하지 말아야 한다.(p. 31)	아타카파족과는 외설적인 말을 하지 말아야 한다.(p. 237)
나는 멍청이일 뿐이다.(p. 31)	나는 멍청이일 뿐이다.(p. 50)
나는 내 남근을 붙잡는다.(p. 36)	나는 내 남근을 붙잡는다.(p. 274)
그녀는 착 달라붙는 예쁜 민소매 속옷을 입는다.(p. 41)	내가 네게 착 달라붙는 예쁜 민소매 속옷을 선물할게.(p. 14)
캐런크로 출신 흑인은 내성적인 멍청이와 결혼하지 않을 거다.(p. 43)	난 캐런크로 출신 흑인을 내성적인 멍청이와는 결코 결혼시키지 않을 거야.(p. 144)

한 걸음》의 "22쪽에서 34쪽까지 펼쳐지는 베껴 쓰기의 진전"을 점 검한다. 우리는 그와 더불어 "그 페이지의 처음 절반 전체가 그렇게 철저히 이용되며, 부스러기가 거의 하나도 남지 않는" 것을 확인케 된다.

드포르주-미첼 사건에서 파리지방법원의 판사도 같은 비교작 업을 실행하여 저작권 침해라는 결론에 도달한다. 진정한 심리와 사 실관계 결정 작업을 이끌게 해줄 양적 감정 수단을 사용하지 않고 서 판결내리는 것이 합리적일까? 이제 그 점을 알아보자. 브뤼네식 방법은 저작권 침해의 사법적 접근을 혁신시키기는커녕, 그 반대로 비교분석의 첫 단계에 꼭 필요한 탐지와 통계적 측정이라는 도구를 법정이 사용하게 해준다.

'보트랭 차용'은 더 넓은 범위의 텍스트, 즉 노래와 우스운 이야기에도 적용된다는 점을 상기하자. 그러나 이 점에서 모든 평가를 불확실하게 만드는 누락된 점이 한 가지 있다. 예를 들어 장 보트랭이 통째로 복제한 '결혼행진'의 후렴이 어휘연구가가 발견한 것에 속하는지, 아니면 '나의 금발 여인 곁에서'처럼 공동자산의 노래인지 모른다는 점이다. 바로 여기에 진지하게 심의해야 할 소재가 있었다. 《마아르코스 세스티오스의 선상일기》라는 소설에서 고대의 어느 상선商船의 여정에 관해 고고학자 페르낭 브누아가 발견한 것들을 이용한 탓에 1심과 항소심에서 처벌을 받은 페르디낭 랄르망의 소송을 떠올리자. 변호인 측은 장 보트랭과 같은 논거를 선택했었다.

"발굴과 발견 그리고 다른 학문에서 끌어낸 전문적 요소 등에서 비롯된 물질적 자료는 저자에 의해 일반대중에 넘겨지는 때부터 인류의 지식이라는 공동자산에 속하는 것으로 여겨져야만 한다."[23]

그런데 중대한 결과를 초래하는 뉘앙스가 이어졌다.

"하지만 고고학적 예술 영역에서 각 학자는 고유의 지식과 학문적 자료에서 차용한 지식의 도움으로 가설, 설명 또는 재편성된 내용을 구축할 수 있으며, 이러한 것은 개인적으로 획득된 것으로 남아 있다. 그리고 이 정신의 구축물은 그런 영역에서 지적소유권의 유일한 유효근거를 형성한다. '창조'는 물질적 지성적 자료의 독창적 접근에 있는 것이지, 그런 정신의 구축물에 부여되는 구술, 그래픽 또는 조형적 형식에 있는 것이 아니기 때문이다. 기본적으로 학문을 기제로 하는 다른 정신활동처럼 고고학도 마찬가지이며, 이런 활동에서는 발표된 것의 형태는 부차적이며, 심지어 흔히 무시해버릴 수 있기까지 하다. 작품의 바탕(내용)이 핵심적 가치를 구성하므로."

고고학자의 작업과 예를 들어 어휘연구가의 작업을 비교하기 위해 좀 길게 인용할 필요가 있지 않았을까? 파트릭 그리올레가 언어, 풍속, 카쟁 문화에 관해 복원한 것들이 '전대미문'의 성격을 지닌다는 점이 증명될 수 있다면, 그것들의 맥락 속에서, 그리고 일관성 있는 전체 속에서 다시 제자리를 찾아줄 수 있었던 그가 그 민속 복원물의 소유권자가 아닐까?

표절 연구의 이득이 그렇게 '죄인'을 추적하는 데 있지 않음을 우리는 깨닫게 된다. 맹목적 표절과 글자그대로 베낀 경우를 제외하고는 작가의 놀라운 작업과 글쓰기 방법들을 발견하게 된다. 어떤 색깔과 낯선 언어 리듬에 매혹되고, 타자를 통해 자기 고유의 정체성 획득과 연장을 시도하는 등. 글쓰기 또는 다시쓰기는 저자를 새로운 탄생에 노출시키는 만큼 자기 상실의 위험에도 노출시킨다. 법, 학설, 문학비평은 심지어 새로운 정보과학 도구로 무장하기까지 하면서, 그런 어지러움을 안정시키려 시도한다. 그들은 경계를 설정하고, 가면을 벗기고, 고발한다. 왜냐하면 딱 잘라 해결해야 하기 때문이다. 그러나 오로지 저자만이 자기 예술의 무기를 정말로 아는 자로 여전히 남아 있다.

8 장

차용의 유형학

표절한 글쓰기의 동기와 발현에 관한 조사는 독창성 개념을 '은 연중에' 명확히 하는 것을 목표로 한다. 텍스트 차용의 여러 형태를 알아보고, 식별하고, 분류하는 것, 그런 것이 문학적 영감의 뒤얽힌 매듭을 드러내 보이는 방법인 것 같다.

1964년에 볼레스와프 나브로츠키는《표절과 저작권 *Le Plagiat et le droit d'auteur*》[1]에서 꽤 초보적이면서도 유용한 두 가지 분류 준거를 제안한다. 그는 직접적 또는 간접적 표절과 전체적 또는 부분적 표절로 구분했다. 변형 없는 차용은 '직접적'이라 평가된다. 두 번째 준거의 정의는 자명하다. 전체적 차용은 원래 작품의 전체에 걸친 것이다. 부분적 차용은 원래 작품의 일부에만 걸친 것이다. 우리 연구에서 더 관심있는 것은 당연히 '간접적'이고 '부분적'인 표절이다. 가려진 채 나서고, 더 기만적인 옷을 두르기 때문이다. 그런 표절은 어떤 때는 각색을 가장하며 자신을 보호하고, 어떤 때는 패러디라고 주장한다. 어떤 데서는 우연의 일치라고 끌어대고, 어떤 데서는 그저 사고(또는 아이디어)의 유사성일 뿐이라고 주장하는데….

법률가들은 텍스트의 차용과 변형을 허용하는 형식들을 아주 엄밀히 한계 지으면서 사기 행위에 대한 세심한 식별 작업을 실행했다. 우리는 여기서 그 카테고리들의 목록을 가능한 한 철저히 작성하여 볼레스와프 나브로츠키의 준거들에 따라 정리해보려 한다.

전체 또는 부분의 직접적 차용

허락 받지 않은 **직접적 복제**는 설사 부분적이라 하더라도 순전한 저작권 침해에 확실히 속한다. 그런 복제는 쉽게 식별할 수 있다.

"작품이나 작품 일부의 모음"[2]인 **선집**選集은, 그 작품들이 보호를 받고 있다면 사실상 복제에 속하며, 저자들의 허락이 필요하다. 보호 받는 작품이란 복제 대상 작품이 공유재산에 들어가 있지 않고, 독창적 성격을 갖고 있는 것을 가리킨다. 그런 경우 연설문은, 심지어 프랑스공화국 대통령의 연설문이라 하더라도, 소위 '공동자산'이라는 것에 속하지 않으며, 아무리 '공적인' 듯 보일지라도 저자의 소유권에 속한다. 이런 권리 때문에 "보비니(센-생-드니) 지방법원은 1995년 5월 23일 화요일에 유로폴리스라는 잘 알려지지 않은 출판사가 아이러니컬하게도 '시민정신' 총서 중 하나로 출간한 한 저서에 대해 저작권 침해를 이유로 압류를 명령했다.[3] 그 저서는 프랑수아 미테랑 전前 대통령의 연설문 모음이었다. 이미 1972년과 1973년에 연설문 모음들(드골 장군의 연설문과 앙드레 말로의 연설문)이 압류된 적이 있었다. 그렇다 해도 이 경우들은 표절과 거리가 멀다는 점에 주목하자. 이 두 저자 쪽에서는 그 연설문들을 자기네 것으로 여겨지게 하려는 의향이 전혀 없었기 때문이다. 게다가 문제의 모음들은 바로 그 이유 때문에 독자가 보기에 흥미를 잃어버렸을 것이다.

반면, 유명한 뉴스 앵커였던 파트릭 푸아브르 다르보르의 선집인《가장 아름다운 사랑의 시들 *Les plus beaux Poèmes d'amour*》[4]은 아주 애매하다. 이 저서의 표지는 혼동을 야기한다. 푸아브르 다르보르가 선집의 저자가 아니라 바로 그 시들의 저자인 양 생각하게 할 수도 있을 것이다. 현 출판 시스템에서 책 표지에 박힌 저자 이름이 얼마나 중요한지는 우리가 강조했듯이, 저자 이름에 부여되는 신뢰는 선집의 이 상반된 사례들에서 특히 두드러진다. 어떤 때는 선택된 작품들의 유명세 때문에 출판사가 선집의 성공에 '기대'를 거는가 하면, 어떤 때는 바로 '선집'에 서명날인한 자가 그 성공을 보장한다.

그러므로 선집은 발췌문의 선택과 소개 순서를 통해 그 저자의 개인적 표지標識를 지니므로, 독창적인 작품이라 할 수 있다. 클로드 콜롱베는 이러한 "선택과 배열이라는 이중의 요구가 남용되는 것 같다"[5]고 평가한다. 선별은 그 자체로서 독창성의 충분한 근거일 것이다.

부분의 직접적 차용

인용은 글자 그대로 차용하는 것이긴 하지만, "확실히 가장 용납되는 것이 분명하다. 왜냐하면 평론과 학술서에서는 인용이 특히 필요한 경우가 아주 흔하기 때문"[6]이다. 노디에는 "심지어 자신의 생각을 외부의 어떤 명성으로 뒷받침하거나, 자신의 표현은 경계하고 다른 사람의 표현에서 도움받는 것에는 작가에게 잘 어울리는 겸손마저 있다"고 주장하기까지 한다. 이 정확한 설명에 대해 그에게 개인적으로 감사를 표하련다. 그러므로 인용은 세 가지 조건의 형태만 준수한다면 절대 표절이 아니다. 인용부호 안에 넣어 소개할 것, 인용된 저서의 자리를 차지하지 않고 그 저서와 경쟁하지도 않는 방식의 제한된 길이, 저자 이름 명기, 이 세 가지 조건이다. 그러므로 인용부호도 넣었고 저자 이름도 밝혔다는 구실하에 사실상 불법적인 인용문 짜깁기를 하는 무뢰한 복제자를 두 번째 조건이 막는다. 인용은 짧아야 한다. 그런데 이 점이 보다 섬세한 해석을 요하는 대상이다. 클로드 콜롱베는 비교에 기반을 둔 준거를 이용하라고 권고한다. "판사들은 인용의 길이와 그 인용이 발췌된 작품의 길이를 비교할 것이다."[7] 이 점에 관해서는 문학예술저작권에 관한《법률분류파일》이 다음과 같이 명시하는데, 어쨌든 잘한 일이다. "각 장章이 머리말을 앞세우는지, 또는 삽입문장이 존재하는지 등의 여부는 별로 중요하지 않다. 그 머리말이나 문단이 내재적으로 아무런 고유의 가치도 없고 그저 인용의 부속물일 뿐이라면."[8] 요약하면, 판사는 실현된 차용을 측정하는 것으로 그쳐서는 안 된다. 판사는, 그 인용문들이 준거작품의 특징적 요소들을 대상으로 하여 그 작품으로부터 주요 이득을 박탈해서 그 책의 독서를 거의 소용없는 일로 만들지는 않았는지도 세심히 점검해야 한다.

전체 또는 부분의 간접적 차용

번역은 부분적이건 전체적이건 번역 대상 작품의 허락을 받아야 할 뿐만 아니라, 자신도 법적 보호를 받으려면 개인적 문체를 표현해야 한다. "번역은 자동적 과정의 결과가 아니며, 번역자는 여러 단어, 여러 표현 사이에서 선택을 실행하며 정신의 작품을 만든다."[9] 그런데 두 가지 아찔함 사이에서 주저하는 줄타기 곡예사 같은 번역가는 "번역작품의 구성을 변경할 수는 없을 것이다. 왜냐하면 원작을 존중해야 하기 때문이다." 롱사르 같은 작가의 미묘한 번역은 오늘날 법에 저촉될까? 관련자들이 오래전에 죽었으므로 법정을 드나들게 되지는 않을 테지만!

패러디나 **파스티슈**는 한 작품을 모방하기는 하지만 풍자나 오마주를 목표로 하는 것이지, 그 작품을 자기 것인 양 가로채려는 것이 아니다. 레진 드포르주의《파란 자전거》는 마거릿 미첼의 소설을 패러디한다는 구실하에, 허용된 장르(패러디)와 수상쩍은 혼동을 불러일으키는 좋은 사례다. 제라르 주네트의 〈상호텍스트 실행에 관한 일람표〉[10]에서 패러디는 의미론 차원에서 '유희적 변형'으로 분류된다. 텍스트의 문자들은 거의 변하지 않는 반면, 의미가 왜곡되기 때문이다. 그런데《파란 자전거》의 경우에서는 그보다는 다시쓰기가 관건이다. 다시쓰기에서는 한편으로는 유희적 의도가 거의 보이지 않고, 다른 한편으로는 그 소설의 의미가 모델 소설(여기서는《바람과 함께 사라지다》)과 별로 다르지 않다. 최소한 제1부에서만큼은.

패러디가 저작권 침해가 아니라는 것을 증명하려면, 세 가지 조건을 준수해야 한다. 우선, 피고인은 자신의 지적 노력을 통해 독창적인 결과를 얻어내는 방식으로, 차용요소를 충분히 변경시켜야 한다. 패러디는 실질적으로 패러디 대상 작품과는 독립적인 작품으로 구성되어야 한다. 둘째, 패러디에 고유한 풍자 의도가 준수되도록 비평적 요소가 충분히 감지될 수 있어야 한다. 마지막으로, 패러디 작품의 존재가 원작과 혼동을 초래해서는 안 된다. 그 결과, 패러디 작품의 존재가 원작으로 하여금 비열한 경쟁이나 심지어 정신적 또는 금전적 차원에서 불이익을 당하는 '품격저하'라는 위험을 무릅쓰게 해서는 안 된다. 그래서 마르그리트 뒤라스가 유머 부족으로 자신의 모작자模作者 파트릭 랑보에 대해 소송을 제기하려 했다면, 판사는 아마 정신적 피해를 참작했을 것이다. 이 파트릭 랑보는 의도적으로 마르그리트 뒤라이으라는 우스꽝스러운 필명으로《히로시마, 내 사랑 *Hiroshima, mon amour*》의 파스티슈인《뮈뤼로아, 내 사랑 *Mururoa, mon amour*》을 출간한 바 있다.[11]

세 조건이 준수되면 패러디는 패러디 대상 작가의 허락을 받지 않아도 된다. 용어에 관해서는 이번에도 명확히 해둬야 한다. 사법적 어휘와 문학적 어휘가 서로 정확히 일치하지는 않기 때문이다. 학설에 따르면, "패러디는 음악작품을 겨냥하고, 파스티슈는 문학작품과 관련되었으며, 캐리커처는 미술작품과 연관이 있다."[12] 즉, 캐리커처는 그래픽 작품과 연관이 있다는 얘기다. 그러므로 법률가들은 자기네가 참고해야 할 분야가 아닌 한, 그 세 장르를 구별하지도 않는다. 이런 단순화는 법률가의 눈에는 편리하지만, 문학비평으로서는 뚜렷한 결핍이다. 이 개념들에 관해서는 나중에 다시 다룰 것이다.

관념(아이디어)의 유사성은 이중으로 완벽히 허용된다. 관념은 한편으로는 '자유로운 여정'이고, 다른 한편으로는 관념이 설사 독창적인 집필로 구성되었다 하더라도, 이미 다뤄진 주제에서 단순히 도출된 것이 아니라는 점도 증명해야 할 것이다. 어떤 아이디어의 구성은 이런 경우 독창성을 전혀 보여줄 수 없다. 퇴짜 맞은 연인의 권총 발사가 그런 경우다. '기능적' 구성이라 명명되는 것이 바로 그런 거다.

전체의 간접적 차용

주제의 유사성은, 관념의 유사성과는 반대로, 구성 차원에서의 유사성을 내포한다. 2차 작품에서 다시 취해지는 것은, 관념들의 연쇄이지, 관념들 그 자체가 아니다. 그러므로 어떤 주제를 다시 취하는 것은 책망받을 만하다. 단, 신화나 종교 또는 역사의 공동자산에 속한 것은 제외한다. 그러나 그런 경우라도 유사성은 주제 구상의 어떤 단계까지만 용인될 수 있다.

각색은 두 종류다. "정신적 작품으로서 같은 카테고리에 있는 어느 작품의 변경"이거나, 다른 문학 장르 또는 다른 영역의 예술적 표현에다 "한 작품을 옮겨놓는 것"이다. 각색은 각색 대상 작품의 저자로부터 허락을 받아야 한다. 예를 들어 대학교수가 쓴 전기 유형의 글을 더 매력적인 글로 만들기 위해 소설전기 형식으로 각색하는 것이 불행하게도 통상적이다. 지극히 간결한 이야기에다 더 주의를 끄는 양상을 부여하도록 출판사가 저자에게 요구한다. 그러면서도 거기서 정보의 신뢰성이나 작품의 진수는 없애지 말라고 부탁한다. 그러나 사전 허락 없이 타인의 작업에 그런 종류의 변형을

가하는 자에게 치욕이 따르기를! 몇 군데 잘라내고 흔히 부수적이
긴 하지만 새로운 아이디어를 도입한 대가로 새로운 작품인 것처럼
보이게 된다. 그러나 사실은 모방 대상 작품의 핵심적 알맹이와 독
창성을 공급받은 상태다. 이런 점에 대해 여러 에세이나, 프랑수아
1세, 조르주 만델, 쥘리에트 드루에, 니농 드 랑클로, 스피노자 등의
전기가 비난을 받았다.

　문학작품을 극작품으로 만드는 연극으로의 각색, 또는 소설을
영화 시나리오로 변형시키는 일 또한 원작 저자의 허락을 받아야
한다. 허락을 받지 않았으면, 주로 다음과 같은 준거에 따라 각색의
불법적 성격 여부를 판단하게 될 것이다. 원작이 다른 지각知覺인식
시스템에서 각색되면, 각색 작품은 저작권 침해로 지정될 위험이 덜
해진다. 그래서 시각작품인 조각은, 한 상징체계에서 생겨난 문학작
품에서 영감을 받았다 해도, 사기성 모방으로 지정될 가능성이 거의
없다. 그리고 작품의 예술 영역이 다르므로, 개인적 창작 부분은 본
래의 요소와 비교해볼 때 충분해 보인다. 그림으로부터 영감을 받은
조각의 경우는 아마 사정이 다를 것이다. '시각'이라는 지각 양식이
서로 다른 차원의 체계에 속한다 하더라도 말이다. 모방된 저자의
허락을 받았건 안 받았건, 각색은 어쨌든 두 작품 사이에 그 어떤 혼
동도 야기해서는 안 된다.

　그 예로서, 여러 차례 표절의 희생자가 되었던 쿠르틀린의 애매
한 경우를 인용해보자. 재판부는 두 차례나 그의 잘못이라고 판결했
다. 그의 작품들에서 전개된 테마들이 사회면 사건기사와 관념의 영
역에 속한다고 여겨졌기 때문이다. 하지만 어느 영화감독이 자신의 영
화 〈너의 아내가 우리를 속이고 있어 *Ta femme nous trompe*〉를 위해 쿠르
틀린의 《부부로슈 *Boubouroche*》라는 유명한 희극에서 테마만 빌린 것

이 아니라 훨씬 더 많은 것을 퍼내어 활용했다. 차용이 훨씬 멀리 갔던 것이다. 장면 전개가 똑같아서 같은 결말로 이어졌다. 그런데 파리 법정은, 그런 이야기는 연극과 소설의 공동자산에 속한다고 판결했다.[13] 각색 작품을 눈앞에 두고 있지 않았던 것이다. 그 영화감독은 각색을 위해 허락받는 일을 합법적으로 면제받았다. 클로드 콜롱베는 그런 관용에 대해 아주 경박하다고 평가한다.

요약이나 **압축**은 어느 정도의 한도 내에서는 저작권 침해가 아니다. "1차 작품의 특징들이 형식에서 다시 보일 정도로 충분히 선명하면,"[14] 요약은 위장된 표절이 된다. 적법한 성격을 유지하려면, 학습적이건 교육적이건 간에 전체의 이익이라는 동기에도 부응해야 한다. 그 어떤 대가를 치르더라도 비열한 경쟁 행위의 원인이 될 수는 없다. 일부 국가들과는 반대로, 프랑스의 법제는 그런 조건들이 충족되면 저자의 허락을 받지 않아도 된다.

분석은 "논문 집필자가 행한 토론에 받침대 역할을 하는 요약을 포함"[15]한다. 분석이, 한편으로는 합법적인 요약이 따라야 하는 제한들을 준수하고, 다른 한편으로는 가치판단을 지니는 개인적인 비평적 논평인 한, 그 분석은 허락을 받지 않아도 된다. 그러면 그 분석은 그 자체로서 독창적인 작품이다. 그래서 슐츠의 작품에 대한 비평적 분석이면서 다양한 소묘 화가의 그림들도 들어가 있는 《슐츠 씨와 그의 피넛들 *Monsieur Schulz et ses Peanuts*》이라는 마리옹 비달의 책은 저작권 침해로 여겨지지 않았다. 판사에 따르면, 실제로,

"5쪽의 일러두기는, 슐츠에 관한 그 책이 슐츠의 작품에서 끌어낸 삽화는 전혀 넣지 않았지만 이 작품을 잘 아는 삽화가들에게 각자 '피넛들'에 관한 관점을 부여하라고 부탁하기는 했으며, 결국 각

그림 곁에는 그림 저자의 이름이 표기된다는 점을 알렸으므로.
그렇게 취해진 예방책은 저자와 출판사 쪽에서 그 어떤 피해 의도
도 배제하고, 그 어떤 혼동의 위험도 피하고, 슐츠의 만화들과 경
쟁할 수 있을 만화 모음이 아니라 평론집이어서, 이로써 고소인들
에 대한 그 어떤 상업적 피해도 야기될 수 없으므로."[16]

그림이 말[言]과 릴레이를 하는 이 사건은 참 흥미롭다. 그 두
표현 양식이 같은 준거들에 조응하니 말이다.

부분의 간접적 차용

무의지적 차용(레미니상스)은 무의식적으로 초래된 것으로 간주
된다. 그것은 "저자가 다소간 먼 옛날에 알았는데, 그 원전은 알아
낼 수가 없으면서 기억만 간직된 다른 이의 작품을 '무의식적으로
모방'함으로써 '무심코 한 행위'"[17]로 규정된다. 진짜 표절에 편리한
구실이 되기도 하는 이 무의지적 차용은, 동화되고 소화되어 잊힌
독서들의 결과인 문학창작의 가장 진실한 동인動因들 중 하나이기도
하다. 무의지적 차용은 합리적 한계를 넘어서는 안 된다. 그것이 정
직함의 증거이므로.
우연의 일치는 두 정신적 작품이 동시적이건 아니건 간에 각각
독립적으로 창작되었는데, 그 두 작품이 같은 원천에서 영감을 얻어
서 원래 의도하지 않던 유사점을 보이는 경우를 말한다. 우연한 유
사성은 유행의 효과 때문이기도 하고, 같은 문학의 샘에서 물을 마

신 같은 세대의 두 저자가 같은 집단에 귀속되어 있기 때문이기도
하다.

문체나 경향이나 유파의 모방은 해당 저자가 한 작품의 장르나
기법을 모방하는 데 그친다면 유죄가 아니다. "예술가의 방법이나
작가의 문체는 한 방법, 경향, 유파를 특징지을 수 있으므로, 그들에
게 자기만의 고유한 것으로서 속해 있지는 않다. 설사 그 예술가나
작가 또한 복제된 방법이나 문체를 예술이나 문학 속에 도입했다
하더라도. […] 이런 방법들은 관념의 영역에서 서로 연결된다."[18]
그 예시로서, 크리스토가 작업한 퐁뇌프의 '포장'이 독창적인 작품
이 되긴 해도 이용된 방법, 즉 한 기념물의 '포장'은 그 어떤 보호의
대상도 될 수 없다. 이를 최초로 시도한 자 쪽에서 그것을 자기 소유
로 하고 싶어 한다 해도 마찬가지다. 크리스토의 그런 요청은 각하
되었다.

우리가 지적소유권 관련 법, 법해석, 이론 등에서 출발하여 구
상할 수 있었던 것처럼, 이상과 같이 차용의 유형학이 완성되었다.
이 유형학은 아직 불완전하긴 하지만 더 다듬어진 성찰을 구축할
수 있게 해주는 준거 틀을 제공한다. 저작권 침해 확인방법이 도출
되어가고 있다. 카멜레온 같은 표절자가 가면을 쓰거나 가식을 떨어
도 식별해내는 방법이다. 그가 위장하는 동안, 그가 아닌 것이 무엇
인지 보려고 시도해보자! 그에게 표절이라고 비난하면 그는 패러디
라고 주장하고, 무의지적 기억이라는 핑계를 대며…. 그를 도둑으로
취급하면, 그는 인용부호를 깜빡 잊고 안 붙였다거나 우연의 일치라
고 주장한다! 저자가 영향에서 자유롭고 독서로 풍요해져서 자신의
권리와 한계에 대해 확실히 인식하여 아주 명철한 의식하에 시도할
만한 여러 형태의 문학작품 변형과 자기 소유화의 다양한 형태들이

실린 지도를 우리는 꿈꾸어본다. 텍스트 생성의 각 단계에서 통행증 또는 경보 벨소리가 하찮은 복제가나 파렴치한 사기꾼으로부터 진실한 저자를 탐지해내는 것을 잠시 상상해보자. 이런 견해가 셰익스피어나 스탕달 같은 작가를 낙담시켰을까? 그들의 작품에서는 무엇이 남을까? 이렇게 파헤쳐놓고 나서 혼란케 할 필요가 있을까?

그럼에도 이 유형학의 한계를 인정하는 것이 적절하며, 이는 여러 관점에서 그러하다. 문학비평의 공헌들로 풍요해진 고찰이라면 사법적 분석을 상당히 보완해줄 수 있을 것이다. 우선, 분류 준거들이 꽤 약식이라는 점이 드러난다. 차용하는 자들의 심리적 동인을 충분히 고려하지 않았기 때문이다. 다른 한편으로는, 차용의 문학적 형태들에 관한 연구는 상당수의 상세한 설명과 수정이 필요하다.

학설에 의해 채택된 두 가지 준거, 그중에서도 특히 볼레스와프 나브로츠키의 준거들은 양적 측면과 질적 측면을 고려한다. 양적 측면은 차용이 텍스트 전체에 걸쳐 있는지 아니면 부분에 걸쳐 있는지가 관건이며, 질적 측면은 차용이 글자 그대로 이루어진 것이면 '직접적'이라 평가하고, 도착 텍스트에서 변형을 치렀다면 '간접적'이라 평가한다.

우리의 첫 번째 준거는 차용의 고의성에 관한 것이다. 의지적인 차용인지 아니면 무의식적 차용인지? 저작권 침해는 범죄행위로서 새로운 형법에 따라 고의적이라고 추정된다. 그러므로 이 구분 요소는 타당한 듯 보인다. 《성령의 바람 Le Vent Paraclet》에서 미셸 투르니에는 무의지적 기억, 인용, 암시를 비교하기 위해 이 준거에 의거한다.

"꽤 자주, 무의지적 기억은 너무도 선명해서 다소간 글자 그대로의 인용, 즉 그것을 이해할 수 있을 만큼 꽤 주의 깊거나 학식 있는 독자를 위한 암시와 더불어 '주인'에게 돌리는 일종의 은밀한 오마주가 되어버린다. 그래서 《마왕 *Le Roi des Aulnes*》에서 에레디아의 '행진하는 군대의 발 구르기', 《별똥별들 *Les Météores*》에서는 폴 발레리의 '장미와 소금의 이름으로 안녕, 신들이여!'를 보게 될 것이다."[19]

원래, 레미니상스(무의지적 차용)는 무의식적이다. 그러나 일단 의식이 선명해지면 의지적 윙크, 즉 암시가 되어버린다. 그리고 인용부호로 독자에게 더 솔직히 알려주고 나면 '인용'이라는 명칭을 취하게 된다. 어떤 때는 표절자가 무의지적 기억을 알리바이로 삼는다. 고의가 아니었다는 얘기다. 또 어떤 때는 차용의 비고의적 성격을 주장하는 것이 불가능해지면 암시를 한 거라고 주장한다. 또한, 차용의 범위가 용서될 수 없을 정도로 너무 넓으면 인용부호를 잊었다는 핑계를 대면서 인용이라고 내세운다.

보완적인 두 번째 준거는, 차용임을 알렸는지 감췄는지에 관한 것이다. 예시로서, 파스티슈와 표절을 비교해보자. 파스티슈는 완전히 허용되고, 다소 명시적으로 참조 모델을 알리는 차용이다. 표절은 저자의 문체적 특성을 몰래 자기 것인 양 차용하는 것이다. 프루스트가 《되찾은 시절》에서 공쿠르 형제에 대한 자신의 파스티슈[20]를 어떤 식으로 짓궂게 알리는지 보자. 질베르트가 그에게 "공쿠르 형제의 미간행 일기 한 권"을 막 빌려주었을 때다.

"촛불을 끄기 전에 더 아래쪽에 베껴놓은 대목을 읽었을 때, 내 문학적 자질의 결여가 […] 뭔가 덜 유감스러운 것처럼 보였다. 마치 문학이 심오한 진실을 밝히지는 않는 것처럼. 그리고 동시에 문학이 내가 믿었던 것이 아니었던 점이 슬픈 것 같았다. [⋯] 피로가 내 눈을 감길 때까지 내가 읽은 글은 다음과 같다."

독자에게 진짜 복제의 공범이라는 환상을 주기 위해 인용부호로 치장한 파스티슈가 잇따른다. 다음은 그런 파스티슈가 시작되는 부분의 발췌문이다.

"그저께 여기서 《라 르뷔 *La Revue*》의 평론가이던 베르뒤랭과 마주쳤는데, 그가 자기 집에 나를 데려가 저녁식사를 함께하려 했다. 그는 휘슬러에 관한 책을 쓴 저자인데, 이 책에서는 그 괴짜 미국인의 기법, 예술적 채색이 베르뒤랭에 의해 종종 대단히 섬세하게 재현된다. 그려진 것의 온갖 세련미, 온갖 '예쁨들'을 사랑하는 그에 의해서 [⋯]."[21]

모방작업이 여기서는 진정한 문학적 분석의 가치를 지닌다. 파스티슈를 도입하는 문장들에서는 그 분석의 빈정거리는 배신이 한껏 느껴진다. 프루스트는 세밀하고 사실주의적인 문체를 조롱한다. 그는 그런 문체의 상표를 자기에게서 떼어내고 싶어 한다. 프루스트에게 문체는 현실을 초월하며, "외양 너머, 좀 더 물러나 있는 지대로" 가기 위한 것이다.

"그래서 존재들의 드러난 매력, 즉 복제할 수 있는 매력이 나를 벗어났다. 왜냐하면 여인의 복부의 반들거림 아래서 그 복부를 갉아먹는 내부의 병을 보는 내과 의사처럼 그 매력에서 멈추는 능력이 내게는 없었기 때문이다."[22]

그는 "보지도 못하고 듣지도 못하는 무능력"과 게다가 글쓰기 소질을 폄하하는 척하면서, "숱한 세부사항들"을 세밀히 기술하는 데 집착하는 공쿠르 형제의 문체를 조롱한다. 파스티슈는 그런 식으로 명백히 드러난다. 설사 파스티슈 역시 상표 폐기로 이루어진다 해도, 표절과 혼동될 수는 없을 것이다.

요컨대, 네 가지 준거는 표절과 혼동될 수 있는 여러 형태의 차용에 관해 체계적인 정의를 내릴 수 있게 해준다. 법의 시각에서는 가장 비난받아 마땅하며, 문학 차원에서는 가장 덜 창조적인 차용 형태는, 의지적이건 숨겼건 간에, 전체적이고 직접적인 차용이다. 그거야말로 완전히 불법적인 복제다. 그 반대쪽 끝에 부분적, 간접적, 무의식적인 차용이 있다. 무의식적이므로 당연히 차용임을 알리지 않는다. 완벽히 허용된 무의지적 차용이 이에 해당한다. 이 무의지적 기억 현상이 기억나는 텍스트의 글자를 다시 취하는 일이 발생할 수 있다. 그러면 표절 비난에 노출된다. 혐의를 받은 자는 그 행위가 무의식적으로 행해진 것임을 증명해야 한다. 이런 경우, 세 번째 준거의 죄과 여부가 결정적이라는 사실이 드러난다.

다음은 능란한 표절의 네 가지 특성을 갖고 있는 차용이 그럼에도 비난받지 않는 애매한 경우다. 대부분, 의지적이면서도 명시적으로 공표하지 않는 부분적 간접적 차용인 '암시'가 그런 경우다. 저자의 선의를 어떻게 판단할 것인가? 차용의 규모에 관한 첫 번째 분류 준거를 명확히 할 필요가 있을 것이다. 실제로 암시는 일시적이고 짧은 차용으로 제한되어야 한다. 그러므로 네 가지 준거 각각은 특별한 점검의 대상이 되어야 한다. 어느 한 차용이 도둑질로 통할 수도 있고, 오마주로 통할 수도 있으니.

　최근에 정의 내려진 차용의 카테고리로 말할 것 같으면, 이중 세 가지는 정의를 보완할 필요가 있다. 예를 들어 인용은, 이전에 엄격한 사법적 정의가 제안하던 것들을 고려하지 않는 형태를 취할 수도 있다. 그리고 우리는 차용의 이전 목록에 다섯 가지 문학 형태를 더할 것이다. 그것들 중에는 사법에서 정해놓은 유형들에 끼어 있지 않은 켄토(패치워크)와 콜라주가 있다. 마지막으로, 패러디처럼 중요한 개념은 파스티슈와 명확히 구분되어야 한다.

　우선, **인용**의 정의를 현실에 맞게 조정하는 것에 전념하자. 부분적이고 직접적이며, 의도적이고 명시적으로 알리는 차용인 인용은 정말로 단순한 베끼기에 속한다. 인용은 그럼에도 문학이 애지중지 하는 차용으로서, 특정 구두점으로 화려하게 돋보여지는 장식이다. 그것은 기념물의 정면처럼, 고전문학이 가장 아름답다고 꼽는 것이고, 오랜 문학전통 속에 들어가 있다. 인용문은 도덕적 미학적 가르침의 주요 매체로서, "하녀의 지위"[23]라는 특징을 지닌다. "두 가지 금지사항, 즉 차용된 발췌문을 변경시키지 말 것, 그리고 텍스트-매체의 단순한 (미학적 교육적 도덕적) 보조라는 지위에 인용문을 놓는 위계질서를 전복시키지 말 것", 이 두 가지 금기에 처해 있다. 그런데 그 인용문에서 인용부호를 없애버리는 일도 생기는데, 그러면 표절의 범주로 떨어져 비천해진다.

　그저 플로베르식의 유희에 불과한 것이 아닌 한 그러하다. 왜냐하면 이런 진전의 선구자로서 플로베르가 지칭되니까. 플로베르는 1차 텍스트와 2차 텍스트 사이의 위계와 단절을 폐지하면서 인용부호들을 제거해버린다. 자유간접화법을 사용함으로써, 인용 내용을

자기 것으로 만드는 척한다. 인용의 원전에 관해 망설이도록 놔두면
서도. 이어서 조이스에 의해 대거 이용될 이 기법은 《부바르와 페퀴
셰》에서 혁혁한 성공을 거둔다. 순전한 베끼기에서 다시쓰기까지,
인용은 불확실하고 코드화하고 의미가 풍부한 여정을 밟는다. 인용
을 하는 것은 이제 너무 굴종적(맹목적)이라고 평가된 용도를 무시
해버려서, "본래의/원초적 개념의 불안정성이 커져가는" 현상을 초
래한다. 앙드레 토피아는 표절적 글쓰기를 훨씬 능가하는 이 기법의
이점을 밝힌다.

　　그때 인용체계의 지표들이 혼동되기 때문에 문제가 하나 제기
된다. 그 문제란, 모든 위계와 연표를 무시하는 두 텍스트 사이에서
의 계통 문제다. 기만에 의해서건 단순한 장난 때문이건 간에, 복제
품이 원본을 자처하는 것을 더 이상 막을 방도가 없다. 예를 들어 페
렉의 경우…. 자크 르카름은 〈페렉과 프로이트 또는 재사용 양식〉[24]
이라는 글에서 《인생사용법 *Vie mode d'emploi*》을 읽다 보면 "감미로운
불편함"이 느껴진다고 언급한다. 독자는 '첨부자료' 속에서 짓궂게
지칭하는 30여 소설가의 인용문을 그 이야기 속에서 찾아봤자 아
무 소용 없다. 왜냐하면 그 소설가가 자기 텍스트 속에 "때로는 살짝
변형한 인용문들"[25]을 매장해놓은 척했지만, 실제로는 "추신('첨부
자료')에서 이름이 언급된 저자들은 텍스트 속에서 결코 인용된 적
이 없다. 그래서 페렉이 사용하는 '인용'이라는 용어는 인용만큼 암
시도 포괄하는 것 같아서, 약간 걸맞지 않다. 도입부의 표현, 저자의
언급이나 참고사항 등의 인용은, 그 어떤 것이든 그것을 구별시키
는 표지(인용부호나 이탤릭체)가 없이 이야기 골조 자체에 다시 꿰매
지면, 간단히 말해 표절이 된다."[26] 아주 잘 명명된 거다. 그런데 이
경우에 근거하여 자크 르카름은 표절이 늘 비루한 좀도둑질인 것은

아니라는 점을 서둘러 환기시킨다. "표절은 여기서 수치스러울 것이 전혀 없다. 하찮고 중요하지 않아 보이는 세부사항, 너무 짧아서 그저 극소의 표절(마이크로 표절)만 제공하는 시퀀스로 한정되기 때문이다." '마이크로 표절'이라는 용어에 주목해야 한다. 이 용어는 표절 평가에 필수적인 양적 준거를 강조한다. 반면, 여전히 너무 수상쩍은 인상을 내포하고 있기도 하다. 결국 비평가 자크 르카름은 그 용어보다는 'ex-citation'[27]이라는 용어를 선호하는데, 이 용어가 페렉과 그의 독자 사이의 보물찾기 놀이의 맥락에 더 맞는다. 이제는 완벽하게 이용된 인용, 진정한 문식文飾인 'ex-citation', 허용되었으나 도덕적으로는 수상쩍은 마이크로 표절, 그리고 무슨 수를 써서든 피해야 할 '표절'을 구별해서 규정지어야 할 것이다!

차용의 분류체계를 다듬으려는 우리의 시도는 사법적 분석에서 잊고 있거나 충분히 고려하지 않는 개념들의 정의를 통해 계속된다.

그런 개념들 중 하나인 **참조**는 인용으로부터 출발하여 정의될 수 있다. 그것은 인용처럼 주의를 분명하게 환기시키는 차용이기는 하지만, 역으로 간접적인 차용이다. 글자 그대로 인용하지 않기 때문에 가장 덜 가시적인 차용 형태들 중 하나지만, 표절자가 방어를 목적으로 이용할 만한 논거는 아니다. 텍스트 글이 거의 없으므로 베낄 것이 거의 없다. 참조와 아주 가까운 암시도 글자 그대로 옮기는 성격이 약하기 때문에 적발하기 어렵다. 그래도 어쨌든 너무 직접적인 방식으로 자기를 알리지는 않는다는 이점을 표절자에게 제공한다. 암시는 참조와 그렇게 구분된다.

클리셰, 상투적 표현, 통념 등은 평범하고 되풀이된 표현이다. 그것들은 그러니까 다소 직접적이면서 부분적인 차용이고, 흔히 비의도적이며 알리지 않은 차용이다. 이런 차용의 평범함 자체가 그런

식으로 지칭하게 만든다. 미셸 리파테르가《텍스트 생산 *La Production du texte*》[28]에서 지적하는 바에 따르면, 어떤 작품들 사이에 보이는 상당수의 비의도적 유사점은 '통념체계' 때문이다. "언어적 유사성 또는 동일한 표현법은 사실상 이런저런 텍스트에서 되풀이되는 클리셰일 뿐이었다. 보들레르 전문가들은 '네가 천상에서 왔건 지옥에서 왔건, 무슨 상관이랴, 오 아름다운 여인이여'라는 시 구절의 출처가 완전히 잊힌 어느 시인의 시라고 확신하는 것 같다. […] 그러나 사실은 '천상에서 왔건 지옥에서 왔건'은 모든 낭만주의자에게서 글자 그대로 보게 되는 상투적 도발이다." 어디에나 통하는 표현은 한 시대의 정신을 반영할 뿐이다. 표절 또는 그 어떤 형태의 차용에 관해서건, 실마리를 제공해주지 않는다. 그러므로 한 저자가 다른 저자에게 영향을 주지 않았는데도 두 저자에게서 같은 묘사체계가 보일 수도 있다.

게다가 클리셰는 흔히 하나로 집약되고 어휘적 유사성에 한정된 수렴점일 뿐이다. 그것의 의미를 평가하려면, 주제와 통사의 맥락, 텍스트 구조 등에 관심을 갖는 것이 더 중요하다. '단어 대 단어'를 비교하는 것은 헛된 일이다. "구조를 드러내는 것은 [단어들의] 배분이며, 그 단어들이 자신의 의미작용을 끌어내는 것은 그 구조로부터다."[29] 반反클리셰 시리즈로 지어진 랭보의 소네트〈물에서 태어난 비너스〉(1870)[30]의 스캔들에 얽힌 독창성을 떠올려보자. 아프로디테의 탄생에 관해 잘 정립된 모델이 부정적 교체를 하나하나 빠짐없이 겪는다. 바다는 명백히 관棺과 비견되는 욕조가 되고, 백조의 목의 천진함이라는 스테레오타입은 "기름진 잿빛 목"이 된다. 요컨대, 모든 것이 묘사적 클리셰 체계의 변형을 실행한 '반-문장反-紋章'을 형성한다.

현대문학에서 잊힌 형태인 **켄토**(패치워크)는 라틴어 cento, 또는 그리스어 kentôn에서 유래된 것으로, 수없이 기운 누더기를 연상시킨다. 어원은 그러하고, 정의로는 샤를 노디에가《합법적 문학에 관한 문제 *Questions de littérature légale*》라는 저서 앞부분에서부터 이 "모자이크로 된 시 장르"를 언급한 내용을 들 수 있다.

> "이 장르는 […] 새로운 주제에 관해 이전의 한 시인 또는 여러 시인으로부터 차용하여 흔히 원래의 사용과는 매우 다른 뜻에 적용시킨 시 구절들이나 그 일부로 직조된 시를 구성하는 것이었다."

그러므로 켄토는 부분적이고 대개 직접적이며(이 점에서 파스티슈와 구분된다) 의도적이고, 차용임을 알린 차용 형태다. 진정으로 인용들의 몽타주인 켄토는 고대에 아주 높이 평가되던 두뇌유희이며, 모방에 기초를 둔 문학의 어떤 개념을 나타내보였다. 차용된 표현에 부여된 새로운 기교 속에서 독창성이 발현되었다. 대중의 즐거움은 온통 그 작품을 모델로부터 분리시키는 미묘한 차이를 간파하는 데 있었다.

그런데 오늘날 켄토를 언급해봤자 무슨 소용이란 말인가? 적어도 기술적으로는 콜라주의 조상일 수 있을 테니까 말이다. 반면, 이 두 형태의 차용은 문학의 상반된 두 개념에 부합한다. 사실상 켄토는 호메로스와 베르길리우스의 작품들에서 차용하곤 했다. 왜냐하면 그 작품들이 문학에서 가장 신뢰할 만하고 가장 존경스러운 기반을 대표했기 때문이다. 이런 의미에서, 저자는 그의 미학적 도덕적 정당성 때문에 복제되는 것이었다. 그 반대로 콜라주는, 작가에게는 문식文飾, 화가에게는 색깔과 같은 자격으로, 이전 텍스트를 부속물처럼 이용한다. 만약 도덕적 차원 또는 미학적 차원의 평가가 존속한다면, 평가가 변질된 것이다. 자투리 신문기사가 예술작품 속에서 절단된 '모나리자' 옆에 섞여 있다. 미학적 위계의 조롱과 의미 전환이 콜라주의 동기다. 켄토처럼 콜라주는 부분적 직접적 자발적이며, 자기 고발을 한 차용이다. 차이는 의도의 성격에 있다. 그 성격에 따라 오마주가 될 수도 있고, 전복이 될 수도 있다.

다양한 차용 형태의 요약일람표를 만들기 전에, 지적소유권법이 혼동하고 있는 파스티슈와 패러디를 구별하는 일이 남았다. 왜냐하면 이 법은 서로 다른 장르에 그 둘을 결부시켜서, 하나는 음악에, 다른 하나는 문학에 연결시키는 것으로 만족하기 때문이다. 하지만 이 두 유형의 다시쓰기는 문학에서 행해지고 있고, 서로 다른 문학 장르들을 형성한다. 패러디는 한 텍스트의 의미를 변형시키면서 취하여, 그 텍스트를 조롱한다. 반면, 파스티슈는 때때로 유머를 의도한 형태와 의미의 모방에 그친다. 그토록 많은 학술적 논란거리였던 문제를 단순화한다고 우리가 질책당할 수도 있을 것이다. 우리가 그 논란들을 모르는 체하는 게 아니다. 그 논란들 각각이 새로운 종류의 전문용어를 더해가면서 우리를 늘 설득시킬 수 있었던 것은 아니다.

다니엘 빌루와 니콜 빌루는 〈두 번째 방식(파스티슈의 교수법을 위하여) *La manière deux (Pour une didactique du pastiche)*〉[31]이라는 논문에서 두 장르 사이의 차이를 강조하기 위해 다음과 같이 요약된 제라르 주네트의 글을 참조한다. "패러디를 하는 사람은 어느 글을 포착하여 그 글의 특질 중 하나를 공략한다. 이에 하이포텍스트[32]의 해체가 뒤따르며, 변형으로 귀착된다. 그런데 파스티슈를 쓰는 사람은, 어느 작가의 글 전체에 의해 생성되는 효과들의 결과로 얻어진 글쓰기 전략을 공략한다." 그리고 이 글쓰기 전략은 흔히 문체라는 이름을 취한다. '모방적 다시쓰기'에 할애된 이 대목은 조르주 페렉에서 퍼낸 패러디 사례를 제공한다. 페렉은《잃어버린 시절을 찾아서》의 첫 문장에 관해 네 가지 "최소한의 변주"를 제안한다.

"오랫동안 나는 일찍 나를 틀어막았다."/
"오랫동안 나는 일찍 샤워를 했다."/
"오랫동안 나는 일찍 코를 풀었다."/
"오랫동안 나는 일찍 수음을 했다."[33]

패러디는 형태를 최소한으로 변형시켜서 최대한의 의미론적 차이를 얻어낸다. 반면, 파스티슈는 글자가 아니라 문체를 다시 취한 새로운 텍스트에서 대상 텍스트의 정신을 보존한다. 바로 이런 이유 때문에 표절이 패러디로 통할 가능성은 거의 없다. 반면 표절이 파스티슈와 혼동될 확률은 더 높다.

그리고 작가들은 이 점을 잘 알고 있어서, 파스티슈를 표절에 대한 구제책으로 사용한다! "병을 병으로, 표절을 파스티슈로, 영향을 숙고된 모방으로 처치하기."[34] 파스티슈는 자신의 글쓰기를 찾아내는 데 필요한 우회로다. 프루스트는《파스티슈와 혼합 *Pastiches et mélanges*》에서 파스티슈의 가장 좋은 사례를 제공하고 있다. 일류 저자들의 영향력을 쫓아버리기 위해 그들을 모방하라고 그는 권한다.

"플로베르 중독에 관해서라면, 작가들에게 파스티슈의 정화작용과 구마驅魔 효능을 아무리 권장해도 지나치지 않을 것이다. […] 그 후 다시 독창적이 되어, 평생 비자발적 파스티슈를 만들지 않으려면 자발적 파스티슈를 만들어야 한다."[35]

우리는 지금 표절 문제 한가운데 있다. 그리고 파스티슈와의 대조는 반복의 위력과 위험을 동시에 강조한다. 표절이 오로지 부정직한 복제만으로 이루어진다면, 우리 연구의 이득은 제한적일 것이다. 표절의 미학적이고 심리학적인 쟁점들을 구분하려면, 그 현상을 자세히 검토해야 한다. 표절자는 다른 사람에게서 훔치고 싶어 할 수도 있고, 그렇지 않을 수도 있다. 그는 자기 자신이 되고 싶지만, 그 자기 자신이란 타인이다. 파스티슈를 통해 그는 자기 자신이 되기 위해, 다시 말해 어쩌면 작가와는 아주 다른 것이 되기 위해, 자신과 타인 사이의 그 기망적 혼동에서 빠져나온다. 파스티슈는 진실한 문체에 대한 계시 아니면 건전한 체념에 이르게 하는 진리의 시련이다.

마르셀 프루스트로 말하자면, 그는 정상들을 정복했다. 자신과 남들 사이에 필요한 거리와 자신의 표지들을 찾아내기 위해 위대한 작가들에 대한 파스티슈를 만든 것만으로는 전혀 충분치 않았다. 그래서 자신의 위대한 작품 꼭대기에서 자기 자신에 대한 파스티슈라는 도전에 뛰어든다. 마르탱빌과 비위빅의 두 종탑에 관한 묘사에서다.[36] 창작의 길에서 그토록 멀리까지 간 그는, 자신의 문체라는 용이함에 굴복하게 될 위험을 미리 느낀 건 아닐까? 프루스트의 글쓰기와 다시쓰기, 표절에서 자기표절까지에는, '작가로서의 자신을 알아보기'라는 경험이 있다. 유머가 가득한 이 대목에서, 두 종탑에 관해 저자가 20여 줄로 살짝 달아나듯 이끄는 묘사에 이어 한 페이지나 되는 내레이터의 묘사가 잇따른다. 같은 문체지만 더 힘차고, "더 공들인" 묘사로서, 앞선 묘사의 진정한 파스티슈다. 비교삼아 한 발췌문만 보기로 하자.

《스완네 집 쪽으로》(pp. 215~216): 저자 마르셀 프루스트의 묘사	《스완네 집 쪽으로》(pp. 217~218): 내레이터 마르셀의 묘사
종탑들이 너무 멀리 있는 듯하고 우리는 거기에 별로 다가가지 못한 것 같아 나는 놀랐는데, 잠시 후 마르탱빌 교회 앞에서 멈추게 되었다.	우리는 종탑들에 다가가기에는 너무 멀리 있었기에 나는 거기 도달하기 위해 더 필요할 시간을 생각하고 있었는데, 차가 돌더니 단숨에 종탑들 발아래 내려주었다. 종탑들이 자동차 앞으로 너무 거칠게 달려들었기에 입구에 부딪히지 않고 겨우 멈춰 설 틈밖에 없었다.

그런 유머와 자기비평 능력을 갖고서 자기 문체의 근본적 특성을 재현할 수 있으려면, 자기 문체를 능수능란하게 다루는 기량이 있어야 한다. 파스티슈는 반복의 경험으로 이루어진다. 그런데 그것은 검증되고 잘 이해된 경험이다. 파스티슈는 질 들뢰즈가 프로이트의 업적에 근거하여 《차이와 반복 *Différence et répétition*》[37]이라는 저서에서 밝혀냈던 심리적 현상에 속한다. "자신의 추억에 대해 기억이 덜 나는 만큼, 기억을 한다는 의식이 덜한 만큼, 과거에 대해 더 많이 반복한다. 반복하지 않으려면 기억하라, 기억을 생성하라. 재인식에서 자아의식은 미래의 능력이나 미래의 기능, 새로운 것의 기능처럼 보인다." 표절자는 '알지 못했던 지식'이라는 함정에 빠져든다. 표절자는 어떤 경우에는 보기보다 덜 죄인이다. 이런 경우에 정신분석학이 하게 만드는 자신으로의 회귀라는 힘든 노력이 표절자에게는 없다. 자신의 악덕이 수치스러워 괴로워하는 표절자는 다음과 같

은 말을 듣게 되기를 바란다. "반복이 우리를 아프게 하는 거라면, 우리를 치유하는 것 또한 반복이다!"

차용의 문학형식에 관한 분석은 그 형식들 각각의 경계에 위치하는 표절 개념을 명확히 하는 것을 목표로 한다. 그 모든 형식은 우리 요약일람표의 빈 칸들에 나타난다. 그것들 중 어떤 것은 표절 영역을 표시하는 중앙의 네 개의 회색 칸에서 진한 글자로 다시 나타난다. 분류 준거 중 어느 하나가 변경됨에 따라 표절 행위에 가장 맞을 수 있는 차용 형식들이다. 그때 그 형태들은 위장된 저작권 침해에 속한다. 우리는 그것들을 표절의 가장 그럴싸한 알리바이로 여긴다. 다른 빈 칸에 들어 있고 진한 글자가 아닌 다른 형식의 차용은, 차용 형식이 너무 뚜렷하거나 또는 필연적으로 알려졌거나 간에, 표절, 심지어 저작권 침해를 감추기에 별로 유리하지 않다.

다양한 형식의 차용과 연관된 표절

차용					
	전체적		부분적		
	알린	은폐된	은폐된	무의식적	알린
	의도적	의도적	의도적	무의식적	의도적
직접적	주제의 유사성	복제 주제의 유사성	콜라주 인용 관념의 유사성	우연한 일치 클리셰 관념의 유사성	콜라주 켄턴 인용 참조 관념의 유사성 번역 모음집
간접적	각색 번역 요약 분석	각색 요약	유파, 문학 경향 파스티슈 번역 레미니상스 암시	우연한 일치 레미니상스	유파, 문학 경향 파스티슈 패러디 분석 암시

이제 제라르 주네트의 분류체계를 개입시켜야 한다. 주네트는 《팔랭프세스트》[38]에서 텍스트 전환 관계의 다섯 가지 유형을 구분하는데, 그들 중 두 가지 유형이 차용에 관한 우리의 고찰과 직접 관련이 있다. "한 텍스트가 다른 텍스트 안에 실제로 나타난다"는 엄격한 의미에서의 '상호텍스트성'과 "텍스트 B(나는 이를 '하이퍼텍스트'라 부르겠다)를 이전의 텍스트 A(이는 당연히 '하이포텍스트'라 부를 것이다)에 연결시키는 모든 관계"를 가리키는 '하이퍼텍스트성'이 그 두 유형이다. 하이퍼텍스트적인 실행에 관한 그의 분석이 우리의 차용유형학을 정련시켜줄 수 있다. 왜냐하면 그 분석은 하이퍼텍스트와 하이포텍스트 사이에 가능한 두 종류의 관계를 분명하게 해주기 때문이다. 그 두 관계란 모방과 변형이다. 이 두 준거는 우리에게 패러디와 파스티슈를 구분할 수 있게 해주었다. 하나는 텍스트 변형에 속하고, 다른 하나는 모방에 속한다. 게다가 제라르 주네트에게서 "모방은 차용이 아님"[39]을 명확히 하자. 왜냐하면 모방은 파스티슈가 된 작품의 문체적 특성에 따른 다시쓰기 작업을 내포하기 때문이다. 역으로, 표절은 다소 눈에 띄는 방식으로 원래의 텍스트를 차용하고 횡령한다. 그런데 아주 능란한 표절들이 있다. 이들은 텍스트를 글자 그대로 차용하는 것을 될수록 최소한으로 하기 때문에 모방에 더 가깝고, 다시쓰기 노력과 더불어 파스티슈와 같은 자격으로 '미모텍스트'[40]의 카테고리에 들어간다. 구조적 관점에서는, 그 결과 두 종류의 표절이 존재한다. 하나는 변형을 통해 실행되고, 다른 하나는 모방을 통해 실행된다. 우리는 주네트의 카테고리들을 더 잘 시각화하기 위해 표를 제안한다. 이 카테고리들의 각각은《팔랭프세스트》를 참조한 것이다. 우리의 설명은 텍스트의 변형과 표절 글쓰기의 관계를 명확히 해줄 수 있을 것이다.

'전환'이라 일컬어지는 심각한 변형의 다양한 형태

의미 변화가 없는 형태적 변형

번역	문체 변화 rewriting	운문화 산문화 운율 변화

경우에 따라 의미 변화를 동반하는 형태적 변형

대체

축소	증대
1. 절제를 통해 → 절단 → 가지치기 → 불온한 부분 삭제	1. 확대를 통해
2. 간결함을 통해	2. 확장을 통해
3. 응축을 통해 → 요약, 압축 → 다이제스트	3. 증폭을 통해 = 주제의 확대 + 문체의 확장

양식의 변화

양식 상호간에	양식 내부에서
1. 극화	1. 극 양식의 변주
2. 서술형식화	2. 서술양식의 변주 → 시제, (동사의) 법 → 직접화법, 간접화법 → 초점화 전환

의도적 의미 변화

화용론적 치환 (행위)	서술적 전환 (시공간 틀)	가치부여 변화 (가치체계)
1. 동기를 통해		1. 가치부여를 통해
2. 동기 이탈을 통해		2. 가치 절하를 통해
3. 동기 변화를 통해		3. 가치 변화를 통해

"경우에 따라 의미 변화가 동반되는 형태적 변형"의 첫 번째 유형에 해당하는 '대체'의 하이퍼텍스트 실행은 우선 논평이 필요하다. 그것은 표절자가 다량의 텍스트를 감축하거나 증대시킴으로써 자신의 차용을 감추는 데 이용하는 형식이기 때문이다. 다음은 주네트의 분류를 구체적인 사례에 적용할 수 있게 해줄 놀라운 예증이

다.《마르셀 프루스트, 상호텍스트 유희 _Marcel Proust, le jeu intertextuel_》[41] 라는 에세이에서 아니크 부이야게는 "어마어마한 표절"[42]을 폭로한다. 어쨌든 표현이 혹독하다, 독자 자신이 판단할 일이지만! 엘스티르가 발벡의 교회 앞에서 감탄할 때, 프루스트는 에밀 말의《13세기의 종교예술 _L'Art religieux du XIIIe siècle_》[43]에서 자기가 직접 펴낸 말들을 엘스티르로 하여금 하게 만든다. "사실상 이 페이지들은 빠짐없이 복제된 것도 아니고, 어김없이 정확한 순서로 복제된 것도 아니다."[44] 다음 표본이 보여주는 바처럼, 그 페이지들은 '대체'를 통해, 즉 '감축'이나 '증대'를 통해 처리한다.

프루스트는 한편으로는 두 문단의 순서를 뒤바꿨고, 다른 한편으로는 원문의 의미를 완벽히 보존하는 두 번째 문단을 절반으로 축소시켰다. 그러므로 그는 요약을 구성하는 감축인 **'응축'** 기법을 사용한 것이다. 우리는 관련 부분들을 진한 글자로 표시했다. 첫 번째 문단에서 프루스트는 '가지치기'라는 두 번째 감축수단을 사용했다. 우리가 밑줄 친 부분이 오려낸 부분들이다. 반대로, "일종의 문체적 팽창"[45]인 '확대'는 허리띠라는 모티프를 연장시켜서 두 차용 사이의 이행을 준비하는 면포 묘사에 살을 붙일 수 있게 해준다. 이 덧붙이기는 우리 표 속에서 이텔릭체로 되어 있다. 게다가 이 '확장', 즉 "대대적인 덧붙이기를 통한 증대"[46]는 "더 간결하고, 미술사가의 발언보다 이미지가 더 풍성하며, 더 개성적인"[47] 엘스티르의 발언을 통해 그 문단 전체를 이어주는 것을 목표로 한다. "엄청나요, 굉장합니다. 당신이 이탈리아에서 보게 될 모든 것보다 천 배는 더 월등해요." 사실은 차용을 잘 위장하려는 것이다. 아니크 부이야게는 차용의 원전을 확증하기 위해, 에밀 말이 프루스트에게 보낸 편

에밀 말 《13세기의 종교예술》	마르셀 프루스트 《잃어버린 시절을 찾아서》, I[48], p.197
p. 249 한쪽에는, 왕관을 쓰고 광휘에 싸인 교회가 승리의 깃발을 손에 쥐고서 구주의 상처에서 나오는 물과 피를 성배에 받고 있다. 다른 쪽에는, 유태교회당이 붕대로 눈을 가린 채 한 손에는 자신의 깃발의 부러진 깃대를 쥐고 있고, 다른 손은 율법서판이 빠져나가도록 내버려두는 동안 왕관이 머리에서 떨어지고 있다. **p. 327** **그때 없던** 성 도마(성 토마스)는 예수의 부활 후 도착하여 **비어 있는 무덤을 보지만, 본성에 충실하게 기적을 믿지 않는다.** 마리아는 **천상으로부터** 그를 설득하려고 그에게 자신의 허리띠를 던진다.	[엘스티르는 언급한다.] 성모 마리아가 부활의 증거를 성 도마에게 주기 위해 그에게 던진 허리띠, 또한 성모 *마리아가 아들의 알몸을 덮어주기 위해 자기 가슴에서 벗겨낸 그 면포,* 그 아들 쪽에서는 교회가 성찬의 술인 피를 받고 있는 반면, 치세가 끝나버린 유대교회당 쪽에서는 눈을 가리고 있고, 반쯤 부러진 왕홀을 쥐고서, 자기 머리에서 떨어지는 왕관과 고대 법 서판이 빠져나가는 것을 놔두고 있다.

지가 존재한다고 명확히 밝힌다. 날짜가 1907년 여름으로 돼 있는 이 편지에서 에밀 말은 프루스트에게 바이외 대성당을 방문해보라고 충고한다.

우리가 이 표에 첨부하고 싶은 두 번째 설명은 "하이포텍스트의 의미 자체와 관련된 [⋯] 의도적 의미 변형"[49]에 관한 것이다. 이런 하이퍼텍스트 실행을 표절이라는 주제와 연결시키기 위해 다음과 같은 점을 명확히 하자. 만약 표절자가 차용을 위장하기 위해 형식에 관여할 수 있다면, 표절자는 지표들을 흐릿하게 하여 독자로 하여금 텍스트 복제를 잊게 만들려고 주제의 맥락을 변경시킬 수도 있다는 점이다. 그런 실행은 대체로 두 가지 변형작업을 동반한다. 한편으로는 '화용론적 치환' 또는 줄거리 변화이고, 다른 한편으로는 '서술적 치환' 또는 시공간적 틀의 변화다. 세 번째 변형이 있다면 이는 가치와 관련된 성격으로서, 그 두 변형에 포개질 수 있는데, '가치체계의 변경'이다. 의미변형의 이 세 가지 수단 중에서 두 번째를 달리 명명하자면 '서술 전환'인데, 이는 역사적 지리적 틀에 작용하는 것이다. 주네트는 이를 '디에게시스diégèse'[50]라고 부른다. 그래서 조이스의 소설《율리시즈》의 경우, 줄거리의 틀이 변한다. 그리고 설사 율리시즈만이라 하더라도 등장인물의 신분이 변하여 율리시즈가 레오폴드 블룸이 됨에 따라, 그 소설은 자신의 하이포텍스트에 관하여 '이종화자異種話者' 형식을 띠게 된다.《파란 자전거》로 말할 것 같으면 레진 드포르주가 저작권 침해로 법정에 소환되었을 때 애독자들은 놀라워했다. 그들 중 상당수가 마거릿 미첼의 소설과 이 소설이 그토록 비슷할 수 있으리라고는 정말 상상하기 힘들었던 것이다. 다른 나라 다른 시대를 배경으로 하는 줄거리 치환이 겉보기에는 아주 다른 세계로 빠뜨렸기 때문이다. 그런데 잘 들여다보면, 비견될 만한 하나의 가치체계가 그 두 세계를 지배하고 있다. 고향 땅에 대한 사랑, 그 땅을 수호하려는 맹렬한 악착스러움, 두 인물 사이의 역할과 삶의 선택에서 거의 동일한 배분 등. 그런데 레진 드포르주가 실행한 서술적 치환은 가치 치환, 즉 '가치 전환'(주네트)을 동반하지는 않는다. 그런데 이런 유형의 의도적 의미변형이 한 단계 높아진 독창성을 작품에 부여하는 것에는 의심의 여지가 없다.

마지막으로 '유희적이고 풍자적인 변형'에 관해 한마디 해보자. 이는 '진지한 변형'에 관한 표를 보충하는 두 번째 요약일람표에 들어갈 수도 있을 것이다. 그런데 유희적 변형은 패러디와 익살스러운 개작에만 관련될 뿐이어서, 표절행위와 혼동될 위험이 거의 없다. 조롱의 의도가 너무 명백해서 그 의도가 하이포텍스트에 관해 단번에 알려준다. 게다가 유희적 또는 풍자적 변형은 하이포텍스트의 의미를 우회시킴으로써 꽤 강한 의미변형을 실행한다. 그래서 가치체계와 지적 수준에서 원전과 구분되는 새로운 텍스트를 창출하기는 힘들다.

이제 진지하건 유희적이건 변형과 구분되는, 즉 모방과 구분되는 두 번째 관계를 점검해보자. '위조'는 진지한 모방의 가장 완벽한 형태다. 왜냐하면 자신의 모델과 혼동되려 하기 때문이다.[51] 위조는 한 저자가 쓸 수도 있었을 텍스트에서 그 저자의 문체를 재현하는 것을 목표로 한다. 회화에서는 위작이 그러하다. 동일한 스타일로 새 그림을 복제해냄으로써, 미학 차원에서는 아무런 새로움도 도입하지 못할 것이다. 그런 그림에는 모방된 작가의 서명이 있을 수도 있는데, 그 또한 위조된 것이다. 그러므로 위조를 표절로부터 구별 짓게 해주는 것이 바로 서명이다! 표절자는 모방의 결실을 자기 이름으로 거둬들이기를 열망한다. 그는 위작의 저자처럼 이익만 추구하는 것이 아니라, 대중의 인정도 추구한다. 그는 원전을 은폐한 텍스트의 영광된 저자인 양 자신을 드러낸다. 반대로, 위작의 저자는 자신의 세계를 속이기 위해 관음증 환자처럼 인격체로서의 자기 자신을 감춘다.[52]

9 장

표절의 언저리에서

우리의 차용유형 분류학에 따르면, 표절 개념과 혼동될 위험이 가장 큰 '표절의 가짜 친구들'은 파스티슈뿐만 아니라 패러디(두 장르 또한 서로 혼동되기도 한다), 그리고 위작과 후속작(또는 속편)이다. 이 네 가지 양식의 다시쓰기는 특별히 더 주목할 가치가 있다. 논란거리가 되기 쉽고, 기만당하기 쉽기 때문이다.

표절은 윤곽이 유동적인 개념이다. 표절은 개별 경우마다 저자의 서명, 작품의 제작양식, 작품생산의 의도 등을 면밀히 분석한다는 조건에서만, 다른 형식의 다시쓰기와 구별된다. 패러디와 표절이 구분되는 이유는, 패러디가 캐리커처 효과와 연관된 희극적 양상과 과장을 증폭하기 때문이다. 그런데 표절자는 모델과 비슷하다는 구실을 내세워서 종종 패러디를 알리바이로 인용하고 싶은 유혹에 빠지게 된다. 표절은 파스티슈와도 다르다. 왜냐하면 표절은 표절된 저자를 잊게 만들기 위해 그 저자의 특징적 문체 효과들을 지워버린다. 그런 효과들을 드러내놓는 파스티슈와는 정반대다. 그럼에도 얼마나 많은 위장된 표절이 양질의 작품인 척하느라 파스티슈의 옷을 입었던가? 표절은 서명 때문에 위작과 구별된다. 하지만 위작을 이끄는 속임수는 위조자의 의도에 따라 때로는 표절과 위작이 상호 교체될 수 있게 만들기도 한다. 한쪽은 표절을 이용하여 작가로서 자신의 이름을 드높여 재능의 증거로 삼으려고 애쓴다. 다른 한쪽은 위작으로 이익의 원천 또는 기만의 즐거움을 얻는 것을 목표로 한다. 표절의 언저리들은 너무도 미로 같아서 자신의 비밀들을 내어줄 수가 없다. 하지만 각 모퉁이마다 새로운 수수께끼가 제시되며, 우리는 어쩌면 그 수수께끼의 몇몇 열쇠를 제공하게 될 것이다.

표절과 패러디

잘 알려진 땡땡과 밀루[1]를 패러디한 인물들인 생-땡과 그의 앵무새 루 또한 법적 불운을 겪었다. 이는 지적소유권 관련법이 허용하는 패러디 장르도 캐리커처나 파스티슈처럼 저작권 침해나 기생寄生이라는 공격들로부터 피해 있지 못하다는 점을 잔인하게 상기시킨다. 2009년의 판결에서 에브리지방법원은 2008년 11월과 2009년 1월 사이에《지저분한 인간이 세게 꼬집다 *Le Crado pince fort*》《포르시네 714호의 비행 *Le Vol des 714 Porciney*》《알고 있는 귀 *L'Oreille qui sait*》《파란 연꽃 *La Lotus bleue*》이라는 매혹적인 제목들로 출간된 패러디 소설의 저자 고든 졸라와 출판사 '위장한 표범'을 상대로 에르제(《땡땡의 모험》의 저자)의 저작권 소유자들이 제기한 저작권 침해 소송을 물론 받아들이지 않았다. 유머 의도가 명백했고, 원전 변형이 희극적 차원과 연관되어 표절에 속하지 않을 만큼 충분히 두드러졌기 때문이다. 그러므로 결코 표절이 아니라, 형식에 맞는 순전한 패러디라고 볼 수 있다.

그렇다 해도 너무 일찍 기뻐한다면 잘못일 것이다. 에르제의 저작권 소유자들이 물랭사르 출판사를 통해 2009년 7월 판결에서 소송 중인 네 소설의 기생寄生에 대한 처벌을 얻어냈기 때문이다. 그러므로 회사의 유명세와 기술의 횡령이라는 경제적 침해로서의 '기생'을 명목으로, 패러디는 자체로는 아무리 합법적이라 해도 이렇게 우회하여 간접적으로 처벌될 수 있다. 공격당한 등장인물 생-땡으로서는, 이 판결이 결국 반쯤의 성공을 의미한다. 판사가 패러디라고 인정한 소설작품으로 계속 판매할 수 있긴 하지만, 그럼에도 작가와 출판사로서는 큰 타격이긴 하다. '기생' 때문에 4만 유로의 손해배상금을 치러야 하니까. 출판수익이 풀 죽은 시점에, 유머로 엄청난 값을 치르다니!

다행히도 그 사건은 새로운 국면을 맞는다. 2011년 2월 22일에 파리고등법원이 에브리지방법원의 판결에서 빚어진 모호함을 결국 걷어냈다. 그리고 '위장된 표범' 출판사를 만든 아르콩실 그룹이 출간한 전집《생-땡의 모험과 그의 친구 루》에 대해 저작권 침해나 기생이라는 판결을 전혀 받아들이지 않았다. 물랭사르 사와 에르제의 전반적 유증수혜자인 파니 로드웰은 1만 유로의 손해배상 처벌을 받았다.

이 사례가 확증하는 바처럼, 패러디는 표절과 꽤 쉽사리 구분된다. 왜냐하면 패러디는 "대략적이고 희극적인 모방으로 축소"[2]되기 때문이다. 얼핏 보기에는 생-땡과 루가 땡땡과 밀루와 관계가 있는 듯 보이지만, 그렇다고 해서 부정직한 의도로 그들이 혼동되기를 바란 것은 아니다. 전혀 애매하지 않고, 그들을 등장시킨 소설 제목들도 익살스러운 의도를 감추지 않는다. 패러디는 원래 텍스트 변형을 더 노린다는 점을 이해하자. 패러디는 쉽게 알아볼 수 있는 동시에 희극 투로 숨김없이 변장된 변형이다. 그래서 《파란 연꽃 *Le Lotus bleu*》이라는 제목을 단순히 여성형으로 바꾼 에릭 모지스(필명인 고든 졸라는 의심의 여지없이 장난으로 지어진 이름이다)로 하여금 에르제의 만화를 완전히 다른 의미의 맥락에서 흔들어놓는다. 에릭 모지스의 《파란 연꽃 *La Lotus bleue*》은 두 작가의 세계들 사이에 이론의 여지없는 '대비'라는 충격을 창출한다.

사실상 패러디는 모방에서 비롯되는 경우가 별로 없다. 모방은 다시쓰기 중에서 실현하기 더 어려운 유형에 속한다. 왜냐하면 파스티슈처럼 한 작가의 핵심적인 특징을 재생산하기 위해 그 작가의 문체와 충분히 동화되는 것을 전제로 하기 때문이다. 패러디는 모델을 드러낸다. 고유명사나 힘주어 강조된 어휘처럼 눈에 띄는 몇몇 지표를 이용한다. 반면 파스티슈는 모델의 기법이나 문체를 더 정묘하게 취하면서 그 모델과 나름대로 혼동하게 만든다. 이런 관점에서 르부, 뮐러의 파스티슈들은 프루스트의 파스티슈와는 반대로 패러디를 지향한다.[3] 그들은 실제로 과장을 함으로써 저자의 강박관념을 재현하고, 희극적 풍자가 확실한 언어 반복을 재현하는 데 집착한다. 톨스토이의 문체로부터 그들은 가장 눈에 띄는 기교들을 채택한다. 이는 세련된 형식을 꾀하려는 것이 아니라, 있는 그대로의 사실주의를 위해서다. 긴 문장, 표현력 강한 반복 취향, 인상적인 표현, 여러 다른 요소가 붙는 러시아어 고유명사, 텍스트에 있던 그대로 남겨둔 영어와 프랑스어 용어, 그러한 것들이 독자로 하여금 모델이 무엇인지 알게 해주고야 마는 표지들이다.

"그와 방탕을 함께하는 동료 니콜라스 노보드보로보드스키 물라고프는 많이 마시고, 많이 노래 부르고, 담배도 많이 피운 후, 패셔너블한 야간 레스토랑의 제빙기 속에 갇힌 것이 유쾌하다고 생각했다. 그는 다음 날 거기서 얼음과 죄 가운데 죽은 채로 발견되었다.

수치스러움과 역겨움! 역겨움과 수치스러움!"[4]

파스칼 피오레토의 '파스티슈'는 그런 평가에 어울린다. 게다가 모음집《그런데 멍청하다면? *Et si c'était niais?*》[5]의 부제는 '파스티슈들'이 대신한다. 그 파스티슈 작가는 실제로 '어떠어떠한 방식'의 다시 쓰기를 시도한다. 그런데 패러디 쪽으로 끌어당기는 르부, 뮐러의 파스티슈처럼, 그의 것들도 같은 영감을 받아들여 이 영감 속에서 가장 인상적인 문체 기법과 특징의 확대라는 희극적 효과를 노린다. 파스티슈화한 작품의 제목과 저자 이름은 철자나 음절이 하나씩 바뀌어서, 모델이 완벽히 식별되고 아울러 우스꽝스러워진다. 드니-앙리 레비와 그의《바르베스 베르티고 *Barbès Vertigo*》는 쉽게 식별될 수 있으며, 멜라니 노틀롱과 그녀의《튜브의 위생(그리고 그 온 전율) *Hygiène du tube (et tout le tremblement)*》도 마찬가지다. 말장난은, 이런 파스티슈의 강력한 패러디 경향을 확실히 보여준다. 이런 파스티슈에서는 파스티슈 고유의 문체적 모방 작업에다 패러디 고유의 텍스트 변형이 더해진다.

파스티슈 전문가인 폴 아롱은, 순수 패러디는 패러디화한 작품의 문체와 최소한의 관계만 유지한다는 역설을 제시하기까지 한다. 이 역설은 결국 정당화된다. 왜냐하면 파스티슈가 모델에 바치는 존경을 패러디는 드러내지 않기 때문이다. 패러디와 반대로, 파스티슈는 원래 텍스트에 관해 예리하고 심화되고 흔히 감탄스럽기까지 한 지식을 전제로 한다.

"사실상, 파스티슈가 유사성을 지향한다면, 패러디는 모델에 대해 느슨한 관계로 만족하고(그 관계가 식별 가능하기만 하면 된다), 수신자에게 알려진 한 이름, 한 작품 또는 한 가지 사실을 분명히 가리키는 것으로 만족한다. 그러므로 모방의 충실성이라는 차원에서 파스티슈와 동일한 수준에 곧장 갖다 놓을 수는 없다."[6]

패러디가 희극 양식의 모델에 대한 참조를 고조시킨다는 점에서 표절과 구분된다면, 파스티슈와 표절 사이의 혼동은 더 만만치 않다.

표절과 파스티슈(모작)

물론 파스티슈에 유머를 가미하기도 한다. 그러나 패러디의 익살스러운 대담성에는 결코 미치지 못한다. 모델과의 거리는 그만큼 한정된다. 그래서 파스티슈라고 알리지 않은 파스티슈는 '어떠어떠한 방식'의 장르라는 표현을 통해 사람들을 속일 수 있고, 어떤 텍스트의 문체나 주제의 장점을 자기 것으로 만들었다고 믿게 하여 영감 결핍을 무마시킬 수도 있다. 표절자가 그렇듯이. 이런 까닭에 파스티슈는 표절의 가짜 형제다. 파스티슈 작가와 독자의 명시적 협약, 즉 모델을 언급하는 이 협약만이 파스티슈 작가의 속성인 오마주 기능의 모방 의도와, 표절자의 속성인 고백하지 않은 텍스트 횡령 사이에서 서로를 구분할 수 있게 해주는 것 같다.

하지만 잘못을 고백한다고 해서 늘 용서되는 것은 아니다. 원전을 언급하는 것만으로 파스티슈 작가를 확실히 통관시켜줄 수는 없다. 자칭 파스티슈 작가가 원전을 공개적으로 밝히면서도 비열하게 거의 똑같이 복제한다고 상상해보자. 겉으로만 합법성을 갖추기 위해 표절자가 파스티슈 작가의 가면을 쓴 것일 뿐이라고, 사람들은 결론 내릴 것이다. 그 자체로서 허용되는 인용에도 같은 이치가 적용된다. 하지만 원전을 제대로 밝히고 인용부호 안에 넣었다는 구실 하에 너무 긴 문장들을 베껴 넣어서 독자가 원전을 읽을 필요가 거의 없어진다면 그것은 이미 표절에 발을 들여놓은 것이다.

표절과 파스티슈는 그 둘 사이의 혼동이라는 이 실질적 위험을 넘어서, 사실상 근본적인 어려움을 보여준다. 역설적이게도, 표절은 약탈을 감추기 위해 자신의 모델을 은폐하려 하기 때문에 그런 때 텍스트적 흔적을 약화시키려는 경향이 있다. 더구나 어느 작가가 썼는지 가려내게 하는 문체 효과를 약화시키려 한다. 그런 상표 떼기 작업은 표절자가 자신의 도둑질을 감추기 위해 사용하는 일이다. 이는 바로 한 작가의 고유한 구문 구성 방식을 다른 방식으로 대체하거나 특정 어휘를 다른 어휘로 바꾸는 일이다. 예를 들어, 프루스트는 종속절을 계속 이어감으로써 절들 간의 종위(縱位, hypotaxe)를 만들어놓는데, 표절자는 이를 병렬구조로 대치하여 프루스트가 소중히 여기는 종속절 대신 병렬 또는 등위로 놓인 절로 바꿔놓는다. 프루스트 문체의 꽃이라고 할 수 있는 은유들은 본래의 의미를 취하는 표현으로 대체될 것이다. 표절자는 원전의 어휘보다 일반화된 동의어를 택하게 될 것이다. 앙등류騰 효과인 의도적 반복은 제거되고, 밋밋한 문체로 대체될 것이다. 역으로, 원전 텍스트의 은밀한 효과들은 표절 대상 작가의 문체를 결정적으로 잊게 만들기 위해 과장들로 대체될 것이다.

프루스트의 작품임을 거의 알아보기 힘들게 해놓으면서도 복제하기가 쉽다는 점을 《되찾은 시절》의 발췌문에서 확인해보자. 표절자는 파스티슈 작가의 태도와 반대되는 태도를 취한다. 그의 유일한 목표는 모델에서 가능한 한 많은 것을 취하는 것이며, 그러면서도 그 점을 잊게 만드는 것이다. 원전 텍스트는 다음과 같다.

"빛이 충만한 가운데, 지성이—심지어 아주 고상한 정신의 지성일지라도—자기 앞에 빛이 새어드는 틈새에서 채취하는 진실들로 말할 것 같으면, 그 가치는 아주 클 수 있지만, 더 무미건조한 윤곽을 갖고 있으며, 평평하고, 깊이가 없다. 그 진실들에 도달하기 위해 건너야 할 깊은 곳들이 없었기 때문이며, 재창조되지 않았기 때문이다."[7]

이번에는 어느 표절자가 거리낌 없이 상표 떼기를 한 텍스트가 어떻게 될 수 있을지 보자.

"지성이, 심지어 위대한 사람들의 지성까지도, 아주 명백히 파악할 수 있는 진실들은 큰 가치를 가질 수 있다. 그런데 이런 진실은 덜 풍요하고, 기복이 덜하다. 실제로 그 어떤 장애물도 그 진실들로의 접근을 저지하지 않았고, 그런 것은 새로이 만들어낼 필요도 없었다."

지성으로 파악되는 진실과 감성으로 간파되는 진실을 대립시키는 프루스트의 그 유명한 글에서 상표 떼기를 하는 가운데 프루스트의 넓은 분절법은 소멸되고, 빛의 주제는 온통 지워져버리며, 구체적이고 거의 이성적인 어휘로 대체된다. 상표 떼기가 프루스트의 특징을 완전히 근절시킬 수 있었을 테지만, 그렇게 하면 더 큰 말살이 되었을 것이다. 폴 아롱은 표절과 파스티슈 사이의 차이를 이런 식으로 논평한다. "모델의 문체가 지워졌기 때문에 표절은 파스티슈의 정반대라고 말할 수 있을 것이다."[8] 그런데 표절자는 텍스트를 한 걸음 한 걸음 밟아나갔고, 오히려 파스티슈 작가는 텍스트의 문자보다는 정신과 방식을 더 많이 보존하면서 관념들의 배열을 더 자유롭게 할 것이다. 실질적으로 "표절은 [⋯] 문자적으로 어느 정도 온전한 상태를 보존하고, 보통 파스티슈는 대체로 문체효과만 복제한다."[9] 프루스트 자신도 대단한 파스티슈 작가였다. 파스티슈를 40여 편 썼으며, 그중 가장 잘 알려진 것은 르무안 사건에 관한 것이었다.[10] 프루스트는 한 작가의 문체적 특징을 거의 직관적으로 아주 훌륭히 판별할 줄 알았다.

"나는 한 저자를 읽을 때마다 즉시 그 말들 아래서 아주 금세 노랫가락을 식별하곤 했다. 그 노랫가락은 각 저자마다 다른 모든 저자의 것과 달랐다. 나는 말들을 읽으면서도 무의식적으로 그 가락을 흥얼거렸고, 건반을 누르거나 속도를 늦추거나 멈추거나 하면서 그 음들의 박자와 반복을 표시하곤 했다. 노래를 부를 때 그러듯이. 그리고 자주 가락의 박자에 따라 오래 기다리다가, 해당 단어의 끝을 읊는다.

나는 공부를 영 할 수 없었기에 글을 쓸 줄 모른 반면, 다른 이들보다 더 섬세하고 더 정확한 귀를 가졌다는 것을 잘 알고 있었다. 그것이 나로 하여금 파스티슈들을 만들 수 있게 해주었다. 왜냐하면 작가의 경우 가락을 쥐고 있으면 가사는 아주 금세 떠오르게 마련이니까."[11]

그러한 것이 파스티슈 작가의 기법이며, 이는 음악과 너무 가깝다. 왜냐하면 글쓰기 절차들을 열거하기보다는 작품의 영혼 자체를 파악하는 것이기 때문이다. 바로 이런 생각으로 장 도르메송은, 별로 알려지지는 않았으나 경탄스러운 어느 파스티슈 작가에게 합당한 경의를 표한다. 앙리 벨로네의 《프랑스 시의 상상 선집 *Petite anthologie imaginaire de la poésie française*》을 위해 그가 쓴 서문에서다.

"대부분의 걸작은 좀 무거운 기계들이다. 그런데 이 책에서 당신이 읽게 될 시詩들보다 더 공기처럼 가벼운 것은 없다. 마치 보이지 않는 실에 걸려 있는 것만 같다. 그래서 저자에 대해 의심스러워진다.
파스티슈들이기 때문이다."[12]

오로지 서명만이 그것이 원본인지 아니면 클론인지를 독자에게 알려줄 수 있는 프루스트식 전통 속의 파스티슈.
한 작가의 작품들에 익숙한 문학평론가는 파스티슈 작가의 직관이 어느 정도 확실한지 검증할 줄 안다. 그래서 프루스트의 파스티슈 전문가인 장 미이는 모방작들 각각이 이데올로기에서건 형식면에서건 간에 "모델의 미학적 방향의 흔적"을 지닌다고 보여줄 수 있었다. 재능 있는 파스티슈 작가는 "같은 특징을 이용하면서도 모델과 구분됨으로써 파스티슈의 표현체계를 재구축하는 데"[13] 성공한다. 장 미이는 플로베르 문체의 아주 의미 있는 것들 가운데서 그런 특질들을 찾아내기에 이른다.

"그렇게 해서 플로베르의 파스티슈에서는 추상명사와 함께 쓰인 부정관사의 '인상주의적' 사용("*des* intimités s'*ébauchèrent* ··· *une* douceur l'envahit" 내면들이 드러나고··· 부드러움이 밀려드는데), 반과거와 단순과거의 대립 효과, 세 개씩 짝지은 그룹 형성, 오로지 동작을 재개하기 위해 'et(그리고)'와 'pendant que(~하는 동안)'를 통한 문장 확대, 종속절이나 상황보어의 가치를 지니는 분사구문을 이용한 지체, 자유간접화법의 전개 등이 식별된다."[14]

《귀스타브 플로베르에 의한 르무안 사건》의 시작 부분은 이런 문체적 표지를 거의 다 결집시킨다. 하지만 아주 미묘하게 행해져서, 캐리커처까지는 결코 밀어붙여지지 않으며, 어찌 보면 플로베르의 특징을 재창조한 것이다. 프루스트 자신이 그 정도로 플로베르에 스며들어 있기 때문이다.

"열기가 숨 막힐 듯해졌고, 종이 울렸으며, 멧비둘기들이 날아갔다. 그리고 법원장의 지시로 창문들이 닫혀 있어서 먼지 냄새가 발산되었다. 그는 늙었고, 어릿광대 같은 얼굴이었으며, 체격에 비해 너무 옹색한 법복을 입고 있었고, 정신적으로는 교만했다. 담배 찌꺼기로 더럽혀진 고른 구레나룻은 그 인물에 장식적이고 속된 뭔가를 띠게 했다. 공판 중지가 연장되자, 내면들이 드러난다. 대화를 시작하기 위해, 약삭빠른 자들은 공기가 탁하다고 큰 목소리로 투덜댔고, 밖으로 나가는 어느 신사가 내무장관임을 알아봤다고 어떤 사람이 말하자 반동적인 사람은 '가련한 프랑스!'라고 탄식했다."[15]

파스티슈 작가가 한 텍스트에서 찾고 있는 것은, 특징들 묶음이다. 이 특징들을 복제하여 그것을 자신의 독창성으로 삼기 위해서다. 그렇게 해서 모방할 수는 없는 독창성을. 모방하는 데 성공하려면, 그 자신이 위대한 작가가 되어야 한다! 하지만 표절은 그런 야망을 갖고 있지 않다.

표절과 가짜(위작)

우리가 방금 본 서로 다른 이유 때문에 표절은 패러디와도 구분되고, 파스티슈와도 구분된다. 그러한 점은 가짜의 경우도 마찬가지다. 가짜는 파스티슈와 유사한 점이 더 많다. 그러므로 파스티슈가 어떤 점에서 가짜와 쉽게 닮을 수 있는지, 그 결과 무엇이 가짜와 표절을 갈라놓는지 보기로 하자. 파스티슈와 가짜의 제작원칙은 동일하다. 위작을 만드는 자는 파스티슈 작가처럼, 아주 잘 알려진 예술가의 새 작품인 양 믿게 만들려고 모델을 글자 그대로 베끼지는 않으면서도 그 작가의 방식을 가능한 한 아주 정확히 재현하려 애쓴다. 두 유형의 모방 사이에서 오로지 서명만이 의심을 걷어낼 수 있게 해준다. 파스티슈 작가는 원전을 언급하면서도 자신의 이름으로 서명한다. 반면, 위작을 쓴 자는 모델 저자의 이름으로 서명하여 그 이름에 결부된 상품가치나 문화적 가치를 거둬가려 한다. 그는 자신의 서명을 은폐한다. 장-프랑수아 장디유가 요약하는 바처럼, "문체가 표준적인 텍스트는 더 이상 자신의 출신을 입증할 만한 표지들을 갖고 있지 않으므로, 파스티슈인 양 독자를 속이기 위해선 파라텍스트적인 표시를 위조하는 것으로 충분하다."[16] 파스티슈 기술은 그래서 가짜 제작을 도울 수도 있다. '파라텍스트적인 표시'란, 서명뿐만 아니라 가짜를 진본으로 보증하는 척하는 서문이나 주석처럼 덧붙일 수 있는 것들을 의미한다. 움베르토 에코는 《해석의 한계 I limiti dell'interpretazione》(1990)에서 거짓되고 '사기적인' 의도에 관해서도 강조한다. "기껏해야, 가짜가 명백히 속이려는 의도로(실수로 그런 게 아니라) 원본인 양 소개될 때, 우리는 그 대상에 관해 진술된 거짓을 갖게 된다."

예를 들어 피에르 루이는 1895년에 순전히 자신의 상상력에서 비롯된 사포Sappho의 동시대 여류시인의 가짜 시들을 출간하면서, 빌리티스라 불리는 꽤 명확한 전기모음을 진행시키면서 자신이 그 전기의 번역자라고 자처한다. 그래서 그 저서의 제목은 《P. L.에 의해 그리스어로부터 처음 번역된 빌리티스의 노래들 Les Chansons de Bilitis, traduites du grec pour la première fois par P. L.》이다. 독자들은 이 가짜를 오래 찬미했다. 그리고 피에르 루이의 정신 속에서는 속임수라기보다 장난이었던 이 가짜들은 사실상 고대 시의 파스티슈로서, 동화同化와 다시쓰기라는 끈질긴 작업의 결과였다.

장르 혼동에 관한 또 다른 사례를 보자. 18세기 말에 시미엥 데프레오는 그 유명한 우화작가 라퐁텐의 《사후 작품 속편 Suite des Œuvres posthumes》[17]을 출간하면서 라퐁텐이 죽은 후 발견된 새 우화들이 존재하는 양 믿게 하며 즐거워했다. 그토록 대단한 미간행 작품들을 발견한 자로 통하게 함으로써 어떤 명성을 끌어냈을 것이 분명하다. 그런데 그가 서문에서 드러낸 가짜 애교는 그 우화들의 출처에 대해 의심의 여지를 거의 남기지 않았다. 그는 이를 자신의 재능의 결과처럼 암시적으로 고백했다. "내가 광고 전단과 서문에서 말한 그 모든 것에도 불구하고 사람들은 이 우화를 내가 썼다고 여기고 싶어 하고, 내게 큰 영광을 안기려 할 것이며, 이에 대해 나는 화내지 않을 것이다."[18] 독자는 이런 진정한 가짜 파스티슈에 속지 않았고, 자기는 잘 이해한 속임수를 남들이 믿게 놔두면서 저마다 즐거워했다.

심심풀이 속임수가 방금 환기시킨 바처럼, 파스티슈와 위작이 작품 제작방식에서는 공통점이 있는 반면, 의도에서는 완전히 서로 다르다. 하나는 즐기는 데 있고, 다른 하나는 속이는 데 있다. 파스티슈 작가는 우회적이긴 하지만 출처가 명백한 특징을 통해 독자와 함께 공모共謀라는 유희적 관계를 수립한다. 출처는 교양만 좀 있다면 쉽게 간파될 표지들을 통해 유쾌하게 알려지고, 독자는 이를 알아보며 뿌듯해진다. 반면, 위작을 쓴 자는 교활한 거짓말쟁이다. 화가 페르미어의 위작을 그린 자들 중 가장 유명한 네덜란드 화가이자 예술품 복원가인 한 판 미이헤렌의 사례가 증명하는 바처럼.

미이헤렌은 제2차 세계대전 동안 페르미어의 미발표작인 〈그리스도와, 간통한 여인에 관한 우화 Le Christ et la parabole de la femme adultère〉라는 그림을 괴링 장군에게 팔아서 적에 협력했다는 죄목으로 기소되었다. 그날, 그는 죄를 자백해야만 무죄를 밝힐 수 있었다. 페르미어 작품이라고 했던 그림들은 가짜였으며, 자신의 아틀리에에서 곧장 나온 그림들이라는 자백이었다. 점령군을 속임으로써 결국 애국적인 행위를 했던 거라고 기소자들을 설득시키기 위해, 그는 자신의 감방에서 최고 전문가들이 보는 가운데 페르미어 위작을 하나 그려야 했다. 이로 인해 적에 협력했던 자들이 받게 돼 있는 사형처벌 대신에 징역 1년형만 받을 수 있었다. 미이헤렌으로서는 이것이 미술 평론가들에 대한 통쾌한 복수이기도 했다. 그들이 그의 젊은 시절 작품들을 부당하게 멸시했고, 그렇게 하여 그의 화가로서의 날개와 희망을 꺾어버렸으니까.

더 최근에는 크리스티앙 파리조가 회화 전문가로서의 경력이 산산이 부서져버렸다. 아메데오 모딜리아니의 마지막 동반자인 잔느 에뷔테른의 것이라고 잘못 갖다 붙인 77점의 데생을 전시한 죄목으로 2010년 1월에 파리고등법원에서 2년 징역형의 집행유예와 5만 유로의 벌금형에 처해졌기 때문이다. '맹목적 가짜'와 '창의적 가짜' 사이에 아주 타당한 구별, 그래서 유익한 구별을 할 기회가 되었다는 점만 아니라면, 그 서글픈 사건을 상기해봤자 거의 이득이 없었을 것이다. 실제로, 소송에 걸린 60여 점의 데생은 맹목적 가짜에 속한다. 잔느 에뷔테른의 종손인 뤽 프뤼네가 순진하게 재능 있는 사기꾼에게 빌려준 원본들의 사진을 바탕으로 제작된 정교한 복제품들이었기 때문이다. 17점의 나머지 가짜들은 창의적이라고 평가된다. 왜냐하면 새로운 주제들을 다루면서도 에뷔테른의 기법을 재현하기 때문이다. 존재하지 않는 원본들의 고아들 같다. 이때문에, 우리가 방금 언급한 미이헤렌의 가짜 페르미어 작품들은 어찌 보면 '무에서 창조된' 창의적 위작의 카테고리에 속한다. 설사 양식style이 아무것도 아닌 건 아닐지라도!

바로 그래서 이번에도 위작과 표절이 만나는 지점은 진품이 아니라는 점에 있다. 그렇다고 해서 동기가 같은 것은 아니지만. 둘 다

속이긴 하는데, 이유는 서로 다르다. 위작자의 목표는 자신의 서명이 자기 작품에 보증해주지 못할 가치를 위작에 부여하는 것이다. 반대로, 표절자의 목표는 다른 사람의 작품을 자기 것으로 삼으면서 자신의 가치를 높이는 것이다.

그래서 표절은 가짜와도 구분되고, 파스티슈와도 구분되는데, 방식은 서로 다르다. 이에 관해 용어들의 모호함을 걷어내는 것이 좋겠다. 흔히 표절과 가짜(또는 동의어로 '위조'나 '날조')는 서로 혼동된다. 왜냐하면 법적으로 저작권 침해란 불법적 복제를 지칭하므로 그 둘을 다 아우르기 때문이다. 어느 가죽가방을 똑같이 복제하여 그 브랜드 이름을 붙인 다른 가죽가방은, 법적으로 저작권 침해로 규정된다. 원전 작가의 이름으로 똑같이 복제된 책 또한 저작권 침해로 규정된다. 두 경우에서 관건은 대상물과 서명을 복제한 가짜라는 점이다. 그리고 움베르토 에코가 저작권 침해에 대한 정의를 내리는 것도 '가짜'의 그런 명확한 의미에서다. "한 대상물이 다른 유일한 대상물과 구별할 수 없이 동일하다고 믿게 만들 의도로 제작될 때(그리고 일단 제작되어 이용되거나 전시될 때), 저작권 침해가 되는 것이다."[19] 하지만 복제된 책(또는 가방)에 원본의 저자 서명이 아니라 저작권 침해자의 서명이 붙어 있다면, 법이 보기에는 그 또한 저작권 침해로 규정된다. 우리의 문학 어휘에 따르면, 더 이상 가짜가 아니라 표절이다. 즉 다른 이의 서명하에 자행된 작품 친권 횡령이다. 그러므로 저작권의 사법적 용어는 부분적으로는 성격이 다른 두 가지 형태의 복제와 연관되어 있다. 문학용어로 말할 것 같으면, 서명, 제작과정, 의도라는 세 가지 관점에서 갈라지는 이 두 현실(가짜와 표절)을 분명히 구별할 필요가 있음이 확실하다.

우리가 이미 명확히 한 서명문제는 가짜(위작)의 경우는 모방된 모델의 저자와, 표절의 경우는 모방작의 저자와 관련된다. 또한 표절과 파스티슈를 구별할 때 그들의 제작양식이 서로 아주 다른 과정을 보이는 반면, 파스티슈와 가짜는 이 점에서 일치한다는 점도 증명해 보였다. 사실상 둘 다 텍스트를 글자 그대로 복제하기보다는 문체적 효과를 재현하는 데 있으며, 특히 알려진 작가의 미간행 작품이라고 믿게 하는 '창의적 위작'의 경우가 그러하다. 표절은 텍스트의 문자적 변형이라는 수단을 더 많이 이용한다. 표절자와 위조자의 동기가 다른 점에 관해서는 몇 가지 명확히 해두는 것이 좋겠다. 표절자가 자신의 좀도둑질을 감추기 위해 주력하는 능란한 상표 떼기는 영감 결핍의 미봉책으로서, 진정한 술책이라 할 수 있다. 그런 술책이 없으면 표절자는 견디기 힘든 무능을 가리키는 '백지의 침묵'에 처해진다. 위조자는 그런 마음상태가 아니다. 그의 동기는 대개 경제적 차원의 것이다. 그는 자기 모델의 유명세가 보증해줄 이익을 가로채려는 기대 때문에 저자 자격을 포기하는 것이다.

그런데 어떤 위조자는 금전적 이득보다는 도전 취향 때문에 그렇게 하기도 한다. 명백히 장난 의도로 전문가의 결점을 드러내는 데 재빠른 무시무시한 도발자다. 파스칼 피아는 진짜 이름 피에르 파스칼 뒤랑으로 익살스러운 위작 작가의 반열에 놓인다. 그가 보들레르의 위작들을 그 존경스러운 플레이야드 총서 속에 넣게 하는 데 성공했을 때 다른 어떤 의도로 그랬겠는가? 피아는 1925년에 J. 포르 출판사에서 보들레르의 첫 번째 위작인 《어느 유녀遊女에게, 원본 수기 원고에 따른 샤를 보들레르의 미간행 시》라는 소책자를 출간하면서, 재미있는 속임수 머리말로 독자들을 실소케 하는 데 성공했다. 그럼에도 몇몇은 완전히 속아 넘어갔는데, 이에 대해 그는 뿌

듯해했다. "보들레르에 대한 이 파스티슈가 너무 급히 집필되어 그리 성공한 축에 들지 못한다 하더라도《악의 꽃 Fleurs du Mal》의 시인에 관한 몇몇 해설가들은 그 작품을 진지하게 다루었다."[20] 반면, 피아는 보들레르가 벨기에 체류 때 쓴 미간행 일기라고 주장하면서 1927년《브뤼셀 시절 Années de Bruxelles》을 파리의 그르나드 출판사에서 펴냈다. 이때는 속임수가 완전히 성공했다. 조르주 가론의 머리말과 샤를 보들레르의 미발표 데생이 그 날조를 아주 설득력 있게 만들었다. 1931년에는 이브-제라르 르 당텍이 이《브뤼셀 시절》을 아주 진지한 플레이아드 총서에 들어 있는 보들레르의《작품들 Œuvres》초판 제2권에 실리게 만들었다. 그 자신 또한 정말로 속은 걸까, 아니면 그 기만을 연장하고 싶었던 걸까?

1949년 5월 19일에《콩바 Combat》지와 메르퀴르 드 프랑스 출판부에서《정신적 추구 La Chasse spirituelle》라는 제목으로 등장했던 가짜 랭보 작품은, 한쪽에서는 찾아낸 미간행 작품에 대한 들뜬 열광을 야기하고, 다른 쪽에서는 그런 착각에 대한 격분을 불러일으키면서 다르게 스캔들을 일으켰다. 쉽게 믿은 열광자들 가운데는 모리스 나도, 프랑수아 카라덱, 파스칼 피아 등이 랭보의 마법을 되찾게 된 것에 대해 억누를 수 없는 기쁨에 빠졌다. 그래서《지옥에서의 한 철 Une saison en enfer》이 연극으로 각색되어 다 외울 정도였던 연극배우 니콜라 바타이으와 아카키아-비알라도 마찬가지로 열광했다. 아라공은 그 연극을 비방하여 배우들의 노여움을 사기도 했다. 모욕은 복수를 초래했다. "우리가 랭보를 좋아하지도 않고, 전혀 이해하지도 못한다고 사람들이 말했다고? 마지막에 웃는 자가 진정으로 웃게 될 것이다!"[21]

그런데 모든 일이 너무 빨리 지나갔다. 가짜들은 저자의 허락조차 받지 않고 출간되었고, 이 장난이 너무 난폭한 반향을 불러일으키자 작가들은 질겁하여 자기들이 잘못 생각했다고 고백했다. 그럼에도 가장 믿었던 자들은 가장 실망하여 그런 사실을 믿지 않으려 했다. 나타나자마자 그렇게 금세 잃어버린 행복을 차마 초상 치르지 못한 모리스 나도처럼. "아카키아 양과 바타이으 씨가 원고를 손에 쥐고서 《피가로》지 편집국으로 돌진하지 않았다니 어찌 그럴 수가 있는가? 그들의 작업 원고는 어디 있는가? 그들은 원고를 만들 시간이 아직 없었던 말인가? 그들은 종이마다 두세 군데 삭제하며 타이프로 친 사본을 보여준다. 그러나 그 삭제된 부분들은 아마도 랭보의 것일 테며, 그들의 사본은 그저 하나의 사본일 뿐이다, 사실상."[22] 그런데 앙드레 브르통은 그 모든 일을 당장 이해했다. 초현실주의적 비평의 효력에 의해 영감을 얻은 기만欺瞞이 격분해 있는 정신에 영향력을 행사한 것이다. 합리주의적 비평과는 반대로, "초현실주의적 비평은 한 작품에서 뿜어 나오는 빛의 질에 대해 의심할 줄을 모른다. 왜냐하면 그 비평은 그 자체 또한 시적 본능에 의해 이끌어지기 때문이다."[23] 그럼에도, 메르퀴르 판본에 들어 있는 파스칼 피아의 머리말이 브르통의 의혹을 즉각 일깨웠다는 점을 명확히 하자. 파스칼 피아는 익살스런 것들로 이미 유명했으니까. 그런데 이번에는 피아 자신도 완전히 속아 넘어갔다.

브르통 주변의 다른 사람들은 랭보의 진짜 작품이 그렇게 속여질 수는 없다고 주장했다. 그 증거로, 아주 단순하게, (랭보 것이라고 주장되었던) 그 작품은 진짜 랭보 작품이라고 하기에는 너무 랭보스러웠다. 움베르토 에코는 실제로 언어적 특징 분석을 통해 가짜를 식별하는 방법을 권장한다. "그 증거들로서, 개념적 특징, 분류, 논증 양식, 도상해석학적 도식 등이 추정 작가의 문화적 환경의 의미론적 구조(내용의 형식)와 일관성이 있는지, 그리고 추정 저자의 개인적인 개념적 양식과도 일관성이 있는지 밝히는 것이 필요하다."²⁴ 그런데 역설적이게도 일부 비평가로 하여금 그 산문시의 진위에 관해 의심케 했던 이유는, 랭보가 결코 기존의 랭보를 답습하지 않으며, 매번 혁신하고 그 혁신들의 추월 자체를 통해 독자를 따돌렸기 때문이다. 바로 이런 의미에서 뤽 에스탕은《십자가 *La Croix*》지 1949년 5월 20일자에서 다음과 같이 논증한다. "랭보의 글은 여러 층위의 독서를 필요로 한다. 그런데《정신적 추구》는 모호하지 않은 단한 번의 독서만 용인한다. 그 작품은 잘 정의된 두세 가지의 랭보식 주제, 즉 반항, 시적 모험, 실패 등을 과도하게 단순화시킨 명료한 번역 같은 인상을 준다. 내밀한 울림이 없다."

랭보의 잃어버린 원고가 다시 나타나기를 너무 열렬히 꿈꾸던 사람들의 명예를 구제하기 위해 막심 뒤샹은 향수 어린 분위기를 띠며 결론지었다.²⁵ "그것이 누구로부터 왔건 간에, 시적인 것을 듣기를! 랭보 것이든 아니든, 아무리 파편적이고, 잘못된 주석들로 아무리 격하됐다 하더라도, 랭보의 분위기가 감돌았다."

표절과 후속작품 또는 속편

위작, 파스티슈, 패러디와는 반대로, 문학에서 후속작품은 표절과 혼동될 위험이 적다. 원전이 명백한 준거로 여겨진다는 단순한 이유 때문이다. 그러므로 저자가 다시쓰기 유희에 공개적으로 참여한다는 것에는 의심의 여지가 없다. 그런데 어떤 작가들은 속편 작가에 의해 자신의 작품과 등장인물들을 박탈당한다고 느낄 수도 있었다. 그들이 보기에 후속작품을 쓰는 자는, 그들의 창의적 작품에 빚을 너무 많이 지는 다시쓰기를 노골적으로 자기 이름으로 서명하는 표절자일 뿐이었다. 그런 사례는 문학계에서 과거에나 현재에나 많다. 원전을 자유롭게 쓰도록 허용받았다고 믿으려면 원전을 공개적으로 알리는 것만으로는 충분치 않다고 그들은 단언한다.

최근의 한 사건이 후속작과 관련이 있다. 스웨덴 작가인 프레드릭 콜팅이 J. D. 캘리포니아라는 필명으로 1951년의 미국 베스트셀러인 J. D. 샐린저의 《호밀밭의 파수꾼》의 후속작품을 출간한 사건이다. 그 후속작품은 스웨덴 출판사 니코텍스트Nicotext에 의해 영국에서 2009년에 우선 출간되었는데, 제목은 《60년 뒤 호밀밭으로 *60 Years Later Coming Through The Rye*》다. 자기 작품을 언제나 맹렬히 보호하고, 귀찮으리만큼 대중의 아낌을 받는 작가의 족적에 발을 들여놓다니 신중한 일이었을까? 1987년에 샐린저는 미간행 편지들의 발췌문을 실은 전기를 출간하자는 이안 해밀턴의 제안을 거절한 바 있다. 그 전기는 다음해에 인용 없이 결국 출간되었지만…. 2003년에는 BBC 방송국을 위한 《호밀밭의 파수꾼》 각색을 중단한 바도 있다. 샐린저가 자신의 단편소설 중 유일하게 영화각색을 허용한 작품이 그를 너무 실망시켜서 다시는 그런 각색을 허용하지 않기로 결심했던 것이다. 프레드릭 콜팅이 상상해낸 후속작품은 미국에서 출간되자마자 샐린저의 요청으로 뉴욕 연방판사에 의해 판매금지되었다. 후속작품 작가가 제시한 패러디 논증이 저작권 침해 기소 앞에서 버텨내지 못했던 것이다.

후속작품, 패러디, 저작권 침해… 이번에도 서로 인접한 표절의 가면들을 보게 된다. 이는 장르 간 혼동이 뿌리 깊으며, 이런 혼동은 표절 고발을 피하기 위해 논쟁에서 쉽게 사용되고 있다는 증거다. 이 사건에서는 패러디 의도가 후속작품에서 제대로 나타나지 않으며, 방어 논증으로서 오로지 '귀납적으로' 원용된 것이 사실이다. 후속작품으로 소개된 그 작품은 그런 유형의 다시쓰기가 내포하는 방대한 차용을 고려해볼 때 그렇게 원저자의 사전 허락 없이 넘어갈 수가 없는 것도 사실이다.

문학사에도 달갑지 않은 후속작품들이 무더기로 있다. 세르반테스는 1605년에 출간된 자신의 《돈키호테》 제1부의 마지막에 속편의 가능성을 기꺼이 마련해놓았었다. 그런데 7년 뒤 알론조 페르난데스 데 아벨라네다라는 성급한 계승자 때문에 그 가능성이 싹부터 잘리는 것을 보게 되었다. 아벨라네다가 세르반테스의 허를 찌른 것이다! 원저자는 자기가 속편을 내놓기 전에 경쟁자의 후속작품이 출간되는 것을 좋게 보지 않았다. 세르반테스는 당시 오늘날 같은 사법적 제도의 혜택을 누리지 못했고, 그저 스스로 시시비비를 가리는 수밖에 없었다. 이는 제2부의 서문에 나타난다.

"신이 나를 도와주신다! 저명한 또는 평범한 독자여, 당신은 이 서문을 그 얼마나 열렬히 기다리고 있겠는가. 두 번째 《돈키호테》의 저자에 대한 보복, 논쟁, 질책 등을 이 서문에서 보게 되리라는 믿음 속에서. 이 두 번째 《돈키호테》가 토르데지야스에서 생성되어 타라고네에서 태어났다는 얘기를 나는 듣는다. 정녕 나는 당신에게 이런 만족을 줄 수 없을 것이다. 가장 겸허한 마음들에서까지 모욕이 분노를 일깨운다면, 내가 겪은 불의는 이 원칙에서 예외이기 때문이다. 당신은 아마도 내가 그에게 멍청하고 어리석고 뻔뻔하다고 말하기 바랄 테지만, 그런 것은 내 머릿속에 떠오르지 않는다. 그의 죄가 징벌이 되고, 그가 자신의 빵 껍질이나 갉아먹고 더 이상은 바라지 말기 바랄 뿐이다."²⁶

신랄한 어조를 띠긴 하지만, 세르반테스는 자기 작품에 대한 후속작품을 펴낸 경쟁자에게 일종의 경의를 표할 정도로 도량이 아주 넓었다. 그 후속작품에서 두 주인공, 돈키호테와 산초는 아벨라네다가 만들어낸 등장인물들 중 하나와 만나게 된다. 이 또한 원본이 월등하다는 점을 독자에게 증명할 최선의 수단 아니었겠는가? 제2부의 끝부분은 또 한번 자기 작품의 후속작품을 결정적으로 반대하면서 원한을 확실히 드러내준다.

"오로지 나만을 위해 돈키호테가 태어났고, 나는 그를 위해 태어났다. 그는 행동할 줄 알았고, 나는 글을 쓸 줄 알았다. 결국 그와 나는 같은 하나일 뿐이다. 잘못 깎은 타조 깃털 펜으로 내 용감한 기사의 쾌거들을 무모하게 감히 쓴 토르데지야스 출신 거짓말쟁이 작가가 있다 해도 말이다. 이 짐은 그의 어깨가 감당하기에는 너무 무겁고, 그의 이해력은 그런 기획을 해내기에는 너무 냉랭하고 얼어붙었다. 만약 혹시라도 당신이 그를 안다면, 돈키호테의 지치고 이미 썩은 뼈를 무덤 속에 그냥 놔두라고 알려라. 그리고 죽음의 모든 명령들을 어겨가면서, 길게 뻗어 셋째 날의 모험과 새로운 외출을 하기 불가능한 채 정녕 실제로 누워 있는 돈키호테를 묘혈로부터 끌어내 오랜 카스티야에서 눈에 띄게 하는 짓도 하지 말라고 알려라."²⁷

이해력이 좋은 사람들에게….

그러므로 세르반테스 같은 작가의 치욕이나 샐린저 같은 작가의 소송을 피하려면, 그런 종류의 모험에 뛰어들기 전에 몇 가지 예방책을 꼭 갖춰야 한다. 만약 후속작품 작가가 공유재산에 아직 들어가 있지 않은 작품을 선택한다면, 즉 작가가 여전히 살아 있거나 죽은 지 70년이 안 지났으면, 해당 저자나 권리 소유자의 허락을 받아야 한다. 모델로부터 차용이 불가피하고, 심지어 그 모델 차용이 기획 취지 자체인 경우의 얘기다. 예를 들어 신체적 심리적 특징에 의해 쉽게 식별되는 등장인물을 되살린다거나, 등장인물의 운명을 연장시키기 위해 이미 규정된 시공간 배경 속에 다시 위치시키거나 하는 경우다. 그런 때 표절과 후속작품 사이의 경계가 희미해진다. 후속작품이 충분히 독창적이고, 반박의 여지없이 모델을 충분히 쇄신시켜서 굴종적 표절적 다시쓰기라는 질책을 피할 수 있을 거라고 그 누가 장담할 수 있겠는가? 더 나쁜 경우, 불법적 복제라는 고발에다 저작권 침해라는 고발이 더해진다! 갈망 대상인 작품의 저자에게서 호의 어린 너그러움을 확보하여 치욕이나 소송을 면하는 편이 낫다.

후속작품의 원작이 공유재산에 들어갔다는 상상까지 해보자. 권리 소유자들이 더 이상 그 어떤 재산권도 주장할 수 없는 것이 분명하다 해도, 여전히 그들을 고려해야 한다. 작품이 저작권에 구애되지 않아서 이제는 제3자가 완전히 합법적으로 복제할 수 있으므로, 저작권 침해 기소는 더 이상 내세워질 수 없을 것이다. 그러나 저작 인격권은 시효 대상이 아니어서, 권리 소유자들의 권리 행사가 완벽히 허용된다. 특히 어떤 후속작품이 받아들일 수 없는 변질을 원작에 가했다고 여겨지면, 그런 후속작품을 금지시킬 수 있는 작품 존중권이 그런 경우다. 우리가《표절들, 글쓰기의 내막》[28]에서 명확히 분석했던 그 유명한 위고-세레자 사건의 주제가 온통 그것이다. 창작의 자유라는 이름으로 파기원이 결국 빅토르 위고의 현손(玄孫, 증손자의 아들)의 고소를 각하했다는 사실을 우리는 환기시키려 한다. 프랑수아 세레자가 《코제트 *Cosette*》라는 제목만 봐도 《레미제라블》을 금세 떠올리게 하는 작품을 2001년에 플롱 출판사에서 출간했는데, 위고의 현손은 이 후속작품을 금지시키려 했다. 파기원은 "작품의 저자나 권리 상속자들의 이용 독점권이 만기될 때 제공되는 후속작품을 금지시키는 것은 창작의 자유에 위배된다"[29]고 했다. 판사는 그렇게 해서 후속작품이라는 문학 장르에 다시 미래를 부여했다. 하지만 저작 인격권은 그 어느 때고 이 미래를 위태롭게 할 수 있다.

어찌 됐건, 신중할 필요가 있고, 권리 소유자들도 죽었거나 아니면 살아 있다 해도 전적으로 위험하지 않은 작품에 눈독 들이는 편이 낫다. 《마담 보바리》의 후속작품들이 그 어떤 논란도 제기된 적 없이 그토록 만발한 것은 우연이 아니다. 《엠마 보바리의 죽음에 관한 재조사 *Contre-enquête sur la mort d'Emma Bovary*》[30]의 저자인 필립 두망크는 그 누구의 비난도 받지 않았다. 그가 여주인공의 죽음을 주저함 없이 자살이 아니라 타살로 바꾸어버렸는데도. 사실상, 엠마의 임종 순간으로부터 이야기를 재개하는 이 후속작품은 플로베르의 파스티슈와는 전혀 비슷하지 않은 문체에다 탐정소설 형식으로, 원작소설에 대한 아주 자유로운 재해석이다. 어조는 건방지고, 여주인공은 더 무미건조하며, 총체적으로 창작의 자유가 주창되고 있다. 문학의 후속작품이라는 장르는, 후속작가를 속박하기보다는 창조적 추진력을 주는 모델로부터 자유로워질 수 있다는 이점을 보여준다. 그 증거로, 루앙 대학의 플로베르 센터는 1927년과 2009년 사이에《마담 보바리》의 '다시쓰기와 확장' 24편을 집계했다![31] 허구인물들이 결국 어느 정도까지 우리 삶의 일부를 이루는지, 그리고 그들의 죽음이 우리에게 때로는 너무 참을 수 없는 것이어서 그들의 운명을 얼마나 연장시키고 싶어 하는지 그만큼의 변주들이 증명해 준다. 오스카 와일드는 다음과 같이 말했다. "뤼시앵 드 뤼방프레의 죽음은 내 인생의 가장 큰 비극들 중 하나로 남아 있다. 그의 죽음은 내가 결코 온전히 다 극복할 수는 없는 고통을 초래했다. 내가 쾌락에 빠져 있을 때조차도 그 괴로움은 떠나지 않는다."[32]

엠마 보바리의 기록을 깬 것은 아마 셜록 홈스일 것이다. 셜록 홈스는《바스커빌의 개》로 부활되기 전에 독자들의 압박하에 그의 창조자에 의해 되살아났었다.[33] 이는 그 유명한 탐정의 생활을 무한정 연장시키는 다시쓰기의 끝없는 연속의 시작일 뿐이었다. 아서 코넌 도일 경 생전에 이미 아서 휘터커라는 자가 코넌 도일에게 파스티슈 작품을 보낸 바 있었다.《수배 중이던 남자의 사건 *The Case of the Man Who Was Wanted*》이라는 이 파스티슈는 심지어 실수로 발표되었다. 코넌 도일이 죽은 후 이 스승의 이름으로 미국 잡지에 실렸던 것이다! 홈스식의 영웅적 전설은 무궁무진하다. 코넌 도일의 친아들인 에이드리언이《셜록 홈스의 공적》시리즈로 1952년부터 공격 개시를 한다. 그리고 더 최근에는 예를 들어 2007년 단 한 해에만 셜록 홈스의 새로운 모험이 최소한 세 편은 된다. 피에르 바이야르의《바스커빌의 개에 관한 사건 *L'Affaire du chien des Baskerville*》(미뉘 출판사), 미국의 밋치 컬린의《마음의 경미한 속임수 *A Slight Trick of the Mind*》와 마이클 셰이번의《마지막 해결책 *The Final Solution*》이 그것들이다. 두 작품은 모두 홈스의 인생 마지막 무렵을 낚아채서 그로 하여금 자기 일을 재개하게 만드는데….

마치 전염 효과인 양, 후속작품에 관한 고찰은 무엇이든 무한정 연장될 수 있다. 실제건 허구건 간에 죽은 자들을 말하게 만들기 위해 거의 사활을 건 욕구에 그만큼 매혹되기 때문이다. 그런 야망으로부터 탄생되는 작품들이 늘 같은 수준에 있는 것은 아니다. 원작과의 비교라는 괴로움을 겪기 때문이다. 그 실행이 아슬아슬하다는 점을 인정하자. 후속작품은 원작의 정신을 충실히 따라 그저 생기 없는 복제로만, 또는 심지어 표절로만 보일 위험이 있거나, 아니면 자기 고유의 독창성을 통해 감히 원작과 구분되려 하여, 반역 또는 심지어 변질이라는 질책마저 받게 된다.

10 장

현실을 어디까지
복제할 수 있을까?

보리스 비앙은《나날의 거품 *L'Écume des jours*》의 머리말에서 독자들에게 미리 알린다. "이 이야기는 전부 진실이다. 처음부터 끝까지 다 내가 상상해낸 것이니까. 그 이야기의 물리적 실현은 그야말로 현실을 투영하는 데 있다." 허구와 현실 사이의 관계에 관한 연구는 문학에서 새로운 것이 아니다. 보리스 비앙은 문학이론의 영원한 난제를 유머러스하게 모면한다. 소설이나 그림의 연꽃은 사람들이 알고 있는 연꽃도 아니고, 모네의 정원에 있는 연꽃도 아니다. 하지만 현실은 허구 속에서만 진정으로 드러난다.

발명에서 생겨나는 것과 외부 현실에서 도출되는 것 사이의 경계는 모호하다. 나의 창작품에서, 정말로 나한테서 비롯된 것과 내가 다른 이들의 작품에서 또는 (만약 그런 것이 있다면) 객관적 현실에서 퍼낸 것 사이에서 어떻게 구분한단 말인가? 글쓰기는 텍스트 차용의 승화인 동시에 현실의 변모다. 그런데 현실과 허구의 뒤엉킴이 딜레마를 야기한다. 허구는 독창성을 갖기 위해 현실에 어떤 유

형의 변형을 감내하게 할 수 있는 걸까? 그런다고 해서 그 창조행위
자체가 현실의 의심적은 왜곡으로 여겨지지는 않으면서 말이다.

한계 문제: 창작과 모방, 허구와 현실

표절자들 또는 표절 예찬자들은 창의적인, 유희적인 또는 승
화된 다시쓰기의 덕목들과, 약탈이나 기생이라는 악덕들을 고의로
혼동하는 경우가 아주 흔하다. 《표절 옹호 *Apologie du plagiat*》[1]의 장-
뢱 에니그처럼 그들은 진실한 창작가인 보르헤스의 권위에 대해 트
집을 잡는다. 보르헤스는 《허구들》[2]에서 집단적인 익명의 '큰 책Big
Book'에 관한 환상을 품어보기 위해 표절이라는 주제를 다루었다.
그의 단편소설에 나오는 피에르 메나르는 표절자는커녕 비범한 인
물이다. 그가 외운 것도 아니고 베낀 것도 아니면서 세르반테스의
《돈키호테》의 몇 챕터를 재현하는 데 성공했기 때문에 비범하다는
얘기가 아니다. 프루스트가 플로베르에 푹 젖었듯이 세르반테스에
푹 젖어 들어서 세르반테스를 만들어낼 수 있었기 때문이다. 그는
《돈키호테》를 다시 만드는 게 아니라, 기적적으로 창조해낸다. 그런
데 이번에는 그의 창조적 천재성을 인정하게 만드는 일종의 현기증
나는 작업을 통해서다.
창조적 다시쓰기와 표절 사이의 혼동과 아울러 다른 유형의 혼
동도 여전하다. 한쪽에는 인간의 현실과 세계에 관한 진실들을 전달
하는 픽션의 미덕, 다른 쪽에는 허위들을 넌지시 암시하기 위해 픽
션의 가면을 쓴 날조이야기의 악덕, 이 둘 사이에서 혼동이 야기되

는 것을 말한다. 표절자가 맹목적 모방과 창조적 다시쓰기 사이의 경계에서 애매하게 구는 것과 마찬가지로, 다른 종류의 사기꾼이 표현의 자유라는 이름으로 창조적 픽션과 날조이야기 사이의 혼동을 유지시킨다. 그래서 말 도둑질로서의 표절과 현실 왜곡으로서의 날조이야기는 각각 고유의 표현방식에서 직업윤리 면에서 중대한 문제들을 들춰낸다. 지금까지 우리는 "타인의 텍스트를 복제할 수 있는 걸까?"라는 문제에 관해 특히 의문을 가졌다. 이제는 이와 유사하게 "현실을 어디까지 복제할 수 있는 걸까?"라는 의문을 가져보자. 사실 작가의 기량은 현실에서 영감을 받아 현실을 승화시키는 데 있다. 그런데 왜곡하지 않고 변모시킬 수 있는 걸까? 그래서 어떤 허구 작품은 역사적 진실뿐만 아니라 '사법적 진실'과도 부딪쳤다. 문턱이 존재하고, 그 문턱 너머에서는 작가가 더 이상 창작의 자유를 들먹일 수가 없다.

위작으로 악화되는 표절

　　표절 문제와 날조이야기 문제는 지성적 사기詐欺 조직 속에서 종종 연결돼 있다. 그래서 이런 사기들이 《시온의 현자들의 의전儀典 Protocoles des Sages de Sion》에 관한 음울한 사건을 망쳐버렸다. 원래 모리스 졸리는 1864년 《마키아벨리와 몽테스키외가 지옥에서 나눈 대화 Dialogue aux enfers entre Marchiavel et Montesquieu》라는 형식의 나폴레옹 3세에 대한 풍자를 검열을 피하기 위해 벨기에에서 용감하게 출간했었다. 그런데 35년 후 차르 니콜라이 2세의 해로운 조언자들이 이 텍스트를 원문에 충실치 못하게 재활용했다. 이 텍스트를 표절하여, 소위 러시아제국에 대한 음모의 원인이라고 지목된 유대인들의 탓으로 돌리기 위해서였다. 그래서 마티외 골로빈스키는 "진정한 위작자로서 위장과 침투 작업을 실현"[3]했다. 거짓과 사기가 혼합된 이 표절을 진짜 문서로 믿게 하려고 표절 사실을 부정하는 사람들이 오늘날에도 아직 있다. 이 사례는 현실과 허구 사이에 맺어지는 복합적인 관계를 예증해준다. 왜냐하면 원래 논쟁적 허구의 위상을 가졌던 모리스 졸리의 텍스트가 후속작품에 의해 총체적으로 변질되고, 저자로 지목된 자들을 차르의 처벌에 넘기기 위해 진짜 문서인 양 소개되었기 때문이다.

더 최근에는 표절에서 비롯되어 대중에게 진본인 양 소개된 위작의 또 다른 사례가 그 문제의 여전한 시의성을 확증해준다. 비행사이자 영화 제작자이던 미국의 대부호 하워드 휴즈의 위조된 회고록을 어찌 언급하지 않을 수 있겠는가? 이에 관해 사람들은 20세기 출판 역사상 가장 큰 속임수였다고 말한다. 이 회고록은 거의 완벽한 문학적 기만의 온갖 재료들을 다 뒤섞어놓았다. 사기성 모방에서부터 자금 횡령에 이르기까지! 감옥에서 2년형을 살고 마침내 출소한 천재적인 클리포드 어빙은 그 사기로 대중을 너무 매혹시켜서, 오손 웰스는 이에 관해 다큐멘터리 영화를 만들었다. 'F for Fake'라는 제목의 이 영화는, 프랑스에서 〈진실과 거짓 *Vérité et mensonge*〉이라는 제목으로 상영되었다. 그러나 그 사건은 여전히 놀라움을 안겨준다. 2007년에 다른 영화감독인 라세 할스트룀이 이 주제를 낚아채서 〈위조자〉라는 영화를 만드는데 영어로는 〈장난질 *The Hoax*〉이라는 제목으로, 리처드 기어가 연기했다. 어빙 또한 감옥에서 나와 《장난질 *Hoax*》[4]이라는 책을 출간하여 놀라운 재능을 증명해 보였다. 어빙은 미국 잡지들에 실렸던 하워드 휴즈의 예전 편지들을 모방하여 그 유명인과 서신 교환을 했다고 주장하며 편지들을 꾸며냈다. 그렇게 해서 그는 휴즈가 자서전 출간을 허락했다는 증거문서를 만들어냈다. 회고록은 하워드 휴즈와의 상상의 대담에서 출발하여 철두철미 지어낸 것이었다. 그는 그 편지들을 진짜라고 인증받은 뒤 맥그로-힐 출판사에 가서 자신을 휴즈의 중개인으로 소개했다. 그는 이 출판사에서 휴즈가 1백만 달러의 선인세라는 엄정한 조건으로 자서전 출간을 받아들이겠다고 했다고 말한다. 그 요구는 터무니없이 컸지만, 수익이 보장되기는 할 터이므로. 어빙 부인은 가짜 서류들을 지참하고 스위스에서 헬가 로젠크란츠 휴즈라는 이름으로 계좌를 열었다. 그 계좌로 수표가 금세 예치되었다. 그런데 마지막에 그 수표 수취인의 정체를 폭로한 것은 은행이었다. 여자라니! 어빙은 1972년 1월 28일에 자백했다. 가짜 자서전은 1999년에야 발표되었다.[5] 고도의 곡예 같은 사기행각에 대한 일종의 오마주로서.

허구와 현실

표절 의혹이 돌발하면 해당 작품의 독창성 수준이 문제시된다. 이에 비해, 작품이 현실에서 무언가를 차용할 때는 그 작품의 '허구성' 수준을 헤아려보게 된다. 그래서 개인에게 귀속되는 창조성과 창의력 부분을 매번 측정하는 것이 관건이다. 궁금증 많은 독자는 "허구와 논픽션 사이에 아주 명확한 경계를 판단하는 '구획' 문제"[6]를 제기하지 않을 수 없다. 다행히 저자가 때로는 문학 장르 표시를 통해 그 작품의 위상을 독자에게 분명히 알린다. 자료, 에세이, 소설 등등. 소설이라고 소개된 작품은 허구적 성격을 분명히 드러내고, 사실 그럴 필요도 없는데 다음과 같이 결론짓는다. "지금 존재하거나 존재했던 인물들이나 사실들과 닮거나 유사한 것은 모두 그저 우연의 일치일 수밖에 없을 것이다." 허구는 저자에게 창의력의 무한한 가능성을 제공한다. 하지만 저자의 부도덕성이나 실제 인물의 삶에 대한 부당한 침입 등을 '무조건' 질책할 수는 없다. 작품의 허구적 위상이 저자에게 일종의 면책특권을 보장해줄 테고, 그 위상은 저자와 현실 사이에 보호막처럼 기능한다. 그래서 현실에서 차용한 요소들조차 일단 허구로 옮겨지면 진짜 사실의 위상을 잃고, 작가의 상상의 세계 속으로 들어간다. 소설 독자는 독서라는 행위를 통해, 움베르토 에코의 표현에 따르면 '허구적 협약'[7]에 서명을 하고, 이 협약을 통해 독자는 "서술된 사실들을 '마치' 참인 양", 즉 순전히 상상의 것으로 받아들인다.

그런데 토마스 파벨은 에세이 《허구적 세계들 Fictional Worlds》에서 허구와 현실 사이의 구획이 그리 분명하지 않다는 점과, 두 세계 사이의 다공성多孔性이 소설가의 환상에 불과한 그 면책특권을 문제 삼는다는 점을 올바르게 보여준다. 실제로, "허구 텍스트들의 내용을 진실의 가치가 전혀 없는 순전한 상상의 작품으로 규정하는"[8] '분리주의자들'과 그들의 적수들, 즉 허구 인물의 묘사와 허구가 아닌 실제 요소에 관한 묘사 사이에 존재론적 차이가 없다는 '통합주의자들' 사이에, 독자의 실제 경험에 더 가까운 다른 관점이 끼어든다. 디킨스의 피크위크 씨 같은 허구 인물이 실제로 감동시키는 능력을 갖고 있으며, 이것이 어떤 존재 형식을 입증해준다는 관점이다.

사실상, 허구와 현실 사이에서 논란의 여지가 있는 대립을 붙잡고 있기보다는, 허구 작품들 내에서 다양한 성질의 구성요소들을 구분하는 편이 더 낫다. 어떤 요소들은 완전히 저자에 의해 창안된다. 테런스 파슨스[9]는 그것을 '토착적'이라고 지칭할 것이다. 또 어떤 것들은 실제 세계에서 곧장 유래되었거나 다른 텍스트에서 비롯된 것들로서, '이주자들'이다. 또 어떤 것들은 마찬가지로 실제 세계로부터 오기는 했지만, 그들의 속성이 상당히 변경되기도 한다. 그런 것들은 '대체물'일 것이다. 토마스 파벨은 파슨스 체계를 종합하여 명확히 설명해주는 사례들을 제공한다.

"만약 우리가 발자크를 신뢰하여 그가 재현해낸 파리를 받아들인다면, 이는 그 도시가 모든 것을 다 가지고 《인간극 *La Comédie humaine*》[10]으로 이주해왔을 거라는 의미가 된다. 《서른 살 여인 *La Femme de trente ans*》에서 나폴레옹은 잠깐 등장한다. 원거리로 보여지는 그는 한 군대열병식 동안만, 말하자면 공인公人으로서 소설을 방문한다. 그는 이주자다. 그렇다면 《삼총사》에서 리슐리외는 어떠한가? 그걸 어찌 알겠는가? 뒤마는 우리에게 추기경의 대체물을 제안하는 걸까, 아니면 그를 소설 속으로 이주해오게 하는 걸까? 이주자와 대체물 사이의 차이는 재현의 충실도에 따른다. 소설 속에서 거처를 선정하는 이주자는 자신의 진정한 인격을 거기로 가져가는 반면, 대체물은 조작된 가면을 쓰고 있고 작가에 의해 해석된 마네킹일 뿐이다."[11]

허구의 구성요소들을 본질에 따라 구분한 덕분에, 우리는 '소설'이라는 단순한 라벨만으로는 그것들을 같은 위상으로 몰아넣기에 충분치 않다는 점을 깨닫는다. 그리고 모든 소설가가 아마 스스로 수혜자로 믿고 있는 면책특권은 다음의 분류에 달려 있다는 점도 이해한다.

허구와 창작의 자유

그래서 2007년에 카트린 프라디에의 《카미노 999 *Camino 999*》가 '소설' 장르를 표방하며 출간됐을 때, 작가와 출판인 장-자크 르부는 명예훼손죄로 소환당했다. '오푸스 데이Opus Dei'[12]가 이 탐정소설에서 자신이 차용되었음을 알아차린 것이다. 현실에서 사실들을 차용한 것이기 때문에, 허구작품에서의 표현의 자유가 문젯거리가 되었다. 댄 브라운의 소설 《다빈치 코드》가 2003년에 출간되었을 때는 '오푸스 데이'로부터 인정할 만한 항의들만 제기될 뿐이었던 반면, 《카미노 999》는 파리지방법원의 법정에서 공격당하게 되었다. 2007년 11월 21일, 다행히 판사들은 명예훼손에 대한 기소를 무효라고 판단했다. 고발된 문장들이 충분히 명확하지 않아서였다. 허구와 현실 간의 관계에 대한 미묘한 문제의 본질을 논의해야 할 필요도 없이 재판정은 창작자와 독자에게 자유의지를 남겨놓았다. 2009년 1월 22일 파리고등법원에 의한 1심 판결의 확정과 더불어, 이번에도 표현과 창작의 자유는 구제되었다.

그러므로 현실과 허구 사이의 경계에 관해 결정할 여지가 소설가들에게 여전히 남겨져 있다. 설사 위험부담과 급박한 위기가 있을 수 있긴 해도. 문학이 현실로부터 재료를 도입할 수 있고, 특히 독창적인 작품을 만들면서도 날조라는 질책을 받지 않으려면, 재료들을 어떻게 다뤄야 할까? 한쪽에는 진부해질 위험, 다른 쪽에는 왜곡의 위험, 그 사이의 경계선은 그야말로 흐릿한 것 같다. 2010년에 출간된 소설 《지도와 영토 *La Carte et le Territoire*》에서 미셸 우엘벡은 자신의 이전 작품들에서처럼 문학창작에다 현실의 인물이나 장소들을 섞어놓는다. 하지만 어느 것이 그의 상상력에 속하는지 또는 증언에 속하는지, 허구적 변모에 속하는지 또는 참여적 리얼리즘 형태에 속하는지, 그 경계를 정말로 파악할 수가 없다. 그래서 현실과 허구 사이의 이 교묘한 배합을 라파엘 레롤이 분석한다. 그는 실제에서의 차용이 현실을 반복하기보다는 비판적 시각을 통해 현실의 의미를 드러내는 것을 목표로 하고 있다고 생각하게 만든다.

"우엘벡이 자기 책에 양분을 공급하기 위해 이용하는 현실의 요소들은 대부분 가공물이다. 물론, 그는 작가들(프레데릭 베그베데, 필립 솔레르스)이건 방송인들(장-피에르 페르노, 클레르 샤잘, 파트릭 르 레, 쥘리앵 르페르스)이건 간에 '진짜' 이름들을 자기 이야기 여기저기에 흩뿌려놓는다. 하지만 그들은 각자 그저 하나의 유형일 뿐이지, 진짜 사람이 아니다. 게다가 장-피에르 페르노의 집에서 벌어진 송년파티처럼 어떤 장면들은 정말로 익살스러운데, 자연주의적 프레스코보다는 즉흥적 채색 스케치에 더 가깝다."[13]

우엘벡은 우엘벡이라 불리는 인물을 등장시키기까지 한다. 그런 경우 더욱 당황스러워진다. 하지만 이런 유형의 허구에서 현실이 아무리 비슷해 보인다 하더라도, 오히려 그것은 보편적 가치를 지닌 전형적인 장면이나 인물을 창출해내는 것을 겨냥하는 시각효과 또는 교묘한 거울놀이다.

우엘벡이 현실 속 소설가이자 《지도와 영토》의 허구 인물로 등장시킨 프레데릭 베그베데는 배신당했다는 반박이나 명예훼손이라는 항의가 있을지도 모를 경우에 대해 미리 대응한다. 다음은 실제의 베그베데와 소설의 등장인물로서의 '그' 사이의 충돌에 관해 그가 내린 유쾌한 평가다. "그 소설은 어마어마한 이점을 보인다. 소설이 허구라고 간주되니 말이다. 소설가들이 발명의 재료로서 내 정체성을 이용하려 한다면, 아무 문제없다. 그들이 나로 하여금 아무거나 하게 만든다면, 나로서는 그들이 헛소리한다고 말하면 된다. 특히 그들이 진실을 말할 때. 내 본래의 이름이 꼭 그대로 있을 필요는 없다." 이런 이지적 입장이 더 널리 퍼져 있지 않은 점이 애석하다! 그러면 법정이 문학 관련 소송으로 덜 붐빌 텐데. 베그베데도 개인적 경험과 쉽게 식별될 수 있는 사회현실 속에 단단히 닻을 내린 소설 장르에 애착을 갖고 있다. 그래서 2009년에 그라세 출판사에서 '소설'이라는 이름표를 달고 출간된 그의 《프랑스 소설 Un roman français》은 세르주 두브롭스키가 1977년에 《실들 Fils》[14] 출간 때 '오토픽션autofiction'이라고 명명한 장르와 분명히 닮았다. 정의定意를 대신해서 《실들》의 뒤표지에 실린 발췌문을 보기로 하자. "자서전? 아니다. 엄밀히 실제적인 사건들과 사실들로 된 허구다. 글쎄, 모험의 언어를, 자유로워진 언어의 모험에 맡긴 오토픽션이라고나 할까."

베그베데는 허구의 자유에다 경험의 진실을 기꺼이 섞는다. 인생의 지표들을 찾아 나선 이혼자들의 아이의 경험, 자동차 보닛 위에서 코카인을 즐기다가 불심검문을 당해 구류에 처한 어른의 경험이기도 한 그 경험의 진실. 소설가는 그때 검찰의 고위 사법관 마음대로 연장된 구류라는 비루한 현실을 고발하고 싶은 유혹과, 파리의 검사라는 아주 실제적인 인물을 자신의 자칭 허구에 섞는 위험부담 사이에서 갈등한다. 소설가는 마침내 '지쎄JC'라는 두문자 형식으로 익명의 명칭을 선택한다. 그러나 원한이 너무 강할 때는, 복수심에 불타는 격분 속에 망치로 내리치듯 또박또박 그 사법관의 실제 신분이 드러난다.[15] 하지만 라파엘 레롤이 제안한 '가공물' 개념은 '장-클로드 마랭'이라는 소설 인물이 연관된 실제 인물에 그치지 않고, 그 이상이라는 점을 참작하라고 독려한다. 그는 무엇보다 예술의 산물이다. 빅토르 위고가 1864년에 《윌리엄 셰익스피어》에서 완벽히 묘사한 바처럼, 개인적 형식을 보편적 형식으로 고양시킬 수 있는 예술의 산물.

"왜냐하면, 이는 경이로운 일인데, 그 전형(적 인물)이 살아 움직이기 때문이다. 만약 그가 그저 추상적 관념일 뿐이라면, 사람들은 그를 알아볼 수 없을 테고, 그의 그림자가 제 길을 가도록 놔둘 것이다. [⋯] 오, 모든 시詩의 위력이여! 전형들은 존재들이다. 그들은 숨을 쉬고 고동치며, 우리는 그들이 마룻바닥 위로 걷는 소리를 들으니, 그들은 존재한다. 그들은 저 거리에서 자기가 살아 있다고 믿는 그 누구보다도 더 강렬한 존재들로 존재한다. 이 유령들은 인간보다 더 큰 밀도를 갖고 있다."

또는 발자크가 1843년에 수브랭 에 르쿠 출판사에서 책으로 펴낸 《알 수 없는 사건 Une ténébreuse affaire》의 서문을 보자.

"전형적 인물은, 그 단어에 결부시켜야 할 의미에서 보자면, 그와 다소 비슷한 사람들 모두의 특징을 자신 안에 함축하고 있는 인물이며, 그 유형의 모델이다. 그래서 이 전형과 현시대의 많은 인물 사이에서 접점들을 발견하게 될 것이다. 그러나 그가 대단한 인물이라면, 그것은 저자의 파탄일 것이다. 왜냐하면 그의 주역은 더 이상 하나의 발명이 아닐 테니까."

시간을 초월한 진실의 가치를 현실에 부여하기 위해 현실을 승화시키는 것이 허구의 힘이다.

허구와 '심적 표절'

그 결과, 한 작가가 허구를 창출하기 위해 어느 체험 이야기에서 영감을 받는다고 해서 어떻게 질책을 당할 수 있는 건지 이해가 잘 안 갈 것이다. 그런데 카미유 로랑스는 2007년에 마리 다리외세크의 소설 《톰이 죽었다 *Tom est mort*》(플롱 출판사, 2007)가 출간되자 '심적 표절'이라는 표현을 만들어냈다. 로랑스가 1995년에 《필립 *Philippe*》이라는 제목으로 폴POL 출판사에서 출간한 이야기 속에 나오는 자기 아이의 죽음에 대한 실화를 다리외세크가 훔쳤다고 고발하기 위해서였다. 사실인즉슨, 다리외세크의 소설은 등장인물들, 그들의 이름과 삶, 가장 잔인한 디테일에서의 사실들 등을 그 실제 사건에서 취한 것이 아니다. 《톰이 죽었다》와 카미유 로랑스의 이야기는 그런 공통점을 보이지 않는다. 로랑스의 이야기와 '문학적 문체적 분위기'[16]가 같은 것은 확실하지만, 그런 형세로는 상당수의 소설이 표절일 것이다.

이 두 소설은 아이의 죽음이라는 주제를 다루면서 각각 다른 목표와 독창적인 세계를 갖고 있다.《톰이 죽었다》는 죄책감이라는 강박적 추억, 죽은 아이의 상실과 부재에 관한 환각적이면서 애끊는 되풀이 속에 아찔하게 푹 빠져드는 내용이다. 사건 자체는 거의 은폐돼 있다. 아이 어머니가 갖는 죄책감이 핵심을 형성하기 때문이다. 반대로,《필립》은 부당하다는 심정과 괴로움을 가능한 한 명확히 옮겨 적으려는 시도다. 의료착오라는 분통터지는 부조리, 부당함을 근간으로 하여 사건을 재구성하게 된 원인은 그 격렬한 분노의 외침이다. 그 이야기는 '괴로워하기' '이해하기' '살기' '쓰기', 이렇게 엄밀히 네 부분으로 구성되어 있다. 마치 화자가 이성적인 글쓰기 덕분에 의술 어휘에서 도움을 받아 '로고스'에 의해 통제력을 회복하여 마침내 결판을 내고 참을 수 없는 것으로부터 해방되는 것인 양…. "죽은 자들을 살게 하기 위해 글을 쓴다. 또한 어쩌면 어렸을 때처럼 악당들을 죽게 만들기 위해서이기도 하다. 아이 때의 꿈인 정의실현을 추구하는 것이다."[17] 한없는 괴로움에 과감히 맞서고 싶어 하는 말의 기교가 비장한 서정성과 번갈아 나타난다.

그래서 '심적 표절'이라는 표현은 이중으로 부적절해 보일 수 있다. 한편으로, 말 도둑질이라는 의미에서의 문학표절은 별로 설득력이 없다. 목적과 문체가 두 이야기에서 확연히 다르기 때문이다. 다른 한편으로, 두 책에서 공통적으로 나타나는 어떤 상황이나 감정들은, 현실에서 아이를 잃은 어머니가 불가피하게 맞닥뜨리게 되는 그런 것들이다. 그것들이 어떻게 이런저런 작가의 전유물이 될 수 있겠는가? 그런 것들은 횡령이나 도둑질이 될 수 없다. 고대에는 표절이란 아이나 노예를 훔친다는 의미였다. 로랑스의 무의식은 어쩌면 잃어버린 아이에 대한 애도를 침범당한 것 같은 너무도 참을 수 없는 원한 속에서 작동하고 있는지도 모른다. 동료 소설가의 작품인

《톰이 죽었다》를 읽으면서 카미유 로랑스가 빼앗겼다고 여긴 것은 자신의 이야기가 아니라, 일종의 심적 침투로 인해 한번 더 잃게 되는 자기 아이다. 마리 다리외세크는 2002년에 《아기 *Le Bébé*》라는 다른 텍스트에서 다음과 같이 대꾸할 말이 없을 정도로 기막힌 문장을 쓴 바 있다. 그녀가 감히 그렇게 쓰는 바로 그 순간, 어쩌면 그 울림이 그녀를 벗어났는지도 모른다. "나는 필요하다면 글쓰기에서 아기들을 얼마든지 죽일 것이다. 하지만 액운을 피하려 애쓰면서."

　그러나 타인이 자신의 괴로움이나 정서를 훔쳐간다는 고발은 그 누구도 할 수 없다. 플로베르는 자신의 보바리를 위해 루앙 근처 리Ry에 사는 어느 의사의 아내인 델핀 들라마르의 자살을 훔친 것이 아니다. 설사 그가 그 유명한 소설을 쓰기 위해 그 실제 사실에서 영감을 얻었을지라도. 만약 '심적 표절'이라는 표현에서 한 단어(표절)는 문학비평에 속하고, 다른 단어(심적)는 심리학에 속해서 두 단어의 양립이 불가능함에도 불구하고 하나의 의미를 가져야 한다면, 그 표현은 오히려 존재의 내밀함에 대한 침해 형태와 결부되어야 한다. 이는 어느 작가가 실제 개인의 이야기에 달려들어 그리 양심적이지 않은 전기를 만든다거나, 고유명사들을 변경시키고 충분히 공들여 변모시키는 과정 없이 심리분석과 미학적 효과에 힘입어 사실 너머의 허구작품을 만드는 경우다. 어찌 됐건 그런 그릇된 횡령의 경우는 표절에 속하지 않는다. 표절이란, 그 용어의 근대적 의미에서, 인생 도둑질이 아니라 말 도둑질을 의미하는 것이기 때문이다.

허구와 역사적 진실

　허구의 저자가 누리는 큰 자유에도 불구하고 만약 한계가 부과
된다면, 이는 역사적 진실이라는 이름으로 그럴 수 있다. 허구작품
이 실제 사건과 인물에 충실한지 아닌지에 관한 문제는, 그 작품의
지배적 주제가 역사적 차원을 띨 때마다 매번 제기된다. 발자크의
야심은 1842년에 '인간극' 총서의 전문前文에서 선언하는 바처럼 풍
속사가風俗史家 노릇을 하고, 이를 통해 심지어 '신분증과의 경쟁'마
저 하는 것이었다. 여러 차례 변경을 거친 후 1834년에 출간된 《왕
당파 Les Chouans》는 이 원대한 기획의 초석을 기록한다. 그렇지만 이
소설의 처음 제목이던 《사내 녀석 Le Gars》의 머리말에서는 "이야기
를 갖고서 국가의 납골당, 잡지 나부랭이, 신분증 같은 것"을 만들려
는 것이 아니라고 공언함으로써, 사실들의 충실성에 관한 자신의 개
념을 섬세히 표현한다. 실제로 역사적 진실은 어떤 현실의 재구성과
조망을 통해서만 드러날 수 있다. 그래서 《왕당파》에서는 1799년의
수개월을 24시간 이내로 집중시킨 것 자체가 이미 원재료와 고증자
료를 변모시키는 문학적 효과다. 발자크는 왕당파와 혁명파 사이의
전투로 시달리고 있는 브르타뉴 지방을 더 잘 파악하기 위해 자료
를 모았다. 이 소설가는 서문에서 자신이 한 타협에 관해 표현한다.
"역사에 가한 이 시적詩的 불충을 따로 놓고 보면, 이 책의 모든 사건,
심지어 아주 사소한 것들까지도 온전히 역사적이다. 묘사들로 말할
것 같으면, 면밀한 진실에 속한다."

　그럼에도 역사의 어떤 시기들을 허구작품으로 만들겠다는 기획
은 그 시기들에 새겨진 끔찍함 때문에 모두 수상쩍어 보인다. 그러

니 유대인 몰살에 관한 역사가, 배반감이나 부도덕 또는 추잡함 등의 감정을 유발하지 않으면서 허구작품의 소재가 될 수 있을까? 조나탕 리텔이 《너그러운 여신들 *Les Bienveillantes*》을 2006년에 갈리마르에서 출간할 때, 허구인물인 나치 사형집행인 막스 아워를 히틀러나 그의 공범들처럼 실제로 존재했던 역사적 인물들 곁에 등장시키는 것이 역사적 진실에 침해를 가하는 것이 아닐까 우리는 다시 의문에 빠졌다. 물론, 리텔은 이 책을 쓰기 위해 나치주의의 발생, 살인자들의 책임문제 등에 관해 역사책과 철학책에서 참조한 방대한 자료에 둘러싸여 있었다. 그런데 순전히 만들어낸 인물인 옛 나치 친위대원에 관한 말 속에 그런 참고내용들을 포함시킨다는 사실 자체가 그 참고사항들을 변질시키고, 어떤 경우 왜곡시키기까지 한다. 비평가 아니크 야워는 그런 애매함이 모든 허구에 고유한 특성이긴 하지만, 그 허구가 집단학살을 다룰 경우에는 문제를 야기할 수 있다고 설명한다. "이것은 집단학살을 재현하면서도 사실주의적이고 세심한 재현과 아울러 그 문제제기를 장면으로 연출함으로써 인간 고유의 것이 무엇인지 묻는 소설이다. 일부의 감수성을 언짢게 할 두 가지 담론의 혼합인 것 같다."[18]

그렇지만 쥘리아 크리스테바가 명확히 하는 바처럼, "《너그러운 여신들》은 역사가의 저서가 아니고, 홀로코스트에 대한 분석도 아니다. 그 저서는 한 범죄자의 세계를 재현하는 허구다."[19] 실제로, 참을 수 없는 장르 혼합으로 인해 한 소설에서 동거하는 다른 성격의 두 가지 담론이 아니라, 자기 고유의 세계 속에 역사서의 요소들을 아우르는 상상의 작품이다. "이 담론들을 (소비에트의 고문서와 희생자들의 증언에 이르기까지) 자기 것으로 만들어서 그것들을 자신의 정신병리학 속에 끼워 넣는" 사람은 화자다. 그런데 자기 자신의 끔찍한 이야기에서 사실 같지 않은 역사적 사실들을 배제하지도 않고, 화자의 자기만족 또한 배제하지 않는 이 '회고록 소설'은 1인칭으로 쓰였다. 그런데, 롤랑 바르트가 말한 바처럼, "3인칭은 단순과거처럼 [⋯] 소비자들에게 믿을 만하면서도 끊임없이 거짓으로 표명된 꾸민 이야기라며 안심케 한다."[20] 《너그러운 여신들》에는 그런 면이 전혀 없다. 이 소설의 화자는 자기고백을 시작할 때부터 독자들, 즉 자신의 '인간 형제들'에게 참을 수 없는 동일시를 강요하고, 모두가 비인간적인 사형집행인이 될 수도 있을 거라는 생각을 내포하니까.

> "하지만 나는 내가 악마라고 생각하지 않는다. 내가 한 일에는 언제나 좋건 나쁘건 이유가 있었으며, 잘은 모르겠지만, 어쨌든 인간적인 이유들이었다. 죽이는 자는 죽임을 당하는 사람처럼 인간이며, 바로 그 점이 끔찍하다. 당신은 '나는 절대 죽이지 않을 거야, 그건 불가능해'라고 결코 말할 수 없으며, 기껏해야 '나는 죽이지 않게 되기를 바라'라고 말할 수 있을 뿐이다."[21]

마리-엘렌 보블레의 표현에 따르면, 그 "역사소설과 소설적 소설의 교배"[22]는 작가가 바로 '역사적 진실'을 대가로 하여 자신의 허구를 구축하기 위해 채택하기로 결정한 규칙의 주인이라는 점을 확인시켜준다. 한 걸음 더 건너서 이제는 다음 질문을 해보자. 소설가는 사법적 진실, 즉 법정의 법해석에서 유래하는 진실에 대해 그런 자유를 내세울 수 있을까?

허구와 사법적 '진실'

이야기의 허구 위상은 면책특권을 갖고 현실을 차단시키는 일을 소설가에게 어디까지 허용해줄까? 소설가는 허구라는 이름으로 그리고 표현의 자유라는 명목으로 현실에서 (주제나 소재를) 취하면서도 현실의 왜곡이나 날조라는 비난을 받지 않으려면 어떤 방책이 있어야 할까? 현실을 복제하고, 현실의 인물과 사건을 갖고 노는 것, 판사들이 보기에는 바로 그것이 작가의 터무니없는 특권이다. 작품이 "순전한 허구에 속하지 않고 실제 인물과 사실을 통합"할 때 창작의 자유는 문제가 된다는 점을 여러 사건이 환기시켰다. 2007년 10월 22일 유럽인권재판소의 판결은, 장-마리 르펜의 허구적 소송을 상상한 마티외 랭동의 소설[23]이 명예를 훼손한다고 여겼다. 실제로, 유럽재판소 판사들은 2000년 9월 13일의 파리고등법원 판결을 인준하면서, 명예훼손을 참작하여 자료적인 글과 허구적인 글 사이의 경계는 제거되어야 한다고 판단했다. "모든 글은 심지어 소설의 글이라 하더라도 개인의 명예나 존중을 침해할 소지가 있으며", 설사 명예훼손이라고 판단된 말들이 허구의 상황에서 허구의 인물을 통해 나온 말일지라도 그렇다. 그런데 유럽재판소 판결의 별첨에는 순전히 정보제공 자격으로 "부분적으로 견해가 다른 의견"이 관례상 나타나 있다. 이 이견은 17명의 재판관 중 4명의 의견으로, 재판소가 작품의 소설적 예술적 성격에 충분한 비중을 두지 않았음을 개탄한다. "허구 상황에서 허구 인물들이 한 말에서 저자의 생각을 찾으려 함으로써, 고등법원은 창작과 예술적 표현의 자유와 양립할 수 없는 경직된 규칙들 속에 문학을 가둔다."[24] 그러므로 논의는 여전히 열려 있고, 최고의 재판권 내에서조차 그러하다.

이 문제는 다른 사건에서 판사들에 의해 분명하게 딱 잘라 평가되었다. 책 표지에 '소설'이라고 소개된 《10월의 아이 *L'Enfant d'octobre*》가 2006년에 출간되자 이어서 파리고등법원은 작가인 필립 베송과 출판사 그라세에게 현실에서 차용된 것들이 사생활침해와 명예훼손을 초래했다는 이유로 처벌을 내렸다. 이 저서는 영악하게 명명된 '이것은 사회면 사건들이 아니다' 총서를 개시하는 타이틀이었다. 소설이라 지칭된 그 저서가 명백히 그레고리 사건에서 착상을 얻었고, 한 아이의 밝혀지지 않은 살해에 연루된 실제 인물들의 이름을 쓰면서도 그런 총서 제목을 붙인 것이다. 어머니인 크리스틴 빌맹은 《10월의 아이》 속에서 바로 자신의 삶에 관한 일기를 보게 되었을 것이다. 그럴 용기가 있었다면 말이다. 이 일기는 그녀의 동의 없이 필립 베송이 쓴 것이다. 그렇게 해서 그는 사실상 실제 인물의 삶에 침투한 것인데, 정작 소설 속에서는 자신이 느끼는 바에 따라 그 인물을 다시 만들어냈다.

어린 그레고리의 어머니가 소설가에게 전하는 괴로운 생각이 요약하는 바처럼, 허구와 현실 사이의 혼동은 여전하다. "당신이 그건 소설이라고 말하면서 자기방어를 하리라는 것을 난 알고 있습니다, 하지만 베송 씨, 내 아들 그레고리는 하얀 종이 위에 눕힌 단순한 이름이 아닙니다."[25] 파리고등법원은 파리지방법원의 2007년 9월 19일의 판결을 인준함으로써 고소인의 손을 들어주었다. 작가에게는 실제 이야기에서 착상을 얻을 권리를 반박하지 않으면서도, 판사들은 《10월의 아이》가 어머니 크리스틴 빌맹의 죄책감에 얽힌 혼란을 가중시킨다고 평가했다. 허구가 현실에서 양분을 얻는다면, 설사 허구가 때로는 명철한 작가의 통찰력으로 현실을 밝힌다 하더라도, 그것은 다시쓰기와 원재료의 변형작업이라는 대가를 치러야만 할 수 있다는 점을 적절히 상기시켜주는 사건이다. 그 다시쓰기와 변형작업으로 인해 텍스트는 현실을 충분히 승화시키는 데 도달할 정도가 되어야 한다. 작품이 오로지 그 자신에 속한 하나의 현실이고, 오로지 그 자신에 속한 세계가 되기 위해서다. 그런데 앞서의 경우들에서는, 현실에서 차용된 이야기에 허구성을 부여하는 방식이 그리 섬세하지 못하므로, '소설'이라는 라벨 뒤에 완전히 피해 있을 수는 없다.

그런데 사법적 사건은 많은 작가가 선호하는 주제였다. 그들은 소설적 전망에서 사법적 진실을 초월할 줄 알았다. 플로베르가 들라마르 사건에 매혹되어 그 사건에서 《마담 보바리》를 위한 착상을 얻었다는 점을 우리는 앞서 언급했다. 스탕달도 라파르그와 베르테 사건에서 영감을 얻어 《적과 흑》을 썼다. 마찬가지로, 프랑수아 모리악은 1906년 보르도에서 남편을 독살하려 했다는 죄목으로 의사에 의해 고발된 앙리에트 카나비의 소송에서 깊은 인상을 받았다. 그녀는 필적 위조라는 죄목으로 15개월 징역형에 처해졌다. 하지만 그녀가 남편에 대해 범죄를 시도한 점에 대해서는 아무도 유죄를 증명할 수 없었다. 그녀의 남편 또한 아내의 책임을 부인했다. 20여 년 뒤인 1927년에 이 소송으로부터 소설 한 편이 탄생되는데, 여주인공이 면소免訴 혜택을 입는 《테레즈 데케루》다. 하지만 뚜렷한 흔적이 전혀 없어서 사전 지식이 없는 독자라면 카나비 부인의 이야기를 행간에서 읽어낼 수가 없다.

사법적 사건을 허구작품에서 다루는 일은 20세기 말에 발전했기 때문이다. 19세기와 20세기를 특징짓는 이야기체 허구작품들과는 반대로, 이 시대의 이야기들은 "최대한 명백하게 사실에 근거를 둔 차원을 견지한다. (여기저기서 몇몇 이름을 바꾸긴 하지만, 이는 특히 사법적 이유들 때문이며, 게다가 흔히 충분치 않다고 판명될 것이다.) 이 시대 이야기들은 문학용어로 말하자면 허구의 가장자리에 머물러 있다."[26] 프랑수아 봉의《어느 사건 *Un fait divers*》(미뉘, 1993), 엠마뉘엘 카레르의《적수敵手 *L'Adversaire*》(플롱, 2000), 다니엘 살르나브의 《강간 *Viol*》 같은 이야기들을 바탕으로 고찰한 도미니크 비아르는 《10월의 아이》와《장-마리 르 펜의 소송》에 관한 우리의 이전 분석들을 확증시켜준다. 실제로 이 시대 작가의 관심을 끄는 것은, 소설로 서술화하는 작업이라기보다는 '정신적 내면'을 밝히는 일인 것 같다. 사실에 속하는 것이 전통적 허구작품 특유의 변모작업을 겪지 않는다면, 이는 인물들을 통한 사건 파악을 부각시키는 쪽으로 저자의 모든 노력이 실리기 때문이다.《너그러운 여신들》의 나치 사형집행인은 그런 식으로 자신의 의식을 내비친다. 끔찍하게 분간할 수 있는 현실의 틀 자체 속에서 허구의 글쓰기를 통해 해독된 의식을.

표절론을 계기로 허구와 현실 사이의 연관성 문제를 제기하다 보면, 문학창작이 이중으로 어렵다는 점이 분명해진다. 작가가 사용하는 재료 자체, 즉 (자기 이전에 이미 수백만 명에 의해 전달되던) 언어와 (작가에게 부과되는) 외부 현실이 그에게 그 자신의 글을 구술하는 것 같을 때, 어떻게 독창적이고 개인적인 작업을 해낼 수 있을 것인가?

11 장

독창성,
단절과 계속성
사이에서

발화주체는 자신이 하는 말의 중심이자 출처로 승격되는데, 다음 사항을 잊어서는 안 된다. 그는 중심에, 즉 정비된 장場의 사거리에 있다는 이유로만 중심이다. 정비된 장이란, "내가 단어들과 구문 구성을 퍼내야 할 문화장文化場, 즉 그 안에서 내가 글을 쓰며 읽어야 할 장"이다. 비상飛上 구조는 파롤과 랑그의 관계 속에 이미 자리 잡고 있다. 파롤은 날아가버렸다."[1] 자크 데리다에 의하면, 독창성을 담보하는 영감은 '비행극飛行劇'이다. 그래서 "말하는 주체라고 불리는 자는 더 이상 말을 하는 그 자신 또는 유일한 그가 아니다. 그는 파롤의 정비된 장으로부터 늘 이미 빼돌려진 기원인 확고부동한 2차성 속에서 자신을 발견한다."

이는 바로 피에르 부르디외가 "문학장文學場", 즉 "말해야 할 것과 해야 할 것의 세계를 결정짓는 [⋯] 초월적 현실"[2]에 관한 것이다. 그렇다고 독창성에 대한 야망은 포기하지 말고, 독창성을 이미 존재하는 문화장과 관련지어 고려하는 것이 적절하다. 문학평론가로서는 '문학장'에 관해 잘 알아야 작가가 '문학장'을 변형시키는 능력이나 그것을 보존하는 경향과 표절에 이르기까지 더 잘 평가할 수 있다.

그러므로 '무無로부터'라는 절대적 창작의 신화를 포기해야 한다. 더 겸손히, 자크 데리다는 '언어의 창조자'라는 엔지니어 작가의 이미지를 목공의 이미지로 대체한다. "다소 온전하거나 파괴된 채로 상속된 텍스트로부터 개념들을 차용할 필요성을 목공일이라고 부른다면, 모든 담화는 목공일에 속한다고 해야 할 것이다."[3] 특히 어릴 적 독서들이 '문학장' 내에서 이들 저들의 입장을 이미 결정짓는다. 같은 시대를 사는 작가 B로부터 표절이라고 비난당한 작가 A의 경우를 상상해보자. 작가 A가 자기는 자기 세대 사람들이 흔히 읽는 작가 C로부터 영감을 받았다는 것을 증명한다면, 작가 B 또한 C로부터 영감을 받았으므로 A로부터 표절당한 것이 아니라, 둘 다 같은 양분을 취한 거라고 사람들은 유추할 수 있을 것이다.

다음은 이에 관한 좋은 예증이다. 내가 표절에 관해 연구하는 동안 누군가가 내게 쥘리앵 그라크의 표절이라며 여러 차례 언급한 것이 있다. '비어 있음'에 관한 소설인《시르트의 바닷가 Le Rivage des Syrtes》는 디노 부자티의《타타르족의 사막 Il deserto dei Tartari》과 수상쩍게도 유사해 보일 것이다. 이는 제목에서부터 그렇다. 그런데《문학잡지 Magazine littéraire》1995년 10월(제336호)자의 한 기사가 이해를 돕는다. "출발점이 같은 그 두 소설은 푸시킨의 짧은 소설《대위의 딸》에서 그 출발점을 차용한 듯싶다." 쥘리앵 그라크는 이브 프롱트낙과의 대담에서, 그가 1937년쯤에 그 소설을 러시아어로 읽었고, 10여 년 뒤에《시르트의 바닷가》를 쓸 때 적어도 시작 부분에서는 그 러시아 소설을 떠올렸다고 실제로 말했다.《시르트의 바닷가》

는 1951년에 출간되었다. 게다가 디노 부자티가 이브 파나리외와 했던 대담을 통해 사람들은 그가 러시아 작가들을 잘 안다는 점을 알고 있었다. 그런데, 1980년에 니스에서 열린 학술대회 때, 부자티의 조카인 랄라 모라수티가 다음과 같이 상세한 설명을 한다. "내가 여덟 살쯤일 때 디노 삼촌이 자신의 서재에 있던 책 한 권을 내게 선물로 주었다. 그 책은 푸시킨의 《대위의 딸》이었다." 쥘리앵 그라크는 자신이 《시르트의 바닷가》를 마치고 난 후, 1949년에 프랑스에서 출간된 《타타르족의 사막》을 알게 되었다고 확인시켜주었다. 그래서 부자티가 그라크에 미친 영향은 이론적으로는 일어날 수도 있는 일이었다. 설사 이브 프롱트낙이 다음과 같이 명확히 밝힌다 하더라도. "분석을 해보면, 《시르트의 바닷가》는 그 어떤 비난을 받아도 자신의 정당성을 스스로 입증할 수 있다. 이야기의 전개, 서술 양식, 나이 든 장교들의 중요한 역할(마리노, 다니엘로), 책의 전반적 어조 등 모든 점이 그 두 작품 간의 종속관계와 상호종속관계를 결정적으로 배제하게 해준다." 이에 흥미로운 분석이 이어지는데, 푸시킨에서 차용한 요소들 각각의 처리방식에 관한 내용이다. 유사점과 차이점의 처리방식은 개별적 문학장의 틀에서 차용의 역할과 착복 작업을 잘 보여준다.

그러므로 작품의 '자치'와 '독립'을 구분할 필요가 있다. 피에르 마슈레는 《문학생산 이론을 위하여 Pour une théorie de la production littéraire》에서 "작품의 특성은 작품의 '자율성'이기도 하다. 그 특성이 작품 자체에는 고유의 규칙이다. 그 특성이 한계를 '구축하여' 자신에게 부여하기 때문"[4]이라고 상기시킨다. 하지만 "작품이 자기를 존재하게 해주는 차이를 두는 것은, 그 작품이 아닌 것들과의 관계를 수립함으로써만 가능하다." 책은 결코 홀로 생겨나지 않는다. 문학 언어는 언어들의 대화다. '대화주의'에 관한 바흐친의 이론은 담화에 고유한 다성성多聲性에 관한 생각을 확인시켜준다. 이 다성성은 상호텍스트성이다. 미하일 바흐친의 사유의 연장선상에서, 필립 솔레르스는 자신의 단일성 속에 갇힌 고정된 텍스트라는 이미지를 내던진다. "모든 텍스트는 여러 텍스트의 접점에 위치한다. 모든 텍스트는 여러 텍스트의 다시읽기이자 강조이자 응축이자 이동이자 깊이다."5 모든 텍스트는 인용들의 구축이며, 다른 텍스트들을 흡수하고 변형시킨 살아 있는 문집이다.

글쓰기란 다시쓰기다. 이 시대의 상당수 작가들은 솔직하게 도서관을 작업도구로 망설임 없이 꼽았다. 프랑시스 퐁주도 여기에 포함된다.

"나는 그 박식한 책들을 약탈했다. […] 그 박식한 책들에서 취해진 표현들과 심지어 여러 단락들을 통째로 취하여 그것들로 곡예를 했다.
거기서 나는 로트레아몽이 더할 수 없이 난폭하게 선포한 것과 합류한다. 말하자면 표절의 필요성이다. 나는 가장 강력한 단어를 사용하는데, 그 이유는, 시란 하나에 의해 만들어져서는 안 되고 모두에 의해 만들어져야 하며, 그런 단어가 발견되는 곳에서 우리가 이득을 취하게 된다는 것을 분명히 보이기 위해서다. 전체가 균일한 뭔가를 그것이 만들어내도록 이용되어야 한다는 것일 뿐이다."6

이 말 도둑들의 감독관은 하찮은 표절자가 아니라, 기존 재료에 개인적인 터치를 부과하고, 더 나아가 작품을 형성케 될 내면세계의 흔적도 부과할 수 있는 진짜 작가여야 한다. 다시쓰기와 표절 사이의 경계라는 미묘한 문제가 다시 부각된다. 다른 텍스트들로 빚어져서 새로운 텍스트가 출현하고, 그 새 텍스트 또한 자기만의 의미와 차원을 지닐 때, 그때야 비로소 작품이 있는 것 아닌가? 표절에 없는 것이 바로 그 의미와 차원이다.

다시쓰기 과정을 더 명확히 하기 위해, 쓰기와 읽기를 연결시키는 긴밀한 관계를 강조하자. 왜냐하면 저자는 모두 독자이기도 하니까. 그런데 이 이중적 위상이 그의 예술에 끼친 영향력이 없지 않다. 쥘리아 크리스테바에 따르면, "한 텍스트의 대체 속에서 그 작가에 의해 읽힌 공간에 관한 모든 텍스트가 작동한다."[7]

"고대인들에게 동사 '읽다'가 어떤 의미를 가졌는지는, 문학행위를 이해하기 위해 환기되고 부각될 필요가 있다. '읽다'는 '그러모으다' '채취하다' '이삭을 패다' '자취를 식별하다' '취하다' '훔치다'의 뜻이기도 했다. 그러므로 '읽다'는 공격적 참여, 타자로부터의 적극적 착복을 나타낸다. '쓰기'는 생산, 산업이 된 '읽기'일 것이다. 즉 '쓰기-읽기'다."

횡령, 더욱이 공격적인 횡령의 유혹이 표절자에게서 글쓰기 양식과 관련해 나타난다. 그런 유혹이 도벽 환자에게서는 순전히 물질적 대상을 수단으로 나타나듯이. 작가란 이방 영토를 약탈하고 재건해서 자신의 고유한 세계에 녹아들게 하고, 자신의 인격과 개인적인 세계관을 통해 지배할 줄 아는 표절자다. 반면, 실패한 작가인 표절자에게는 그의 희생자에 대한 너무 강하고 압도적인 매혹이 존속한다. 그는 퍼낼 줄은 알았지만, 자기가 훔친 물건을 변형시킬 능력도 없고, 승화시킬 능력은 더더욱 없는 채로 있다. 그에게는 창작행위에 고유한 그 이중의 움직임이 없다. 이에 관해 이번에도 쥘리아 크리스테바의 묘사를 보자. "모든 배열이 이중의 방향으로 설정되어 있다. 무의지적 기억(다른 글쓰기에 대한 연상) 행위로 향하는 것과 명령(그 글쓰기의 변형) 행위로 향하는 것." 표절자는 취약해서, 밟아온 여정을 헤아리기 위해 원래의 출발점을 기억하는 일도, 다시 돌아가는 일도 잊어버린다. 그러면서 타자에서 자기에게로 곧장 이끄는 직선코스를 따라간다. 그는 선행성 속에 머물러 있으면서 그 선행성을 자신의 현재로 여긴다. 그는 타인이 해낸 것을 자기가 완수했다는 환상 속에 살고, 자신의 그 착각된 이미지를 사회에 강요하려 든다. 작가의 여정은 그 반대로, 한없이 자신에게로 돌아가는 굽이길이다. 무한정 그러하다. 설사 임의적으로, 어쩌면 임시적으로라도 인쇄 날짜 또는 출간 날짜가 필요하다 할지라도, 텍스트의 움직임은 "내부 면과 외부 면, 즉 기표적인 면과 기의적인 면, 글쓰기의 면과 읽기의 면이 쉬지 않고 돌며 서로 교차되고, 글쓰기가 끊임없이 읽히고, 읽기가 끊임없이 쓰이고 기록되는 뫼비우스의 띠"[8]다. "그 이상한 가역적可逆的 회로"의 아름답고 정확한 이미지다. 표절자는 거기서 그저 반복밖에 보지 못한다.

표절자는 일종의 수동성 또는 우상숭배 속에 살고 있다. 이 때문에 독서가 창조능력을 대체하는 경향이 있다. 롤랑 바르트에 의하면 "독자는 다름 아닌 '글을 쓰고 싶어 하는 자'일 뿐"[9]이기 때문이다. 표절자는 지쳐서, 자기가 읽은 것을 되씹는 것 말고는 달리 할 줄 모르면서도 쓰고 '싶어 하는' 독자 카테고리에 머무른다. 텍스트라는 그 '무한한 조합 놀이' 속에서 표절자는 자신의 정체성을 잃고, 자기가 영향력을 가질 수 없는 단어들의 어지러움에 덜컥 빠져 있다. 텍스트와 작품 사이에는 어떤 유한성, 어떤 특성 있는 정체성을 부과할 줄 아는 한 작가가 답파한 길이 있기 때문이다.

표절자는 그 길의 답파를 포기하는 피로한 사람이다. 호르헤 루이스 보르헤스의 단편소설 〈피곤한 남자의 유토피아 *Utopía de un hombre que está cansado*〉[10]에서처럼, 표절자는 과거도 없고 연대기도 없고 역사도 없는 세계에 옮겨져서, 인용이라는 처벌에 처한 '지금 여기' 속에 고정되어 있다. "우리에게는 이제 인용문들밖에 남아 있지 않다. 언어는 일체의 인용문들이다." 개인적인 작품을 만들지 못하리라는 무능감이 그를 표절이라는 벌에 처한다. 이상적인 작품이 악몽처럼 그에게서 떠나지 않는 동안, 인용이 온 문학세계를 침공한다.

이 단편집의 제목이 된 다른 단편소설은 접근할 수 없는 '신성한 책'에 대한 향수를 떠올린다. 신성한 책의 특성은 알려져 있지 않다. 그 결과 그 특성은 모든 상호텍스트성에서 벗어난다. 첫 페이지와 마지막 페이지는 파악할 수가 없다. "표지와 내 엄지손가락 사이에는 여전히 몇 장이 남아 있었다."[11] 그것은 모래로 된 책 같았고, 책 주인은 비밀을 꿰뚫어보려 하지만 소용없다. "이 책이나 모래나, 시작도 없고 끝도 없기 때문"이다. 어쩌면 이 단편소설에서 무한하고 절대적인 말에 대한 강박관념을 읽어야 할 것이다.

다른 관점에서 보면, 1960년대에 프랑스에서 나타난 상호텍스트성 개념은 표절에 대한 강박증으로부터 작가를 해방시키지 않았을까? '저자의 죽음'[12]과 더불어, 이제 표절 문제가 '작가들'이라는 익명의 집단 속에 녹아서 해결되었다. "아아, 유령들은 혹독한 삶을 안고 있으며, 저자는 구조주의에 의해 잠시 지워졌다가, 1980년대에 다시 나타난다. 생활에서는 주관적인 것으로 귀환하고, 문학에서는 이야기로 귀환하면서."[13] 그래서 저자 없는 문학이라는 신화는 서명의 문제를 해결하지 않은 채 침몰시킨다.

가짜 서명, 텍스트 횡령은 이탈로 칼비노의 소설 《만약 어느 겨울밤 한 여행자가 *Se una notte d'inverno un viaggiatore*》(1979)의 중심에 있다. 이 소설의 등장인물인 위조자는 다소간 위조된 텍스트들을 번역물이라고 사칭하면서 자신의 이름으로 유통시킨다. 이는 "축적, 모듈, 조합적인 구조"[14]로서의 '하이퍼-소설'에 관한 상호텍스트성 이론을 익살스럽게 예증하는 것이다. 문학에 대한 이 과학적 개념은 아마도 울리포(Oulipo. 잠재문학작업실)를 자주 드나든 덕분일 것이다. 표절 개념은 거기서 '선험적으로' 나타나지는 않지만, 문학으로부터 사랑받지는 못하나 피할 수 없는 초대 손님처럼, 반드시 출현한다. 소설 《만약 어느 겨울밤 한 여행자가》에서는 헤르메스 마라나라는 등장인물이 표절 문제를 다시 도입한다. 이에 대해 사람들은 별로 놀라지 않는다.

헤르메스 마라나는 《만약 어느 겨울밤 한 여행자가》에서 아주 이상한 인물들 중 하나다. 위조자 번역가로서 그는 문학위조품의 유통을 전문으로 하는 막강한 조직들 덕분에 전 세계에 걸쳐 외전外傳들과 망가진 원고들을 유통시킨다. 그렇게 하여 그는 "원본들을 변질시키고 혼동시키며", 또한 "텍스트들을 제대로 번역하는 대신에 해당 언어로 다른 저자가 쓴 작품들을 출판사에 넘긴다."[15] 이 인물의 이중성은 이름에서조차 읽힌다. 칼비노가 보기에, 도둑들의 신인 헤르메스는 문학작업을 상징한다. 헤르메스-메르쿠리우스는 아폴론의 가축을 훔치면서 탄복할 만한 능란함을 보인다. 그는 가축들의 꼬리에 나뭇가지들을 묶어서 도둑질의 흔적을 지우려 했다. 제우스 때문에 가축들을 돌려줄 수밖에 없게 되자, 그는 용서를 받기 위해 아폴론에게 칠현금을 선사했는데…. 아주 조심스레 사기를 치고 시

詩에 교훈마저 하나 주다니, 이는 완벽한 표절자에 관한 우화가 아니 겠는가? 소통의 신인 헤르메스는 그 마라나라는 인물 속에서 신분 이 애매한 작가들과 출판인 사이에서 중개인 역할을 하는 문학 상 인의 처지가 된다.

이탈로 칼비노 자신도 문학의 기만적인 능력에 매혹되어 자기 소설에서 숱한 원전 텍스트들을 갖고 논다. 그 텍스트들을 길게 늘 어놓거나 패러디하거나 공모의 윙크를 하며 언급하면서.《상호 교 차된 선들의 망 속에서》라는 제목의 소설 한 챕터에서는 카를로스 푸엔테스의 소설《우리들의 땅 *Terra nostra*》[16]에서 차용한 장면을 보게 된다. 카를로스 푸엔테스의 소설에 나오는 영주 펠리페 엘 에르모소 는 도냐 이네스에게 온통 거울로 뒤덮인 감옥에서 죽는 처벌을 내린 다. 그들은 완전히 벌거벗겨지고 묶인 채 사랑을 나누는 동안 무한 히 반사되는 자신들의 이미지를 바라본다. 마찬가지로 칼비노의 텍 스트에서도, 광학기구를 수집하는 기업가가 거울로 완전히 뒤덮인 반사광 방을 만들게 한다. 그러나 바로 자기 자신이 납치되어 그 방 에 갇히는데, 곁에는 그의 정부情婦 로르나가 벌거벗은 채 묶여 있다.

"그것은 내가 늘리고 싶은 나의 이미지다. 사람들은 내가 나르시 시즘이나 과대망상 때문에 그럴 거라고 너무 쉽게 믿을 테지만, 그 반대로 나 자신의 그 모든 환영적 분신들 한가운데 숨기 위해 서다."[17]

이 심리적 초상화를 통해서 표절작가의 이미지를 읽어야 하지 않을까? 자기 자신의 거울들인 그 숱한 낯선 텍스트들에다 자신의 서명을 복제하면서 자신의 정체성을 늘려가는 표절작가의 이미지를. 표절은 그 반사광의 방처럼 함정이다. 저자는 그 함정에서 모두를 다 합친 작품을 꿈꾸면서, 자기에게 속하지 않는 이미지를 무한히 되풀이하고 반사시키는 일만 할 뿐이다.

작가라면 누구나 독창성에 대한 욕구 속에서 절대라는 신화와 충돌한다. 자아탐구는 어떤 작가들의 경우 외부의 흔적이 전혀 없는 '무無로부터'의 글쓰기에 대한 욕구를 거친다. 그것이 바로 플로베르의 그 유명한 '아무것도 아닌 것에 관한 책'이다.

"아름다운 듯싶은 것이 바로 내가 만들고 싶은 것이다. 그것은 아무것도 아닌 것에 관한 책, 외부와 아무 관련 없고, 자신의 문체라는 내적 힘에 의해 자신하고 연결되어 있을 그런 책이다. 가장 아름다운 작품들은 재료가 가장 적은 작품들이다."[18]

그런 기획은 역사적 맥락 속에 놓일 때만 그 의미가 진정으로 드러난다. 19세기 후반은 "문학장과 예술장의 자율화 과정"[19]이라는 특징을 띤다. 피에르 부르디외는 "도시의 중산층과 서민층 출신, 특히 그때까지는 귀족이나 파리 부르주아들에게만 한정되었던 작가나 예술가 경력을 쌓아보려고 오는 중산층과 서민층 무일푼 젊은이들의 쇄도"를 묘사한다. 그런 새내기를 이 시대의 소설들에서 보게 되는데, 예를 들어 플로베르의 《감정교육 Education sentimentale》의 주인공인 프레데릭 모로가 그중 하나다. 그때까지 권력에 종속되던 문학장이 이때부터는 '부르주아 세계'와 대립적으로 형성된다. 선배들과 결렬하고 싶은 욕구가 이 현상에 연관되어 있다. "예술가들은 오로지 자신의 예술 말고는 다른 그 어떤 스승도 인정하지 않으면서 부르주아적 요구에서 해방된다."[20] 이는 모든 형태의 종속을 벗어나는 일이다.

보들레르는 모든 형태의 선행성을 거부함으로써 형성되는 독창성의 화신이다. 일종의 시조 영웅 또는 (고대 그리스의) 입법위원 같은 그가 프랑스학술원에 후보로 나선 이유는, 오로지 문화질서에 너무 부응하는 인식과 평가의 범주들을 문제 삼기 위해서였다. 이는 "정말로 상징적인 테러"[21]여서…. 자신에게서 자주성을 박탈하며 모델과 동일시하는 것에 갇힌 표절자는 하지 못할 일이다. 그러나 "보들레르는 전위대에서도 최첨단의 위치를 구현하는데, 이는 문학제도를 필두로 모든 권력과 제도에 대한 반항의 위치"다. 그는 자신이 "돌이킬 수 없고", "저주받은" 것을 알고 있었고, 그러기를 원했다. 그의 독창성은 영웅주의의 성격을 지닌다. 왜냐하면 그를 '부르주아'에 대립시키는 그 불공평한 투쟁에서, 그는 더 이상 완전하게 인간이 되지는 못하기 때문이다.

플로베르는 그 같은 비타협주의에 속하면서도 보들레르보다 더 많이 양보한다. "플로베르의 급진적 독창성을 이루는 것, 그리고 그의 작품에 독보적인 '가치'를 주는 것은, 그가 자신이 속해 있는 문학세계 전체와 최소한 부정적으로라도 관계를 맺고, 그 세계의 모순, 어려움, 문제들을 완전히 떠안는다는 점이다."[22] 그래서 그는 작가 일을 통해 선배들을 거부한다는 문제를 넘어선다. 그는 창작의 '주체'가 되는데, 그런 한계들에 맞서는 동시에 그 한계들을 통해서다. 그는 그 한계들을 소화 흡수하고 뛰어넘기에 충분한 힘을 자기 안에서 발견할 줄 알았던 것이다.

체계적 대립을 통한 독창성 쟁취는 어찌 됐든 작품 내에서 선배들에게 맞서고 그들을 추월할 만큼 충분히 막강한 몇몇 문학 영웅만의 것이다. 어찌 되었건, 절대적 독창성에 대한 야망은 필연적으로 무의식의 작업에 속한다. 프로이트는 "노이로제에 관한 가족소설"[23]이라고 제목 붙인 챕터에서 이 무의식을 여러 단계로 나눈다. 그 어떤 존재도, 심지어 작가마저도 거의 보편적이고 고착된 환상을 '선험적으로' 피할 수는 없을 것이다. 그것은 그를 어른으로 만든 길을 어쩔 수 없이 다시 걷게 만드는 환상이다. 그런 환상이나 환상적 글쓰기를 통해 어릴 적 지나가버린 행복한 시절을 다시 겪어보고 싶은 유혹은 강렬하다. 그 어린 시절에 아버지는 가장 탁월하고 가장 강한 남자로, 어머니는 "가장 소중하고 가장 아름다운 여인으로" 보였다. 어린이다운 과대평가는 정상적인 어른의 꿈에서뿐만 아니라 출세나 연애를 다룬 소설에도 존속한다.

'가족소설' 개념은 이중으로 관심을 끈다. 우선 이 개념은 창작의 자유를 제한하지 않으면서도 그 자유에 경계를 긋는다. 이 개념은 '무로부터'의 독창성이라는 것의 환영적 성격을 확인시킨다. 그러나 역설적이게도 이 개념은 선배들과의 관계를 끝장내버리고 싶은 욕구를 정당화하거나 최소한 설명해준다. 그들이 너무 과대평가된 탓에 제거해버릴 것을 열망했던 것이다. 문학 모델은 부모 모델을 닮았다. 두 모델은 동일하게 취급된다. "과제에서 실패했다는 사실 때문에 그런 상태가 되었다고 할 수 있는 신경증환자군"[24]에 표절자가 포함된다고 결론지어야 할까? 프로이트 박사의 진단은 아마 그럴 텐데….

환상의 작용이 가족소설에 원형을 제공한다면, 상당수의 소설에 '진정한 성인식'의 도식이 있는 것에 놀라지 않기를! 무의식은 문학창작에서 자기 몫이 있다. 그렇다고 우리를 지배하지는 않는다. 'contrefaçon(콩트르파송)'[25]이라는 용어가 이를 증명해준다. 이는 선배들을 무시하고, 그들과 상반되게, 그들과 맞서면서, 자기 고유의 문체를 다소간 의식적으로 고안해내야 하는 작가의 일 그 자체가 아닐까? 미학 용어로는 의미심장하게도 '전염' 현상을 지칭한다. 전염은 거역할 수 없이 겪어낸 유산을 통한 비의도적 침공이라는 개념을 잘 표현해준다.

영향에 대한, 또는 더 심각하게, 표절에 대한 정당방위라는 반사작용은 충분한 방어물이 되지 못하면서도 많은 작가들에게서 나타난다. 사르트르는 셀린의 작품을 탄복하며 읽어놓고 나서는 그다음에는 그를 잊어버리려 했다. 억압된 영향의 좋은 사례다. 자크 르카름은 《사르트르와 셀린: 세기의 두 난폭자》[26]라는 글에서 그런 현상의 유래를 논한다. 처음에는 셀린의 《밤의 끝으로의 여행 *Voyage au bout de la nuit*》이 있었다. 이 작품은 사르트르로 하여금 "구어에 가까운 살아 있는 글쓰기"로 들어서게 한 새로운 발견이었다. 《구토 *La Nausée*》가 그런 글쓰기로 쓰였다. 그런 다음 1936년에는 《할부赈賦 죽음 *Mort à crédit*》이 등장했다. 이로써 셀린은 사르트르의 판테온에서 사라진다. 《교회 *L'Église*》의 한 구절을 제사題詞[27]에 인용했음에도 불구하고, 사르트르는 그 작품을 결코 읽은 적이 없다며 자기변호를 한다. 그는 다른 사람을 통해 그 인용문을 알게 되었을 텐데, 그 구절에 담긴 반유대주의적 함의를 알지 못했다. 사르트르가 늘 부인함에도 불구하고, 그의 작품은 셀린의 중심사상으로부터 양분을 취한다. 특히 그 두 텍스트에서는 "둘의 목적, 구성 상황이 거의 겹쳐질 수 있기"까지 하다. 《문학잡지》가 이에 관해 제공하는 논증은 빠짐없이 참조할 만하다. 거기서 주목해야 할 것은, 상반된 두 작가를 갈라놓는 벽에도 불구하고, 잘 억누르지 못한 탄복이 사르트르의 작품에 서려 있다는 점이다. 1945년까지는 《철드는 나이 *L'Âge de raison*》와 더불어 "메스꺼운 것, 토한 것, 방울져 떨어지는 것 등의 주제가 두 글쓰기에서 나타나는데, 그 둘은 서로 다르면서도 혐오감이라는 공통된 미학에서 결합된다."²⁸ 같은 단어들이 목표는 다른데, 같은 난폭함에 이용된 것이다.

　작가는 선배들의 글뿐만 아니라 동시대인들의 글을 조금이라도 읽거나 그들과 교류하면, 그들의 영향을 거치게 마련이다. 한 작가의 독창성은 전통, 학교 또는 사조의 흐름에 대한 종속성을 뜻하는 소속관계들을 넘어서야 쟁취된다. 그가 속한 이 관계망은 그에게 자기 고유의 지표들을 찾을 수 있게 해준다. 그런 만큼 그는 동류들과 더욱 구별된다. 그는 동류들을 잘 알고 있고, 그들과 다소 갈등적인 관계 고리를 엮고 있다. 문학장으로부터 떨어져서 고립해 있는 작가의 독창성이라는 것이 과연 가능할까? 문체는 다른 문체들의 죽음으로부터 탄생한다.

　"자신의 이름으로 저자가 된다고 해서 알려진 다른 저자들의 자리를 차지하는 것이 배제되지는 않는다. 그 반대로, 오히려 이를 필요로 한다. 아버지가 된다는 것이 그 아버지의 탈이상화라는 불가피한 순간을 내포하고 있는 것과 마찬가지다. 보통명사로서의 아버지나 저자가 된다는 것은 한 자리를 점하는 일이다. 그런데 그 '이름'을 보증인으로 둔 구조를 훼손하지는 말아야 한다. 고유명사, 아버지의 이름, 저자의 이름."²⁹ 형성 중인 작가는 이를 통해 상징체계를 식별한다. 반대로, "표절에서는 일종의 오이디푸스 이전의 난폭함 속에, 즉 융합과 이원적 관계 내에 머물러 있다. 저자의 고유명사를 지운다는 것은, 살짝 피하거나 잘못 끼어든 오이디푸스식의 갈등, 즉 오이디푸스 이전으로의 후퇴를 나타낸다." 우리는 문학 계보와 가계 혈통 사이의 상징적 평행관계라는 생각에 수긍한다. 저자는 어찌 보면 실현된 변형 속에서 모델을 죽인다. 동시에 그 변형 속에서 저자는 한 저자에서 다른 저자로 이어지는 살아 있는 계속성을 떠 안는다. 마침내 어른이 된 아들은, 그 계보를 자기가 조금이라도 변 형시켜서 그 다른 계보 속에서 앞서의 계보를 초월하게 되면, 자신 의 계보를 부끄럼 없이 고백한다.

타하르 벤 젤룬의 《모래 아이 L'Enfant de sable》[30]는 반쯤은 억누르 고 반쯤은 털어놓은 계보를 비쳐 보이게 한다. 파리다 라우이시는 이 소설의 보르헤스적인 차원을 다룬 박사논문[31]에서, 이 작품의 저 자가 보르헤스의 후견에 대해 내색은 하지 않을지라도 이야기 전체 에서 뚜렷이 드러난다는 점을 논증한다. 이 경우, 벤 젤룬은 "축소 라는 보르헤스식 동력의 거의 모든 메커니즘을 적용한다. 소묘, 존 재하지 않는 원본의 요약, 격자형 구조화 등. 그는 보르헤스가 소중 히 여기는 주제(수수께끼)를 통해 문체의 매개변수들이 효력을 발휘 하게 만든다. 수수께끼가 모든 이야기 구성에서 주제를 싣는 데 이 상적인 매체가 될 것이다. 그는 미학적 표현으로써 보르헤스를 이야 기 속에 통합시키기까지 한다. 기억과 시각상실은 이런 관점에서 보 면 일부러 넣은 자전적 요소들이다. 그 어떤 모호함도 줄이기 위해 서인 양 텍스트에 통합된 것들이다."[32] 그렇지만 보르헤스의 이름은 《모래 아이》가 출간된 지 7년이 지나서야 타하르 벤 젤룬의 다른 소 설에서 언급된다. 1992년에 쇠이으 출판사에서 출간된 《눈 먼 천사 L'Ange aveugle》에서다.

"호르헤 루이스 보르헤스, 나는 그의 작품을 아주 나중에서야 여 러 친구 덕분에 알게 되었다. 그 친구들은 버려진 도서관의 원형 폐허를 둘러싸고 패거리를 형성하고 있었는데 […]."[33]

벤 젤룬의 텍스트는 문학적 빛에 대해 그렇게 방어적인 저항과

순종 사이에서 우왕좌왕한다. 그 증거로, 고백적 소묘(밑줄 친 부분) 각각은 그 자신의 독립성을 주장하는 방어적 표현(진한 글씨)으로 즉각 수정된다.

"나는 보르헤스를 **오로지 읽어서만** 알고 있지만, 그는 내게 **큰 자유**를 가져다주었다. 그의 **거짓말** 이용은 **글쓰기에서의 자유**가 어떤 것일 수 있는지 가르쳐주었다. **나는 그처럼 글을 쓰지는 않는다.** 하지만 그는 내게 영감을 주고, 글을 쓰고 싶은 욕구를 준다."

양면성은 특히 마지막 문장에서 눈에 띈다. 의미심장하고 강력한 대조법적 도식 위에 구축된 문장이다. 그것은 방어의 외침이고, 진정한 자기변호다. 이는 애매한 계보의 한 경우다. 다른 작가들은 자기가 받아들이고 즐겁게 극복한 계보를 그보다는 더 기꺼이 인정한다. 상호텍스트성을 강력히 주창하며 이용하는 작가인 레몽 루셀은 쥘 베른을 자신의 문학적 아버지, 스승으로 여기며 질투 어린 사랑처럼 배타적으로 숭배한다.[34] 문학의 아버지건 신이건 간에 하마터면 쥘 베른이 그 숭배자를 마비시킬 뻔했는데…. 그러나 고백으로 인해 그는 해방된다. 쥘 베른의 영향이 그의 작품에 배어든다면, "존경 때문에 그리고 부권적 표시로서 은밀하게"다. 셰프 후페르만스는 〈레몽 루셀과 상호텍스트성〉이라는 글에서 《로쿠스 솔루스(외딴 곳) Locus Solus》[35]의 한 일화 속에 숨겨진 끼워 넣기 사례를 탐지해냈다.

"헬로 공주는 다른 승계요구자들에 맞서 자신의 왕위계승권을 행사하려면 금괴로 변해버린 왕관을 회수해야 한다. 그 귀한 물건이 발견된 동굴은 초록 구릉이라 불리는 산의 일부다. 그 동굴을

닫고 있는 창살이 열리게 할 주문은 '주엘은 불타고, 별은 하늘로' 다. 예전에 그 동굴을 발견했던 조상을 공경하는 문구다."[36]

루셀의 작품이 흔히 그렇듯이, 철자 바꾸기를 조금만 연구해보면 고유명사의 코드화 성격이 밝혀진다. 주엘은 쥘르와 가깝고, '초록 구릉(Morne Vert, 모른 베르)'은 '죽은 베른(Verne mort)'으로 옮겨질 수 있다. 결코 본 적 없는 것을 좋아하는 루셀의 취향은 교육적인 어조를 띠기도 하다. 이는 존경스러운 경쟁자로 찬미되는 스승의 감춰진 현존을 의심의 여지없이 드러낸다. 하지만 표절 위험이 없는 것은 아니다. 반복과 해체에 기반을 둔 그의 글쓰기 방식을 우리는 알고 있다. "루셀에게서는 특히 자크 데리다가 이론화했던 기원 개념을 공격하는 해체가 실행되는 것이 읽힌다. 원래의 텍스트는 말소되어 영원히 잃어버렸으며, 그저 그 자취만 되찾게 된다."[37] 그 기법을 통해 루셀은 자신이 완벽히 의식하고 있는 표절 위험의 뇌관을 아주 훌륭히 제거한다. 그는 기존의 소재들을 솜씨 좋게 조작한 덕분에 문체가 연마된다.

문학적 계보를 고백했건 억눌렀건 간에, 그 계보는 다소간 표절의 공범이다. 혐오감과 존경 어린 애정이라는 상반된 감정에 바탕을 둔 강한 소속관계를 의미한다. 그 유명한 신구논쟁[38] 때까지는 선배들과의 특별한 관계에 대해 일말의 죄책감도 느끼지 않았다. 모방을 통해 문학수련을 하는 전통은 본원적 종속관계를 정당화했다. "예술가는 어린 시절부터 되는 것이 아니라, 낯선 장년들과의 갈등을 통해 형성된다. 형태가 없는 세계로부터 비롯되는 것이 아니라, 다른 이들이 세계에 부과한 형태에 맞서는 투쟁으로부터 형성된다. 젊은 미켈란젤로, 엘 그레코, 렘브란트는 모방을 한다. 라파엘도 모방하고, 푸생도, 벨라스케스도, 고야도 그리고 들라크루아도, 마네도, 세잔도 그리고…."³⁹ 필수적으로 타자를 거칠 수밖에 없는 이 우회를 논하기 위해, 모방이론들이 성행한다. 앙투안 알발라는 1901년에 새싹 저자들에게 방법론 매뉴얼인《저자들과의 동화同化를 통한 문체 형성 *La Formation du style par l'assimilation des auteurs*》을 제안할 필요가 있다고 결론짓는다. 그는 좋은 모방과 나쁜 모방을 구분한다. 그에 따르면, 나쁜 모방은 파스티슈다. "직업수단으로밖에 가치가 없고 그 자체로는 목적이 없는 […] 문학수련"⁴⁰이다. "파스티슈는 어느 저자의 표현들과 문체적 기법을 작위적이고 맹목적으로 모방하는 것"이기 때문에, 개인적 영감이 결여되어 있다. 반대로, 좋은 모방은 "전반적 침투다. 결국 동화되는 것은, 한 저자의 사상과 이미지 전체이며, 어찌 보면 사고방식이다. 바로 이 '소화된' 요소들의 조합이 개인적 독창성을 발전시킨다."⁴¹

이 좋은 모방과 나쁜 모방의 구분에 덧붙여야 할 것은, 거의 같은 시대에 레미 드 구르몽이《프랑스어 미학 *Esthétique de la langue française*》⁴²에서 정립한 구분이다. 언어로 표현된 기억은 "순전히 웅변술이거나 추상적이고, 필연적으로 제한적이며, 피상적이고 생명이 없는 재능만 산출해낼 뿐"이다. 그것은 단어, 단어군, 숙어, 격언, 상투적 표현의 맹목적 기억이다. "단어들은 새로운 입장을 취하는 데 실패하여, 아무런 내적 현실도 결정 못한다. 반드시 친숙한 질서 속에서 모습을 나타내는데, 기억이 그들을 받아들였던 질서를 가리킨다." 반대로 시각적 기억은 인간의 드문 재능이다. 왜냐하면 "눈을 통해 들어오는 것은 (단어들과) 반대로, 치환이라는 독창적 작업 이후에만 입술을 통해 나갈 수 있기 때문이다." "빅토르 위고는 그런 견자見者들 중 하나였다."

작가들로 하여금 자신의 모델을 뛰어넘지 못하게 하는 매우 단순한 뭔가가 아마 있을 것이다. 레미 드 구르몽은 "기생충 같은 모방자 무리"나 생산해낼 만한 수사학 교습을 때맞춰 비판했다. 문자적 반복은 굴종적 밭일에 불과할 뿐이었다. "라틴어는 그 전통적 쟁기의 가장 좋은 대체용 보습 날들 중 하나"였다. 그런데 레미 드 구르몽이 그런 비난을 하던 바로 그때, 수사학 수업의 조종이 울렸고, 1902년에 이름이 바뀌었다. 그리스 문학, 라틴 문학, 프랑스 문학의 위대한 텍스트들은 더 이상 모방 모델로 연구되지 않았다. 학교에서는 모방 연습이 논술에 자리를 내주고, 문학에 관한 담론은 문학 수련으로 대체된다. 그래서 "학교에서 연습하는 것은 더 이상 모방이 아니라 묘사이고 비평이다. 문학은 더 이상 '모델'이 아니라 오브제(객체, 대상)가 되었다."[43]

모방을 통한 수련에 관한 이론은 확실히 효력이 상실되었다. 교육 수단으로서의 모방은 정당성의 상당 부분을 잃어버렸다. 이에 따라 오늘날에는 작가가 선배들에 대한 빚을 인정하는 일에서 덜 솔직해졌다. 모방의 부정적 버전인 표절로 의혹을 사게 될까 봐 두려웠기 때문이다. 보르헤스는 다시쓰기를 좋아하면서도 모방에 대해 경계하고, 절대적인 작품에 대한 향수를 얘기한다. 《모래 아이》에 실린 단편소설 〈거울과 가면〉[44]의 암묵적 메시지가 그것이다.

어느 날 위대한 시인 올란이 왕에게 최근 전투에 관해 불멸의 이야기를 쓰겠다고 약속했다.

"진정한 시의 기반이 되는 360가지 우화를 나는 다 외운다. 얼스터와 먼스터의 연작連作들이 내 하프의 줄 속에 있다. […] 규칙은 나로 하여금 언어의 가장 고풍스러운 단어들과 가장 미묘한 은유

들을 사용할 수 있게 해준다. 나는 은밀한 글쓰기의 비밀을 알고 있다. […]"⁴⁵

얼마 후 시인은 왕에게 자신의 송사頌辭를 보여줬다. 그러자 왕은 반박했다. "이 시 전체에 고전들이 사용하는 이미지는 단 하나도 없다." "아무것도 만들어지지 않았다. 우리의 동맥에서 피가 더 이상 빠르게 뛰지 않는다." 그래도 어쨌든 시인은 보수를 대신해서 은거울을 받았다. 은거울은 명예로운 모방의 상징이다. 그래서 시인은 돌아가 다시 글쓰기에 전념했다. 그리고 새로운 시를 가지고 왕에게 다시 갔다. 이번에는 성공한 승화昇華의 은유인 황금 가면을 받았다. "너의 첫 번째 시에 대해 나는 아일랜드에서 지금까지 창작된 모든 것의 완벽한 총합이었다고 옳게 말했다. 이 시는 앞서의 모든 것을 능가하고, 동시에 그 모든 것을 파기한다." 그렇게 해서 문학의 유산과 기법의 승화는 시인을 걸작의 길로 이끈다. 그렇지만 왕은 "더욱더 숭고한 작품"이라는 새로운 요구를 내놓았다. 1년 후, 시인은 일그러진 용모에 처량하고 실성한 듯한 눈빛으로 왕에게 시를 내밀었다. 경이로운 단 한마디였다. 반복하다 보면 나머지 모든 단어를 포함하는 그런 단어였다. 그러면서 시인은 죄를 저지른 것 같은 심정으로 그 기적에 대해 사과했다. "인간에게는 금지된 특혜인 '아름다움'을 안 죄"였다. 다음은 그 이야기의 결말이다. 시인은 자살했고, 왕은 거지가 되어 온 아일랜드를 떠돌아다녔다. 그리고 교훈은, 절대적인 독창성은 인간의 것이 결코 아니라는 것이다.

개인주의가 몹시 주창되는 20세기는 종속관계를 경계한다. 모방의 생명력이 여전히 강하긴 하지만, 겉으로는 조롱이나 유희적 횡령 같은 모습을 띤다. 하지만 그런 사실을 결코 시인하지 않는다. 유파나 문학운동은 대중의 분명한 무관심을 감내했다. 그런 것들이 없어졌다고 해서 애도할 사람은 앙드레 지드밖에 거의 없었다. 반복은 유파와 함께 자신의 모든 의미와 위대함을 발견하곤 했다.[46] 심지어 유파와 독립적으로라도, 연이어서 다른 작품들을 뒤따르게 하는 작품들도 있다. 흔히 장르는 연이은 생성들로부터 생겨난다. 그런 자취를 간직하면서도 그 장르를 넉넉히 능가하는 텍스트들을 내놓게 될 때까지 그 생성은 계속된다. 아베 프레보의《마농 레스코》는 19세기에 크게 성행한 유녀遊女소설의 기원으로 자리 잡는다. 미셸 푸코는 그렇게 기원이 되는 작품의 저자들에게 '추론성의 시조들'[47]이라는 이름을 부여한다. "그런 저자들은 그저 작품의 저자, 책의 저자만이 아닌 특별한 점을 갖고 있다. 그들은 그보다 더한 뭔가를 생산해냈다. 다른 텍스트들의 형성 가능성과 규칙을 만들었다." 그래서 앤 래드클리프는 "그저《피레네 성 Le Château des Pyrénées》과 다른 소설 몇 권을 쓴 것만이 아니라, 19세기 초의 공포소설들을 가능케 했다. 이로써 그녀가 저자로서 한 역할은 그녀의 작품을 능가한다. […] 앤 래드클리프의 텍스트들은 그녀의 작품 속에 그 모델이나 원리가 있는 상당수의 유사점과 유비類比에 터를 열어주었다."

소속관계를 좌절시키는 것, 바로 그것이 문학 창작의 관건이다. 어느 정도 성숙에 도달한 예술가는 자신만의 문체로 인정받는다. 그 문체는 그를 한 시대, 한 흐름에 결부시키고, 또 그만큼 그 시대와 흐름으로부터 그를 구별 짓게 하기도 한다. 앙드레 지드의 경우, 인용의 이용은 한 작품의 진전을 따라갈 수 있게 해준다. 그의 작품은 처음부터 소속관계를 명백히 알리고, 점진적으로 그 관계를 승화시킨다. 피에르 마송[48]이 그 여정을 따라가 보았다. 처음에는 작가가 자신의 교육에 깊은 영향을 끼친 "토대 텍스트(성경, 그리스 고대, 단테, 괴테)에 경의를 표하며" 이들을 참조한다. 인용은 정신적 권위라는 역할을 한껏 해낸다. 인용은 "변함없는 준거들의 세계에 대한 안전한 순종"을 나타낸다. 그러나 시간이 흐를수록 "그 텍스트 준거들의 견고성이 풍화되어간다." 인용은 아이러니한 이용을 통해 이의제기의 대상이 된다.《잘못 묶인 프로메테우스 Le Prométhée mal enchaîné》에서 신앙의 함정에 빠진 새로운 그리스도에 관한 이야기와 더불어 우리는 복음서 말씀의 첫 방향전환을 보게 된다.

지드는 인용을 흔히 사용함으로써 지적 발전을 한층 더 드러내 보인다. 지드는 인용을 등장인물의 말 속에 통합시키고, 그럼으로써 인용문과 자신의 말 사이에 평등관계를 수립한다. 그는 인용문을 이용하여 그 인용문을 구사하는 등장인물의 심리를 표현한다.《좁은 문》에서는 "예를 들어 알리사가 어떤 인용문에 열광하면서 그 인용문을 코르네유의 것이라고 하는데, 사실은 라신의 것이다. 그녀는 처음에는 착각하여 코르네유의 여주인공처럼 자신도 스스로를 통제할 수 있다고 믿는다. 반면, 그녀는 라신의 등장인물식으로 정념에 끌려간다. 이제 상호텍스트성은 서로 다른 두 텍스트의 만남이 더 이상 아니다. 두 번째 텍스트가 첫 번째 텍스트를 삼켜버리고 오로지 자신만을 위해 소화해버렸다."[49] 인용의 아이러니한 실행을 통해 지드는 도덕적 지성적 유산을 청산해버린다. 텍스트적 준거를 상대화함으로써다. 이의제기의 시대였던 것이다.

1893년부터 지드는 그 대립적 움직임을 넘어서면서 자기 자신에 귀 기울이고, 자신의 말에 귀 기울이기 시작한다. 이제 인용은 사라지고, 암시가 뒤를 잇는다. "인용으로부터 암시로, 진전하는 것은 단순히 텍스트의 위상만이 아니다. 그보다 문젯거리가 된 저자와 세계의 관계다. 그럼으로써 그는 변함없는 준거들의 세계에 대한 안전한 순종으로부터, 자신의 환상의 불확실한 속삭임으로 넘어가기 때문이다."⁵⁰ 우리가 보기에는 문학창작 과정을 너무 엄격히 묘사하는 것 같은 헤겔식 변증법을 감히 참조해보자. 표절자의 맹목적 반복으로 출발하여 젊은 예술가의 야심 찬 대립에 이르러, 자신의 예술의 주인이 된 저자는, 마침내 승화된 종합이라는 행위 속에서 자신만의 일관성을 쟁취한다.

미셸 뷔토르의 경우, 종합 행위는 저자 위상에 관해 특별한 개념을 투영한다. 총체적 기획 속에서, 그는 "층위적 글쓰기"⁵¹를 수행한다. 작품은 다른 목소리들의 다양성을 거쳐서 "폭발되고 증발되어 비어 있는 주체"의 장소가 되었다는 것을 증명하는 것이 이 글쓰기의 목표다.

> "한 개인의 작품은 문화라는 피륙 내에서 만들어지는 일종의 매듭이다. 이 피륙 한가운데서 개인은 푹 빠져 있는 것이 아니라 '드러나' 있다. 개인은 시초부터 그 문화적 피륙의 한순간이다."⁵²

미셸 뷔토르의 개인적 통찰력을 통해 승화된 이 텍스트들의 대화는 점진적으로 융합 상태로 바뀐다. 그러므로 다시쓰기 작업은 되풀이를 형성하는 것이 아니라, 새로운 의미를 창출한다. 이 때문에 미셸 투르니에는《성령의 바람 *Le Vent Paraclet*》에서 '이미 읽은 것'의 미학을 주창한다.

> "앙드레 지드는 자기가 읽히기 위해 쓰는 것이 아니라, 다시 읽히기 위해 쓰는 것이라고 말했다. 자신의 글이 최소한 두 번은 읽히기를 바란다는 의미였다. 나 또한 다시 읽히기 위해 글을 쓴다. 하

지만 지드보다는 덜 까다롭다. 나는 그저 한 번만 읽기를 요청한다. 내 책들은 첫 독서부터 식별되어야, 즉 다시 읽혀야 한다."[53]

저자마다 소속관계에서 벗어나기 위한 자기만의 길이 있다. 어떤 기획의 유희적 차원을 언급하는 것이 좋겠다. 프랑수아 르 리오네는 1961년에 '잠재문학작업실'의 새로운 규율인 '조합調合문학'의 장점들을 예찬한다.

"완벽히 성공한 어느 시 구절로 충격을 겪으면서도, 그런 충격을 단 한 번밖에 이용하지 못해서 애석하다는 서글픈 감정을 느끼지 않으십니까? 그러므로 아름다운 시 구절은 단 한 편의 시에 자신의 온갖 덕목을 소진하는 걸까요? 나는 그걸 믿을 수가 없네요."[54]

표절의 이 쉬운 정당화는 사실상 더 고귀한 야망을 감추고 있다. 조합문학은 우연을 엄격히 통제하는 복합적 변형 절차를 텍스트에 적용하면서 과학적이 되고자 했다. 이 문학운동의 고유 용어들은 과학적 야망을 나타내 보여주는데, 조롱도 없지 않다. 그래서 '꼬리 물기 또는 이중의 하이카이(はいかいれん, 俳諧連歌의 준말)'는 "일련의 시 구절의 첫 번째 단어(들)를 취하여 그것을 마지막 단어(들)에 갖다 붙이는 것이다. 마르셀 베나부의 떨리는 시는 쉽게 알아볼 수 있는 빅토르 위고의 어느 시로부터 그런 절차를 통해 얻어진 것이다.

Ceux qui passent
disent, s'effacent.
Quoi, le bruit!

Quoi, les arbres!

Vous les marches

Vous la nuit···.[55]

    프랑수아 르 리오네는 연대기를 제멋대로 바꾸어놓는다. 그래서 계승자의 노력 덕분으로만 독창성이 정말로 밝혀진 예전 작품은 모두 "예상 표절"[56]이라고 표현한다. 잠재문학작업실의 표절은, 불필요한 것들로 자주 혼잡스러운 문학을 정화시키기 원한다. 이는 문학 표면의 불순물로부터 시의 본질 자체를 끌어내는 일이다. 그래서 레몽 크노는 '판 아르메(Phane armé. 무장된 모습으로 드러나는)'라는 다른 이름으로 쓰인 스테판 말라르메의 시 8편의 "중복된 부분"을 제거하라고 주장한다. 원칙은 단순하다. 시에서 운韻이 맞는 단락만 채택하는 것인데, 그러면 하이카이 같은 시가 된다. 그 시인은 원작의 의미를 벗어나지 않으면서 이 방식으로 "빛을 발하는 묘약"을 거두게 된다. 그래서 "오늘날에는 순결한 것, 생명력이 강한 것, 아름다운 것"이 작품의 진수를 내놓는다.

Coup d'aile ivre,

sous le givre,

aujourd'hui

pas fui![57]

    그러므로 나중에 오는 자가 표절이라 지탄받지는 않는다. 일단 소속관계가 상대적이 되거나 최선의 경우 승화되면, 작품이 오케스트라에서처럼 메아리를 울리는 다성多聲음악으로 이끌어진다. 그러면 영향은 일방적인 성격을 잃는다. 선배들도 마찬가지로 새로운 시선, 새로운 독서를 감내하기 때문이다. 그것이 영향의 가역성이다. 이 가역성은 예술 영역 전반에 뻗어 있다. 이에 따라 "쇤베르크 이후에는 더 이상 같은 식으로 바그너를 듣지 않고, 불레즈 이후에는 드뷔시 또한 더 이상 같은 식으로 듣지 않는다."[58] 각 예술가는 역사적 맥락에 따라 쇄신된 다른 관점과 의미 그리고 자신의 문화를 선구자에게 부과하면서 그 선구자를 자기에게로 끌어당긴다.

독창성은 계보와 소속의 복잡한 망 내에서만 결국 자리를 확보할 수 있다. 독창성은 승화를 진행시키고, 이를 통해 작가는 마침내 자신의 이름으로 글을 쓸 수 있는 저자가 된다. 독창적 작가는 자신의 문체라는 상표를 통해 인정받는다. "이건 에밀 졸라야", "이건 모딜리아니야"라고 말하도록. 그렇다고 해서 문체가 '무에서 나오는' 창조의 결실은 아니다. 때로는 많은 작품, 많은 문체가 잇달아야 한다. 그리고 나서 그들 중 하나가 비교를 통해 소급적으로 독창성을 인정받기에 이른다. 한 작품이 선배들과 비교해서만 독창적인 것은 아니다. 계승자들을 감안해보니 독창적인 것일 수도 있고, 변동하는 시간적 순서에 따라 그럴 수도 있다.

그럼에도 충고를 하나 하자. 만약 당신에게서 표절이 떠나지 않는다면, 만약 당신의 독창성에 대해 의구심이 든다면, 그때는 '표절자 씨'[59]에 관한 재미있는 인물묘사를 다시 읽어보라! 시험 삼아서. 당신이 그 인물과 비슷한가? 그러면 글쓰기를 멈추고, '무능한 돈후안'으로 변장하는 우스꽝스러운 짓을 그만두라! 독창성은 아무나 갖는 게 아니다. 그러니 놔두자. 우리가 차용을 예찬하면서 루소에게는 '아이디어 창고'가 있었다고 말하기는 참 쉬운 일일 것이다. 모든 사상은 참조들로 형성되니까. 숲을 감추고 있는 것은 나무다! 내적 진실, 바로 자기 자신인 존재의 진실함이라는 심원한 숲…. '채널 돌리기'와 '샘플링'의 시대에, 강력한 사유를 통해, 독자적 표현으로서의 독창성을 복권시키는 것을 두려워하지 말자. 폴 오디는 사유의 권위적 형태 하나를 나름 엄숙히 권장한다. "'자신에게 속한 존재'의 성실성으로써, '자기 자신인 존재'의 진솔함으로써, '자신의 이름으로' 한 행위와 창조의 진실성으로써"[60] 세워지는 권위적 형태를 말한다. "한마디로 하자면, 윤리적 결정을 바탕으로 해야만 실질적으로 쟁취되는 '자기 소유화'의 모든 양식"을 가리킨다.

12 장

글쓰기의 게놈

20세기 비평은, 저자의 죽음을 선포하면서도, 정신세계의 독창적 발현으로서 구상된 한 작품을 창조해낸 막강한 작가라는 신화에 종지부를 찍지는 않았다. 저자는 불사조처럼 자신의 재로부터 무한정 다시 태어난다. 20세기 말 몇십 년 전부터 우리를 끊임없이 불안정하게 만드는 사회문화 지표들의 뒤죽박죽은 저자의 귀환을 돕기도 했다. 문학의 장場이 수상쩍게 확산되는 만큼, 문학의 정체성과 관련하여 저자는 그만큼 더 없어서는 안 될 가치처럼 보인다. 혼종적이고 비대해진 오늘날의 출판 생산에서, 과연 누가 '진정한' 저자들일까? 오늘날 모두가 글쓰기에 매달리고, 출판을 열망하고, 그 참에 작가라는 위상으로 인정받기를 열망하는 이때에, 그 물음은 반드시 제기된다. 그렇다고 저자의 정당성을 규정짓고, 이를 통해 그의 문체의 독창성을 결정지을 수 있는 준거들이 존재하는 걸까?

문체적 '표지'에 관한 탐구

한 저자의 권위는 작품의 내재적 질과 관련된 것이지, 작품 외적 준거에 연관된 것이 아니라는 점을 우리는 단언한다. 여기서 말하는 내재적 질이란, 작품을 '만드는' 것의 질, 작품의 문학성이다. 플로랑스 드 샬롱주가 《문학사전 *Le Dictionnaire du littéraire*》[1]에서 정의한 바에 따르면, '문학적인 것의 성격'을 의미한다. 야콥슨은 "무엇이 구두 메시지를 문학작품으로 만드는 걸까?"라는 의문을 가졌다 (《일반언어학 시론 *Essais de linguistique générale*》, 미뉘, 1963). 이번에는 우리가 의문이 든다. 무엇이 한 텍스트를 한 저자의 텍스트로 만드는 걸까? 어떤 표지標識, 어떤 문체적 특징이나 개성의 흔적으로 알아볼수 있는 그런 텍스트 말이다. 사실, 문학사는 한 저자의 문체가 숱한 다른 저자들 사이에서 식별될 수 있다고 판명돼야만 그 저자에게 정당성을 부여하는 것 같다. "이건 프루스트야." "이건 플로베르야…." 한 작가(글을 쓰는 자)가 문학적으로 인정받으려면, 그의 글이 독자적이고 독창적이라는 점이 식별될 수 있어야 한다. 바로 그런 자격으로 저자로 인정되고, 권위가 인정된다.

어찌 보면 저자의 권위에 근거를 제공하는 이런 진실성 요구가 그렇다고 해서 영향과 모델을 무시하는 문학창작이라는 이상주의적 개념으로 이끌어져서는 안 된다. 피할 수 없이 선배들의 책을 통해 양분을 취한 영감의 프로메테우스적인 시각이 얼마나 허영에 찬 것인지 우리는 이미 증명해 보였다. 권위를 인정받을 수 있는, 즉 저자로 인정될 만한 진짜 작가란, 독서에서 획득한 것을 자신의 가장 깊숙한 곳에 뿌리내리게 하고, 그것을 자신의 주관성으로 흡수하여 창작에서 되살아나게 하는 자다. 그래서 각 저자는, 저자라는 용어의 어원이 가리키는 바처럼, 문학유산에 자신의 상표를 더함으로써 그 유산을 증대시킨다. 저자의 권위는 양분이 되는 기존 자산을 바탕으로 생산하여 새로운 것을 존재케 하는 능력에서 비롯된다.

그런데 저자의 권위를 세우는 그 독창적 상표란 무엇일까? 저자의 생산은 이전에 없던 텍스트의 구체적 출현으로 축소되지 않는다. 텍스트 자체가 의미를 만들고, 독창적으로 세계를 드러내는 입김을 지니기도 해야 한다. 폴 오디는 사유의 권위가 되어야 할 저자의 권위의 특징을 부각시킨다. "왜냐하면 바로 '창조자auctor'[2] '권위auctoritas'[3]의 보유자인 저자를 그저 '텍스트 생산자' 또는 '논변 전수자'라고 입증할 만한 것은 전혀 없기 때문이다. 그 반대로, 저자는 '세계'의 의미를 작동시키는 자, '의미'의 발견자, 또는 그 위상에 더 넓은 뜻을 주기 위해 '사유의 진짜 주역actor'[4]이 되려 애쓴다고 생각하게 만드는 것투성이다."[5] 문학적 권위는 사유에 거하는 만큼, 그 사유의 구체화에도 거한다. 내용-형식 구분이 이런 관점에서 폐지되었기 때문이다. 이 때문에 문학적 권위는 윤리에 속하는 만큼 미학에도 속한다.

우리는 이제 저자의 일종의 문학신분증을 작성하는 어마어마한 어려움에 부딪힌다. 작품의 '본질'이 무엇으로 구성되는지 정할 수 있을 정체성 말이다. 저자에게 정당성, 즉 문학장에서의 권위를 부여하는 것은 고도의 문학성이다. 문학성이란 용어는 이론의 여지가 있고 시대에 뒤떨어졌다고들 하고, 이 용어에 귀족증명서 같은 것을 주는 것이 면제되었으니, 말뜻 그대로 문체를 분명히 뜻한다고 해두자. "문체란 말해진 것과 말하는 방식의 특징을 동시에 가리킨다. 즉 주제와 집필 양식, 내용과 형식의 특징"이라고 넬슨 굿맨은 환기시킨다.[6] 그 또한 한 작가의 문체정체성을 특징짓는 것을 언급하기 위해 '문체의 진정한 본질'이라는 용어를 사용한다. 이 점에서 굿맨은 '문장구조' '리듬형태' '반복과 반명제의 사용' 등을 결정요소로 여기기는 하지만. 이 준거들은 매우 간략하고 오로지 지시적이어서, 한 작품의 문체적 특징에 관한 타당하고 신뢰할 만한 목록을 작성하기에는 어림도 없다. 그래서 굿맨은 그 과제의 복잡성을 인정하면서, "너무 미묘해서 오랜 노력을 기울여야만 발견되는 아주 의미심장한 문체적 속성이 있다"[7]고 덧붙인다. 그렇다 해도 극복해낼 수 없는 과제는 아니라는 증거가 있다. 파스티슈 장르는 한 텍스트 안에서 형식 차원과 주제 차원에서 문체적 특징을 식별하는 절차에서 유래하는 것 아닌가?

조르주 몰리니에는 한 작품의 본질을 결정하는 그 '문학성의 특징'[8] 또는 문체적 속성이나 문체적 현상들을 '문체소(stylème, 文體素)'로 명명하라고 권한다. 다음은 그가 규정한 문체의 정의다. "문체란 그러므로 '언어의 외부적 여건으로 형성되는 내용물을 표현하거나 상징하는' 문체소들로 한정된 모음일 것이다(이 경우, 그 내용물은 한 세계관, 한 문화의 구성요소로만 이루어진다)."[9] 문체 분석의 레오 스피처식 방법은 어떤 기술성뿐만 아니라 동시에 휴머니즘도 전제하는 문체 개념에 해당된다. 이 개념에 따르면, 문학 분석은 '텍스트의 정신'을 알아보는 것과 비슷하다. 장 스타로뱅스키는 레오 스피처에 대한 오마주에서 이 문체론자가 한 작품의 '조직력'을 어떻게 밝히고, 어떻게 "관찰된 사실들의 산발적 다양성이 의도('정신' '기질')의 단일성으로 귀착될 수 있는지"[10] 설명한다. 이는 문체 분석을 통해 작품의 본질을 포착하는 일이다. 작품 자체도 "저자의 '영혼'을 참조케"[11] 한다. 구체적으로, 스피처의 방식은 "평균적인 용법에 대한 문체적 '거리'를 식별하고, 그 거리를 측정하고, 그것의 표현적 의미작용을 규정짓는" 데 있다. 스피처의 경우, 첫 번째 단계가 직관에서 발생한다면, 두 번째 단계에서는 "공동의 정신적 '원의原義'를 찾아내기" 위해 "모든 일탈의 공통분모를 정립하라"[12]고 제안한다. 스피처는 바로 이 개별적인 문체적 거리와 텍스트의 전체적인 목표 사이를 연이어 왕복함으로써 점진적으로 독창적 본질을 규정하려 한다. 그것이 바로 '문헌 순환' 방식, 즉 "우선은 세부사항, 이어서 전체, 그다음에는 새로운 세부사항…"[13]의 방식이다.

격차 연구에 기반을 둔 스피처 방식으로부터 다음과 같은 점이 도출된다. 자기가 선택한 저자의 흔적을 독창적으로 싣지 않고 개별화되지도 않은 중립적인 글쓰기에 해당되는 문체적 특성 전체를 규정할 수 있어야 하리라는 점이다. 이 전체가 척도로 이용될 것이며, 이 척도를 바탕으로 이러저러한 글쓰기의 게놈이 얼마나 독창적인지 그 독창성 수준이 평가될 수 있을 것이다. 그러나 로베르 마르탱은 〈문체란 무엇인가?〉[14]라는 1991년 학술대회 때, 격차 개념은 1950년대부터 강하게 비판당해왔다는 점을 상기시킨다. 실제로 이 개념은 "중립적 문체, 영도零度의 글쓰기란 존재하지 않는다는 반론, 즉 터무니없다고 판단될 만한 반론"에 부딪힌다. "그렇지만 맥락에 대한 격차, 예상치 못해서 의미심장한 사실의 출현(미셸 리파테르가 예증해 보였던 것처럼) 등이 그 개념에 새로운 생명력을 부여한다." 그러므로 격차란 어떤 규준(어쨌든 존재하지는 않을 테지만)과 관련해서가 아니라, 텍스트의 맥락과 관련한 격차라는 점을 이해하자. 이 점을 명확히 밝혀주는 통계 분석에서 도움을 받아보자. "문체상 무채색인 텍스트에 의거하지 말고, 텍스트 더미에 도움을 구할 수 있다. 이 텍스트 더미에서는 거기에 담겨 있는 풍부한 사실들 그

자체를 통해 그 사실들이 서로 벌충되고, 어찌 보면 상쇄된다."[15] 그
래서 에티엔 브뤼네는 '하이퍼베이스Hyperbase'라는 소프트웨어 덕
분에 지로두와 프루스트의 소설들의 어휘비교 분석을 이끌었을 때,
《1789년부터 오늘날까지의 프랑스어 보고寶庫 *Trésor de la langue française*
de 1789 à nos jours》라는 표준 문집에 근거했다.[16]

컴퓨터 그리고 글쓰기 게놈의 배열측정법

우리가 컴퓨터정보화한 텍스트 분석을 명시적으로 참조한
다면, 이는 '하이퍼베이스'나 '렉시코Lexico' 같은 '텍스토메트리
(textométrie. 텍스트 자료의 통계적 분석)' 소프트웨어의 발달과 적응
이 유망해 보이기 때문이다. 세르주 에뎅[17]의 요약에 따르면, 텍스
토메트리는 "어휘통계학(한 텍스트의 어휘, 즉 한 텍스트의 특징적 어휘
의 풍요로움에 대한 측정)에서 피에르 기로(1954, 1960)와 샤를 뮐러
(1968, 1977)의 선구적 연구의 연장선상에서 1970년대부터 프랑스
에서 발달한 학문이다. 이 학문은 장-폴 벤제크리(1973)에 의해 정
교해져서, 언어학 자료에 이미 적용된 자료 분석방법(인자 분석, 분
류)을 다시 취하고 추적하기도 한다. 그런 기술은 단어들과 텍스트
들이 한 문헌집corpus 안에서 서로 닮거나 서로 대립하는 모습 그대
로 종합적이고 시각적인 지도를 생성할 수 있게 해준다."
문체현상 또는 '직조織造현상'은 장-미셸 아당이 주네트의 용어
를 참조하면서 규정하는 바처럼,[18] 양적으로 무한히 존재한다. 그런
데 그들 중 막대한 수가 한 소프트웨어에 의해 코드화될 수 있을 거

라고 추정해볼 수 있다. 그래서 글쓰기를 특징짓는 "직조의 항수恒數들"[19]을 부각시키는 일에만 집착해온 문학비평 수단을 강화시켜줄 것이다. 프루스트의 긴 문장, 지로두의 '멋 부리기', 카뮈에서 글쓰기의 '영도零度' 등등. 그런데 이런 문학적 상표를 바탕으로 해서 각 저자에게 문체신분증을 부여하는 것이 가능할지가 문제다. 최소한 같은 장르 내에서라도…. 왜냐하면 장르의 제약, 특히 시나 연극의 제약이 문학형식의 선택뿐만 아니라 문체의 특성, 심지어 주제까지 얼마만큼 결정하는지 알고 있기 때문이다. 도미니크 맹그노가 제시하는 바처럼, 소설은 경험의 터전으로서는 시나 연극보다 '선험적으로' 더 확실한 장르다. "실제로 연극에서는 관점의 다양성이 관건이다. 또한 저자와 그의 주관성의 '표현'인 텍스트 사이의 직접적인 관계를 흐릿하게 하는 온갖 기술적 제약에 직면한다."[20] 소설은 '단성單聲 텍스트'이며, 장르에 내재한 '규칙들'에 덜 지배된다. 그러므로 형식과 의미의 일체화에 더 적응된 듯 보인다. 한 장르 내에서 그칠 수 있으며, 실험 초기에는 한 저자의 소설들로 그칠 수도 있을 것이다. 어쨌든 어휘나 주제의 차원에서만큼 문장구조, 리듬, 심지어 소리의 차원에서까지 항수들을 탐지해내는 훈련을 하게 될 것이다.

글쓰기 문법을 형성하는 모든 차원의 온갖 요소 가운데서, 이제 가장 의미 있는 표지標識들에 관해 합의해야 할 것이다. 품사, 단어의 기능, 시제, 화법, 단수형과 복수형, 여성형과 남성형, 병렬구조 또는 종속구조, 소리의 효과, 이미지, 주제…. 그래서 스피처의 직관적 방식은 체계적인 방법으로 강화될 수 있을 것이다. 글쓰기의 식별 준거에 관해 아주 임시적으로라도 일단 목록이 결정되면, 이런저런 문학형식을 계량화하기 위해 텍스트들을 코드화한 후 텍스트들에 대해 그 목록이 타당한지 시험해볼 것이다. 하나 또는 여럿의 소프트웨어의 도움을 받으면, 그 모든 정보를 수집하고 교차시킬 수 있을 것이다. 여러 문집에 대해 실험한 후 얻어진 결과에 따라 가장 판별력 있는 준거들이 나타날 테고, 그것들이 우선적으로 채택될 것이다.

저자의 자격, 더 나아가 저자의 권위를 문제 삼는 데 적합한 수수께끼들이 이런 텍스트 분석방법을 통해 해결되리라 기대할 수 있을까? 예를 들어 몰리에르의 위대한 희극들이나 셰익스피어의 어떤 작품들이 정말로 누구 것인지, 그런 난제를 결판낼 수 있을까? 에티엔 브뤼네는 도미니크 맹그노와 같은 논증을 이용하면서, 문제의 문집, 즉 연극작품들이 그 장르의 강력한 자력磁力 때문에 이런 연구에는 거의 맞지 않는다고 여긴다. 희극과 비극 장르는 너무 강력한 문체적 제약을 내포하고 있어서, 저자의 흔적이 흐릿해진다. 두 극작가의 연극작품들이 한데 모일 수도 있고, 코르네유의 희극들과 비극들이 한데 모일 수도 있다. 두 가지 관점에서 균일한 문집들로 그쳐야 할 것이다. 저자의 문체가 (이랬다저랬다 하지 않고) 안정적이던 시기에 한 문학장르에 속하고 저자가 성숙기에 쓴 문집들을 말한다. 그렇게 하면 빗나가는 해석을 피하게 될 것이다.

장 루세는 저자, 저자의 관점과 영혼을 아주 확실히 발견케 해줄 그런 문집을 선택할 필요가 있다고 강조한다. 그리고 이 점에 관해 레오 스피처를 준거로 삼는다. 스피처가 "우리에게 단어와 사상의 결합에 관해 수립된 문체 연구 모델들을 제공"한다고 본다. "언어의 우연인 격차가 잘 선택되기만 한다면, 저자의 '감성적 중심'을 드러낼 테고, 이 감성적 중심은 작품의 일관된 원칙이기도 하다. [···] 문체가 더 이상 비개인적인 도구가 아니라, 그 반대로 더욱 개인적인 도구라는 근대적 발상"[21]이다. 문체의 정체성과 연관된 이 개념은 문체 분석을 '고립된 작품'에 할애하는 것을 내포한다. 여기서 작품은 '살아 있는 유기체'처럼 다뤄진다. 저자의 문학적 정체성을, 장르나 집필 시기의 구별 없이, 그의 전집에서 찾으려는 것은 요행에 좌우되는 일 아닐까? "저자는 시 속에 그리고 나날의 기록 속에 똑같이 존재하는 걸까?"라고 장 루세는 묻는다. 만약 그렇다면 각각 다른 방식으로 있을 수밖에 없다. 그러므로 분석 작업을 하기 전에, 저자의 문학적 본질을 가장 잘 확인시켜줄 문집의 유형에 대해 우선 합의해야 할 것이다. 장 루세는 플로베르를 예로 들면서 다양한 성격과 장르의 문집들 사이에서 명확히 구분하라고 권한다. "그래서 고려된 글의 성격에 따라 저자가 다양한 수준으로 존재하는 것을 받아들여야 하는 걸까?" 그의 대답은 모호함을 남기지 않는다. "플로베르의 서신이 우리에게 귀중하긴 하다. 하지만 나는 서신을 주고받는 플로베르에게서 소설가 플로베르를 보지는 못한다. […] 그 두 플로베르 사이에서 선택하느니 차라리 둘 다 받아들이는 편이 낫다. 하지만 충만함과 진실 면에서 서로 다른 수준에 위치시켜야 한다." 우리도 그 입장에 동의한다. 한 작가의 신분증은 자신에 대해 언제 표현하느냐에 따라 달라질 수 있다. 성숙했을 때의 소설에서 표현하는지, 아니면 어릴 적 일기나 인생 말년에 쓴 자서전에서 표현하는지에 따라 다르다. 그에게 권위를 부여하고 문학적으로 어느 정도 인정케 해주는 것은 아마도 독창적이고 비교적 지속적인 개성을 분명히 내보일 수 있는 능력일 것이다. 한 작가의 주요 작품에 강하게 새겨진 이 문체적 흔적을 둘러싸고 문체적 미성년들이 맴돌고 있다고 상정해볼 수 있다. 문체적 미성년이라 함은, 장 루세의 용어들에 따르면, '충만함과 진실' 면에서 더 낮은 수준의 글을 말한다. 동시에 이런 문체적 흔적은 아무리 주요 작품이라 해도 단하나의 작품만으로 그치지 말아야 저자의 개성을 진정으로 대표한다. 결국 유사한 장르와 유사한 시기의 여러 텍스트를 겹쳐야만 저자의 문학신분증이 가장 완벽하고도 명확하게 드러날 것이다.

로맹 가리-에밀 아자르의 사례는 우리의 의문에 응답하고, 우리의 실험에서 테스트 대상으로 사용될 수 있다. 그만큼 우리의 호기심을 일깨운다. 사실상 로맹 가리는 놀라운 문학적 신출귀몰 능력을 통해 5년에 걸쳐 두 개의 다른 필명으로, 즉 로맹 가리와 에밀 아자르로 문체가 서로 다른 두 가지 소설 문집을 써냈다. 《열렬한 애무 *Gros Câlin*》《자기 앞의 생 *La Vie devant soi*》《사이비 *Pseudo*》《솔로몬 왕의 불안 *L'Angoisse du roi Salomon*》은 각각 1974, 1975, 1976, 1979년에 에밀 아자르라는 필명으로 출간되었다. 이와 병행하여 1975년에 《이 경계 너머에서는 당신의 표가 더 이상 유효하지 않습니다. *Au-delà de cette limite, votre ticket n'est plus valable*》, 1977년에 《여인의 빛 *Clair de femme*》과 《영혼 충전 *Charge d'âme*》은 로맹 가리라는 필명으로 출간되었다.[22] 두 문집의 경우 장르와 창작 시기가 비슷하므로, 비교작업이 가능할 듯싶다. 자신의 문체와 창작세계를 쇄신하려는 로맹 가리의 의지가 동시대인들을 속이는 데 성공했듯이, 텍스트 신원 확인 분석을 속이는 일도 성공할 수 있을까? 또는 그 반대로, 문체의 뚜렷한 차이에도 불구하고 그들이 같은 사람이라는 것을 알고는 아자르와 가리 둘 다를 위한 똑같은 문학신분증을 찾아내게 될까? 그 두 이름과 두 가지 서로 다른 작품들 뒤에서 같은 모태母胎를 알아볼 수 있을 만큼 충분히 성능 좋은 정보과학 텍스트 분석방법이 존재할까? "다양성 속의 유사한 것들과 연속성 속의 항구적인 것들은 흔히 심원한 정체성의 징후"라고 장 루세는 단언한다.[23] 프루스트에게 소중했던 정신적 '본질'의 개념에 근거를 둔 지적이다. "같은 화가의 두 그림 사이에서 그는 윤곽들의 같은 굴곡, 같은 천, 같은 의자를 발견하는데,

그것들은 두 그림 사이에 뭔가 공통적인 것을 보여주고 있다. 그것은 화가가 특히 좋아하는 것과 그의 정신적 본질이다."[24] 프루스트가 아주 직관적으로 그랬듯이, 미리 정해진 분석수단을 가지고서 가사만 보고도 노랫가락을 알아내는 일을 해보려 생각할 수 있을까? "다른 사람의 글을 읽자마자 나는 그 노래의 가락을 가사 아래에서 금세 구별했다. 저자마다 그 가락은 다른 그 어느 저자의 것과도 다르다."

건설적인 학문 간 연구의 역학力學에 따르면, 과학적 기술적 쟁점은 문학 분석 영역에서도, 저작권 침해 관련 사법감정司法鑑定 영역에서도, 그리고 정보과학 영역에서도 마찬가지로 중요하다. 문학하는 사람들은 심지어 부분적으로라도 텍스트 분석의 자동화 원칙 자체에서 때로는 소극적인데, 그런 절차 속에서 상호텍스트성이나 다시쓰기, 또는 저자의 진위 가리기 등의 현상과 관련된 문학 고유의 문제들에 대한 반향을 발견하게 될 것이다. 판사와 변호사는 갖가지 접점들 간의 상관작업을 용이하게 해줄 비교 분석도구로부터 도움받는 것을 고맙게 여길 것이다. 그런가 하면, 정보과학자는 새로운 필요들이 출현하는 것을 흥미롭게 보고 있다. 이 새 필요들은 텍스트라는 소재의 성격 자체에 관한 물음에서 비롯된 요구사항을 대상으로 새로운 연구를 추진시킨다.

이 조사들로부터 결론을 내려볼 수 있다. 문학적 권위라는 개념에 더 신뢰할 만한 근거를 부여하는 시도를 위한 작업장이 활짝 열렸다는 결론이다. 문학적이지만, 그리 제도적이거나 매체적이지 않은 성격의 근거를 말하는 것이다. 여기서 '문학적인 것'이란 '문체적'이라는 뜻으로 이해하자. 문체는 저자 영혼의 발현 그 자체로서, 작품의 본질이라는 의미에서다.

결론

내가 표절 문제에 끌리는 것에 대해 가끔씩 스스로 의문을 가져본다. 사람들은 자기가 동일시하려 드는 다른 사람 또는 어느 저자에 대해 매혹되는 것을 다소간 의식적으로 좌절시켜야 했음이 분명하다. 그리고 매혹뿐만 아니라 두려움도. 어찌 됐든 《미지의 걸작 *Le Chef-d'oeuvre inconnu*》이라는 발자크의 중편소설을 떠올려보면, 이 문제와 뭔가 관련이 있다. 절대적인 것을 추구했으나 고약하게 서투른 그림이 되어버린…. 그 소설의 주인공인 화가는 그럼에도 화폭에서 예술적 아름다움에 도달한다. 그런데 끔찍하게 불만스러워서 그 그림을 파괴한다. 자신의 이상과 그 이상의 실현수단 사이에서 일종의 타협만 얻어냈을 뿐이라고 생각했기 때문이다. 예를 들어 팔레트에 나타나 있는 색깔들, 데생과 회화로 잘 소화된 테크닉…. 그에게서 떠나지 않는 열망은, 자신 안에서, 오로지 자기 자신 안에서만 존재방법을 퍼내는 작품을 완성하는 것이었다. 외부의 그 어떤 것, 기존의 그 어떤 것에 대한 준거는 일체 무시하여 정말로 오로지 자기에게만 속하는 절대적인 작품 말이다. 비난받아 마땅할 난폭한 감정에 속하는, 그야말로 비인간적인 꿈이다. 이카로스처럼, 예술가는 더 이상 땅을 밟지 않게 되기를 열망한다. 그 어떤 준거도 원치 않고, 아무에게도 빚지고 싶지 않은 거다. 그래서 과도한 야망의 종말을 맞게 된다.

표절은 절대적 독창성의 반대편에 있긴 하지만, 같은 꿈으로부터 생겨난다. 표절자는 걸작도 열망한다. 하지만 자신이 너무 텅 비어 있어서 자기 내부와는 모든 밧줄을 끊어버린다. 그렇게 자신과 관련된 그 어떤 준거도 거부하면서, 그저 남을 속이는 것일 뿐이라면, 자기 자신도 파멸할 위험을 감수하는 것이다.

그러니 비어 있음과 절대 사이에서 중용이란 무엇일까? 실현 조건을 그 중용에 따르게 할 수 있고, 결국 승화 능력이 부여된 독창성을 어떻게 쟁취할 것인가? 순전히 미학적인 물음이던 표절이 점차적으로 금전적 이해관계의 사안이 되었다. 오늘날에는 사법적 무기들과 상업적 쟁점이 문학영역을 지배한다. 텍스트 유통은 복제기술의 진보와 함께 가속화되었다. 책에 대한 접근은 오늘날 훨씬 쉬워졌고, 이와 병행하여 보호체계가 발전되었다. 이 보호체계 자체는 개인의 법적 위상이 강화되었음을 나타내 보일 뿐이다. 그러한 것이 역설이다. 이제 보루처럼 우뚝 세워진 저자는 다른 이들의 표절 유혹을 이토록 겪어야 한 적이 없었다.

진본 찾기에 대한 '과학적' 해결책을 꿈꿔볼 수도 있었다. 우리는 그런 목적으로 사법적 수단을 소환했고, 이어서 컴퓨터도 동원했다! "언젠가 어쩌면 컴퓨터가 과거의 작가들이 이후의 작품에 끼친 영향 부분을 명확히 측정하게 해줄지도 모른다. 위대한 선배들의 작품이 어휘 측면에서뿐만 아니라 어구와 어군, 심지어 리듬 측면에서 전체적으로 '수집되는' 것으로 충분할 것이다."[1] "충분할 것"이라…. 우리는 언젠가 한 작품이 아무리 복잡하더라도 수학 방정식으로 축소되는 것을 보게 되리라고는 생각하지 않는다. 기계와 반대로, 작품은 유기체처럼 부분들의 총합으로 환원될 수 없다. 셰익스피어가 캘리포니아의 젊은 연구자 도널드 포스터의 셰익시콘 소프트웨어에 저항할 것인가? "표현의 빈도 분석을 위한 컴퓨터 기술은 피할 수 없다." 그러고 나서 다음과 같이 논증한다. "모든 작가는 그저 사용하지 않을 뿐인 숱한 단어들을 언제고 사용할 수 있다. 단어들이 빠져나가서 한 작가의 활성 어휘가 된다. 그러나 작가 이력의 어느 특정 순간에는 극히 반복적으로 같은 단어들을 사용하는 경향이 있다. 심지어 맥락이 바뀌어도."[2] 도널드 포스터는 그 방식을 통해 윌리엄 피터라는 자의 죽음을 언급하고, W. S.라는 서명을 환기시키면서, 어느 시가 셰익스피어의 작품임을 증명해냈다고 주장한다. 어쨌든 이 논문에 담겨 있는 르네 드 세카티의 매우 조리 있는 결론을 인용해보자. "(그들의) 관건은 단어들이지, 문체가 아니다. 표현이지, 관념이 아니다." 문체에 관한 파일과 사유의 지도 제작법을 만드는 것이 불가능하다는 얘기다!

그렇다고 해서 정보과학의 도움을 포기하지는 말고, 그 도움으로 기술성 또한 결여되지 않은 문학 분석도구들을 보완하자. 금기시되는 주제를 피하지 말고, 그 반대로 진본 확인 작업과 식별 기준을 다듬는 작업을 계속해야 할 것이다. 존재하기만 한다면, 어디서 온들 뭐 중요하겠는가? 하지만 그 존재는 어느 기원의 결실 그 자체다. 그 기원은 우리를 벗어나면서 그만큼 우리를 지배한다. 한 작품의 기원을 찾다 보면, 그 작품이 우리 자신에게 끼치는 영향력을 더 잘 평가하게 된다. 표절에는 문학창작의 이해관계가 얽혀 있다. 표절은 작품의 핵심을 자기에게 끌어당기는 줄이다. "우리로서는 문학적 익명성을 참을 수가 없어서, 그것을 수수께끼로서만 받아들인다."[3] 그러므로 표절을 통해 추격당하는 이는 바로 저자다. 성 히에로니무스에 따르면, 저자는 네 가지 준거로 정의된다. "어떤 항구적인 가치 기준"에 의해, 동시에 "개념적 이론적으로 일관된 영역"에 의해 식별된다.[4] 게다가 "문체적 통일성"과도 관련된다. 마지막으로 "저자란, 일련의 텍스트에서 펼쳐질 수 있는 모순들을 극복하게 해주는 자이기도 하다." 그 결과, 창작 여정의 변환, 변형, 불규칙에도 불구하고 독자의 정신 속에서 조준선으로 부과되는 것은 "글쓰기의 어떤 통일성 원칙"이다.

주

머리말

1   Editions du Seuil, 1979.

2   La Différence, 2007, pp. 25~38.

3   "Comment je devins auteur dramatique", in Alexandre Dumas, *Théâtre complet*, Paris, Calmann Lévy éditeur, 1883.

4   Daniel Sangsue, *Littérature*, n° 75, *La voix, le retrait, l'autre*, octobre 1989, pp. 92~112.

5   Daniel Sangsue, *art. cit.*, p. 97. Voir aussi la note 15 de cette page pour plus de précisions sur ce plagiat de Nodier.

6   Voir l'article de Jacques Lecarme, "Perec et Freud ou le monde du réemploi", *Mélanges, Cahiers Georges Perec*, n° 4, Ed. du Limon, 1990, pp. 121~141. Voir aussi Ewa Pawlikowska, "Post-scriptum: figures de citations dans *La Vie mode d'emploi* de Georges Perec", *Texte en main*, n° 6, 1985, pp. 70~98.

7   Michel Schneider, "L'ombre de l'auteur", in *Le Plagiat littéraire*, Actes du colloque 2001, sous la dir. d'Hélène Maurel-Indart, revue *Littérature et Nation*, n° 27, Tours, université François-Rabelais, 2002, p. 64.

1   몰리에르의《박식한 여인들 *Les Femmes savantes*》에서다.

2   Exupère Caillemer, *Études sur les antiquités juridiques d'Athènes. La Propriété littéraire à Athènes*, Paris, A. Durand, 1865~1872.

3   *La Nouvelle Revue*, tome 58, mai~juin 1889, p. 543.

4   Paris, Jouve et Cie, 1911.

5   아이스킬로스의 손.

6   《개구리》, 939~944절.

7   《루킬리우스에게 보낸 서한》.

8   Levy Maria Jordão, "De la propriété littéraire chez les Romains", *Revue critique de législation et de jurisprudence*, tome XX, 12, 1862, p. 453, cité par Monteuuis, *op. cit.*, p. 44.

9   *Epist.* I, 3, cité par Eugène Henriot, *Mœurs juridiques et judiciaires de l'ancienne Rome*, 2 vol., Paris, Firmin Didot, 1865, tome II, p. 163.

10   IV, 6, *Fables*, Tours, Maison Mame, 1938.

11   Marie-Claude Dock, *Contribution historique à l'étude du droit d'auteur*, thèse, Paris, 1960, publiée à la Librarie générale de droit et de jurisprudence, 1962, p. 57.

12   *Voleurs de mots. Essai sur le plagiat, la psychanalyse et la pensée*, Paris, Gallimard, coll. Connaissance de l'inconscient, 1985, p. 40.

13   Art. "Plagiat", *Grand dictionnaire universel du XIXe siècle*.

14   Lettre de D'Annuncio à M. Maurel du *Figaro* (1896), citée par Monteuuis, *op. cit.*, p. 54.

15   Roland de Chaudenay cite ces deux passages dans son *Dictionnaire des plagiaires*, Paris, Perrin, 1990, p. 241.

16   프랑수아 1세의 인쇄인, 목판화가, 유명한《기도서》의 저자.

17   이 글은 본문에서 설명한 대로 온전한 프랑스어도 아니고 올바른 라틴어도 아닌 말장난이므로, 표준 프랑스어로는 해독이 안 되어 라블레 전문가의 번역서를 참조한다. "우리는 여명과 저녁 무렵에 세카나 강을 관통합니다. 우리는 라티움의 언어를 수집하고, 개연적인 연인의 자격으로 일체지사를 판정하고 형성하고 잉태하는 여성의 염정艶情을 얻으려고 애쓴답니다."《가르강튀아 / 팡타그뤼엘》, 유석호 옮김, 문학과지성사, 2004, p. 302) 여기서 '세카나 강'이란 센 강의 라틴어식 명칭이고 '라티

18 움'은 이탈리아의 중심지역이다.—옮긴이
《수상록》, 제3부, 제12장.

19 Curiosités littéraires, Paris, Paulin, 1845.

20 Tome V, art. 41, "Anecdotes sur Richesource, soi-disant Professeur en éloquence à Paris", pp. 244~257.

21 몰리에르의 제자이자 친구이며, 10여 편의 연극작품을 쓴 바 있다.

22 Dictionnaire des plagiaires, op. cit., pp. 203~204.

23 Voir le développement de Roland de Chaudenay, ibid., pp. 204~206.

24 Pensées, texte établi par Léon Brunschvicg, Paris, Garnier-Flammarion, 1976, Pensée 72~199, "Disproportion de l'homme", p. 65.

25 Questions de littérature légale. Du plagiat, de la supposition d'auteurs, des supercheries qui ont rapport aux livres, seconde édition revue, corrigée et considérableent augmentée, Paris, Imprimerie de Crapelet, 1828.

26 Pascal, Œuvres, éd. Léon Bruschvicg, Pierre Boutroux et Félix Gazier, Paris, Librairie Hachette, coll. Les grands écrivains de la France, 1908~1925, "Les Pensées", tome XII, chap. 72.

27 Dictionnaire des plagiaires, op. cit., p. 107 à 113.

28 Philippe Lejeune, "L'autobiocopie", in Autobiographie et biographie, colloque de Heidelberg, textes réunis et présentés par Mireille Calle-Gruber et Arnold Rothe, Paris, Nizet, 1989.

29 "Préface de la première édition", in Les Supercheries littéraires dévoilées: galerie des écrivains français de toute l'Europe qui se sont déguisés sous des anagrammes, des astéronymes, des cryptonymes, des initialismes, des noms littéraires, des pseudonymes facétieux ou bizarres, etc., tome I, 2e édition considérablement augmentée, Paris, Paul-Daffis libraire-éditeur, 1869, p. 77.

30 Ibid., p. 71.

31 "Notes remises à Messieurs les députés composant la commission de la loi sur la propriété littéraire" (3 mars 1841), in Œuvres III, Paris, Louis Conard, 1940, p. 423.

32 Dramaturgie de Paris, Paris, Éd. Radot, 1917, p. 348.

33 '당신에게(vous, 부)'가 '나에게(me, 므)'로 바뀐 것을 말한다.—옮긴이

34 제1권, 제12부, 제4장.

35 Ibid.

36　스탕달의 본명은 앙리 벨Henri Beyle이다.—옮긴이

37　"Stendhal", in *Figures II*, Paris, Editions du Seuil, coll. Points littérature, 1979, p. 157.

38　*Ibid.*, p. 174.

39　우리는 여기서 작품의 작자가 누군지, 즉 알렉상드르 뒤마인지 아니면 오귀스트 마케인지에 대해서는 논하지 않을 것이다.

40　Art. "plagiat", *Grand Dictionnaire universel du XIXe siècle*.

41　Taine, *Histoire de la littérature anglaise*, Paris, Hachette, 4e édition, 1878, t. III, p. 212.

42　Ange Galdemar, "La question du plagiat, conversation avec M. Émile Zola", 11 novembre 1895, pp. 1~2.

43　Cité dans le *Dictionnaire des plagiaires* de Roland de Chaudenay, *op. cit.*, art. "Zola", p. 302.

44　Ouvrage documentaire sur le monde ouvrier publié en 1870.

45　*Histoires désobligeantes* suivi de *Belluaires et porchers*, préface d'Hubert Juin, Paris, Union générale d'éditions, coll. 10/18, 1983, p. 245~254.

46　*Dictionnaire des œuvres littéraires de langue française*, sous la dir. de Jean-Pierre de Beaumarchais et Daniel Couty, 4 vol., Paris, Bordas, 1994, t. IV, p. 1734.

2장 오늘날의 표절 행위: 새로운 서적 생산 환경에 관련된 현상

1　Préface d'Henry Miller, Paris, Denoël, 1945, ch. "Gustave Le Rouge", p. 188.

2　Introduction et préface aux *Poèmes du docteur Cornélius*, in Gustave Le Rouge, *Le Mystérieux docteur Cornélius*, Paris, Robert Laffont, coll. Bouquins, 1986.

3　Laffont, coll. Bouquins, 1986.

4　Anne Boschetti, "Légitimité littéraire et stratégies éditoriales", in Roger Chartier et Henri-Jean Martin (dir.), *Histoire de l'édition française IV, Le Livre concurrencé 1900~1950*, Paris, Fayard, 1991, p. 521.

5　*Ibid.*, p. 530.

6　*Revue internationale du droit d'auteur*, n° 6, 6 janvier 1955, p. 149.

7　　N° 196, janvier 1992, p. 26.

8　　"Splendeurs et misères des courtisanes", *Cahiers de sémiotique textuelle*, 16, 1989.

9　　*Le Monde*, 27 janvier 1995.

10　　Yves Michaud, "L'auteur et ses droits", *Libération*, 19 juillet 1994.

11　　*Le Canard enchaîné*, 12 janvier 1983.

12　　Éditions du Seuil, 1998.

13　　Tribunal de grande instance de Paris, 24 mars 1999.

14　　*Le Monde*, 5 juin 1992.

15　　*Le Monde*, 23 août 1991.

16　　Enquête de Pierre Assouline dans le n° 196, janvier 1992.

17　　집시들에 속하지 않는 사람 또는 아무 공동체에도 속하지 않는 사람.— 옮긴이

18　　10 octobre 1984, *Revue internationale du droit d'auteur*, n° 125, juillet 1985, p. 181.

19　　Coll. Biblio 17 n° 35, *Papers on French Seventeenth Century Literature*, Paris-Seattle-Tuebingen, 1987.

20　　Jugement 3e chambre civile TGI de Paris du 8 avril 1998, Madame Jaillet représentée par Maître Gildas André, avocat au barreau de Marseille, contre Madame Frédérique Hébrard et autres.

21　　André Bertrand, avocat au barreau de Paris, *Assignation par devant le tribunal de grande instance de Paris*, 1990.

22　　알뱅 미셸 출판사에서 1996년에 출간된 《잃어버린 명예 Les Honneurs perdus》로 받았다.

23　　*Le Canard enchaîné*, 11 janvier 1995.

24　　*op. cit.* chap. 6, "L'ordinateur au secours de la littérature", pp. 147~151.

25　　Juillard, 1994.

26　　Mercure de France, 1975.

27　　Gallimard, 1998.

28　　'마케Maquet'란 피부가 아주 진한 색인 혼혈을 의미한다. '마케'라는 그의 성姓 때문에 '흑인 노예'라는 별명이 생긴 것이다. 어원에 관한 에릭 오르세나의 이 설명(《위대한 사랑 Grand amour》, 파리, 쇠이으 출판사, 1993) 보다 우리는 더 믿을 만한 알랭 레Alain Rey의 《프랑스어의 역사 사전 Dictionnaire historique de la langue français》의 설명을 취하기로 한다. 이

사전에 따르면, '흑인 노예'가 다른 사람을 위해 글을 쓰는 사람이라는
의미로 쓰인 것은 18세기(1757)로 거슬러 올라간다. 그리고 이런 경우,
두 사람 중 혼혈은 뒤마였는데….

29 *Le Monde*, 28 mai 1987.

30 *Le Monde*, 21 avril 1989.

31 Pour l'affaire Thierry Ardisson, voir *Le Monde*, 8 et 16 octobre 1993, 18
    mars 1994, et *Le Canard enchaîné*, 13 octobre et 29 décembre 1993, 29
    juin 1994.

32 *Grand Amour, op. cit.*, p. 66.

33 *Ibid.*, p. 142.

34 *Ibid.*, p. 87, 88.

35 *Ibid.*, p. 147.

36 "Alain Gérard, *Madame, c'est à vous que j'écris*, Albin Michel, 1995" (n° 9,
    juin 1995, p. 56).

37 *Ibid.*

38 Nathalie Heinich, *Être écrivain*, Paris, Ministère de la Culture,
    Association Adresse, 1994, p. 169.

39 "Albert Cohen vu par Bella", *Le Monde*, 16 février 1990.

40 Nathalie Heinich, *op. cit*, p. 169.

41 *Figaro littéraire*, 14 septembre 1992.

42 "Comment j'ai écrit *L'Atlantide*", 2 février 1920, pp. 1~2.

43 Trib. civ. de la Seine, 1ʳᵉ ch., 23 juillet 1921, Pierre Benoît c. Rudler
    et Terracher, et Magden, *Annales de la propriété industrielle, artistique et
    littéraire*, 1921, p. 300.

44 Éditions Robert Laffont, coll. Bouquins, 1968.

45 *Dictionnaire des œuvres littéraires de langue française, op. cit.*, art. d'Alain
    Niderst, t. I, p. 137.

46 Propos rapporté dans un article d'Anne Rodier, *Le Monde*, 7 juillet
    1995.

47 그래도 어쨌든 그가 과달루페 출신 아내인 시몬과 함께 그다음에 쓰게
    될 앤틸리스 식 소설 두 편이 있음을 지적한다. 1967년에 펴낸《초록
    색 바나나를 곁들인 돼지고기 음식 Un Plat de porc aux bananes vertes》과
    1972년에 펴낸《혼혈 소녀 고독 La Mulâtresse Solitude》.

48 프랑스학술원의 에밀 앙리오가 1959년 11월 4일자《르 몽드》에 기고한

글.

49 Gallimard, coll. Folio, 1972, t. II, p. 272.

50 Bernard Magnier, art. "Le Devoir de violence", in *Dictionnaire des œuvres littéraires de langue française*, *op. cit.*, t. II, p. 531.

51 *L'Actualité*, 23 octobre 1969.

52 1969년 12월 11일.

53 "De Lawrence à Learoyd", *Revue de littérature comparée*, janvier-mars 1984.

54 *Ibid.*, p. 86.

55 *Le Petit Robert*, 1984.

56 *Le Monde*, 26 avril 1985.

57 Ces extraits de l'assignation de Myrtille Büttner sont cités dans le jugement du TGI de Paris, 1re ch., 1re sect., 2 mars 1988, *Cahiers du droit d'auteur*, n° 32, novembre 1990.

58 *Idem.*

59 Cour de cassation, 1re ch. civ., 11 juin 1991, *Lexilaser Cassation*.

60 12 avril 1990.

61 1994년 8월 3일자 《르 카나르 앙셰네》에 앙드레 롤랭이라는 가명으로 쓴 "가면을 쓴 징벌자"에 의해 전해진 말.

62 파트리스 델부르의 시집 《엄청난 재난 *L'Ampleur du désastre*》만 예외였다. 이 시집은 1997년에 셰르슈-미디 출판사에서 출간되고, 아폴리네르 상을 받았는데, 결국 파리지방법원에 의해 저작권 침해라는 판결로 처벌을 받았다.

63 7 décembre 1989.

64 *Dictionnaire des plagiaires*, *op. cit.*, p. 265.

65 *Revue internationale du droit d'auteur*, n° 111, janvier 1982.

66 *Annales de la propriété industrielle, artistique et littéraire*, 1984, p. 73.

67 Mexico, Joaquín Mortiz, 1970.

68 N° 663~664, *Copier, voler: les plagiaires*, août-septembre, 2002, Paris, Éditions de Minuit, pp. 602~613.

69 "Coligny et les Espagnols à travers la course (1560~1572): une politique maritime au service de la cause protestante" in *Colgny, les protestants et la mer*, Paris, Presses de l'université Paris-Sorbonne, 1997, pp. 155~176.

70 *op. cit.*, pp. 81~87.

71 *Lire*, mai 1998.

72 Cour d'appel de Paris, arrêt du 19 février 2003, p. 5.

73 Sur le détail de cette affaire, voir les analyses et les tableaux comparatifs dans *Plagiats, les coulisses de l'écriture, op. cit.*, pp. 97~103.

74 Voir sur ces deux affaires *Plagiats, les coulisses de l'écriture, op. cit.*, pp. 112~124.

75 Thierry Gandillot, "C'est Brecht qu'on assassine", *Le Nouvel Observateur*, 20 avril 1995.

76 *Brecht & Co. Biographie*, trad. Sebastian Wohlfeil, Hambourg, Europäische Verlagsanstalt, 1997.

77 Nicolas Weill, "Barbara Brecht au secours de son père", *Le Monde*, 18 juin 1995.

78 *Le Monde*, 4 mars 1998.

3장 빼앗긴 주인들

1 Miguel de Unamuno, *Comment se fait un roman*, trad. fr. Bénédicte Vauthier et Michel Garcia, Paris, Allia, 2010, p. 21.

2 "La mort de l'auteur", in *Le Bruissement de la langue. Essais critiques IV* (1re édition 1968), Paris, Éditions du Seuil, 1984, p. 66.

3 Roland Barthes, article "Texte (théorie du)", *Encyclopædia universalis*, 1973.

4 *Sèméiôtikè. Recherches pour une sémanalyse*, Paris, Éditions du Seuil, coll. Tel Quel, 1969, p. 85.

5 *Fictions*, trad. fr. Paul Verdevoye, nouvelle édition augmentée, Paris, Gallimard, 1965 (1re traduction française en 1957, 1re édition en espagnol en 1956 et augmentée en 1960), p. 24.

6 스트랫포드-어펀-에이본(Stratford-upon-Avon)에서 태어난 윌리엄 셰익스피어는 우리가 그의 작품들이라고 여기는 것들의 실제 저자가 아니라고 주장하는 자들.

7 "L'auteur d'Amphitryon", *Le Temps*, 16 octobre 1919.

8 *Louise Labé. Une créature de papier*, Genève, Librairie Droz, 2006.

9 *Ibid.*, p. 46.

10 Voir sur cette anecdote les pages 151 à 154 de l'essai de Mireille Huchon.

11 *Ibid.*, p. 207.

12 *Ibid.*, p. 275.

13 "Du discours romanesque", in *Esthétique et théorie du roman* (1ʳᵉ édition, 1978), Paris, Gallimard, coll. Tel, 1994, p. 157.

14 Dans son essai *Mikhaïl Bakhtine, le principe dialogique* (Paris, Éditions du Seuil, 1981, p. 17), Todorov cite cet extrait de *Problemy tvorchestva Dostoevskogo* (*Problèmes de l'œuvre de Dostoïevski*), Leningrad, 1929, p. 131.

15 Patrick Sériot, "Généraliser l'unique: genres, types et sphères chez Bakhtine", *LINX*, n° 56, 2007, p. 43.

16 Christian Bota et Jean-Paul Bronckart, "Volochinov et Bakhtine: deux approches radicalement opposées des genres de textes et de leur statut", *ibid.*, p. 76.

17 Bénédicte Vauthier, "Auctorité et devenir-auteur: aux origines du travail du "Cercle B.M.V."(Bakhtine, Medvedev, Volochinov)", in *Círculo de Bakhtin: Teoria Inclassificável*, sous la dir. de Luciane de Paula et Grenissa Stafuzza, 2 vol., Campinas, Mercado de Letras, 2010, p. 371.

18 "Le 'carnaval lexical' de François Rabelais. Le livre de M. M. Bakhtine dans le contexte des discussions méthodologiques franco-allemandes des années 1910~1920", *Slavica Occitania. Mikhaïl Bakhtine, Valentin Volochinov y Pavel Medvedev dans les contextes européen et russe*, 25, 2007, pp. 343~367.

19 *Mikhaïl Bakhtine, le principe dialogique, op. cit.*, p. 9.

20 *Ibid.*

21 *Ibid.*, p. 10.

22 *Ibid.*, pp. 23~24.

23 Paris, L. Floury. L'étude de Chassé a été publiée une seconde fois en 1947 sous le titre *Dans les coulisses de la gloire: d'Ubu roi au douanier Rousseau*, Éd. de la Nouvelle Revue critique, où la question des sources est traitée pages 1 à 72.

24 'ontogénie(개체 발생)'와 'Honte au génie (천재에게 수치를)'의 프랑스어 발음은 '옹토제니'로서 발음이 똑같다.—옮긴이

25 *Ubu roi, Ubu cocu, Ubu enchaîné, Ubu sur la Butte, d'Alfred Jarry*, Paris,

26   Gallimard, coll. Foliothèque, 2008.

26   *Ibid.*, p. 36.

27   Cité par Barbara Pascarel, *ibid.*, p. 37.

28   *La Dramaturgie d'Alfred Jarry*, Paris, Champion, 2003, p. 52.

29   재정, 금융 등을 뜻하는 'finance'와 발음이 같으므로.—옮긴이

30   Dans *Ubu intime*, éd. Henri Bordillon, Romillé, Folle Avoine, 1985, pp. 45~96.

31   *Ubu roi, Ubu cocu, Ubu enchaîné, Ubu sur la Butte, d'Alfred Jarry*, *op. cit.* p. 38.

32   Voir le détail de "l'exploitation du fonds hébertique" par Jarry et Morin dans *Alfred Jarry* de Patrick Besnier, Paris, Fayard, 2005, pp. 63~101.

33   *Ibid.*, p. 207.

34   Molière, *Œuvres complètes*, éd. dirigée par Georges Forestier avec Claude Bourqui, Paris, Gallimard, coll. Bibliothèque de la Pléiade, 2010, tome I, p. XXXVII.

35   Jack Malvern, "Shakespeare a-t-il écrit ses pièces seul?", *Courrier international*, 10 janvier 2010. Article paru en anglais le 27 octobre 2009 dans *The Times*.

36   Voir sur l'analyse textuelle informatisée le chapitre "L'ordinateur au secours de la littérature" in *Plagiats, les coulisses de l'écriture*, *op. cit.*, pp. 129~156. Voir Charles Bernet, "La distance intertextuelle et le théâtre du Grand Siècle", in *Mélanges offerts à Charles Muller pour son centième anniversaire (22 septembre 2009)*, textes réunis par Christian Delcourt et Marc Hug, Paris, CILF, 2009, pp 87~97. Charles Bernet explique qu' en reprenant le protocole de Dominique Labbé qui attribue à Corneille certaines pièces de Molière et en ajoutant deux tragédies de Quinault et deux comédies bien postérieures de Regnard, il a constaté qu'elles étaient elles aussi attribuées à Corneille.

37   *Op. cit.*, chapitre "Corneille, nègre de Molière?", pp. 157~177.

38   Henri Suhamy, *Shakespeare*, Paris, Éd. de Fallois, 1996, p. 17.

39   Cette thèse est développée dans *The Mysterious Shakespeare. The Myth and the Reality*, Charlton Ogburn, McLean, VA, EPM Publications, 1992.

40   *Ibid.*, p. 35.

41   Les pages 17 à 49 de l'ouvrage d'Henri Suhamy, *op. cit.*, apportent des informations très claires sur "l'affaire Shakespeare". De même, le dossier en ligne http://shakespeareauthorship.com/

42   *Op. cit.* Voir aussi l'importante base de données disponible sur le site "Molière 21" (http://www.moliere.paris-sorbonne.fr/)

43   Dans *Plagiats, les coulisses de l'écriture, op. cit.*, nous avions réalisé un bilan sur la polémique Molière-Corneille, suite à plusieurs publications: Dominique Labbé, *Corneille dans l'ombre de Molière. Histoire d'une découverte*, Paris-Bruxelles, Les Impressions Nouvelles/Les Piérides, 2003, le même a publié depuis *Si deux et deux sont quatre, Molière n'a pas écrit Dom Juan…*, Paris, Max Milo, 2009; Denis Boissier, *L'affaire Molière, la grande supercherie littéraire*, Paris, Éd. Jean-Cyrille Godefroy, 2004; Jean-Paul Goujon et Jean-Jacques Lefrère, *"Ôte-moi d'un doute…" L'énigme Corneille-Molière*, Paris, Fayard, 2006. Ces deux derniers auteurs concluent en fait à l'impossibilité de trancher en faveur de la paternité de Corneille sur les œuvres de Molière, malgré un postulat favorable à la thèse de Pierre Louÿs.

44   in Molière, *Œuvres complètes, op. cit.*, tome I, p. XXIII.

45   Cité par Georges Forestier, *ibid.*, p. XIII.

46   *Ibid.*, p. 3.

47   "Le libraire au lecteur", *ibid.*, tome II, p. 423.

48   *Ibid.*, tome I, p. 1196.

49   *Ibid.*, p. 1197.

50   Pérouse, S. Zecchini, 1654; rééd. Bologne, 1660, et Venise, 1661.

51   《냉랭한 향연》이 부활절 휴관 이후에도 재개되지 않았던 것을 설명하는 물질적 차원의 이유들을 보려면 다음을 참조할 것. Molière, *Œuvres complètes, op. cit.*, tome II, pp. 1643~1644.

52   《냉랭한 향연》에 관해서는 조르주 포레스티에와 클로드 부르키가 그들의 몰리에르 판본에서 아주 풍부한 주석을 달았다. 이 희곡의 생성과 운명에 관한 귀한 정보들의 출처다. 이 희곡의 독창성을 이해하기 위해서는 그 주석 전체를 꼭 알아야 한다. *Ibid.*, pp. 1619~1648.

53   Cité *Ibid.*, p. 1093.

54   "Lettre à M. de Maulcroix", *ibid.*, pp. 1135~1136.

55   *Et si les œuvres changeaient d'auteur?*, Paris, Éditions de Minuit, 2010, p.

12.

4장 동료들의 법정에 선 표절자들

1   *Les Confessions*, I, Paris, Garnier-Flammarion, 1968, p. 44.

2   *Mon journal, 24 juin 1887 - 16 mai 1888*, Paris, Éditions du Seuil, coll. L' École des lettres, 1994, p. 266.

3   *Nouvelles exemplaires* (1613), Prologue, traduction et notes de Jean Cassou, Paris, Gallimard, coll. Bibliothèque de la Pléiade, 1949, p. 1071.

4   Émergences-Résurgences, Paris, Skira-Flammarion, 1987 (1re édition Genève, Skira, 1972).

5   *Premières poésies*, "La Coupe aux lèvres", Dédicace à M. Alfred T***, cité dans *Le Grand Robert*, art. "Imiter".

6   셀린의 원문에는 J. B. S로 되어 있는데, 장-폴 사르트르를 가리키는 J. S, P.라고 너무 직접적으로 지칭하기보다는 장-바티스트 사르트르라고 하여 일종의 '모작' 느낌을 주려 한 듯싶다.—옮긴이

7   In *Œuvres*, Paris, André Balland, 1967, p. 413 (1re édition Madame Destouches, 1961).

8   Gallimard, 1955, pp. 17~18.

9   *Pensées, Maximes et Anecdotes* (1803), recueil posthume, cité par Marcel Bénabou, *Pourquoi je n'ai écrit aucun de mes livres*, Paris, Hachette, coll. Textes du XXe siècle, 1986.

10   Chronologie et introduction par Alexandre Micha, 3 vol., Paris, Garnier-Flammarion, 1969.

11   III, 13, "경험에 관하여".

12   III, 12, "인상학에 관하여".

13   II, 10, "책들에 관하여".

14   *L'Anatomie de la mélancolie* (1621), cité par Michel Schneider, *Voleurs de mots, op. cit.*, p. 86.

15   *Op. cit.*, p. 55.

16   *Ibid.*, p. 51.

17   *Ibid.*, p. 57.

18   *Bouvard et Pécuchet*, éd. Claudine Gothot-Mersch, Paris, Gallimard, coll. Folio classique, 1999, p. 442.

19   *Ibid.*, p. 447.

20   "Comment je devins auteur dramatique", *Revue des Deux Mondes*, cité par Michel Schneider, *op. cit.*, p. 117.

21   *Mémoires d'outre-tombe*, *op. cit.*, tome II.

22   "Je suis une éponge", 12 avril 1990.

23   Art. "Plagiat", Paris, Amable Costes et Cie, 1819, pp. 485~486.

24   *Ibid.*, p. 489.

25   Cité par Roland de Chaudenay, *op. cit.*, p. 133.

26   Art. "Plagiarisme ou plagiat", *Encyclopédie*.

27   Ephraim Chambers, 영국의 백과전서 집필자. 1728년 예약 판매를 통해 《백과전서 또는 예술 학문 대사전》을 출시했다. 이 저서가 디드로와 달랑베르의 《백과전서》가 기획된 주요 계기였다.

28   Cité par François Moureau dans *Le Roman vrai de l'Encyclopédie*, Paris, Gallimard, coll. Découvertes, 1990.

29   Cité par Georgette et Bernard Cazes, *D'Holbach portatif*, Paris, Jean-Jacques Pauvert, 1967.

30   *Culture écrite et société: l'ordre des livres. Lecteur, auteur, bibliothèques en Europe entre XIVe et XVIIIe siècle*, Paris, Albin Michel, 1996, p. 45.

31   Armand Colin, 1991, p. 31.

32   *La Vie littéraire*, 4e série, Pairs, Calmann-Lévy, 1924, p. 157 à 167.

33   Cité par Anatole France, *ibid*.

34   Imprimerie du Crapelet, 1828.

35   Article sur "Les Poésies parisiennes d'Emmanuel des Essarts", in Stéphane Mallarmé, *Œuvres complètes*, éd. G. Jean-Aubry et Henri Mondor, Paris, Gallimard, coll. Bibliothèque de la Pléiade, 1945, p. 255.

36   Cité par Jean Pommier, *Paul Valéry et la création littéraire*, Leçon d'ouverture prononcée au Collège de France le 7 mai 1946, Éd. de l'Encyclopédie française, 1946.

37   *Les Caractères*, 2 vol., Paris, Librairie Larousse, 1971, tome I, "Des ouvrages de l'esprit", p. 35.

38   *Pensées*, texte établi par Léon Brunschvicg, *op. cit.*, pp. 54~55.

39   *De l'influence en littérature*, Paris, Proverbe, 1992, pp. 41~42.

40   *Conseils au jeune écrivain*, Paris, Proverbe, 1992, p. 20.

41   *De l'influence en littérature*, Paris, Proverbe, 1992, p. 49.

42   *Ibid.*, p. 56.

43   *Les Mots*, Gallimard, 1964, p. 121.

44   Gallimard, coll. Folio, 1983, pp. 210~211.

45   III, "La création artistique", Paris, NRF, coll. La Galerie de la Pléiade, 1951, p. 310.

46   *La Formation du style par l'assimilation des auteurs*, *op. cit.*, p. 28.

47   Paris, Gallimard, 1919. 그 이전에 이 텍스트 모음집은 1900년과 1908 년 사이에《르 피가로》지와《미술 잡지 *La Gazette des Beaux-arts*》에 발표 된 적이 있었다.

48   *Correspondance*, éd. Philip Kolb, tome XVIII, Paris, Plon, 1990, août 1919, À Ramon Fernandez, p. 380.

49   Paris, Flammarion, 1978, p. 163.

50   *Siegfried*, I, p. 6.

51   *Leçons américaines*, "Quinta lezione. Molteplicità", cité par Dulce María Zúñiga Chávez, *Écriture, réécriture et intertextualité dans* Se una notte d'inverno un viaggiatore *d'Italo Calvino*, thèse de doctorat dirigée par Franc Ducros, université Paul-Valéry-Montpellier III, Arts et Lettres, 1990.

52   Paris, Éditions du Seuil, 1965; édition originale, Milan, Bompiani, 1962.

53   Umberto Eco, *Le Nom de la rose*, trad. fr. Jean-Noël Schifano, Paris, Grasset, 1982 (édition originale Milan, Fabbri-Bompiani, 1980), p. 293.

54   울리포OuLiPo는 l'Ouvroir de Littérature Potentielle(잠재문학작업실)의 두문자들로 형성된 용어로서, "빠져나가기로 작정한 미궁을 자기들 스 스로 구축하는 쥐들"이라고 스스로를 규정하는 문인과 수학자 그룹을 가리킨다. 1960년에 문인 레몽 크노와 수학자 프랑수아 르 리오네에 의 해 창설되었다. 이탈로 칼비노, 조르주 페렉도 이 그룹에 속했으며, 새로 운 문학적 제약의 고안과 실험으로 구성되는 종합적인 작업과, "예정 표 절자들"이라 불리는 자들에 관한 연구를 주로 하는 분석 작업 수행을 목 표로 삼았다. 2005년부터는 프랑수아-미테랑 국립도서관의 홀에서 대 중을 상대로 포럼을 열고 있다.—옮긴이

55   "Manifeste" de François Le Lionnais, in *Oulipo, La Bibliothèque oulipienne*, tome II, Paris, Seghers, 1990, p. X.

56   "Au-delà de la peinture", *Cahiers d'Art*, n° 6~7, 1937, repris dans *Écritures*, Paris, Gallimard, coll. Le Point du Jour, 1970, p. 256.

57   *Op. cit.*, p. 36.

5장 표절자: 소설의 등장인물

1   프랑스어에서 'plage(플라주)'는 '해변'이라는 뜻이다. 여기서 'plagiste' 는 바캉스를 해변으로 가는 사람을 가리키는데, '표절'이라는 뜻의 'plagiat(플라지아)'와 알파벳 구성과 발음이 비슷한 데서 연유한 언어유 희에서 비롯된 착상이다.—옮긴이

2   Nouvelle anglaise dont la traduction française est parue en 1992 à la Librairie des Champs-Élysées.

3   Plon, 1975, p. 413.

4   Traduit de l'allemand par Claude Porcell, Paris, Éditions du Seuil, 1996, p. 92.

5   *Les Jeunes-France, romans goguenards suivis de contes humoristiques*, Paris, G. Charpentier et E. Fasquelle éditeurs, 1894, pp. 25~70.

6   *Magazine littéraire* n° 193, mars 1983; Éditions du Seuil, coll. La Librairie du XXᵉ siècle, 1993.

7   'écoplasme'. 《프티 로베르》 사전의 정의에 따르면, "동물세포의 표피 층".

8   Librairie Plon, 1942, p. 25.

9   *Ibid.*, p. 252.

10   Grasset, 1997, p. 263.

11   *Ibid.*, p. 273.

12   In *Minuit 2*, trad. fr. William Olivier Desmond, Paris, Éd. J'ai lu, 1993.

13   *Ibid.*, p. 563.

14   *Ibid.*, p. 378.

15   Grasset, 1997, p. 100.

16   In *Les Petites mécaniques*, Paris, Mercure de France, 2003, p. 107.

17   In *Passages d'enfer*, Paris, Denoël, 1998, pp. 25~40.

18   Traduit de l'anglais par J. Robert Vidal, Paris, Gallimard, coll. Série noire, 1947.

19   Paris, Éd. de Fallois, 1989.

20   Paris, Denoël, 1945 pour la traduction française (édition originale, Obelisk Press, 1934); trad. fr. Henri Fluchère, Gallimard, coll. Folio, 1972, p. 194.

21   *Op. cit.*, p. 46.

22   *Ibid.*, p. 48.

23   Jorge Luis Borges. *Biographie littéraire*, trad. fr. Alain Delahaye, Paris, Gallimard, coll. Leurs Figures, 1983, p. 148.

24   《프티 로베르》사전에 따르면, "에테르 알코올 속에 용해된 면화약으로, 화학과 사진에서 사용된다."

25   루이 메나르라는 이 위인에게 경의를 표하기 위해, 《루이 메나르, 1822~1901 *Louis Ménard, 1822~1901*》(예일 대학 출판부, 1932)이라는 제목의 앙리 페르의 훌륭한 논문을 떠올리자. 여기서 《풀려난 프로메테우스 *Prométhée délivré*》의 이야기 전체를 들려준다(pp. 38~48).

26   *Promenades littéraires*, p. 123, cité par Monegal.

27   이 거울 유희에서 《문학 산책》의 메나르Ménard와 관련된 마지막 일화를 덧붙이자. 구르몽에 따르면, 한 미국 연구자가 메나르의 콜로디온(습판 사진)을 "재발견"하여 그저 메이나드Maynard일 뿐인 자신의 이름으로 국제특허권을 얻는 데 성공했다고 한다. 이는 우리의 사안과 관계있는 학문적 표절이다!

28   Gérard Genette, "L'utopie littéraire", in *Figures I*, Paris, Éditions du Seuil, coll. Points littérature, Paris, 1976, p. 125.

29   Gallimard, 2008.

30   London, Hamish Hamilton, 1987.

31   *La Vie de Fibel*, trad. et prés. par Claude Pichois et Robert Kopp, Paris, Union générale d'édition, coll. 10/18, 1967, p. 56.

32   *Ibid.*, p. 206.

33   "L'utopie littéraire", in *Figures I, op. cit.*, p. 130.

34   Actes Sud, 2009.

35   http.//bibliobs.nouvelobs.com/blog/la-vie-en-livres/20091023/ 15479/minh-tran-huy-a-bien-ecrit-la-double-vie-danna-song-entretien (mise en ligne le 23 octobre 2009 par Aliette Armel).

36   *Ibid.*

37   *Ibid.*

38   In *Les Contes d'un matin*, Paris, Gallimard, 1952, 1ʳᵉ parution: *Pairs-Journal*, 27 juin 1911.

39   Frankfurt, Suhrkamp Verlag, 2005.

40   Viviane Hamy, coll. Chemins nocturnes, 1994.

41   Métailié, 2006.

42   Descartes, 2004.

43   Denoël, 1993.

44   Mercure de France, 2007.

45   여기서 원문은 '부권父權'을 뜻하는 paternité다. 이 단어는 의미가 확장되어 '저자 자격'을 뜻하기도 한다.―옮긴이

46   *Ibid.*, p. 131.

47   *Ibid.*, p. 138.

48   Traduit de l'espagnol par Jean-François Carcelen, Paris, Métailié, 1998.

49   *Ibid.*, p. 40.

6장 법이 창의적 작업을 보호하고 규제하다

1   Nathalie Heinich, *Être écrivain, op. cit.*, p. 170.

2   *Ibid.*, p. 34.

3   "Qu'est-ce qu'un auteur?", *Bulletin de la Société française de philosophie*, juillet-sept, 1969, p. 77.

4   *Doctrine du droit, doctrine de la vertu*, trad. fr. et prés. par Alain Renaud, Paris, Flammarion, coll. Garnier-Flammarion, 1994, II, § 31.

5   *Traité des droits d'auteur, dans la littérature, les sciences et les beaux-arts*, Paris, J. Renouard, 1838, tome II, p. 22.

6   Cité par Claude Colombet, *Propriété littéraire et artistique et droits voisins*, Paris, Dalloz, 7ᵉ édition, 1994, § 389, p. 269.

7   Robert Plaisant, *Le Droit des auteurs et des artistes exécutants*, Paris, J. Delmas et Cⁱᵉ, 1970, § 403, p. 168.

8   예를 들어 적어도 다음 네 가지 판결을 언급할 수 있다.
     - 파리 재판소, 1900년 1월 25일, 파야르 형제가 A. 뒤마와 가이야르데

의 상속인들을 상대로 한 소송: 《산업, 예술, 문학 소유권에 관한 연보 *Annales de la propriété industrielle, artistique et littéraire*》, 1900, t. 46, art. 4120.

- 세느 민사재판소, 1924년 6월 4일, 라 파르스리가 마르그리트를 상대로 한 소송: 《판결공보 모음집 *Recueil de la Gazette des Tribunaux*》, t. 1925, 1924년 11월 23일.

- 세느 민사재판소, 1928년 12월 19일, 쿠르틀린과 마르셰가 베베르와 A. 외제를 상대로 한 소송: 《재판소지裁判所誌 *Gazette du Palais*》, 1927년 2월 5일.

- 파기원, 1955년 6월 16일, 르배가 르 브르통을 상대로 한 소송: 《산업, 예술, 문학 소유권에 관한 연보》, 1957.

9   Dalloz, *Répertoire pratique*, v° Propriété industrielle, n° 465.

10   Henri Desbois, *Le Droit d'auteur en France*, Paris, Dalloz, 1978, pp. 47~48.

11   *Propriété littéraire et artistique*, Paris, Presses universitaires de France, 1991, § 30, p. 53.

12   Robert Plaisant, *Le Droit des auteurs et des artistes exécutants, op. cit.*, § 353.

13   Claude Colombet, *Propriété littéraire et artistique et droits voisins, op. cit.*, Introduction, p. 1.

14   Marie-Claude Dock, *Contribution historique à l'étude des droits d'auteur, op. cit.*, p. 41.

15   *Ibid.*, p. 65.

16   *Ibid.*, p. 82.

17   *Ibid.*, p. 84.

18   *Art poétique*, Chant IV, v. 127 à 132, 1re édition en 1674; *Œuvres complètes*, éd. Françoise Escal, Paris, Gallimard, coll. Bibliothèque de la Pléiade, 1966.

19   *Compte rendu de l'Affaire des auteurs dramatiques et des comédiens français* (1780), cité par Jean Baetens (éd.) dans *Le Combat du droit d'auteur*, anthologie historique suivie d'un entretien avec Alain Berenboom, Paris, Les Impressions nouvelles, 2001, p. 54.

20   Extrait du mémoire d'Héricourt cité par Marie-Claude Dock, *op. cit.*, p. 117.

21 Jean-Frank Cavanagh, art. "Propriété littéraire et artistique", in
    Dictionnaire des littératures de langue française, sous la dir. de Jean-Pierre
    de Beaumarchais, Daniel Couty et Alain Rey, Paris, Bordas, 1994 (1ʳᵉ
    édition 1984), tome III, p. 1931.

22 Marie-Claude Dock développe l'affaire Fénelon. p. 121(*Contribution
    historique à l'étude des droits d'auteur, op. cit.*).

23 *Représentations et observations en forme de mémoire sur l'état ancien et actuel
    de la librairie et de l'imprimerie* (1763), in Édouard Laboulaye et Georges
    Guiffrey, *La Propriété littéraire au XVIIIᵉ siècle. Recueil de documents
    publié par le comité de l'Association pour la défense de la propriété littéraire et
    artistique*, Paris, L. Hachette, 1859; rééd. Lettre sur le commerce de la
    librairie, Fontaine, 1984.

24 *Ibid.*

25 Cité par Henri Desbois, art. "Propriété littéraire et artistique",
    Encyclopædia universalis.

26 Pierre Larousse, art. "Propriété littéraire et artistique", *Grand
    Dictionnaire universel du XIXᵉ siècle*.

27 *De Mademoiselle Sedaine et de la propriété littéraire. Lettre à Messieurs des
    députés* (1841), cité par Jan Baetens, *op. cit.*, p. 113.

28 *Ibid.*

29 *Congrès littéraire international, Discours d'ouverture, Séance publique du 17
    juin 1878*, cité par Jan Baetens, *op. cit.*, p. 157.

30 *Congrès littéraire international, Le domaine public payant, séance du 21 juin
    1878, op. cit.*, p. 159.

31 *Ibid.*, p. 129.

32 Code de la propriété intellectuelle, art. L. 111-2.

33 Claude Colombet, *Propriété littéraire et artistique et droits voisins, op. cit.*,
    § 383, p. 265. 이 저서에서 클로드 콜롱베는 이 발언을 로베르 플레장의
    것이라 밝힌다(Robert Plaisant, *Le Droit des auteurs et des artistes exécutants, op.
    cit.*, § 408). 그런데 이상하게도 개정판에서는 플레장을 참조하라는 내용
    이 사라졌다. 그래서 인용에 대한 권리는, 설사 이 문제의 전문가에게서
    조차 불확실한 운명을 겪을 수 있다.

34 *Le Monde*, 3 mai 1994.

35 《두 목소리로 된 회고록 *Mémoires à deux voix*》이라는 제목의 프랑수아

미테랑과 엘리 비젤의 책은 결국 오딜 자콥 출판사에서 1995년에 출간
되었다.

36   *Le Droit d'auteur en France, op. cit.*, p. 11.

37   Marcelle Azéma, *De la responsabilité civile de l'écrivain*, thèse pour le
      doctorat, université de Bordeaux, Bordeaux, Imprimerie J. Bière, 1935, p.
      41.

38   Cour de Paris, 25 janvier 1900, Fayard frères c. héritiers A. Dumas et
      Gaillardet, *loc. cit.*, p. 120.

39   Jean-Marie Thomasseau, art. "*La Tour de Nesle*", *Dictionnaire des œuvres
      littéraires de langue française, op. cit.*, tome IV, p. 1913.

40   Tribunal d'instance de Bruxelles, 22 janvier 1988, *Revue internationale
      du droit d'auteur*, 1989, n° 142, p. 363.

41   Cour d'appel de Paris, 1re ch., 3 juillet 1934, Laubreaux c. Baudoux,
      Annales de la propriété industrielle, artistique et littéraire, 1939, p. 294.

42   André R. Bertrand, *Le Droit d'auteur et les droits voisins*, Paris, Masson,
      1991, § 5, 131, p. 177.

43   *Ibid.*

44   *Ibid.*, § 5. 132, p. 177.

45   Tribunal de grande instance de Paris, 2 mars 1988, Büttener née Hayat c.
      Ben Jelloun, *Cahiers du droit d'auteur*, n° 32, novembre 1990.

46   Cour de cassation, 27 février 1918, Soc. des Établissements Gaumont c.
      Chevret, *Annales de la propriété industrielle, artistique et littéraire*, 1919, p.
      53.

47   Tribunal civil de Marseille, 11 avril 1957, Benoît c. Lallemand et Sté
      an. Éd. de Paris, *Annales de la propriété industrielle, artistique et littéraire*,
      1959, p. 57.

48   Litec, 1994, § 77, p. 85.

49   *Le Droit d'auteur en France, op. cit.*

50   Pierre-Yves Gautier, *Propriété littéraire et artistique, op. cit.*, § 24, p. 44.

51   *Ibid.*, § 34, p. 57~58.

52   *Ibid.*, § 295, p. 491.

53   Coll. Bibliothèque de la Faculté de droit de l'université catholique de
      Louvain XXIV, Bruxelles, Bruylant, et Paris, LGDJ, 1993.

54   André Lucas et Henri-Jacques Lucas, *Traité de la propriété littéraire et*

artistique, *op. cit.*, § 35, p. 53.

55   *Ibid.*, § 365, p. 300.

56   Article L. 111-1, alinéa 1er, du Code de la propriété intellectuelle.

7장 성공한 작가에 대한 판사의 태도

1   더 최근의 소송들에서는 이렌 프랭, 알랭 멩크, 미셸 르 브리스, 앙리 트
     루아야 같은 유명한 작가들을 문제 삼으면서 법정이 그들에 비해 고소
     인들에게 유리한 판결을 내렸다는 점을 주목해야 한다. 앞서 다룬 제2장
     〈오늘날의 표절 행위〉를 볼 것. 거기서 법해석의 진전을 봐야 하는 건지
     아닌지 궁금할 수도 있을 것이다.

2   Tribunal de grande instance de Paris, 6 décembre 1989, *Cahiers du droit
     d'auteur*, n° 27, mai 1990.

3   Le juge utilise l'édition Folio/Gallimard en trois tomes (1976) pour
     Autant en emporte le vent et l'édition Ramsay de 1987 pour *La Bicyclette
     bleue*.

4   판결문 24쪽.

5   판결문 66쪽.

6   판결문 82쪽.

7   판결문 86쪽.

8   *Le Monde*, 8 décembre 1989.

9   André Bertrand, "La France est-elle encore un pays de droit···. d'
     auteur?", *Cahiers du droit d'auteur*, n° 36, mars 1991.

10   Cour d'appel de Paris (1re ch.), 21 novembre 1990, R. Deforges et Éd.
     Ramsay c. TCB et E. et J. Mitchell, *Cahiers du droit d'auteur*, n° 35,
     février 1991.

11   André Bertrand, *art. cit.*

12   *Recueil Dalloz Sirey*, 7e cahier, Jurisprudence, Paris, 1991, p. 87.

13   Cour de cassation, 1re ch. civ., 4 février 1992, *Lexilaser Cassation*.

14   Homère, *Iliade*, VII, trad. par Eugène Lassère, Paris, Garnier-
     Flammarion, 1965, p. 131.

15   Payot, 1986.

16   Plaidoirie du 19 novembre 1991 pour Monsieur Herman dit Vautrin.

17   *French Review*, vol. 64, n° 2, décembre 1990.

18   Plaidoirie de Maître André Bertrand pour Monsieur Griolet.

19   *Un grand pas vers le Bon Dieu*, p. 11 et 12.

20   *Cahiers du droit d'auteur*, n° 37, avril 1991.

21   Étiennne Brunet, "Que l'emprunt vaut rin", art. cit., p. 5.

22   *Ibid.*, p. 9.

23   Tribunal civil de Marseille, 11 avril 1957, *Annales de la propriété industrielle*, artistique et littéraire, 1959.

8장 차용의 유형학

1   Genève, Bureaux internationaux réunis pour la protection de la propriété intellectuelle, 1964.

2   Robert Plaisant, *Propriété littéraire et artistique*, Paris, J. Delmas, 1985, p. 140.

3   *Le Monde*, 25 mai 1995.

4   Albin Michel, 1995.

5   *Propriété littéraire et artistique et droits voisins*, op. cit., p. 46, § 59.

6   Marcelle Azéma, *De la responsabilité civile de l'écrivain*, op. cit., p. 35.

7   *Propriété littéraire et artistique et droits voisins*, op. cit., p. 169, § 230.

8   Fasc. 336-1, § 62.

9   Claude Colombet, *Propriété littéraire et artistique et droits voisins*, op. cit., § 58, p. 45.

10   *Palimpsestes. La littérature au second degré*, Paris, Éditions du Seuil, coll. Points Essais, 1992, p. 45.

11   Lattès, 1996. 뒤라스의 이 제목은 이미 마르그리트 유르스나르로 하여 금 "왜 '아우슈비츠, 내 귀여운 이'라고 하지는 않고?"라고 내뱉게 한 바 있었다는 사실을 상기한다면 고약한 취향일까? 피에르 데프로주는 이 것을 다시 취하여 "왜 '아우슈비츠, 내 멍멍이'라고 쓰지는 않고?"라고 했다(cf. *Textes de scène*, Paris, Éditions du Seuil, 1988).

12   Claude Colombet et Henri Desbois, op. cit.

13   Tribunal civil de la Seine, 7 juillet 1908 et Cass. Req., 27 juin 1910.

14   Robert Plaisant, *Propriété littéraire et artistique*, op. cit., p. 140, § 364.

15 André R. Bertrand, *Le droit d'auteur et les droits voisins, op. cit.*, p. 199.

16 Cour de Paris, 1re ch., 20 décembre 1979, *Annales de la propriété industrielle, artistique et littéraire*, 1984.

17 Marcel Azéma, *op. cit.*, p. 37.

18 *Juris-classeur*, fasc. 336-1, § 32.

19 Gallimard, coll. Folio, 1977, p. 54.

20 제라르 주네트는 파스티슈의 대상이 된 저자를 가리키는 표현을 "파스티슈 협정"이라고 명명한다(《팔랭프세스트》, *op. cit.*, p. 113). "C.C."라는 것을 흔히 보게 되는데, 이는 '규범에 맞는 복제(copie conforme de)' 또는 더 유머러스하게는 '~와 협력하여 쓰인'이라는 뜻이다. 우리가 든 사례에서, 프루스트는 '파스티슈 협정'을 가지고 장난한다. 왜냐하면 그는 바로 자신이 쓰고 있는 글을 읽는 척하기 때문이다. 독자는 그것에 속지 않는다.

21 *Ibid.*

22 *Ibid.*, p. 41.

23 André Topia, "contrpoints joyciens", *Poétique, revue de théorie et d'analyse littéraires*, n° 27, 1976, pp. 351~371.

24 *Art. cit.*

25 Georges Perec, "Post-scriptum", in "Pièces annexes", *La Vie mode d'emploi*, Paris, Hachette, 1978, rééd. Le Livre de Poche, 1980, p. 695.

26 Jacques Lecarme, "Perec et Freud ou le mode du réemploi", *art. cit.*, p. 122.

27 프랑스어에서 'excitation'은 자극, 흥분, 독려 등의 의미다. 여기서 '-'를 넣은 것은, 이 단어가 '바깥으로' 또는 '전前'의 뜻을 가진 접두사 ex와 '인용'의 의미인 citation이 합쳐진 단어라는 점을 주목시키려는 의도다.—옮긴이

28 Éditions du Seuil, 1979, chap. 6, "Pour une approche formelle de l' histoire littéraire", pp. 89~98.

29 *Ibid.*, p. 92.

30 In *Rimbaud, Lautréamont, Corbière, Cros*, Paris, Robert Laffont, coll. Bouquins, 1980, p. 21.

31 In *La réécriture*, Actes de l'université d'été de Cerisy-la-Salle, 22~27 août 1988, sous la dir. de Claudette Oriol-Boyer, Grenoble, Ceditel, 1990, pp. 125~139.

32 hypotexte. 모방 대상이 되는 토대 텍스트.

33 페렉의 원문은 다음과 같다. "Longtemps je me suis bouché de bonne heure." / "Longtemps je me suis douché de bonne heure." / "Longtemps je me suis mouché de bonne heure." / "Longtemps je me suis touché de bonne heure." ("35 variations sur un thème de Marcel Proust", *Magazine littéraire*, n° 94, novembre 1974, dossier Raymond Queneau.)

34 Michel Schneider, *Voleurs de mots*, *op. cit.*, p. 67.

35 *Contre Sainte-Beuve* précédé de *Pastiches et mélanges* suivi d'*Essais et articles*, éd. Pierre Clarac et Yves Sandre, Paris, Gallimard, coll. Bibliothèque de la Pléiade, 1971, p. 206.

36 *Du côté de chez Swann*, éd. Antoine Compagnon, Paris, Gallimard, coll. Folio classique, 1988, p. 215 à 218.

37 Presses universitaires de France, 1968, Introduction, p. 24 et suiv.

38 *Op. cit.*, pp. 8~10.

39 *Ibid.*, p. 101.

40 mimotexte. 제라르 주네트는 "모든 모방적 텍스트"는 '미모텍스트'라고 명명하고, "모방의 모든 일시적 특성"은 '의태(擬態, mimétisme)'라고 명명하는 편을 선호한다(*ibid.*, p. 106).

41 Éditions du Titre, 1990, chapitre "La citation devenue plagiat", pp. 77~80.

42 일치에 관해서는 난 "작은 표절"이라고 평가하는 쪽을 택하겠다.

43 Paris, E. Leroux, 1898.

44 Annick Bouillaguet, *op. cit.*, p. 78.

45 Gérard Genette, *Palimpsestes*, *op. cit.*, p. 372.

46 *Ibid.*, p. 365.

47 Annick Bouillaguet, *op. cit.*, p. 79.

48 Éditions publiées sous la dir. de Jean-Yves Tadié, Paris, Gallimard, coll. Bibliothèque de Pléiade, 1987.

49 Gérard Genette, *op. cit.*, p. 418.

50 '디에게시스'는 일반적으로 논증과 상반되는 '서술narration'을 가리키는데, 주네트의 이론 속에서는 이야기의 시공간적 맥락의 의미로 쓰인다.

51 제라르 주네트는 《팔랭프세스트》(p. 217)에서, 가짜 랭보가 쓴 그 유명한 '위조'에 관한 이야기인 《정신적 사냥 La Chasse spirituelle》을 분석하는데, 브루스 모리세트는 이전에 그 사건을 아주 자세히 얘기한 바 있

다(*The Great Rimbeau Forgery, The Affaire of "La Chasse spirituelle"*, Saint Louis, Washington University Press, 1956).

52 위작은 도발이나 속이기 좋아하는 자들이 벌이는 경우도 있다. 기적적 으로 찾아냈다던 가짜 걸작이 얼마나 많이 나타나 전문가들의 식견을 실험해보았던가.

9장 표절의 언저리에서

1 에르제의 만화 시리즈 《땡땡의 모험》의 주인공 땡땡과 그의 개 밀루.— 옮긴이

2 Paul Aron, *Histoire du pastiche. Le pastiche littéraire français de la Renaissance à nos jours*, Paris, PUF, coll. Les Littéraires, 2008, p. 71.

3 제라르 주네트가 《팔랭프세스트》에서 이를 확언한다. *op. cit.*, p. 38. "그 래서 프루스트의 파스티슈들은 순수한 파스티슈이고, 르부, 뮐러의 파 스티슈들은 패러디이거나 패러디화한 파스티슈라고들 말할 것이다."

4 Paul Reboux et Charles Muller, *À la manière de* ···, Paris, Grasset, coll. Les Cahiers Rouges, 1998 (1910, 1913, pour les éditions originales), p. 20.

5 Chiflet & Cie, 2007.

6 *Histoire du pastiche, op. cit.*, p. 285.

7 Éd. Pierre-Edmond Robert, Paris, Gallimard, coll. Folio classique, 1990, p. 261.

8 *Histoire du pastiche, op. cit.*, p. 69.

9 *Ibid.*, p. 282.

10 In *Pastiches et mélanges*, Paris, Gallimard, coll. L'Imaginaire, 1992 (reprise de l'édition de 1919 publiée du vivant de Marcel Proust).

11 *Contre Sainte-Beuve*, Paris, Gallimard, coll. Idées, 1965, ch. XVI, "Conclusion", p. 358.

12 Éd. de Fallois, 1992; rééd. avec préf. de Jean d'Ormesson, Paris, Librairie générale française, coll. Le Livre de poche, 2000, p. 9.

13 *Les Pastiches de Proust*, édition critique et commentée par Jean Milly, Paris, Armand Colin, 1970, p. 26.

14 *Ibid.*

15 *Ibid.*, p. 99.

16   *Esthétique de la mystification*, Paris, Éditions de Minuit, 1994, p. 143.

17   Paris, Imprimerie Boudin, 1798.

18   Cité par Paul Aron, *Histoire du pastiche*, *op. cit.*, p. 92.

19   *Les limites de l'interprétation*, *op. cit.*, p. 183.

20   *Les Livres de l'Enfer. Bibliographie critique des ouvrages érotiques dans leurs différentes éditions du XVIe siècle à nos jours*, Paris, Fayard, 1998, réf. I, 6, cité par Paul Aron in *Histoire du pastiche*, *op. cit.*, p. 256.

21   Akakia-Viala et Nicolas Bataille, *Comment on fait du Rimbaud, La Table ronde*, n° 78, Juin 1954, p. 128.

22   *Combat*, 26 mai 1949, in "*La Chasse spirituelle* et la critique", *Le Pont de l'Épée*, n° 76, juin 1982, p. 35.

23   *Flagrant Délit*, cité *ibid.*, p. 26.

24   *Les Limites de l'interprétation*, *op. cit.*, p. 204.

25   In "*La Chasse spirituelle* et la critique", *op. cit.*, p. 8.

26   *L'Ingénieux hidalgo don Quichotte de la Manche*, traduit par César Oudin et François Rosset, revu, corrigé et annoté par Jean Cassou, Paris, Gallimard, coll. Bibliothèque de la Pléiade, 1949, p. 519.

27   *Ibid.*, p. 1052.

28   *Op. cit.*: voir le chapitre "La suite littéraire un genre interdit?", pp. 41~59.

29   Arrêt du 30 janvier 2007.

30   Actes Sud, 2009.

31   http.//flaubert.univ.-rouen.fr/derives/mb_reecri.php

32   "Le Déclin du mensonge", *Intentions*, in *Œuvres*, trad. fr. Dominique Jean, Paris, Gallimard, coll. Bibliothèque de la Pléiade, 1996, p. 782.

33   홈스는 《마지막 문제 *The Final Problem*》에서 1893년 12월에 사라지다가, 그의 창조자가 《빈 집의 모험 *The Adventure of the Empty House*》에서 1903년 9월에 부활시킨다. 《바스커빌의 개》(1901)는 셜록이 자기 역할을 해낼 수 있도록 날짜를 앞당긴다.

10장 현실을 어디까지 복제할 수 있을까?

1   Gallimard, coll. L'Infini, 1997, pp. 132~135.

2 *Op. cit.*

3 Philippe Di Folco, *Les grandes impostures littéraires*, Paris, Écriture, 2006, p. 209.

4 New York, The Permanent Press, 1981.

5 terrificbooks.com을 통해서였다. 재판再版은 런던의 존 블레이크 출판사 John Blake Publishing에서 2008년에 출간되었다.

6 Thomas Pavel, *Univers de la fiction*, traduit du français par l'auteur, Paris, Éditions du Seuil, 1988, p. 20 (éd. originale: *Fictional Worlds*, President and Fellows of Harvard College, 1986).

7 *Les Limites de l'interprétation*, *op. cit.*, p. 185.

8 *Op. cit.*, p. 19.

9 *Nonexistent Objects*, Hew Haven, Yale University Press, 1980.

10 발자크의 총서.

11 *Univers de la fiction*, *op. cit.*, p. 42.

12 오푸스 데이(opus dei. 라틴어로 '신의 일')는 로마 가톨릭의 한 조직이다. 모두가 성스러워질 소명을 받았으며 일상생활은 성스러움을 향한 길이 라고 가르친다. 1928년에 스페인에서 가톨릭 신부인 호세마리아 에스크 리바가 설립하고, 1950년에 교황청으로부터 정식 승인을 받았다. 성직 자들과 평신도들로 구성되어 있다.—옮긴이

13 *Le monde des livres*, 3 septembre 2010, p. 4.

14 Galilée, 1977.

15 *Un roman français*, Paris, Grasset, 2009, pp. 190~192.

16 "Marie Darrieussecq ou le syndrome du coucou", *La Revue littéraire*, Paris, Éditions Léo Scheer, automne 2007, n° 32.

17 *Philippe*, POL, 1995, p. 72.

18 "Ironie et génocide dans *Les Bienveillantes* de Johathan Littell", *Hégémonie de l'ironie?*, http://www.fabula.org/colloques/document982. php (mis en ligne le 18 juin 2008).

19 "De l'abjection à la banalité du mal", conférence de l'ENS organisée par le Centre Roland-Barthes (université Paris VII) le 24 avril 2007, http://www.kristeva.fr/abjection.html

20 *Le Degré zéro de l'écriture*, Paris, Éditions du Seuil, 1953 et 1972, p. 30.

21 Gallimard, 2006, p. 30.

22 "Roman historique et Vérité romanesque: *Les Bienveillantes*. Comment

le romanesque redonne une mémoire à l'histoire", *Romanesques*, n° 3, juillet 2008, Amiens, Encrage Édition, pp. 221~240.

23   *Le Procès de Jean-Marie Le Pen*, POL, 1998.

24   Arrêt Lindon, Otchakovsky-Laurens et July c. France, "Opinion partiellement dissidente commune", p. 44.

25   "Affaire Grégory: Christine Villemin attaque Philippe Besson", *Le Point*, 17 janvier, 2007.

26   Dominique Viart, "Fictions en procès", in *Le roman français au tournant du XXIᵉ siècle*, sous la dir. de Bruno Blanckeman, Aline Murat-Brunel et Marc Dambre, Paris, Presses Sorbonne Nouvelle, 2004, p. 291.

11장 독창성, 단절과 계속성 사이에서

1   Jacques Derrida, *L'Écriture et la différence*, Paris, Éditions du Seuil, coll. Points, 1967, p. 265.

2   Pierre Bourdieu, "Le champ littéraire", *Actes de la recherche en sciences sociales*, n° 89, Paris, Éditions du Seuil, septembre 1991.

3   *L'Écriture et la différence*, *op. cit.*, p. 418.

4   François Maspero, 1966, chap. 8, "Autonomie et indépendance", pp. 65~68.

5   *Théorie d'ensemble*, Paris, Éditions du Seuil, coll. Tel Quel, 1968.

6   *Entretiens avec Philippe Sollers*, Paris, Gallimard/Seuil, 1970, p. 129.

7   *Sèméiôtikè. Recherches pour une sémanalyse*, *op. cit.*, p. 181.

8   Gérard Genette, *Figures II*, *op. cit.*, p. 18.

9   "Texte (théorie du)", *Encyclopædia universalis*, 1989, p. 996.

10   *Le Livre de sable* (édition originale, Buenos Aires, 1975), trad. fr. Françoise-Marie Rosset, Paris, Gallimard, coll. Folio, 1983 (coll. Du monde entier, 1978), p. 101 à 112.

11   *Ibid.*, p. 140

12   Titre d'un chapitre de l'ouvrage de Roland Barthes *Le Bruissement de la langue*, *op. cit.*, pp. 61~67.

13   Michel Schneider, *Voleurs de mots*, *op. cit.*, p. 30.

14   Italo Calvino, *Leçons américaines. Aide-mémoire pour le prochain*

millénaire, trad. fr. Yves Hersant, Paris, Gallimard, coll. Folio, 1992 (coll. Du monde entier, 1989).

15 Zúñiga Chávez, thèse citée, p. 170.

16 Mexico, Joaquín Mortiz, 1975.

17 Trad. fr. Céline Zins, Paris, Gallimard, coll. Du monde entier, 1979, p. 182.

18 *Correspondance*, Paris, Louis Conard, 1910, tome II, p. 365.

19 Pierre Bourdieu, *Les Règles de l'art. Genèse et structure du champ littériare*, Paris, Éditions du Seuil, coll. Libre examen, 1992, p. 85.

20 *Ibid.*, p. 121.

21 *Ibid.*, p. 95.

22 *Ibid.*, p. 145.

23 *Névrose, psychose et perversion*, trad. fr. sous la dir. de Jean Laplanche, Paris, PUF, 1973, pp. 157~160.

24 *Ibid.*, p. 157.

25 여기 사용된 프랑스 단어 contrefaçon은 법적으로는 '저작권 침해'라는 의미이지만, 여기서는 그런 한정된 의미보다는 더 넓고 보편적인 의미로 쓰였다. 이 단어를 이루는 'contre'(~에 반대하여)와 'façon'(방법, 방식, 작품)의 본래 의미에 주목하게 하려는 것 같다.—옮긴이

26 *Magazine littéraire*, n° 282, novembre 1990, dossier "Sartre dans tous ses écrits", pp. 41~44.

27 "그는 집단적 중요성은 없는 사내이고, 그저 개인일 뿐이다."(1933)

28 Jacques Lecarme, "Sartre et Céline: deux violents dans le siècle", *art. cit.*, p. 44.

29 Michel Schneider, *Voleurs de mots, op. cit.*, p. 281.

30 Éditions du Seuil, 1985.

31 *Circularité et infini: une lecture borgésienne de* L'Enfant de sable *de Tahar Ben Jelloun*, thèse de doctorat dirigée par Charles, Bonn, université Paris XIII, 1993.

32 *Ibid.*, pp. 147~148.

33 p. 171.

34 Denise Brahimi, "Conversations avec Tahar Ben Jelloun", *Notre librairie*, n° 103, oct-déc. 1990, p. 44.

35 Pauvert, 1965, pp. 16~29.

36 In *Le Plaisir de l'intertexte. Formes et fonctions de l'intertextualité*, sous la dir. de Raimund Theis et Hans T. Siepe, Berne, Peter Lang, 1986, p. 125.

37 Sjef Houppermans, in *op. cit.*, p. 118.

38 17세기 말(정확히는 1687년)에 프랑스학술원에서 생겨난 논전이다. 고대 작가들을 모방하는 것을 기반으로 해야 한다는 고전파(부알로, 라신, 라브 뤼에르 등)와 문학창작은 시대에 맞는 문학예술 형태를 창안해내는 혁신 에 있다고 주장하는 근대파(페로, 퐁트넬, 피에르 벨 등)가 맞선 이 논쟁은 1694년에 부알로와 페로의 공식적인 화해를 계기로 잦아든다. 그러다가 18세기 초에 다시 활발해져서 기존 문학의 권위를 문제 삼게 되며, 계몽 정신과 맞물려 이 비판적 시각은 정치와 종교 영역에까지 확산된다.—옮 긴이

39 André Malraux, *Les Voix du silence*, *op. cit.*, p. 279.

40 *Op. cit.*, p. 59.

41 *Ibid.*, p, 54.

42 1re édition au Mercure de France en 1899, rééd. aux Éd. d'Aujourd'hui en 1985, p. 284.

43 Gérard Genette, "Rhétorique et enseignement", in *Figures II*, *op. cit.*, p. 30.

44 *Op. cit.*, pp. 85~91.

45 *Ibid.*, p. 86.

46 *Conseils au jeune écrivain. De l'influence en littérature*, *op. cit.*, p. 55.

47 "Qu'est-ce qu'un auteur?" (1969), *Littoral*, n° 9, 1983, pp. 3~32.

48 "Production-reproduction: l'intertextualité comme principe créateur dans l'oeuvre d'André Gide", in *Le Plaisir de l'intertexte*, *op. cit.*, p. 209.

49 *Ibid.*, p. 213.

50 *Ibid.*, p. 211.

51 Jean-Claude Vareille, "Butor ou l'intertextualité généralisée", in *Le Plaisir de l'intertexte*, *op. cit.*, p. 281.

52 Michel Butor, *L'Arc*, n° 39, 1969, p. 2.

53 *Op. cit.*, p. 189.

54 *La Littérature potentielle*, Paris, Gallimard, coll. Idées, 1973, p. 251.

55 *Ibid.*, p. 201. (지나가는 자들이 / 말한다, 사라진다. / 뭐, 소리! / 뭐, 나무들! / 당신들 행진들 / 당신들 밤….)

56   *Ibid.*, p. 73.

57   취한 날갯짓 / 서리를 맞으며 / 오늘은 / 도망가지 않았네! (번역은 옮긴
     이)

58   Gérard Genette, *L'œuvre de l'art I. Immanence et transcendance*, Paris,
     Éditions du Seuil, coll. Poétique, 1994, p. 284.

59   Roland Jaccard, *Flirt en hiver*, Paris, Librairie générale française, coll.
     Biblio essais, 1995, pp. 23~24.

60   *L'Autorité de la pensée*, Paris, PUF, coll. Perspectives Critiques, 1997, p.
     130.

12장 글쓰기의 게놈

1   Sous la dir. de Paul Aron, Denis Saint-Jacques et Alain Viala, Paris,
     PUF, coll. Quadrige, 2004, p. 348.

2   라틴어로 '아버지, 창조자, 권위, 충고, 보호자'의 뜻을 지닌다.

3   라틴어로 '지배력(도의적 권위), 영향력, 권위, 위엄, 보증'의 뜻을 지닌다.

4   라틴어로 '(짐승 떼의) 몰이꾼, 주동자, 연극배우, 수임자受任者, 관리자'
     의 뜻을 지닌다.

5   *L'Autorité de la pensée*, *op. cit.*, p. VIII.

6   "Le statut du style", in Nelson Goodman et Catherine Z. Elgin,
     Esthétique et connaissance (Pour changer de sujet), traduit et présenté par
     Roger Pouivert, Paris, Éd. de l'Éclat, coll. Tiré à part, 1990, p. 38.

7   *Ibid.*, p. 47.

8   "Le style en sémiostylistique", in *Qu'est-ce que le style?*, sous la dir.
     de Georges Molinié et Pierre Cahné, Paris, PUF, coll. Linguistique
     nouvelle, 1994, p. 201.

9   *Ibid.*, p. 205.

10   Leo Spitzer, *Etudes de style* précédé de *Leo Spitzer et la lecture stylistique*
     par Jean Starobinski, Paris, Gallimard, coll. Bibliothèque des Idées,
     1970; rééd. coll. Tel, 1980, p. 9.

11   *Ibid.*, p. 17.

12   *Ibid.*, pp. 18~19.

13   *Ibid.*, p. 66.

14   *Qu'est-ce que le style?, op. cit.*, p. 9.

15   Robert Martin, *ibid.*, pp. 9~10.

16   Étienne Brunet, "Proust et Giraudoux", *Revue d'histoire littéraire de la France*, n° 5~6, septembre-décembre 1983, pp. 823~841.

17   "Qu'est-ce que la textométrie?", *Textométrie, Fédération des recherches et développements en textométrie autour de la création d'une plateforme logicielle ouverte*, http://textometrie.ens-lsh.fr/spip.php?article69 (mis en ligne le 26 mai 2008).

18   "Style et fait de style: un exemple rimbaldien", in *Qu'est-ce que le style?, op. cit.*, p. 18.

19   *Ibid.*, p. 31.

20   "L'horizon du style", in *Qu'est-ce que le style?", op. cit.*, p. 191.

21   *Forme et signification, essais sur les structures littéraires de Corneille à Claudel*, Paris, José Corti, 1962, pp. XVIII~XXI.

22   소설 《스테파니의 머리들 *Les Têtes de Stéphanie*》(1974)은 샤탕 보가트라는 필명으로 쓰였고, 이로부터 5년이 지나지 않은 1979년에 출간된 소설 《서정적 어릿광대들 *Les Clowns lyriques*》은 사실상 1952년에 출간되었던 《낮의 색깔들 *Couleurs du jour*》을 다시 출간한 것이다.

23   *Forme et signification, essais sur les structures littéraires de Corneille à Claudel, op. cit.*, p. XX.

24   *Contre Sainte-Beuve, op. cit.*, p. 360 (1ʳᵉ édition 1954).

결론

1   Michel Tournier, *Le Vent Paraclet, op. cit.*, p. 53.

2   *Le Monde*, 19 juin 1996, p. 27.

3   Michel Foucault, "Qu'est-ce qu'un auteur?", *art. cit.*, p. 14.

4   *Ibid.*, p. 15.

참고문헌

ACKROYD, Peter, *Chatterton*, Hamish Hamilton, London, 1987.

ADAM, Jean-Michel, "Style et fait de style: un exemple rimbaldien", in *Qu'est-ce que le style?*, sous la dir. de Goeroges Molinié et Pierre Cahné, Paris, PUF, coll. Linguistique nouvelle, 1994, pp. 15-43.

AJAR, Emile (Pseudonyme de Romain Gary), *L'Angloisse du roi Salomon*, Paris, Mercure de France, 1979.

AJAR, Emile, *Gros-Câlin*, Paris, Mercure de France, 1974.

AJAR, Emile, *Pseudo*, Paris, Mercure de France, 1976.

AJAR, Emile, *La Vie devant soi*, Paris, Mercure de France, 1975.

AKAKIA-VIALA (Pseudonyme d'Antoinette Allévy) et BATAILLE, Nicolas (pseudonyme de Roger Bataille), *Comment on fait du Rimbaud, La Table ronde*, n° 78, juin 1954, pp. 127-138.

ALBALAT, Antoine, *La Formation du style par l'assimilation des auteurs* (1901), Paris, Armand Colin, 1991.

ARDISSON, Thierry, *Pondichéry*, Paris, Albin Michel, 1993.

ARIES, Paul, *Le Retour du diable*, Paris, Ed. Golias, 1997.

ARMEL, Aliette, "Minh Tran Huy a bien écrit *La Double vie* d'Anna Song - Entretien", http:bibliobs.nouvelobs.com/blog/la-vie-en-livres/20091023/15479/minh-tran-huy-a-bien-ecrit-la-double-vie-danna-song-entretien (2009년 10월 23일자)

ARON, Paul, *Histoire du pastiche. Le pastiche littéraire français de la Renaissance à nos jours*, Paris, PUF, coll. Les Littéraires, 2008.

ARON, Paul, SAINT-JACQUES, Denis et VIALA, Alain (dir.), *Le Dictionnaire du littéraire*, Pairs, PUF, 2002; nouv. éd. coll. Quadrige, 2004.

ASSOULINE, Pierre, "Plagiat, nouvelles accusations", *Lire*, n° 196, janvier 1992, pp. 23-31.

ATTALI, Jacques, *Histoire du temps*, Paris, Fayard, 1982.

ATTALI, Jacques, *Verbatim*, Paris, Fayard, 1993.

AUDI, Paul, *L'autorité de la pensée*, Paris, PUF, coll. Perspectives Critiques, 1997.

AIGERON, Mickaël, "Coligny et les Espagnols à travers la course (1560-1572): une politique maritime au service de la cause protestante", in *Coligny, les protestants et la mer*, Paris, Presses de l'université Paris-Sorbonne, 1997, pp. 155-176.

AVELLANEDA, Alonso Fernández de, *Nouvelles aventures de l'admirable Don Quichotte de la Manche* (Tarragone, F. Roberto, 1614), trad. fr. Alain-René Lesage, édition critique de David Alvarez, Paris, Champion, coll. Sources classiques, 2009.

AZEMA, Marcelle, *De la responsabilité civile de l'écrivain*, thèse pour le doctorat, université de Bordeaux, Imprimerie. J. Bière, 1935.

BAETENS, Jan (éd.), *Le Combat du droit d'auteur*, anthologie historique suivie d' un entretien avec Alain Berenboom, Paris, Les Impressions nouvelles, 2001.

BAKHTINE, Mikhaïl, *Esthétique et théorie du roman*, trad. fr. Daria Olivier, Paris, Gallimard, coll. Bibliothèque des Idées, 1978; rééd. coll. Tel, 1987.

BAKHTINE, Mikhaïl, *L'oeuvre de François Rabelais et la culture populaire au Moyen Age et sous la Renaissance*, trad. fr. Andrée Robel, Paris, Gallimard, coll. Bibliothèque des Idées, 1970.

BAKHTINE, Mikhaïl, *Problèmes de l'oeuvre de Dostoïevski (Problemy tvorchestva Dostoevskogo)*, Leningrad, 1929.

BALZAC, Honoré de, *Le Chef-d'oeuvre inconnu (L'Artiste*, 1831), Paris, Charles Furne, 1846.

BALZAC, Honoré de, *Les Chouans ou la Bretagne en 1799 (Le Gars*, Paris, Urbain Canel, 1829), Paris, Vimont, 1834.

BALZAC, Honoré de, *La Comédie humaine*, Paris, Charles Furne, 1842.

BALZAC, Honoré de, "Notes remises à Messieurs les députés composant la commission de la loi sur la propriété littéraire" (3 mars 1841), in *Œuvres III*, Paris, Louis Conard, 1940, pp. 417-434.

BALZAC, Honoré de, *Une ténébreuse affaire*, Paris, Souverain et Lecou, 1843.

BARREAU, Jean-Claude, *Oublier Jérusalem*, Arles, Actes Sud, 1989.

BARTHES, Roland, *Le Bruissement de la langue. Essais critiques IV* (1re édition 1968), Paris, Editions du Seuil, 1984.

BARTHES, Roland, *Le Degré zéro de l'écriture*, Paris, Editions du Seuil, 1953 et 1972.

BARHTES, Roland, "Texte (théorie de)", *Encyclopaedia universalis*, 1989, pp. 996-1000.

BAUDELAIRE, Charles, *A une courtisane*, poème inédit de Charles Baudelaire d' après le manuscrit original, éd. Pascal Pia, Paris, J. Fort, 1925.

BAUDELAIRE, Charles, *Années de Bruxelles*, éd. Pascal Pia, Paris, Editions de la Grenade, 1927.

BAUDELAIRE, Charles, *Œuvres*, éd. Yves-Gérard Le Dantec, 2 vol., Paris, Gallimard, coll. Bibliothèque de la Pléiade, 1931.

BAYARD, Pierre, *L'Affaire du chien des Baskerville*, Paris, Editions de Minuit, 2007.

BAYARD, Pierre, *Et si les oeuvres changeaient d'auteur?*, Paris, Editions du Minui, 2010.

BAYLE, Pierre, *Dictionnaire historique et critique*, Rotterdam, R. Leers, 1697.

BEAUMARCHAIS, Jean-Pierre de et COUTY, Daniel (dir.), *Dictionnaire des oeuvres littéraires de langue française*, 4 vol., Paris, Bordas, 1994.

BEAUMARCHAIS, Jean-Pierre de, COUTY, Daniel et REY, Alain (dir.), *Dictionnaire des littératures de langue française*, 3 vol., Paris, Bordas, 1994 (1re édition 1984).

BEAUVOIR, Simone de, *La Force des choses*, Gallimard, 1963, rééd. coll. Folio, 2 vol., 1972.

BEHAR, Henri, *La Dramaturgie d'Alfred Jarry*, Paris, Champion, 2003.

BEIGBEDER, Frédéric, *Un roman français*, Paris, Grasset, 2009.

BELAUNAY, Henri, *Petite anthologie imaginaire de la poésie française*, Paris, Editions de Fallois, 1992; rééd. avec préf. de Jean d'Ormesson, Paris, Librairie générale française, coll. Le Livre de poche, 2000.

BEN JELLOUN, Tahar, *L'Enfant de sable*, Paris, Editions du Seuil, 1985.

BEN JELLOUN, Tahar, *La Nuit sacrée*, Paris, Editions du Seuil, 1987.

BENABOU, Marcel, *Pourquoi je n'ai écrit aucun de mes livres*, Paris, Hachette, coll. Textes du XXᵉ siècle, 1986.

BENOIT, Pierre, *L'Atlantide*, Paris, Albin Michel, 1919.

BENOIT, Pierre, "Comment j'ai écrit *L'Atlantide*", *L'Echo de Paris*, 2 février 1920, pp. 1-2.

BENZECRI, Jean-Paul (dir.), *L'Analyse des données. Leçons sur l'analyse factorielle et la reconnaissance des formes et travaux*, Paris, Dunod, 1973.

BERNET, Charles, "La distance intertextuelle et le théâtre du Grand Siècle", in *Mélanges offerts à Charles Muller pour son centième anniversaire (22 septembre 2009)*, textes réunis par Christian Delcourt et Marc Hug, Paris, CILF, 2009, pp. 87-97.

BERTRAND, André René, *Le Droit d'auteur et les droits voisins*, Paris, Masson, 1991.

BERTRAND, André René, "La France est-elle encore un pays de droit··· d' auteur?", *Cahiers du droit d'auteur*, n° 36, mars 1991, pp. 1-5.

BESNIER, Patrick, *Alfred Jarry*, Paris, Fayard, 2005.

BESSON, Philippe, *L'Enfant d'octobre*, Paris, Grasset, 2006.

BETTELHEIM, Bruno, *Psychanalyse des contes de fée*, trad. fr. Théo Carlier, Paris, Robert Laffont, 1976.

BEYALA, Calixthe, *Les Honneurs perdus*, Paris, Albin Michel, 1996.

BEYALA, Calixthe, *Le Petit Prince de Belleville*, Paris, Albin Michel, 1992.

BILOUS, Daniel et Nicole, "La manière deux (Pour une didactique du pastiche)", in *La réécriture*, Actes de l'université d'été de Cerisy-la-Salle, 22-27 août 1988, sous la dir. de Claudette Oriol-Boyer, Grenoble, Ceditel, 1990, pp. 125-139.

BITSCHNAU, Patricia, *Le Gadjo*, Paris, Olivier Orban, 1984.

BLOY, Léon, *Histoires désobligeantes* suivi de *Belluaires et porchers*, préface d' Hubert Juin, Union générale d'éditions, coll. 10/18, 1983.

BOBLET, Marie-Hélène, "Roman historique et Vérité romanesque: *Les Bienveillantes*. Comment le romanesque redonne une mémoire à l'histoire", *Romanesque*, n° 3, juillet 2008, Amiens, Encrage Edition, pp. 221-240.

BOGAT, Shatan (pseudonyme de Romain Gary), *Les Têtes de Stéphanie*, Paris, Gallimard, 1974.

BOILEAU, Nicolas, *Art poétique* (1674), *Oeuvres complètes*, éd. Françoise Escal, Paris, Gallimard, coll. Bibliothèque de la Pléiade, 1966.

BOISSIER, Denis, *L'affaire Molière, la grande supercherie littéraire*, Paris, Ed. Jean-Cyrille Godefroy, 2004.

BON, François, *Un fait divers*, Paris, Editions de Minuit, 1993.

BORGES, Jorge Luis, *Fictions*, trad. fr. Paul Verdevoye, nouvelle édition augmentée, Paris, Gallimard, 1965.

BORGES, Jorge Luis, *Le Livre de sable* (1ʳᵉ éd. Buenos Aires, 1975), trad. fr. Françoise-Marie Rosset, Paris, Gallimard, coll. Du monde entier, 1978; rééd. coll. Folio, 1983.

BOSCHETTI, Anne, "Légitimité littéraire et stratégies éditoriales", in *Histoire de l'édition française* IV. *Le Livre concurrencé 1900-1950*, sous la dir. de Roger Chartier et Henri-Jean Martin, Paris, Fayard, 1991, p. 521.

BOTA, Christian et BRONCKART, Jean-Paul, "Volochinov et Bakhtine: deux approches radicalement opposées des genres de textes et de leur statut", *LINX*, n° 56, 2007, pp. 73-89.

BOUILLAGUET, Annick, *Marcel Proust, le jeu intertextuel*, Paris, Editions du Titre, 1990.

BOURDIEU, Pierre, "Le champ littéraire", *Actes de la recherche en sciences sociales*, n° 89, Editions du Seuil, septembre 1991.

BOURDIEU, Pierre, *Les Règles de l'art. Genèse et structure du champ littéraire*, Paris, Editions du Seuil, coll. Libre examen, 1992.

BRAHIMI, Denise, "Conversations avec Tahar Ben Jelloun", *Notre librairie*, n° 103, oct-déc., 1990, p. 44.

BRETON, André, *Flagrant délit. Rimbaud devant la conjuration de l'imposture et du trucage*, Paris, Thésée, 1949.

BRICON, Etienne, "La profession d'homme de lettres chez les Anciens", *La Nouvelle revue*, tome 58, mai-juin 1889, pp. 524-544.

BROWN, Dan, *Da Vinci Code*, trad. fr. Daniel Roche, Paris, J.-C. Lattès, 2004.

BRUCKNER, Pascal, *Les Voleurs de Beauté*, Paris, Grasset, 1997.

BRUNET, Etienne, "Proust et Giraudoux", *Revue d'histoire littéraire de la France*, septembre-décembre 1983, n° 5-6, pp. 823-841.

BUTEN, Howard, *Quand j'avais cinq ans, je m'ai tué*, trad. fr. Jean-Pierre Carasso, Paris, Editions du Seuil, 1981.

BUTOR, Michel, *L'Arc*, n° 39, numéro spécial Michel Butor, 1969.

BUZZATI, Dino, *Entretiens avec Yves Panafieu*, in Yves Panafieu et Michel Suffran, Dino Buzzati, Lyon, La Manufacture, 1988.

BUZZATI, Dino, *Le Désert des Tartares*, Paris, Robert Laffont, 1949.

CABRERA INFANTE, Guillermo, *Compleaños*, Mexico, Joaquín Mortiz, 1970.

CAILLEMER, Exupère, *Etudes sur les antiquités juridiques d'Athènes. La Propriété littéraire à Athènes*, Paris, A. Durand, 1865–1872.

CALIFORNIA, J. D. (pseudonyme de Fredrik Colting), *60 Years Later Coming Through The Rye*, Nicotext, 2009.

CALVINO, Italo, *Leçons américaines. Aide-mémoire pour le prochain millénaire*, trad. fr. Yves Hersant, Paris, Gallimard, coll. Du monde entier, 1989; rééd. coll. Folio, 1992.

CALVINO, Italo, *Si par une nuit d'hiver un voyageur*, Paris, Editions du Seuil, 1981.

CARADEC, François, *Vie de Raymond Roussel*, Paris, Pauvert, 1972.

CARCO, Francis, *L'Homme traqué*, Paris, Albin Michel, 1922.

CARRERE, Emmanuel, *L'Adversaire*, Paris, Plon, 2000.

CASTELLARI, Enzo G. (réal.), *La Mort au large (L'ultimo squalo)*, 1981.

CAVANAGH, Jean-Franck, "Propriété littéraire et artistique", in *Dictionnaire des littératures de langue française*, sous la dir. de Jean-Pierre de Beaumarchais, Daniel Couty et Alain Rey, Paris, Bordas, 1994 (1re édition, 1984), tome III, pp. 1929-1932.

CAZE, Georgette et Bernard, *D'Holbach portatif*, Paris, Jean-Jacques Pauvert, 1967.

CEARD, Henry, "L'Œuvre, *Venise sauvée*, tragédie d'Otway", *Le Matin*, 9 novembre 1895, p. 3.

CELA, Camilo José, *La Croix de saint André*, Planeta, 1994.

CELINE, Louis-Ferdinand, *L'Eglise*, Paris, Gallimard, 1926.

CELINE, Louis-Ferdinand, *Entretiens avec le Professeur Y*, Paris, Gallimard, 1955.

CELINE, Louis-Ferdinand, *Le Voyage au bout de la nuit*, Paris, Denoël et Steele, 1932.

CELORIO, Victor Manuel, *El Unicornio Azul*, Mexico, Gruppe Editorial, 1986.

CENDRARS, Blaise, *L'Homme foudroyé*, préface d'Henry Miller, Paris, denoël,

1945.

CENDRARS, Blaise, *Kodak. Documentaire*, Paris, Stock, Delamain, Boutelleau, coll. Poésie du temps, 1924, 5ᵉ édition 1926.

CERESA, François, *Cosette*, Paris, Plon, 2001.

CERVANTES, Miguel de, *L'Ingénieux hidalgo don Quichotte de la Manche*, trad. fr. César Oudin et Françoise Rosset, revu, corrigé et annoté par Jean Cassou, Paris, Gallimard, coll. Bibliothèque de la Pléiade, 1949.

CERVANTES, Miguel de, *Nouvelles exemplaires* (1613), trad. fr. et notes de Jean Cassou, Paris, Gallimard, coll. Bibliothèque de la Pléiade, 1949.

CHABON, Michael, *La Solution finale*, trad. fr. Isabelle D. Philippe, Paris, Robert Laffont, 2007.

CHARTIER, Roger, *Culture écrite et société: l'ordre des livres. Lecteur, auteur, bibliothèques en Europe entre XIVᵉ et XVIIIᵉ siècle*, Paris, Albin Michel, 1996.

CHASE, James Hadley, *Eva*, trad. fr. J. Robert Vidal, Paris, Gallimard, coll. Série Noire, 1947.

CHASSE, Charles, *Sous le masque de Jarry, les sources d'Ubu roi*, Paris, L. Floury, 1921; rééd. sous le titre *Dans les coulisses de la gloire: d'Ubu roi au douanier Rousseau*, Paris, Ed. de la Nouvelle Revue critique, 1947.

CHATEAUBRIAND, François-René de, *Mémoires d'outre-tombe*, éd. Maurice Levaillant et Georges Moulinier, 2 vol., Paris, Gallimard, coll. Bibliothèque de la Pléiade, 1951.

CHATEAUBRIAND, François-René de, *Voyage en Amérique*, éd. Richard Switzer, Paris, Nizet et Marcel Didier, 1964.

CHAUDENAY, Roland de, *Dictionnaire des plagiaires*, Paris, Perrin, 1990.

CHESSEX, Jacques, *L'Imitation*, Paris, Grasset, 1997.

CHIMO, *Lila dit ça*, Paris, Plon, 1996.

CHRISTIN, Pierre, *Petits crimes contre les humanités*, Paris, Métailié, 2006.

CICOGNINI, Giacinto Andrea, *Les Heureuses Jalousies du prince Rodrigue*, Pérouse, S. Zecchini, 1654; rééd. Bologne, 1660, et Venise, 1661.

CLAUDEL, Philippe, "L'autre", in *Les petites mécaniques*, Paris, Mercure de France, 2003.

CLEGG, H. E., et ASCJER, P. W., *Neuf sur onze*, Paris, Editions de la Bruère, coll. La Cagoule, 1948.

COLOMBET, Claude, *Propriété littéraire et artistique et droits voisins*, Paris,

Dalloz, 2ᵉ édition 1980, 7ᵉ édition 1994.

COMPAGNON, Antoine, *La Seconde Main, ou le Travail de la citation*, Paris, Editions du Seuil, 1979.

CONSTANT, Paule, *Confidence pour confidence*, Paris, Gallimard, 1998; rééd. coll. Folio, 2000.

COURTENLINE, Georges (pseudonyme de Georges Moinaux), *Boubouroche*, Paris, Flammarion, 1893.

CULLIN, Mitch, *Les Abeilles de monsieur Holmes*, trad. fr. Hélène Collin, Paris, Naïve, 2007.

DAENINCKX, Didier, "Le manuscrit trouvé à Sarcelles", in *Passages d'enfer*, Paris, Denoël, 1998.

DARROEISSECQ, Marie, *Le Bébé*, Paris, POL, 2002.

DARROEISSECQ, Marie, *Naissance des fantômes*, Paris, POL, 1998.

DARROEISSECQ, Marie, *Rapport de police. Accusations de plagiat et autres modes de surveillance de la fiction*, Paris, POL, 2010.

DARROEISSECQ, Marie, *Tom est mort*, Paris, POL, 2007.

DECUGIS, Michel et ZEMOURI, Aziz, *Paroles de banlieues*, Paris, Plon, 1995.

DEFORGES, Régine, *La Bicyclette bleue*, Paris, Fayard, 1981; rééd. Ramsay, 1987.

DEFORGES, Régine, *101, avenue Henri Martin*, Paris, Fayard, 1983.

DEFORGES, Régine, *Le Diable en rit encore*, Paris, Fayard, 1985.

DELMARE, Georges, *Désordres à Pondichéry*, Paris, Editions de France, 1938.

DELBOURG, Patrice, "Je suis une éponge", *L'Evénement du jeudi*, 12 avril 1990.

DELEUZE, Gilles, *Différence et répétition*, Paris, Presses universitaires de France, 1968.

DERRIDA, Jacques, *L'Ecriture et la différence*, Paris, Editions du Seuil, coll. Points, 1967.

DESBOIS, Henri, *Le droit d'auteur en France. Propriété littéraire et artistique*, Paris, Dalloz, 1978.

DI FOLCO, Philippe, *Les Grandes Impostures littéraires*, Paris, Ecriture, 2006.

DIDEROT, Denis, *Lettre sur le commerce de la librairie*, Paris, Fontane, 1984.

DISPOT, Laurent, "'M'sieur, ils copient' ou le plagiat en littérature", *Le Matin des livres*, 24 avril 1981, p. 19.

DOCK, Marie-Claude, *Contribution historique à l'étude du droit d'auteur*, thèse

(1960), Paris, Librairie générale de droit et de jurisprudence, 1962.

DORGELES, Roland, *Les Croix de bois*, Paris, Albin Michel, 1919.

DORMANN, Geneviève, *Le Bal du dodo*, Paris, Albin Michel, 1989.

DOUBROVSKY, Serge, *Fils*, Paris, Galilée, 1977.

DOUMENC, Philippe, *Contre-enquête sur la mort d'Emma Bovary*, Arles, Actes Sud, 2009.

DOURNON, Jean-Yves, *Dictionnaire d'orthographe et des difficultés du français*, Paris, Hachette, 1974, nouv. éd. Librairie générale française, coll. Le Livre de poche, 1987.

DOYLE, Arthur Conan/WHITAKER, Arthur, "The Case of the Man Who Was Wanted" (1914), *Cosmoplitan*, août 1948; trad. fr. "Sur la piste du faussaire", in *Etudes en noir. Les dernières aventures de Sherlock Holmes*, Paris, L' Archipel, 2004.

DUCHÊNE, Roger, *Ninon de Lenclos*, Paris, Fayard, 1984.

DUMAS, Alexandre, "Comment je devins auteur dramatique"(*Revue des Deux Mondes*, 1833), in *Théâtre complet*, Paris, Calmann Lévy éditeur, 1883.

DURAILLE, Marguerite (pseudonyme de Patrick Rambaud), *Mururoa, mon amour*, Paris, Jean-Claude Lattès, 1996.

DURAS, Marguerite (pseudonyme de Marguerite Donnadieu), *L'Après-midi de Monsieur Andesmas*, Paris, Gallimard, 1962.

DURAS, Marguerite, *Hiroshima, mon amour*, Paris, Gallimard, 1960.

ECO, Umberto, *Les Limites de l'interprétation* (Milan, Fabbri-Bompiani, 1990), trad. fr. Myriem Bouzaher, Paris, Grasset, 1992.

ECO, Umberto, *Le Nom de la rose* (Milan, Fabbri-Bompiani, 1980), trad. fr. Jean-Noël Schifano, Paris, Grasset, 1982.

ECO, Umberto, *L'Œuvre ouverte* (Milan, Bompiani, 1962), trad. fr. Chantal Roux de Bézieux avec le concours d'André Boucourechliev, Paris, Editions du Seuil, 1965.

ERNAUX, Annie, *Passion simple*, Paris, Gallimard, 1991.

ERNST, Max, "Au-delà de la peinture" (*Cahiers d'Art* n° 6-7, 1937), in *Ecritures*, Paris, Gallimard, coll. Le Point du Jour 1970, pp. 235-269.

FIECHTER, Jean-Jacques, *Tiré à part*, Paris, Denoël, 1992.

FIORETTO, Pascal, *Et si c'était niais?*, Paris, Chiflet & Cie, 2007.

FLAUBERT, Gustave, *Bouvard et Pécuchet*, éd. Claudine Gothot-Mersch, Paris,

Gallimard, coll. Folio classique, 1999.

FLAUBERT, Gustave, *Correspondance*, Paris, Louis Conard, 1910.

FLAUBERT, Gustave, *Madame Bovary*, éd. Thierry Laget, Paris, Gallimard, coll. Folio classique, 2001.

FLEMING, Victor (réal.), *Gone with the Wind*, 1939.

FOUCAULT, Michel, "Qu'est-ce qu'un auteur?" (*Bulletin de la Société française de philosophie*, juillet-sept. 1969), *Littoral*, n° 9, 1983, pp. 3-32.

FRADIER, Catherine, *Camino 999*, Paris, Editions Après la lune, 2007.

FRAIN, Irène, *La Guirlande de Julie*, Paris, Robert Laffont, 1991.

FRANCE, Anatole, "Apologie pour le plagiat", *La Vie littéraire*, 4e série, Paris, Calmann-Lévy, 1924, pp. 157-167.

FREUD, Sigmund, "Le roman familial des névrosés", in *Névrose, psychose et perversion*, introduction et trad. fr. sous la dir. de Jean Laplanche, Paris, Presses universitaires de France, 1973, pp. 157-160.

FRONTENAC, Yves, "Buzzati/Gracq, la séduction de Pouchkine", *Magazine littéraire*, n° 336, octobre 1995.

FUEGI, John, *Brecht & Co. Sex, Politics, and the Making of the Modern Drama*, New York, Grove Press, 1994; trad. fr. Eric Diacon et Pierre-Emmanuel Dauzat, *Bertolt Brecht et Cie. Sexe, politique et l'invention du théâtre moderne*, Paris, Fayard, 1995; trad. all. Sebastian Wohlfeil, *Brecht & Co. Biographie*, Hambourg, Europäische Verlagsanstalt, 1997.

FUENTES, Carlos, *Diana, o la cazadora solitaria*, Alfaguar, 1994; trad. fr. Céline Zins, Paris, Gallimard, coll. Du monde entier, 1996.

FULK, Eleanor (pseudonyme d'Edmond Michel), *Les Sept chênes*, Paris, Editions de la Bruyère, coll. La Cagoule, 1947.

GABELE, Yvonne Robert, *Créole et grande dame. Johanna Bégum, marquise Dupleix (1706-1756)*, Paris, PUF, 1956.

GAILLOT, Mgr Robert, *La Dernière Tentation du diable*, Paris, Editions Numéro 1, 1998.

GALDEMAR, Ange, "La question du plagiat, conversation avec M. Emile Zola", *Le Gaulois*, 11 novembre 1895, pp. 1-2.

GANDILLOT, Thierry, "C'est Brecht qu'on assassine", *Le Nouvel Observateur*, 20 avril 1995.

GARY, Romain (pseudonyme de Roman Kacew), *Au-delà de cette limite, votre ticket n'est plus valable*, Paris, Gallimard, 1975.

GARY, Romain, *Charge d'âme*, Paris, Gallimard, 1977.

GARY, Romain, *Clair de femme*, Paris, Gallimard, 1977.

GARY, Romain, *Les Clowns lyriques*, Paris, Gallimard, 1979.

GARY, Romain, *Les Couleurs du jour*, Paris, Gallimard, 1952.

GARY, Romain, *La Vie devant soi*, Paris, Mercure de France, 1975.

GAUTHIER, Théophile, "Onuphrius ou les vexations fantastiques d'un admirateur d'Hoffmann", *Les Jeunes-France, romans goguenards suivis de contes humoristiques*, Paris, G. Charpentier et E. Fasquelle éditeurs, 1894, pp. 25-70.

GAUTIER, Pierre-Yves, *Propriété littéraire et artistique*, Paris, PUF, 1991.

GENETTE, Gérard, *Figures*, Paris, Editions du Seuil, coll. Tel quel, 1969.

GENETTE, Gérard, *Figures I*, Paris, Editions du Seuil, coll. Points littéraires, 1976.

GENETTE, Gérard, *Figures II*, Paris, Editions du Seuil, coll. Points littéraires, 1979.

GENETTE, Gérard, *L'Œuvre de l'art I. Immanence et transcendance*, Paris, Editions du Seuil, coll. Poétique, 1994.

GENETTE, Gérard, *Palimpsestes. La littérature au second degré*, Paris, Editions du Seuil, coll. Poétique, 1982; rééd. coll. Points Essais, 1992.

GERARD, Alain, *Madame, c'est à vous que j'écris*, Paris, Albin Michel, 1995.

GHEORGHIU, Virgil, *Dieu ne reçoit que le dimanche*, Paris, Plon, 1975.

GIDE, André, *Conseils au jeune écrivain. De l'influence en littérature*, Paris, Proverbe, 1992.

GIDE, André, *La Porte étroite*, Paris, Mercure de France, 1909.

GIDE, André, *Le Prométhée mal enchaîné*, Paris, Mercure de France, 1899.

GIRAUDOUX, Jean, "Carrière"(Paris-Journal, 27 juin 1911), in *Les Contes d'un matin*, Paris, Gallimard, 1952.

GIRAUDOUX, Jean, *Siegfried*, in *Théâtre complet*, éd. sous la dir. de Jacques Body, Paris, Gallimard, coll. Bibliothèque de la Pléiade, 1982.

GOODMAN, Nelson, "Le statut du style", in Nelson Goodman et Catherine Z. Elgin, *Esthétique et connaissance (Pour changer de sujet)*, trad. fr. et prés. Roger Pouivert, Paris, Editions de l'Eclat, coll. Tiré à part, 1990.

GOUJON, Jean-Paul et LEFRERE, Jean-Jacques, "Ote-moi d'un doute···". *L'énigme Corneille-Molière*, Paris, Fayard, 2006.

GOURMONT, Rémy de, *Esthétique de la langue française*, Paris, Mercure de France, 1899; rééd. Ed. d'Aujourd'hui, 1985.

GOURMONT, Rémy de, *Promenades littéraires* (1912), Paris, Mercure de France, 1919.

GRACQ, Julien, *Le Rivage des Syrtes*, Paris, José Corti, 1951.

GRIOLET, Patrick, *Mots de Louisiane. Etude lexicale d'une francophonie*, Göteborg, Acta Universitatis Gothoburgensis, Paris, L'Harmattan, 1986.

GROSSMAN, David, *Le Vent jaune*, trad. fr. Suzanne Meron, Paris, Editions du Seuil, 1988.

GROULT, Flora, *Belle Ombre*, Paris, Flammarion, 1989.

GUIRAUD, Pierre, *Les caractères statistiques du vocabulaire. Essai de méthodologie*, Paris, PUF, 1954.

GUIRAUD, Pierre, *Problèmes et méthodes de la statistique linguistique*, Paris, PUF, 1960.

GUITTON, Jean et BOGDANOV, Igor et Grichka, *Dieu et la science. Vers le métaréalisme*, Paris, Grasset, 1991.

GUTH, Paul, *Moi, Ninon de Lenclos, courtisane*, Paris, Albin Michel, 1991.

HAENEL, Yannick, *Cercle*, Paris, Gallimard, 2009.

HAGGARD, Henry Rider, *She. A History of Adventure*, London, Longmans, Green and Co., 1887.

HALLSTRÖM, Lasse (réal.), *Faussaire (The Hoax)*, 2007.

HARDY, René, *Amère Victoire*, Paris, Robert Laffont, 1955.

HEBRARD, Frédérique, *Le Château des Oliviers*, Paris, Flammarion, coll. J'ai lu, 1993.

HEBRARD, Frédérique, *Le Harem*, Paris, Flammarion, 1987.

HEIDEN, Serge, "Qu'est-ce que la textométrie?", *Textométrie, Fédération des recherches et développements en textométrie autour de la création d'une plateforme logicielle ouverte*, http://textometrie.ens-lsh.fr/spip.php?article69 (mis en ligne le 26 mai 2008).

HEINICH, Nathalie, *Etre écrivain*, Paris, Ministère de la Culture, Association Adresse, 1994.

HENNIG, Jean-Luc, *Apologie du plagiat*, Paris, Gallimard, coll. L'infini, 1997.

HENRIOT, Eugène, *Moeurs juridiques et judiciaires de l'ancienne Rome*, 2 vol., Paris, Firmin Didot, 1865.

HENRIOT, Emile, "La vie littéraire, *Le Dernier des Justes* d'André Schwarz-Bart", *Le Monde*, 4 novembre 1959.

HEUSCHER, Julius E., *A Psychiatric Study of Myths and Fairy Tales. Their Origin, Meaning and Usefulness*, Springfield, Charles C. Thomas, 1974.

HOMERE, *Iliade*, trad. par Eugène Lassère, Paris, Garnier-Flammarion, 1965.

HOUELLEBECQ, Michel (pseudonyme de Michel Thomas), *La Carte et le Territoire*, Paris, Flammarion, 2010.

HOUGRON, Jean, "La vieille femme", in *Les Humiliés*, Paris, Stock, 1965.

HOUPPERMANS, Sjef, "Raymond Roussel et l'intertextualité", in *Le Plaisir de l'intertexte. Formes et fonctions de l'intertextualité*, sous la dir. de Raimund Theis et Hans T. Siepe, Berne, Peter Lang, 1986, pp. 116-131.

HUCHON, Mireille, *Louise Labé. Une créature de papier*, Genève, Librairie Droz, 2006.

IRVING, Clifford, *The Autobiography of Howard Hughes*, terrificbooks.com, 1999; rééd. London, John Blake Publishing, 2008.

IRVING, Clifford, *Hoax*, New York, The Permanent Press, 1981.

JACCARD, Roland, *Flirt en hiver*, Paris, Librairie générale française, coll. Biblio essais, 1995.

JAKOBSON, Roman, *Essais de linguistique générale*, Minuit, 1963.

JARRY, Alfred, *Ubu enchaîné*, Paris, Editions de la Revue blanche, 1900.

JARRY, Alfred, *Ubu intime*, éd. Henri Bordillon, Romillé, Folle Avoine, 1985.

JARRY, Alfred, *Ubu roi*, Paris, Mercure de France, 1896.

JAUER, Annick, "Ironie et génocide dans *Les Bienveillantes* de Jonathan Littell", *Hégémonie de l'ironie?*, http://www.fabula.org/colloques/document982.php. (mis en ligne le 18 juin 2008).

JEANDILLOU, Jean-François, *Esthétique de la mystification. Tactique et stratégie littéraires*, Paris, Editions de Minuit, 1994.

JEAN-PAUL (pseudonyme de Johann Paul Friedrich Richter), *La Vie de Fibel*, trad. et prés. par Claude Pichois et Robert Kopp, Paris, Union générale d'éditions, coll. 10/18, 1967.

JOLY, Maurice, *Dialogue aux enfers entre Machiavel et Montesquieu*, Bruxelles, A. Mertens et fils, 1864.

JORDÃO, Levy Maria, "De la propriété littéraire chez les Romains", *Revue critique de législation et de jurisprudence*, tome XX, 12, 1862.

KANT, Emmanuel, *Doctrine du Droit, doctrine de la vertu*, trad. et prés. par Alain Renaud, Paris, Flammarion, coll. Garnier-Flammarion, 1994.

KECHICHIAN, Patrick, "Albert Cohen vu par Bella", *Le Monde*, 16 février 1990.

KECHICHIAN, Patrick, "Marie Darrieussecq a-t-elle singé Marie Ndiaye?', *Le Monde*, 4 mars 1998.

KEENE, Day (pseudonyme de Gunnar Hjerstedt), *Un colis d'oseille*, trad. fr. Frank Degrémont, Paris, Gallimard, coll. Série Noire, 1959.

KENNEDY, Douglas, *Rien ne va plus*, trad. fr. Bernard Cohen, Paris, Belfond, 2002; rééd. Pocket, 2004.

KING, Stephen, "Vue imprenable sur jardin secret", in *Minuit 2* (Albin Michel, 1991), trad. fr. William Olivier Desmond, Paris, Ed. J'ai lu, 1993.

KIPLING, Rudyard, *L'Homme qui voulait être roi*, trad. fr. Louis Fabulet et Robert d'Humières, Paris, Mercure de France, 1901.

KRISTEVA, Julia, "De l'abjection à la banalité du mal", conférence de l'ENS organisée par le Centre Roland Barthes (université Paris VII) le 24 avril 2007, http://www.kristeva.fr/abjection.html

KRÜGER, Michael, *Himmelfarb*, trad. fr. Claude Porcell, Paris, Editions du Seuil, 1996.

LA BRUYERE, Jean de, *Les Caractères*, 2 vol., Paris, Librairie Larousse, 1971.

LA FONTAINE, Jean de, *Fables*, Tours, Maison Mame, 1938.

LA FONTAINE, Jean de, "Lettre à M. de Maulcroix", in Molière, *Œuvres complètes*, sous la dir. de Georges Forestier avec Claude Bourqui, Paris, Gallimard, coll. Bibliothèque de la Pléiade, 2010, tome I, pp. 1135-1136.

LA FONTAINE, Jean de, *Suite des Oeuvres posthumes*, éd. Simien Despréaux, Paris, Imprimerie Boudin, 1798.

LABBÉ, Dominique, *Corneille dans l'ombre de Molière, Histoire d'une découverte*, Paris-Bruxelles, Les Impressions Nouvelles/Les Piérides, 2003.

LABOULAYE, Edouard et GUIFFREY, Georges, *La Propriété littéraire au XVIIIe siècle. Recueil de documents publié par le comité de l'Association pour la défense de la propriété littéraire et artistique*, Paris, Louis Hachette, 1859.

LACOUTURE, Jean, *Mitterrand, une histoire de Français*, Paris, Editions du Seuil, 1998.

Laffont-Bompiani, *Dictionnaire des oeuvres*, Paris, Robert Laffont, coll. Bouqins,

1968.

LAFON, Michel, *Borges ou la Réécriture*, Paris, Editions du Seuil, coll. Poétique, 1990.

LALANNE, Ludovic, *Curiosités littéraires*, Paris, Paulin, 1845.

LALLEMAND, Ferdinand, *Journal de bord de Maarkos Sestios*, Paris, Editions de Paris, 1955.

LAMBRON, Marc, *L'Oeil du silence*, Paris, Flammarion, 1993.

LAOUISSI, Farida, *Circularité et infini: une lecture borgésienne de* L'Enfant de sable *de Tahar Ben Jelloun*, thèse de doctorat dirigée par Charles Bonn, université Paris XIII, 1993.

LARÈS, Maurice, "De Lawrence à Learoyd", *Revue de littérature comparée*, janvier-mars 1984.

LAROUSSE, Pierre, *Grand Dictionnaire universel du XIXe siècle*, Paris, 1866-1877 (articles "Contrefaçon", "Plagiat", "Propriété littéraire et artistique").

LAURENS, Camille (pseudonyme de Laurence Ruel-Mézières), "Marie Darrieussecq ou le syndrome du coucou", *La Revue littéraire*, Paris, Editions Léo Scheer, automne 2007, n° 32.

LAURENS, Camille, *Philippe*, Paris, POL, 1995.

LAWRENCE, Thomas Edward, *Les Sept piliers de la Sagesse*, trad. fr. Charles Mauron, Paris, Payot, 1947.

LE BRETON, Alain, *Emmenez-moi à l'Isle Maurice*, Stanley, Rose Hill, Editions de l'Océan Indien, 1986.

LE BRIS, Michel, *D'or, de rêves et de sang. L'épopée de la flibuste (1494-1588)*, Paris, Hachette Littératures, 2001.

LECARME, Jacques, "Alain Gérard, *Madame, c'est à vous que j'écris*, Paris, Albin Michel, 1995", *La Faute à Rousseau*, n° 9, juin 1995, pp. 56.

LECARME, Jacques, "Perec et Freud ou le mode du réemploi", *Mélanges, Cahiers Georges Perec*, n° 4, Ed. du Limon, 1990, pp. 121-141.

LECARME, Jacques, "Sartre et Céline: deux violents dans le siècle", *Magazine littéraire*, n° 282, novembre 1990, dossier "Sartre dans tous ses écrits", pp. 41-44.

LECARME-TABONE, Eliane, "Splendeurs et misères des courtisanes", *Cahiers de sémiotique textuelle*, 16, 1989.

LE FAURE, Georges et DELCOURT, Pierre, *La Tour de Nesle*, Paris, Fayard frères, 1898.

LEGRAND, Maurice, *Une vie de Pierre Ménard*, Paris, Gallimard, 2008.

LEJEUNE, Philippe, 'L'autobiocopie", in *Autobiographie et biographie*, colloque de Heidelberg, textes réunis et présentés par Mireille Calle-Gruber et Arnold Rothe, Paris, A.-G. Nizet, 1989.

LE ROUGE, Gustave, *Le Mystérieux docteur Cornélius* suivi de *Le Prisonnier de la planète Mars, La Guerre des vampires, L'Espionne du grand Lama, Cinq nouvelles retrouvées, Les Poèmes du docteur Cornélius*, introd. Francis Lacassin, Paris, Robert Laffont, coll. Bouquins, 1986.

LEROY, Gilles, *Alabama Song*, Paris, Mercure de France, 2007.

LÉVY, Bernard-Henri, *Le Diable en tête*, Paris, Grasset, 1984.

LÉVY, Marc, *Et si c'était vrai*, Paris, Robert Laffont, 2000.

LINDON, Mathieu, *Le Procès de Jean-Marie Le Pen*, Paris, POL, 1998.

LITTELL, Jonathan, *Le Bienveillantes*, Paris, Gallimard, 2006.

LODGE, David, *Un tout petit monde*, préf. Umberto Eco, trad. fr. Maurice et Yvonne Couturier, Marseille, Paris, Rivages, 1991.

LOPEZ, Denis, *La Plume et l'épée. Montausier 1610-1690: position littéraire et sociale jusqu'en 1653*, coll. Biblio 17 n° 35, *Papers on French Seventeenth Century Literature*, Paris-Seattle-Tübingen, 1987.

LOUŸS, Pierre, "L'auteur d'Amphitroyn", *Le Temps*, 16 octobre 1919.

LOUŸS, Pierre, *Les Chansons de Bilitis, traduites du grec pour la première fois par P. L.*, Paris, G. Crès, 1913.

LOUŸS, Pierre, *Mon Journal, 24 juin 1887-16 mai 1888*, Paris, Editions du Seuil, coll. L'Ecole des lettres, 1994.

LUCAS, André et LUCAS, Henri-Jacques, *Traité de la propriété littéraire et artistique*, Paris, Litec, 1994.

MACHEREY, Pierre, *Pour une théorie de la production littéraire*, Paris, François Maspero, 1966.

MAGNE, Emile, *Ninon de Lenclos*, Paris, Emile-Paul frères, 1948.

MAGNIER, Bernard, "Le Devoir de violence", in *Dictionnaire des oeuvres littéraires de langue française*, sous la dir. de Jean-Pierre de Beaumarchais et Daniel Couty, Paris, Bordas, 1994, tome II, p. 531.

MAHRANE, Saïd, "Affaire Grégory: Christine Villemin attaque Philippe Besson", *Le Point*, 17 janvier 2007.

MAINGUENEAU, Dominique, "L'horizon du style", in *Qu'est-ce que le style?*, sous la dir. de Georges Molinié et Pierre Cahné, Paris, PUF, coll. Linguistique nouvelle, 1994, pp. 187-199.

MÂLE, Émile, *L'Art religieux du XIIIe siècle en France*, Paris, E. Leroux, 1898.

MALLARMÉ, Stéphane, *Œuvres complètes*, éd. G. Jean-Aubry et Henri Mondor, Paris, Gallimard, coll. Bibliothèque de la Pléiade, 1945.

MALLARMÉ, Stéphane, "Les Poésies parisiennes d'Emmanuel des Essarts" (*Le Sénonais. Journal de l'Yonne*, Sens, 22 mars 1862), in *Œuvres complètes*, éd. G. Jean-Aubry et Henri Mondor, Paris, Gallimard, coll. Bibliothèque de la Pléiade, 1945, pp. 254-256.

MALRAUX, André, *Les Voix du silence*, Paris, NRF, coll. La Galerie de la Pléiade, 1951.

MALVERN, Jack, "Shakespeare a-t-il écrit ses pièces seul?" (*The Times*, 27 octobre 2009), *Courrier international*, 10 janvier 2010.

MAÑAS, José Angel, *Je suis un écrivain frustré*, trad. fr. Jean-François Carcelen, Paris, Métailié, 1998.

MARMONTEL, Jean-François, *Éléments de littérature* (1787), Paris, Amable Costes et Cie, 1819.

MASSON, Pierre, "Production-reproduction: l'intertextualité comme principe créateur dans l'oeuvre d'André Gide", in *Le Plaisir de l'intertexte. Formes et fonctions de l'intertextualité*, sous la dir. de Raimund Theis et Hans T. Siepe, Berne, Peter Lang, 1986, pp. 209-226.

MAUREL-INDART, Hélène, *Du plagiat*, Paris, PUF, coll. Perspectives Critiques, 1999.

MAUREL-INDART, Hélène, "Le plagiat en 2001: analyse d'un grand cru", *Critique*, n° 663-664, "Copier, voler: les plagiaires", Editions de Minuit, août-septembre 2002, pp. 602-613.

MAUREL-INDART, Hélène (dir.), *Le Plagiat littéraire, Littérature et Nation*, n° 27, Tours, université François-Rabelais, 2002.

MAURIAC, Mauriac, *Thérèse Desqueyroux*, Paris, Calmann-Lévy, 1927.

MICHAUD, Yves, "L'auteur et ses droits", *Libération*, 19 juillet, 1994.

MICHAUX, Henri, *Émergences-Résurgences* (Genève, Skira, 1972), Paris, Skira-Flammarion, 1987.

MICHEL DE GRÈCE et BRAGANCE, Anne, *La Nuit du sérail*, Paris,

Editions Orban, 1982.

MILLER, Henry, *Tropique du Cancer* (Obelisk Press, 1934), Paris, Denoël, 1945.

MILLER, Lee, *Lee Miller, Photographe et correspondante de guerre 1944-1945 (Lee Miller's War)*, éd. Antony Penrose, Paris, Du May, 1994.

MILLY, Jean, *Les Pastiches de Proust, édition critique et commentée par Jean Milly*, Paris, Armand Colin, 1970.

MINC, Alain, *Spinoza, un roman juif*, Paris, Gallimard, 1999.

MITCHELL, Margaret, *Gone with the Wind*, Macmillan Publishers, 1936; trad. fr. Pierre-François Caillé, Paris, Gallimard, 1939; rééd. coll. Folio, 3 vol., 1976.

MITTERAND, François, *Discours 1981-1995*, Paris, Europolis, coll. L'esprit civique, 1995.

MOGIS, Éric (sous le pseudonyme de Gordon Zola), *Le Crado pince fort (Les Aventures de Saint-Tin et son ami Lou)*, Le Léopard Masqué, 2008.

MOGIS, Éric (sous le pseudonyme de Gordon Zola), *La Lotus bleue (Les Aventures de Saint-Tin et son ami Lou)*, Le Léopard Masqué, 2009.

MOGIS, Éric (sous le pseudonyme de Hervé [Mestron], *L'Oreille qui sait (Les Aventures de Saint-Tin et son ami Lou)*, Le Léopard Masqué, 2009.

MOGIS, Éric (sous le pseudonyme de Bob Garcia], *Le Vol des 714 Porcineys (Les Aventures de Saint-Tin et son ami Lou)*, Le Léopard Masqué, 2008.

MOLIÈRE, *Œuvres complètes*, éd. sous la dir. de Georges Forestier avec Claude Bourqui, Paris, Gallimard, coll. Bibliothèque de la Pléiade, 2010.

MOLINIÉ, Georges et CAHNÉ, Pierre (dir.), *Qu'est-ce que le style?*, Paris, PUF, coll. Linguistique nouvelle, 1994.

MOLLIN, Alexander, *La Fille de Lara*, London, Transworld, Munich, Bertelsmann, 1994.

MONBRUN, Estelle, *Meurtre chez Tante Léonie*, Paris, Viviane Hamy, coll. Chemins nocturnes, 1994.

MONEGAL, Emir Rodriguez, *Jorge Luis Borges. Biographie littéraire*, trad. fr. Alain Delahaye, Paris, Gallimard, coll. Leurs Figures, 1983.

MONSARRAT, Gilles D., "A Funeral Elegy: Ford, W. S., and Shakespeare", *The Review of English Studies*, n° 53, mai 2002, pp. 186-203.

MONTAIGNE, Michel Eyquem de, *Essais*, chronologie et introduction par Alexandre Micha, 3 vol., Paris, Garnier-Flammarion, 1969.

MONTEILHET, Hubert, *Mourir à Francfort*, Paris, Ed. de Fallois, 1989.

MONTEUUIS, André, *Le Plagiat littéraire*, Paris, Jouve et Cie, 1911.

MORISSETTE, Bruce, *The Great Rimbaud Forgery, The Affair of "La Chasse spirituelle"*, Saint Louis, Washington University Press, 1956.

MORTIER, Alfred, *Dramaturgie de Paris*, Paris, Ed. Radot, 1917.

MOUREAU, François, *Le Roman vrai de l'Encyclopédie*, Paris, Gallimard, coll. Découvertes, 1990.

MULLER, Charles, *Initiation à la statistique linguistique*, Paris, Larousse, 1968.

MULLER, Charles, *Principes et méthodes de statistique lexicale*, Paris, Hachette, 1977.

NADEAU, Maurice, "Un mot à André Breton" (*Combat*, 26 mai 1949), in "*La Chasse spirituelle* et la critique", *Le Pont de l'Epée*, n° 76, juin 1982, pp. 34-36.

NAWROCKI, Boleslaw, *Le Plagiat et le droit d'auteur*, Genève, Bureaux internationaux réunis pour la protection de la propriété intellectuelle, 1964.

NDIAYE, Marie, *La Sorcière*, Paris, Editions de Minuit, 1998.

NDIAYE, Marie, *Trois femmes puissantes*, Paris, Gallimard, 2009.

NIDERST, Alain, "L'Atlantide", in *Dictionnaire des oeuvres littéraires de langue française*, sous la dir. de Jean-Pierre de Beaumarchais et Daniel Couty, Paris, Bordas, 1994, tome I, p. 137.

NODIER, Charles, *Questions de littérature légale, du plagiat, de la supposition d'auteurs, des supercheries qui ont rapport aux livres* (Paris, Imprimerie de Crapelet, 1828), éd. établie, présentée et annotée par Jean-François Jeandillou, Genève, Droz, 2003.

OGBURN Jr., Charlton, *The Mysterious Shakespeare. The Myth and the Reality*, McLean, VA, EPM Publications, 2 édition 1992.

OKRI, Ben (Benjamin), *La Route de la faim*, trad. fr. Aline Weill, Paris, Julliard, 1994.

OPPENHEIM, Edward Phillips, *Le Carnaval des loups*, Paris, Librairie des Champs-Elysées, coll. Le Masque, 1936.

ORSENNA, Erik, *Grand amour*, Paris, Editions du Seuil, 1993.

OULIPO, *La Bibliothèque oulipienne*, précédé de deux Manifestes de François Le Lionnais, 2 vol., Paris, Seghers, 1990.

OULIPO, *La Littérature potentielle. Créations Re-créations Récréations*, Paris, Gallimard, coll. Idées, 1973.

OUOLOGUEM, Yambo, *Le Devoir de violence*, Paris, Editions du Seuil, 1969.

PANAFIEU, Yves et SUFFRAN, Michel, *Dino Buzzati*, Lyon, La Manufacture, 1988.

PARSONS, Terence, *Nonexistent Objects*, New Haven, Yale University Press, 1980.

PASCAL, Blaise, *Œuvres*, éd. Léon Brunschvicg, Pierre Boutroux et Félix Gazier, Paris, Librairie Hachette, coll. Les grands écrivains de la France, 1908-1925.

PASCAL, Blaise, *Pensées*, éd. Léon Brunschvicg, Paris, Garnier-Flammarion, 1976.

PASCAREL, Barbara, *Ubu roi, Ubu cocu, Ubu enchaîné, Ubu sur la Butte, d'Alfred Jarry*, Paris, Gallimard, coll. Foliothèque, 2008.

PASTERNAK, Boris, *Docteur Jivago*, Milan, Feltrinelli, 1957.

PAVEL, Thomas, *Univers de la fiction (Fictional Worlds*, President and Fellows of Harvard College, 1986), Paris, Editions du Seuil, 1988.

PAWLIKOWSKA, Ewa, "Post-scriptum: figures de citations dans *La Vie mode d'emploi* de Georges Perec", *Texte en main*, n° 6, 1985, pp. 70-98.

PENROSE, Antony, *Les Vies de Lee Miller* (New York, Thames and Hudson, 1988), trad. fr. Christophe Claro, Paris, Arléa/Seuil, 1994.

PEREC, Georges, "35 variations sur un thème de Marcel Proust", *Magazine littéraire*, n° 94, novembre 1974, dossier "Raymond Queneau".

PEREC, Georges, *Le Voyage d'hiver (Magazine littéraire* n° 193, mars 1983), Paris, Editions du Seuil, coll. La Librairie du XXe siècle, 1993.

PEYRE, Henri, *Louis Ménard, 1822-1901*, New Haven, Yale University Press, 1932.

PEYTARD, Jean, *Mikhaïl Bakhtine. Dialogisme et analyse du discours*, Paris, Bertrand-Lacoste, 1995.

PIA, Pascal (pseudonyme de Pierre Pascal Durand), *Les Livres de l'Enfer. Bibliographie critique des ouvrages érotiques dans leurs différentes éditions du XVIe siècle à nos jours*, Paris, Fayard, 1998.

PLAISANT, Robert, *Le Droit des auteurs et des artistes exécutants*, Paris, J. Delmas et Cie, 1970.

PLAISANT, Robert, *Propriété littéraire et artistique*, Paris, J. Delmas, 1985.

POIVRE D'ARVOR, Patrick, *Les plus beaux Poèmes d'amour*, Paris, Albin Michel, 1995.

POMMIER, Jean, *Paul Valéry et la création littéraire*, Leçon d'ouverture prononcée au Collège de France le 7 mai 1946, Paris, Ed. de l'Encyclopédie française, 1946.

PONGE, Francis, *Entretiens avec Philippe Sollers*, Paris, Gallimard/Seuil, 1970.

POPOVA, Irina, "Le 'carnaval lexical' de François Rabelais. Le livre de M. M. Bakhtine dans le contexte des discussions méthodologiques franco-allemandes des années 1910-1920", *Slavica Occitania. Mikhaïl Bakhtine, Valentin Volochinov y Pavel Medvedev dans les contextes européen et russe*, 25, 2007, pp. 343-367.

POUCHAIN, Gérard et SABOURIN, Robert, *Juliette Drouet ou la dépaysée*, Paris, Fayard, 1992.

POULOT, Denis, *Question sociale. Le Sublime ou le Travailleur comme il est en 1870 et ce qu'il peut être*, Paris, Lacroix et Verboeckoven, 1870, 2ᵉ édition 1872.

POUPART, Jean-Marie, *Bon à tirer*, Paris, Boréal, 1993.

PRONZINI, Bill et MALZBERG, Barry Norman, "Le dernier plagiat", in *Le Dernier plagiat et autres récits de suspense et d'humour*, Paris, Librairie des Champs-Elysées, coll. Hitchcock démasque…, 1992.

PROUST, Marcel, *A la recherche du temps perdu*, éd. sous la dir. de Jean-Yves Tadié, Paris, Gallimard, coll. Bibliothèque de la Pléiade, 1987.

PROUST, Marcel, *Contre Sainte-Beuve*, Paris, Gallimard, coll. Idées, 1965.

PROUST, Marcel, *Contre Sainte-Beuve* précédé de *Pastiches et Mélanges* suivi d'*Essais et articles*, éd. Pierre Clarac et Yves Sandre, Paris, Gallimard, coll. Bibliothèque de la Pléiade, 1971.

PROUST, Marcel, *Contre Sainte-Beuve* suivi de *Nouveaux Mélanges*, Paris, Gallimard, 1954.

PROUST, Marcel, *Correspondance*, éd. Philip Kolb, 21 vol., Paris, Plon, 1970-1993.

PROUST, Marcel, *Du côté de chez Swann*, éd. Antoine Comagnon, Paris, Gallimard, coll. Folio classique, 1988.

PROUST, Marcel, *Pastiches et Mélanges*, Paris, Gallimard, 1919; rééd. coll. L'imaginaire, 1992.

PROUST, Marcel, *Le Temps retrouvé*, éd. Pierre Clarac et André Ferré, Paris, Gallimard, coll. Folio, 1979.

QUÉRARD, Joseph-Marie, *Les Supercheries littéraires dévoilées: galerie des écrivains français de toute l'Europe qui se sont déguisés sous des anagrammes, des astéronymes, des cryptonymes, des initialismes, des noms littéraires, des pseudonymes facétieux ou bizarres, etc.*, 2ᵉ édition considérablement augmentée, Paris, Paul-Daffis libraire-éditeur, 1869 (1ʳᵉ édition 1847-1853).

RAMBURES, Jean-Louis de, *Comment travaillent les écrivains*, Paris, Flammarion, 1978.

RAPP, Bernard (réal.), *Tiré à part*, 1996.

REBOUX, Paul et MULLER, Charles, *A la manière de···*, Paris, Grasset, coll. Les Cahiers Rouges, 1998.

RENOUARD, Augustin-Charles, *Traité des droits d'auteur, dans la littérature, les sciences et les beaux-arts*, 2 vol., Paris, J. Renouard, 1838-1839.

RÉROLLE, Raphaëlle, "Michel Houellebecq, même pas mort!", *Le Monde des livres*, 3 septembre 2010.

REY, Alain, *Dictionnaire historique de la langue française*, 3 vol., Paris, Le Robert, 3ᵉ édition 2006.

RIFFATERRE, Michel, *La production du texte*, Paris, Editions du Seuil, 1979.

RIMBAUD, Arthur, *La Chasse spirituelle* (*Combat*, 19 mai 1949), préface de Pascal Pia, Paris, Mercure de France, 1949.

Rimbaud, Lautréamont, Corbière, Cros, Paris, Robert Laffont, coll. Bouquins, 1980.

RIPLEY, Alexandra, *Scarlett*, trad. fr. Caroline Auchard, Paris, Belfond, 1991.

RISI, Dino (réal.), *Parfum de femme (profumo di donna)*, 1974.

ROBSON, Mark (réal.), *My Foolish Heart* [d'après "Uncle Wiggily in Connecticut" de J. D. Salinger], 1949.

RÖDEL, Patrick, *Spinoza, le masque de la sagesse*, Paris, Editions Climats, 1997.

RODIER, Anne, "Russie: Cholokhov encensé et accusé", *Le Monde*, 7 juillet 1995.

ROLLE, Erik, *Killers Academy*, Paris, Descartes, 2004.

ROLLIN, André ("vengeur masqué"), "L'oeil de Lee", *Le Canard enchaîné*, 3 août 1994.

ROLLIN, André, "Marc Lambron: un style un peu emprunté", *Le Canard enchaîné*, 8 octobre 1997.

ROUSSEAU, Jean-Jacques, *Les Confessions*, 2 vol., Paris, Garnier-Flammarion, 1968.

ROUSSEL, Raymond, *Locus Solus*, Paris, Pauvert, 1965.

ROUSSET, Jean, *Forme et signification, essais sur les structures littéraires de Corneille à Claudel*, Paris, José Corti, 1962.

SAGAN, Françoise (pseudonyme de Françoise Quoirez), *Le Chien couchant*, Paris, Flammarion, 1980.

SALINGER, Jerome David, *L'Attrape-coeurs* (Little, Brown and Co, 1951), trad. fr. Jean-Baptiste Rossi, Paris, Robert Laffont, 1953.

SALLENAVE, Danièle, *Viol*, Paris, Gallimard, 1997.

SANGSUE, Daniel, "Les Vampires littéraires", *Littérature*, n° 75, *La voix, le retrait, l'autre*, octobre 1989, pp. 92-112.

SARRAUTE, Nathalie, *Enfance*, Paris, Gallimard, 1983; rééd. coll. Folio, 1985.

SARTRE, Jean-Paul, *L'Age de raison*, Paris, Gallimard, 1945.

SARTRE, Jean-Paul, *Les Mots*, Paris, Gallimard, 1964.

SARTRE, Jean-Paul, *La Nausée*, Paris, Gallimard, 1933.

SCHNEIDER, Michel, "L'ombre de l'auteur", in *Le Plagiat littéraire*, sous la dir. d'Hélène Maurel-Indart, revue *Littérature et Nation*, n° 27, Tours, université François-Rabelais, 2002, pp. 85-108.

SCHNEIDER, Michel, *Voleurs de mots. Essai sur le plagiat, la psychanalyse et la pensée*, Paris, Gallimard, 1985.

SCHOENDOERFFER, Pierre, *L'Adieu au roi*, Paris, Grasset, 1969.

SCHWARZ-BART, André, *Le Dernier des Justes*, Paris, Editions du Seuil, 1959.

SCHWARZ-BART, André et Simone, *La Mulâtresse Solitude*, Paris, Editions du Seuil, 1972.

SCHWARZ-BART, André et Simone, *Un Plat de porc aux bananes vertes*, Paris, Editions du Seuil, 1967.

SÉNÈQUE, *Lettres à Lucilius*, trad. Henri Noblot, Paris, Les Belles Lettres, 1965.

SÉRIOT, Patrick, "Généraliser l'unique: genres, types et sphères chez Bakhtine", *LINX*, n° 56, 2007, pp. 37-53.

SHAKESPEARE, William, *Élégie funèbre*, éd. bilingue, introduction et notes de Donald W. Forster, trad. fr. Lucien Carrive, Paris, Stock, coll. Nouveau cabinet cosmopolite, 1996.

SIGOT, Jacques, *Un camp pour les Tziganes··· et les autres, Montreuil-Bellay, 1940-1945*, Bordeaux, Editions Wallada, 1983.

SOLLERS, Philippe (pseudonyme de Philippe Joyaux), *Théorie d'ensemble*, Paris, Editions du Seuil, coll. Tel Quel, 1968.

SPIELBERG, Steven (réal.), *Les Dents de la mer (Jaws)*, 1975.

SPITZER, Leo, *Etudes de style*, précédé de *Leo Spitzer et la lecture stylistique* par

Jean Starobinski, Paris, Gallimard, coll. Bibliothèque des Idées, 1970; rééd. coll. Tel, 1980.

STEEMAN, Stanislas-André, *Le Doigt volé*, Paris, Librairie des Champs-Eysées, coll. Le Masque, 1930.

STENDHAL (pseudonyme d'Henri Beyle), *Le Rouge et le Noir*, Paris, Levasseur, 1830.

STROWEL, Alain, *Droit d'auteur et copyright: divergences et convergences. Etude de droit comparé*, Bruxelles, Bruylant, coll. Bibliothèque de la Faculté de droit de l'université catholique de Louvain XXIV, Paris, LGDJ, 1993.

SUHAMY, Henri, *Shakespeare*, Paris, Librairie générale française, coll. Le Livre de poche, 2006 (1re édition Ed. de Fallois, 1996).

SUSSFELD, Jean-Claude (réal.), *Quand j'avais cinq ans, je m'ai tué*, 1994.

SUTER, Martin, *Lila, Lila* (Zurich, Diogenes Verlag, 2004), trad. fr. Olivier Mannoni, Paris, Cristian Bourgois, 2004.

THEIS, Raimund et SIEPE, Hans T. (dir.), *Le Plaisir de l'intertexte. Formes et fonctions de l'intertextualité*, Berne, Peter Lang, 1986.

THOMASSEAU, Jean-Marie, *"La Tour de Nesle"*, in *Dictionnaire des oeuvres littéraires de langue française*, sous la dir. de Jean-Pierre de Beaumarchais et Daniel Couty, Paris, Bordas, 1994, tome IV, pp. 1913-1914.

TODOROV, Tzvetan, *Mikhaïl Bakhtine, le principe dialogique*, Paris, Editions du Seuil, 1981.

TOMACHEVSKAÏ, Irina Medvedeva, *Le Cours du* Don *paisible. Enigmes d'un roman*, préface d'Alexandre Soljénitsyne, trad. fr. Jacques Michaut, Paris, Editions du Seuil, 1974.

TOPIA, André, *"Contrepoints joyciens"*, *Poétique, revue de théorie et d'analyse littéraires*, n° 27, 1976, pp. 351-371.

TOURNIER, Michel, *Le Vent Paraclet*, Paris, Gallimard, coll. Folio, 1977.

TRAN HUY, Minh, *La Double vie d'Anna Song*, Arles, Actes Sud, 2009.

TRINH XUAN, Thuan, *La Mélodie secrète. Et l'Homme créa l'univers*, Paris, Fayard, 1988.

TROYAT, Henri (pseudonyme de Lev Tarassov), *Juliette Drouet*, Paris, Flammarion, 1997.

TROYAT, Henri, *Le Mort saisit le vif*, Paris, Librairie Plon, 1942.

UNAMUNO, Miguel de, *Comment se fait un roman*, trad. fr. Bénédicte Vauthier et Michel Garcia, Paris, Allia, 2010.

VAREILLE, Jean-Claude, "Butor ou l'intertextualité généralisée", in *Le Plaisir de l'intertexte. Formes et fonctions de l'intertextualité*, sous la dir. de Raimund Theis et Hans T. Siepe, Berne, Peter Lang, 1986, pp. 277-296.

VAUTHIER, Bénédicte, "Auctorité et devenir-auteur: aux origines du travail du 'Cercle B.M.V.' (Bakhtine, Medevedev, Volochinov)", in *Circulo de Bakhtin: Teoria Inclassificável*, sous la dir. de Luciane de Paula et Grenissa Stafuzza, Campinas, Mercado de Letras, 2010, pp. 371-397.

VAUTRIN, Jean, *Canicule*, Paris, Mazarine, 1982.

VAUTRIN, Jean, *Un grand pas vers le Bon Dieu*, Paris, Grasset, 1989.

VAUTRIN, Jean, *La Vie Ripolin*, Paris, Mazarine, 1986.

VIART, Dominique, "Fictions en procès", in *Le roman français au tournant du XXIe siècle*, sous la dir. de Bruno Blanckeman, Aline Murat-Brunel et Marc Dambre, Paris, Presses Sorbonne Nouvelle, 2004, pp. 289-303.

VIDAL, Marion, *Monsieur Schulz et ses Peanuts*, Paris, Albin Michel, 1976.

VILAIN, Philippe, *L'Etreinte*, Paris, Gallimard, 1997.

WEILL, Nicolas, "Barbara Brecht au secours de son père", *Le Monde*, 18 juin 1995.

WELLES, Orson (réal.), *Vérité et mensonge (F for Fake)*, 1975.

WILDE, Oscar, *Œuvres*, trad. fr. Dominique Jean, Paris, Gallimard, coll. Bibliothèque de la Pléiade, 1996.

ZOIA, Émile, *L'Assommoir*, Paris, G. Charpentier, 1877.

ZÚÑIGA CHÁVEZ, Dulce María, *Ecriture, réécriture et intertextualité dans* Se una notte d'inverno un viaggiatore *d'Italo Calvino*, thèse de doctorat dirigée par Franc Ducros, université Paul-Valéry-Montpellier III, Arts et Lettres, 1990.

찾아보기

표절에 관하여

초판 1쇄 발행. 2017년 10월 20일
지은이. 엘렌 모렐 - 앵다르
번역자. 이효숙

발행인. 박지홍
발행처. 봄날의책 등록 제311-2012-000076호(2012년 12월 26일)
주소. 서울 은평구 연서로 182-1 502호(대조동, 미래아트빌)
전화. 070-7570-1543, 팩스. 070-7570-9880
E-mail. springdaysbook@gmail.com

기획 및 편집. 박지홍
인쇄 및 제책. 한영문화사

ISBN 979-11-86372-14-2 93800

이 도서의 국립중앙도서관 출판시도서목록(CIP)은
서지정보유통지원시스템 홈페이지(http://seoji.nl.go.kr)와
국가자료공동목록시스템(http://nl.go.kr/kolisnet)에서
이용하실 수 있습니다(CIP제어번호2017022961).